生き甲斐

PROPÓSITO DE VIDA

ELIANA MACHADO COELHO

ROMANCE DO ESPÍRITO **SCHELLIDA**

LÚMEN
EDITORIAL

SUMÁRIO

PRECE - POR LUZ INTERIOR..7
SELENA, SATOSHI E DANIEL..9
CAPÍTULO 1 - SELENA..11
CAPÍTULO 2 - SATOSHI..18
CAPÍTULO 3 - DANIEL...27
CAPÍTULO 4 - PEDIDOS DO CORAÇÃO..37
CAPÍTULO 5 - DISPOSIÇÃO E CORAGEM.......................................46
CAPÍTULO 6 - DUAS ALMAS E UM SEGREDO................................58
CAPÍTULO 7 - CORAGEM E RECOMEÇO..70
CAPÍTULO 8 - HISTÓRIA NÃO ESCRITA..79
CAPÍTULO 9 - LEIA. LIVROS GUARDAM SEGREDOS....................86
CAPÍTULO 10 - A DOR DE QUEM FICA..98
CAPÍTULO 11 - EMPENHO E SUCESSO..114
CAPÍTULO 12 - A MUDANÇA...125
CAPÍTULO 13 - ORAÇÃO, REMÉDIO PARA AS DORES................135
CAPÍTULO 14 - TRAJETÓRIA DOS ANTIGOS AMIGOS.................143
CAPÍTULO 15 - SELENA, A PAIXÃO DE DANIEL............................156
CAPÍTULO 16 - UM BRINCO E UMA ANGÚSTIA............................169
CAPÍTULO 17 - O SILÊNCIO QUE MATA..187
CAPÍTULO 18 - INFLUÊNCIA INVISÍVEL..199
CAPÍTULO 19 - PLANOS PARA DANIEL...209
CAPÍTULO 20 - DEUS EM NÓS...217
CAPÍTULO 21 - O CIÚME..227
CAPÍTULO 22 - DEUS ESTÁ EM TUDO..237
CAPÍTULO 23 - POR QUE SOFREMOS?..249
CAPÍTULO 24 - FALTA DE POSICIONAMENTO.............................267

CAPÍTULO 25 – ENTRE O DESESPERO E O SOCORRO 276
CAPÍTULO 26 – UM AMOR PROIBIDO 287
CAPÍTULO 27 – A PRECE 301
CAPÍTULO 28 – SATOSHI, INIMIGO DO SEU TIO 313
CAPÍTULO 29 – AMOR IMPOSSÍVEL 328
CAPÍTULO 30 – CAMINHOS INESPERADOS 340
CAPÍTULO 31 – MUDANÇA DE PLANOS 352
CAPÍTULO 32 – REVELAÇÕES 365
CAPÍTULO 33 – A VISITA 383
CAPÍTULO 34 – A VERDADE SOBRE ELEONORA 390
CAPÍTULO 35 – A REAÇÃO DE DANIEL 403
CAPÍTULO 36 – AMIGOS INSPIRADOS 422
CAPÍTULO 37 – ENTRE SORRISOS E CONVERSAS 438
CAPÍTULO 38 – LÁGRIMAS SILENCIOSAS 460
CAPÍTULO 39 – A PROTEÇÃO DE UM AMIGO 476
CAPÍTULO 40 – A FÚRIA DE SELENA 485
CAPÍTULO 41 – A CHEGADA DO SENHOR RUFINO 500
CAPÍTULO 42 – A DESPEDIDA 514
CAPÍTULO 43 – RECONCILIAÇÃO 526
CAPÍTULO 44 – TÓQUIO 550
CAPÍTULO 45 – O IMPACTO DE SUA BELEZA 574
CAPÍTULO 46 – *IKIGAI* 595
CAPÍTULO 47 – O CASAMENTO 613

PRECE

POR LUZ INTERIOR

Senhor Deus, agradecemos pelo dom da vida e por tudo o que nela nos encanta e fortalece. Agradecemos, Pai, pelo ar que respiramos, pela água que nos sacia, pelo sol que nos aquece e gera vida, pela lua e pelas estrelas que nos fascinam, pela Terra que nos sustenta, pelo pão que nos alimenta, pelas flores que nos alegram e pelos animais que nos acompanham.

Agradecemos, Senhor da Vida, pela família que promove nosso crescimento, pelos amigos que nos apoiam, pelos mestres que nos ensinam, pelos amigos espirituais que nos inspiram e protegem. Agradecemos, ainda mais, pelos ensinamentos do Cristo que nos guiam para sermos melhores.

Senhor Deus, reconhecendo as nossas imperfeições, rogamos por Tua misericórdia e compaixão para harmonizarmos as nossas falhas, com resignação e bom ânimo, sem nos vitimizarmos diante das provações, sem esmorecermos diante das expiações.

Então, Pai da Vida, rogamos por Teu envolvimento de Luz, para que sejamos dignos das Tuas bênçãos e das Tuas graças. Suplicamos que nos ampare e fortaleça, oriente-nos e nos inspire. Pedimos também o discernimento para não cairmos em tentações e nos livremos do mau caminho e de todas as aflições.

Imploramos sustentação nas dores físicas e emocionais, a cura das doenças, a alegria da nossa alma.

A Ti, Senhor, Pai da Vida, oferecemos o nosso coração e a bondade em nossos pensamentos, oferecemos as nossas práticas no bem e auxílio aos nossos irmãos mais necessitados, a verdade em nossas palavras e o afeto em nossas ações.

Consagramos ao Senhor o nosso trabalho, o nosso serviço e as mínimas tarefas que haveremos de realizar em Teu nome. Também consagramos a Ti o nosso estudo e busca por iluminação e verdade, além do nosso propósito de vida. Dedicamos ao Senhor a nossa paz, o nosso amor e a nossa alegria.

Bendizemos e louvamos a Tua bondade, a Tua justiça, a Tua sabedoria e o Teu amor.

Que nossa fé seja fortalecida e possamos sempre enxergar o Teu amor e justiça em tudo o que acontece.

Que assim seja.

Schellida
Psicografia de Eliana Machado Coelho – verão de 2024

SELENA, SATOSHI E DANIEL

Três vidas entrelaçadas no passado e no presente, cada uma carregando o peso de suas próprias vivências.
Três histórias e caminhos surpreendentes.
Três almas que, quando se encontrarem... uma reviravolta do destino agitará, não apenas suas vidas, mas também as de todos aqueles que os cercam.
Enfrentarão obstáculos inimagináveis, obrigando-os a muitas transformações, forjando novos propósitos e significados para suas vidas.

E é no palco da vida de Daniel que o espetáculo do destino se desdobrará, revelando um enredo onde cada escolha ressoará, infinitamente, na eternidade com um legado de aprendizado.

CAPÍTULO 1

SELENA

Brasil...
— Vem, filha. Deixa a mãe ver como está — dizia Nádia, com voz doce e carinhosa, para a pequena filha Selena.
— Tô bonita, mãe? — perguntou a linda garotinha de dez anos, olhos verdes expressivos, tão brilhantes quanto duas esmeraldas raras, cujo reflexo do ambiente criava um efeito de luz e sombra deslumbrantes. Magrinha e pequena para sua idade, possuía uma beleza doce que não dava para descrever. Tinha os cabelos do comprimento de sua saia, aloirados com alguns fios de tons mais claros como raios de sol.
— Você é linda, filha! — beijou-a com carinho. — Precisamos comprar outro tênis, não é mesmo? Esse está ficando apertado.

— Tá sim — sorriu graciosa.

Nesse instante, o marido de Nádia chegou e gritou:

— Corta a ponta do tênis! Era assim que fazia na minha época pro calçado durar mais!

— Isso não tem cabimento, José — a esposa murmurou. — A Selena precisa de calçado novo.

— Você só sabe exigir! Só complica a minha vida! Por que não vai trabalhar pra saber o quanto é duro colocar dinheiro dentro de casa?! — deu-lhe um empurrão e a esposa caiu.

— Para, pai! Não faz isso! — a garotinha gritou e foi de encontro ao pai, para proteger a mãe.

— Sai daqui, inferno! — exigiu com um berro. — Suma da minha frente! Devia ter matado você quando tava no berço! Seria mais fácil! — Viu-a chorar ao encará-lo. — E não olha pra mim com esses olhos de bruxa! Olho de gente falsa! Maldição! Sua horrorosa, feia! — Quando a viu perto da mãe, ajudando-a a se levantar, foi para junto da filha e a empurrou ao chão. Depois a agrediu.

— Para! Para com isso, José! — Nádia exigia, tentando tirar a filha das mãos dele. — Solta a Selena!

Com uma única mão, ele a empurrou com muita força, enquanto segurava a filha com a outra. Parecendo insano, o homem apanhou uma faca que estava sobre a mesa. Ainda pegando a menina pelos longos cabelos aloirados, começou a cortá-los.

Selena esperneava, gritava e chorava, mas isso não era suficiente para se livrar das agressões.

Todo o cabelo que ele segurava de sua nuca foi cortado com a faca e jogado no chão. Depois, largou a filha e falou:

— Agora tem o que merece, demônio! Ficou mais feia do que é, sua nojenta! — saiu.

A menina sentou-se no chão, pegou as mechas de seus cabelos entre as mãozinhas e ficou olhando, quieta, paralisada, sem expressão. O ar parecia faltar em seus pulmões e não conseguia respirar direito. Ficou pálida e seus lábios sem cor.

Atordoada e cambaleando, Nádia se levantou e foi à direção da filha.

— Lua — chamou-a por seu apelido de família. —, minha filha... Olha pra mãe. Olha pra mãe! — pediu quando a viu sem emoção e com olhar perdido. Nesse momento, a mãe viu o sangue que escorria nas costas da garotinha, ferida, enquanto seu pai cortava seus cabelos. A camiseta rasgada, exibia o corte largo e fundo. — Filha! Vem aqui, deixa a mãe ver isso! — tentou erguê-la. Selena não se movia e Nádia ficou desesperada. — Levanta, filha! Vamos levar você no médico!

— Médico coisa nenhuma! Quero que morra! — berrou José que retornou do quarto.

A esposa tentou proteger e socorrer a garotinha e novamente a luta começou.

Renato, de quatorze anos, o filho mais velho do casal, chegou e se colocou entre eles, tentando separar a briga. José o agrediu também. Depois saiu.

Mesmo machucado, o rapazinho ajudou a mãe e a irmã.

Um curativo foi feito e o sangue estancado. Porém, Selena não foi levada ao hospital.

No dia seguinte, a menina não quis ir à escola por causa do cabelo cortado bem rente à nuca. Nádia precisou cortar as outras mechas longas para não ficarem tão desproporcionais e se apiedou por ver as lágrimas grossas deslizarem no rostinho da filha. Habilidosa, a mãe fez um gorro de crochê e disse:

— Você vai usar o gorro só até seu cabelo crescer de novo. Esse eu fiz com a linha que a nossa vizinha me deu. Ficou lindo em você. Tudo fica lindo em você, filhinha.

Nádia era uma mãe amorosa, de coração gentil que dedicava cada momento de sua vida aos três filhos: Renato, Roberto e Selena.

À medida que o tempo passava e Selena crescia, o pai deixava de agredi-la fisicamente, mas as violências psicológicas se tornaram mais intensas. Cada palavra de José era como um chicote, deixando marcas profundas em sua alma, maiores do que deixou o corte que fez em suas costas. Sempre que a via, chamava-a de feia, horrível, dizendo que nunca iria ser alguém na vida, que ninguém jamais gostaria dela e que era burra.

Selena calada, muitas vezes paralisada, aguentava firme.

— Coisa feia!!! Horrorosa! Saracura! Você é tão burra que nem sei como não te expulsaram da escola — humilhava-a. — Todos devem correr de você! Nojenta!

Sempre que orava junto com a mãe, que a ensinava, a garota desejava, em pensamento, ter um pai diferente, que se importasse com ela, que a amasse e protegesse. Mas, com frequência, acreditava que Deus não ouvia suas preces e que talvez, realmente, fosse feia demais para ser notada por Ele.

— Mãe, vamos fugir, mãe! Vamos embora de casa! — Renato pedia, chorando.

— Sair dessa casa é o que eu mais quero, meu filho. Mas vamos para onde? Viver do quê?

— A gente pede esmola, mãe! — o outro filho, Roberto, sugeriu. — A gente pede esmola e vive embaixo da ponte.

Nádia os abraçou, apertando-os em seu peito e chorou ao orientar:

— A chave da evolução é o conhecimento. O caminho da prosperidade e da paz é o conhecimento em ação. Jesus já dizia: conheça a verdade e a verdade vos libertará. Conhecimento é poder, meus filhos. — Viu-os olhar para ela e aconselhou: — Estudem. Aproveitem todas as oportunidades que tiverem. Ganhem conhecimento e, dessa forma, vão conseguir sair desta casa. Não para ir para embaixo da ponte, mas para uma casa e uma vida melhor. Prestem atenção: debaixo da ponte passaremos muitas necessidades, poderemos ficar doentes e não termos remédios, teremos fome, passaremos frio, sede... Não é simples assim. E morando embaixo da ponte, não posso trabalhar como faxineira. Ninguém vai querer uma diarista que mora embaixo da ponte. Não tenho mais ninguém no mundo. Não tenho pais nem para onde ir. A única tia que vocês têm não vai nos dar apoio. Ela é irmã do pai de vocês.

— O jeito é a gente estudar para ter uma profissão, Roberto — disse Renato.

— Mas o pai não pode continuar fazendo isso com a senhora nem com a Lua, mãe. Olha pra ela! Tô com dó! — apiedou-se Roberto.

— Não sei o que posso fazer, filho — a mãe disse com voz triste.

— Vou matar ele! Sou menor mesmo — tornou Roberto, revoltado.

— Roberto! Esse seria meu maior desgosto! Eu morreria por ter um filho que matou o próprio pai. Nunca mais diga isso! — repreendeu-o, firme.

— Deixa de ser idiota! — Renato exclamou. — Não fala besteira.

Selena chegou e os viu sobre a cama.

Franzina, sorriu com jeito meigo e se jogou entre eles.

A mãe os abraçou, como sempre fazia em dias difíceis.

A estratégia de Nádia era afastar a filha do pai para que não a agredisse de qualquer forma.

Em muitos momentos, Selena, calada e quieta, ouvia as brigas e discussões do pai e sofria em silêncio.

Em muitas conversas com sua mãe, entendia que precisava estudar para ter um futuro promissor e sair da guarda do pai por um caminho honrado.

Selena se apegou à esperança, à promessa de um futuro melhor que fez a si mesma. Estudaria com afinco, determinação para provar que seu pai estava errado.

Sonhava em se tornar alguém competente e de respeito.

Foi crescendo e quanto mais idade tinha, mais sua beleza natural se revelava.

Iguais aos da mãe, seus olhos verde-esmeralda eram expressivos e tinham um delinear especial, arredondado e puxadinho nos cantos, quase escondidos pelos belos cílios longos.

Ficou bem mais alta do que se esperava e seu corpo, antes magro e sem forma, tornava-se bonito logo na adolescência.

Mesmo assim, o pai falava de tudo para humilhá-la, constrangê-la e torturá-la, gratuitamente.

Desde que Renato, agora maior e mais forte, agrediu o pai quando entrou em meio a uma briga com sua mãe e irmã, o homem se acovardou, perto dele.

José começou a ter medo do filho mais velho, mas isso não o impedia de continuar a ter casos extraconjugais, deixando faltar as coisas em casa.

Selena e os irmãos passaram em vestibulares de faculdades públicas. Embora não precisassem pagar pelo curso universitário, havia despesas com alimentação, material escolar, deslocamentos e outras coisas. Com dinheiro de diarista, Nádia, praticamente, sustentou os estudos dos filhos.

Quando estava no terceiro ano do curso universitário, em casa, Selena estudava no quarto, quando seu pai, embriagado, chegou e foi até ela.

Sem qualquer motivo ou razão, gritou:

— Você não presta, sua... — xingou-a, ofendendo muito a filha. — Não vai mais sair de casa! Não vai encontrar quem goste de você, sua vadia! Imunda! Nojenta! Você... — parou no meio do grito, exatamente, quando Renato chegou.

José colocou a mão no peito e caiu, olhando para o filho.

Selena estava sentada em uma cadeira, perto de uma mesa que usava para estudar. Ali, ficou parada e sem reação. Paralisada.

Renato tentou reanimar seu pai, mas não conseguiu. José faleceu em decorrência de um infarto.

O filho chamou socorro e Selena, sentada no mesmo lugar, inerte, assistiu a tudo sem nada dizer, sem se mover.

Somente alguns dias depois, sua mãe conseguiu tirá-la de casa e fazê-la retomar à vida.

Nádia, a sua maior protetora, tornou-se a sua maior amiga. Estava lá, sempre apoiando a filha em cada passo na vida, ajudando-a a se curar das feridas do passado.

Aos poucos, Selena começou a ter sonhos. Desejava se tornar uma mulher de fibra, de posição incontestável. Gostaria de ser uma diretora empresarial, uma CEO ou cargo semelhante e trabalhava incansavelmente para tornar esse sonho realidade. Desejava encontrar o amor de sua vida. Um homem diferente de seu pai: um homem gentil e fiel, que a amasse pelo que ela era. Sonhava construir uma vida com paz, amor e felicidade, muito diferente de tudo o que conheceu na infância.

Mas, algumas vezes, os traumas do passado ainda a assombrariam. As palavras cruéis do pai ecoariam em sua mente e machucariam sua alma, mesmo que inconscientemente.

Apesar de tudo, com fé e perseverança, iria se empenhar para se livrar disso.

Selena se recusaria a ser definida pelas palavras impiedosas de seu pai, procurando seu propósito de vida.

CAPÍTULO 2

SATOSHI

Japão...
Em família estruturada, cujos costumes, tradições e cultura milenar eram sempre muito bem preservados, encontramos Satoshi, filho caçula do senhor Kaito e da senhora Kimiko. O casal tinha também outro filho, Hiro, dez anos mais velho do que o irmão caçula.

Dinâmico, esperto e sempre repleto de ideias novas, Satoshi, frequentemente, fugia aos padrões da educação que o obrigavam a seguir e isso era difícil de aceitar.

Gostava muito de estudar e o poder aquisitivo da família facilitava isso. Adorava acompanhar seu pai em viagens de negócios, apesar do senhor chamar demais a sua atenção por seu comportamento diferenciado, intrometido, curioso, o que era considerado desrespeitoso.

Mesmo antes de concluir o curso superior, o garoto se entremeava na indústria alimentícia da família e expunha as suas ideias avançadas demais para a sua idade, mas eram rejeitadas. O senhor Kaito e a esposa ergueram a companhia com dificuldade e muito empenho, não permitiam que um adolescente como ele, opinasse em decisões tão importantes.

Após sua formação superior, Satoshi iniciou na empresa onde seu irmão mais velho, Hiro, já ocupava o mais alto cargo de diretoria, enquanto o pai estava na presidência.

Sempre teve o pensamento rápido e avistava saídas de diversas situações. Ousado, curioso e inovador, Satoshi gostava de aprender e se intrometer em tudo, o que parecia não agradar ao seu pai. Isso não o desanimava.

Não perdia tempo com futilidades da sua idade. Aprendeu outros idiomas que dominou com fluência e decidiu fazer outra graduação nos Estados Unidos, retornando repleto de ideias.

Hiro e o irmão caçula sempre se deram muito bem, apesar da diferença de idade.

Era com ele que Satoshi compartilhava ideias, planejava inovações na firma, oferecia opiniões e tudo mais a respeito da empresa e também de sua vida.

Hiro era seu único amigo. Aquele com quem treinava seu esporte predileto: karatê e com quem fazia sua atividade física favorita: musculação. Era com quem saía, brincava, viajava... Como dizia: Hiro era seu ídolo, seu herói, o exemplo a ser seguido. Gostaria de ser como ele.

Amava tanto o irmão que não se incomodava quando o pai os comparava e o criticava, dizendo que ele era sua vergonha, enquanto Hiro seu orgulho. Percebia que o irmão mais velho era o filho predileto e protegido, mas isso não fazia gostar menos do irmão.

Por mais que tentasse, Satoshi não conseguia ser como Hiro e isso o entristecia. Desejaria ser tão nobre e competente quanto o irmão mais velho.

Talvez, essa fosse a razão para continuar sempre estudando, atualizando-se e consumindo o máximo de informações que pudessem mostrar seu valor, porém o pai não reconhecia.

Sua área predileta: tecnologia, informática. Mecanismo que trazia bastante superioridade à empresa.

Aos vinte e cinco anos de idade, Satoshi convenceu o irmão a fazer um curso com ele em Londres, Inglaterra.

Hiro relutou, mas acabou aceitando.

Após seis meses, retornaram para Tóquio e trouxeram junto com eles o que seria a pior experiência para as tradições tão preservadas na família.

— Gaijin[1]! Não vou tolerar que tragam gaijin para a nossa família! — falando no idioma japonês, o senhor Kaito protestava. — Como não poderia deixar de ser, a responsabilidade disso é do Satoshi! Ele arrastou Hiro para essa aventura!

— Como é que... — o filho caçula foi interrompido.

— Cale-se! Não dei permissão para que falasse!

— Ninguém manda em mim! Ninguém manda na minha vida! — Satoshi respondeu. Virou as costas e se foi.

— Quero ver se não mando. Não vai mais trabalhar na empresa e em nenhum outro lugar que tenha um emprego decente. Quero ver até onde vai sua rebeldia!

Hiro se calou e não reagiu contra a opinião do pai. Não era corajoso ou ousado como o irmão.

Em Londres, Hiro e Satoshi conheceram duas irmãs pelas quais se apaixonaram. O namoro durou os meses em que ficaram lá. Ao retornarem, o problema de distância foi resolvido quando Hiro arrumou emprego, na empresa de seu pai, para sua namorada, que aceitou e, quando foi para Tóquio, levou sua irmã caçula, a namorada de Satoshi.

O pai exigiu a demissão imediata da moça e o filho caçula deixou de trabalhar na companhia.

---
1 Nota: Gaijin significa "pessoa de fora" estrangeiro, forasteiro, não japonês, podendo se referir tanto para a nacionalidade quanto para a raça ou a etnia.

O escândalo e a contrariedade da família foram tão grandes que, Tadashi, o irmão mais novo de Kaito, que morava no Brasil, foi até Tóquio para conversar com os sobrinhos.

Tadashi deu ao irmão a ideia de oferecer alto valor em dinheiro para que as moças aceitassem, rompessem compromisso com os rapazes e retornassem para Londres.

A namorada de Satoshi, talvez por não suportar mais a pressão, aceitou os valores oferecidos. Terminou com ele e voltou para a Inglaterra. Mas a namorada de Hiro não concordou e, mesmo sem emprego e sendo sustentada pelo namorado, acabou ficando.

Assim que soube do suborno, Satoshi ficou furioso. Revoltou-se contra o pai e todo o resto da família.

Contudo, Hiro e ele não se afastaram nem quando os acontecimentos ficaram acalorados.

Devido aos contatos que o pai fazia para prejudicá-lo, Satoshi não conseguia um bom emprego. Os pequenos trabalhos informais que aceitava, não eram suficientes para se manter e o irmão o ajudava financeiramente.

O pai tentava obrigá-lo a convencer Hiro a deixar a namorada, o que era impossível.

Até o inesperado acontecer.

Satoshi recebeu a notícia da morte do irmão, aquele que era seu único amigo, o companheiro de lutas, esportes, passeios. Aquele em quem mais confiava, o exemplo a ser seguido, seu incentivador, seu herói, seu ídolo.

Esse fato não foi um simples choque, principalmente, ao saber que, com o consentimento da namorada, Hiro a matou e tirou a própria vida, em seguida.

Satoshi sentiu como se o céu e as Forças do Universo tirassem tudo dele.

Não entendia o porquê aquilo tudo ter de ser daquela forma.

A família, para preservar tradições, preferiu acabar com a vida do irmão e desestruturar a dele.

Ficou inconformado, enlouquecido.

No funeral, Satoshi compareceu e não escondeu sua revolta na frente de todos.

Diante de seu pai, gritou:

— O senhor matou o Hiro, pai! O senhor matou seu filho mais velho e me matou também! O senhor é culpado pelo que aconteceu! É culpado pela morte dessa moça! — berrou.

— Cale-se, Satoshi! — repreendeu seu tio Tadashi, que havia retornado a Tóquio para o funeral do sobrinho.

— Quem é o tio para me dizer isso?! O sangue do Hiro também está nas suas mãos! Você mandou dar dinheiro a ela! Você fez pressão! Sempre quis o controle de tudo e todos! Sempre quis manter tradições! Agora, está bom para vocês?! A tradição está mantida como queriam?!

— Cale-se, Satoshi!

— Não vou me calar! Eu me sinto culpado também! Culpado por não ter percebido o que ele ia fazer quando conversamos pela última vez! Por que não percebi?! Não senti nada nele! Mas a Rose... Ela estava triste quando me abraçou! Vi lágrimas em seus olhos! Eram lágrimas de dor!

— Você está bêbado! Pare com isso! — Tadashi exigiu e o empurrou, tentando colocá-lo para fora.

— Pois bem! Nunca fui bem-vindo, não é mesmo?! Nunca fui querido! — falou mais baixo, ofegante, encarando a todos. Sem se importar com sua mãe aflita e desesperada, que ouvia tudo em um canto, Satoshi disse: — Queriam tanto, mas tanto que eu fosse como o Hiro! Queriam que eu fosse exemplar, educado e me comportasse como ele! Mas... fui incapaz! Não consegui chegar aos pés dele! Mas ainda posso... E o jeito é fazer, exatamente, como ele e ter coragem de tirar a própria vida. Acabar com tudo o que incomoda a mim e deixar vocês felizes com as tradições ancestrais!

— Satoshi... — a prima Keiko murmurou, colocando a mão em suas costas.

Ele se virou e Keiko, filha de Tadashi, saiu atrás dele.

Quando o rapaz abriu a porta do carro, ela entrou ligeira.

Sem se importar, enlouquecido, foi para onde morava, levando a prima junto.

O lugar era pequeno e muito apertado, um apartamento que mal comportava uma pessoa.

Keiko, paciente e espiritualizada, conversou com Satoshi relembrando-o da importância do reequilíbrio, que as decisões fervorosas, tomadas em momentos tempestuosos, geralmente, resultavam em fracassos na vida íntima. Lembrou-o sobre conceitos espirituais importantes, de que há uma razão para estarmos aqui, existe um propósito na nossa existência e uma missão a realizar. Lembrou-o de que sua religião, o budismo, iria ajudá-lo naquele momento difícil. Quase implorando, recordou-o sobre o budismo falar a respeito da verdadeira natureza da mente, enfatizando a prática do bem, cultivando pensamentos e ideias saudáveis, compassivas e não se deixar influenciar pelas emoções, buscando a iluminação.

Com seu jeito doce e voz enternecida, Keiko o tranquilizou um pouco. Ouviu seus desabafos e o aconselhou um pouco mais.

Satoshi acalmou os ânimos e a revolta. Ficou reflexivo.

Com os dias...

Na residência do casal, o senhor Kaito e a esposa Kimiko, em pranto e ainda inconformados, estavam com duas cartas, escritas à mão, deixadas pelo filho mais velho.

A primeira explicava que a morte de Rose foi com o consentimento dela. A própria moça escreveu algo e assinou também no mesmo papel. Era desejo deles. Diziam que longe um do outro a vida não teria sentido, por isso achavam melhor terminarem com o sofrimento deles e da família. Essa carta já tinha sido exposta a todos inclusive à polícia.

Mas a segunda, que acabaram de encontrar, escrita somente por Hiro, iniciava-se assim:

"Peço perdão por meus atos.
Além de desejar viver na vida e na morte ao lado de Rose, tenho percebido minha existência sem sentido e me sinto culpado de muita coisa.
Não sou o que, verdadeiramente, pensam de mim. Não tenho a capacidade que acreditam.
Sou fraude.
Desde que Satoshi, tão jovem, começou a ir à empresa, ele teve ideias que me surpreenderam. Meu irmão, embora dez anos mais novo do que eu, era perspicaz, tinha uma visão empresarial que me admirava imensamente. Eu o invejava e, em vez de expor o que Satoshi é, peguei para mim seus conceitos, concepções e idealizações e apliquei como se meus fossem. As ideias tão inovadoras que tenho apresentado, as quais tanto todos elogiam e que contribuíram para o sucesso da nossa empresa, não são minhas. São do meu irmão mais novo.
Recebi reconhecimento e tive destaque por tudo o que não era meu. Incentivei-o a estudar mais, ir atrás de cursos e o ajudava para receber em troca os seus conhecimentos, suas privilegiadas visões corporativas, suas ideias inovadoras.
Tudo o que fiz para o desenvolvimento da indústria alimentícia é ideia do Satoshi.
Arrependo-me. Tenho vergonha de encará-lo. Minha capacidade não chega aos pés da competência dele. Tenho vergonha do cargo que ocupo, lugar que, meritoriamente, deveria ser dele.
Não entendo o porquê de, com tanto dinamismo, meu irmão não percebeu que roubei tudo dele.
Talvez porque me ame. Talvez me idolatre e fique cego para o que faço. Mas não sou digno dos seus sentimentos nobres.
Peço perdão a ele. Peço perdão ao pai. Peço perdão à mãe. Peço perdão a companhia e todos que, de alguma forma, confiaram em mim. A vergonha me consome e dói mais do que a morte.

Pai, o cargo que ocupo deve ser do Satoshi, seu filho caçula que, muito mais capacitado do que eu, merece ocupá-lo e levar adiante a prosperidade e desenvolvimento da empresa que acolhe tantos trabalhadores e suas famílias.

Espero que, um dia, Satoshi me perdoe e se lembre de mim como um irmão pobre e coitado, covarde e medíocre, que tentou se destacar à custa de sua inteligência, genialidade, brilhantismo e empenho. Não sou tudo o que ele vê.

Sua visão no mundo corporativo está muito à frente do nosso tempo. Eu apenas tomei suas ideias e as apresentei como minhas.

Meu lado sombrio nunca foi visto, pois só aparentei o bom homem.

Perdão.

Peço que considerem esta minha confissão e faça o que acharem melhor.

Hiro Tashiro."

Ao ler as cartas, os pais se desesperaram em pranto aflitivo que ninguém consolava.

O irmão Tadashi e sua filha Keiko ainda estavam em Tóquio.

Desorientado, o senhor Kaito não conseguia fazer contato com o filho caçula. Por mais que quisesse, não o encontrava.

Somente depois daquela carta, entenderam que tudo era mérito de seu filho mais novo. Não souberam dizer como não perceberam.

Reunida, a família temia que Satoshi cumprisse com as últimas palavras: ter coragem de tirar a vida, como seu irmão fez.

A senhora Kimiko gritava, tomada por desespero e, na frente de todos, agrediu o marido exigindo que trouxesse seu único filho de volta ou seria ela a acabar com a própria vida.

Não suportando toda aquela pressão, Keiko contou onde o primo estava morando.

Indo até lá, o senhor Kaito foi recebido com desconfiança.

— Satoshi, precisamos conversar.

— Entra — disse tão somente.

O lugar minúsculo, quase sem ventilação, era claustrofóbico. O pai viu uma mala sendo arrumada sobre a cama. Percebeu que o filho não o encarava. Com dois passos, chegou perto dele e o fez olhar.

O senhor se abaixou e ajoelhou ao chão.

Satoshi ficou surpreso. Seu pai não era esse tipo de pessoa que se curvava a qualquer um ou por qualquer razão.

Foi quando o pai pediu, em choro:

— Perdão, Satoshi. Perdão. — O filho se curvou e o pegou pelos ombros, fazendo-o se levantar. — Preciso que volte. Quero você em casa.

— Não tem como e o senhor não precisa fazer isso.

— Errei. Sei agora que errei e você estava certo. Sempre esteve. Peço o seu perdão. Preciso dele.

Satoshi, sensível, confuso e atordoado, sentiu lágrimas quentes escorrerem em seu próprio rosto. Estava abalado demais e não sabia como reagir.

— Volte comigo para casa. Sua mãe está em desespero e disse que se eu não o levar comigo, ela tira a própria vida. Por favor, Satoshi...

— Estou indo para Atlanta, nos Estados Unidos.

— Não faça isso. Por sua mãe, volte. Nem se for por pouco tempo. Ela está em desespero. Você é nosso único filho.

O rapaz estava em conflito. Não eram seus planos, mas, por sua mãe, aceitou. Abraçou seu pai com força.

O pai não lhe contaria sobre a segunda carta encontrada, onde o irmão confessava sua história. Não desejaria que seu filho caçula destruísse o ídolo, o herói que criou e se espelhou. Não gostaria que se decepcionasse e deixasse de amar, honrar e respeitar Hiro.

Satoshi, mesmo sem chão e sem forças, decidiu dar uma chance a si mesmo e buscar a sua razão de viver, o seu propósito de vida.

CAPÍTULO 3

DANIEL

No interior de São Paulo...
Um grupo de jovens arruaceiros caminhava, desordenadamente, brincando entre si. Gritavam, ofendiam e xingavam. Quando falavam, era muito alto. Vez e outra, alguém era empurrado entre eles e atitudes estúpidas aconteciam. Um deles parou, bebeu alguns goles direto no gargalo da garrafa. Sem demora, um outro tomou-lhe o recipiente, correu, riu e ingeriu a bebida, enquanto o que se viu prejudicado reclamava.

Gargalhavam alto. A algazarra era grande, o alarido incomodava, emocionalmente, os que passavam e presenciavam a cena, porém ninguém ousava intervir.

Os gritos chegavam a importunar também dentro das casas, mesmo com os televisores ligados, contudo estavam acostumados e, apesar da irritação, não havia o que fazer.

Muitos reclamavam e praguejavam em pensamento ou comentavam com os mais próximos, mas nada adiantava.

O tédio da noite fez com que Eleonora ficasse na área coberta na frente de sua casa.

Na cadeira de rodas, ela observava a rua através dos muros baixos e do portão de ferro forjado, vazado pelos desenhos angulares.

A vegetação do jardim, apesar de abundante e sem cuidado, permitia total visão da rua.

A mulher de meia-idade não sorria e era mais uma vítima dos incômodos abusos psicológicos e emocionais causados por aquele grupo de rapazes desordeiros.

Ao ouvi-los, franziu a testa, envergou a boca para baixo e balançou a cabeça de um lado para o outro, negativamente, reprovando as atitudes e a cena patética.

Apesar da luz fraca que iluminava a área na frente da porta da sala, onde ela estava, Galego, um dos rapazes do grupo, percebeu a feição e o gesto de censura da mulher e parou na frente da casa, gritando rispidamente:

— Qual é?!!! Tá achando ruim do que, sua aleijada?!!! — gargalhou.

Os demais riram e a encararam de forma desafiadora, dizendo coisas desagradáveis e frases provocativas, afrontando-a.

Eleonora não disse nada. Austera, continuou a olhá-los com firmeza e frieza.

Após um som metálico, pelo choque do portão que se abriu com um chute de Galego, ela viu o rapaz caminhando pela rampa de acesso à área.

Próximo a ela, ele berrou:

— Tá cansada da vida?!!! Cansada de ficar aí, aleijada?!! Quer se divertir com a galera?!!! — gargalhou estrondosamente e olhou para os outros que riam também.

— É!!! Ela quer diversão!!! — Paulão berrou. — Vamos mostrar como é que gente jovem se diverte!!!

— Então vamos lá!!! Vem com a gente, velha chata!!! — concordou Galego, que foi para trás da cadeira de rodas. Gargalhando e dizendo coisas ofensivas, moveu a cadeira descendo a rampa. Passou pela passarela de cimento, ladeada de jardim e chegou até a rua.

— A vovó vai com a gente, galera!!! — Guto gritou e tomou a cadeira de rodas de suas mãos empurrando-a rua afora, fazendo zigue-zague, passando em buracos e lombadas, seguindo para outra rua mais deserta ainda.

Tudo muito rápido.

Alguns riram e o seguiram falando alto, fazendo brincadeiras ofensivas e agressivas com a cadeirante, que não se manifestava.

A atitude de maldade e desrespeito, que já incomodava um dos componentes do grupo, ultrapassou o limite de sua tolerância e, sério, ele pediu:

— Parem! Parem com isso! — exigiu Daniel, puxando pelo braço aquele que empurrava a cadeira.

— Qual é, Daniel?! Amarelou, cara?! — Guto perguntou e gargalhou. Virando-se, levou a garrafa de bebida alcoólica, que tinha em mãos, até a boca da mulher e falou: — Toma aí, vovó! Bebe um pouco para ficar alegrinha! — gargalhou, enquanto derramava a bebida que ela rejeitava ao fechar a boca.

— Para com isso! — Daniel mandou, empurrando a mão do outro para defender a senhora.

Guto reagiu querendo agredi-lo. Paulão aproximou-se e amenizou a situação, separando-os. Porém, Tatu, outro colega, apossou-se da cadeira de rodas, empurrou-a o mais rápido possível e a discussão se desfez, pois todos saíram correndo atrás da cadeira que sacodia devido ao chão irregular de paralelepípedos gastos pelo tempo.

A rua desolada parecia um corredor sombrio. Árvores, despidas de folhas pelo fim do outono, testemunhavam silenciosamente a cena terrível que se desenrolava.

Daniel, totalmente insatisfeito, ficou zangado ao ver os companheiros rirem.

Os apelos de Eleonora só ecoavam em sua mente enquanto se segurava nos braços da cadeira com todas as forças que tinha e os olhos arregalados de medo e indignação. A cadeira, uma extensão de seu corpo, veículo que a levava onde suas pernas já não conseguiam mais, balançava com suas rodas batendo nas pedras irregulares, pulando, como um cavalo selvagem, sobre buracos e desníveis.

O mundo girava em torno dela. As árvores, as poucas casas com janelas fechadas, tudo se misturava em um borrão de cores opacas e acinzentadas pela noite e os sons confusos do que acontecia, deixavam-na tonta.

Eles não viam a mulher, o ser humano, viam somente um objeto para a diversão sádica e Daniel estava indignado com isso, mas não conseguia fazer nada para detê-los.

Finalmente, os rapazes com atitudes vândalas, empurraram a cadeira em direção a um salão de reunião, que ficava logo à frente.

O grupo de pessoas que se reunia lá dentro não conseguiu ver o que acontecia de imediato.

— Aqui é a casa do capeta!!! — Zeca gritou. — Vamos deixar a velha aí!!! — direcionou a cadeirante em direção do portão, empurrando-a.

Percebendo que foram notados, alguém puxou a senhora pela mão e a jogou no chão, gritando:

— Reza pra gente, maluca!

— Reza pro capiroto levar você logo!

— Foi um prazer te conhecer, aleijada!!!

Saíram correndo e gargalhando.

Daniel apressou-se para chegar perto dela. Estava assustado, mesmo assim, endireitou a cadeira virada, pegou-a pelo braço, que enlaçou em seu ombro, levantou-a pela cintura, apoiando-a nele e fazendo-a se sentar, novamente. Era um jovem alto e forte.

Abalado, percebendo a movimentação de pessoas que saíam para ver o que acontecia, ele murmurou:
— Desculpa. Por favor... Desculpa... — correu sem mais ser visto.

Eleonora achava-se apavorada, mas não manifestava seus sentimentos. Seu rosto de feições duras tinha muitas vivências e histórias. Seus olhos, apesar das poucas rugas que os rodeavam, brilhavam memórias de tempos mais gentis. Ela costumava dançar, correr, sorrir, rodopiar, mas, agora, tudo isso eram apenas lembranças distantes.

...e ela? Uma condenada àquela cadeira pelo resto da vida.

Aqueles vândalos, que surgiram como sombras, tinham risadas que ecoavam igual à voz do medo. Eram jovens repletos de energia e maldade.

Vulnerável, ela ficou ao dispor de todos. Um alvo fácil.

As primeiras pessoas que chegaram até ela para socorrê-la, viram-na confusa. Agarrada ainda à sua cadeira, tinha a mente uma tempestade de emoções conflitantes: raiva, tristeza, impotência, indignação, mas, surpreendentemente, um fio de esperança. Esperança que iluminou seus olhos quando procurou algo.

Os rapazes desapareceram na escuridão como fantasmas, inclusive, Daniel.

Ela olhou ao redor e sentiu-se atordoada com tantas perguntas.

A cadeira de rodas, uma testemunha silenciosa da crueldade humana, gélida e imóvel, era sua única companheira.

— Estou bem... — Eleonora murmurou, ajeitando-se e respirando fundo.

Ela não vai desistir do seu objetivo e, mais uma vez, olha em direção para onde os rapazes fugiram. Estava determinada. Enfrentaria o mundo com a coragem e a dignidade que possuía para conseguir seus objetivos.

E assim, naquela noite escura de outono, a rua desolada daquela cidade do interior guardava uma história da injustiça dos jovens vândalos, da bravura de Eleonora e da timidez de Daniel, o jovem que não se decidia de que lado ficar.

Ela permaneceria firme com sua força inquebrantável, sentindo o vento em seu rosto. Vento frio que sussurrava esperança depois do que viveu.

Apesar de sentir-se estonteado por causa da bebida alcoólica, Daniel estava bem lúcido e incomodado com o ocorrido. Não gostou nenhum pouco do que seus amigos fizeram com a cadeirante.

Ele a conhecia de vista e não se lembrava, naquele momento, do seu nome. Seu avô já havia falado sobre ela algumas vezes, mas não era capaz de recordar.

Aquilo o aborreceu e o deixou extremamente irritado. Descontente, foi para casa.

Ao chegar, escutou seu avô perguntando:

— Isso são horas, Daniel?!

— Bênção, vô... — murmurou.

— Deus abençoe. Mas eu não falei que amanhã temos de chegar cedo no mercadinho? Às 4h o caminhão fará as entregas. E se seu Aldo chegar antes? Temos de estar lá às 3h30! Esqueceu?!

— Não, vô. Não esqueci. Vai dormir, que vou tomar banho e deitar.

— Bebeu de novo?! — o senhor Rufino notou um tom diferente no modo do neto falar.

— Só um pouco... — Daniel murmurou.

— Essas companhias vão trazer problemas pra você, menino! Trata de se afastar desses moleques! — zangou-se.

O neto nada disse e foi para o banheiro.

3h. Era o que mostrava o despertador, quando Daniel o silenciou. Sentia o corpo ruim e a dor de cabeça incomodava muito. A indisposição era grande. Mesmo assim, sentou-se na cama e esfregou o rosto, levantando-se rápido ou voltaria a deitar e levaria bronca.

Vestiu-se depressa e foi para o banheiro, percebendo que o avô já estava na cozinha pronto para sair.

Lavou o rosto e sentiu a água fria gelar sua face. Isso o fez acordar. O inverno começaria logo e estaria frio.

— Vamos, Daniel! — o senhor o chamou firme.

Saíram sem perder tempo. Nem tomaram café.

No pequeno mercado, o jovem abriu a porta que sempre dava trabalho, pois era emperrada e o senhor não gostaria que alguém a consertasse. Para o senhor Rufino, aquele defeito dificultaria furtos e invasões.

Não eram 3h30 quando a entrega foi feita.

O senhor Aldo, homem de pequena estatura e porte fraco, estacionou o velho caminhão barulhento e, sem demora, Daniel foi ajudar com as mercadorias.

Algumas caixas eram pesadas. Sabendo disso, o senhor Rufino não se aproximou para não atrapalhar o neto que, sozinho, carregou o que precisava para dentro do mercado.

Após o recebimento, o entregador se foi e o proprietário armazenava alguns produtos nas prateleiras, enquanto o neto levava outros para o depósito no fundo do mercado.

Um pouco depois, o senhor pediu ao rapaz para erguer as portas principais, que eram de enrolar, e ouviu:

— Mas ainda é cedo! São 4h. Vai abrir agora?

— Qual a diferença em abrir meia hora antes, se já estamos aqui e o pão já foi entregue? Pode abrir.

Contrariado, Daniel obedeceu.

O pequeno mercado vendia pão, leite e alguns frios, além de outros produtos.

O cheiro de café fresco feito pelo senhor Rufino invadia o estabelecimento quando o primeiro cliente entrou.

— Bom dia!
— Bom dia, senhor João! O que vai ser hoje? — indagou o proprietário sorridente.
— Três filões de pão, dois leites, seis ovos, duzentos de mortadela. — Enquanto aguardava seu pedido, contou: — Aquele bando de arruaceiros inúteis aprontou novamente!
— É mesmo? — perguntou o senhor Rufino.
— Ontem, pegaram a Eleonora na cadeira de rodas e a arrastaram com a cadeira pela rua. Zombaram e falaram um monte de coisa para a coitada. Depois entraram com a cadeira no terreno do centro espírita e abandonaram a pobre mulher lá. Gritaram, ofenderam e saíram correndo.
— Desocupados, sem-vergonhas! — reclamou outro cliente que acabava de entrar e ouviu o relato. — Isso é falta de uma boa sova!
— São é filhos de pais irresponsáveis, isso sim! Se é que eles têm pais!
Daniel surgiu para atender o outro cliente e ouviu:
— Faz bem o senhor, seu Rufino, obrigar seu neto a trabalhar e fazer o menino levantar cedo para não ter tempo de se envolver com esses marginais. Quando a família não educa seu filho em casa, o estado vai educar na cadeia.
— Aqui está seu pedido, seu João. Mais alguma coisa?
— Marca aí no caderno, seu Rufino. Tenha um bom dia!
— Está certo... Um bom dia pro senhor também, seu João. Pode deixar que vou anotar aqui na caderneta.
Daniel continuou atendendo o outro cliente, mas havia algo errado com seus sentimentos. Não ousava encarar o avô e o homem percebeu.
Assim que ficaram a sós, o senhor o chamou:
— Daniel, vem aqui.
— Vou colocar as caixas vazias pra fora e limpar o banheiro.
— Vem aqui! — foi enérgico.
— Senhor... — obedeceu de cabeça baixa.

— Dona Eleonora vive sozinha e em uma cadeira de rodas. Tem dificuldade pra tudo. Nem sei como essa mulher consegue morar lá sem a ajuda de ninguém. Tenho certeza que os arruaceiros que tiraram a pobre da casa dela, saíram com a cadeira pela rua e abandonaram a coitada foram o Galego, o Paulão, o Guto, o Tatu, o Zeca e o Zuca. Você estava com eles?! — Não houve resposta e ele percebeu que o neto abaixou o olhar mais ainda. — Você deve ter vendido bebida pra eles também! Já disse que esses moleques não prestam! Não são boas companhias! Nunca vai aprender algo bom com eles! Você tá na idade de estudar para ser gente do bem! O que vai ser de você quando eu morrer, Daniel?! — Silêncio. — Aproximando-se, exigiu: — Não quero que fique na rua depois das 8h da noite! Se não estiver no colégio, é pra estar em casa estudando! Entendeu?!

— Entendi — murmurou.

Outro cliente chegou e a conversa foi interrompida, mas não esquecida.

O que fizeram com Eleonora foi o assunto de todos que adentraram ao mercadinho, naquela manhã, até que, mais tarde, o farmacêutico, senhor Leôncio, chegou:

— Seu Rufino, por favor, preciso que o senhor prepare uma cesta ou caixa com alimentos básicos e também pão, leite, legumes e outras coisinhas e entregue na casa da dona Eleonora. Acabo de vir de lá e notei que não havia muitos mantimentos. Anote na caderneta que depois eu acerto com o senhor.

— Foi bom o senhor ter falado. Agradeço, mas pode deixar que eu mesmo fico com esse custo. Tenho certeza que o senhor já examinou dona Eleonora e não cobrou nada.

— Não fiz nada demais. Foram alguns arranhões. Ela não se feriu tanto. Ao menos fisicamente não se machucou, mas nunca se sabe o quanto a alma está ferida. Ela é uma mulher muito séria. Não é de conversar nem reclamar. Vive só e sabe-se lá Deus como! Veio para cá, morar nesta cidade, e ninguém sabe de onde veio. É estranho, mas ninguém merece ser incomodado e agredido como ela foi. A coitada estava em casa quando aqueles marginais a arrancaram de lá!

— Pode deixar, seu Leôncio. Vou fazer uma cesta com coisas boas e mandar meu neto ir lá levar. Não se preocupe.

— Se o senhor está dizendo... Fico despreocupado. Passo lá, à noite, para ver como ela está.

O farmacêutico se foi e o senhor Rufino procurou uma cesta que encheu de alimentos.

Sem demora, chamou Daniel e o orientou sobre a entrega, como se estivesse lhe dando ordens. Ainda estava zangado por saber que o neto havia se envolvido com o ocorrido.

O jovem ouviu em silêncio, pegou a cesta e se foi.

CAPÍTULO 4

PEDIDOS DO CORAÇÃO

Sem precisar pedalar muito para chegar à casa de Eleonora, Daniel parou a bicicleta frente à residência. Titubeou ao lembrar o que havia ocorrido, na noite anterior, e ficou com medo de ser identificado. Não gostaria de ser reconhecido. Não ali. Não agora.

Quando lembrou que a luz da rua era muito fraca e ela estava assustada, achou difícil que se recordasse de seu rosto, um entre os sete rapazes daquele grupo. Tudo aconteceu em um piscar de olhos.

A algazarra dos amigos seria sua aliada, pensava. Ele ficou para trás do grupo e tudo, para ela, deveria ter sido um turbilhão de sensações. Quando a ajudou a sentar, colocou-a, praticamente, em seu ombro.

Não. Ela não o viu direito.

Mesmo imaginando isso, sentiu o coração aos saltos.

Como sempre fazia para outros clientes, bateu palmas e chamou:

— Dona Eleonora! Entrega!

A porta da sala achava-se aberta e dava para ver parcialmente dentro da casa, pois estava mais escuro do que lá fora onde o sol brilhava. Demorou um pouco para o vulto, com contorno de uma cadeira de rodas, surgir ao longe e crescer à medida que se aproximava da porta.

Ele ainda não conseguia identificar a feição da mulher. Não saberia dizer se ela se encontrava séria ou se sorria.

— Entrega para a senhora! — tornou dizer em alto tom.

— Não encomendei nada — respondeu e manobrou a cadeira, saindo de suas vistas.

Daniel pensou um pouco. Sabia que o avô não tinha recebido qualquer pedido de mercadorias daquela senhora, mas se retornasse com a cesta, provavelmente, levaria bronca. O avô sabia que ele havia se envolvido na agressão e não lhe perdoaria.

Como a maioria das casas da região, o portão e a porta principal ficavam abertos e como sempre fazia nas entregas, decidiu avisar:

— Estou entrando para levar as mercadorias aí dentro para a senhora, dona Eleonora. Estou entrando!... — Caminhou pela calçadinha cimentada, subiu a rampa, passou pela área e chegou à porta. — Com licença! Estou entrando! — avisou. Olhando-a, viu-a de costas e de frente para uma mesa com o olhar em um livro aberto que virou a página. — Meu avô, o senhor Rufino, dono do mercadinho, pediu para eu trazer estas mercadorias para a senhora. Onde posso colocar?

— Não preciso de nada. Daqui uns dias, meu provedor vai trazer o que preciso para passar o mês.

— A maioria das coisas que trouxe são alimentos frescos: frutas, verduras, legumes... Não são para estocar. Vão durar só uns dias mesmo. Tem outras coisas... Arroz, macarrão, açúcar... Quer ver? Até que seu provedor chegue, a senhora pode usar o que tem aqui.

A vida de Eleonora era um mistério. Sabia-se que chegou àquela cidade e comprou a casa onde se instalou, após algumas adaptações para facilitar seu acesso e mobilidade. Um pedreiro da cidade foi contratado para reformar todo o banheiro, derrubar paredes, alargar portas e abaixar a pia e o tanque, além de outras obras tirando qualquer degrau ou obstáculo. Isso facilitaria a residência de pessoas com necessidades especiais e dificuldade de locomoção. Após a reforma, a casa ficou boa e ela se instalou. Em média, uma vez por mês, alguém a visitava e trazia-lhe caixas que continham alimentos, produtos e até roupas. Nada era comprado no armazém ou lojas ali perto.

Só conheciam o seu primeiro nome. Eleonora não era de dar atenção a quem quer que fosse. Não frequentava qualquer centro social ou comunitário de reuniões na cidade, muito menos igrejas, templos religiosos ou outros.

Alguns vizinhos que passavam em frente a sua casa, quando ela estava na área da frente sentada em sua cadeira de rodas, cumprimentavam-na, acenavam ou sorriam, mas nunca recebiam qualquer retorno. Somente o olhar sério e o semblante duro os acompanhavam sem outra expressão.

Com o tempo, alguns se acostumaram e não ligavam, outros deixaram de cumprimentá-la e havia sempre os que ainda tentavam conversar. Mas ela evitava aproximação e contato. Parecia não querer falar sobre si.

Aquele evento com os jovens arruaceiros fez com que todos se preocupassem com suas condições e estado, principalmente, o senhor Rufino que tinha seu próprio neto envolvido na agressividade. Era como se se sentisse responsável.

O longo silêncio fez com que o jovem rapaz insistisse em perguntar:

— Quer que eu coloque as frutas na fruteira e legumes na geladeira?

— Tanto faz.

Diferentemente das residências da região, não havia parede entre a sala e a cozinha, pois foi derrubada para facilitar a acessibilidade.

A mesa da cozinha era de madeira maciça, firme e pesada. Havia somente duas cadeiras, também de madeira, cada uma nas laterais da mesa. A pia era bem baixa, assim como os armários. Tudo ficava na altura exata para auxiliar suas necessidades.

Apesar de não haver divisão entre os cômodos, a sala era identificada por estante repleta de livros, tendo ao lado uma televisão. Também havia uma poltrona e uma mesa, sendo essa, encostada à parede abaixo da janela, que vivia com os vidros fechados e por onde passava claridade.

Sobre essa mesa mais estreita do que as normais, alguns livros e cadernos, canetas e lápis.

E era ali que Eleonora estava de costas para Daniel que desembrulhava as mercadorias.

As frutas ele colocou na fruteira vazia que estava sobre a mesa da cozinha. Os legumes, na geladeira.

— Tem biscoitos e mantimentos. Posso guardar nos armários? — foi gentil, ficou penalizado.

— Não. Deixe-os sobre a mesa. Você trouxe latas de sardinhas ou atum?

— Não senhora. Mas posso ir buscar.

— Pois vá. Traga a conta de tudo. Tudo. Entendeu? Faço questão de pagar.

Desejava vê-lo novamente e pediu algo que percebeu não haver no que ele trouxe.

O jovem obedeceu e se foi.

Ao retornar, encontrou uma conhecida que tinha levado comida pronta para a senhora.

— Oi, Daniel! Você por aqui! — alegrou-se a mulher.

— Boa tarde, dona Sônia — sorriu, com um toque de constrangimento. Em seguida, falou: — Dona Eleonora, trouxe o que a senhora pediu.

— Trouxe a conta de tudo, Daniel? — indagou a dona da casa.

— Meu avô disse que é cortesia do mercadinho, dona Eleonora. Não terá custo algum.

— Não quero que seja dessa forma. Posso muito bem pagar pelo que consumo — foi um pouco ríspida.

Sônia trocou olhares com o rapaz e disse bondosa:

— Acho que é uma cortesia para a senhora se tornar cliente do mercadinho do seu Rufino. Nesta cidade, ainda usamos o sistema de anotar na caderneta e pagar tudo no final do mês.

— Até alguém ser desonesto, pode funcionar. Porém, faço questão de pagar o quanto antes.

— Vou falar para o meu avô anotar tudo para a senhora. Não se preocupe. Depois passamos o valor.

— Vai dizer mesmo? — encarou-o firme, de modo desafiador.

— Vou — desviou o olhar.

— Vou confiar em você, Daniel — tornou Eleonora. — Você é uma pessoa confiável? — tornou a perguntar de um jeito provocativo e um toque irônico.

O rapaz sentiu-se gelar. Aquela pergunta significava que ela o havia reconhecido?

Não saberia responder.

— O Daniel é o menino mais amável desta cidade — disse Sônia, sorrindo. — Educado, prestativo, obediente... — Virando-se para ele, pediu: — Não acha melhor lavar essa alface para facilitar para ela?

— Claro — murmurou sério, ainda sob o efeito da insegurança.

— Mãe! Mãe! — um garoto chegou gritando e parou à porta da sala. — Estão entregando o móvel lá em casa!

— Preciso ir. Coma tudo, viu? Mais tarde volto para pegar o prato. Não se preocupe em lavar nada.

— Obrigada, Sônia — agradeceu tão somente a senhora.

O jovem continuou na pia lavando a alface, pensativo e silencioso.

Após a última garfada, Eleonora virou a cadeira de rodas e foi até ele, que ainda estava na pia.

Colocando o prato na bancada ao lado dele, pediu, mantendo sempre o jeito sério, enigmático:

— Larga isso. Posso lavar verduras. Não tenho dificuldades com as mãos e essa pia é muito baixa para você.

— Estou terminando — murmurou.

— Então... Você e seus amigos gostam de promover o terror na cidade, não é?

— Desculpe... Não costumo andar com eles. Ontem... — envergonhou-se. Não completou e terminou o que fazia. Secou as mãos e abaixou o olhar, perguntando: — Posso ajudar em mais alguma coisa?

— Quase falei o seu nome para o policial, ontem. Aliás, o único nome que ouvi. Mas... Não me lembro de outro Daniel nesta cidade e acreditei que seu avô não mereceria ter a polícia no portão dele àquela hora da noite.

— Obrigado... — falou baixinho. — Não é minha turma. Não são meus amigos.

— E por que estava com eles?

— Não sei dizer — respondia timidamente, sem encará-la.

— Só anda com eles para ser aceito, para se sentir importante, para ter companhia. Talvez por não ter outros colegas. Por que não é benquisto em outros grupos?

— Não sei. Não sou inteligente, não tenho grandes notas escolares. Todos com dezessete anos já estão prestando vestibular e eu vou fazer dezoito e ainda posso repetir o ano. Sei que o ano letivo não começou, mas fui tão mal o ano passado que...

— Não é inteligente?! — indagou com ironia e riu alto. — Lewis Terman, um famoso psicólogo estadunidense, acreditava que, se separassem as crianças mais inteligentes, com QI acima de 140, que é o nível da genialidade, e desse a elas escolaridade diferenciada, elas seriam ainda mais geniais. Ele e sua equipe avaliaram 250 mil crianças do ensino fundamental e médio na Califórnia e 1.470 se mostraram as mais inteligentes, preenchendo os requisitos para receberem a educação distinta que as tornariam ainda mais geniais. Cada uma delas foi acompanhada por ele até a fase adulta. Ele mesmo fazia questão de ajudá-las. Com cartas de apresentações especiais, dava referência, direcionamento e muito mais. Analisando os resultados décadas depois, chegou ao resultado de que 20% delas, agora adultas, eram da classe alta, 60% da classe média e 20% da classe pobre. Lewis Terman ficou assombrado, uma vez que esses são os resultados que acontecem com qualquer grupo de crianças, ou seja, o QI de superdotado não fez qualquer diferença ao longo do prazo. Inúmeros outros estudos semelhantes mostram a mesma coisa. A inteligência por si só, poucas vezes reflete grandes resultados no decorrer da vida. Inteligência e sabedoria são coisas completamente diferentes. Na minha precária opinião, inteligência pode ser treinada. Algo que, se não me engano, os japoneses já estão usando em suas crianças.

— Acredita nisso? — perguntou com interesse.

— Sim! Vamos pegar um exemplo matemático e... Digamos que é ensinado Equação de Segundo Grau a duas crianças. Uma aprendeu rapidamente e a outra não. A que não aprendeu, sendo estimulada e treinada, com toda a certeza, conseguirá aprender e resolver Equações de Segundo Grau tanto quanto a outra. — Breve silêncio. — Isso serve para todas as ciências. Se quiser aprender, treine seu cérebro, treine sua mente, treine seu foco, sua concentração. Dedique-se e aprenderá tudo o que quiser. Só não confunda inteligência com sabedoria. — Olhou-o de modo a invadir sua alma e afirmou: — Vejo gotas de sabedoria em você.

— Em mim? — inquietou-se. Pareceu gostar do que ouviu.

— A inteligência pode ser treinada, enquanto a sabedoria precisa ser desenvolvida, conquistada. Só se é sábio por meio da busca, da observação, do silêncio e da reflexão. E quando se tem gotas de sabedoria, pode-se alcançar o que quiser na vida. Pense nisso, Daniel. — Girando as rodas de sua cadeira, foi para a sala, ficando perto da mesa, próxima à janela, onde havia alguns livros. Mesmo de costas para ele, disse em tom firme e claro: — O mal de muitas pessoas é limitar-se a um diagnóstico ou situação, colocando nele a culpa por sua preguiça ou inércia. — Com sarcasmo, ressaltou: — Sou desprovido de inteligência! Diz aquele preguiçoso que não tentou, não insistiu, tornando-se um peso ou preocupação para os que estão à sua volta. — No mesmo tom, exclamou para desafiá-lo e mexer com seu ego: — Mãe e pai que me agrediram física ou psicologicamente! Tive vida difícil! Não tive mãe nem pai! Fala quem quer encontrar desculpas para sua falta de atuação e só deseja ter a mão passada na cabeça, isentando-se de qualquer responsabilidade sobre sua própria vida. — Esperou um momento e prosseguiu com sua reflexão: — Sabe, Daniel, não é preciso ser o mais inteligente, não é preciso ter nascido em berço de ouro, não é preciso ter sido bajulado e carregado no colo para obter prosperidade, estabilidade ou sucesso. É preciso empenho, vontade e nunca desistir. Não importa quantas vezes a vida te derrube. Levante-se e prossiga. Apesar da dor, da dificuldade e até do medo, encare os seus problemas. — Pela visão periférica, viu-o se aproximar e perguntou: — Sabe o que todos os vencedores têm em comum?

— Não — respondeu atento.

— Eles nunca desistem. — Encarou-o e afirmou: — É impossível derrotar aquele que não desiste nunca. Mas... Aqueles que caminham na companhia de idiotas e improdutivos, torna-se um deles. Como você, muitos jovens têm duas opções na vida: dar atenção, buscar e se concentrar naquilo que lhes dê um futuro equilibrado e garantido ou seguir o modismo, os grupos imprudentes, improdutivos, inconsequentes e arruaceiros. Use sua sabedoria para escolher qual o futuro que você quer.

— Entendi... — Pensou e decidiu: — Preciso ir. A senhora quer mais alguma coisa?

— Não. Obrigada. Diga ao seu avô que pagarei as compras em breve.

— Vou indo. Boa tarde para a senhora.

— Até mais, Daniel — respirou fundo e acompanhou-o com o olhar.

Eleonora encontrava-se de frente com mais um capítulo da sua história. Seus olhos já tinham visto mais do que desejava na vida, porém precisava prosseguir. Era o que pedia seu coração.

A vida, essa entidade misteriosa, havia retalhado cicatrizes invisíveis e profundas em sua alma, assim como na alma daquele jovem que ela se determinou a resgatar.

Não importava quão incerto o destino fosse, estava disposta a enfrentá-lo, independentemente dos resultados. Insistiria enfrentá-lo.

CAPÍTULO 5

DISPOSIÇÃO E CORAGEM

Aquela conversa mexeu com as emoções de Daniel. Ficou pensativo no que ouviu de Eleonora ao mesmo tempo em que se lembrava de suas experiências de, tão somente, dezessete anos. Muitas vezes, via-se somente como vítima do abandono e embora não verbalizasse, mentalmente queixava-se por não ter pais, por ser criado pelo avô que precisou ser firme para cuidar dele sozinho. Nem sabia dizer como o senhor Rufino desenvolveu coragem para olhá-lo, depois de tanto sofrimento que experimentou por sua causa. Sempre se sentia excluído.

Devido às histórias e vivências de seus pais, muitos não conversavam com ele e o ignoravam. Na escola, não tinha amigos, pois outros pais pediam aos filhos para que se afastassem dele. O único grupo de jovens que o aceitava, sem questionamento, era aquele capaz de tamanha agressão com a cadeirante, na noite anterior.

    Caminhando reflexivo e empurrando sua bicicleta, escutou o assovio agudo entonado de modo característico para ser percebido.

    Era Galego que o tinha visto.

    Virando-se, viu-o sorrir e acelerar os passos em sua direção.

    — E aí, cara? — perguntou Galego, oferecendo toque de mão.

    Bateram as mãos e deram socos no ar, fazendo movimentos rápidos, em uma saudação descontraída e amigável com um estilo peculiar e uma maneira de expressar camaradagem e conexão, especificamente, mostrando que eram amigos de um mesmo grupo.

    — Tudo limpo.

    — De onde tá vindo?

    — Meu avô mandou levar encomenda para a casa da dona Eleonora.

    — Na casa da aleijada?! — riu alto.

    — Não foi nada legal o que aconteceu ontem — Daniel considerou.

    — Ah! Qual é?! A gente tava só se divertindo — continuou rindo.

    — Acha que foi divertido pra ela?

    — Qual é Mané? Vai encrencar?!

    Não houve resposta e, virando as costas, continuou andando em direção do mercadinho, puxando a bicicleta.

    Galego sentiu-se ofendido, provocado. Com raiva por ter sido contrariado, foi atrás do outro e o empurrou.

    Daniel deu dois passos descompassados e a bicicleta caiu.

    — Qual é a sua, hein, cara?! — Galego indagou irritado. — Tá me ignorando?!

— Não. Só tô falando que não gostei — respondeu, mesmo sentindo o medo correr por sua coluna. Sabia que o outro era agressivo e temeu por isso.

— Não vem tirando com a minha cara não! — empurrou-o com as duas mãos, batendo no peito do rapaz.

— Fica na sua, Galego!

— Vem mandar em mim não, cara! Vem não! — e foi para cima dele, forçando-o até vê-lo ao chão. Quando foi chutá-lo, o outro segurou seu pé e Galego também caiu.

Começaram a lutar, rolando na rua de um lado para o outro. Galego, com um golpe de sorte, prendeu o braço de Daniel e, com a outra mão, socou seu rosto várias vezes. O outro jovem reagiu. Contorcendo-se, livrou-se dos ataques e, invertendo as posições, socou seu agressor muito mais.

O senhor Leôncio, que estava dentro de sua farmácia, viu a luta e foi apartá-los.

O farmacêutico e outro homem, que passava pelo local, separaram os rapazes e os advertiram duramente.

Bem machucados, cada um dos jovens, mesmo nutrindo sentimentos de ódio e contrariedade, não disseram nada.

Após a bronca, Galego virou-se e se foi. Daniel ouviu um pouco mais das advertências até o farmacêutico propor:

— Vamos ali, na farmácia, para eu ver esses ferimentos.

— Não precisa. Obrigado — murmurou, sem erguer o olhar e falou: — Desculpe. Preciso ir.

— Tome juízo, Daniel! Você não precisa se juntar a gente desse nível. Não seja assim.

Angustiado, chegou ao mercadinho e foi para o banheiro onde se lavou, sentindo cada machucado e arranhão arder como o inferno.

Olhando-se no espelho, viu o quanto seu olho estava inchado, começando a ficar roxo. A boca cortada e o lábio também inchado.

— Droga!... — sussurrou irritado.

Já estava há algum tempo ali, quando ouviu seu avô chamar.

Não teria como esconder o que aconteceu. Provavelmente, o senhor já soubesse.

Foi para fora do banheiro, pisando devagar as tábuas do assoalho, que rangiam.

O senhor Rufino o observou por longos segundos e perguntou:
— O que foi isso?
— Briguei com o Galego — contou sem o encarar.
— De qualquer forma a culpa é sua! — foi enérgico.
— Mas foi ele quem começou! — defendeu-se.
— A culpa é sua, mesmo assim! Sabendo o tipo de gente que ele é, o que poderia esperar? Uma luta só acontece quando as pessoas se aproximam. Não sabe que se você se misturar com gente assim vai arrumar problemas? Se juntou com ele e aquele bando de inútil porque quis! Tá aí o resultado!

O jovem não gostava de admitir, mas sabia que seu avô tinha razão.

Sem trégua, o senhor exigiu:
— Pode limpar o mercadinho todo! Varra e passe pano em tudo! Passe cera na parte do assoalho.
— Mas são... — ia falar as horas.
— Não importa, Daniel! Se teve disposição e energia para brigar, também tem para limpar aqui tudo antes de escurecer — virou as costas.

Eram 19h quando Daniel procurou por seu avô, dizendo:
— Deixei o corredor onde ficam as batatas e as cebolas para limpar amanhã cedo e o porão também. Se passar cera agora, vai ficar com cheiro forte até amanhã cedo. — O senhor nada disse e o jovem se lembrou: — A dona Eleonora pediu para marcar as compras. Depois ela paga.
— As compras de hoje não vou cobrar. Não marque nada. É uma forma de retribuir a ela a sua má conduta e a minha incompetência em não saber educar você. — Um instante e disse: — Vamos fechar. Já tá tarde. E depois de abaixar as portas, você vai levar essa caixa para a dona Eleonora.
— Mais mercadorias? — reclamou.

Espremendo olhar no rosto enrugado, o senhor perguntou:
— Quanto vale o medo? Quanto custa o pânico? Quanto é que vale silenciar o nome de um moleque para a polícia para ele não ser ainda mais difamado? — o neto nada disse. — O moleque não vai ser preso por ser menor de idade, mas em uma cidadezinha dessa, a má fama é pior do que prisão. Já basta o que falam de você sem que tenha feito nada, não acha?! — foi rigoroso.
Daniel ficou intrigado. Como seu avô sabia que dona Eleonora não tinha dito seu nome à polícia?
Não ousou perguntar.
Pegou a caixa e abaixou as duas portas de correr do mercado, deixando seu avô lá dentro, sabendo que ele sairia pela porta lateral.

Na casa da senhora, chamou e a viu olhá-lo de longe, fazendo um sinal com a mão para que entrasse.
— Boa noite... — cumprimentou timidamente. — Trouxe mais estas coisas... — nem levantou a cabeça.
— Coloque sobre a mesa da cozinha, por favor.
— É sabão, detergente e água sanitária. Quer que eu coloque lá fora, perto do tanque de lavar roupa?
— Se estiver disposto, sim, por favor. Deixe o detergente na cozinha, por gentileza e o restante no armário da lavanderia.
Quando retornou, o jovem perguntou:
— A senhora precisa de mais alguma coisa?
— Seu avô esteve aqui à tarde. Achou que você estava demorando para chegar ao mercadinho, pois é tão perto, não é?... — Não houve resposta. — Conversamos. É um homem educado, respeitoso. Desculpou-se por você estar no meio do grupo que me agrediu. Mas... Olhando-o, agora, Daniel... Entendo o porquê de não ter chegado ao mercado e ele ter vindo atrás de você — sorriu levemente, como se debochasse. Percebendo-o contrariado, segurando-se para não demonstrar

fúria, questionou: — Quer ganhar essa briga, Daniel? — indagou com um toque de ardilosidade, quase sorrindo.
— Como assim?
— Quer se vingar dos seus amigos? Desse sujeito que te agrediu e também de todo o grupo arruaceiro que te colocou nessa posição desprezível?
— Por que posição desprezível?
— De tudo o que eles fizeram, sobrou somente para você. Eu não sei identificar mais ninguém, além de você.
— Para me vingar, só se matar todos eles! — falou enfurecido.
— Não — negou mansamente. — Existe uma vingança melhor.
— Qual?
— Progrida! Prospere! Torne-se um homem de sucesso! — expressou-se em tom incentivador.
— E eu lá tenho chance?!
— Todos temos!
— De que forma? Não vejo saída para mim. Não sou inteligente, não consigo me concentrar no estudo. Quando meu vô morrer, o mercadinho e a casa onde moramos será dividida entre mim e outros três tios, que não sei nem onde moram, mas quando meu vô se for, eles aparecerão. O que vai me restar? Onde vou morar? Serei um ninguém!
— E sabendo disso está aí, de braços cruzados, esperando tudo acontecer para depois dizer: Oh! Coitadinho de mim! — falou com sarcasmo. — Inteligência se treina, menino! Tudo na vida é treino. Só é preciso acabar com a preguiça! — enfatizou. — Nada é por acaso, Daniel. Nunca lamente qualquer situação que te aconteça. — Observou-o e disse: — Agora... Vamos lá! Empurre essa cadeira até a casa espírita onde você e sua turma me deixaram ontem. Mas antes... — Foi até a mesa, pegou um livro e entregou a ele. — Leve e me devolva sem qualquer rabisco, amassado ou arranhão. Leia.
— Do que fala? — pegou curioso.
— Livro não fala, Daniel — sorriu e arrancou-lhe um sorriso. — Esse livro é sobre disciplina e constância. Vamos conversar

sobre isso após lê-lo. Agora, por favor, preciso ir até a casa espírita. Gostei de lá — riu.

O rapaz pegou o livro e obedeceu, levando-a até onde pediu.

Na primeira oportunidade, o jovem perguntou à Eleonora:
— Por que me ofereceu um livro infantojuvenil?
— Livros bons não têm idade. Servem para qualquer público leitor. O Escaravelho do Diabo[1] pode ser um livro infantojuvenil, que possui algo mais. Ele desperta a curiosidade, principalmente, pela leitura. Aguçou a sua curiosidade e por isso fez uma leitura constante e para isso se disciplinou a lê-lo no horário de folga, talvez à noite. Então viu que é possível ter disciplina e constância quando se tem objetivo, um propósito legítimo e busca algo melhor na vida. — Ela esperou que pensasse, depois quis saber: — Gostou da leitura?
— Muito! Li em duas noites — sorriu satisfeito, talvez, orgulhoso de si. — Mas fiquei constrangido por ser infantojuvenil.
— Quantos livros inteiros você já leu nesses seus longos dezessete anos de vida? — quase sorriu, após a pergunta.
— Inteiro?...
— Pare de repetir minhas palavras, Daniel — riu novamente.

Viu-a encarando com expectativa e presumiu que seu silêncio responderia à pergunta, mas não. Ela ficou aguardando sua resposta.
— Bem... — Coçou a cabeça e murmurou: — Esse é o primeiro.
— Ótimo! Ao ler, não pulou, vergonhosamente, folhas ou capítulos, só para dizer à professora que leu uma obra. Aprenda algo muito importante, Daniel: se tiver de fazer uma coisa certa para o seu bem, faça a coisa certa, exatamente, como deve ser feita. Falcatruas, enganações e mentiras só servem para sabotar a si mesmo. Sua mente cria vícios na inverdade e em tudo o que não presta, tornando-se um

---

[1] Nota: O Escaravelho do Diabo é um livro de Lúcia Machado de Almeida.

costume difícil de superar. — Um momento e afirmou: — Estou verdadeiramente feliz por você ter lido seu primeiro livro e orgulhosa em saber que fui eu quem o emprestou. Leu muito rápido. Parabéns! Quer outro?

— Quero! — aceitou ansioso.

Eleonora foi para perto da estante e com olhos semicerrados, observou bem, correu o dedo por algumas lombadas e tirou outro volume, dizendo:

— Este! Vai gostar dele também — estendeu o braço, oferecendo o volume.

— Vou tomar cuidado, assim como fiz com o outro.

— É o que espero — a mulher sorriu.

— Dona Eleonora?... — aguardou que olhasse. — A senhora não tem parentes? Não tem filhos?

— Um dia, contarei a você a minha história, caso ache importante, mas... Agora, não. Combinado? — viu-o acenar positivamente com a cabeça. Em seguida, prosseguiu: — Preciso de um grande favor seu. — Após mexer em uma agenda sobre a mesa, fez uma anotação e pediu: — Ligue para este número e peça para falar com Tadashi. Anotei o nome para não se esquecer. Quando perguntar quem quer falar, diga que é da parte de dona Eleonora, que é um amigo dela. Quando o Tadashi atender, diga que eu perguntei como ele está. Esta cidade não tem nenhum sinal de celular e preciso depender do telefone público, que não tenho aqui perto, mas o mercadinho do seu avô tem telefone — sorriu. — Não vou dar o número do celular dele, porque não seria conveniente, no momento e... — calou-se.

— E se a pessoa que atender disser que ele não está? Deixo algum recado?

— Peça para falar com ele, mas... Se ele não estiver, pergunte como o Tadashi está. Não fale seu nome. Se perguntarem, diga que é um amigo meu, que tentou falar comigo e não conseguiu e quer falar com o Tadashi.

— Entendi.

— Hoje está tarde. Ligue amanhã e, o quanto antes, traga-me notícias, por favor.
— Está certo. Obrigado, dona Eleonora. Volto amanhã.
— Diga ao seu avô que depois pago pelo interurbano.
— Sim, senhora — sorriu largamente. — Boa noite.
— Boa noite, Daniel — murmurou, indo até a área, acompanhando-o com o olhar até perdê-lo de vista. Em orações silenciosas, entrelaçava os dedos sem perceber, pedindo proteção àquele jovem.

O coração de Eleonora abrigava esperança inabalável. Não poderia contar suas histórias de lutas e sacrifícios, muito menos sua dor. Ainda não.

Com o tempo, seu maior desafio, seria explicar o peso de sua ausência, o peso da distância, o peso do silêncio.

Precisaria de amor e dedicação, paciência e incentivo para resgatar Daniel das teias sombrias de um caminho sem volta junto às companhias indesejáveis. Resgatá-lo para seu coração.

Até pensou que ele resistiria, mas o jovem era bondoso por índole.

Respirou fundo e sorriu. Sonhava com o dia em que teria o coração limpo e a alma em paz.

No dia seguinte, muito tímido, Daniel foi até a casa de Eleonora usando um boné para cobrir o rosto com a aba, querendo que ninguém visse seu olho inchado.

A mulher percebeu, mas não disse nada. Deixou-o à vontade e, sem demora, o jovem contou:
— Uma mulher atendeu. Pedi para falar com o Tadashi e ela contou que ele ainda está internado — ficou aguardando, esperava sua surpresa.
— Internado?! — Sem demora, quis saber controlando a aflição: — E você não perguntou o motivo?

— Ele sofreu uma apendicite e teve de ser internado e operado às pressas. Teve problemas no pós-operatório e precisou ficar alguns dias a mais no hospital. Agora, está estável, mas ainda não recebeu alta.

Eleonora respirou fundo e olhou para a janela.

Nitidamente, aquela notícia deixou-a insatisfeita e preocupada. Alguma coisa estava errada e Daniel percebeu.

— Posso ajudar de alguma forma? — ofereceu-se.

— Não sei como... — ficou reflexiva. — Estou pensando.

Embora fosse uma mulher em uma cadeira de rodas, que se vestia e vivia de modo simples, havia algo de superior nela, uma aura inatingível que todos respeitavam. Nada se sabia sobre seu passado ou o que fazia ali, naquela cidade.

— A senhora não sabe mesmo o que posso fazer?

— Iniciou a leitura? — mudou de assunto e olhou para ele.

— Sim.

— Ótimo! O que foi isso no olho? — foi direta. Gostaria de fugir do assunto do telefonema. Não desejava que o jovem perguntasse detalhes que negaria responder.

— Ontem, eu estava sozinho fechando o mercadinho, quando fui... — não completou.

— Foi o Galego, seu motivador? — segurou o riso.

— Motivador?! — zangou-se. Sentiu-se zombado.

— Quando nos sentimos incomodados por alguém ou alguma situação, estamos sendo motivados a mudar, a progredir e prosperar para sair de onde estamos. Então, o Galego é seu motivador.

— Estavam em dois! Não tive chances!

— Ótimo! — sorriu cinicamente. Foi para perto e falou com calma: — Lutar não é o caminho certo. Revidar só deixará você no mesmo nível. Progredir e ter sucesso são suas maiores vinganças.

— Estou com ódio!

— Está estudando?

— Estudando?

— Lógico! Soube que ainda tem o último ano.
Ruborizado, respondeu:
— Não. Não tem muita matéria ainda. O ano mal começou.
— Agora, justamente, quando tem pouca matéria, é hora de estudar. Posso ajudar você. Peça para o seu avô ou diga para ele vir conversar comigo. Estou com tempo ocioso.
— Ocioso?
— Tempo sobrando, tempo sem fazer nada. Posso ajudar você — olhou-o com expectativa.
— A senhora é professora?
— Não. Nem tenho dom, por isso é você quem vai me ensinar — sorriu, apertando os lábios estreitos, sem mostrar os dentes. — Quando ensinamos, aprendemos muito mais. Esse é um ótimo método. O que me diz?
— É... Não sei.
— Saia de cima do muro, Daniel! — Vendo-o ainda indeciso, falou: — Conheci uma mulher que me ajudou muito. Tinha bastante afeto por ela e... Bem, ela costumava contar uma fábula, desconheço o autor, mas trazia excelente reflexão. Era a seguinte: "Um homem morreu e, no mundo dos mortos, ele se viu em cima de um muro. De um lado, diversos anjos gritavam: 'Venha! Pule para este lado! Vamos logo! Aqui é o paraíso! Venha!' Mas... do outro lado desse muro, havia somente um demônio sério e com os braços cruzados, olhando para aquele espírito em cima do muro. Um filósofo, que fazia estudos no mundo dos mortos, intrigado com a situação, perguntou ao demônio: 'Por que o senhor não o chama? Por que não o convida para vir para o seu lado?' O demônio sorriu e explicou: 'Porque, em cima do muro, ele já está do meu lado.'" — Eleonora viu-o sorrir largamente.
— Saia de cima do muro logo, Daniel — expressou-se com brandura. — A vida é um livro em branco e, cada dia, uma oportunidade que acontece para você ser melhor do que já é. Aproveite cada segundo. Prosperidade não é sobre riqueza, mas, principalmente, crescimento pessoal e conexões

significativas. Posso te ajudar com o que sei e incentivá-lo a ser tudo o que pode se tornar para o seu bem e para ser melhor do que aqueles que te agrediram.

— Vou falar com o meu avô — aceitou, muito satisfeito.

Daniel, que antes se sentia estagnado na vida, sem sonhos e sem saber por onde começar, agora, passava a ansiar por crescimento pessoal e superação.

Começou a ver a senhora como alguém que continha séculos de experiência e determinação. Desejou ser como ela, mesmo que, para isso, precisasse fazer sacrifícios. Sentia-se capaz.

Havia sabedoria em Eleonora, ele pensava.

E se uma mulher daquela idade, presa a uma cadeira de rodas, ainda tinha vigor, disposição e coragem para viver sozinha, ele poderia ser e ter muito mais. Não tinha nada a perder.

CAPÍTULO 6

DUAS ALMAS E UM SEGREDO

Na espiritualidade...

— Espero que meu filho se dedique e se comprometa a partir de agora. Não foi fácil guiá-lo e inspirá-lo até aqui. Vi a determinação do seu mentor e outros amigos espirituais.

— Você também se empenhou, amiga Beatriz — comentou o amigo que a acompanhava.

— Ver o Daniel envolvido em tantos problemas, causados pelo próprio pai e outros... É um encargo muito grande para ele. Ainda bem que o senhor Rufino, meu sogro, não desistiu do neto. Que Deus retribua tudo o que ele fez, quando o mundo virou as costas para meu filho.

— Daniel tem uma tarefa e é claro que será tentado a desistir, de muitas formas. A rejeição, as acusações morais indevidas, os questionamentos e até superstições irão persegui-lo. É ele quem terá de se desvencilhar desses incômodos. Uma prova importante é a de dizer não às companhias que podem colocá-lo em dificuldades, às pessoas que sempre têm interesses escusos, que despertam suspeitas. Aprender a dizer não à vida sem propósito, amizades que incomodam. Dedicar-se ao que é, verdadeiramente, útil em todos os sentidos.

— Daniel precisa despertar sua espiritualidade. Temo por isso. Ele não crê em Deus — tornou o espírito Beatriz.

— Ainda é cedo. Se continuar com Eleonora, será mais fácil. Achará amigos sinceros. Conhecerá aquela que será especial para ele. Essa moça deverá orientá-lo e trazer paz à sua vida e o ajudará em sua missão, motivando-o a novas reflexões. Deus não é só uma questão de crer, mas sim de sentir. Embora deva enfrentar dificuldades, pois haverá os que desejarão separá-los.

— Mas... Como sabemos, livre-arbítrio é lei e ele poderá ou não seguir as orientações de Eleonora — considerou aquela que foi mãe de Daniel. — Ele é indeciso e inseguro. Acredita, demasiadamente, nas pessoas.

— O tempo nos mostrará. Não se aflija, minha amiga. Ele reflete muito. Isso é bom. O sábio pensa, enquanto os inconsequentes agem por impulso. À medida que a sabedoria aumenta, o sábio não responde mais rápido, mas lentamente refletindo. Nunca por impulso.

— É verdade — concordou o espírito Beatriz.

— Vamos aguardar os acontecimentos.

Com a dificuldade de sempre, Eleonora se levantou, mesmo sem ter dormido.

Abriu a casa. Foi até a área onde costumava ficar e olhar o movimento. Sentia-se angustiada.

Esticou a cabeça na esperança de ver Daniel. Quem sabe ele passaria ali por acaso para fazer alguma entrega? Não o viu. Não viu ninguém.

Estava frio. Talvez as pessoas estivessem escondidas em suas casas.

Ela entrou e deixou a porta da sala encostada, mas sem trava, sem passar a chave, como de costume.

Precisava fazer o desjejum, mas não quis. Sentia-se sem fome.

Não sabia qual o propósito de sua vida.

Achava seus compromissos tolos, fúteis, vazios, repleto de miudezas que giravam em torno do autocuidado e da sobrevivência.

Seu primeiro pensamento era o de não acordar, o segundo era a saudade.

Questionava-se o porquê de ainda estar viva.

Não era mais útil nem produtiva nem importante para ninguém.

Não tinha segurança de que as suas intenções, ali, naquela cidade, seriam bem-vindas quando a verdade viesse à tona.

Mas não havia outra coisa a se fazer. Tudo era bem difícil de ser realizado.

Foi ao banheiro. Era desagradável ter de se transferir para a cadeira de banho fixada sob o chuveiro. Tomar cuidado para que nada caísse ao chão, pois seria complicado pegar. Por essa razão, a maioria dos objetos ficavam presos a fios afixados em bancadas.

Após longo tempo, retornou ao quarto. Secou parcialmente seus cabelos que já traziam alguns grisalhos e olhou-se no espelho.

Estava bem diferente da mulher que foi um dia.

A cada passo na memória, surgiam lembranças da infância difícil, marcada pela pobreza, pelas lutas diárias e até agressões do corpo e da alma.

Recordava de suas pernas fortes e ágeis que a levavam a lugares onde apenas os determinados ousavam chegar.

Na juventude, desafiou expectativas, estudou, trabalhou, incansavelmente, aproveitou oportunidades e conquistou lugares inimagináveis para alguém como ela.

Mais tarde, o acidente que lhe roubou os movimentos mais preciosos de ir e vir. Apesar das angústias em seu coração, não arrancou de seu âmago a determinação naquela que talvez fosse sua última tarefa.

Não sabia dizer o porquê de, hoje, estar cansada e angustiada.

Desejaria que as coisas acontecessem mais rápido, que o futuro chegasse logo.

Precisava ser ágil, mesmo que somente em sua mente. Gostaria de ter projetos concluídos e vidas tocadas, erguer pontes entre pessoas e contribuir, de alguma forma, para que outras fossem felizes.

Sua mente recordou Olavo, seu marido. Lado a lado, apoiaram-se e prosperaram. Nesse momento, sua alma estremeceu. Tiveram uma vida feliz. Eram amigos e amantes. Lembrou o medo e o susto de ter um filho nos braços. Não se achava capacitada para ser mãe. Mas Theo era tão bonito, esperto e cheio de vida... Apaixonou-se por ele no primeiro instante. Sua família era perfeita. Apesar disso, silenciosamente, sofria a angústia pela culpa do que fez no passado. Um passado que a ligava a Daniel. Um segredo que corroía sua alma.

De tudo o que viveu, quase nada restou, a não ser a imensa e avassaladora saudade.

Eleonora olhou para o alto e perguntou:

— Por que, Deus?! Por que comigo?! — lágrimas escorreram em sua face pálida, enquanto esperava por uma resposta, mas o céu permaneceu em silêncio. A mulher olhou para baixo, para suas pernas imóveis, sentindo uma onda de tristeza e frustação. — Não mereço uma resposta?! Não mereço saber o porquê de tudo isso acontecer comigo?! Por que fiquei só?!

Ao seu lado, seu mentor, emanando-lhe energias salutares e positivas, disse:

— Minha querida, você não está sozinha. Eu e outros sempre estivemos ao seu lado. Lembre-se de que, no final de suas preces, sentiu seu coração aliviado. Embora não consiga ou não possa entender agora, há um propósito para tudo o que aconteceu em sua vida. Continue forte e corajosa e será capaz de superar e suportar qualquer obstáculo que a vida lhe apresentar. Acreditamos que consegue e vibramos por isso. Prossiga. Vai valer a pena.

— Por que essa situação não termina logo?! — chorou e cobriu o rosto com a toalha. Depois gritou: — Por quê?! Não sei se estou fazendo a coisa certa! Mande uma resposta!!! Aaaah!!!... Fala comigo!!! Quero uma resposta!!!

Os passos rápidos não foram ouvidos. Não houve tempo de ela se recompor e não viu Daniel entrando correndo, pois estava de costas e assustou-se.

— Dona Eleonora?! O que foi?! — correu para junto da cadeira e se abaixou ao seu lado, colocando um joelho no chão.

Ela parecia assombrada ao encará-lo, com lágrimas abundantes deslizando em sua face. Seria ele a resposta que pediu?

Olhou-o com a visão nublada e, como que confusa, viu naquele rosto a figura de sua saudade. Devagar, levou a mão no rosto de Daniel e murmurou:

— Filho... — acariciou-o com gesto doce e maternal.

Longos segundos em que ele também se emocionou e ouviu sua voz oscilante sussurrar:

— Dona Eleonora... A senhora está bem?

Ela recolheu a mão, fechou os olhos e respirou fundo. Exalou o ar e, rapidamente, secou o rosto com a toalha, tomando postura firme.

— O que aconteceu? A senhora estava gritando.

— Às vezes, é necessário gritar — falou com voz rouca e girou a cadeira, afastando-se dele e ficando de costas.

— Gritar com quem? Por quê? — levantou-se ao perguntar.
— Gritei com a vida, para aliviar a dor — foi até a cômoda e pegou um pente para passar nos cabelos. — A propósito, como entrou aqui?
— Parei aí em frente. Não vi a senhora lá na área, como de costume, a essa hora da manhã. A porta estava aberta e, de repente, escutei um grito e falando alguma coisa. Então, entrei. — Foi para junto dela e quis saber: — A senhora está doente?
— Sim. Estou doente da alma.
— Aconteceu alguma coisa? — o jovem insistiu.
— Você veio aqui para quê? — quis mudar de assunto. — Seu avô mandou me cobrar?
— Não! Claro que não. Fui fazer uma entrega aqui perto e resolvi ver a senhora.
— A essa hora? — achou graça e soltou um suspiro.
— São 8h. É muito cedo para a senhora?
— Você leu o livro, Daniel?
— Ah... Sim. Terminei essa noite — falou orgulhoso. — Gostei bastante desse também.
— Falou com seu avô sobre vir estudar aqui na minha casa?
— Falei, mas ele não respondeu. Ficou pensando. Às vezes, ele é assim. Pergunto as coisas e ele não responde.
— Vou lá conversar com ele — decidiu-se.
— Não pode ir assim de cadeira de rodas! — surpreendeu-se.
— Ora, menino! — riu.
— Vou pedir para ele vir aqui. Quando for mais tarde, após o almoço, o mercadinho sempre fica mais vazio. Vou falar com ele. — Ela não disse nada e Daniel perguntou: — A senhora precisa de alguma coisa?
— Não — sorriu. — Pode ir.
— A senhora está melhor?
— Sim, Daniel. Estou bem. Pode ir.
— Tchau, então.
— Tchau.
Ao vê-lo ir, ficou reflexiva.

A hora e a forma como Daniel chegou ali, seria a resposta que pediu?

Algum tempo depois, Eleonora fechou sua casa e, em sua cadeira de rodas, aventurou-se a ir até o mercadinho do senhor Rufino.

Precisou se locomover pelas ruas, já que as calçadas eram de difícil acesso, pois possuíam degraus.

Lentamente, seguiu por uma rua, depois por outra, até encontrar alguém que lhe perguntou:

— A senhora por aqui! — disse um morador surpreso. — Onde a senhora vai?

— Até o mercadinho.

O homem não perguntou. Colocou-se atrás da cadeira de rodas e passou a empurrá-la.

— Senhor, não precisa — quis dispensá-lo.

— Não é incômodo algum e a senhora vai chegar bem mais rápido! — expressou-se alegre, feliz por prestar aquela gentileza.

— Já disse que não precisa... — tentou argumentar.

— Sempre passo em frente a sua casa, quando volto do serviço à noite e a vejo na varandinha. Nunca a vi pela redondeza.

— Não é fácil se locomover com as minhas limitações.

— Se quiser, posso levar a senhora onde precisa, empurrando a cadeira, nos finais de semana. Sou viúvo. Moro com a minha irmã. Faz uns dias, ela me contou que o bando do Galego pegou a senhora e levou até o centro espírita.

— Não o conheço e não posso provar que foi ele.

— Ah... Mas fiquei sabendo que, depois disso, a senhora foi em algumas reuniões lá na casa espírita.

— Sim. Gostei de saber que tem palestras sobre *O Evangelho Segundo o Espiritismo* e voltei para assistir.

— Não vou lá não. Sou evangélico. Se a senhora quiser, posso levar até o centro espírita e ir buscar depois, mas não entro não. Se quiser, pode ir lá na congregação que será uma honra.

— Obrigada, mas não.

— Estamos quase chegando — falou animadamente. — Se tivesse vindo sozinha, não chegaria tão rápido.

Ao entrar no mercado, o homem falou em voz alta:

— Seu Rufino! O senhor tem uma cliente especial! Olha quem tá aqui! A dona Eleonora!

Surpreso, o proprietário foi ao encontro de ambos.

— Dona Eleonora! Que surpresa! — exclamou, mas com tranquilidade peculiar.

— Preciso ir, seu Rufino. Tenho hora. — Virando-se para a mulher, disse: — Foi um prazer ajudar. Meu nome é Dagoberto. Se precisar de mim, é só mandar me chamar. Todos me conhecem.

— Obrigada, senhor — séria, respondeu tão somente.

O homem se foi e ela comentou:

— Prestativo demais. Eu disse que não precisava, que chegaria aqui sozinha, mas...

— A maioria das pessoas daqui é solidária. Procure não se incomodar. Mas... O que a traz aqui?

— O Daniel conversou com o senhor sobre estudar na minha casa, mas o senhor não respondeu. Penso que posso ajudá-lo. Seu neto tem potencial, mas precisa ser desenvolvido pelo incentivo.

— Desculpe, dona Eleonora. Não respondi nada porque estou pensando. Por que a senhora, justo a senhora, de quem não sabemos nada, quer ajudar meu neto?

— Faz cinco anos que estou paraplégica, em cima de uma cadeira de rodas, com uma vida vazia, horas repletas de desespero, sem urgência ou utilidade para nada nem ninguém. Dias e noites repletos de ausências. Então, achei que poderia ser útil à vida do seu neto. Ele é um bom garoto, mas está se envolvendo com más companhias, com rapazes imprestáveis que, certamente, vão colocá-lo em alguma encrenca logo, logo. Vejo que o senhor tem idade, muitas preocupações e está bem desatualizado do que o mundo moderno exige de um rapaz jovem com capacidade. Lógico que é por viver aqui. Percebo que o senhor é um homem culto, mas sem a experiência com o dinamismo da sociedade. Sejamos realistas, devido à sua idade, não conseguirá controlar ou acompanhar seu neto, principalmente, por conta do seu trabalho. Se o Daniel continuar na companhia daqueles sujeitos, seu futuro será incerto e duvidoso. Então, juntemos o útil para mim e o agradável para o senhor e seu neto. Se ele estudar lá em casa, não terá tempo de sair com aquela turma. E eu me sentirei menos vazia. O importante para ele é que vai estudar e se motivar a ter uma profissão, o que deixará o senhor tranquilo. Por ser sensato, sabe que o Daniel não poderá viver deste mercado — olhou em volta — pelo resto da vida. O pouco da história de vida dele, que todos sabem, é que não tem pais. Na sua ausência, senhor Rufino, o que será dele, depois que os tios se apossarem disto aqui?

O homem ficou pensativo e não respondeu.

Após um momento, perguntou:

— Qual será o custo disso, dona Eleonora?

— Para o senhor, o custo é de algumas horas sem o Daniel, aqui, no mercado, ajudando em tudo.

— E o trabalho da senhora?

— Nenhum. Não terá nenhum gasto comigo.

— Quem garante que ele não vai mais sair com aqueles moleques? — tornou o senhor.

— Tarefas prazerosas — sorriu levemente. — Emprestei livros para ele e o Daniel se ocupou com boas leituras em algumas noites, pois, durante o dia, trabalha aqui com o senhor e vai para a escola. Eram livros infantojuvenis, que prenderam sua atenção. Eram obras curiosas e interessantes. Tenho certeza de que não saiu de casa, nessas noites. Nem foi preciso o senhor pedir.

— É... De fato. Vi meu neto com esses livros pra cima e pra baixo. Leu até escondido no porão. — Ficou reflexivo e, por fim, decidiu: — Está bem, dona Eleonora. Vamos combinar um horário para o Daniel ir até a casa da senhora estudar.

— Ótimo! Fico feliz com isso — sorriu satisfeita.

— Mas... A senhora é um mistério e eu preciso saber um pouco sobre sua vida. Prometo não contar para ninguém, mas preciso saber. Afinal, meu neto... — não completou.

A mulher sorriu e pendeu com a cabeça positivamente ao dizer:

— O senhor é um avô bem responsável. Querer saber sobre mim é importante. Posso ajudar ou prejudicar seu neto — sorriu novamente. — Vou contar brevemente minha vida.

E relatou. No final...

— Sinto muito por tudo, dona Eleonora. Nem sei o que dizer.

Uma melancolia pairou no ar e, a partir daquele momento, não poderia ser dissipada. Dividir com ele aquelas memórias dolorosas, tornava-o cumplice de sua história. História que preferiria esquecer.

Ele não insistiu em detalhes e não lhe fez perguntas. Respeitou sua dor.

— Também perdi um filho de forma triste e, com isso, aprendi a entender o significado da dor. Tive um pedaço do meu coração arrancado — tornou o senhor muito sentido. — Não podemos prever tragédias, precisamos aprender a conviver com elas e, ao mesmo tempo, reconstruir nossas vidas, ajudando aqueles à nossa volta para escrevermos novas histórias.

— O senhor entende, então, o que vivo. A culpa que carregamos pela sensação e pensamentos corrosivos de que poderíamos ter feito algo diferente que mudasse o passado... Isso ninguém consegue arrancar de nós — Eleonora comentou em tom doloroso, mas sem drama.

— Não podemos mudar o passado, senhora. Não podemos. Mas, podemos compartilhar nossa dor e unirmos forças para encontrarmos um futuro melhor para quem mais foi prejudicado. O Daniel merece essa chance.

— Obrigada por me ajudar — abaixou o olhar. Sentiu que poderia chorar. Quis mudar de assunto para espairecer. — Uma coisa eu faço questão: preciso pagar o que devo aqui no mercado.

— Ora! Imagina, dona Eleonora! — sorriu. Entendeu sua intenção.

— Faço questão. Aliás, vou pagar em cheque e o senhor pode anotar meus dados para ter informações sobre mim.

Depois de muita insistência, Eleonora fez um cheque e o proprietário do mercadinho observou que a conta era de um banco onde, normalmente, os correntistas possuíam grandes movimentações financeiras. Sua história deveria ser verdadeira. Mesmo admirado, não disse nada.

— Esse telefone, atrás do cheque é do senhor Tadashi, uma pessoa conhecida e de minha total confiança. É o meu braço direito. Gostaria de que ficasse com o telefone dele anotado para que, caso aconteça alguma coisa comigo, por favor, faça contato com ele.

— Já fiquei pensando muito nisso. A senhora mora sozinha e se alguma coisa acontecer... Se ficar doente, não temos quem avisar.

— Na minha casa existe uma agenda com os contatos mais importantes. Fácil de encontrar. Será bom o senhor ter o número do Tadashi.

— Está certo, dona Eleonora. Ainda estou surpreso e até assustado com o que me contou. Nunca poderia imaginar...
— Olhou-a, longamente, ainda sob o efeito do choque. — Quando a senhora quiser, pode ensinar o Daniel. No que eu puder ajudar, pode me falar.

— Agradeço sua confiança. Lembre-se de que ele ainda não pode saber nada sobre isso. Assim, estará me ajudando muito. Agora, preciso ir. Diga para o Daniel aparecer lá em casa e vamos combinar um horário.

— Obrigado. Muito obrigado dona Eleonora. Estou feliz pelo Daniel, estou feliz que... — não completou. — Lamento pela senhora, por sua sina... Mas, no que depender de mim, pode contar comigo. Desculpa não poder levar a senhora, é que não tem ninguém por aqui para ficar no mercadinho... — caminhou até a porta e olhou para a rua, para os lados à procura de alguém.

— Não precisa! De jeito nenhum. Posso ir sozinha.

O senhor fez-se de surdo, foi para a calçada e chamou um conhecido que passava ao longe.

Novamente, outro morador da cidade foi ajudá-la e ficou feliz em poder contribuir para algo útil.

O mistério sobre a vida de Eleonora permanecia, porém, agora, tinha alguém que compartilhava sua tristeza, sua dor, sua história.

Certo momento, no trajeto de volta, ela olhou para o horizonte e admirou o pôr do sol que pintava o céu com tons laranja e rosa. Para ela, outro sinal. O sinal da esperança e de fazer o que era certo.

Dessa forma, Daniel e Eleonora ficaram mais próximos.

Nitidamente, ela possuía grande influência sobre o jovem e ele a admirava mais a cada dia.

Não só estudavam, mas também conversavam longamente sobre diversos assuntos e assim o rapaz ampliava seus conhecimentos e nutria ambições saudáveis.

Com suas histórias, a senhora revelava a ele um mundo diferente daquele lugar e que nunca imaginou, mas era possível alcançar, por meio de seus esforços.

CAPÍTULO 7

CORAGEM E RECOMEÇO

    Estudando na casa de Eleonora, Daniel percebeu que a mulher que parecia antissocial, de poucas palavras e amarga, era gentil e amigável. Seu olhar firme, sombreado de um sorriso, incentivava-o muito quando ele se saía bem em uma atividade. Suas conversas sempre o motivavam.
    Tão logo voltava para casa, ao conversar com seu avô, o assunto do neto era somente sobre Eleonora.
    O fato de Daniel se afastar do grupo de amigos arruaceiros, que viviam em atividades ilícitas, aumentou a raiva e a inveja de Galego que, às vezes, perseguia-o sem motivo.
    Certo dia, ao chegar cabisbaixo à casa de sua protetora, ela percebeu e, inicialmente, não falou nada. Após um tempo, serviu-lhe um chá e perguntou com jeitinho:

— O que aconteceu?

— Nada...

— Pensei que confiasse em mim. Mas, se não quiser contar...

— Fiz uma entrega e entrei em uma casa que o dono não gosta de mim. Fui levar a caixa com as compras e ele falou de modo grosseiro comigo: "Coloca aí no chão perto da porta. Vou desinfetar com álcool antes de colocar pra dentro de casa pra não me contaminar com sua maldição" — contou, arremedando a forma do homem falar. — Não respondi nada. Quando voltei pra calçada, minha bicicleta tinha sumido. Me lembrei do Galego. Ele vive me provocando, olhando de longe e rindo... Procurei por todo canto... Agora há pouco, na hora do almoço, a bicicleta apareceu destruída como se um caminhão tivesse passado em cima. Colocaram lá no canto do lado do mercado. — Suspirou fundo, envergando a boca para baixo, exibindo contrariedade. — Tenho vontade de arrebentar o Galego! — falou com raiva. — Ele não me enfrenta porque não pode comigo. Tô ficando maior do que ele! Qualquer hora!...

— A melhor vingança é se tornar próspero e produtivo, equilibrado e feliz. — Percebendo que sua frase não mudou o sentimento nem o raciocínio de Daniel, ela contou: — Tive contato com uma pessoa que, por anos, atormentou minha vida. Eu gostaria de bater nela, puxar seus cabelos, arranhar seu rosto até ela entender que estava errada e eu certa e me pedir desculpas. Morávamos na mesma pensão, quando trabalhei em uma imobiliária... — fez breve pausa, com olhar perdido, recordando-se. — Com o tempo, percebi que poderia bater nela, puxar seus cabelos e arranhar seu rosto, mas nunca, nunca conseguiria fazer com que me pedisse desculpas e admitisse que estava errada. Aaah!... Isso nunca! — riu. — Foi então que pensei em uma coisa: essa moça poderia nunca admitir que eu tinha razão, mas com minha vitória, com meu crescimento pessoal, provaria estar certa. Procurei não pensar mais nela. Estudei. Não medi esforços, lutei por ideias e ideais, conquistei vitórias. Aconteceu que me esqueci, completamente, dessa moça de tanto que me ocupei com o que era bom, útil e saudável, para mim.

Daniel ficou observando-a e se perguntando: se ela estava, ali, em uma cadeira de rodas, vivendo sozinha e sem ajuda de ninguém, que vitórias seriam essas?

Mas não ousou perguntar. Verdadeiramente, respeitava Eleonora e não perguntaria. Em vez disso, deixou-se envolver por suas palavras tranquilas, entendendo que a senhora tinha razão. Era o que ele deveria fazer: focar no seu futuro, garantir um meio de se sustentar pelo resto da vida, com condições melhores do que tinha.

Nesse momento, escutaram o barulho do motor de um carro, que estacionou na frente da casa.

O sorriso da senhora mostrou que sabia quem era.

Manobrou a cadeira de rodas para perto da porta da sala e alargou o sorriso. O visitante entrou sem dizer nada e, ao vê-lo perto, perguntou:

— Tadashi!... Quanto tempo, meu amigo! Como tem passado?

Daniel surpreendeu-se ao vê-lo. Um homem bem-vestido, de meia idade, com ótima aparência. Traços orientais e bem alto, algo incomum para sua etnia. Possuía uma elegância admirável. Tudo o que o jovem não estava acostumado a ver naquela cidade. Postura e comportamento com os quais se identificou e gostou muito.

Ele parou frente a ela, sorriu e se curvou, fazendo uma reverência. Estava imensamente satisfeito em vê-la.

A mulher estendeu-lhe as mãos, querendo tocá-lo. Segurando-as, o homem disse com extrema educação:

— Boa tarde, Eleonora, minha amiga — falou emocionado e sentido. — Desculpe não ter podido vir antes — curvou-se, levemente, novamente. — Sinto muito.

— Oh... Vem aqui... Dê-me um abraço... — abraçaram-se fraternal e demoradamente. Ao se afastarem, perguntou: — Soube que foi operado de emergência. Você está bem?

— Sim. Hoje estou. Fiquei preocupado com você. Quase pedi à Kaori que viesse aqui. Mas combinamos que...

— Ora, ora! Estou bem. Sabe que, se precisasse mesmo, ligaria para alguém vir me buscar. Venha... — Na sala, viu-o surpreso com a presença do jovem.

— Tadashi, este é o Daniel, meu mais novo amigo. — Ao vê-lo se levantar para cumprimentar o homem, orientou no mesmo instante que apresentou: — Daniel, este é o senhor Tadashi, para você. — Enquanto ambos estendiam as mãos, ela apreciou ver o jovem se levantar e oferecer um aperto de mão firme, apesar de certo constrangimento. — Foi o Daniel quem telefonou para saber de você e sua assistente comentou sobre seu estado.

— Mais uma vez, peço desculpas por não ter podido vir. Também não tinha como avisá-la. Mas... Essa situação me fez pensar muito em algo que já conversei com você. — Olhou discretamente para o jovem. Não sabia se o que falaria, poderia ser ouvido por ele.

A mulher notou, sorriu levemente, sempre sem mostrar os dentes e permitiu:

— Fique à vontade. Certas coisas podemos conversar perto dele.

— Meu medo se concretizou. Se algo acontecesse a mim ou a você...

— Sabe que eu teria como voltar, se quisesse. A responsabilidade de estar aqui, não é sua. Foi escolha minha.

— Mas...

— Tadashi... Deixe de se preocupar tanto. Apesar de Deus não me dar explicações para tudo, continuo confiante Nele. Quando você não veio, percebi que algo havia dado errado. Fiquei bem preocupada. Muito! — ressaltou. — Quase dei um jeito de alguém ligar para outra pessoa para vir me buscar. Porém, aquele velho ditado popular funciona mesmo — riu alto.

— Qual? — o homem quis saber.

— Quando Deus manda, até o diabo obedece! — riu alto. Algo raro vê-la rir daquela forma e Daniel sorriu por isso.

PROPÓSITO DE VIDA | 73

— O que aconteceu? — Tadashi quis saber, demonstrando preocupação.

— Era noite. Ninguém na rua desta cidade. Apesar de frio, eu estava ali na área da frente. Um bando de jovens arruaceiros passou e me viu. Na mesma hora, senti que algo daria errado. Eles entraram aqui, pegaram a mim e minha cadeira e saíram pela rua afora, rindo, zombando, humilhando... Acabaram me empurrando até onde eles diziam ser a casa do capeta! — riu, novamente. Viu-o assustado e aumentou seu assombro, brincando com jeito irreverente: — Pediram até para eu orar por eles! — Os olhos do amigo se arredondaram. — Tombaram minha cadeira e fui para o chão. Um rapaz me ajudou a sentar novamente... — olhou para Daniel, que se sentiu esfriar. — O lugar era uma casa espírita, onde acontecia uma palestra evangélica. As pessoas saíram e me ajudaram. Todos foram bem solícitos! Com isso, descobri que tenho vizinhos interessantes. Quase posso chamá-los de amigos. Vieram aqui, trouxeram um farmacêutico, que me deu remédios... Outros me trouxeram comida pronta, alimentos para cozinhar, produtos de higiene e limpeza... Um desses amigos é o Daniel e seu avô, o senhor Rufino, dono do mercado local. Um senhor gentil e amável que me enviou alimentos várias vezes. O farmacêutico também retornou aqui e uma vizinha, a Sônia, sempre vem saber como estou. Sem contar o senhor Dagoberto que aparece direto, querendo me levar para dar uma volta, na rua, de cadeira de rodas — sorriu e ficou observando seu espanto. — Com isso tudo, descobri que o Daniel precisava se concentrar nos estudos. Por ter horas sobrando em meus dias, eu o convidei para estudar aqui e ele está me ensinando muito! — sorria o tempo inteiro.

— Eu imagino que sim — Tadashi sorriu, nesse momento. — Fez o mesmo comigo. Apesar de me achar velho, decidi estudar por sua causa — riu. Olhou para o jovem e comentou: — Torço para que se dedique e se aplique muito, rapaz. Eleonora tem excelentes olhos para detectar pessoas capacitadas, mesmo que elas se achem incapazes. Confie nela.

— Não diga isso, Tadashi. Se eu tivesse bons olhos para detectar pessoas... Algumas coisas não teriam acontecido. Não acha?

— Eu me refiro a detectar pessoas capacitadas e não cobras peçonhentas. — Em seguida, corrigiu-se: — Desculpe, não era minha intenção.

— Não tenho de desculpar quem diz a verdade. Agora, vamos ali para a cozinha. Vou fazer um café.

— Quer ajuda, dona Eleonora?

Antes de responder, ela olhou para o amigo e sorriu, sem que o jovem percebesse.

— Claro, Daniel. Pegue as xícaras para mim.

— Preciso de um copo d´água, Eleonora.

— Eu pego para o senhor — sem pretensões e com o intuito de ajudar a mulher, prontificou-se com naturalidade.

A senhora preparou o café e a mesa foi posta. Enquanto ela tomava chá, ouviu o que o amigo contava, como estava seu estado de saúde e como tudo aconteceu.

Em dado momento, o homem se lembrou de dizer:

— Fiquei aliviado quando vi seus cheques sendo descontados. Sabia que estava bem e se virando de alguma forma.

— Você sabe que sempre me virei bem.

Olhando para o jovem, ela comentou:

— Daniel, desculpe por ter usado seu período de estudo para receber o Tadashi. Prometo repor esse tempo outro dia. Agradeço se compreender. Por hoje... — não terminou.

— Não tem nenhum problema, dona Eleonora — sorriu e entendeu que ela insinuou que o horário de seu estudo havia terminado. — Então, vou embora. Vejo a senhora amanhã.

Educadamente, colocou sua xícara na pia e lavou, deixando-a escorrendo. Recolheu seu material e se despediu formalmente do visitante, estendendo a mão para ele. Depois se foi, mas ainda admirando a postura e educação daquele homem.

O amigo sorriu ao observar o jovem e olhou para a mulher, parecendo surpreso e feliz com o andar dos acontecimentos.

Tadashi era de total confiança da senhora. Nascido no Japão, veio para o Brasil acompanhando o pai, o senhor Sho, um homem que carregava a história de gerações passadas e incutiu na alma dos filhos todas as tradições e culturas ancestrais do Japão, a Terra do Sol Nascente.

O senhor Sho enfrentou inúmeras dificuldades em sua vida no Japão. No passado, foi um empresário respeitado, bem-sucedido e posicionado, mas se viu encurralado por fracassos, desilusões e acontecimentos que não conseguiu controlar. Seus negócios ruíram. Sentia vergonha diante do insucesso. Não conseguia encarar os olhos dos conhecidos, amigos e familiares que antes o admiravam.

Na época, apesar da pouca idade, Tadashi decidiu não deixar seu pai definhar na tristeza ou cometer alguma insanidade pela vergonha. Incentivou-o para que viessem para o Brasil, uma terra distante, repleta de promessas e sonhos, onde muitos diziam haver oportunidades. Porém, Kaito, o filho mais velho do senhor Sho, preferiu ficar no Japão. Não quis acompanhá-los.

O senhor Sho, com postura arcada e olhar cansado, encontrou trabalho em uma empresa com a qual já havia negociado, com assunto de importação e exportação, quando ainda era empresário em sua terra. Essa indústria brasileira pertencia ao sogro de Eleonora.

Ao lado do pai, Tadashi, que dominou o idioma português rapidamente, notou que o senhor não era mais o homem que um dia foi, mas sua dignidade permanecia intacta. Então, decidiram ficar, conseguindo colocação na mesma companhia.

Quando Olavo, o marido de Eleonora, resolveu abrir sua própria empresa, a esposa, que já havia identificado o potencial de Tadashi, quis tê-lo ao lado. Ela o incentivava a adquirir mais conhecimento, porém ele se constrangia.

Quando Theo, filho de Eleonora e Olavo se preparava para ingressar na faculdade, a mulher insistiu para que Tadashi o acompanhasse a fim de que tivesse curso superior. Tadashi se achava um pouco fora da idade para estudar, mesmo assim aceitou devido à obstinação dela para que prosperasse. Todo estudo foi financiado pelo casal.

Tadashi tinha um comportamento diferenciado. Com o tempo, percebeu-se que a submissão apresentada, na verdade, não era apenas extrema atenção em retribuição à ajuda que recebia, porém, acima de tudo, disciplina que fazia parte de sua criação e cultura. Dessa forma, criou-se uma história de coragem e recomeço para aquele jovem homem e seu pai, que chegaram temerosos às terras brasileiras.

Com o passar dos anos, o senhor Sho se aposentou e continuou vivendo com o filho e sua família no Brasil, embora tivesse outro filho próspero, que ergueu um império no mesmo ramo, aprendendo com os erros e acertos do pai, lá na Terra do Sol Nascente. Esse filho, Kaito, convidou-o, mas o senhor não quis voltar.

Tanto Eleonora quanto o marido tinham total confiança em Tadashi. E, naquele período da vida, era somente nele em quem ela poderia confiar.

— Decidiu mentorear o Daniel? — Tadashi sorriu ao perguntar.

— É aquela situação que chamamos de destino. Ele estava no meio dos jovens vândalos que me agrediram.

— Você me surpreende, amiga — contemplou-a, admirado.

— Não há créditos meus. Destino, o pseudônimo de Deus, sempre é responsável por tudo. Foi a forma como o Pai fez com que eu caísse em seus braços — riu. — Do grupo de jovens que me atacou, ele foi o único que me defendeu. Quando me derrubaram ao chão, Daniel me pegou e colocou de volta na cadeira de rodas. Com medo, fugiu. Mas, nutriu arrependimento e culpa. Dessa forma, aproximou-se de mim e continuou ao meu lado, apesar de não ter necessidade.

— Entendo. Quando veio para cá, lembro que não tinha um plano. Estou surpreso.
— Quando desejamos algo importante e não sabemos por onde começar, precisamos ir à busca do que fazer. Só, então, Deus traça os planos e tudo acontece.

CAPÍTULO 8

HISTÓRIA NÃO ESCRITA

No caminho de volta, Daniel encontrou Irani, com quem estudava e, às escondidas, iniciou um namoro.

Ele sorriu largamente ao perguntar:

— Você por aqui?

— Minha mãe pediu para comprar farinha. Estou indo no mercadinho — demonstrou-se tímida.

— Vamos, então.

No trajeto, conversaram num tom de satisfação por terem se encontrado.

Era um romance leve, daqueles da adolescência.

Irani sabia que seus pais eram severos e não aceitariam qualquer namoro. Diriam que ela precisaria estudar.

Na verdade, provavelmente, não permitiriam que houvesse nada com Daniel, devido ao passado de sua família e à vida conturbada de seus pais. O rapaz tinha conhecimento disso, embora não comentasse. Por isso, continuavam juntos sem ninguém saber.

No dia seguinte, ao lado de Eleonora, o jovem não conseguia se concentrar no que fazia. Notando algo, ela quis saber:
— Por que está com a cabeça na lua?
— Não estou! — reagiu. Mas, depois de um tempo, contou: — Gosto de uma colega de classe e ela de mim. Fico feliz quando nos encontramos, mas... — seu sorriso se fechou. Mais sério, revelou: — Acreditamos que os pais dela não vão permitir nosso namoro.
— Por quê?
— Por causa da minha família, dos meus pais.
— Seus pais morreram. Acaso não deixariam que você namore por ser órfão? Por preconceito?
— Não é por eu ser órfão — entristeceu nitidamente. — A história dos meus pais é complicada. — Fechou o livro que segurava. Ficou pensativo por um momento, até decidir contar: — Meus pais eram jovens e começaram a namorar, contra a vontade do meu avô materno. Minha mãe não teve mãe. Contam que a mãe dela morreu quando ela era bem pequena e o pai dela a culpava por isso. Era um homem ignorante e bebia muito e... Tudo o que minha mãe fazia era motivo do pai dela criticar, agredir ou não falar com ela por dias.
— Quem te contou isso? — ela se interessou.
— Um pouco foi meu avô e, a maior parte, foi a tia Antônia, nora do meu vô Rufino, que é casada com o tio Levi, irmão do meu pai. Ela tomou coragem e revelou tudo o que eu sempre quis saber e me esconderam. — Fez uma pausa. — As pessoas sempre foram distantes de mim. Alguns colegas da escola falavam coisas para me magoar e conseguiam.

— Organize as ideias, Daniel. Não estou entendendo — Eleonora pediu friamente e ficou esperando.

Após suspirar, profundamente, o jovem a encarou e contou:

— Sempre achei estranho ter sido criado por meu avô Rufino e não ter pais, quando meus primos e amigos tinham pai e mãe. Alguns colegas diziam que eu era um excomungado, trazia azar para junto das pessoas à minha volta, que dava má sorte e levava desgraça aonde ia. — Seus olhos se nublaram pelas lágrimas que os empoçavam, por isso virou o rosto. Demorou poucos segundos para se recompor e prosseguiu: — Meus primos diziam que eu não era da família, fui adotado porque me abandonaram. Cada hora, inventavam uma coisa. Eu chorava, não entendia e meu avô Rufino me explicava sempre com meias-palavras ou mandava não ligar para aquilo. Continuava sem entender. Depois que fiz quatorze anos, teve uma visita de final de ano aqui e os filhos, as noras e os outros netos do vô estavam todos reunidos. Após uma briga de socos com um dos meus primos, que estava me atormentando com essa história, a tia Antônia foi me consolar. Ela achava injusto eu não saber a verdade. Quando conversamos, estava com muita raiva e implorei para que me contasse. Queria saber minha história. — Breve pausa e a encarou para dizer: — Quando era bem jovem, minha mãe era bem extrovertida. Muitos diziam que era por ela não ter sido criada pela mãe, que morreu quando era pequena. O pai dela se casou de novo, mesmo assim nunca parou de culpá-la pela morte da mãe. Era estranho. Como uma criança pode ser culpada pela morte da mãe?

— Atitude de pessoa ignorante e cruel, que sempre quer oprimir alguém pela imposição de culpa — Eleonora opinou.

— Sim. Verdade. Sabiam que ele a agredia muito, mas ninguém fazia nada. Quando minha mãe tinha dezesseis anos, começou a namorar meu pai. O pai dela era contra. Totalmente contra. Ele queria que minha mãe namorasse e se casasse com o filho de um compadre dele, que era alguém bem mais velho, com mais de trinta anos. Esse homem vivia nos bares, bêbado e jogando, pois seu pai era rico e o sustentava. Minha mãe não queria e continuou namorando o filho do senhor Rufino.

    Aconteceu que ela engravidou — Daniel prosseguiu em tom ameno, quase envergonhado. — Foi um escândalo. Apanhou muito do pai dela e foi arrastada pelos cabelos até a porta do mercado. Ele estava armado, furioso, por isso ninguém tentou nada. Ele queria matar meu pai, filho do vô Rufino. Enquanto meu pai não aparecia, ele chutava e batia na minha mãe. Não se sabe como ela não abortou. Depois, ele a abandonou na rua, em frente ao mercado. — Longo silêncio. — Aconteceu que o vô Rufino, apesar de ser um bom homem, teve quatro filhos péssimos. A esposa dele, minha avó, morreu quando os filhos eram pequenos e ele criou todos sozinho! — enfatizou. — Meu pai era o mais velho. Não era responsável. Sempre se envolvia em brigas e muitas encrencas. Tinha fama de ser o valentão da cidade. O vô Rufino acolheu minha mãe. Ele não poderia deixá-la na rua sem ajuda. Meu avô tem um bom coração. Quando meu pai apareceu, ficou uma fera. Dizia que não tinha responsabilidade nenhuma com a Beatriz, que a gravidez era problema dela.

    — Quem é a Beatriz? Sua mãe? — perguntou entristecida.

    — Sim. Meu pai se chamava Valdir e minha mãe Beatriz. Ele não queria assumir a namorada e a criança e ela só chorava... Meu avô não colocou minha mãe na rua. Ela só tinha dezesseis anos e não tinha mais ninguém na vida. O tempo que viveu na casa do meu avô foi um inferno, coitada. Meu pai não a aceitava, meus tios brigavam com ela e o vô Rufino, cuidando do mercado, não podia fazer muita coisa. Além disso, minha mãe não podia sair de casa, pois o pai dela dizia que a mataria, se a visse. O vô Rufino acreditou que, depois que eu nascesse, as coisas melhorariam. Mas não. — Suspirou, profundamente, e prosseguiu: — Nasci. Aí, meu pai estava em uma cidade vizinha, em uma casa de jogo, bebida e mulheres. Lá, ele começou a contar vantagens: que tinha nascido seu filho homem e muito mais. Aconteceu que também estava lá o cara que o pai da minha mãe queria que casasse com ela, aquele com mais de trinta anos, filho de um homem rico. Os dois estavam bêbados. Então, esse homem com mais de trinta anos começou a rir do meu pai e falou que era ele quem tinha feito um filho na Beatriz, que o Valdir estava mentindo e não passava de um... Resumindo, ele afrontou o Valdir e brigaram. Meu pai foi humilhado, apanhou e foi posto para fora. Furioso, voltou para a casa. Meu avô não estava. Ele pegou minha mãe, levou-a para o canavial e a matou com um machado, depois de torturá-la. — Viu Eleonora franzindo a testa, repudiando o ocorrido. — Meu pai fugiu. Poucos meses depois, foi encontrado morto. Seu corpo tinha sinais de tortura... Isso acabou com meu avô, que cuidava de mim... Não demorou, começaram acontecer boatos na cidade de que o fantasma do Valdir fazia aparições horripilantes. Nas estradas sem iluminação, muitos diziam que seu espírito aparecia perseguindo pessoas. Diziam que não tinha paz. Em menos de um ano, o homem que confrontou meu pai, dizendo que tinha feito filho na Beatriz... Esse homem se enforcou e deixou uma carta de suicídio. Contou que junto com o pai da minha mãe mataram o Valdir, depois de torturá-lo. Meu avô materno foi preso e confessou o crime. Na prisão, acabou se matando também. — Daniel deu um longo suspiro, deixando o olhar vagando. — Meu avô Rufino continuou me criando. Não sei como. Não faço ideia de como ele conseguia olhar para mim. Seus outros filhos se casaram e se mudaram da cidade. Restei eu e ele. — Encarou-a firme. — Como a senhora pode entender, não tenho uma família com passado honroso e honesto. Acredito que o pai da Irani não me vê com bons olhos. Aliás, ninguém, nesta cidade, espera coisa boa vinda de mim.

— Você não tem má fama. Sônia, a vizinha que sempre vem aqui, fala bem de você.

— Na frente minha e do meu avô, sim, falam. Todos falam. Mas, sempre me olham com desconfiança, quando faço entregas, quando tento ajudar ou estou perto de alguém. Quantas vezes fui de ônibus para a cidade vizinha e ninguém se sentou ao meu lado. Amigos? Não tenho. Nunca tive. Os que me aceitam são iguais ao Galego e à turma dele.

— Daniel, você tem duas alternativas: sentar e reclamar por ser o azarão da cidade, o rejeitado da família, o nascido sob a maldição das trevas... ou... — esperou que a encarasse. — Tornar-se um homem de valor, sustentar-se honestamente e tapar a boca de todos daqui. Só depende de você mesmo.

— Tenho uma angústia muito grande dentro de mim. Não comento com ninguém, mas... Não sei por que nasci, não sei por que existo... Sempre fui rejeitado, desde antes de nascer. Todos me olham com piedade e desconfiança, por onde passo, por onde vou ouço rumores, provocações.

— Sua atenção está totalmente voltada para sua dor, para a história triste dos seus pais, da sua família. Mas... Daniel, essa não é a sua história! — enfatizou e ele a olhou firme. — Sua história não foi escrita! Sua história é sua, são fatos da sua vida e do que fizer para si mesmo e para os outros. Eu entendo que seja triste e angustiante saber que seu pai matou sua mãe e que seu avô materno matou seu pai, mas... Essa tragédia pertence a eles e não a você. Não poderá mudar o passado e sofrer por ele não trará solução nenhuma. — Ele ainda parecia inquieto e desanimado. — Não tenha medo de tentar ser melhor. Seja ousado e faça por si o que ninguém fez. Você é jovem e um jovem lindo — viu-o sorrir levemente. — Tem o mundo inteiro à sua frente. O que escolher fazer agora moldará o seu destino e sua vida. Até agora, só sobreviveu, dia após dia, nas asperezas de chacotas, insultos, provocações e preconceito. Mude isso! Faça as pessoas te respeitarem! — enfatizou. — Educação é a chave para abrir caminhos, pois educação é conhecimento, disciplina, domínio de si.

Estudo é a luz que dissipará as sombras da ignorância. Companhias duvidosas, que não te querem ver estudar, fazer o bem, prosperar são âncoras que vão te puxar para o fundo do poço. Afaste-se delas, Daniel. Encontre pessoas que o inspirem, apontem novos horizontes, que o desafiem a ser uma pessoa melhor. É hora de abandonar o que não é bom para você, o que não traz alegria ou felicidade, o que não te faça respeitoso, respeitável e não te garanta dignidade no futuro. — Seus olhares se encontraram e fixaram-se por longo tempo.

Raios do sol poente invadiram a sala, tingindo o ambiente de tons dourados e criando uma atmosfera diferenciada. Naquele momento, Eleonora e Daniel pareceram fazer um pacto silencioso.

— Eu vou ajudar você, Daniel — ela afirmou. O pacto de transformação, esperança e de um futuro melhor estava firmado. — As escolhas para a sua vida, que vão determinar quem é você, devem ser feitas a partir de agora: ou senta e reclama, achando-se o azarão ou se determina e se dedica a algo que o valorize. A escolha é sua. Se continuar focado na angústia que sente, ela só vai crescer. Se der atenção a algo que o projete na vida, a angústia irá diminuir, até desaparecer.

— Será?

— Você tem outra coisa para fazer a não ser tentar? — Viu-o sorrir levemente, virar-se para a mesa e abrir o livro. Essa foi sua resposta. — Tudo o que fizer um pouco melhor, a mais e diferente da maioria das pessoas, mudará muito sua vida, mas tem de ser bom para você e para os outros. Descubra e desenvolva suas habilidades em vez de ficar parado, pensando e reclamando. Não fuja de suas responsabilidades para com você mesmo. Aprimore suas habilidades, Daniel! Somente dessa forma será diferente e vai vencer.

CAPÍTULO 9

LEIA. LIVROS GUARDAM SEGREDOS

Com a motivação de Eleonora, Daniel estudou muito aquele ano. Estudou além do necessário. Ela arrumou livros, muito material didático, ensinava-o e ele correspondia. Dessa forma, terminou o ensino médio com as melhores notas de sua turma e de sua vida. Apesar disso, ficou em dúvida sobre fazer faculdade.

— Não sei... Tem tanta gente falando que curso universitário não leva a nada, que é besteira, que faculdade não dá dinheiro...

Mas ela o incentivou:

— Sabe o que eu penso, Daniel? — disse Eleonora. — Penso que é desprezível ver alguém dizer que estudo, aperfeiçoamento, curso profissionalizante e fazer faculdade não serve para nada e é perda de tempo. Não perco nenhum minuto para ouvir gente assim. Quem diz isso, geralmente, é alguém que não teve capacidade de fazer ou que é tão alienado e ignorante que não enxerga além do próprio umbigo e pensa que, no mundo, não podem existir pessoas capacitadas e de sucesso, diferentes e melhores do que ele. Presta atenção! — ressaltou. — Todo estudo, todos os cursos expandem a mente, a consciência, ampliam a versatilidade na comunicação, no mínimo, e nem estou falando de conhecimento! Eu seria uma menina caipira, do interior, que andaria descalça, sem futuro e sem condições, se continuasse sem estudo. Um dia, vai saber quem sou e o que o estudo fez comigo — encarou-o, séria. — Mas, por agora, é bom entender que curso superior não enriquece mesmo, mas nenhum curso superior promete isso em termos financeiros. Ele traz riquezas à mente que se desenvolve, à consciência que se expande. Por meio de uma faculdade, de um curso universitário somos expostos a novas ideias, perspectivas, culturas, o que nos leva a ter uma visão mais ampla e diversificada do mundo. É uma experiência enriquecedora, que sempre traz impacto profundo à vida do aluno, promovendo habilidades, proporcionando conhecimento, crescimento pessoal e nova visão dos ambientes. A educação superior, certamente, ajudará a se tornar uma versão melhor de si mesmo. Promovendo, não só o desenvolvimento pessoal, mas também a autoconfiança, autoconhecimento e resiliência. E o que mais precisamos no mundo de hoje é ter resiliência, que é a capacidade de suportar as adversidades, que não são poucas, adaptando-se a situações difíceis ou estressantes. Na prática, resiliência significa que, diante de um problema crítico, quase insuportável, a pessoa utiliza sua força interior para resistir e se recuperar. Mas, para aprender a suportar, é necessário ter conhecimento em diversos campos, principalmente, profissional e também autoconhecimento e controle das emoções. Mas, isso é outra coisa... O curso superior expande a consciência de diversas formas, desafiando suposições existentes, incentivando o questionamento e a exploração, promovendo pensamento crítico e analítico, levando à maior consciência de si mesmo e do mundo ao seu redor. Sem contar que um curso superior é fundamental para o desenvolvimento pessoal e profissional, fazendo-o explorar, conhecer e aprender em profundidade no campo de seu interesse, aprimorando-o no que é preciso para o seu desenvolvimento. É, sem dúvida, na jornada de uma educação superior, que uma pessoa se transforma e aprimora habilidades técnicas e conhecimento em seu campo específico de trabalho, ampliando a perspectiva sobre tudo, aprimorando seu pensamento crítico.

Lembra-se da época em que mulheres e afrodescendentes eram proibidos de estudar e o mesmo acontecia com os mais pobres para não se desenvolverem, para não fazerem parte da alta classe acadêmica? — indagou, mas não esperou por resposta. — Pois bem, hoje, alguns ignorantes manipulados por pessoas que estão com outros interesses sociais, começaram a pregar que o estudo, que o curso superior não é relevante, não é importante. Essas pessoas não são diferentes, não têm ideais diferentes daqueles que, séculos atrás, proibiam mulheres, afrodescendentes e pobres de estudarem. Eu defendo o empreendedorismo. Defendo o dinheiro porque ele traz benefícios, bem-estar e o mundo nunca vai mudar sobre isso. Gostaria de que todos, do mundo inteiro, tivessem boa saúde, casa, alimentação... Mas como não posso contribuir com o mundo inteiro procuro ajudar os mais próximos. Eu recrimino manipuladores de opiniões e conselhos destrutivos, que não agregam nem contribuem positivamente para o desenvolvimento de ninguém. Se o fulano desistiu da faculdade e deu certo na vida, ótimo! Parabéns para ele. Mas o que aconteceu de bom a ele, muito provavelmente, pode dar extremamente errado para você. E se você fizer o mesmo e não der certo? Vai reclamar para quem, além de si mesmo que não pensou em estudar e não tinha um plano B? — não houve resposta. — Os promovedores de não estudar julgam-se espertos e nunca se responsabilizam pelo que der de errado na vida de quem não estudou. O mundo não é dos espertos, é dos despertos. E para despertar, precisamos de conhecimento. Tem muitas pessoas que estão dormindo, mas de olhos abertos, por isso é preciso estar desperto. Muitos se julgando espertos e se achando com vantagem, não percebem que essa vantagem é passageira, não duradoura. Não ligue para o que falam. Foque em você. Então, meu jovem... Melhor ter uma faculdade do que não ter. Por ser moço, tenho certeza de que o curso superior ampliará sua visão e conhecimento, apesar de que só aprenderá e ganhara experiência, garantindo-se como bom profissional, quando... — foi interrompida.

— Quando for trabalhar no ramo! — ele acreditou.

— Não. Como em tudo na vida, só aprenderá e ganhará experiência, garantindo-se um bom profissional quando se dispuser a aprender com os mais experientes, ser verdadeiro e confiável. Ter conhecimento é muito importante, mas não há como ser confiável se não conhece aquilo que faz. A confiabilidade de uma pessoa é formada pelo que ela apresenta em sua própria vida, com a sabedoria que tem.

— Entendi.

— Aprenda a controlar as emoções. Ter inteligência emocional é uma das coisas mais importantes para quem quer prosperar.

— Às vezes, tenho medo. Nunca fui para muito longe desta cidade. Não sei o que me espera — encarou-a.

— Sabe, Daniel... Não é correto ter medo de fazer aquilo que é necessário para sua vida, aquilo que faz parte da sua trajetória de vida, do que vai te promover a um grau de consciência e conhecimento maior do que tem hoje. Você não estará buscando, fora da sua realidade, uma aventura tresloucada qualquer ou prazeres imediatos, momentâneos. Não estará buscando algo que não tenha a ver com o seu crescimento. Se assim for, o medo é prudente, mas não é o caso. Seu medo revela que, inconscientemente, está inseguro, quanto a descobrir o seu potencial. O medo que mais impede o ser de evoluir é o de fazer algo que o fará crescer e enxergar a sua verdadeira essência.

— Por quê?

— Porque terá de fazer compromissos, desenvolver-se e assumir a autorresponsabilidade, quando estiver em novos patamares. Deixará de ser dependente, seja do que for e de quem for, não mais poderá culpar alguém por aquilo que é — sorriu. — Lógico que isso dá medo. O remédio, o antídoto contra o medo, neste caso, é o enfrentamento. Está na hora de parar de se queixar e se movimentar até lugares onde possa aprender, desenvolver-se, conectar-se a todos e a tudo que almeja. Não deixe que o medo te consuma e te corroa, impedindo que evolua. Melhore, alcance os seus objetivos e prospere. Se não estiver satisfeito com os resultados e com a sua vida, tenha uma atitude de enfrentamento e faça algo para tudo ser melhor — sorriu, novamente. — Sabe, é comum reclamarmos de pessoas negativas, hipócritas, pessimistas à nossa volta, pois elas nos puxam para baixo, mas... Muitas vezes, não percebemos que nós mesmos, com o nosso comodismo, pensamentos negativos e medrosos somos a pessoa que nos puxa para baixo, dizendo, para nós mesmos, que não existe saída, quando, na verdade, não procuramos qualquer porta.

— Temos de ser mais otimistas, não é?

— Não podemos ser o otimista tolo, iludido, ignorante e patético que sai por aí dizendo, tão somente, que a vida é bela! — arremedou de um jeito engraçado. — Precisamos ser o otimista prático, sábio, inteligente que busca e enfrenta os próprios medos e inseguranças. Aquele que entende que não se deve reclamar do que fizeram com ele, mas enxergar e administrar o que ele, positivamente, fará com tudo o que a vida lhe deu. Otimista sábio é aquele que tem esperança, que busca conhecimento e oportunidades e faz acontecer sem prejudicar ninguém.

— Entendi — abaixou o olhar e respirou fundo, ficando reflexivo. Um momento e contou sobre seu namoro com Irani: — Ela foi falar com os pais, mais uma vez, eles não querem, não admitem a filha namorar alguém como eu, que tem uma família trágica, com um passado complicado. Fiquei chateado com isso.

— Mesmo se o namoro for permitido, agora vai para longe, para a faculdade.

— Eu gosto dela — não a encarou.

— Entendo, mas a distância será um problema. Terá seu tempo todo ocupado. Conhecerá novas pessoas, terá muita coisa para fazer, precisará dar foco nos estudos. Lembre-se de que o Tadashi já está arrumando emprego para você! — salientou. — É uma empresa de médio porte. Será necessário cumprir horário. Vai morar em uma quitinete, cuidar da sua roupa, cozinhar, estudar... Sua prioridade é controlar e administrar bem o tempo e as finanças. Não vou ajudá-lo nisso! — enfatizou, novamente.

— A senhora já está fazendo muito por mim. Serei sempre grato.

— Mostre sua gratidão oferecendo o seu melhor em tudo o que faz. Mostre sua gratidão a Deus.

— Não acredito em Deus... — murmurou e abaixou o olhar.

— O quê?! — assustou-se e arregalou os olhos. Não esperava.

— Quando percebo minha vida e as dificuldades que passei, que minha mãe passou, não vejo Deus. Qual a razão do sofrimento? Deus deveria cuidar e proteger, não acha?

— Só diz isso quem não tem conhecimento. Não vou discutir esse assunto com você, pois te falta muito, muito conhecimento e reflexões. Deus é algo que se experimenta no coração.

— Desculpe-me dizer, mas... — mesmo constrangido, perguntou: — Como alguém cadeirante não se revolta com

PROPÓSITO DE VIDA | 91

Deus, quando existem tantas pessoas más andando para lá e para cá?

Eleonora o encarou com seriedade e respondeu:

— Não converso sobre Deus com pessoas ignorantes.

— A senhora me considera ignorante? — pareceu não gostar.

— Sim. Ignorante é, simplesmente, não ter conhecimento. Você não tem conhecimento sobre esse assunto. Não vou discutir sobre isso. — Eleonora quis mudar o rumo da conversa. — Quanto à Irani... Sei que está triste porque está frustrado, mais por não ser qualificado, do que por gostar dela de verdade. Procure não pensar muito nesse assunto, pois ele não tem solução. Foi bom ter acontecido. Um dia, vai me dar razão.

— E como fazer isso? Como não pensar muito nesse assunto?

— Procurando o que fazer. Dando atenção a outra coisa, de preferência, mais importante, saudável e produtiva. Vá ler um livro, por exemplo. Livros escondem segredos, questione-os e eles te darão respostas, pois nos ajudam a fazer descobertas sobre nós mesmos.

— Certo... — ofereceu meio sorriso. Era impossível vencê-la em duelos de palavras.

— Ficará tão ocupado, daqui um tempo, que esse sentimento de frustração passará.

— Por que está fazendo tudo isso por mim? — encarou-a de modo indefinido.

— Porque estou ociosa, desocupada — sorriu. — Vou reforçar o que já te pedi: não diga meu nome para ninguém. Ninguém que conhecer. Quando terminar a faculdade, vai saber o porquê desse pedido. Entendeu?

— Certo.

— Também não me verá por um bom tempo, mas terá notícias minhas. O Tadashi sempre fará contato com você.

— Está bem — concordou. — Mas não gosto desse mistério.

— É por uma boa causa. Acredite em mim — sorriu, passando-lhe confiança.

Pagar totalmente a faculdade de Daniel foi o compromisso assumido. Fora isso, ela arcaria com o aluguel de onde ele moraria e algumas despesas pessoais, até o rapaz começar a trabalhar e poder se garantir.

Rufino ficou apreensivo com a situação, mas aceitou. Para deixá-lo tranquilo, mais uma vez, a senhora conversou sobre vários detalhes de sua vida, pedindo sigilo e garantindo a segurança de Daniel.

Eleonora foi embora da cidade, depois de fazer inúmeros amigos. Ela e Tadashi sempre voltavam para visitar o senhor Rufino e saber como o senhor estava, mas Daniel desconhecia o fato.

Nos períodos de férias ou feriados prolongados, o rapaz visitava seu avô, que continuou residindo no mesmo lugar e precisou contratar um ajudante. Daniel pouco andava pela cidade, quando estava por lá. Mesmo assim, ficava sabendo das novidades. Com frequência, alguém o encontrava na rodoviária ou no mercado do seu avô e contava alguma coisa.

Certa vez, ao se deparar com um conhecido, descobriu que Galego namorava Irani. Apesar de o rapaz não ter boa fama e ser muito encrenqueiro, seu pai tinha posses e isso bastava para a família da moça.

Daniel sentiu-se contrariado. Achou-se inferior, medíocre e desprezível. A fama de pertencer a uma família que passou por tragédias era pior do que ser arruaceiro e vândalo. Decerto, os pais de Irani o consideravam amaldiçoado, herdeiro do azar.

O tempo foi passando...

Daniel era dedicado aos estudos e responsável com seu trabalho. Sua educação e humildade faziam muitas pessoas gostarem dele. Sua personalidade era agradável e seu jeito prestativo muito cativante. Onde trabalhava, todos o estimavam.

Em conversa com Eleonora, Tadashi perguntou:

— Não seria melhor já colocarmos o Daniel onde pretendemos?

— Não. É cedo.

— Como quiser — ele aceitou.

— E meu cunhado? — ela indagou.

— Soube que ele andou bisbilhotando sobre a indústria, mas não teve qualquer informação precisa. Quanto aos processos, fique tranquila.

— Como está a família?

— A Kaori está bem — referiu-se à esposa. — Reclamou que você não tem ido lá em casa. A Keiko, na faculdade, está tão ocupada que quase não a vejo — falou da filha. — O Yukio — mencionou o filho —, está se virando bem, como você sabe — sorriu.

Continuaram conversando...

O trabalho e o estudo ocupavam todo o tempo de Daniel. Nos finais de semana, às vezes, saía com os amigos que, geralmente, eram da faculdade. Em particular, ele fez um amigo especial, com quem se dava muito bem. Quando possível, ia até sua casa, passava o dia, assistiam a um filme ou ficavam ouvindo músicas. A mãe do amigo o tratava muito bem, assim como sua irmã. Apesar disso, após aqueles anos de faculdade, Daniel não conhecia o pai desse seu amigo. Nunca o viu.

— Falta pouco para acabar a faculdade. Não vai participar da formatura? — o amigo quis saber.

— Só vou participar da colação. Vou deixar de lado a cerimônia mais festiva e o baile — disse Daniel, sem pretensões.

— Estou com convites sobrando. Pode vir ao baile comigo. Na mesa, só terá minha família: meus pais, meu vô e minha irmã.

— Está me convidando para ir ao baile com você?! — riu alto. — Qual é, cara? Sai fora!
— Deixa de ser besta! Você me entendeu!
— Vou pensar... — Daniel ficou indeciso. Não estava animado.
— Qual é?! Vamos! — insistiu o amigo.
— Não sei...
— Seu avô vem para a colação de grau, né?
— Também não sei, Yukio. Preciso ir lá pra falar com ele.
— Qual é, cara? Tá nesse desânimo por quê?

Forçando um sorriso, o amigo confessou:
— Estou vendo o pessoal animado com a formatura, roupas, convites, baile, família, convida fulano ou sicrano... Percebi que sou o único sem ninguém pra convidar — riu, debochando de si mesmo. — Nem namorada tenho! Levei um fora antes do fim do ano. Também... Mal tinha dinheiro pra pagar um refri.
— Mas dá pra pagar uma cerveja! — Yukio brincou, rindo alto e levantando o copo. — É uma fase, meu! Não esquenta com isso. Daqui a pouco vai arrumar um emprego melhor.
— É isso aí! — Daniel se descontraiu. — Daqui a pouco vem o feriado prolongado. Vou conversar com meu avô e tentar convencê-lo. Quer ir comigo?
— Não sei... Acho que minha mãe vai pra chácara.
— Você também... Nunca pode nada — riu e compreendeu.

Ao estar com seu pai, Yukio comentou:
— Pois bem... Passei todos os anos da faculdade sem contar para o Daniel o seu nome. Todas as vezes em que ele veio aqui em casa, você não poderia estar. Agora, perto da formatura, falei ao Dan o que senhor pediu. Disse que tenho convite para o baile e tem lugar à mesa, junto com meus pais, minha irmã e o vô. Não estou gostando nada por ter de mentir. No começo não dei importância, mas agora somos amigos de

verdade. A gente se dá muito bem. Não é simulação. O senhor prometeu que me diria o motivo e espero que seja bom.

— Eleonora — Tadashi falou.

— O que tem ela?

— Ela conheceu o Daniel e seu avô, o senhor Rufino. Decidiu ajudar esse rapaz e está financiando a faculdade dele. Pediu para ele não contar isso a ninguém. Seu amigo falou o nome dela?

— Não — disse Yukio.

— Então vocês estão quites. A Eleonora não quer que ele saiba sobre a indústria dela.

— Que sacanagem! Está ajudando o cara e não fala nada sobre ela?

— Só damos valor àquilo que conquistamos com sacrifício. Além do que, ele é um estranho. Não sabemos muito sobre seu caráter.

— Como ela o conheceu?

— Foi passar uns dias de descanso em uma cidade e conheceu o avô dele, que tem um mercadinho, e o Daniel também. Nos dias em que ficou lá, fizeram amizade. Ela não tem ninguém e decidiu ajudar esse moço, mas não sabemos direito quem ele é, qual sua índole. Desde que começou a fazer faculdade, eu fui o contato entre eles e o seu amigo. Ele sabe que trabalho para ela. Por essa razão, não quis que falasse que você é meu filho.

— O cara é boa gente, pai. Fica tranquilo. Mas... Por que quer que eu o chame para a formatura? Não que me incomode ter meu amigo lá.

— A Eleonora acha que é o momento de o Daniel saber que você é meu filho. Estamos pensando em oferecer uma colocação para ele na empresa. — Tadashi contou e Yukio sorriu ao ouvir. Gostou da ideia. — Ela quer que ele saiba de tudo no dia do baile. Será uma surpresa, quando a vir à mesa.

— Nossa! Que demais! Mas... Então, eu e o Dan vamos trabalhar juntos?

— Nada disso! Você vai para o Japão. Precisa se aperfeiçoar e estudar. Já está tudo arrumado com seu tio.

— Sua sorte é que eu quero fazer isso e gosto do que faço.
— Yukio! — advertiu e olhou-o sério.
— Desculpa, pai — respirou fundo. — Tá certo.

CAPÍTULO 10

A DOR DE QUEM FICA

No dia da formatura, Daniel se surpreendeu com a presença de seu avô e de Eleonora.

Quando foi até a cidade natal convidá-lo, o senhor disse que não poderia ir, o que o deixou desanimado, por isso quase não quis ir ao baile.

Encontrar o avô e a senhora, foi de um contentamento tão grande que não saberia definir.

Emocionou-se ao abraçar o senhor e ficou constrangido pelas lágrimas que brotaram em seus olhos, escondendo o rosto para que ninguém as visse.

Também ficou admirado ao saber que seu melhor amigo, Yukio, era filho de Tadashi. Eleonora explicou que isso aconteceu a pedido dela. Tudo foi arranjado para Daniel prestar vestibular naquela faculdade e, com sorte, os dois jovens estariam na mesma turma. E isso deu muito certo. Kaori e Keiko brincaram e riram por causa da situação, contando como foi difícil esconder esse fato ao longo dos anos. O senhor Sho, pai de Tadashi, como sempre, era um homem de poucas palavras e nada disse.

Ao término da formatura, Daniel ficou preocupado com seu avô. Onde morava era bem pequeno, menos de trinta metros quadrados. Uma única cama de solteiro e um banheiro minúsculo. Além da má acomodação, nos últimos tempos, estava com problemas de bolor que aparecia em toda parte. Não haveria como alojá-lo. Se soubesse que viria, teria arrumado um hotel para hospedá-lo, mas, naquele horário, isso seria difícil. Ficou nervoso e inquieto. Não teria jeito melhor do que colocar o avô para dormir em sua cama e ele dormiria no chão.

Quando iam saindo, a senhora pediu para que esperasse. Daniel levou um susto quando um carro luxuoso, conduzido por um motorista particular, chegou aonde eles estavam e Eleonora disse:

— Vamos para minha casa. Lá eu explico tudo.

Despediram-se de Yukio e sua família, entraram no carro e se foram.

Nas horas restantes para o amanhecer, Daniel não dormiu. Talvez tivesse cochilado em algum momento quando seus pensamentos calaram tantas perguntas sem respostas, que fazia a si mesmo.

Foi o primeiro a se levantar. Fora da suíte, conferiu que não se tratava de um sonho.

Não conhecia aquele tipo de condomínio residencial e nunca tinha visto por dentro uma casa tão moderna, grande e deslumbrante.

Ficou encantado.

Tudo era bem claro. A luz do dia iluminava, totalmente, o ambiente através da grande parede de vidro que ia do chão ao teto da sala principal, cujo pé direito era bem alto. A simplicidade *clean* da decoração deixava tudo elegante, leve e fresco. A paleta de cores suaves e agradáveis, ampliava os ambientes, interligando-os com delicadeza e equilíbrio.

Ao chegar perto da grande porta de vidro, que dava para um espaço exterior coberto, foi surpreendido por uma funcionária da residência.

— Bom dia.

— Ah... Bom dia — o rapaz sorriu e cumprimentou, educado.

— Dona Eleonora ainda não se levantou. O senhor deseja que eu sirva seu café agora ou vai esperá-la?

— Vou esperá-la. Não se preocupe. Obrigado.

— Como quiser. Com licença — virou-se e se retirou.

Após acompanhá-la com o olhar, deduziu que foi para a cozinha. No minuto seguinte, Daniel saiu porta afora, deparando-se com agradável jardim, muito bem cuidado e uma piscina. O gramado, aparado recentemente, possuía pedras brancas, delimitando onde se podia pisar. Aquele espaço exterior deveria ter duas ou até três vezes o tamanho do lugar onde morava e riu.

Retornando para dentro da casa, encontrou a senhora. Séria, ela o fitava, parecendo esperar algumas perguntas.

— Bom dia, Daniel.

— Bom dia, dona Eleonora.

— Dormiu bem? — indagou enquanto manobrava a cadeira de rodas, que ele percebeu ser muito diferente da que usava, anteriormente. Essa era elétrica, facilitando sua movimentação.

— Praticamente não dormi.

— Quer conversar comigo agora ou após o café? — ela indagou tranquila.

— Talvez seja melhor agora, se a senhora não se importar.

— Então vamos para o escritório — foi à frente e ele a seguiu.

O rapaz percebeu que toda a residência era preparada para a locomoção de cadeirante. Havia bastante espaço entre os móveis e nenhum tapete ou degrau que pudesse atrapalhar.

No grande escritório, ela foi para trás da mesa e pediu:

— Sente-se, por favor. Fique à vontade.

Contendo a ansiedade, Daniel se acomodou e ela o fitou, longamente, dentro do silêncio que reinou e o observou, atenta.

O rapaz tinha muitas perguntas, mas não sabia por onde começar e o que poderia ou não questionar.

Agora, ele estava diferente. Mais maduro, mais sério ainda e algo mais que ela não saberia dizer. Nada parecido com o jovem inseguro que deixou a cidade do interior aceitando os incentivos que lhe deu. Jovem que temia o futuro e os enfrentamentos que ignorava como seriam.

Daniel tornou-se um moço ainda mais bonito. Sua altura imponente de 1,80cm, oferecia-lhe uma presença magnética. O trabalho árduo de carregar caixas no mercadinho do avô, enfrentando desafios diários, resultaram em músculos e tórax bem modelados, sem exageros, mas traçando muito bem os contornos de sua força. Seus olhos sempre pareciam enigmáticos e mergulhados em segredos do mundo, por trás dos cílios longos e espessos, que quase os escondiam. A cor era incompreensível. Um tom de âmbar, oscilando entre o caramelo e o mel, dependendo da luz e do seu estado de espírito. Às vezes, era como se refletissem o pôr do sol. A impressão que se tinha era a de que, quando fitava alguém por algum tempo, fosse capaz de ver além das aparências e arrancar verdades. Sua pele tinha um bronzeado leve, com um toque dourado, adquirido pelo sol inclemente, que contava histórias de suas aventuras, dias sob o céu aberto, lutas e triunfos. Seu rosto tinha um formato alongado, moldado com precisão. Barba curta, aparada e bem-recortada acrescentava um toque de rusticidade à sua beleza, adornando-o ainda mais, demonstrando um senso de estilo e precisão. Os lábios carnudos formavam sorrisos lindos, mas bem raros, que atraíam a atenção pelos dentes brancos e perfeitamente alinhados. Sua estética impecável era parte de seu encanto. Cabelos castanho-claros, lisos e curtos, às vezes, caíam sobre a testa, desafiados pelo vento. Daniel não era apenas um rosto bonito. Capacitado, tinha um dom que não ousava exibir, ainda.

Eleonora ficou contemplando-o e aguardou que falasse.

Sério, com voz grave e pausada, indagou:

— Não sei se tenho o direito de questionar, mas... O que é tudo isso?

— Esta casa é minha. Tudo aqui é meu. Só meu — sorriu sutilmente, enigmaticamente.

— E o que a fez viver naquela cidade, naquela casa tão... — respirou, expelindo o ar de forma rápida e barulhenta, demonstrando insatisfação. — Uma casa tão diferente de tudo isso? O que a fez me ajudar?

— Para responder a tudo isso e muito mais, terei de te contar parte da minha vida. Somente uma parte... — Viu-o atento e, encarando-o firme, começou: — Quando era ainda bem jovem, saí da cidade onde morava. Trabalhei em uma casa de família, depois em outro lugar, até conseguir emprego em uma imobiliária. Nesse período, passava todos os dias em frente a uma empresa e a achava bem grande e bonita. Quando abriu a vaga para recepcionista, candidatei-me e a consegui. Não passou muito tempo, comecei a namorar um jovem e não sabia que ele era o filho do dono. O pai dele desaprovou nossa união... Continuamos juntos e nos casamos em pouco tempo. Estudei e ele apoiou e me ajudou. Foi aí que descobri o quanto o estudo é importante. Eu me tornei outra pessoa e nunca parei de procurar conhecimento. Passamos por dificuldades, mas nossa determinação foi maior do que elas. Fiz faculdade de Engenharia Alimentar e estava cheia de ideias. Ele, trabalhando com o pai, conseguiu abrir a própria empresa. Algo pequeno, mas que foi crescendo. —

Olhou para a janela aberta, de onde vinha muita luz, permanecendo pensativa, por alguns segundos. — Nossa empresa prosperou rápido e nossa vida também. Éramos muito unidos e tivemos um único filho. O tempo passou e meu sogro faleceu. A indústria do meu sogro ficou para o meu marido e o irmão dele. Então, a empresa que era nossa concorrente, passou a ser metade nossa. Não gostei da ideia, mas não queria contrariar meu esposo que decidiu que ele e o irmão iriam tocar a empresa do pai, como uma sociedade. Por mim, o Olavo deveria vender sua parte ao irmão ou a outra pessoa, mas não foi isso o que quis fazer. Os anos se passaram, meu filho se casou, bem jovem. Descobriu-se que ele era estéril e, poucos meses depois, eles se divorciaram. Apesar disso, meu filho parecia bem. Éramos grandes amigos, conversávamos muito, saíamos... Até ao cinema íamos só nós dois. Nossa confiança era tão grande que tinha segredos com meu filho... — Deixou o olhar perdido e sorriu sem perceber, como se aquelas lembranças fossem muito boas. — Era difícil não nos vermos por mais de uma semana. Tentei, de todas as formas, ser amiga da minha nora, mas... Depois do divórcio, ela se distanciou ainda mais de nossa família. Meu filho morava no apartamento dele, mas, com frequência, dormia aqui e ficava por aqui...

— Ele trabalhava com vocês na empresa? — Daniel quis saber.

— Sim! — respondeu animada. — Ele cuidava da parte que cabia ao Olavo, meu marido, na indústria de sociedade com meu cunhado. O Theo, meu filho, adorava o que fazia. Assim como o pai, também se casou com uma funcionária. Era uma boa moça, que trabalhava no administrativo. Foi uma pena não ter dado certo.

— Onde está o Theo, hoje?

— Seis meses após o divórcio, o meu filho tirou a própria vida... — contou em tom baixo, grave e enquanto lágrimas deslizaram imediatamente em sua face. Abriu uma gaveta, pegou lenços descartáveis e secou o rosto. — Foi tão difícil... Tão desesperador... Morri junto com ele. Sobraram tantas perguntas que nunca encontrei respostas, até hoje...

— Sinto muito — Daniel se comoveu. Desejou abraçá-la e confortá-la, mas sentiu-se constrangido. — Imagino como seja triste, até hoje. Sei que não existem palavras que confortem.

— Agradeço a compreensão e apoio... — Fez-se firme, quase fria para não chorar mais e cair em pranto, lamentando profundamente a situação. Falar daquele assunto, ainda provocava muita dor. — Perdi o chão, perdi a vontade de viver... Acreditei ser castigo... Não sou a melhor pessoa do mundo, não sou perfeita e... — não completou. — Não foi fácil para mim e para o Olavo nos recuperarmos. Aliás, acho que nunca nos recuperamos de algo tão doloroso. O que eu poderia fazer era orar.

— Sabem o motivo? Ele estava em depressão?

— O Theo não parecia estar em depressão. Ele tinha planos para o futuro, demonstrava esperança... Em uma das nossas conversas, depois do divórcio, ele disse que ainda ia conhecer alguém para se casar de novo e adotarem filhos. Filhos! Ele falou no plural: Filhos! — enfatizou. — Brincou dizendo que não deixaria esta casa tão arrumadinha como eu gostava e que as crianças iriam bagunçar tudo aqui. Falou até que desejava uma esposa que gostasse, como ele, de aventuras do tipo: acampar, escalar, fazer rapel, descer corredeiras naqueles barcos que esqueci o nome...

— Caiaque?

— Sim. Isso — olhou-o. — Meu filho adorava natureza, ar puro, terra, água... E tinha planos. No pouco tempo que permaneceu casado, eu o via um tanto descontente quando desejava fazer essas coisas e a esposa não. Ela sempre o mandava ir sozinho. Dizia que nunca iria acompanhá-lo nessas aventuras ridículas. A esposa do meu filho gostava de coisas chiques, luxuosas. Era exigente. — Silenciou por alguns segundos e contou: — No computador, no apartamento dele, encontramos uma carta explicando o suicídio e... — chorou. Não suportou relatar sem lágrimas. — Dizia que era por não poder ter filhos, por ter se divorciado da Betina e que não conseguia viver sem ela, que não queria mais vê-lo... As coisas encontradas no apartamento não combinavam com suicídio. Ele havia comprado roupas de mergulho e equipamentos novos de camping. Os amigos disseram que estavam combinando acampar, viajar e fazer rapel não sei onde... Não faz sentido, entende? Isso foi o que mais nos destruiu. Como alguém que tem planos, marca viagens, compra coisas para passear e se divertir pode tirar a própria vida? — indagou angustiada.

— Como ele fez isso?

— No apartamento, havia uma sala de TV e som... Tinha uma estante alta, feita de ferro e madeira reciclada. A estrutura era bem forte. Ele prendeu a gravata em uma das hastes e se matou por asfixia mecânica. Os exames apresentaram consumo de álcool. De fato, havia o copo e a garrafa de uísque na mesinha da sala... — ela suspirou fundo e deixou o olhar perdido.

O silêncio foi longo.

O rapaz, respeitoso, esperou que Eleonora continuasse.

— Como desconfiar? Como saber? Os amigos mais próximos não perceberam nada! Os colegas, pessoas conhecidas, funcionários da empresa!... Ninguém desconfiou de que ele pudesse fazer aquilo. Como alguém com o sorriso no rosto, com planos de ter outra parceira, de adotar filhos, fazendo compras, planejando viagem com amigos pode fazer isso consigo mesmo? Como?! — Não houve resposta. Daniel entendeu que era um desabafo. Nunca a tinha visto daquele jeito. Conhecer aquele seu lado era doloroso para ele, mesmo sem saber por quê. Sendo assim, decidiu deixá-la falar. — Não dá para entender. Como eu não percebi?... — Lágrimas escorriam silenciosamente pelo rosto pálido da senhora. Ela guardava dolorosa angústia, remoía cada instante em que não notou os sinais.

Um relógio, na parede, continuava seu tique-taque rítmico, ecoando no vazio do ar, como se o tempo não fosse afetado pela tragédia e pela dor.

A mãe, com olhos vermelhos e inchados, sentada atrás da mesa, ainda chorava por seu filho, fixando o olhar no retrato que Daniel, de onde estava sentado, não conseguia ver.

Como ela poderia ter falhado? Como não percebeu?

Isso a torturava. O filho estava mergulhado em uma escuridão que o consumia e ninguém soube nem ela, a própria mãe. Amigos, colegas, ninguém suspeitou que por trás do sorriso, dos planos, da disposição havia uma dor imensa e uma batalha interna que Theo não conseguiu vencer.

Eleonora se punia mentalmente com a possibilidade de mais alguém ter podido fazer algo, se alguém mais poderia ter salvado seu filho.

Ela ainda tinha, na tela mental da memória, a imagem da última mensagem de texto que trocaram. Simples e quase casual:

"Estou bem, mãe. Já jantei. Não se preocupe. Durma com Deus. Também já vou dormir..."

...e ela acreditou.

Agora, olhando para o relógio, na parede, sabia que não era verdade e o tempo passava, normalmente, apesar disso. O mundo continuava, as coisas aconteciam e o sol brilhava indiferente à partida de Theo.

Eleonora tinha o peito rasgado por aquela dor que a consumia dia a dia. Gostaria de gritar, mas de que adiantaria?

Desejava ter falado ao filho: "Você não está sozinho. Existe ajuda disponível. Vamos enfrentar isso juntos. Existe solução para tudo. Esse momento vai passar e, no futuro, você vai olhar para ele orgulhoso por ter suportado, por ter encontrado saídas que, no momento, não conseguia ver. Ficará feliz por ter encontrado novas oportunidades e maneira de viver, verdadeiramente, feliz."

Não é sinal de fraqueza procurar ajuda. Não é tolice conversar com alguém, que seja responsável e respeitável, sobre sua dor. Muito pelo contrário. Quando a alma está abalada, procurar ajuda é sinal de poder. Poder sobre o inimigo invisível que tenta destruir seu potencial, suas ideias, seus sonhos, suas possibilidades.

A partida do filho deixou incontáveis perguntas sem respostas. Perguntas que doíam e despedaçavam seu coração. Talvez tivesse perdido a chance de fazer algo, mas não sabia o quê.

A dor de quem fica é, irremediavelmente, destruidora.

— Não pude fazer nada por ele em vida. Embora tenha lhe dado princípios, valores, religião, falado sobre religiosidade, mas não adiantou. Hoje, oro muito por ele — murmurou. — Sei que deverá harmonizar o que desarmonizou. Mas as orações vão chegar até seu coração e iluminar seu caminho. Tenho certeza, porque tenho fé. As orações vão dar ao Theo a força que faltou para prosseguir aqui. Já ouvi dizer que as preces de mães arrombam as portas do céu e... As minhas vão se unir às preces de muitas outras mães que querem o bem de seus filhos. Os tormentos, os problemas angustiantes que levam alguém a tirar a própria vida podem ser superados, mesmo depois da morte e as orações, os desejos de luz, as vibrações de amor vão ajudar imensamente nisso. Deus não nos pune, nunca! — salientou. — Nossa consciência é que percebe nosso erro e nos faz corrigi-lo. Tudo tem jeito e tenho a certeza de que meu filho vai se recuperar e se livrar da dor, do arrependimento por ter ceifado a própria vida. — Um instante e contou: — Sempre fecho meus olhos e vejo o Theo sorrindo, alegre, livre do peso que o atormentou. — Olhou para Daniel e afirmou: — Ninguém deve enfrentar a escuridão sozinho. Se onde estiver, se pensa que está sozinho, está enganado. Ore e sinta-se com Deus, onde quer que esteja. Uma mãe sempre está com o filho quando ora por ele. — Encarou-o, prosseguindo com a história de sua vida: — Achei que não poderia piorar, mas... Tanto eu quanto o Olavo ficamos, extremamente, deprimidos e abalados. Alguns dias, sequer conseguíamos levantar da cama. A vida perdeu a cor. Não havia mais razão para nada.

Meu marido deixou o irmão dele cuidando, totalmente, da empresa que tinham em sociedade, enquanto o Tadashi tornou-se o responsável por tudo o que acontecia na nossa. Não que o tenhamos nomeado ou algo assim. Ele conquistou posições por suas habilidades. Ele fez faculdade com meu filho. Eram muito amigos. O senhor Sho, pai dele, trabalhou para o meu sogro e depois para nós, até se aposentar. Tal qual o pai, o Tadashi mostrou muita capacidade e total confiança. Ao nos ver abalados e sem foco, tomou à frente de tudo e nos mantinha informados. Meu marido abandonou a indústria alimentícia de sociedade e seu irmão tomou conta de tudo. Nesse tempo, meu cunhado forçava o Olavo a unificar as empresas, fazer uma fusão. O Tadashi orientava para não fazermos isso. Eu não gostava, ou melhor, nunca gostei do meu cunhado. Nunca me pareceu pessoa responsável e confiável. Mesmo não estando muito bem emocionalmente, não queria essa junção. Um dia, fomos até a casa desse meu cunhado, que é em uma cidade vizinha. Ele nos convidou para jantar. Mostrou-se sensibilizado pelo que vivíamos e... manipulando palavras, colocou-se à disposição para cuidar dos nossos negócios. Fui contra e ele não gostou do meu posicionamento. Saímos de lá e voltamos para casa. Eu dirigia. Era tarde. Não me sentia nada bem. Algo estava errado comigo. Olhei para o lado e vi o Olavo dormindo, largado no banco do carro. Ia pedir para ele assumir o volante, mas não deu tempo. Um caminhão perdeu o controle e invadiu a pista onde estávamos. E essa foi a última imagem que tive do meu marido. — Longos segundos de silêncio, novamente. E Daniel soube aguardar. — Alguns dias depois, acordei no hospital.

Havia batido a cabeça e ficado em coma. O acidente matou o Olavo e me deixou paraplégica. Eu deveria ter morrido, mas, lamentavelmente, fiquei e sem saber para quê. Briguei com Deus por causa disso... Sou capaz de sentir a pele, de sentir uma alfinetada ou um beliscão, mas não consigo andar mais, não sustento meu próprio peso.

Sete meses após a morte do meu filho, meu marido faleceu. Eu me sentia culpada, porque estava dirigindo, porque não quis dormir na casa do meu cunhado, porque deveria ter parado o carro antes, porque, porque... São tantos porquês... Achei que Deus estava me castigando... — Breve pausa. — Muitas coisas aconteciam. O Tadashi foi colocado na vice-presidência e decidia tudo por mim. Perdi a concentração e não conseguia concatenar ideias, mas não poderia mostrar isso aos demais diretores e funcionários. Foi temporário, porém foram momentos horríveis enquanto duraram. Em instantes de loucura, quebrei minha casa, minhas coisas... Desejava a morte. A Kaori, esposa do Tadashi, foi uma amiga incrível. Ficou muito ao meu lado. Bem... Um pouco depois da morte do Theo, antes do acidente, eu e o Olavo fomos... Digamos... passear e acabamos parando na cidade onde você e seu avô moravam. Admirei a tranquilidade do lugar e... Depois da morte do meu marido, pedi ao Tadashi para me levar até lá. Eu precisava pensar, precisava de um tempo. E ele me levou. Na época, a indústria que o Olavo e o irmão eram sócios passou por problemas e, para me ver livre do meu cunhado, abri mão da parte do Olavo. Doei tudo para ele. Tive prejuízo de milhões, mas saí da sociedade. Mesmo assim, meu cunhado quis arrolar meus outros bens materiais no seu prejuízo. Entrou com processo, mas não conseguiu. Nesse período todo, no fundo do poço emocional, resolvi dar uma chance a Deus e me isolar para me recompor. — Um instante e prosseguiu: — Eu tinha um propósito naquela cidade e um dia vou te contar, mas, por hora, basta saber que comprei aquela casa, paguei por uma boa reforma para adaptação às minhas condições e fui me esconder lá. Todos os dias, Deus mandava pessoas passarem em frente de onde morava para conversarem comigo, porém eu, simplesmente, não queria. Evangélicos foram ao portão, católicos me convidaram para as missas... Até que, um dia, comecei a passar dificuldades. Fazia mais de um mês que o Tadashi não aparecia e estava sem mantimentos. Comecei a ficar desgostosa... Tinha um pouco de dinheiro e cheques. Poderia ir ao mercado ou pedir a ajuda de alguém que, todo dia, passava na minha porta e me cumprimentava, poderia solicitar para que alguém ligasse para a empresa ou para o Tadashi, mas não. Pensei em ficar ali, fraca e até morrer de fome. Até que, um dia, acho que Deus perdeu a paciência comigo e mandou aquele bando de arruaceiros me tirar de casa e levar até uma casa de oração — sorriu com ar de deboche. — Foi então que as pessoas apareceram e tiveram a liberdade de entrar na minha casa e na minha vida. Elas ajudaram e você... — olhou-o e sorriu. Viu seu sorriso se alargar, como se aquela história fosse algo bom que aconteceu na vida de ambos. — Você era o garoto que eu menos esperava que fosse aparecer, mas apareceu. Você era diferente do que eu imaginava. Um menino agradável e que, de repente, tornou-se solícito. Sempre o via passar com aquela bicicleta de um lado para o outro ou carregando uma caixa pesada no ombro, sem camisa e com suor escorrendo nas costas. Às vezes, via-o de boné e sabia que tinha brigado... — riu e ele riu junto. — E, então, você veio até mim. Tinha o coração mais bondoso do que eu poderia imaginar.

— Por que me ajudou? — perguntou, agora, com tranquilidade e leve sorriso.

— Como já disse, porque não tinha mais nada o que fazer. Percebi em você algo raro nos jovens de dezessete anos, que é a inteligência emocional.

— Como? De que forma? — interessou-se, Daniel.

— Você tinha o controle das emoções, das reações apresentadas em momentos tensos e difíceis, embora quisesses socar e acabar com todos os que o maltratavam. Só entrava em uma briga quando agredido primeiro e não se acovardava. Tinha estratégia em se redimir dos erros com classe, não só pedindo desculpas, como fez quando me colocou de volta na cadeira de rodas, mas mostrando-se capaz de revelar quem era, que tinha caráter, princípios e valores. Você pensava e pensa antes de se manifestar, espera que os outros falem sem interromper, ouve sempre e não fala demais. Achei que se estudasse e se esforçasse poderia ser alguém na vida. — Suspirou fundo e ruidosamente. Olhou-o firme e confessou: — No mundo, existe muita gente interesseira, oportunista, aproveitadora e inescrupulosa. Se eu contasse que sou rica e sem ninguém, muitos poderiam se aproveitar de mim, naquela situação. Até você também poderia se acomodar e achar que era um pobre garoto, rejeitado por muitos e amaldiçoado por outros, que merecia ajuda. Minha ajuda direta. Então, achei que deveria, como todas as pessoas respeitáveis, ganhar conhecimento, descobrir o seu valor e ideais, lutar pelo que quer, sabendo a importância que as coisas têm. Quando não sabemos o valor e a importância das coisas, não conseguimos respeitá-las e as perdemos.

Sabe, Daniel — prosseguiu —, quando não nos esforçamos, não valorizamos o que temos, perdemos tudo. Só que quando somos imaturos, não percebemos isso. — Breve pausa. — Conversei com o Tadashi, que indicou a faculdade onde o filho iria prestar vestibular e, de verdade — riu alto —, não acreditei que você fosse passar naquele vestibular — viu-o rir também. — Pela minha orientação, Tadashi pediu ao Yukio que não falasse nada sobre ele nem sobre mim. Enfim... Paguei sua faculdade, mas você trabalhou para se manter. Viveu, comeu e dormiu com desafios, preocupações e dificuldades nos últimos anos. Sei de tudo! — respirou fundo e piscou demoradamente. — Equilibrou as finanças, dedicou-se aos estudos, formou-se com honras... Fiquei feliz com os seus resultados. Parabéns!

— Obrigado — sorriu. — Mas, e agora? — indagou com voz baixa, após longa demora.

— Agora? — Séria, invadiu sua alma ao encará-lo. Tinham o mesmo dom de dominar alguém com o olhar. Ficaram imantados, até que ela decidiu: — Bem... Se você aceitar, o Tadashi quer contratá-lo para trabalhar na minha indústria alimentícia. Mas... Por minha recomendação, começará por baixo. Na recepção do prédio administrativo.

— É uma brincadeira? — sorriu com o canto da boca.

— Não — sorriu junto. Esperava isso dele. — É uma exigência minha — falou austera, quase arrogante, encarando-o firme.

— Tenho curso superior, agora. Não acha que posso ocupar um lugar melhor? — disse no mesmo tom.

— Não. Não agora. Se quiser crescer, na minha empresa, terá de conhecer diversos setores e, quando dominar o que precisa, será bem-visto nos demais departamentos. De acordo com seu desenvolvimento, em todos os sentidos, ascenderá posições e cargos. Tem minha palavra — Eleonora continuou encarando-o firme. Mulher experiente, sabia negociar.

— Ainda estou confuso. Um pouco em choque. Não sabia quem a senhora era e toda sua história... — calou-se.

— Pode parecer grosseiro o que vou falar, mas não deixa de ser verdade, a pura verdade. Por que acha que deveria saber sobre mim, antes? Não devo nada a ninguém. Nem dinheiro nem satisfações. Você é alguém em que vi potencial e desejei ajudar, pagando seu curso universitário, mas não te devo nada, Daniel, embora goste muito de você — falou mais séria. — Estou te oferecendo um cargo na recepção da minha empresa, lugar onde eu comecei e tenho muito orgulho disso. Se não gostar, está livre para fazer o que quiser, arrumar outro lugar ou até voltar para sua cidade. Não me deve nada também. É pegar ou largar! — enfatizou. — Se decidir aceitar, talvez, futuramente, poderá escalar outros cargos, como te falei. Pode continuar trabalhando onde está, pode fazer o que quiser. — Ficou observando-o pensar e ainda disse: —

Seu avô me falou que deseja voltar para casa amanhã. Não pode deixar o mercado por muito tempo na mão do ajudante. Você tem até amanhã para dar sua resposta.

— Amanhã?...

— Amanhã cedo. Não precisa se reportar a mim. Pode falar diretamente com o Tadashi.

Entendendo que a conversa finalizava, ele se levantou e disse, tão somente:

— Obrigado, dona Eleonora.

Retirou-se.

No rosto austero e duro, cujos olhos espremidos acompanharam a saída do rapaz, deslizaram duas lágrimas, quase imperceptíveis.

Quando ele sumiu de seu campo de visão, ela fitou o porta-retrato sobre a mesa por longo tempo. Olhou para a foto de Theo...

Negou-se a abraçar Daniel como queria. Desejou parabenizá-lo por seu empenho, dedicação e progresso, dizer-lhe palavras que o incentivassem, mas não pôde. Precisou ser firme, mais uma vez...

Após respirar fundo, secou a face com as mãos e se locomoveu para fora do escritório.

CAPÍTULO 11

EMPENHO E SUCESSO

Daniel aceitou a oferta. Avaliou prós e contras. Embora trabalhasse cinco anos no primeiro emprego, não via possibilidade de crescimento e ganhava pouco. Agora, apesar do curso universitário, teria um cargo inferior ao que ocupava, mas o salário era um pouco maior, além de outras vantagens e com a oportunidade de escalar colocação, conforme disse Eleonora. Uma mulher, às vezes, fria, quase insensível, direta e dura. Porém, entendeu que foram as dificuldades da vida que a deixaram assim. Não conseguia imaginar a razão de ela ajudá-lo. Os motivos alegados para isso não pareciam tão significativos, para ele. Contudo, para uma mulher sozinha, rica e sem grandes desafios financeiros, pagar um curso universitário seria como esmola, na opinião dele. Possuía total consciência de que Eleonora não lhe devia qualquer obrigação e era, imensamente, grato por isso.

"Essa história toda foi um choque, mas preciso ser grato a ela, ao Tadashi e aproveitar a oportunidade" — pensava. — "Necessito aprender, ter experiência e corresponder ao que pedem a mim. Será uma forma de gratidão e também servirá para o meu crescimento profissional. Nunca mais vou carregar caixas nas costas para fazer entregas. Nunca mais vou pedalar, sob o sol escaldante, trabalhando sem remuneração. Nunca mais serei humilhado quando prestar serviço. Naquele mercado, não teria futuro algum. Ainda bem que ouvi a dona Eleonora e segui suas orientações. Valeram a pena meus esforços. A idade do meu avô... Aquele mercadinho... Quando meu vô se for, meus tios tomarão conta de tudo. Não teria futuro nem como me sustentar ou sobreviver, ficando ali. Essa mulher não brincou comigo. Sempre foi leal e a única criatura, além do meu vô, que fez algo por mim. Devo ficar atento."

Daniel decidiu que se planejaria muito bem, agora, mais do que nunca. Criou metas e objetivos. Para juntar dinheiro, decidiu continuar morando onde estava. O aluguel de um imóvel um pouco mais perto da empresa era caro demais para aquele momento e desejava economizar. Onde residia, gastava cerca de uma hora ou até uma hora e meia só no transporte, mas acreditava-se capaz de suportar.

Foi trabalhando na recepção, ao lado de Marceline, que Daniel conheceu o nome de cada diretor e gerente da empresa, inclusive, grande parte dos funcionários. Ela foi sua primeira colega. Uma jovem esperta e experiente naquele trabalho. Ensinava a ele tudo com muita boa vontade. Embora o rapaz fosse de poucas palavras, davam-se muito bem. Ele não falava de si e Marceline respeitava isso.

Com o tempo, alguns notavam que Daniel possuía um ar quase arrogante, mas, na verdade, tratava-se de uma armadura, uma proteção para enfrentar os desafios diários. Ele não se permitiria fracassar. Agora, com consciência de sua capacidade, tinha ambições saudáveis e maiores do que a de seu cargo atual. A expressão sempre séria, quase imperturbável, trazia um enigma difícil de decifrar. Ninguém sabia o que estava pensando. Sua presença magnética chamava a atenção, principalmente, por sua aparência e postura. Seus olhos, também intrigantes pela cor clara e indefinível, pareciam trazer segredos e anseios que não compartilhava com ninguém. Olhar firme e penetrante, que nunca se desviava ao falar com alguém, incomodava alguns. Muitos chegavam a se perguntar: o que ele escondia por trás daqueles olhos profundos e fisionomia impenetrável? Não havia resposta.

Ocupava um cargo inferior, mas sua postura nunca refletia isso. Havia uma aura de autoridade ao seu redor, mesmo quando estava na recepção atendendo, cumprimentando visitantes, oferecendo informações ou atendendo telefonemas e anotando recados. Sua educação era impecável, sempre cortês e respeitoso, mas havia uma distância calculada em suas interações com as pessoas.

Os colegas o viam como um líder em potencial e apesar de ser o mais recente contratado da empresa, em poucos meses, era respeitado como se ali já estivesse há anos e em patamar mais alto.

Mesmo se tratando de uniforme, suas roupas eram bem-cuidadas, impecáveis, extremamente limpas e passadas.

Sua postura de costas retas, ombros e cabeça erguidos, voz forte, pausada e dicção clara chamavam a atenção e agregavam positividade a todos que o conheciam, porém, certamente, comentários insignificantes, por parte dos que o invejavam, aconteciam. Contudo, ele não se importava mais com isso. Desde quando aprendeu, com Eleonora, a focar em seus objetivos e não nos que os querem prejudicar, sua vida melhorou.

Não era sempre que via a presidente da empresa. Tadashi era quem mais o observava.

Ninguém o encontrava brincando ou se envolvendo em conversas. Assim como Marceline, comportada e dedicada, na empresa.

Dessa forma, o rapaz se adaptou ao serviço, Marceline foi transferida para outro setor e, embora estivesse um tempo sozinho na recepção, até a contratação de outro funcionário, nunca reclamava.

Em um dia muito chuvoso, devido a um problema perto da rampa de acesso à garagem subterrânea, o motorista deixou Eleonora na entrada da recepção.

Ao chegar, a presidente viu Daniel com um rodo e pano envolto, passando entre as poltronas do saguão. Ao lado dele, uma lixeira, vassoura e pá. O rapaz não a percebeu nem enquanto esperava o elevador. Estava concentrado em, rapidamente, recolher alguns cacos de vidro e enxugar a água espalhada.

Após ela subir, Tadashi desceu até o *hall* da recepção. Aproximando-se de Daniel, perguntou, também muito sério:

— O que houve? Por que não está atrás do balcão?

— Bom dia, senhor. Não há ninguém para ser atendido e... O chão precisava ser limpo e seco. O vaso com as flores, por alguma razão, estava quebrado no chão quando cheguei, hoje cedo.

— Por que não chamou a equipe de limpeza? — tornou Tadashi.

— Liguei para o pessoal da manutenção, mas ninguém atendeu. — respondeu sério. — Era antes do horário do expediente. Achei melhor eu mesmo limpar, pois esperamos um grupo importante que chegará para uma reunião com a presidente, agora cedo. Não será nada bom serem recebidos em um *hall* molhado, com vidros e flores pelo chão — ficou firme, olhando-o nos olhos, encarando o diretor.

Imantando nele o olhar com a mesma seriedade, Tadashi não disse nada, virou-se e se foi.

Em questão de segundos, a equipe de limpeza compareceu ao local e cuidou do que restava.

Esse e muitos outros comportamentos e tarefas voluntárias eram notadas. A seriedade e postura do rapaz se destacavam aos olhos de todos.

Nunca perdeu contato com seu amigo Yukio, que estava no Japão. Falavam-se com frequência, comentavam sobre namoros, atualizavam situações e trocavam informações, jogavam conversa fora, brincavam enviando mensagens e interagiam como podiam pela internet. A amizade era sincera. Não se desfez com a distância.

Daniel foi transferido de setor. Depois para outro e outro, ocupando funções melhores.

O tempo foi passando...

Nesse período, a distância de onde residia até o trabalho incomodava imensamente.

Certo dia, no restaurante da empresa, encontrou Marceline, que o cumprimentou de longe. Sabia que ela morava em um bairro mais próximo. Não se lembrava de detalhes, mas recordava o assunto. Ao vê-la, com a bandeja nas mãos, procurando onde se sentar, Daniel levantou um braço de modo discreto e sorriu levemente, fazendo-lhe um sinal ao apontar para a cadeira vaga à sua frente.

Atenta, olhou para os lados, certificando-se de que era com ela mesma. Isso o fez sorrir ainda mais e acenar, positivamente, com a cabeça.

Ela ficou feliz e, caminhando alguns passos, perguntou:

— Posso?...

— Claro. Por favor... — colocando a mão no peito para segurar a gravata, levantou-se ligeiramente, com um gesto de gentileza incomum, ao vê-la se sentar. E ela apreciou isso. — Tudo bem com você? — o rapaz perguntou.

— Sim. Estou bem e você? Quer dizer... Desculpa... E o senhor?

— Pode me chamar de você — sorriu. — Estou ótimo.

— Hoje, aqui, está cheio, né? — reparou, olhando para os lados. — Talvez seja o horário mais frequentado. Geralmente, costumo almoçar mais tarde — Marceline disse e sorriu, enquanto ajeitava os talheres.

— Acho que me acostumei à movimentação. Sempre venho este horário — tornou a sorrir com leveza. — Faz tempo que não a vejo.

— Estou como assistente do diretor Dimas.

Daniel não era de se manifestar, mas ergueu as sobrancelhas em sinal de admiração negativa. Sabia que o diretor de operações, senhor Dimas, ou COO como o chamavam, era subordinado abaixo apenas do diretor executivo, senhor Tadashi, ou CEO como diriam. Dimas era um homem exigente, grosseiro com seus subordinados e mascarava sua forma de trabalho, mantendo para si créditos que não possuía. Na frente do CEO e da presidente, mostrava-se pessoa agradável, segura e equilibrada, mas longe deles, agia com uma aspereza imensa, na sua forma de lidar com seus subordinados.

Como COO, Dimas era o braço direito do CEO, sendo o terceiro na linha de comando daquela empresa, o responsável em prevenir e solucionar problemas e desafios operacionais e logísticos, influenciando diretamente diversos setores de execução de estratégia da empresa. Ninguém ousava questioná-lo. O rapaz sabia que, muitos em torno dele, sobretudo, subordinados diretos como assistentes e gerentes, demitiam-se por não o suportar. Daniel não gostava de Dimas, principalmente, pelo fato de sua namorada Selena ter se desligado da empresa por causa desse COO. Mesmo sendo gerente, a moça não suportou aquela chefia e saiu.

— Depois que deixei o setor logístico, fui transferido para trabalhar no financeiro — ele contou com simplicidade.

— O CFO — ela referiu-se ao diretor do financeiro — é o senhor Lima. Ele é alguém bem simpático para se trabalhar. Já passei pelo setor financeiro também. Soube que você chegou ao cargo de gerente, parabéns! — falou baixinho.
— Obrigado.
— Em que gerência você está? — Marceline quis saber.
— Receitas e investimentos — tornou em tom simples.
— Que bom para você. Lembro que me disse que adorava contabilidade.
— Gosto mesmo. Tanto que quero fazer pós-graduação na área e... Estava te procurando para que me ajudasse.
— Eu?! — surpreendeu-se, sorriu e franziu a testa com estranheza.
— Moro longe e perco muito tempo no transporte, tanto de carro quanto de metrô. Preciso me mudar para mais próximo da empresa. Uma vez você me falou que sua casa é em um bairro a pouca distância daqui. Procuro algo assim, perto.
— Recentemente, eu e minha mãe nos mudamos. A casa era velha e vendemos. Compramos um apartamento em um condomínio com quatro andares. Não tem elevador. Moramos no primeiro andar. Não é nada luxuoso, mas é bem organizado e os vizinhos, até agora, são boas pessoas — ofereceu uma pausa.
Quando Marceline ia continuar, ele comentou:
— Não pretendo comprar. Não no momento.
— Tem um apartamento, no quarto andar, que está para alugar. Está sem alguns acabamentos e sem qualquer mobília. Nem sei se tem pia. Os outros têm gente morando. Lembrando que é no quarto andar e não tem elevador.
Daniel ficou pensativo e comentou:
— Meu contrato está para encerrar e preciso desocupar o imóvel o quanto antes. Não quero renovar, já que desejo mudar. O problema seria reformar... Seria demorado e complicado.
— Talvez não seja tão difícil assim. Quanto tempo você tem antes de mudar? — ela quis saber.

— Um mês — disse e a observou.
— Um mês é bem pouco tempo, mas... Talvez o valor do aluguel compense pelas coisas que vai integrar ao imóvel. Acho que falta piso, talvez pia... Por que não vai lá e dá uma olhada?
— Você me levaria lá hoje? — ficou interessado.
— Claro!

No final do expediente, Marceline levou Daniel até onde morava. O condomínio era novo, de arquitetura moderna e visual bonito. As escadas não pareceram incômodas para ele. Elas chegavam aos andares em corredor amplo e iluminado naturalmente durante o dia, pois havia mureta com vista panorâmica para a cidade.

— São três apartamentos por andar. Durante a noite, as luzes dos corredores acendem e apagam sozinhas, conforme o movimento de pessoas. A porta de entrada dá para o corredor com acesso à cozinha e, na sequência, tem a visão da sala — explicava, enquanto abria a porta. — Esta é a cozinha interligada à sala pelo conceito aberto... Uma lavanderia pequena, mas dá pro gasto... — riu. — Essa porta-balcão da sala, que dá para esta varandinha, oferece ótima ventilação.

Ele acompanhava tudo em silêncio, seguindo atrás dela, observando atentamente cada detalhe.

— Tem este quarto que cabe uma cama de solteiro e um armário embutido. Este banheiro em frente à lavanderia... Aqui a suíte, um pouco maior, com este banheiro também. Cabe uma cama de casal e um armário embutido... Ao todo, são cinquenta e cinco metros quadrados. Não tem móveis, chuveiro, torneiras, piso... Mas tem louças e revestimentos nas paredes dos banheiros e a cozinha tem pia sim.

— Sabe me dizer se é complicado colocar piso? Não tenho experiência no assunto.

— Lá em casa, colocamos piso laminado. Foi bem rapidinha a colocação. Quanto aos móveis... Não seria conveniente fazer planejados, já que vai morar de aluguel. É bem possível que encontre móveis modulares bonitos, que fiquem bons neste ambiente.

— Pelo valor do aluguel, estou muito tentado — olhou para ela e sorriu, como nunca fazia. — É pouca coisa mais caro do que onde estou. Se soubesse disso antes...

— Quando conversei com o proprietário ao telefone, ele prometeu descontos devido às melhorias. Vamos lá em casa para conhecer um apartamento mobiliado e ter uma ideia de como pode ficar. Lá em casa, os móveis são planejados.

O rapaz ficou satisfeito com o convite.

Trancaram a porta e desceram.

A mãe de Marceline já os esperava. Não ficou surpresa. A filha já tinha avisado.

— Mãe, este é o Daniel.

— Muito prazer, dona Dalva — estendeu a mão, extremamente educado, sustentando leve sorriso. — É bom conhecê-la. Sua filha fala muito bem da senhora.

— Prazer, Daniel! Então, você vai ser nosso novo vizinho?

— Creio que sim — respondeu generoso.

— Venha ver o que fizemos aqui — Marceline o chamou. Em poucos minutos, mostrou-lhe tudo. — Não é tão grande, mas é bem jeitoso. Estranhamos bastante quando nos mudamos, né, mãe? — perguntou alegremente. — Morávamos em casa e tivemos de desfazer de muita coisa. Depois que deixamos tudo simples, prático e bonito, nós nos acostumamos.

— Nossa casa era boa. Quando meu marido morreu, meus outros filhos ficaram me pressionando para vender — fez um ar entristecido.

— Mas a senhora não era obrigada a vender. A viúva tem o direito de continuar morando na casa em que residia com o falecido, por tempo indeterminado, até sua morte. Não era obrigada a vender para dar a parte dos filhos. Atualmente, a Lei diz isso.

Mãe e filha se entreolharam, não conheciam seus direitos.

— A gente tinha dois problemas sérios: a casa era grande e bem velha. Precisava de muitos consertos, inclusive telhado. Com a pensão que me restou, não conseguiria fazer muita coisa. Não seria justo a Marceline ajudar, pois quando eu morresse, ela teria de dividir com os irmãos e acho que eles não dariam a ela a parte que investiu no imóvel.

— Entendi... — comentou o rapaz.

— Pegamos a minha parte, a dela e o fundo de garantia dela e compramos aqui — tornou a senhora.

— Enquanto estava reformando, ou melhor, fazendo o acabamento para nos mudarmos para cá, moramos em uma casa alugada. Nessa época, você foi trabalhar na empresa e nos conhecemos.

— Agora lembro que falou sobre isso. Pensei que ainda morassem na casa.

Dalva pediu licença e se levantou, enquanto os dois conversavam, sentados no sofá.

— Desculpe-me por perguntar... Você nunca foi de falar de si e não sei se isso pode te incomodar... — disse Marceline.

— Pode perguntar. Fica tranquila — ele concordou.

— Você tem parentes aqui? Família?

— Minha única família é meu avô. Ele mora no interior. Morei com ele até os dezoito anos e vim para a cidade para fazer faculdade. Meu avô tem um pequeno mercado. Tenho tios casados que pouco vejo. Ao terminar a faculdade, não quis voltar para o interior e consegui emprego por aqui.

— E seus pais? — indagou temerosa. Achou estranho não falar deles.

— Morreram quando eu era bebê. Não tive avós, elas também morreram antes de eu nascer e meu avô foi quem me criou — contou sério, quase carrancudo, fitando-a nos olhos.

— Sinto muito... — A postura dele não a deixou perguntar detalhes. — Desculpa se por acaso...

— Não se desculpe, por favor.

— Parece que não gosta desse assunto e fui invasiva.

— Não foi. Só acho que não tenho um passado tão bonito, como a maioria das pessoas, com histórias agradáveis de família, pais, irmãos, tios... Por isso, não falo a respeito, a não ser, quando me perguntam.

— Nem todos têm família, parentes e passado favoráveis. O importante é se sair bem com a própria vida. E você se esforçou bastante para chegar aonde chegou. Sou testemunha disso — Marceline considerou.

— Vou aceitar isso como um elogio — sorriu. Em seguida, comentou, desejava mudar de assunto: — Não sei por onde começar com esse apartamento.

— Podemos ajudar você, Daniel! — Dalva falou alto, enquanto colocava talheres na mesa. — Sei que estará trabalhando e, se quiser, deixe as chaves comigo e manda os prestadores de serviço chamar aqui em casa. Vou lá com eles, abro a porta, dou uma olhada em tudo o que fizeram e te mantenho informado.

Marceline olhou para ele, sorriu e disse:

— Tá aí! Se a dona Dalva falou que vai te ajudar, considere feito — riu alto. — É só aceitar.

— Por que a senhora me ajudaria, dona Dalva?

— Porque posso precisar de ajuda! — gargalhou.

Daniel tinha uma namorada, Selena, que estava viajando a serviço. Por essa razão, ela não poderia auxiliá-lo, o que o fez aceitar a ajuda de Marceline para montar seu novo apartamento, a começar pelo piso.

CAPÍTULO 12

A MUDANÇA

Algum tempo depois...
— Lógico que não entregaram a cama nem o colchão — falou baixo, em tom grave e com ironia. — Também estou sem fogão, sem geladeira e sem chuveiro. Tudo atrasou — respirou fundo. — Preciso me mudar amanhã. Não tenho onde guardar minhas roupas e não quero perturbar a dona Nádia, a mãe da Selena — referiu-se à namorada. — Ela foi visitar o filho em Araraquara e não voltou. A Selena ainda está viajando a serviço, no Rio de Janeiro. Se não fosse isso, eu iria para a casa delas e estaria tudo bem, mas... Acho que vou para um hotel...
— Para com isso, Daniel! Pode jantar e tomar café da manhã lá em casa.

— Fico sem comer, mas não fico sem banho! — murmurou zangado.

— Sei que não vai aceitar dormir lá em casa, mas tomar banho, café da manhã e jantar estão garantidos. Suas coisas não vão demorar! — animou-o. — Acho que minha mãe vai ficar chateada se fizer a desfeita de ir para um hotel. Será por dois ou três dias. Além do mais, o eletricista irá lá amanhã para ver o problema de não ter eletricidade nos banheiros e o moço da hidráulica parece que vai também. Vão arrumar isso logo. A propósito, como fará sua mudança amanhã?

— Meu carro é capaz de trazer todas as minhas coisas em uma só viagem.

— Como assim? — sorriu surpresa.

— Onde moro deve ter a metade do tamanho do novo apartamento. Deixarei lá os poucos móveis. Já falei com o locatário e ele aceitou. Só vou levar as roupas, os meus livros e o *notebook*.

— Se é assim... Não terá problemas. Deixe essas coisas lá e, quando tudo estiver instalado, você coloca no lugar.

Após a mudança, todos os dias, Daniel foi ao apartamento de Dalva para tomar banho até a parte elétrica e hidráulica do chuveiro ser consertada. Quando estava lá, aceitava o café oferecido pela manhã e a refeição da noite também.

A senhora era muito gentil e comunicativa e ele gostava de ouvi-la com atenção. Apreciava suas histórias, risadas e jeito de falar. Para ele, era bom e relaxante. Foi criado com ausência materna ou de qualquer mulher que representasse a figura feminina. Dalva, generosa, fazia-o sentir-se bem ao seu lado.

Geralmente, ficava calado e a mulher respeitava seu silêncio. Sentia-o descontraído em sua casa.

Quando o apartamento de Daniel ficou pronto, Dalva foi a primeira pessoa quem ele chamou para ver o resultado. Selena e a mãe ainda não haviam retornado de suas viagens.

— Ah!... Agora tem fogão de indução instalado. Esse fogão é difícil para mim, menino... — sussurrou com um jeito engraçado. — Não me acostumei e a Marceline precisou comprar outro. — Viu-o sorrir e continuou: — O chuveiro é bonito, bem diferente. O quarto também... Sei que vai morar sozinho, por que a cama no quarto menor? Vi que tem a escrivaninha e a estante com livros, mas para quem é a cama?

— Meu avô está com idade e penso que possa precisar trazê-lo para cá por qualquer emergência. Tentei me precaver. Não quero ser pego desprevenido.

— Bom menino! Gostei disso! Daniel... — falou baixinho. — Vou sentir sua falta lá em baixo. Por favor, não deixe de ir me ver. Passa lá nem se for para tomar um cafezinho.

— Está certo — sorriu largamente. — Continuarei indo lá, de vez em quando, se a senhora me permitir.

— Deixa a chave daqui continuar comigo, vai que precisa de alguma coisa, de alguma entrega...

— Está pensando que vou ficar doente? — riu alto.

— Deixa disso, menino! — deu-lhe um tapa nas costas. — Não fale besteira.

— Ah... Posso estar fora e meu apartamento pegar fogo — riu, novamente.

Sem que esperasse, ela o abraçou forte e com carinho materno. O rapaz não esperava por isso. Envolveu-a com afeto filial e se emocionou, escondendo o rosto em seu ombro.

— Mas que cena, hein! — a voz de Marceline os assustou. — Roubou minha mãe de mim, né? — Viu-os se afastarem. Observou a mãe rindo e ele escondendo o rosto. — Chego e a casa toda aberta e os dois aqui futricando! Pode isso? — a filha brincou.

— Pode! Lógico que pode! — Dalva exclamou alegremente. — O Daniel me chamou para ver como ficou. Era pra ser rapidinho.

Marceline foi a todos os cômodos e, com sorriso no rosto, comentou:

— Ficou ótimo! Lindo! Se quiser ficar com a minha cama, mudo para cá hoje mesmo!

— Vou pensar a respeito — ele brincou.

Riram, até Marceline dizer:

— Mãe, o Aguinaldo está aí.

O sorriso da senhora se fechou no mesmo instante. Ela respirou fundo, disfarçou e decidiu:

— Então, vamos, né? — foi à direção da porta. Virando-se, convidou: — Vamos lá em casa, Daniel. Hoje é sábado, dia de *pizza*! — sorriu.

Pensando rápido, perguntou-se mentalmente: quem seria Aguinaldo? Não se lembrava de ter ouvido aquele nome. Pela fisionomia da senhora, não deveria ser pessoa agradável. Dissimulando, comentou:

— Estou um pouco cansado e...

— Vamos lá! — insistiu. — Ou melhor... Toma um banho e desce. Vamos comer *pizza* e jogar conversa fora. Vai ser bom. Depois você sobe e é só dormir. Assim não tem que se preocupar em comprar algo para comer. Reparei que a geladeira está vazia — riu alto.

— Mas vocês estão com visita. Não é um bom momento.

— Visita nada! — tornou a senhora. — O Aguinaldo é o ex-namorado que voltou. — Fez um semblante aborrecido, envergando a boca para baixo e comentou: — Os dois atam e desatam. Nem sei se é amigo ou namorado, agora.

— Mãe, nós voltamos há um mês! E não é assim: ata e desata. Outra coisa... é assunto que o Daniel não precisa saber para não se aborrecer.

— O Daniel já é da família. Pode saber e se envolver em tudo. Eu permito! — riu.
— Ora, mãe! — Virando-se para ele, pediu: — Desculpe minha mãe. Às vezes, ela passa dos limites.
— Não tem problema. Entendo. Mas acho melhor eu ficar.
— Não. Por favor. Faço questão — disse Marceline de modo gentil.
— Vamos, Daniel! Assim você me faz companhia! — Dalva praticamente o intimou. — Toma banho e desce. Estou te esperando! — saiu sem aguardar qualquer argumentação.

Pouco tempo depois, Daniel estava sentado à mesa no apartamento de Dalva, de frente para Aguinaldo.
— Soube que você trabalha com a Marceline.
— Na mesma empresa. Setores diferentes — Daniel esclareceu, sem expressão.
— Onde você trabalha? Com o quê?
— Sou do setor financeiro. Trabalho com receitas e investimentos.
— Dinheiro! O coração da empresa! — Aguinaldo riu e bebeu a cerveja que estava no copo. — Há quanto tempo está lá? — ficou curioso.
— No setor financeiro, há quase um ano. Na empresa... Uns quatro anos e meio.
— A Marceline me contou que você começou lá trabalhando na recepção, que a substituiu. Se está lá há menos de cinco anos, como terminou a faculdade e subiu de cargo tão rápido?
— Quando iniciei, trabalhando na recepção, eu já tinha faculdade. Fui mudando de setor e, hoje, sou gerente financeiro, há três meses — começou a ficar insatisfeito com o interrogatório.
— Aceitou ser recepcionista mesmo tendo curso universitário?! — riu, debochando. Mesmo percebendo a seriedade de Daniel, que nitidamente exibia-se descontente, continuou a

especulá-lo, desnecessariamente. — Não acha que perdeu tempo? Que merecia um trabalho melhor em vez de recepção? Parece que não se valoriza! — O outro continuou quieto. — Quantos anos você tem?

— Vou fazer vinte e nove, semana que vem. E não. Não acho que perdi tempo trabalhando em funções primárias a fim de expandir minhas habilidades e conhecimento sobre a empresa. Universidade e cursos trazem conhecimentos importantes, mas a experiência em funções primárias, a aplicação prática das informações e noção geral do mundo corporativo, junto com a destreza de raciocínio, provoca um aperfeiçoamento muito mais impactante a um bom líder, que o faz ser considerável e necessário à corporação — encarou-o com seriedade e viu que o outro não entendeu o que falou. Precisaria ser bom em reflexões para interpretar o que disse.

— Como começou a trabalhar lá? Você...

— Ei, Aguinaldo! Quer um currículo do Daniel? — Dalva perguntou rindo, para diluir o clima tenso que havia percebido. — Se quiser, ele pode trazer um outro dia, se estiver interessado — expressou-se em tom de brincadeira e colocou alguns petiscos sobre a mesa entre eles. — Não repara o jeito do Aguinaldo, Daniel. Ele trabalha num banco. É gerente, por isso bem curioso.

Olhando para a senhora, Daniel esboçou leve sorriso e deu um gole na cerveja de seu copo.

A *pizza* chegou e todos se juntaram à mesa.

Em meio a vários assuntos, Aguinaldo, novamente, interessou-se sobre a vida do outro.

— Você tem família em São Paulo?
— Não.
— Ninguém?
— Não.
— Seus pais vivem no interior?
— Meus pais já faleceram.
— Me responde uma coisa... A empresa onde trabalha é uma grande indústria de alimentos, importa e exporta produtos para

vários países. Sendo gerente financeiro, você ganha bem. Não acha que poderia morar em um lugar melhor, já que não tem família para ajudar?

Daniel ficou parado por alguns segundos com olhar perdido no canto da mesa. Depois de respirar fundo, ergueu seus ombros e a cabeça ao mesmo tempo que inspirava e perguntou:

— Posso saber a razão do interrogatório sobre a minha vida? — encarou-o e ficou aguardando.

— Bem... — riu. Ficou sem graça. — Como a Dalva disse, sou curioso.

— Se não vai fazer nada útil com essas informações, não preciso responder, certo? — ficou firme, olhando-o, exibindo descontentamento, contrariedade.

— Vejo que você é bem arrogante e de poucas palavras — Aguinaldo provocou com ar de deboche.

— Ei, Aguinaldo! Por favor, pare com isso — Dalva pediu em tom firme. — O Daniel é meu convidado e não veio aqui para ser interrogado. — Virando-se para o outro, pegou mais um pedaço de *pizza* para servi-lo, enquanto dizia: — Esta é de calabresa! Sei que gosta!

— É que... — quando ia recusar, o pedaço já estava em seu prato. Então, forçou um sorriso e agradeceu. Não gostaria de deixá-la chateada. — Obrigado. Mas este é o último, por favor.

Daniel não via a hora de ir embora, o que demorou um pouco.

Mais tarde, em seu apartamento...

Trocou mensagens com Selena, mas não contou o que havia acontecido.

Estava deitado na cama, olhando para o teto. Lembrou-se do ocorrido e achou Aguinaldo desagradável. Marceline não merecia uma pessoa assim. Contrariado, mais com a especulação de sua vida do que com a pessoa errada na vida de

Marceline, mexeu no celular e viu quando a mensagem de Dalva chegou. Sorriu ao ler:

"Não comeu nada. Desculpa por aquele intrometido. Ele é um tolo. Quero compensar você pelo que aconteceu na minha casa hoje. É que foi desagradável. Vou pensar em algo. Durma com Deus e faça prece antes de deitar. Um beijo para você."

Seu sorriso se alargou ainda mais e respondeu:

"Obrigado por tudo. Não se desculpe. Estar com a senhora foi a melhor parte e compensou. Durma bem. Beijos."

Sorriu ao pensar que já tinha intimidade o suficiente para mandar beijos para a senhora. Só havia feito isso com Nádia, a mãe de Selena. Chegou a imaginar que essa situação poderia gerar ciúme e riu.

Gostava de Dalva como se a conhecesse há tempos.

Nunca teve a presença de mãe, agora sentia como se tivesse duas: Nádia e Dalva. Isso era engraçado.

Assim como a mãe de Selena, Dalva nunca perguntou nada sobre seu passado e o tratava com generosidade.

Daniel era muito seletivo quanto a deixar alguém se aproximar. Não tinha muitos amigos e em quem mais confiava estava muito longe, do outro lado do mundo e tudo bem. Não fazia questão de amizades.

Fora a namorada Selena, Marceline era a única pessoa que ele deixou chegar tão perto. Certamente, por ter precisado dela quando começou a trabalhar na empresa e por necessitar encontrar um novo lugar para morar. Mas Dalva era diferente.

Lentamente, perdido em diversos pensamentos, caiu em sono suave, ficando com a alma adormecida e presa ao corpo.

Na espiritualidade, o espírito Beatriz afagou sua face com carinho.

— Filho... Como me doía quando o via sozinho, desamparado de pessoas que o queriam bem de verdade. Fiquei assustada quando engravidei, pois não desejava... Me perdoa. Sempre se sentiu rejeitado. Somente seu avô Rufino, bondoso por índole, cuidou de você. Apesar de seus desafios pessoais e suas dores infinitas, Eleonora decidiu ajudá-lo e aí está você, Daniel: um homem feito, mas carente. Gostaria de que tivesse fé e acreditasse na bondade e justiça de Deus. Se eu pudesse ajudar você, filho... — curvou-se e o envolveu, beijando-lhe a face.

Daniel se assustou com a sensação de queda e moveu-se rápido. Teve a impressão de não estar sozinho. Sentando-se, respirou fundo e se levantou. Foi até a sala, conferiu se a porta estava trancada e só depois voltou para a cama. Olhou no celular para ver as horas e tentou dormir.

— O pai dele, que se encontra em estado de grande perturbação e desequilíbrio, sempre se liga a ele em pensamento. Mesmo com toda a desordem espiritual que vive, pensa nele, querendo saber como está. Não tem tranquilidade nem paz para que possamos nos aproximar e nos reconhecer. Valdir é extremamente arredio e descontrolado. Não crê em Deus. Nunca procurou ajuda — disse o espírito Beatriz.

— Sei qual o seu medo — disse Geraldo, o amigo que a acompanhava. — Teme que o comportamento e as ideias de Daniel atraiam o espírito Valdir com toda sua bagagem energética negativa e o filho se deixe inspirar, fortalecendo sua descrença e caindo em tentações.

— Sim — ela afirmou.

— Sou capaz de entendê-la. Quantas e quantas vezes, vemos encarnados com vida tranquila, próspera e que, de repente, começam a pensar e agir diferente dos princípios e valores que possuíam? Afundam-se em vícios, inclinam-se à vulgaridade e ao desrespeito para com o próprio corpo, persuadidos pelo modismo ou ideias de que têm direito de fazer o que quiserem consigo mesmos, criando problemas que comprometem a própria evolução. Fogem das obrigações divinas de voltarem-se para Deus, agradecendo a vida, as oportunidades de reajustarem as faltas cometidas para, depois disso, alcançarem a felicidade que o próprio Cristo diz existir em outro mundo. Quando isso acontece, quando o encarnado cai nas tentações que precisava vencer, com firmeza e resignação, ele não está somente com falta de vontade própria, com falta de ânimo, ele está também envolvido por espíritos desencarnados inferiores do mesmo nível de suas más tendências ou pior. Sem esperança na sustentação e amparo de um Deus de amor e bondade, que tudo nos oferece, de acordo com a nossa fé e merecimento, esse encarnado fraco e sem propósito permite-se ser instrumento para as exigências mais baixas de espíritos sem evolução. Consentindo que suguem suas próprias energias.

— Tenho aprendido, nesses anos todos, mas ainda vejo que tenho muito a aprender.

— Quer ver como Valdir está?

— Tenho condições ou permissão para isso?

Geraldo sorriu benevolente e convidou:

— Vamos.

CAPÍTULO 13

ORAÇÃO, REMÉDIO PARA AS DORES

Unidos a uma equipe de socorro espiritual e de estudo, Geraldo e Beatriz encontravam-se em vale precário e sombrio. Eram meticulosos para observar os que, realmente, estavam em condições de serem socorridos tanto quanto para preservarem a própria integridade, evitando qualquer confronto com aqueles que não os desejavam ali.

— É um lugar assustador — considerou Beatriz timidamente. — Repleto de dor e desespero, sofrimento, desequilíbrio e até loucura. É algo horripilante à visão despreparada e ao coração sem fé e esperança — impressionava-se enquanto observava criaturas cuja forma humana, quase irreconhecível, urravam e se descontrolavam, imersos na própria consciência desequilibrada que, inevitavelmente, acusava-lhes as falhas contra si e outros irmãos.

— Aqui, como em qualquer outro lugar do Universo, não falta o auxílio do Alto, mas falta o interesse ao ideal de melhoria íntima e reajustamento geral — observou o instrutor que liderava o grupo. — Estão aqui pelo estado da consciência corrompida pelo orgulho e pela vaidade. A vaidade de achar-se com razão de ter o direito a qualquer prática, principalmente, quando encarnados, mas que, na verdade, tais práticas resultaram em dor, angústia ou prejuízo a outros. O orgulho é o de ainda acreditarem ser e estarem certos, criando argumentos e justificativas para tentarem provar-se com razão, melhores e mais importantes que os demais. Consideram-se senhores de regras e ideias absurdas, criadas ou adaptadas por eles mesmos, sem a humildade de admitirem falhas ou erros e rogarem clemência, verdadeira, para saírem daqui.

A região habitada por seres que não possuíam corpos carnais, obviamente, espíritos, possuía energia densa, escurecida e sufocante. A maioria lá estava por seu estado consciencial de baixo padrão. Plasmavam-se com roupagem totalmente imunda, feia, fétida. Outros, no entanto, nem tinham sequer condições de se imaginarem com qualquer roupagem. Concentrados em seus próprios pensamentos na mágoa, na ausência de perdão, no ódio, na revolta, no desejo de vingança pelo que lhes ocorreu em experiência terrena, não percebiam o que acontecia à sua volta. Sentindo-se vítimas, arrastavam-se em aflição, expondo corpo sem coberturas, deixando ver as marcas e feridas como que necrosadas das experiências vividas. Outros, nas mesmas condições de amostragem, exibiam aparência disforme da figura humana, pelas práticas executadas com seus corpos carnais, quando em vida terrena. As cenas não eram nada agradáveis.

— O ser desencarnado ou ocupa o trono que ergueu para si em vida terrena ou se lançará ao abismo que projetou por suas práticas — considerou o espírito Geraldo. — Como nos ensinou o Mestre Jesus, quem se atreve a atirar a primeira pedra para falar deles, do que fizeram ou do que precisam fazer? Mesmo desencarnados, muitos de nós desejamos a bênção do esquecimento de encarnações antigas, cujo berço se deu em épocas trevosas, sem leis humanas para nos impedir ou inibir, sem o conhecimento consciente das Leis Divinas, que nos garante o retorno daquilo que praticamos. — Todos do grupo olharam para ele, que completou: — Na espiritualidade ou em experiência terrena, quando estamos em posição de consciência um pouco mais privilegiada e esclarecida, jamais podemos nos considerar melhores do que os irmãos que ainda se encontram afundados nas misérias de práticas desequilibradas, horripilantes, viciosas e até primitivas. Não sabemos, na maioria das vezes, o que realizamos no passado distante e o quanto fomos iguais ou piores do que eles. Além do que, hoje, nós nos encontramos ainda ao lado deles, encarnados ou desencarnados, com a obrigatoriedade de ajudá-los.

— Mas nem todos aceitam nossa ajuda. Olhe para eles! — comentou um dos componentes do grupo. — Muitas vezes, a ajuda se volta contra nós.

— Devemos ajudar e socorrer somente aqueles que desejam ser ajudados e socorridos. Quando encontramos os que não aceitam orientação e auxílio, que querem ser carregados, precisamos contribuir para seu crescimento espiritual servindo de exemplo, dando o nosso melhor para com a nossa própria evolução, exibindo coragem, perseverança no bem e fé — explicou o instrutor. — A exemplo disso, observe o que acontece na própria espiritualidade em termos de socorro. Nunca se socorre aquele que não oferece esforço próprio, aquele que não se reajusta, não obedece, não aceita e não respeita normas e leis. Não é lícito auxiliar os que não elevam seu campo vibratório, os que não abrem mão dos vícios e mazelas. Até que eles próprios não decidam se esforçar para a própria elevação, permanecerão em furnas e vales semelhantes a esses. Equivocadamente, alguns encarnados, por ilusão ou ignorância, acreditam e até divulgam que basta orar a Deus e pedir perdão e socorro para que o inferno ou umbral não sejam seus destinos. Estar em plano elevado é como estar em paz. Depende da vibração. As Leis de Deus, que são tão perfeitas quanto o Criador, nunca mudam. Nunca existem privilegiados. Ou a mente da criatura se determina a se esforçar para mudar, elevar-se e melhorar-se ou continuará na dor, em planos inferiores e vibrações baixas. — Como que adivinhando os pensamentos de alguns, explicou o instrutor: — Em colônias espirituais mais elevadas, de espíritos esclarecidos e conscientes, não existem santos ou seres perfeitos, mas sim aqueles que possuem fé e rogam força e coragem Divina para vencerem seus vícios, mazelas, contrariedades. É inconcebível a ideia, por exemplo, de envolvermos e socorrermos alguns desses irmãos, que aqui se encontram, para colônias espirituais melhores, medianas ou elevadas, como a que mencionei. Nenhum deles demonstra verdadeiro desejo de melhorar intimamente, de perdoar verdadeiramente, de amar incondicionalmente, de se despojar do ódio, do desejo de vingança, dos prazeres e dos vícios. Só destilam contrariedade e vitimismo em suas vibrações. Querem um remédio mágico para suas dores, mas não querem mudar. Levando-os para lugar melhor, na espiritualidade, suas criações mentais, desejos vis, impulsos às práticas de más tendências, friezas e abusos de toda sorte e muito mais, criariam vibrações incompatíveis que podem, inclusive, começar a comprometer as defesas e estruturas de paz, tranquilidade e recomposição do lugar e daqueles que se encontram lá. — Breve pausa e explicou: — Se suas vibrações fossem boas, aqui, já seria um lugar melhor. Vamos lembrar que ninguém passa por situações que não merece. Qualquer um pode, em qualquer situação, renovar e melhorar a vida mental, que são os pensamentos e desejos, em todos os sentidos, para ligarem-se a boas energias, a benfeitores e ao bem Supremo, que nunca é escasso e sempre nos socorre, conforme merecimento.

O orientador observou e percebendo que não havia dúvidas, seguiram. Depois, ainda explicou:

— O grande sofrimento serve para aperfeiçoar o caráter daqueles que, temporariamente, afastaram-se das qualidades morais e virtudes excelsas. Muitos de nós, principalmente, quando encarnados, inventam desculpas e enfermidades para fugirem de responsabilidades e do trabalho e, ainda assim, conseguem ser remunerados enquanto não produziam nada. Outros, focados em aproveitar a vida, com a desculpa de que é curta, esbanjaram-se em práticas inúteis, na vulgarização, na fantasia, no sexo desregrado e sem sentimentos, garantindo para a mente, para a psicologia pessoal, um futuro com sentimentos de insegurança, pavor, pânico, ansiedade nos terríveis transtornos do espírito, após a morte do corpo ou antes dela. Envolto em manto do desespero, também se encontram os que fugiram de suas missões dentro do próprio lar, agredindo com palavras ou expressões para a tortura do outro, oferecendo abusos dos mais diversos tipos, provocações e, principalmente, torturas físicas, impondo normas que somente os satisfaziam e beneficiavam. Egoístas só pensam em si mesmos. — Um instante e prosseguiu: — Em meio a esse cenário estranho, encontramos aqueles que destruíram os órgãos físicos com drogas de diversos tipos, sobretudo, álcool e cigarros. Agora, seguem contemplando o corpo espiritual expondo o estrago que provocaram em si mesmos, as visões enlouquecedoras da morte prematura, de um estado de perturbação horrível e prolongado, em muitos casos. Sofrendo também ininterruptamente com a abstinência. Aqueles que guardam o ódio e o desejo de vingança, acreditando-se injustiçados, também sofrem com seus próprios espinhos, resultado do desequilíbrio ao qual, espontaneamente, entregaram-se. O ódio, a falta de perdão e a contrariedade são venenos do espírito que exibem o mal que ainda há em nós.

— Após desencarnar de forma horrível — Beatriz contou —, despertei na espiritualidade confusa, ainda sofrendo resquícios do que foi provocado no meu corpo físico. No acolhimento, após o socorro, foi-me explicado que o perdão seria o antídoto para as dores. Não conseguia perdoar. Sofria contrariada. Percebi que quanto mais me revoltava, mais não esquecia o que me tinha acontecido e me contrariava. Então, sofria mais ainda. Clamei por Jesus e orei. Cada vez que as lembranças do ocorrido aconteciam, cada vez que o ódio me dominava, eu orava. E cada vez que orava, a paz e o alívio tomavam conta de mim. A oração me trazia recomposição e, na primeira oportunidade, decidi aprender e servir. Oração, dedicação à aprendizagem e serviço útil me curaram, refazendo meu corpo espiritual, trouxeram paz, compreensão e perdão. Não trouxe esquecimento nem reverteu o que vivenciei, mas me trouxe outra forma de olhar a situação. Depois, quando me vi preparada, solicitei saber a razão daquela terrível experiência terrena. Só, então, percebi que sofri porque precisava experimentar o que fiz com o outro.

O instrutor do grupo apreciou sua história, que agregava importante conhecimento, instrução e reflexão a todos. Ele pendeu com a cabeça positivamente.

Logo à frente, disse:

— Ali, encontraremos o Valdir.

Aproximaram-se e observaram um espírito cuja imagem era difícil de ser vista. No corpo espiritual de aparência esquelética, cada golpe do espancamento, cada marca de tortura e ferimento profundo que o levou ao desencarne era visível como que acabados de serem produzidos.

O espírito Valdir, parecendo cego a tudo que havia à sua volta, trazia semblante transtornado, olhos esbugalhados. Lentamente, balançava-se para frente e para trás num embalo rítmico sem fim. Seus gemidos cadenciados, provavelmente, com a intenção de exibir as dores, eram incessantes.

— Esse pobre irmão anestesiou as faculdades na dor do que vivenciou, na revolta e incompreensão do que aconteceu a ele — explicou o instrutor.

— Pelo seu estado deplorável, não é correto concordar e admitir que foi brutalmente atacado por seus agressores e isso criou um choque, um trauma em seu ser? — indagou um componente do grupo.

— Acaso, é possível que Valdir se esqueceu de que sofreu e experimentou, exatamente, o que ofereceu a sua companheira, que desencarnou por suas mãos, da mesma forma? — tornou o instrutor. — Não. Não esqueceu. Só se acha vítima. Quando se armou para matar sua companheira, ele o fez com todos os requintes de maldade, de forma hedionda. Não tinha um motivo razoável e deixou que sua estupidez o dominasse. Vamos lembrar que os dois assassinos de Valdir desejavam se vingar dele pelo que ele fez à Beatriz. Não que isso absolva ou reduza a culpa de seus agressores. Valdir não tinha algo extremo contra ela. Há mais de duas décadas, quase três, ele só odeia, inconformado com a crueldade que praticaram contra ele. Não há, de forma alguma, qualquer questionamento ou arrependimento sobre o que ele próprio fez. Da forma como foi, o choque da morte do seu corpo físico imprimiu-lhe fortíssimos sentimentos de terror e igualmente de ódio. Não perdoa aos seus agressores e culpa igualmente Beatriz e o filho Daniel. Ainda carrega rancor do filho pelo fato de acreditar que sua existência seria a razão do que sofreu — explicou o instrutor. — Ele acha que, se Daniel não tivesse nascido, ele não passaria pelo que viveu.

— Não tem uma forma de fazer com que ele entenda isso? — tornou o aluno.

— É um espírito grosseiro. Muito mais do que quando encarnado, mostra seu verdadeiro caráter. Ele está no precipício da loucura e, por tempo indeterminado, perdeu a razão na ausência do perdão e da humildade. Acredita-se com direitos e deixa-se dominar pelo ódio. Em casos assim, Deus não permite que desrespeitemos sua individualidade nem mesmo, aqui, no plano espiritual. Por essa razão, ele é incapaz de nos ver, perceber, sentir. Valdir não aceita, sequer, a ideia da existência de um Plano Divino. Para ele, Deus não existe. Não crê em nada, nem no reajuste do que fez de errado, no amor incondicional, no aprimoramento e evolução do ser. O estado lastimável, sofrido, em que se encontra, lentamente, por tempo indeterminado como falei, deve levá-lo a reflexões e questionamentos que, um dia, irão auxiliá-lo a ver-se como criatura falha e fraca, que necessita, por meio de empenho próprio, corrigir sua fraqueza enquanto se fortalece. Só então, evoluir e deixar de sofrer.

— Temo que, de tanto pensar no filho, Valdir se atraia para junto de Daniel — Beatriz comentou.

O instrutor olhou para ela e perguntou:

— A preocupação não deveria ser diferente? A preocupação não deveria ser a de que, de tanta ausência de fé em Deus, na descrença de uma Força Divina, Daniel não resista e atraia o pai para junto dele? Assim sendo, Daniel atrairia para junto de si o espírito daquele que foi seu pai por frequência vibratória, sintonia.

O espírito Beatriz abaixou a cabeça e ficou pensativa.

— Sei que desejou encontrar Valdir para explicar e confirmar que Daniel é filho dele, que não houve outro, com a finalidade de ele deixar de pensar no filho — considerou Geraldo. — No entanto, precisou perceber, por si mesma, que ele não tem a mínima condição de compreender nada. Ele está preso ao seu mundo mental de forma enlouquecedora. Nem mesmo teve condições de reconstruir o próprio corpo espiritual. Nosso companheiro e instrutor ofereceu ótima reflexão. Eu já ia orientar sobre isso: a preocupação, se é que deve haver, precisa ser direcionada para as atitudes mentais e comportamentais de Daniel. Sua frequência mental é que pode atrair e manter o espírito Valdir ao seu lado.

— Agradeço por me ensinarem — ela disse.

CAPÍTULO 14

TRAJETÓRIA DOS ANTIGOS AMIGOS

Sexta-feira.
Na espreita, Dalva ficou esperando Daniel chegar. Quando Marceline entrou em casa, assustou-se:
— Mãe! O que é tudo isso?
— Gostou?! — ficou na expectativa.
— Mãe! — pareceu em choque.
— Já mandei mensagem e pedi para ele descer. Falei que preciso dele pra arrumar uma coisa para mim.
Nesse instante, a campainha tocou. Dalva apagou as luzes principais, acendeu as velas e correu para abrir a porta.
— Surpre!... — não completou. Decepcionou-se ao se deparar com Aguinaldo.

Marceline ficou sem graça. Não sabia o que explicar ao namorado.

— O que é isso, Dalva? — o rapaz perguntou com sorriso forçado, mas imaginando do que se tratava.

— Entra! Entra!... Pensei que fosse o Daniel — puxou-o para dentro e fechou a porta. Em seguida, quis saber: — Mas o que está fazendo aqui, hoje?

— Ele me trouxe, né, mãe! Só subi na frente! — a filha pareceu zangada. Em seguida, quis saber: — O que é tudo isso? Vou sair daqui a pouco!

— É aniversário do Daniel. Comprei esse bolo e salgadinhos e fiz carne louca. Vamos comemorar!

— Mas a senhora não disse nada, mãe!

— E precisava?! — falou de um modo insatisfeito.

— Estamos de saída! — Aguinaldo informou, contrariado. — Passamos aqui porque ela quis pegar uma blusa.

— Não estou pedindo para ninguém ficar. Estou? — zangou-se.

— É que vai ficar chato se a gente sair agora, né, mãe? Deveria ter avisado.

A campainha tocou novamente.

Dalva abriu a porta e exclamou:

— Surpresa!!!

Daniel pareceu levar um choque. Em seu rosto sério, percebia-se o espanto que tentava disfarçar. A senhora o puxou para dentro ao começar a cantar Parabéns, que os outros acompanharam cantando e batendo palmas.

A mulher o fez apagar as velas, só depois de fazer um pedido secreto. Ele obedeceu.

Sem demora, Dalva avisou:

— Não repare. A Marceline e o Aguinaldo estão de saída. Eles já tinham um compromisso. Só ficaram para cantar parabéns. Não é, filha?

— Parabéns, Daniel — Marceline o cumprimentou. — Desejo saúde e muitos anos de vida.

— Parabéns, cara! Felicidades para você — Aguinaldo também fez o mesmo.

— Não repara, Daniel — tornou a colega. — Já tínhamos um compromisso marcado. Minha mãe fez surpresa para nós também — sorriu sem jeito.

— Não tem problema. Devem ir. Divirtam-se — Daniel sorriu, ainda sem jeito.

Logo após a saída do casal, ele perguntou em tom generoso:
— O que é tudo isso, dona Dalva?
— Corta o bolo! Corta o bolo! E faça outro pedido!

Sorrindo, o rapaz obedeceu.

— Agora, vamos brindar! — entregou-lhe um copo com cerveja, brindaram e beberam.

— O primeiro pedaço é da senhora — riu.

A mulher aceitou, com largo sorriso estampado.

— Mas, antes, vamos comer algo salgado. Fiz carne louca.
— Conheço como carne maluca ou carne desfiada — ele achou engraçado o jeito de ela falar.

O silêncio reinou entre eles. Somente o som baixo da televisão enchia o ambiente. — Quer mais um? — ofereceu-lhe outro lanche.

— Quero. Estou com fome — sorriu. — Está gostoso.
— Ah... Obrigada.
— O que deu na senhora para fazer tudo isso? — olhou os balões de aniversário presos nos cantos da sala e na estante.
— Quis compensar você.
— Ah... Por favor... — disse mais relaxadamente, recostando-se no sofá. — Fiquei muitíssimo surpreso. Não esperava. — Encarando-a, foi sincero ao dizer: — Obrigado. Muito obrigado mesmo. Eu... — calou-se. Temeu dizer.
— Você, o quê?
— Nunca tive um aniversário comemorado assim... com bolo e velas... — segurou as emoções e tomou um gole da cerveja para disfarçar.
— Você e seu avô são próximos? — ela arriscou perguntar. Sabia que ele não gostava de assuntos sobre sua vida.

— Não sei dizer — ficou pensativo. — Ele é um bom homem, mas bastante sofrido. Nunca foi de conversar muito, não trocávamos ideias, não recebi muitas orientações. Acho que a morte dos meus pais o deixou bem abalado e... Ele precisou me criar sozinho enquanto trabalhava no mercadinho. Imagine só... — dissimulou, tomando outro gole de cerveja e mordendo o pão.

— Deve ser uma dor horrível perder um filho. Não consigo imaginar nem quero. Seu avô foi um homem forte. Ele tinha esposa?

— Minha avó morreu quando os filhos eram pequenos — bebeu mais cerveja e mordeu mais do pão.

— A família de sua mãe não foi presente na sua vida?

— Não. Acho que tenho um tio, que é meio-irmão da minha mãe. A mãe da minha mãe morreu. O pai dela se casou. Sabe... Acho que meu avô materno nunca foi casado com a minha avó, mãe da minha mãe. A história é meio complicada. Contam que ele disse que, quando minha mãe era pequena, bebê, eles foram visitar a mãe da minha avó para mostrar a filha, mas minha vó morreu ao chegar à cidade. Parece que foi uma hemorragia causada por um aborto espontâneo. Ele a enterrou em outro lugar, na cidade da mãe dela. Isso é o que contam — tomou o restante da cerveja e se curvou. Pegou outra latinha e se serviu mais. — Não conheci esse avô. Ele morreu quando eu era pequeno.

— Quer empadinha? Sei que gosta! — Dalva ofereceu e tornou a perguntar: — Então você não tem avó nem por parte de mãe nem de pai... Que pena. Avós costumam bajular seus netos.

O rapaz encarou a senhora com seriedade e ela achou estranho:

— O que foi, Daniel?

— A senhora quer mesmo saber sobre mim e minha família? — indagou em tom grave.

— Só se você quiser contar.

Depois de tomar a cerveja que restava no copo, revelou toda a sua história de vida e ainda desfechou:

— Não consigo contar isso para qualquer pessoa. Quando criança e adolescente, muitos me chamavam de amaldiçoado e eu sofria com essa brincadeira estúpida. Ao fazer entregas para alguns clientes, havia famílias que não permitiam que eu entrasse em suas casas. Tinha de deixar as compras no portão mesmo. Alguns disfarçavam o preconceito, outros não. Se eu gostasse de uma menina, não podia me aproximar. Normalmente, ela não me queria. Quando gostavam de mim, os pais não permitiam que namorássemos. Só parei de ouvir sobre a maldição que carrego depois de deixar aquela cidade. Mesmo assim, as namoradas que arrumei na faculdade e achei que poderia confiar... — sorriu com o canto da boca, exibindo deboche. — As duas se afastaram de mim, logo que contei minha história.

— Hoje em dia, você tem namorada, não é?

— Tenho, mas a Selena não sabe nada dessa minha história. Mal contei sobre meu avô. Gosto muito dela e... Não quero perdê-la por causa de uma besteira dessa. Penso que será melhor que me conheça antes, a senhora entende?

— Daniel... Você é um homem muito bonito, inteligente e bem-sucedido! Isso deve ser mais importante para uma moça do que o passado de sua família!

— Nem todos pensam assim. Muitas vezes, o preconceito não é demonstrado, é velado. Acontece e ninguém diz nada, só se afastam e pronto. — Breve pausa e comentou: — Coitado do meu avô Rufino. Imagino como deve ser difícil para ele olhar para mim, desde pequeno, e saber que fui o pivô de tudo o que aconteceu na vida do seu filho. Sou o neto que trouxe mortes e tragédias às duas famílias. Ele ainda precisou cuidar de mim.

— O que seu pai e seu avô materno fizeram, nada tem a ver com você. O destino deles foi escrito por eles mesmos.

— Não penso assim. Na verdade, o simples fato da minha concepção ou simples fato da minha existência gerou toda essa movimentação, ataque e destruição na vida deles. Se eu não existisse... Seria diferente para todos. — Encheu seu copo e, novamente, bebeu.

— Toda essa confusão foi gerada pelas opiniões deles. Seu pai não era um homem responsável. Se fosse, quando namorou sua mãe, teria prevenido uma gravidez. Não o fez e depois não quis alterações em sua vida e preferiu que ela arcasse com tudo sozinha. Seu avô Rufino fez o certo ao te acolher. Decerto ele sabia que tinha um filho irresponsável. Outra falha do seu pai e que mostra que não era confiável, foi ir para um bar falar ou se gabar da vida pessoal. Ainda mais o lugar aonde foi. Acreditou na provocação de um homem desconhecido, provavelmente, bêbado. Que tipo de gente faz isso? Sabe-se lá qual acordo seu avô materno tinha com o homem que o ajudou a matar seu pai. Talvez, em troca do perdão de alguma dívida, sua mãe seria prometida do cara, não sei... Então, tudo isso, foi problema deles, não seu. — Fez breve pausa. — Você é um homem inteligente. Consegue perceber que tudo o que aconteceu não é sua culpa? Consegue entender que foram as decisões deles que resultaram em tragédias?

— Mas se eu não tivesse nascido... — não completou.

— Para com isso, Daniel! Primeiro, Deus não erra. Segundo, se não fosse você, a criança nascida, seria outra que, também, não teria culpa alguma.

— E que Deus é esse que permite tanta tragédia acontecer?

— As maldades que as pessoas praticam não é culpa de Deus.

— E que Deus permite isso? — insistiu na pergunta.

— Se Ele é bom e justo, permite sim, porque Ele mesmo não vai ser contra a sua primeira Lei, que é a de nos dar o livre-arbítrio. Mas existe outra Lei que é a de harmonizar o que desarmonizamos, ou seja, a pessoa pode fazer a maldade, mas, sem dúvida alguma, sofrerá os efeitos daquilo que praticou, na mesma moeda.

Daniel tomou o restante da cerveja e se recostou.

Percebia-se que seus sentidos estavam alterados pelo efeito do álcool, porém tinha controle sobre si. Em tom pausado e grave, contou:

— Na minha cidade, conheci uma senhora cadeirante... — não mencionou que era Eleonora, presidente da empresa em que ele e Marceline trabalhavam. — Ela me pediu para levá-la até a casa espírita, algumas vezes. Por ter de trazê-la de volta, ficava lá escutando a reunião. Diziam coisas como o que a senhora falou, mas não me convenciam.

— Sua história deve ter trazido perguntas. Por quê? Por que comigo? Lembre-se de uma coisa: esses porquês são chamados.

— Chamados?

— Chamados para que busque um caminho que o leve à evolução pessoal e, consequentemente, à elevação. A história da sua família é dela.

Ele respirou fundo. Achou o assunto cansativo. Era seu aniversário e nem gostaria de comemorar. Não estava acostumado. Aquela conversa que não o agradava estava se estendendo demais. Desejava ir embora, porém não queria fazer desfeita e chateá-la, depois de ver todo aquele seu trabalho.

— Preciso de um refrigerante. A senhora tem um aí?

— Tenho! Vou pegar — animou-se e se levantou.

— Vou comer meu bolo — pegou o pedaço e começou comer.

Ficaram conversando por um tempo, até que ele decidiu ir embora.

Chegando ao seu apartamento, Daniel sentia um misto de emoção. Nunca ninguém lhe fez uma festa de aniversário.

Seu celular tocou:

— A bênção, vô — falou como de costume.

— Deus abençoe. Parabéns, Daniel. Hoje, é seu aniversário.
— Obrigado, vô. Nossa... O senhor se lembrou?
— Lembro sempre, não é?
— Verdade. Lembra sim. E como estão as coisas aí?
— Do mesmo jeito. O seu Arnaldo morreu ontem — Daniel não se lembrava mais de quem se tratava. — Fui só no velório. Não tenho mais idade para ir no cemitério.
— Vô, quem era o seu Arnaldo?
— O avô do seu amigo Guto, que morreu ano passado.
— O Guto morreu?!
— Não contei pra você não? — indagou o senhor.
— Não. Eu me lembraria. O Guto morreu de quê? — ficou curioso.
— Ah!... Ele pegava aquele carro e saía feito um louco. Com som alto, cheio de garotada e bebendo sempre. Capotou o carro e ele morreu.
— O senhor não me contou... — ficou pensativo, apesar de estar zonzo.
— Daquela sua turma, agora, só tem o Paulão e o Galego.
— Não era minha turma, vô... Mas... Como assim? O que aconteceu com o Tatu, o Zeca e o Zuca?
— Não contei não? Viraram assaltantes de caminhão nas estradas. A polícia estava atrás deles há um tempão. Aí, um assalto não deu coisa boa. Eles fizeram o caminhoneiro de refém e trocaram tiros com a polícia. Acabou que os três morreram.
— Como assim?! Não fiquei sabendo!
— Pra que saber, né? Não ia ajudar você em nada.
— E o Paulão e o Galego?
— O Paulão tá preso por assalto. O Galego está trabalhando em um posto de gasolina de estrada. Bebe feito um gambá! — ressaltou. — De vez em quando, ele desaparece e some por uns dias. Daí, a mulher dele fica louca procurando o marido por tudo quanto é canto. Ele e a Irani têm cinco filhos. Ela está morando na casa dos pais, porque o marido perdeu

todos os bens que os pais dele deixaram para ele. O Galego está velho que você nem reconhece.

— Nossa, vô. Não sabia nada disso.

— Não são grandes novidades, Daniel. Ainda bem que você está aí. A melhor coisa da sua vida foi ter largado aquela turma e estudado, se preocupando com seu futuro. Todos daqui da cidade sabem que você está bem. Sou orgulhoso disso. Tenho um neto que é exemplo pra muita gente aqui. Meu neto mostrou que é possível mudar.

Daniel ficou surpreso e um tanto emocionado. Percebeu o quão longe estava daquele garoto que andava com aquelas más companhias.

— E o senhor? Como está?

— Minhas costas estão me matando e o joelho também. É a idade, eu sei. Agora, conta de você.

— Estou bem. Falei para o senhor que me mudei para um apartamento maior, né? Só um pouco maior — riu. — Tem um quarto aqui, caso o senhor venha para cá. O lugar é bem jeitoso e bonito. Eu acho. A Selena ainda não viu.

— Ela ainda está viajando?

— Está. Volta amanhã cedo.

— Você bebeu, Daniel? Sua voz está diferente.

— É... Tomei uma cerveja pra comemorar meu aniversário.

— Controla isso.

— Tá bom — ficou insatisfeito.

— Vou desligar. Fica com Deus.

— Boa noite, vô.

— Parabéns de novo.

— Obrigado.

Desligaram.

Daniel enviou mensagem para Selena, mas ela não visualizou. Enquanto aguardava, pegou uma garrafa de uísque, colocou gelo em um copo e começou a beber aos poucos. Ligou a televisão, ficou olhando no celular e bebendo à medida que esperava a resposta da namorada, o que não aconteceu.

Ficou pensando em sua vida, no quanto foi bom Eleonora ter aparecido na sua cidade e quanto benefício seus incentivos lhe trouxeram. Provavelmente, sua vida teria uma trajetória semelhante a dos rapazes daquele grupo.

Recordou de como ficou triste logo que os pais de Irani não consentiram o namoro. Sentiu-se derrotado, rejeitado. Agora, entendia o que Eleonora falou, naquela época. O tempo, as atividades as quais se dedicou, as pessoas que conheceu, tudo isso o fez esquecer aquela angústia de não ser aceito e o sentimento de paixão pela jovem que acreditou ser tão forte quanto infinito. Isso tudo estava distante, agora. Entendeu que a ocupação é a melhor alternativa, quando a aflição e a insegurança tomam conta da mente.

Sua vida mudou, drasticamente, graças a seus esforços e as oportunidades que surgiram. Estava construindo um caminho seguro para si mesmo. Lembrou-se da festa surpresa que Dalva fez e sorriu sem perceber. Ela era generosa, ele acreditava.

"Estou zonzo... Não devia ter bebido tanto..." — pensou. Deitando-se no sofá, deixando a televisão ligada, dormiu com as luzes acesas.

Muito tempo depois, Daniel acordou com a campainha tocando. Demorou para se situar. Não se lembrava dos últimos momentos acordado. Com muito esforço, levantou-se e foi atender.

— Quem é? — perguntou com a voz rouca.

— Sou eu, a Marceline — respondeu com a voz abafada. A porta mal foi aberta e ela entrou rapidamente. — Ai... Não ia te chamar, mas a luz estava acesa... — fugiu ao olhar, foi direto para a sala.

— Aconteceu alguma coisa com a dona Dalva? — o rapaz quis saber.

— Não. Cheguei agora e nem a vi — estava angustiada, tentando disfarçar.

— Você está bem? — indagou confuso. Sentindo-se tonto, não sabia o que perguntar. Foi até a mesinha da sala, pegou o celular e olhou: 01h59. — São duas horas da madrugada! O que aconteceu? — ficou intrigado e a encarou. Agora desejava saber o quanto antes. Aquilo era muito estranho.

— Desculpe, Daniel... Eu não poderia ir para casa como estou, nervosa desse jeito.

— Brigou com o Aguinaldo?

— Estou... — sentou-se no sofá. — Estou tão abalada que não sei por onde começar e... — Lágrimas escorreram em sua face. Olhando a garrafa de uísque sobre a mesinha e o copo, perguntou: — Posso?

— Claro. Vou pegar gelo.

Daniel levou gelo, mais um copo e ficou aguardando.

— Desculpe te incomodar, é que... — tomou um gole da bebida, suspirou fundo e contou: — Eu e o Aguinaldo namoramos por uns três anos. Depois demos um tempo, mas sempre nos víamos, saíamos para um barzinho... Voltamos e demos um tempo de novo e voltamos agora. Na verdade, nunca nos separamos totalmente. Então, hoje, nós fomos até a casa do irmão dele que também faz aniversário. A cunhada dele acabou me contando que o filho do Aguinaldo nasceu esta semana! — encarou-o aflita. — Ela falou de um jeito tão natural, sabe? Nós comentamos sobre minha mãe ter ficado comemorando o seu aniversário. Aí ela disse que o filho do Aguinaldo com a Tati também nasceu nesta semana, na terça-feira! Ela comentou como se eu já soubesse de alguma coisa! Como se... — encostou-se no sofá e passou as mãos pelos cabelos.

— Você nunca desconfiou que ele pudesse ter outra? — perguntou, mas sem muito interesse.

— Lógico que não! O pior foi quando o questionei e ele... Ele disse que não estava nos planos dele ter um filho. Que quando nós demos um tempo, ele saiu com a Tati e aconteceu. Aconteceu! Como assim?! Daniel, não tivemos um caso ou só ficamos. Namoramos firme! Mesmo quando demos um tempo, a gente se encontrava.

— Se vocês se encontravam, então não deram tempo algum. Estou confuso ou certo?
— Quer dizer... Nós brigávamos e ficávamos de cara feia, sem nos ver ou trocar mensagens e... Ele me enganou!
— Não. Ele te traiu — falou sério.
— É a mesma coisa!
— Não, Marceline. Não é. Para mim são coisas diferentes. Enganar é fazer crer em algo que não é verdadeiro, mesmo que, para isso, a pessoa omita ou transmita uma falsa impressão de forma intencional ou não. Trair é ser desleal, infiel, fazer, propositadamente, algo que sabe que vai prejudicar o outro de alguma forma, seja essa forma psicológica, material, física, financeira... Vou exemplificar — pensou e disse, sem relatar quem era, pois ela identificaria: — Tenho um amigo que considero muito. Achei por bem não contar para ele um fato sobre minha vida. Por outra razão, ele também omitiu algo sobre a família dele — referiu-se ao Yukio esconder que era filho de Tadashi e ele que Eleonora pagou sua faculdade. — Eu o enganei, omiti, não contei algo sobre mim. Ele fez o mesmo. Não contou algo sobre a família dele. Um enganou o outro. Foi de propósito? Sim! Foi sim. Teve algum prejuízo? Não. Nenhum. Isso é enganar. Já, trair é algo completamente diferente. — Observou-a e esclareceu: — Nessa de dar um tempo e ficar longe de você, ele pode sair com outra, mas... Para conceber um filho é pouco provável que tenham saído uma vez só. Até aí, tudo bem. Porém, no momento em que vocês dois voltaram e soube que seria pai, o Aguinaldo tinha a obrigação de te contar. Não acha?
— Estou arrasada... — colocou mais bebida no copo e tomou. — Nunca pensei que ele pudesse fazer isso comigo.
Marceline começou desabafar, contando todo seu relacionamento com Aguinaldo e os planos de ambos para o futuro. Ao mesmo tempo, bebia o uísque que estava à disposição.

Daniel, com muito sono, sentou-se ao chão, sobre o tapete, e apoiou o braço no sofá, tentando ouvi-la. Mas, por mais que se esforçasse, seus olhos fechavam sem seu controle.

Marceline falou e falou. Embriagou-se e deitou no sofá, sem perceber.

Da mesma forma, Daniel se esticou no chão e adormeceu.

CAPÍTULO 15

SELENA, A PAIXÃO DE DANIEL

A campainha soou e Daniel abriu os olhos sem nem mesmo saber onde estava.

Tinha o corpo dolorido e a cabeça latejando. Havia se esquecido de Marceline e demorou para se lembrar de tudo o que aconteceu quando olhou para ela largada no sofá.

Com muito esforço, levantou-se, respirou fundo e abriu a porta.

— Desculpa te acordar, Daniel. Mandei mensagem, liguei, mas você não respondeu nem atendeu. Estou aflita. É que a Marceline não... — Ele não a deixou terminar. Virou-se de lado, ficando quase atrás da porta para que Dalva visse o interior do apartamento, apontou e falou:

— Ela está ali... — murmurou com voz rouca.

— Marceline?! — apressada, foi até a filha. Agitando-a, chamou: — Marceline, acorda!

— Acho que ela não vai acordar tão fácil — sentou-se à mesa e esfregou o rosto.

— O que aconteceu? — a senhora perguntou, mostrando-se aflita.

— Ela teve problemas com o Aguinaldo. Quis conversar e... Bebemos demais. A garrafa ficou até vazia.

— Por que ela não foi para casa? A Marceline nunca fez isso! Sempre sei onde está, se vai chegar tarde... Fiquei preocupada. Não dormi — demonstrou-se insatisfeita. O que houve para vir te procurar?

— Ela vai contar para a senhora em detalhes. Não é coisa grave nem importante, eu acho. Penso que o problema é a dor sentimental, pela descoberta de que a outra pessoa não é tão honesta.

— Você não pode me dizer o que aconteceu?

— Melhor ela contar — não gostaria de falar no assunto. Para ele, era algo desagradável, desnecessário e cansativo.

— Marceline! Acorda! Vamos embora! — sacudiu a filha que se moveu e virou para o outro lado.

— Dona Dalva, vou tomar banho, pois preciso sair. Deixa a Marceline aí. A senhora tem a chave e... Fica tranquila.

— Estou envergonhada. Minha filha nunca foi disso.

— Não se preocupe. — Afagando suas costas, ainda falou: — Vou tomar um banho, porque tenho de sair.

Deixou-as na sala.

Daniel tomou medicações para dor de cabeça, depois um banho quase frio e se arrumou. Ao sair, viu Marceline ainda dormindo no sofá.

Estava indisposto, enjoado e não se sentia muito bem, mesmo quando a dor de cabeça cessou. Se não fosse por sua vizinha, chamaria a namorada para ir até ali. Mas, seria difícil explicar tudo aquilo.

Olhou o celular e viu, nas mensagens, que Selena já o aguardava no estacionamento perto do restaurante em que combinaram se encontrar. Era um restaurante que ficava no espaço de um *shopping*, lugar agradável e silencioso.

Apressou-se.

Ao se verem, cumprimentaram-se com um beijo de amor, um forte e longo abraço, antes de dizerem qualquer coisa.

— Demorei? — ele perguntou, com lindo sorriso, ainda segurando-a em seus braços.

— Ah... Demorou sim. Estava morrendo de saudade — falou de um jeito mimoso. — Não via a hora de te encontrar — apertou-o contra si, novamente.

— Fez boa viagem? — indagou, acariciando seu belo rosto.

— Fiz. Foi bem tranquila, mas estou cansada. Confesso que, se tivesse comida em casa, não estaríamos aqui. Eu não estava nenhum pouco a fim de cozinhar e minha mãe volta hoje à noite.

— Que nada, é melhor almoçarmos fora. Precisamos relaxar — beijou-a novamente e a abraçou.

Em seguida, com o rosto iluminado por seu belo sorriso, Daniel a contemplou, longamente, enchendo seus olhos de contentamento e satisfação.

Selena, uma mulher de beleza clássica e traços delicados, encantava-o. Seus olhos verdes, grandes e puxadinhos nas laterais externas, muito expressivos e com uma forma hipnotizante na sua maneira de encarar, impressionavam. Os cílios longos não escondiam a íris brilhante, que oferecia confiança e mistério. Tinha uma figura esbelta, com curvas sutis, postura ereta e confiante, o que a fazia parecer mais alta do que seu 1,70cm de altura. Sempre se vestia com elegância discreta.

Naquela hora, usava um vestido claro e bem-cortado, acinturado, leve, solto e gracioso, que destacava sua silhueta, lindamente. Os braços expostos, mostravam-se bem tonificados, resultado da prática de natação, que abandonou nos últimos meses por conta do novo serviço. Suas mãos possuíam delicadeza e firmeza, mostrando sua determinação. No trabalho, nunca abria mão de usar vestidos elegantes, saia lápis e condizentes à sua função ou terninhos e blusas que realçavam sua figura. Possuía uma coleção de saltos altos, impecáveis, que a faziam parecer muito mais confiante, pois sempre os usava com graça e naturalidade. Seus cabelos eram longos, aloirados, lisos e brilhantes com algumas luzes delicadas e naturais. Naquele instante, estavam lindamente soltos e escovados, com uma mecha presa atrás da orelha, revelando o lóbulo delicado. No trabalho, muitas vezes, ela os prendia com um coque baixo e sofisticado.

Seu rosto tinha uma beleza rara, harmônica, doce, frágil e terna. As sobrancelhas, levemente arqueadas, sempre realçavam suas expressões, deixando algo enigmático em seu olhar. Não era preciso muita maquiagem para destacar sua beleza. Tinha uma pele impecável, com tom de pêssego suave, o que a deixava vermelha com facilidade. Lábios macios e naturalmente rosados. Sorriso marcante e encantador, muito comum de ser visto, às vezes, com um toque de timidez, algo provocativo para Daniel. Os dentes alvos e perfeitamente alinhados chamavam muito a atenção de todos quando se expunham em largos sorrisos ou gargalhadas gostosas.

Mas que ninguém se deixasse enganar por sua presença femininamente marcante. Na empresa, ao entrar em uma sala, todos se voltavam para ela por sua seriedade e postura. Era direta, firme e objetiva. Tinha controle das emoções e sabia se posicionar com classe. Inteligente, assertiva e apaixonada pelo que fazia.

Foi trabalhando como seu subordinado que Daniel percebeu a paixão de Selena por suas atividades e habilidades.

À medida que interagiam em alguma tarefa, a atração entre eles crescia. Ambos tinham medo de se envolver, mas acabou acontecendo. Foi inevitável.

Selena sempre tinha firmeza inabalável ao se tratar de seus princípios. Nisso, ambos eram bem parecidos. Ela também era flexível quando necessário e Daniel era apaixonado por isso.

Seu caráter foi moldado com uma infância difícil. Foi obrigada a ser forte e resiliente, devido ao comportamento do pai sempre ausente e violento, que deixou marcas. Viu a mãe sofrer e prometeu que nunca seria dependente de homem nenhum. Isso a tornou determinada. Sua mãe era sua melhor amiga. Sempre unidas, Selena a protegia com unhas e dentes, mesmo que isso significasse alguns sacrifícios que, embora a senhora recusasse, acabavam acontecendo. Escondia sua insegurança por trás de uma fachada de força, porém, muitas vezes, quando sozinha, permitia-se chorar. Acreditava que, revelando seus medos, poderia perder o respeito dos outros.

Ele era apaixonado por Selena e formavam um lindo casal.

— Você está bem? — perguntou com voz suave, fazendo-lhe um carinho no rosto, esfregando sua barba, bem-cortada, enquanto olhava seus olhos, que admirava muito.

— Estou de ressaca... — sorriu com leveza, levantando um canto da boca e espremendo um olho.

— Como assim? — Selena interessou-se, achando graça.

— A dona Dalva... Já te falei dela, comprou um bolo e salgados para comemorar meu aniversário e...

— Espera! — ficou séria. — Seu aniversário e você não me falou nada?

— Não falei porque... — titubeou. Ficou constrangido. — Porque não comemoro. Mas a senhora do primeiro andar descobriu e...

— Fez uma festinha surpresa? — não o deixou terminar, permanecendo séria e sem expressão.

— Não foi uma festa. Foi algo só para nós dois. Eu e ela. Não esperava. — Percebeu que a namorada não gostou e tentou justificar: — Ficamos comendo, bebendo até tarde. Acordei com uma dor de cabeça terrível, mas, depois do remédio, passou. Só estou um pouco indisposto.

Já estavam sentados à mesa e ela reclamou, sem discutir:
— O problema não foi a festinha ou a comemoração. O problema é que, muitas vezes, perguntei quando era seu aniversário e você disse que, quando chegasse perto, diria. Mas não. Não cumpriu sua promessa.

— Desculpa... — pegou em sua mão por cima da mesa. — Tinha muita coisa acontecendo no serviço, sua viagem... e acabei esquecendo. Para falar a verdade... Nunca comemoraram meu aniversário, nunca tive uma festinha sequer. Desculpe... Fui criado assim e... Esqueci mesmo. Não é uma data importante para mim — ficou arrependido e não sabia como consertar a situação.

— Mas para mim sim. Era importante — foi verdadeira.

O garçom se aproximou e pararam de falar. Fizeram o pedido e, na primeira oportunidade, Selena comentou:
— Daniel... — ele a olhou. — Vai continuar assim, tão misterioso, até quando?

— Misterioso?

— Quase não sei nada sobre você. Não conheço nenhum parente seu nem fui à sua casa, ainda — falou em tom brando, mas muito séria, tirando a mecha de cabelo da frente do rosto e passando para trás da orelha.

— Agora que me mudei, posso levá-la à minha casa. Antes... — sorriu sem graça. — De jeito nenhum. Era um lugar bem pequeno, feio... Muito feio. Tinha vergonha.

— Por quê? E por que ficou lá tanto tempo? Enquanto fazia faculdade, era de se compreender, mas...

— Primeiro, tinha vergonha de você conhecer onde eu morava. Quando começamos a namorar, você já era gerente há algum tempo e eu seu subordinado. Mudei de diretoria há quase um ano e assumi a gerência no financeiro há... uns três meses. Sabe que isso foi um problema para mim. Não me sentia bem com a minha colocação. Conversamos sobre isso. — Fez breve pausa e prosseguiu com a resposta: — E... Fiquei morando lá tanto tempo porque tenho planos. Antes de eu ser gerente, a mudança não era tão importante e conveniente. Agora, estou em um lugar novo, decente, agradável, embora considerado pequeno para algumas pessoas. Vou te levar lá. Fica tranquila — olhou-a e sorriu, beijando a mão que segurava.

— Vai me levar lá hoje? — esperançosa, sorriu largamente.

Daniel pensou rápido. Lembrou-se de Marceline largada e dormindo em seu sofá. Por mais que tentasse explicar de que se tratava de uma colega, filha da dona Dalva, Selena não compreenderia.

— Amanhã! Quero colocar umas coisas em ordem. Sei que você é muito organizada e não quero passar vergonha.

— Seu avô sabe que se mudou?

— Sabe sim. Lógico. Conversamos ainda ontem. Ele me liga ou preciso ligar para ele. É complicado trocar mensagens.

— São pessoas habituadas a conversarem pessoalmente. — Ela sorriu e, repentinamente, perguntou: — Você nunca me contou como seus pais morreram.

— Acidente — nem soube o porquê de ter mentido. Talvez por sempre dizer isso. Porém, não queria mais esconder a verdade de Selena.

— Desculpe perguntar. Sei que não gosta de tocar nesse assunto.

— Não, mas... É que não é o momento. Qualquer hora a gente conversa sobre isso. Tudo bem? — pediu com jeitinho. Viu-a acenar positivamente com a cabeça e, em seguida, perguntou: — Após almoçarmos, eu gostaria de ir a uma agência de carro aqui ao lado. Depois vamos ao *shopping*. Pode ser?

— Quer trocar de carro?

— Quero. Você se importa em ir comigo?

— Claro que não! Vamos sim — sorriu lindamente.

Selena o acompanhou e ajudou, opinando na escolha, quando ele pedia.

Satisfeito, Daniel adquiriu o veículo que ainda chegaria novo, zero, na agência, pois havia escolhido uma cor que não tinham ali e também precisaria ser emplacado e feita documentação.

Retornaram ao *shopping*, onde passaram o resto da tarde.

Voltou para casa ao final do dia. Havia se incomodado com o ocorrido da noite anterior.

Enviou mensagem para Marceline, perguntando se estava bem e pediu para conversar com ela, avisando que a esperaria no pequeno jardim, dentro do condomínio.

Achava-se lá há alguns minutos, incomodado com a demora, quando ela apareceu.

— Oi. Desculpe ter feito você esperar — disse ao vê-lo sentado em um banco.

— Você melhorou? — perguntou, mais por educação do que por interesse.

— Fiquei péssima. Não deveria ter bebido tanto, muito menos, passado a noite na sua casa. Estou com vergonha. Sinto muito — sorriu sem jeito. — À tarde, o Aguinaldo veio aqui. Depois que conversamos, fiquei confusa. Acabamos discutindo e... Quando eu o acusei de ter me traído, ter ficado comigo sem me contar que a outra estava grávida dele, disse que fui eu quem não deixei a situação clara entre nós. Pra mim, pareceu uma briguinha daquelas em que a gente fica uma ou duas semanas sem se ver. Mas ele achou que a gente tinha terminado. Também falou que não queria nada sério com a outra e jamais planejou um filho. Sabe, Daniel... Acho que a culpa é minha por não ter deixado nossa situação clara e ter me afastado. Nosso relacionamento sempre teve um tempo, após pequenas discussões. — Ofereceu breve instante de pausa. Depois prosseguiu, não notando que o outro não estava interessado: — Dá pra perceber o quanto ele está insatisfeito com o filho. Um filho não planejado! — ressaltou. — Sabe, fico contrariada também. Não estava nos meus planos ter alguém com um compromisso eterno com um filho. Até porque, provavelmente, a mãe da criança ficará entre nós, se intrometendo, querendo atenção, provisões, ajuda... Não sei o que fazer. Errei em não ter deixado claro nossa situação, né? O que você acha, Daniel?

— Contou para sua mãe?

— Não. Ela ficará falando...

— Talvez seja bom ouvir sua mãe. Ela tem uma boa bagagem de vida. Enxerga coisas que não conseguimos ver por causa das emoções e opiniões que nos cegam.

— Não quero contar ainda. Mas... O que você acha?

— Minha primeira opinião foi a que deve falar para sua mãe.

— E a segunda?

— Coloque-se fora dessa situação e analise a própria vida.

— Não consigo — olhou-o com feição piedosa.

— É complicado opinar, mas... Se ele não tinha certeza de vocês terem terminado, deveria ter te procurado para esclarecer. Além disso, se envolver com alguém com quem não tem interesse e não se precaver, é burrice ou irresponsabilidade. Colocou em risco a saúde dele e também a sua saúde. Ele não quis nada sério com a outra e não planejou um filho, mas não fez nada para isso não acontecer. O Aguinaldo não é um cara sem instrução.

— O que você acha de tudo isso? Pode ser sincero! — ressaltou.

— Vou dizer por mim. A pessoa que rejeita um filho, concebido por sua falta de responsabilidade, pode ser confiável? — Não houve resposta. — Ficar incomodado ou insatisfeito por uma mulher ter de cobrar a assistência de um filho é inadmissível. Ela não fez o filho sozinha e, como todo ser humano, precisa sim de dinheiro para alimentação, médico, escola, lazer, vestimentas e outras coisas. Isso é algo que um homem de caráter não precisa ser cobrado. — Ela não disse nada. — Se fosse você, com um filho dele nos braços, também gostaria de apoio e recursos. Essa é a minha opinião. Toda essa situação caótica e problemática foi causada por ele. A culpa não é sua. Ele quer transferir essa culpa e responsabilidade para você, mas não é o caso. Pense bem. É imaturidade e irresponsabilidade dele.

Marceline abaixou a cabeça.

— Sinto muito pela minha sinceridade. Acho que precisa pensar com clareza antes de entrar na vida de uma pessoa com bagagem que não quer carregar, porque vai sobrar pra você. Cuidado com a dependência emocional. Ela não nos deixa perceber a manipulação, o narcisismo, os defeitos que alguém pode ter. Então, aceitamos tudo. Achamos irrelevantes determinados comportamentos ou modo de agir, só que, futuramente, vamos perceber o quanto nos prejudicamos e sofremos. Pare de tentar achar justificativas nas atitudes de algumas pessoas. Elas podem ser tão egoístas que só fazem o que é bom para elas. Não espere que alguém tenha responsabilidade afetiva por você, que se importe ou se preocupe com o seu emocional e com seu bem-estar. Nem todos que mostram interesse por você, estão realmente preocupados. Sabe, Marceline, não podemos ficar, o tempo todo, à disposição nem sermos úteis a toda hora, resolvendo tudo o tempo inteiro para os outros. Se fizermos isso, deixamos de viver, deixamos de cuidar de nós. Não aceite esse tipo de abuso. Valorize-se.

— Da forma como falou, dá pra entender que não sou errada, mas... Eu e o Aguinaldo nos conhecemos há muito tempo. Temos uma história e... — silenciou.

— Toda história tem seu fim. Algumas são longas, outras nem tanto. O sofrimento só existe quando não colocamos um ponto final no que terminou. A dor fica enquanto nos prendemos a ela. Se nos ocuparmos, nos dedicarmos a uma vida nova, a dor passa. Ninguém pode decidir por você. Em resumo, é isso.

— Vou pensar em tudo o que me falou. Estou insegura.

— Bom... Eu te chamei aqui...
— Sei que estava preocupado comigo — interrompeu-o. — Desculpe...
— Sim, estava, mas tem uma coisa que preciso pedir. — Encarou-a ao falar: — Namoro a Selena há quase um ano e não gostaria de que ela se sentisse incomodada com meu comportamento ou em dúvida sobre mim. Sei que você e sua mãe me ajudaram muito e somos amigos. Mas o fato de você ter ido para o meu apartamento e dormido lá me incomodou bastante. Se a Selena souber, não ficaremos bem. Errei em tê-la deixado entrar, beber e ficar por lá. Errei sim. Havia bebido, estava alterado e não pensei. Não quero que isso se repita. Amanhã, ela virá conhecer o apartamento e...

Marceline sentiu vergonha e ao mesmo tempo raiva. Achou que talvez Daniel não devesse se posicionar daquela forma, depois de tudo o que ela e sua mãe fizeram por ele. Nunca pensou que aquela situação pudesse acontecer. Ele poderia ser mais grato.

— Sinto muito. Não tive a intenção.
— Que bom que você entendeu — sorriu levemente. Levantou-se e disse: — Preciso acordar cedo amanhã. Tenho de entrar.
— Obrigada pela orientação. Boa noite — forçou um sorriso.
— Boa noite.

Ao chegar ao seu apartamento, Daniel sentiu-se aliviado, como se um peso tivesse sido retirado de seus ombros. Percebia que Marceline estava se aproximando muito dele e isso não era conveniente. Até no serviço, quando não havia ninguém perto, ela passou a tratá-lo sem as formalidades que eram costume da empresa e isso o incomodava. Alguém poderia ver.

Em seu apartamento, Dalva perguntou para a filha:
— Está tudo bem?
— Mais ou menos...
— O que o Daniel queria que não poderia dizer aqui na nossa casa e precisaram conversar lá no jardim? — ficou interessada.

— Ai, mãe... Estou angustiada. Ontem fui lá no apartamento dele e tal, mas... Aconteceu o seguinte... — contou tudo. — Agora estou confusa!

— Você precisa pensar, Marceline! O Aguinaldo teve nove meses para te contar que a outra estava grávida e você tem alguma dúvida sobre a sinceridade dele e sua culpa?! Faça-me o favor! Você prestou atenção no que aconteceu?!

— Ai, mãe!... Que coisa! Não sei o que fazer.

— Como não sabe?! — esbravejou. — Veja o papel de trouxa que está fazendo! Sofrer por alguém como o Aguinaldo! Lutar por um sujeito como ele é muito diferente de sofrer ou lutar por um homem como o Daniel! Presta atenção no que está deixando acontecer!

As duas discutiram muito e isso não ajudou Marceline com suas dúvidas.

Em seu apartamento, apesar de aliviado, Daniel passou a sentir uma onda de amargura. Ele mesmo não sabia explicar.

Após ligar para o avô, conversa que foi bem rápida, telefonou para Selena e ficou feliz em saber que Nádia, sua mãe, havia chegado de viagem também. Ele e a namorada marcaram de almoçarem juntos novamente e depois ela conheceria onde ele morava, o que a deixou feliz.

Após desligar, uma vibração de angústia passou a consumir os pensamentos do rapaz.

"Toda essa história com a Marceline me deixou mal. Por quê?" — pensava. — "Como pode alguém ser tão idiota a ponto de não perceber que um cara como o Aguinaldo a está manipulando e se aproveitando da situação? Como não percebi, ontem, que ela estando aqui, no meu apartamento, poderia me prejudicar com a Selena? Ela passou a noite aqui!"

Daniel não podia ver, mas, na espiritualidade, havia meses que um espírito o observava. Nesse dia, algo ficou claro para Faustus.

— Então é você mesmo. Sempre que o encontro escapa de mim. Vejo que está bem diferente. Meu desejo de encontrá-lo é tão intenso que nos atraímos. Não pense que vai se livrar de mim sem antes pagar o que me deve — riu. — Há meses o observo e agora tenho certeza de que consigo fazer de você um fantoche. — Observou-o. — Sente-se triste, rejeitado, só... Pobrezinho... — foi irônico. — Quer dizer que o menino órfão cresceu triste porque não teve um papai e uma mamãe? Viveu uma tragédia e não gostou de ser caçoado? Que pena! Que peninha! Sei bem o que é isso e vou fazer com que descubra o lado mais sombrio da vida. Deixa comigo.

Aproximando-se um pouco mais, percebeu que Daniel não se sentiu bem. Sabia que era por sua presença e que teria todo o tempo que precisasse para conhecer suas fraquezas.

Indo até o barzinho, na estante, Daniel pegou a garrafa de uísque, colocou uma dose no copo, acrescentou gelo e começou a bebericar.

Ligou a televisão e procurou algo para assistir.

CAPÍTULO 16

UM BRINCO E UMA ANGÚSTIA

 Em sua casa, Selena conversava com sua mãe.
 — Amanhã vou almoçar com o Daniel.
 — Lua — chamou-a pelo apelido familiar —, por que não traz o rapaz para cá? Podemos almoçar aqui — Nádia sugeriu.
 — Ele vai me levar para conhecer o apartamento novo que ele alugou — ficou pensativa e um tanto séria.
 — Vai ficar mais tranquila em saber onde ele mora?
 — Claro, né, mãe. Às vezes, o Daniel é muito misterioso. É estranho alguém não ter família nem parentes próximos. Um avô que mora longe e que ninguém nunca viu. Namoramos há quase um ano, né? E estou chateada com uma coisa...

— Com o quê, Lua? — indagou tranquila, prestando atenção nela.

— Acredita que ele não me falou que ontem foi aniversário dele? Fiquei frustrada com isso! — ressaltou, demonstrando-se indignada. — Já tinha perguntado e a resposta foi: quando chegar perto da data, te aviso — arremedou.

— Filha, ele esconde você dos amigos? O pessoal onde ele trabalha sabe que são namorados?

— Nunca escondeu. — Ficou pensativa e lembrou: — Quando eu ainda trabalhava na empresa e era gerente de uma das equipes do COO Dimas, nós começamos a namorar e éramos bem discretos no serviço. Precisávamos ser. Embora muitos conhecidos soubessem, não nos exibíamos. Uma vez, estávamos em um restaurante bem legal — sorriu, recordando. — Aquele lugar impossível de alguém nos ver, mas, de repente, o senhor Tadashi, o CEO, parou ao lado da nossa mesa, bem na hora em que o Daniel segurava minha mão! — enfatizou e aumentou o tamanho dos olhos. — Ele tem essa mania de pegar minha mão — riu. — Levamos um susto! O senhor Tadashi nos cumprimentou e perguntou como estávamos. Apresentou sua esposa a mim... Uma japonesa bem elegante e bonita.

— Não deu bronca?

— Não. Nem poderia. O Daniel agiu muito naturalmente e me apresentou à esposa do CEO como namorada dele. Vi quando o senhor Tadashi sorriu. Mas... Uma coisa me intrigou: a esposa do homem tratou o Daniel muito bem. Quis saber como ele estava, perguntou do avô, disse que estava sumido e que aguardava sua visita. Também falou que quando o filho deles retornasse ao Brasil, o Daniel estava convidado para a recepção de boas-vindas. Que ela não via a hora. Até falou para ele me levar, que eu estava convidada! — admirou-se. — Aí, liguei uma coisa com a outra... O Yukio, aquele amigo do Daniel que está no Japão, é o filho desse diretor! Eles são muito ligados. O Daniel fala sempre com ele. Até manda fotos nossas... Fez vídeo na minha frente...

— Você não perguntou como ele conhecia a mulher?

— Perguntei. Só então contou que fez faculdade com o filho deles. — Reforçou: — Só depois, quando perguntei se era o Yukio, ele confirmou. Não é estranho? Por que não me contou isso antes? — não houve resposta. — Mãe, tudo o que o Daniel fala sobre si é muito resumido. Ele nunca me contou como foi trabalhar na empresa, por exemplo. Depois dessa situação, deduzi que foi pela amizade com o filho do diretor. Mas me questiono... Por que alguém com curso universitário trabalharia na recepção daquela empresa, se conhece o CEO? — Um momento e confessou: — Coisas assim me deixam intrigadas. Não que eu queira um relatório sobre a vida dele, mas... Não gosto de perguntar a todo momento e parecer invasiva. Certamente, ele não vai gostar. Desde que saí da empresa, desde que pedi demissão, por conta de não suportar mais o senhor Dimas, nosso namoro não foi mais segredo ali dentro. Vou buscá-lo, quando combinamos ou vou até lá e nos encontramos na recepção e vamos embora juntos, descendo para a garagem para pegar o carro dele. Todos nos conhecem. Sempre que chega e me vê, ele me dá um beijinho rápido sem se constranger. Saímos de mãos dadas... Não há segredo. Mas ele não fala dele, mãe!... — exclamou de um jeito aborrecido e manhoso.

— Lua, talvez o Daniel passou por muitos problemas com a família. Você também não gosta de falar do seu pai. Sempre evita todos os assuntos sobre isso.

Selena abaixou o olhar, depois comentou, fugindo do assunto:

— É só ele e o avô. Contou que não convive com os tios desde os quatorze ou quinze anos. Que os viu muito raramente, depois disso. Que problema de família pode ser? — a mãe não respondeu. — Os pais morreram, não tem avós... Não me deixou conhecer onde morava! Isso é estranho — aumentou os olhos grandes e expressivos, arcando uma das sobrancelhas, fazendo ar de preocupada.

— O Daniel é carinhoso com você, Lua. A gente percebe isso de longe. É atencioso. Quando não te encontra, ele me manda mensagem ou até me liga procurando por você, Selena. Conversamos muito quando ele está aqui. Ele gosta daqui de casa... Apresenta sempre a mesma personalidade na frente de qualquer um aqui. Não sei qual a dificuldade que ele tem, mas... Espera um pouco e pergunta com jeitinho, quando tiver oportunidade.

— Eu sei...

— Fica tranquila, Selena — afagou seus cabelos. — Acalma essa ansiedade — sorriu e a abraçou.

— Ai, mãe...

O dia seguinte amanheceu chuvoso, mas isso não atrapalhou os planos de Daniel e Selena.

Após almoçarem, levou-a para conhecer onde morava.

— Sinta-se bem-vinda! — o rapaz sorriu ao fazê-la entrar, curvando-se levemente ao fazer um gesto cortês com a mão, brincando.

— Nossa!... Que lindo! — admirou-se e sorriu.

— É simples — ele falou, achando graça.

— É lindo, sim. Gostei.

— Pequeno demais. Viu a cortina? Não escurece tanto. Terei de dar um jeito.

— Tudo está perfeito. — Não lhe deu atenção. Caminhou pelo espaço, olhando cada detalhe. — Tudo é bem agradável, novinho... — sorriu lindamente.

— Aqui, fica um quarto — mostrou. — Deixei esta cama de solteiro para o meu avô, caso precise vir para cá. Tem essa mesa de trabalho e o armário, porque fica melhor para deixar alguns ternos meus. A suíte tem armários que não cabem tudo o que tenho.

— Ficou ótimo, Daniel. E caso seu avô precise morar, definitivamente, com você, pode ficar aqui até se mudarem para um lugar maior.

— Exatamente o que pensei — sorriu ao ver sua ideia ser aprovada. Levou-a para conhecer todo o restante, depois sentaram-se no sofá da sala.

— Estou admirada com seu capricho e bom gosto — sorriu agradavelmente, ainda passando o olhar por tudo.

— Não poderia te levar para conhecer onde morava antes. Era muito feio — riu. — Deixa pra lá!

— Não entendo o porquê de não sair de lá antes, já que não gostava.

— Tenho alguns planos e neles estão a parte econômica — deu uma piscadinha ao sorrir.

— Quer guardar dinheiro, investir?...

— Exatamente. Gosto de planejar e saber com o que gasto — revelou, enquanto acariciava seu braço. — Acho que... — Sorriu quase sem jeito ao dizer: — É por isso que nos damos bem. Não me sinto cobrado, pressionado ao seu lado. Você não exige lugares nem presentes caros, apesar de sempre estar elegante no trabalho ou quando saímos — olhou-a com admiração. — Mas quando está na sua casa, fica bem à vontade, descalça, com roupas simples.

— Não sou abusiva, mas gosto de sair e de ser mimada também e... Em casa... quanto mais à vontade, melhor — sorriu, inclinou-se e beijou-lhe o rosto.

— Você entende o que quero dizer. No começo do namoro, fiquei com receio de que me achasse mão de vaca — Selena riu alto e riu com gosto, fazendo-o rir. — Verdade! Até que, um dia, você me disse: "este restaurante é muito caro. Podemos comer a mesma coisa naquele outro que é tão bom quanto".

— Lembro isso! — riu novamente. — Foi de verdade!

— Eu sei. Admirei sua atitude. Fui criado de forma simples, humilde, pobre... Quando era menino, moleque mesmo, andava descalço para não gastar o tênis — ficou sério. — Isso era motivo de chacota dos colegas da mesma idade.

— Seu avô exigia isso? — pareceu preocupada, recordou-se de algo semelhante que o pai exigia que fizesse com seus tênis, na infância.

— Meus tios moravam perto e interferiam muito na minha educação, como se eles se preocupassem comigo. Meu avô, coitado, aceitava. Depois que eles se mudaram de cidade, as coisas entre mim e meu avô ficaram melhores. Embora meu vô Rufino fosse bem exigente, nós nos dávamos bem.

— Exigente como? — quis saber, ajeitando-se no sofá, mostrando-se interessada.

— Exigente do tipo... Tinha de levantar muito cedo. Cedo mesmo! — reforçou. — Às 2h ou 3h da madrugada para receber as mercadorias no mercado. Fazer as entregas das compras, imediatamente, para os fregueses, como ele chamava. E... Fazendo isso com sol de 40ºC, chuva ou frio de 5ºC! Eu tinha de ir de bicicleta! — falou de um jeito engraçado ao enfatizar. — Foi com ele que aprendi a cumprir horário, respeitar compromissos, corresponder as obrigações...

— As compras não molhavam?

— Meu avô e eu fizemos uma caixa, um tipo de baú, para colocar na garupa da bicicleta e outra na frente do guidão. As caixas eram protegidas. Eu não — riu. — Não usava nem capa de chuva. Sabe que até gostava? Era bom pedalar na chuva, ficar molhado. Só não era agradável quando fazia frio e chuva. Mas, pedalando, eu esquentava — sorriu de modo agradável, parecendo ter boas lembranças. — Chegava todo molhado, tomava banho frio e corria pro mercado de novo.

Selena gostou de ouvi-lo. Daniel nunca falava muito de si, como naquele momento.

— Uma vez — tornou ele —, estava chovendo muito. A entrega seria em uma rua que era uma ladeira. A bicicleta perdeu o freio e desci com tudo. Caí e saí rolando. Cortei a perna, os braços e as costas. Não apareceu ninguém para me ajudar.

Todo arrebentado, voltei para o mercado e meu avô ficou mais preocupado com as compras do que comigo — riu alto. — Ainda reclamou que a bicicleta amassou! Acredita?

— Tadinho de você!... — falou com jeito mimoso, acariciando seu rosto com a mão.

— E ele não me levou nem à farmácia! — fez-se ainda mais de vítima. — Tive de ir sozinho, depois que a chuva passou.

— Acredito que seu avô não tenha feito isso por maldade. É possível que ele tenha sido criado dessa forma e achou que deveria tratar os filhos e os netos do mesmo jeito. Para ele é algo normal. Não foi nada contra você. Foi o que viveu e, para ele, foi natural.

— Ele criou os filhos sozinhos. Minha avó morreu quando os meninos eram pequenos.

— Viu? Ele precisou ser bem forte. Tudo isso o transformou em pessoa exigente.

— Meu avô sempre foi um bom homem. Tem um coração enorme, é prestativo... Sabe aquele tipo de gente que ajuda os outros?

— Sei. Minha mãe é assim. É capaz de levar um estranho pra dentro de casa! — exagerou.

— E a gente precisa ficar de olho. Tem pessoas que são perigosas, abusivas.

— Seu avô perdeu a esposa cedo, perdeu filho e nora também e precisou cuidar de você. Apesar das dificuldades, não abriu mão do neto.

— Selena, não foi fácil — encarou-a sério, de um jeito diferente. — Não sei como meu avô conseguiu. Nossas vidas sempre foram envolvidas por eventos fortes, difíceis. Ele perdeu o filho de... — calou-se. Não conseguia falar. Olhou para o outro lado e suspirou fundo. Das outras vezes em que contou essa história, sempre havia bebido. Somente para Eleonora, e agora para ela, é que estava sóbrio.

Após longos minutos, a namorada perguntou com jeitinho:

— De que forma ele perdeu o filho? Não foi acidente?

Daniel recolheu a mão que ela segurava. Sentou-se direito e confessou:

— Em determinada época, decidi que ninguém mais saberia da minha história. Se eu fosse contar, seria para alguém que, realmente, quero na minha vida — encarou-a, deixando seu olhar invadir sua alma. Viu-a séria, aguardando que continuasse: — Meus pais não morreram em acidente. Morreram tragicamente e, de certa forma, me sinto culpado — franziu o rosto observando a expressão da namorada. Selena ficou mais séria, porém não se manifestou. Decidiu aguardar e Daniel contou, exatamente, tudo e ela ouviu atenta, sem interromper. No final, disse: — É por isso que não falo da minha origem, da história da minha vida. É por isso que vivo só. Acho que chegou a hora de saber com quem está se envolvendo. Só estou te contando, porque você se tornou alguém importante para mim. — Silêncio total.

A seriedade e quietude da namorada, preocuparam-no por algum tempo.

Selena afastou o cabelo do rosto, respirou fundo e olhou para fora, através da janela. Depois de pensar, perguntou com voz mansa e pausada:

— Qual é o seu medo?

— Como assim? — tornou, no mesmo tom grave.

— Tem medo de que eu reaja, pensando que é um amaldiçoado, igual às mentes pequenas daquelas crianças que te falaram aquelas coisas? — encarou-o, invadindo sua alma com seu olhar magnético.

— Até agora, não sei o que está pensando nem o que vai me dizer — foi sincero.

— Daniel... Desculpe-me por falar isso, mas... — encarou-o. Viu-o na expectativa de uma resposta e prosseguiu: — Sua mãe era uma mulher, digo, uma adolescente indefesa, sem perspectiva, sem orientação e que, muito provavelmente, deixou-se enganar pela conversa de um jovem que a quis para uma aventura. Esse jovem foi seu pai. Um homem tolo, ignorante e irresponsável. Você foi só uma vítima no meio disso tudo. Como pode se sentir culpado?

— Por mais que me digam que não sou culpado, sinto certo peso ou responsabilidade por tudo.

— Conversar com um psicólogo te faria bem.

— E você não acha que já fiz isso?

— Mas levou em frente? Deu prosseguimento ao tratamento psicológico? — Não houve resposta. — Pela sua cara, lógico que não. Daniel, tudo precisa de continuidade e empenho. É necessário você trabalhar isso tudo na sua mente. A ausência da mãe sempre traz sentimento de culpa à maioria das crianças, em qualquer idade. Quando a mãe desaparece das vistas de um filho, ele entra em desespero, chora e pensa: "o que fiz para minha mãe sumir? Eu a deixei chateada? Serei bonzinho para ela voltar." Muitas mães, sem perceber que são más, usam a frase: "Se não fizer isso ou aquilo, vou embora e nunca mais vai me ver." — pendeu com a cabeça negativamente. — Que crueldade! Por você não ter conhecido sua mãe e saber que ela morreu pela acusação de ter sido infiel... E, supostamente, essa infidelidade gerou um filho... Tudo isso pode te trazer sentimento de culpa, mas esse sentimento não significa realidade. Você não tem nada a ver com a infidelidade, se é que ela ocorreu. Não tem nada a ver com as atitudes do seu pai ou do seu avô materno. E outra... O fato de você morar em cidade pequena, onde os assuntos da vida dos outros reinam por décadas!... Esse fato gerou os *bullyings*, que, consequentemente, geraram vergonha, insegurança, medo, culpa, sensação de rejeição e outros sentimentos. Não creio, de forma alguma, que carregue alguma maldição ou coisa do gênero. Olhe para si! Veja suas conquistas! Observe quem se tornou! — enfatizou, falando baixo e firme.

— O que você está me dizendo, ajuda muito, mas sei que, daqui a pouco, vou pensar igual a antes.

— Então terá de ouvir mais vezes, de modo diferente, até fazer sentido. Deveria mesmo procurar um psicólogo para isso. — Observou-o por um instante e perguntou: — Você não é do tipo preconceituoso e ignorante que não aceita psicoterapia, né?

— Lógico que não. É que... Sempre estive ocupado demais. Mas, você está me fazendo pensar em dar prioridade a isso.

— É uma pena você não aceitar falar sobre religiosidade. Temos um acordo sobre isso... Uma filosofia, uma religião te ajudariam muito. Dentro do espiritismo, talvez algumas coisas da sua vida começassem a fazer sentido para você — calou-se. Viu seu semblante insatisfeito. — Seria bom se ver de outra forma, valorizando-se mais.

— Acredita que não me valorizo? — achou graça e sorriu.

— Sim — encarou-o com rosto sereno.

— O que te faz pensar assim? — indagou, ainda achando graça.

— Seu comportamento — sorriu. — Você é um homem lindo! Já te disse isso. — Sorriu e o empurrou com o ombro. — Lindo, atraente, educado, cavalheiro. Sabe falar, ouvir, é magnético... Mas, convivendo com você, observo seu comportamento, reparo que sempre tem vergonha de algo. Hoje, por exemplo, quando entramos aqui, já disse, logo de cara, que era pequeno. Apontou defeitos em vez das coisas bonitas como organização, ambiente agradável... Nem sei enumerar. Você parece querer justificativas para coisas que consideram ser suas falhas. E daí que é pequeno? E daí que tá faltando algo? E daí que?... Quem se importa? Curta sua conquista e ache lindo e tudo bem! Não com arrogância ou orgulho, mas aprenda a se gabar do que tem.

— Eu tenho você — pegou sua mão, levou-a até a boca e beijou. — Sempre me gabei por tê-la ao meu lado — sorriu.

— Huuummm... Pensei que gostasse de mim — olhou-o com jeitinho mimado.

— Amo você!

— Também te amo... — beijaram-se.

— Sabia que muitos caras, lá na empresa, já disseram que você é difícil, orgulhosa e chata?

— Acha que eu daria chance para qualquer babaca se aproximar de mim? Lógico que não! Não sou carente. Não caio nas cantadas baratas de quem me quer para aventuras.

— E como sabia que minha cantada não era barata? — olhou-a com o canto dos olhos, de modo sedutor, enquanto mordia a lateral do lábio inferior.

— Porque senti que não era. Você sempre olhou nos meus olhos, quando conversávamos. Se acaso admirou minha elegância, foi discreto e não o fez ostensivamente, a ponto de me constranger no ambiente de trabalho.

— Sempre te achei linda — afagou seu braço. — Sempre achei que nunca teria chance e... Olha você aqui, na minha casa — fez-lhe um carinho no rosto, afastando uma mecha de cabelo e começou a beijá-la com amor.

Naquele momento, os últimos raios de sol filtravam pelas cortinas e a penumbra passava a dominar, lentamente, o ambiente.

Seus corações se aceleravam à medida que as carícias, vagarosamente, eram trocadas. Era só o que importava.

Daniel a tomou em seus braços fortes e a puxou para si. Seu olhar intenso, os lábios a milímetros dos dela e sentindo sua respiração quase ofegante. Ele acreditou que era o momento de pegá-la no colo e levá-la para o quarto, mas, repentinamente, Selena franziu o rosto e olhou para o sofá, em direção a sua outra mão, que passou a tatear o móvel. Seus dedos tocaram algo pequeno, metálico e frio.

Daniel parou e esperou que terminasse o que fazia, estranhou sua feição mudar.

A namorada trouxe para mais perto dos olhos um objeto que passou a observar, franzindo o semblante. Seu coração gelou. Selena nunca fazia escândalo, mas aquilo a perturbou profundamente.

Ela colocou uma mão em seu peito e o afastou. Sentou-se direito e, exibindo o que encontrou, com voz firme e baixa, segurando com a ponta dos dedos, indagou séria:

— Não vou perguntar o que é, porque, nitidamente, é um brinco de mulher. Mas... De quem é esse brinco? — foi direta e olhou em seus olhos desejando arrancar a verdade e aguardou.

Daniel se surpreendeu como nunca. Sentiu um frio intenso correr por seu corpo ao mesmo tempo em que seu coração acelerava.

Séria, Selena o encarou sem expressão, observando as reações confusas de sua alma com seu olhar penetrante. Seus pensamentos fervilhavam. Como um brinco de mulher foi parar ali?

Mantendo a calma, ele engoliu seco e disse a verdade, com a voz quase inaudível:

— Só pode ser da Marceline. Ela esteve aqui antes de ontem e sentou no sofá, enquanto conversávamos.

— E o brinco pulou da orelha dela? — falou em tom brando, calmo e firme, mas irônico.

Selena não gostava de Marceline. Nunca gostou. Era uma mulher bonita, de sorriso clássico e olhos sedutores. Tinha um belo corpo com curvas exuberantes, bem chamativas. Usava a voz de forma cativante, talvez, educada demais. Na sua opinião, toda a elegância que tinha no trabalho era uma máscara, uma atuação, uma personagem. Quando Daniel contou que pediu a Marceline para ajudá-lo a encontrar um apartamento, ela não gostou e comentou isso com ele, mas o namorado não percebeu sua contrariedade ou, se notou, não deu importância. Estava focado em resolver seu problema de onde morar enquanto ela estava preocupada com uma viagem de trabalho que poderia durar além do previsto.

— Como o brinco caiu, não faço a mínima ideia. Não me aproximei dela, nunca toquei a Marceline — foi timidamente sincero.

Com expressão apreensiva, escondendo extrema amargura, decepção e aflição, Selena colocou o brinco sobre a mesinha, levantou-se, calmamente, e olhou em volta, procurando sua bolsa.

— Espera! O que está fazendo? Onde pensa que vai? — indagou desesperado, levantando-se imediatamente. Precisava resolver aquilo. Tinha de se explicar.

— Preciso ir embora — sua voz soou fraca e não o encarou. Parecia irredutível. A desconfiança fez morada em seu coração. Era como uma névoa densa impedindo que encontrasse o caminho que desejava ver.

— Não! De jeito nenhum! — colocou-se à sua frente e segurou seu braço com firmeza, mas sem apertar. — Calma. Vamos conversar. — Tentou encará-la e notou seus olhos bem delineados cintilarem em lágrimas, por trás dos longos cílios, mas ela desviava a face. — Selena...

— Daniel, não gosto de discutir quando meus pensamentos estão tumultuados — falou firme.

— Não. Você não vai embora assim. Não sem antes tudo ficar muito claro! — tentava se controlar, porém não disfarçava seu nervosismo.

— Me deixa passar! — exigiu, puxando o braço que ele segurava, ainda sem olhar para ele.

A aflição o dominou quando decidiu:

— Vou chamar a Marceline, aqui, agora mesmo! — curvou-se e pegou o celular sobre a mesinha da sala.

— Não vou passar por essa situação vexatória! — falou decidida. — Nem pense em fazer isso! — exigiu.

— Então, senta. Vamos conversar — segurou seu braço, novamente, para fazê-la se acomodar. — Posso te contar, exatamente, tudo o que aconteceu. Por favor... Não faça isso — pareceu implorar. Daniel nunca tinha se visto daquela forma, perdendo o controle. — Preciso esclarecer tudo agora. Por favor...

Selena se sentou. Encarou-o, sem expressão, mas era possível notar sua decepção e uma ponta de mágoa. Como poderia confiar nele novamente? Seus olhos brilhavam, quase se empossando em lágrimas.

Não era o tipo de pessoa que esbravejava, gritava ou perdia o controle. Era uma mulher elegante e educada em todos os sentidos. Sabia se comportar com classe em qualquer momento. E aquele não seria diferente.

Nervoso, Daniel acomodou-se ao seu lado. Inspirou fundo e soltou a respiração, rapidamente, passando as mãos pelos cabelos, enquanto pensava em um jeito de fazê-la acreditar no que contaria.

— Sexta-feira foi meu aniversário — ele começou falar.

— Sim. Fiquei sabendo ontem e não me contou antes, mesmo te perguntando.

— Tá... Eu errei... — abaixou o olhar, expressando sua agitação na fala trêmula. — Desculpa. Não sei o que me deu para... — olhou-a. — Há uma semana, o namorado da Marceline estava aí e a dona Dalva me chamou para comer *pizza* com eles. Eu te contei, quando me ligou. Durante a conversa com eles, lá no dia da *pizza*, acabei falando sobre meu aniversário ser na próxima sexta-feira. Foi por isso que a dona Dalva comprou bolo, salgados, fez lanche e me chamou lá. Depois que cantaram parabéns, a Marceline e o Aguinaldo saíram, ficando só eu e a dona Dalva. Tomei cerveja e conversamos muito. Sabe, gosto muito da dona Dalva. Nunca tinha comemorado meu aniversário, nesses vinte e nove anos. Nunca! — enfatizou. — Aquilo mexeu comigo, sei lá... Eu estava meio alto, quando voltei pra cá. Vi suas mensagens e respondi, mas você não viu. Achei que estivesse dormindo.

— Aonde você quer chegar? — perguntou friamente.

— Depois disso, fiquei pensativo. Aí bebi um pouco de uísque com gelo e fiquei muito zonzo. Cochilei no sofá. Acordei com a campainha tocando. Era a Marceline. Abri a porta e ela entrou chorando. Eu estava bêbado! — salientou e viu-a olhando para ele com a mesma expressão de decepção, apesar de seu olhar penetrar em sua alma. — A Marceline entrou direto, marchando porta adentro, falando do Aguinaldo, chorando e reclamando. Ela pediu um pouco de uísque, que estava em cima da mesinha. Bebeu e eu bebi de novo e fiquei ouvindo o que ela reclamava do namorado. Ela não parou de falar, desabafou e... — deteve-se. Não teve coragem de contar que a outra dormiu lá. — Não encostei um dedo nela. Juro! Se quiser, posso chamá-la aqui.

Silêncio.

No exato momento, a campainha tocou.

Insatisfeito, respirando fundo, Daniel se levantou e foi atender.

— Oi, tudo bem? — Marceline perguntou, quando a porta foi aberta. — Desculpa incomodar, é que minha mãe fez um bolo. Sabendo que você tem visita, pediu para eu trazer. — Enfiou a cabeça pela porta e viu, sentada no sofá da sala, a namorada de Daniel, que ela já conhecia. Fez um aceno, ao estampar largo sorriso e disse: — Minha mãe fez um bolo pra vocês! — Selena não correspondeu nem mesmo sorriu. Somente ficou olhando.

— Como as pessoas são volúveis! — riu o espírito Faustus, sem ser percebido. — Elas se deixam inspirar com uma facilidade impressionante! Aqui está a prova! — rodeou-o e disse: — Mandei a velha fazer o bolo, ela fez. Inspirei para que ficasse desesperado, você ficou! Induzi para essa aí trazer o bolo, ela trouxe — gargalhou. — Só essa aí — olhou para Selena —, não está colaborando. Mas, vamos fazer essa situação piorar! Vamos! Vai, pergunte, faça essa sua amiga colaborar com a sua história. Vamos! Diga para ela ajudar a esclarecer essa situação.

Daniel acreditou que aquela seria uma ótima oportunidade para explicar tudo.

— Entra, Marceline. Por favor.

— Não, eu... — foi interrompida.

— Entra. Preciso esclarecer uma situação com a Selena e diz respeito a você.

— A mim? — entrou, agora, séria e mostrando-se constrangida.

Alguns passos e estavam na sala. Sem convidá-la para sentar, ele disse:

— Eu e a Selena estávamos aqui conversando, quando ela encontrou seu brinco — apontou para a mesinha. — A situação... — não conseguiu completar, pois a outra o interrompeu.

— Ah... Devo ter perdido na noite que dormi aqui e...

— Você não dormiu aqui! — Daniel quase gritou.

— Dormiu aqui?! — Selena levantou-se ao exigir, perguntando, mas não esperou resposta. Rapidamente, pegou sua bolsa e foi à direção da porta.

— Não! Selena! Espera! — correu e a segurou.

— Me solta! — exigiu firme, olhando para a mão que segurava seu braço.

— Não foi nada disso que você está pensando! — Daniel gritou.

— Ai, gente... Desculpa, Selena. Eu... — Marceline não sabia o que dizer.

Selena empurrou Daniel e saiu porta afora, sem esperar explicações.

Contrariado, quase enfurecido, o rapaz esfregou as mãos no rosto e segurou a porta por alguns instantes, olhando-a caminhar pelo corredor.

— Daniel, desculpa... Não pensei que ela...

Num impulso, ele saiu correndo atrás da namorada.

Antes de chegar ao portão, alcançou-a. Segurando-a, tentou se explicar, mais uma vez:

— Não foi nada disso. Acredite em mim, por favor. — Ela se mantinha em silêncio. Sem encará-lo. — Olha para mim, Selena! — pedia, quase implorando. — Fala alguma coisa, por favor!

Encarando-o, ela sentia o peso da dúvida, do amor ameaçado, da insegurança e do medo de perdê-lo. Seu peito apertava. Não desejava terminar com ele.

E se aquilo fosse uma armadilha? Daniel expressava verdade, mas como ter certeza?

Selena não desejava acreditar que ele a tinha traído, porém, a semente da dúvida agora existia e Marcelina era uma sombra indesejada entre eles.

O amor, sentimento que cresceu com ternura, parecia se desfazer com o peso da possível traição.

Daniel parecia desesperado demais. Ela nunca o tinha visto perder o controle.

Agora, o namorado segurava sua mão, aguardando sua compreensão.

— Eu amo você — ele disse em tom amargurado, como se suplicasse. — Fala alguma coisa, por favor.

Uma tempestade interna crescia na alma de Selena. A confiança foi ferida e ela não cedia.

— Se fosse o contrário, se fosse eu que estivesse na sua situação, você acreditaria em mim? — finalmente, ela perguntou.

— Sim. Acreditaria — olhou-a nos olhos.

— Preciso de um tempo, por favor...

— Espera. Eu vou te levar em casa.

— Não. Vou chamar...

— Não! Não te achei na rua — expressou-se firme, quase zangado com a situação. — Eu peguei você na sua casa e é lá que vou te deixar. Espere aqui. Vou pegar a chave do carro. — A namorada não disse nada e ele insistiu: — Espere!

Chegando ao apartamento, Marceline ainda estava lá.

— E a Selena? — perguntou, enquanto o via pegar a chave.

— Preciso fechar a porta. Você precisa ir.

— Ela está bem? Nossa... Ela deve pensar que...

— Saia, por favor — pediu, forçando-se a ficar calmo.

— Tudo bem... Desculpa... — mostrou-se chateada.

Daniel correu para não demorar.

Durante a volta para a casa, Selena permaneceu quieta. Não disse nada, apesar de ele procurar conversar.

Ao chegar à frente de sua residência, ela se despediu com um simples tchau, matando as esperanças de Daniel em receber um convite para entrar.

Dentro de sua casa, a sós com sua mãe, contou tudo e chorou muito.

De volta ao apartamento...

Daniel enviou mensagem, mas ela não visualizou.

Angustiado, tomou uma dose de uísque com gelo, sentou-se no sofá e ficou pensativo.

O espírito Faustus gargalhava. Divertia-se com a situação.

— Viu como tenho poder? Foi só um sussurro e aquela sua amiga acabou com a sua paz — ria, satisfazendo-se incrivelmente. — E você, trouxa que é, acreditou que sua amiga ficaria do seu lado, confirmando que só conversaram, enquanto esteve aqui. Cara! Vocês dormiram aqui! Sozinhos! — gargalhava. — Achou que a namoradinha nunca descobriria? Mas se esqueceu de que eu domino a situação! Você é um perdedor! Um coitado! Sempre será rejeitado! Será aquele que ninguém quer! — continuou rindo.

Ao mesmo tempo, Daniel estava inconformado.

Como aquilo tudo foi acontecer?

CAPÍTULO 17

O SILÊNCIO QUE MATA

No dia seguinte, Daniel conferiu, incontáveis vezes, as mensagens em seu celular. Selena nem sequer visualizou o que foi enviado. Ela também não atendeu suas ligações, abalando-o ainda mais.

Atormentado com a situação, não se concentrava em seus projetos como deveria. Algo que nunca havia acontecido antes.

Precisava encontrar uma maneira de se reconciliar com ela, de se reconstruir, novamente restabelecer a confiança e tudo o que tinham antes.

O relacionamento deles estava suspenso e isso o angustiava.

Existia uma linha tênue entre a verdade e a imaginação do que ela entendeu, entre a confiança e o que parecia ser. Necessitava encontrar uma saída desse labirinto de emoções.

As palavras que Selena não disse ecoavam dentro dele. Aquele silêncio o matava aos poucos. O abismo intransponível parecia crescer. Seu mundo desmoronava.

Uma reunião de emergência foi realizada com os principais diretores e alguns gerentes e Daniel foi convocado para participar. Não desejava, mas deveria ir. Foi obrigado a se concentrar e ampliar sua atenção no trabalho.

Diversos assuntos foram discutidos. Em poucos, Daniel opinou, mas defendeu firmemente sua opinião, o que surpreendeu todos que participavam.

A presença de Eleonora, muitas vezes, intimidava alguns, menos ele.

No final, na frente de todos, ouviu-se da presidente:

— Daniel, quero que vá agora à minha sala. Preciso conversar com você.

Uma única vez, ele inclinou a cabeça, positivamente, concordando, deixando os demais curiosos.

Na sala da presidência...

— Olá, Daniel! Entre — Eleonora pediu, com expressão séria.

Desde que começou a trabalhar ali, era a primeira vez que o chamava. O rapaz parecia um pouco apreensivo. Jamais havia passado por aquelas portas.

A senhora fez um gesto singular para que se sentasse à sua frente e foi obedecida.

Com olhos atentos, séria, falou sem rodeios:

— Obrigada por vir, Daniel. Notei que você estava tenso durante a reunião e rebateu com veemência algumas questões. Sempre apreciei opiniões próprias, mas as suas... — silenciou, esperando alguma reação, que não houve. Daniel carregava uma pasta repleta de documentos e continuou segurando-a e olhando a presidente nos olhos. — Estou curiosa para entender suas reações, quanto a trocarmos de fornecedores. Os contratos estão expirando e... Talvez esse seja o momento certo para mudar, mas você não concorda. Notei que isso foi surpresa até para o senhor Lima, seu diretor. O

CFO se assustou com seu posicionamento. O que tem a me dizer que não poderia ser tão direto no momento da reunião?

— Senhora, eu... — não conseguiu concluir, foi interrompido.

— Eleonora. Pelos meus comandados mais próximos, gosto de ser tratada de Eleonora. Não costumo dar essa liberdade aos gerentes, mas você é uma exceção — sorriu levemente.

— Bem... Não tenho todas as provas, mas... Desconfio que o COO, senhor Dimas, está fazendo desvio de dinheiro. Além de estar envolvido com propina nas licitações de aquisições, principalmente. Envolvido com negócios escusos com fornecedores e clientes. Isso prejudica a empresa e a sua reputação.

— Não acredito nisso! — reagiu rigorosa, em tom médio. Inclinando o corpo para frente e espalmando as mãos sobre a mesa, encarou-o firme.

— Sinto muito — fixou seus olhos claros nos dela, com semblante duro. Não gostou de ouvir que ela não acreditava. Era mais alguém que suspeitava de ele dizer mentira. — Sei que esse diretor trabalha aqui há anos e é bem próximo da senhora e do senhor Tadashi, mas o senhor Dimas usa sua arrogância e prepotência para intimidar qualquer um que queira saber um pouco mais do que ele faz. Na verdade... Na minha opinião, o senhor Dimas acumula muitas funções, é responsável por vários setores e informações privilegiadas demais. — Viu-a pensativa, perplexa, virada para o lado com olhar perdido. — Eu não poderia ficar calado, diante dessa situação. Hoje, durante a reunião, quando o vi expondo seus planejamentos e exigências de que, mais uma vez, execuções e negociações estratégicas, relacionadas a aquisições, ficassem sob sua responsabilidade... Precisei reagir. Não posso falar diretamente e na frente de todos, mas sabia que minha postura, como gerente financeiro, naquela situação, chamaria a atenção do senhor Tadashi ou da senhora.

— E quanto ao CFO, senhor Lima? Ele é seu diretor. Ele sabe alguma coisa?

— Quando tentei conversar, senti que estava acuado. Não entendi a razão. Marcamos um almoço informal, em um final de semana. Antes que eu dissesse qualquer coisa e expusesse minhas suspeitas, o diretor Lima contou que não está muito bem de saúde.

— Ele está doente? — surpreendeu-se com moderação.

— Disse que enfrenta um transtorno de depressão severa. Faz acompanhamento médico e também com psicólogo. Está passando sérios conflitos íntimos em nível profissional e não tem coragem nem energia para enfrentar o diretor Dimas, com sua prepotência e arrogância. Contou que se sente apavorado. Tem crises de pânico só em imaginar que o senhor Dimas possa demiti-lo. O senhor Lima tem família. É casado há vinte e cinco anos. Tem a filha mais nova na faculdade e um filho com necessidades especiais. Por causa desse filho, a esposa não trabalhou mais. Ele não consegue fazer um enfrentamento contra o outro diretor. Não tem estrutura para isso.

— Mas... O diretor Dimas é tão terrível assim? — a mulher pareceu preocupada, quase duvidando da situação.

— Muito mais do que a senhora imagina. Diversos gerentes capacitados e outros subalternos já se demitiram por causa dele.

— A Selena se demitiu por causa dele? — foi direta.

— Sim. Ela não suportou a pressão e... — parou de falar. Daniel ficou pensativo por alguns segundos. Eleonora, que nunca conversava com ele, sabia de seu namoro com Selena? Certamente, Tadashi deve ter contado. Depois que a namorada se demitiu, não tentaram esconder de ninguém. Sem rodeios, Daniel decidiu falar: — Como a maioria sabe, o diretor Dimas age de forma discreta. Ele manipula pessoas com ameaças sutis, sem chamar a atenção. Usa torturas emocionais que mexem com o psicológico dos funcionários. É aquele tipo de pessoa que simula uma brincadeira e diz: "cabeças vão rolar se esse produto não for aprovado." "Sua vida, seu emprego estão em minhas mãos." Esse e outros tipos de comentários ocorrem a todo momento. Quando não, é grosseiro, arrogante, ofensivo.

— Isso se qualifica em assédio moral e a empresa é responsável pela atitude do funcionário, seja ele diretor ou de qualquer outra função. Quem sofre assédio moral deve procurar o RH — Recursos Humanos — da empresa e expor toda a situação. Se a empresa não tomar nenhuma providência, o funcionário prejudicado deve procurar um advogado e entrar com uma ação de rescisão indireta, na Justiça do Trabalho — disse Eleonora bem séria.

— Na teoria isso é fácil, mas na prática não. Muitas vezes, o medo, o abalo emocional, psicológico dominam o funcionário prejudicado, principalmente, quando o assédio moral é feito por uma pessoa que tem cargo importante na corporação. O RH, muitas vezes, não faz nada e o funcionário que se queixou passa a ser malvisto e teme ser demitido. Uma ação de rescisão indireta, na Justiça do Trabalho, também não é fácil. Mais uma vez, o medo prevalece, pois a pessoa teme que esse processo dificulte futuras admissões em outras empresas.

— Por que ninguém, nunca, falou-me sobre as atitudes do diretor Dimas?! — indagou zangada.

— Pelos anos que ele tem na empresa, pela proximidade que demonstra ter com a senhora e com o CEO, por medo. O medo resume tudo.

— O diretor Dimas nunca foi próximo a mim! — protestou.

— Não é o que ele diz — tornou, sempre firme, encarando-a.

— Daniel, o que você me sugere?

— Creio que o senhor Tadashi, que é de sua inteira confiança, deveria saber dessa situação, antes de qualquer coisa. Depois, precisamos de provas, mas isso não será fácil. Existe a possibilidade de confrontá-lo diretamente, dizer que sabe de tudo e ver se ele confessa.

— Ele pode dizer que o estamos acusando indevidamente — ficou pensativa.

— Muito provavelmente não. — Sempre sério, olhando-a fixamente, disse: — Creio que o senhor Dimas age assim há longa data. Ele vai admitir.

— E você? — Eleonora perguntou repentinamente, como se mudasse de assunto.

— Eu? — não entendeu. — Diante dessa situação, eu não poderia ficar calado. — Lembrou-se e disse: — Uma vez, uma pessoa, que considero muito sábia, contou-me uma fábula sobre um homem que, após a morte, ficou em cima do muro, sem saber se deveria pular para o lado do céu, para onde os anjos o chamavam, ou pular para o lado do inferno, onde o demônio observava de braços cruzados, esperando e sem dizer nada. O demônio não o tentava convencer a pular para o seu lado, pois sabia que, em cima do muro, o homem já estava do lado errado. A partir daí, decidi sempre escolher um lado. — Olhou-a nos olhos, continuou sério. — Tenho um compromisso com a empresa. Essa foi a oportunidade de contar, porque sei que consigo provas confiáveis sobre o comportamento do senhor Dimas.

Ela sorriu de modo enigmático. A lição tinha sido aprendida, mas desejava testá-lo e talvez até confundi-lo:

— Não foi isso o que quis dizer. Sabe que, se isso tudo for comprovado ou não o cargo de COO estará vago. Com provas, ele será demitido por justa causa e pagará por seus crimes. Sem provas, será demitido normalmente, pois não poderemos ter, aqui, na empresa, alguém que acusamos e não confiamos.

— Vamos conseguir provas. Garanto. Sou gerente financeiro. Tenho contato com empresas fornecedoras de produtos que participaram de licitações e tinham tudo para serem aceitas como nossas colaboradoras, mas ficaram fora, pela decisão do senhor Dimas. Essas empresas estarão do nosso lado para pegarmos o COO em ação.

— O que tem em mente? — a presidente se interessou.

— Novas licitações e o pedido de propina acontecerá — olhou-a firme.

— É um grande risco, mas... Deixarei com você.
Daniel pendeu com a cabeça concordando e ela perguntou bruscamente:
— Você vai querer o cargo de COO?
— Eu?! Não! — respondeu de imediato, fazendo uma fisionomia de estranheza. Não havia pensado naquilo. — Não tenho experiência suficiente. Não me vejo preparado. — Pensou um pouco e desfechou: — Não estou fazendo essas acusações com a intenção de ocupar esse cargo!
— Ótimo. Não seria seu mesmo — falou de um jeito engraçado, virou-se e sorriu sem que ele visse.
O rapaz se sentiu incomodado com aquilo. Não era o que tinha em mente. Levantando-se, indagou:
— Isso é tudo?
— Conversarei com o Tadashi. Ele vai procurar você.
— Certo. Vou expor meus planos ao CEO.
— Mais uma coisa, Daniel — viu-o se virar. — Eu soube que se mudou.
— Sim. É mais perto da empresa.
— Sei que está namorando a Selena há algum tempo também.
— Sim... — admitiu com voz fraca, sem convicção e sem entender o que ela desejava.
— Mais alguma novidade, na sua vida, que eu possa saber? — Eleonora, sempre direta, quase fria e enigmática.
— Bem... — ficou confuso com a pergunta. Por que razão ela precisaria saber de algo mais sobre a vida dele? — Vou iniciar um curso e reforçar meu inglês.
Ela moveu a cadeira de rodas e saiu de trás da mesa. Foi para o lado e o rapaz a acompanhou com o olhar.
— Lembro-me de você... — sorriu ao falar com leveza. — Aquele adolescente inseguro e indeciso... — sorriu mais ainda e o viu sorrir junto, parecendo menos tenso. — Tornou-se um bom homem, Daniel. Aprendeu rápido. Tem ótima aparência, o que inspira confiança. Sabe se comportar. É educado e elegante. E além de tudo, é bonito — riu mais ainda.

— Obrigado — acenou, positivamente, com a cabeça, uma única vez e sorriu, achando graça na forma como a mulher falou. — Sou muito grato à senhora por tudo o que me tornei.

— Admiro você, Daniel. Sem seu empenho e dedicação, seria impossível que se tornasse o que é. — Indo para perto dele, olhou para cima para encará-lo nos olhos e falou em tom tranquilo: — Estou com algumas ideias. Preciso conversar com o Tadashi a respeito disso, mas... Gostaria de que você começasse a participar de todas as reuniões e projetos junto à presidência.

— Mas nem todas as reuniões dizem respeito às gerências — falou sério, mesmo entendendo o que ela queria dizer.

— Se continuar assim, é provável que não prossiga como gerente por muito tempo — ainda com leve sorriso, observou-o de modo enigmático espremendo o olhar, deixando claro seus planos.

— Estou sendo sincero — Daniel estremeceu e sua voz também. Algo o abalou. Achava-se incapaz e sentiu medo. — Como disse antes, não me vejo com capacidade de ocupar cargos de diretoria como o de COO. Um COO precisa de muita experiência. Não tenho isso — foi sincero. Sentiu um nervosismo percorrer seu corpo e tentou evitar que Eleonora percebesse, porém ela notou.

— Concordo com você, mas penso que precisa aprender, de alguma forma. Então... Prepare-se muito bem. Dê o seu melhor, como sempre.

— Sim, senhora.

— Outra coisa! — exclamou, manobrando a cadeira para outro lado. — Quando estivermos a sós ou na presença do Tadashi e outros diretores, vai me chamar de você e Eleonora. É um tratamento que faço questão de ser usado por amigos queridos e pessoas próximas em quem confio muito. Para os demais, sou senhora ou presidente.

— Sim — concordou, mesmo achando estranho. — Então... Se é tudo, eu já vou. Com licença.

Ela o acompanhou com o olhar até que saísse da sala. Suspirou fundo e ficou imaginando quais angústias ele enfrentaria. Desejaria ajudá-lo de outra forma, mas não poderia.

Sem demora, chamou o CEO, senhor Tadashi, para conversarem.

Daniel estava em sua mesa, quando olhou as mensagens em seu celular e confirmou que Selena não havia nem mesmo lido o que ele enviou.

Não se sentia bem com a situação e estava inquieto. Precisava resolver tudo o quanto antes.

Não bastasse, a conversa com Eleonora o preocupou ainda mais. Não esperava o que ela disse e isso o incomodou. Não era o que queria. Jamais acusaria alguém com pretensões de um cargo. Será que deu essa impressão? Isso seria péssimo para sua imagem. O que realmente desejava era desmascarar o diretor Dimas, pois ficava indignado com o que ele fazia, em todos os sentidos. Sabia que Selena havia se demitido por causa dele e outros funcionários de sua diretoria fizeram o mesmo.

Se dissesse que fazia aquilo por vingança, seria verdade. Mas, que o fazia para ter o cargo de COO era absolutamente mentira.

Era tarde para o almoço quando chegou ao restaurante da empresa e viu Marceline sentada almoçando.

Uma onda de contrariedade correu em seu ser. Ela não poderia ter falado para Selena que havia dormido no apartamento dele. Embora fosse verdade, a situação não foi da forma como a namorada entendeu e seria difícil explicar aquilo.

Será que Marceline fazia algum joguete? Será que foi de propósito?

Quando pensou em confrontá-la, o espírito Faustus decidiu inspirá-lo:

— Imagina se uma moça meiga e indefessa como ela seria capaz de fazer algo para separar você da sua namorada. Não. Ela é só burra mesmo. Tenha compaixão. Está vivendo situações difíceis com o namorado e não conseguiu pensar direito. Releve... O que ela disse à sua namorada foi tolice. Algo insignificante. Até porque, ela é a assistente do diretor Dimas, o COO que você quer provar trabalhos escusos e corrupção dentro desta empresa. Se alguém pode ajudar, neste momento, é a Marceline. Aproxime-se dela. Seja mais maleável. Vá lá e converse com ela. Não dê importância ao que aconteceu. A Selena foi quem errou e nem deixou que explicasse.

O espírito Faustus o acompanhava, conhecendo tudo a respeito de Daniel: sua vida, seus hábitos, seus vícios, suas estratégias, amizades, trabalho, ligações com pessoas e amor. Desejava envolvê-lo e traçar planos que o derrotasse na vida pessoal, de todas as formas, principalmente, afastando-o das pessoas que pudessem orientá-lo sobre espiritualidade. Sua mágoa era antiga. Seu ódio ainda o corroía e não conseguia conter-se.

Daniel acreditou ser sua a ideia de precisar de Marceline, devido à sua proximidade com o diretor Dimas. Ela seria útil. Também começou a pensar que foi ingenuidade dela contar para Selena, que dormiu em seu apartamento e isso seria resolvido.

Após pegar sua refeição, com a bandeja nas mãos, aproximou-se de onde a assistente do COO estava e perguntou:

— Posso?

— Oi! — surpreendeu-se e aceitou: — Claro. Fique à vontade. Ao vê-lo se sentar, perguntou: — Tudo bem?

— Sim. Está — esboçou leve sorriso.

— Para o senhor Dimas, parece que não. Depois da reunião, ele voltou para a sala dele uma fera! — contou sussurrando. — Insuportável! — Olhou para os lados, para ter certeza de que ninguém a ouvia. — Ele tinha algumas propostas que não foram aceitas. Disse que um gerentezinho, na reunião, colocou tudo a perder. Até murro na mesa ele deu! — salientou, sempre murmurando. Ignorava que Daniel havia participado da mesma reunião. — Fiquei tão nervosa... — suspirou fundo.

— Ele não falou quem colocou tudo a perder?

— Não. Reclamou muito! Muito mesmo! Achou absurda uma reunião daquele nível com a presidente da empresa, CEO e outros do alto-escalão convocar três reles gerentes. Palavras dele — sorriu com malícia. — Disse que o senhor Tadashi e a dona Eleonora ainda pediram para ele parar de falar para dar a vez ao gerente.

— É... Então ficou irritado mesmo.

— Você nem imagina! — murmurou, admirada e enfatizando. — Você não estava lá?

Daniel pensou rápido. Não sabia até onde poderia confiar em Marceline, por isso dissimulou:

— Deixando a reunião um pouco pra lá... Tem algo que me preocupa. Você viu a reação da Selena, lá em casa, não viu?

— Ai, Daniel... Desculpa... Não pensei que ela fosse se irritar. Fiquei tão chateada — falou de modo arrependido e fragilizada.

— Ela não responde às minhas mensagens.

— Quer que eu fale com ela?

— Não! — foi firme. — De forma alguma. Eu mesmo preciso resolver isso — pareceu verdadeiramente preocupado. — Depois do serviço vou conversar com ela. Ia para o curso, mas...

— A culpa foi toda minha. O brinco, falar que dormi lá... Se fosse eu, no lugar dela, entenderia. Não me importaria tanto, pois confiaria no que me contasse. Mas a Selena se irrita fácil.

— Na verdade, a Selena não se mostrou irritada. Ela não disse nada. O que foi pior.

— Por favor, me desculpa. Fico te devendo essa.

— Marceline, sabe me dizer quando serão feitas as reuniões com as empresas candidatas a novos fornecedores?

— Mês que vem. O senhor Dimas faz questão de ele mesmo, conversar e negociar com cada um dos representantes.

— Essas reuniões são individuais, coletivas?...
— Individuais. Nem eu o acompanho. Ele disse que gosta de ficar a sós para negociar melhor, intimidando e colocando limites desde o começo, para cada fornecedor.
— Entendi — ficou pensativo.
— Você tem algum interesse específico? — ela quis saber, mas sem pretensões. Não desconfiou dele.
— Tenho todos os interesses, claro. Sou da área de finanças e todas as informações são úteis. Como sabe, preciso montar planos e estratégias financeiras para cumprir metas. O diretor Dimas costuma fazer os acordos viáveis para ele e larga a bomba para a área de finanças.
— Ele é muito manipulador, até quando não é necessário, isso é típico. Parece gostar de ver os outros em má situação. — Antes de Daniel pedir, Marceline ofereceu: — Se precisar de algo... Faço o que for preciso para ajudar, desde que não me prejudique.
— Obrigado — sorriu largamente. Algo raro. — Acho que precisarei de ajuda sim. Estou bem preocupado com algumas metas.
— Tudo o que souber e for útil, passo pra você. Pode contar comigo — animou-se.
— Obrigado.
Continuaram almoçando e conversando sobre vários assuntos.

CAPÍTULO 18

INFLUÊNCIA INVISÍVEL

Ao sair da empresa, mesmo verificando que Selena não olhou suas mensagens, Daniel informou que iria até o serviço dela. Lá, soube que a namorada já havia ido embora. Ela também não atendeu suas ligações, por isso, sem titubear, foi para a casa dela.

Estava apreensivo, tanto quanto angustiado, enquanto guardava o carro dentro da garagem. Tinha a chave do portão social e o controle remoto do portão da garagem. Olhou e não viu o carro de Selena. Por ela já ter saído da empresa, o veículo deveria estar ao lado de seu carro, agora. O barulho chamou a atenção de Nádia, que foi recebê-lo:

— Oi, Daniel — cumprimentou a mulher. — Tudo bem com você?

— Estou bem. E a senhora? — beijou-a no rosto.

— Estou bem. Vamos... Entra... — convidou-o, como sempre.

Já estavam na cozinha quando ele continuou contando:

— Lá na empresa, disseram que a Selena já tinha saído. Vim direto para cá e... Não acha que está demorando?

— A Lua — referiu-se à Selena — não me disse nada sobre passar em algum lugar — ficou pensativa. — Aconteceu alguma coisa? — perguntou, mesmo sabendo de tudo.

— Um mal-entendido — abaixou o olhar.

— Quer café ou suco?

— Não precisa se preocupar, dona Nádia. Tomei muito café na empresa hoje. Obrigado.

— Então precisa de um suco! — ela riu. Um barulho fez com que a senhora se alegrasse ao dizer: — Oh! A Lua chegou.

Após entrar e o cumprimentar friamente, Selena perguntou sem rodeios:

— O que te traz aqui?

— Precisamos conversar — levantou-se, ficando sério à sua frente.

Imediatamente, Nádia foi para o outro cômodo, deixando-os a sós.

— O que você ainda tem para me dizer, depois de ter deixado a Marceline dormir na sua casa?

— Contei a você a verdade! — foi firme, mas a encarou com semblante de súplica.

— Não! Não contou! — reagiu, segura de si. — Não tinha dito que ela dormiu lá! Aliás, não havia nem falado que ela foi até lá e que ficaram conversando! Foi por isso que, no sábado, não quis me levar lá e falou que tinha coisas para arrumar. Deixou para o domingo, pois, decerto, quis arrumar tudo! — foi irônica e sorriu. — Ver se não havia ficado nenhum vestígio dos dois lá! Mas... O brinco ficou no sofá, não é mesmo?! — falava duramente, enfatizando, sem gritar.

— Eu contei a verdade. Omiti que ela foi lá porque errei. Tinha bebido. Falei isso a você. Errei em tê-la deixado entrar. Errei quando ela pediu bebida e dei e fiquei escutando seus problemas. Mas não aconteceu nada! — tornou a dizer fixando o olhar nela. — Nem sei em que ponto da conversa, dormi no chão e ela no sofá. Ela estava sentada contando sobre suas coisas. De manhã, a dona Dalva chegou e abri a porta e ela viu a filha no sofá. Tomei um banho e fui me encontrar com você e deixei as duas lá no apartamento.

Muito tranquila, Selena perguntou:

— Você quer que eu engula isso, Daniel?

— Não. Engolir, não. Quero que acredite em mim. Estou dizendo a verdade — demonstrava-se desesperado para explicar.

— Por que mentiu? — indagou com profunda angústia no olhar.

— Eu omiti! Omiti porque fiquei com vergonha. Fiquei com vergonha por que errei. Tinha bebido, abri a porta para ela que entrou nervosa, contando seus problemas com o namorado.

— E você decidiu consolar a pobrezinha? Ora, Daniel! — estava entre acreditar no que ele dizia pelo tanto que o conhecia e a prova de um brinco, testemunha silenciosa do que pode ou não ter acontecido.

— Não consolei ninguém, Selena! — demonstrava-se aflito. O que dizia era a pura verdade e precisaria de que ela acreditasse. Não havia outra coisa para contar.

— Ficar ouvindo alguém não é uma forma de consolo? — retrucou novamente irônica, embora machucada. Sentia-se traída, enganada e com a desconfiança instalada em seu coração.

— Por favor, Selena... — falou mais brando. — Eu admito que errei. Mas não aconteceu nada — demonstrava sofrimento em cada palavra e se esforçava para convencê-la.

— Desde que começamos a namorar, eu te avisei que tinha uma exigência: o respeito. Desejaria que me respeitasse. Se quisesse sair com outra, ficar com outra, dormir com outra, terminasse comigo antes. E você concordou — falou em tom fraco, frágil, que exprimia sua dor. Selena não gostaria de terminar com ele. Não gostaria de perdê-lo, mas como poderia confiar novamente?

— Sou fiel a você. Sempre fui — olhou-a nos olhos e se aproximou. Tocou-lhe o braço e depois o rosto, fazendo-a encará-lo. — Sinto muito por ter deixado você nervosa, angustiada, pensando um monte de coisa... — disse em tom ameno, enquanto afagava seu braço. — Desculpe por não contar tudo. Errei e fiquei com vergonha. Foi isso... — Carinhosamente, puxou-a para si e a envolveu em seus braços, beijando-lhe a cabeça como se não acreditasse naquele momento. Selena escondeu o rosto em seu peito e o abraçou com leveza. Mas, em seus pensamentos, a sombra da dúvida havia sido plantada. A amizade e a confiança desmoronaram. Isso a abalou muito. Daniel procurou ver seu rosto, segurando seu queixo: — Me perdoa... — sussurrou. — Nunca mais vai acontecer.

— Que não aconteça mesmo — Selena murmurou com fala suave, mas enérgica.

Ele a apertou contra si e procurou seus lábios, beijando-a com paixão. Depois, beijou-lhe o rosto várias vezes e, olhando em seus olhos, afirmou:

— Amo você. Sou apaixonado por você. Não consigo viver sem você. Entendeu?

— Eu também te amo. Mas, lembre-se de que eu me amo também e não vou admitir que me maltrate de forma alguma.

Mais uma vez, Daniel a envolveu com força, apertando-a contra o peito como se quisesse guardar Selena dentro de si, com todo o carinho. Suspirou forte e aliviado por tudo ter se resolvido.

Dessa vez, ela o abraçou com mais força. Ficaram assim por alguns minutos e sentiram seus corações aliviados.

Daniel começou a roçar seu rosto em seus cabelos, sentindo a barba enroscar e puxar suavemente alguns fios. Sorriu satisfeito por tê-la em seus braços. Era muito bom sentir Selena junto a si.

Quando se remexeu para olhá-lo, ele sorriu largamente e a viu sorrir, mas com um toque de não sei o que que o intrigou. Mas aquilo iria passar. Com o tempo, iria passar. Não lhe daria mais motivos para desconfianças e, quando organizasse as ideias, saberia que ele dizia a verdade.

Seus olhos claros fixaram-se nela. Selena era linda. Havia algo de especial em sua beleza, uma espécie de luz que transmitia alegria, confiança, serenidade. Seus olhos grandes tinham os cantos puxadinhos e delineados. Isso o fascinava. Ele gostava de olhar. Ela estava rosada, bem rosada naquele momento, e o rapaz achou graça.

Pegou seu pulso e levou sua mão até a boca e beijou. Reparou no anel delicado, que combinava com a pulseira e deixava sua aparência ainda mais graciosa.

Em momentos tensos, ela falava pouco, era sensata e nunca se alterava e isso o atraía. Nenhum homem gosta de mulher que fala excessivamente ou grita, ele acreditava. E ele não era o tipo de homem que falava muito, expondo seus sentimentos, opiniões e tudo o que lhe agradava. Em seu íntimo, cultivava valores que nunca contava a ninguém, mas Selena era capaz de perceber.

Sentiu seu coração aliviado ao se reconciliar com a namorada e estabilizar a situação, embora tivesse consciência de que a havia magoado muito e colocado em risco o relacionamento que tanto lhe era precioso. A única coisa que ambos desejavam, a partir de agora, era um relacionamento sem abalos e calmo.

Naquela noite, ao chegar ao condomínio onde morava, subiu as escadas para o primeiro andar e percebeu que Dalva o aguardava.

A senhora sorriu largamente e fez um gesto, chamando-o até seu apartamento.

O rapaz suspirou profundamente sem que ela percebesse e sorriu levemente, como sempre fazia. Por um segundo, parou sem querer se aproximar e ficou insatisfeito. Não desejava conversar com mais ninguém, principalmente, com Marceline e sua mãe. Lembrou-se de que foi por causa da senhora, que fez um bolo e pediu para a filha ir levar, que toda aquela situação difícil aconteceu entre ele e Selena. No entanto, sentia-se em débito com elas, que o ajudaram imensamente para que se mudasse.

— Não vai me dizer que você é ingrato? É aquele tipo de pessoa que usa as outras e depois esquece? — Faustus indagou, provocando sensações de dever. — Agora que não precisa de ajuda, vai descartá-las, não é mesmo? Continua o mesmo, então. Usa as pessoas e as descarta. Vá até lá, ao menos, para cumprimentar a senhora. Ela tem idade para ser sua mãe, não é mesmo? Você, justamente, você, tão carente de mãe vai recusar a generosidade de uma senhora?

Daniel foi invadido por uma sensação estranha, como a de estar em débito com aquela mulher e decidiu se aproximar, vagarosamente.

— Boa noite. Tudo bem com a senhora, dona Dalva?
— Estou ótima! — sorriu satisfeita. — Entra! Entra! — pediu ligeira, entrando e deixando a porta aberta para que ele a seguisse. — Fiz uma jantinha leve e gostosa. Janta, antes de subir.
— Agradeço, mas já jantei.
— Ah... Sério? Que pena. Então, come um pouco de doce de leite. Sei que gosta.

Para não lhe desagradar, ainda impregnado com as inspirações de Faustus, aceitou a contragosto:

— Só um pouco. Já é tarde e, geralmente, quando como doce à noite, não durmo bem.
— Só um pouquinho, não fará mal. Sente-se aí — pedia, sempre sorrindo. Ele se acomodou à mesa enquanto ela o serviu: — E lá no serviço? Tudo bem?

— Sim. Tudo bem.

— A Marceline me contou sobre o problema com a Selena. Vocês ficaram bem?

— Sim. Conversei com a Selena.

— Desculpe, Daniel. A Marceline foi imprudente em ter ido pra sua casa e dormido lá. Também não pensou direito quando contou para a sua namorada. Essa história do brinco... Quem imaginaria?... — expressou-se, lamentando.

— Nós dois fomos imprudentes. Não deveria ter deixado a Marceline entrar aquela hora. Não deveria ter deixado que bebesse... Enfim, foram vários erros seguidos.

— Não gostei do que aconteceu.

— Não acontecerá novamente. A Selena também não gostou e me senti muito mal com isso. Eu gosto da Selena e não quero que ela tenha qualquer dúvida sobre mim, sobre confiar em mim.

— Vocês namoram há algum tempo e se dão bem, por isso se sente mal pelo que aconteceu. — Ele não disse nada e ela perguntou: — E seu avô?

— Está bem. Conversamos por telefone.

— Por que não o traz para cá para passar alguns dias? Tem feriado prolongado vindo aí! — animou-o.

— Não sei se ele virá. O senhor Rufino não gosta muito de viajar nem de ficar fora por muitos dias. Mas a ideia foi boa. Vou falar com ele.

— Será bom para vocês dois.

— Verdade — Daniel se levantou e colocou o prato na pia, dizendo: — Obrigado, dona Dalva. Estava ótimo. Agora, preciso subir.

— A Marceline ainda não chegou. Mandou mensagem dizendo que ia demorar um pouquinho, mas...

— Entendo sua preocupação. Deveria ligar para ela — aconselhou.

— Não quero interferir na vida da minha filha, mas o Aguinaldo não é um bom moço para ela. Tenho medo que arrume problemas por causa desse rapaz. Daí, terei a obrigação de ajudar. É engraçado que os pais não possam opinar nas decisões dos filhos, mas, quando algo dá errado, precisam ajudar, acolher, dar assistência, socorrer... Não concordo com isso — desabafou. — Afinal, sempre fiz o que era certo para não ter problemas nem dar problemas para ninguém. Isso me incomoda.

— Pode aconselhar. Diga a ela isso o que acabou de me falar. — Observando-a pensativa, decidiu se apressar: — Vou subir, dona Dalva. Tenho de dormir para levantar cedo. Boa noite e obrigado.

— Boa noite, Daniel. Obrigada pela companhia. — Passando a mão em suas costas, falou: — Gosto muito de conversar com você.

— Eu também — sorriu e se foi.

Na ausência de Daniel, o espírito Faustus aproximou-se da senhora e disse:

— Ele seria um genro perfeito para você, não acha? É só afastá-lo da Selena.

"Ele é um ótimo rapaz." — pensou Dalva. — "Bem que a Marceline poderia se empenhar mais... Quem sabe..." — imaginou, enquanto o via sumir no corredor.

Em seu apartamento, Daniel ligou para Selena.

— Oi... E aí?

— Estou bem. Já ia dormir — ela contou. — Você demorou para ligar. Enviei mensagem e não respondeu, só olhou.

— Estava conversando com a dona Dalva. Parece que ela adivinha quando estou subindo e fica me esperando à porta do apartamento dela. Quis me dar doce de leite e conversamos um pouquinho. — Selena não gostou, mas nada disse. Ele percebeu seu silêncio de insatisfação, porém precisava contar para deixar tudo às claras. — A Marceline não tinha chegado e ela estava preocupada e sozinha, quis conversar.

— Por fim, ela chegou? — Selena se interessou.

— Não. Até quando subi, não. — Repentinamente, ele mudou de assunto: — O que vai fazer na quarta-feira à tarde?

— Trabalhar, lógico — achou graça. Era algo que ele sabia.

— Que pena... Vou pegar meu carro novo e deixar o outro lá na agência.

— Finalmente! — Falou achando graça. — Acho que te enganaram, dizendo que a cor que queria estaria lá rapidinho.

— Pois é... Mas, finalmente, chegou a cor que eu quero, com os assessórios que pedi e já está emplacado.

— Não poderei te acompanhar. É uma pena. Adoro cheiro de carro novo — riu.

— Vou te buscar.

— Já fiquei feliz de novo! — Selena mostrou-se animada. — Oba!

— Podemos jantar fora para comemorar. O que acha?

— Na quarta-feira não. Ficaremos preocupados com o horário, para não dormir tarde. Melhor no sábado.

— É verdade. Sábado vamos passar o dia juntos — ele afirmou.

— Tudo bem — a moça concordou.

— Agora preciso desligar. Ainda vou tomar banho e já é tarde. Preciso levantar cedo.

— Durma com Deus. Fique bem.

— Você também. Durma bem.

— Beijos...

— Te amo, Selena.

— Também te amo.

Desligaram e o rapaz ficou sorrindo sem perceber, olhando para o teto.

— Ora, ora... Quando foi que ficou tão romântico assim, Daniel? — Faustus o rodeava. — O menino bastardo, filho desafortunado que só trouxe tragédia desde que nasceu era infeliz até encontrar aquela aleijada que o ajudou e ajuda. Aquela aleijada parece durona, mas, na verdade, está com

PROPÓSITO DE VIDA | 207

remorso. Tudo o que aconteceu na sua miserável vida, Daniel, é culpa dela, sabia? Se não fosse por ela, sua mãe não teria sido esquartejada viva e todo pior não teria acontecido — gargalhou. — A aleijada está querendo se redimir por todo o seu infortúnio, por todas as tragédias da sua existência. Mas... Conhecendo o seu passado, como eu conheço! Sei que não merece nada do que tem hoje nem do que poderá ter. — Aproximando-se, como se falasse em seu ouvido, completou: — Relaxa. Fique muito à vontade e tranquilo. Deixe sua vida nas minhas mãos.

No mesmo instante, Daniel se sentiu estranho. Um mal-estar tomou conta dos seus sentimentos.

"O que é isso?" — pensou. Levantou-se. — "Estava tão bem." — foi à direção do banheiro.

— Relaxa. Procure o que lhe deixa relaxado. Vamos! — tornou o espírito obsessor.

Num impulso, o rapaz saiu do banheiro, foi até a cozinha, pegou um copo, colocou gelo e foi até a sala. Preparando um drinque, tomou um gole e foi para o banho, levando o copo junto.

CAPÍTULO 19

PLANOS PARA DANIEL

O horário de expediente já estava encerrado quando Eleonora, firme como sempre, na sala da presidência, recebia o CEO, Tadashi que, ao vê-la, curvou levemente a cabeça como uma forma de cumprimentá-la.

— Daqui a pouco eles chegarão — informou o CEO. — Mas, não seria mais fácil e cômodo demitir o COO e abrir uma auditoria?

— Ah, meu amigo... E perder essa briga? — falou em tom de deboche.

— Perder? Não entendi.

— Perder a oportunidade de descobrir quem mais está envolvido nesses projetos escusos do COO. Será que outros diretores compactuam com ele? Outros funcionários? Bancos?... Empresas?... Fornecedores?... — Não houve resposta. — Além de perder a oportunidade de aprender com essa lição, podemos perder a chance de ver quem mais está envolvido com ele. — Encarando-o, falou firme: — O amigo não acredita que deixamos passar algo? Qual a brecha, qual a falha que deixamos para um diretor de confiança ter a ousadia de nos trair? Ele ganha tão bem que não teria essa necessidade. Isso é mau-caratismo mesmo. Devemos aproveitar e mostrar aos outros o que acontece com traidores, desleais e ladrões. — Breve silêncio e completou: — Também faço questão que o Daniel acompanhe de perto tudo isso. Quero que ele aprenda tudo para que, quando ocupar a cadeira atrás daquela mesa — apontou, olhando para sua mesa, a mesa da presidência —, ele tenha conhecimento, expertise, e todas as condições de fazer essa empresa produzir ainda mais. Só você conhece e sabe das causas que abraçamos. Minha única e última esperança é o Daniel. Precisamos treiná-lo.

— Ele é ótimo no que fez, até hoje. Tenho certeza de que seus planos já deram certo. Devo confessar que, no início, fiquei temeroso. Garoto do interior, sem estudar em grandes escolas... No entanto, o Daniel me surpreendeu e só progrediu. Sempre foi ótimo em todas as funções que ocupou. Exibiu um caráter digno e incontestável. — Olhou e viu um sorriso largo estampado no rosto da presidente, coisa rara.

— Se quisermos ensiná-lo bem, não poderemos pegar leve com ele. Quero que passe as tarefas mais complicadas, as missões mais difíceis. Não quero um molenga, um banana herdando a empresa que eu ergui e que, hoje, é sustentáculo material de vários projetos.

— Eu sei. Por isso, tenho algumas propostas para apresentar a ele, daqui a pouco. Creio que você vai gostar — sorriu de um jeito malicioso.

— Ah!... E quanto ao Yukio? Já voltou?

— Domingo, pela manhã, vou buscá-lo no aeroporto — fez uma feição satisfeita.

— Precisamos engajá-lo ao lado do Daniel. Coloque-o como mais um gerente financeiro. Já falamos sobre isso. Ele chegará com uma bagagem muito grande de informações.

— Está certo. Pode deixar.

— Gostei muito das negociações e contratos que o Yukio fez para nós, no Japão, com novos clientes. — Riu alto ao dizer: — Seu irmão que se cuide! — Tadashi tem um irmão, que mora no Japão e é empresário, presidente de uma empresa semelhante à de Eleonora.

— Eu disse isso ao Kaito — referiu-se ao irmão mais velho e riu junto.

— A propósito, Tadashi... E quanto ao diretor Lima? Eu ignorava que estava com problemas pessoais, até o Daniel me contar. Conversou com ele? Sabe como está?

— Conversamos um pouco, mas ele é muito discreto quanto à sua intimidade. Só soube que tem um filho especial porque o Daniel contou a você. Nem imaginava que estava com problemas de saúde.

— A depressão e o transtorno de ansiedade são doenças terríveis. Eu que o diga... — murmurou reflexiva, deixando o semblante caído como se as recordações não fossem boas. — Mas é possível superar! — reagiu de imediato, não permitindo que seus pensamentos se prendessem ao passado. — Gostaria de que, se possível, trouxesse o senhor Lima para perto. Você entende?

— Sim. Claro. Mas é preciso que ele fale, converse um pouco. Não posso invadir a vida dele com perguntas pessoais. Sabe como é... Uns não falam nada, outros falam demais sobre si... É complicado.

Nesse instante, a secretária anunciou a chegada do gerente financeiro.

— Entre, Daniel — a presidente pediu, manobrando sua cadeira de rodas para trás da mesa de reunião, acomodando-se à cabeceira.

Tadashi apontou onde Daniel deveria se sentar, enquanto ele ocupou o lugar à direita da presidente.

Nem houve tempo para que conversassem, pois o diretor financeiro, senhor Lima, juntamente, com o diretor de produtos, senhor Barros, e o gerente de produtos, Tarso, chegaram.

Assim como o gerente financeiro, cada um dos demais trouxe pastas com documentos e tablet nas mãos.

Estavam acomodados, quando o CEO Tadashi expôs o principal fator daquela reunião, sem rodeios:

— Como já adiantei aos senhores, existem suspeitas que caem sobre a diretoria de operações com negociações inescrupulosas e até desvio de dinheiro da empresa. Como o senhor Barros comanda as atividades relacionadas aos produtos da organização como: concepção, projeto e produção da companhia, ele poderá nos guiar melhor para sabermos, com clareza, as necessidades e prioridades das negociações nas licitações. Como não poderia deixar de ser, o senhor Lima, na diretoria financeira, junto com o gerente, senhor Daniel, foram os que levantaram as suspeitas, então... do que precisamos agora são de provas, os senhores diriam. Porém, em comum acordo com a nossa presidente, creio que necessitamos descobrir quem mais está envolvido nessas negociações escusas, quais áreas e pessoas afetadas. O diretor Dimas é visto como um homem que impõe medo, prejudicando assim que qualquer um fale a respeito de suas ações. Estamos aqui para designar que os gerentes senhores Daniel e Tarso, com extrema... Ressalto: extrema discrição, acompanhem o COO senhor Dimas em todas as licitações.

— Nós?! — surpreendeu-se Tarso. — Desculpe-me, diretor Tadashi, mas essa não seria uma função para os diretores de produtos e financeiro? Somos meros gerentes das respectivas diretorias e o COO Dimas vai... Desculpe a expressão, mas ele vai nos engolir vivos! — destacou com moderação. — É um homem grosseiro e não permitirá nenhum de nós dois ao seu lado. Os senhores viram como ele reagiu durante a reunião, quando o gerente financeiro — olhou para Daniel — não concordou com seus projetos. Torno a perguntar: não seria melhor e mais conveniente se nossos diretores acompanhassem o senhor Dimas nas reuniões de licitações?

— Gerente Tarso, o senhor não acha que a presença dos dois diretores inibiria qualquer comportamento ilícito do COO? — Eleonora indagou. — Será bem mais fácil que ele prefira vocês dois como aliados ou cumplices. Não acha?

— Confesso que eu, particularmente, não tenho condições para acompanhar o COO, senhora presidente — disse o diretor Lima. — Eu não saberia disfarçar.

— Eu saberia — declarou o diretor Barros com ar de indignação. — Mas seria difícil o COO confiar em mim. Já tivemos atritos referente à qualidade de produtos e outras coisas. Ameacei-o com relatórios ao CEO. Seria difícil ele confiar em mim.

Tadashi observou Daniel pensativo, olhando para um ponto qualquer da mesa e perguntou:

— Você conseguiria se envolver nos assuntos dele, Daniel? Conseguiria passar despercebido?

— Se ele me pagar bem, sou capaz de aceitar suborno — todos o olharam com olhos arregalados, exceto Eleonora, que espremeu os olhos e apertou os lábios, ficando atenta. Sorrindo de modo malicioso, o gerente concluiu: — Mas só vou fazer isso mediante um contrato antecipado com a empresa, claro. Não quero que, por um erro qualquer, eu seja confundido com um ladrão. — Isso fez a presidente sorrir.

— Foi bom vocês terem discutido, Daniel. Pode falar que sabia da propina e que queria sua parte — Eleonora riu ao opinar.

— O que me diz, Tarso? — Tadashi perguntou.

— Estou com medo, mas aceito — olhou para Daniel.

— Ótimo! — tornou o Tadashi. — Tomaremos providências para que nenhum dos dois seja acusado, indevidamente, por qualquer falha. Vou informar o diretor Dimas que, a partir de agora, dois gerentes vão acompanhá-lo nas negociações, licitações e qualquer acordo com empresas que nos prestem serviços.

Daniel abaixou a cabeça e sorriu olhando para os documentos sobre a mesa. Seu olhar perdido mostrava que se sentia vitorioso antecipadamente.

Somente Eleonora, bem atenta, percebeu isso.

Ao final da reunião, quando todos iam saindo, a presidente pediu:

— Daniel, pode ficar um pouco mais? — viu-o positivar com a cabeça.

Após todos se despedirem, Tadashi perguntou sem formalidades e bem sorridente, algo raro:

— Deseja que eu ainda fique, minha amiga?

— Por hoje não. Muito obrigada por tudo.

— Ah!... Só um lembrete: domingo, a Kaori — referiu-se à esposa — vai dar um almoço de boas-vindas para o Yukio. Você está convidada. Aliás, Daniel, você e sua namorada também estão convidados. — Viu-o com olhos grandes de surpresa e o senhor ainda disse: — Eu ia intimá-lo, hoje à tarde, mas não deu tempo. Sabendo que estaria na reunião, deixei para falar agora. — Riu, juntando alguns documentos. — Espero que gostem de comida oriental e não se atrasem. O Yukio ficará muito feliz com sua presença. Ele gosta muito de você, Daniel.

— Obrigado. Estarei lá — o rapaz confirmou, satisfeito. Sentiu seu celular vibrar e foi olhar a mensagem.

— Depois me passa o horário — a mulher pediu.

— Você pode chegar bem cedo, Eleonora. Vai para cozinha com a Kaori e a Keiko — gargalhou.

— Seu sobrinho virá junto com a equipe para implantar o sistema? — ela quis saber.

— Não deu certeza. Mas, conhecendo bem o Satoshi, creio que sim. Ele é um diretor muito, muito responsável e acompanhará cada detalhe de sua equipe. Isso me deixa tranquilo. — Curvando-se levemente ao se despedir, Tadashi se foi.

Daniel não prestou atenção no que o CEO disse, pois estava mexendo no celular e só parou quando o senhor se foi.

Eleonora colocou um pouco de água no copo à sua frente e tomou alguns goles. Depois, perguntou:

— Como você tem passado, Daniel?

Embora estranhasse a pergunta e o interesse, respondeu:

— Estou bem.

— Não sei se devo perguntar, mas... Tem gostado de trabalhar aqui na empresa?

— Sim. Gosto muito.

— Sinto que é bem compromissado e vejo seu empenho para com tudo. Talvez não seja correto colocá-lo junto com o Tarso e o COO, mas não vejo outra maneira de comprovar as falcatruas dele.

— Eu quero muito pegá-lo! — declarou com olhar espremido e suspirou fundo.

— Por quê? — imaginou que ouviria que era por sua namorada ter se demitido.

— Porque não suporto gente que faz falcatruas, que usa de artimanha para enganar, roubar, impor... Confesso que não sei como ele se tornou COO e trabalha há tanto tempo aqui.

— Devo admitir que já ouvi histórias sobre o Dimas, mas não acreditei. Na época do Olavo, meu marido, o Dimas já era diretor. Entendia de tudo muito mais do que eu. Quando o Theo, nosso filho, começou a trabalhar junto com o Tadashi, aqui, o Dimas não gostou. Aconselhou o Olavo a deixar o Theo cuidando da outra empresa, por causa da sua pouca experiência e o Tadashi ficou como gerente financeiro. O Dimas não gostava dele, também. Lembro-me bem disso — ficou pensativa. — Quando meu filho faleceu... — deteve-se. Engoliu seco e suspirou fundo, antes de prosseguir. — O Tadashi, que era mais velho do que o Theo, ele... Ele foi tão prestativo, cuidou tanto de nós. O pai dele, o senhor Sho, começou a nos visitar com frequência, buscando nos animar. A Kaori cuidava das compras da casa e o Tadashi pagava aos funcionários e as despesas. Eu estava desorientada. Desejava morrer e meu marido também. Por causa da prestatividade e honestidade do Tadashi, o Olavo decidiu colocá-lo como CEO, o que deixou o Dimas furioso. O Tadashi não se achava experiente o suficiente, mas se viu obrigado porque eu e meu marido estávamos deixando o barco afundar. Para mim, ele foi como um filho. Não sei explicar. Com isso, o Dimas ficou na mesma função e nunca percebemos nada, embora o próprio Tadashi já tivesse desconfiado. — Olhou-o e o viu pensativo. Brincando, perguntou: — Não vai me dizer que desconfia do Tadashi também?!

— Não! De forma alguma! — riu. — Aprendo muito com ele. Eu o admirei desde a primeira vez que o vi — esboçou um sorriso ao recordar. — No primeiro dia em que vim trabalhar aqui, olhei pela janela e vi o carro dele parado na rampa que desce para a garagem. Havia um galho grande de coqueiro caído na rampa. Ele passou bem devagar e desceu para a garagem. Não demorou e o Tadashi subiu a rampa a pé, pegou o galho do coqueiro pela ponta e puxou para baixo, tirando-o do caminho. Deduzi que arrastou a folha para não atrapalhar ninguém. Ele estava de terno. Um terno caro. Não o vi reclamar ou gesticular. Aprendi que é tão simples fazer coisas que melhore para todos, sem que seja um peso para nós.

— Foi por isso que secou a água e retirou os cacos de vidro e as flores do chão da recepção? — ela riu ao recordar.

— Como a senhora sabe disso? — ele riu.

— Você! Trate de me chamar de você — continuou rindo. — Eu vi, quando passei. Depois, pedi para o Tadashi ver o que é que estava fazendo.

— Não me custava nada. Foi mais fácil do que ficar aflito, esperando a equipe de limpeza, enquanto aguardava um pessoal importante que chegaria para a reunião.

— Quer ir à minha casa hoje, Daniel? Podemos jantar — perguntou, repentinamente, de modo maleável e gentil.

— Hoje?... — olhou o relógio.

— Vamos — não o deixou decidir. — Só vou pegar minha bolsa.

CAPÍTULO 20

DEUS EM NÓS

Daniel estacionou seu carro na garagem da bela residência e observou quando o motorista dela parava na rampa de acessibilidade para que Eleonora saísse. Ele a aguardou onde estava até que os dois seguiram lado a lado pela delicada passarela, ladeada de jardim com sutil beleza, que os conduziria até a casa. Luzes diferenciadas instaladas no chão, propositadamente, deixavam a paisagem exuberante e destacada, dando um toque todo especial.

Quando a cadeira de rodas entrou sob a cobertura da frente, a porta principal foi aberta, imediatamente, e a iluminação se fez mais abrangente.

— Boa noite, dona Eleonora — uma funcionária a cumprimentou sorrindo moderadamente.

— Boa noite, Cíntia — correspondeu no mesmo tom e sorriso agradável.

— Boa noite, Daniel — Cíntia o cumprimentou. Já o conhecia.

— Boa noite — retribuiu cortês.

— Alguma novidade, Cíntia? — a dona da casa perguntou.

— Não, senhora.

— Por favor, peça para que o jantar seja servido em cerca de quarenta minutos.

— Sim, senhora.

— Daniel — tornou Eleonora —, peço licença por alguns minutos. Volto logo. Fique à vontade e, se precisar de alguma coisa, peça para a Berenice — referiu-se à outra empregada.

— Claro. Não se preocupe comigo.

— Cíntia, por favor — disse Eleonora com um gesto agradável e a funcionária a seguiu, como se conduzisse a cadeirante.

Ao ficar a sós, o rapaz recordou a primeira vez que entrou naquela casa. Já haviam se passado alguns anos, mas nunca se esqueceu daquele dia. Jamais tinha conhecido uma residência tão linda, clara, perfeita. Tudo, exatamente tudo, era agradável aos olhos. As cores claras, o bom gosto na decoração, que até parecia simples, limpa, *clean*, como alguns chamavam. E era justamente o que ele sentia ali: limpeza, leveza... Não havia nenhum exagero de cores ou objetos que poluíssem o visual e as emoções. Toda a casa era elegante e funcional, por dentro e por fora, e ele se apaixonou por isso.

— Boa noite. O senhor aceita uma bebida? — indagou a empregada.

— Boa noite... — surpreendeu-se. Não a tinha visto. — Não. Obrigado.

A mulher o tirou das reflexões e ele decidiu ir para o jardim onde, novamente, observou cada detalhe, cada iluminação e tudo lhe agradava.

Eleonora era uma mulher rica, inteligente, esperta e dotada de uma perspicácia nata. O que alguém como ela viu nele, naquele adolescente sem futuro ou propósitos, lá naquela cidade do interior?

Isso ainda o intrigava e era o pensamento mais repetitivo e sem resposta que teve em toda sua vida.

— Vai odiá-la quando descobrir que ela é a responsável pela tragédia na vida de sua mãe! Vai detestá-la! Vai desejar nunca a ter conhecido! — inspirava o espírito Faustus, ininterruptamente, sem que o encarnado percebesse sua presença.

Mesmo estando na espiritualidade, mas em faixa vibratória que não poderia ser percebida pelo desencarnado, o espírito Beatriz, que foi mãe de Daniel, junto com o espírito Geraldo, acompanhavam o que acontecia.

— Meu filho, não dê atenção aos pensamentos e ideias contra Eleonora. Não importa o passado dela. Por mais que surjam dúvidas, mágoas e rancores. Essas ideias negativas não são suas. Juntos, vocês dois têm uma tarefa a realizar, uma missão linda. Não deixe que sentimentos vitimistas, cujas dores e interesses sejam exclusivos, dominem você, colocando a perder toda uma abençoada oportunidade de vida. Trabalhe para restabelecer sua fé, tirando do seu âmago as dúvidas e a insegurança a respeito da Sabedoria Divina. Acreditar em mentiras, limita a capacidade. Não tenha medo da verdade. Busque-a e liberte-se.

Observando-o, o espírito Beatriz não conseguia identificar qual inspiração que mais o influenciou.

— Continuaremos a inspirá-lo. Não vamos desanimar — Geraldo garantiu.

— O obsessor também. Há séculos, Faustus o persegue e o quer em ruínas. Não sei de toda história, mas conheço a perseguição. — Voltando-se para o amigo, Beatriz perguntou: — Não vejo o mentor de Daniel, com frequência. Acaso ele não o acompanha?

— Muito mais do que podemos imaginar — sorriu ao explicar. — Mentor ou espírito protetor não é babá. Não precisa ficar vinte e quatro horas ao lado do seu protegido, mas sempre está presente em momentos difíceis e, sem dúvida, quando é chamado, requisitado por meio de um bom pensamento ou prece. Ninguém nunca está sozinho quando ora. Essa é uma das obrigações do mentor. O mentor pessoal ou anjo da guarda, como muitos o denominam, sempre está perto, ao lado, quando oramos. Além dele, diversos amigos queridos, espíritos que nos querem bem, há séculos, podem estar presentes para ajudar, dar força, coragem e bom ânimo. Por essa razão, a oração, as preces são tão importantes.

— É que não vejo o mentor do Daniel — insistiu ela.

— Na espiritualidade, existem várias faixas vibratórias. Nesse instante, o espírito Faustus não pode nos perceber nem ver, assim como podemos não perceber nem ver o mentor de Daniel. Não é conveniente para ele que seja visto ou sentido, no momento.

— Ainda estou aprendendo sobre isso.

— A tarefa de vida para o Daniel, requer um mentor à altura do trabalho a ser desenvolvido e sustentado. Só não se realizará, se ele não se dispuser e colocar tudo a perder por vitimismo, melindres e pensamentos mesquinhos de ficar imaginando o que poderia ou não ter acontecido, se tudo fosse diferente.

O espírito Beatriz ficou pensativo no que ouvia. Acreditou que tudo era além do que imaginou.

Quando Daniel percebeu que Eleonora retornou, entrou e foi para a sala.

— Desculpe-me por deixá-lo sozinho. É que, devido às minhas condições, preciso de alguns cuidados, logo que chego à minha casa, para me sentir melhor e à vontade — sorriu. Estava bem diferente da presidente que se apresentava na empresa.

— Posso te fazer uma pergunta? É pura curiosidade. Não se sinta obrigada a responder.

— Fique à vontade — sorriu, já imaginava. Era uma curiosidade frequente.

— A senhora... — foi interrompido.

— Você. Pode me tratar por você.

— Certo — suspirou e sorriu. Era difícil chamá-la de modo informal. — Você não sente nada da cintura para baixo? Controla as necessidades fisiológicas? Já me falou sobre isso, mas não sei se entendi. Não devo ter registrado as informações e gostaria de saber como é.

— Nossa medula espinhal é protegida pela coluna vertebral, que é formada por ossos chamados vértebras. A coluna vertebral também protege um feixe de nervos conectados ao cérebro e que controla nossos movimentos e as sensações do corpo. Quando uma vértebra é quebrada, ela pode comprimir ou lesionar a medula espinhal ou as raízes nervosas que saem dela, causando as alterações neurológicas. Conforme a região afetada pela fratura na coluna, determinada alteração neurológica acontece. Nossa coluna se divide em cervical, torácica e lombar. Cada uma dessas regiões se liga ou corresponde a diferentes partes do corpo por meio dos nervos. Por exemplo: a coluna cervical está conectada por nervos ligados aos braços e ao tronco. A torácica ao tronco e às pernas e a coluna lombar se liga às pernas, ao intestino e bexiga. Uma fratura na coluna cervical pode causar paralisia total ao corpo. Uma fratura na coluna torácica pode causar paralisia nas pernas e uma fratura na coluna lombar pode causar alterações nas pernas, no intestino e na bexiga. Mas nem toda fratura lesiona a medula espinhal ou as raízes nervosas. Algumas são leves e não provocam alterações nos nervos, outras afetam apenas alguns nervos e existem as que afetam todos os nervos. No meu caso... Naquele acidente, quando fraturei a coluna lombar, perdi o movimento das duas pernas. Apenas alguns nervos foram afetados, por isso tenho sensibilidade na pele das minhas pernas e total controle das funções urinárias e intestinais, pois os nervos responsáveis por essas funções não se lesionaram com a fratura. Isso mostra que a lesão foi parcial.

— Quando estava no interior ainda, sempre me perguntei como você se virava sozinha. Cheguei a perder o sono por isso — revelou bem sério.

— Precisei de muita fisioterapia e, mesmo com a minha idade, necessitei desenvolver a musculatura dos membros superiores para me movimentar melhor e ser mais independente. Simular quedas e saber como subir novamente na cadeira, sair da cama, ir para o chuveiro, tomar banho... Não foi fácil. Nada fácil, principalmente, porque não nasci assim. Nessa época, um sentimento de revolta tomou conta de mim, porque a adaptação para a nova vida, na minha idade, foi bem penosa, muito difícil e... Como se não bastasse, meu lado emocional já estava totalmente destruído, por ter de lidar com a perda do meu filho e do meu marido.

— O jantar está servido, senhora — Berenice avisou.

Os dois foram para a mesa bem posta que, mais uma vez, impressionou Daniel.

Enquanto eram servidos, o rapaz comentou:

— Imagino como deve ter sido doloroso, em todos os sentidos.

— A pior dor foi a da alma. Depois de alguns dias, quando acordei no hospital, enxergando o chão, pois estava deitada de bruços em um leito onde meu rosto só via o chão por um buraco na maca... Sentia dores inimagináveis. A medicação não fazia efeito e o médico precisava me sedar. Um dia, olhando os pés do meu cunhado, que foi me visitar no CTI — Centro de Terapia Intensiva — ouvi que meu marido havia morrido. Muitas coisas passaram pela minha cabeça. Minha fé foi colocada à prova. Senti a pior dor da minha vida: a dor na alma.

— Acredita que a fé nos ajuda em momentos difíceis? — Daniel perguntou e ficou na expectativa.

— Não tenho dúvida. A fé é sinônimo de esperança.

— Esperança?... Esperança não significa esperar? Não agir? Não se mover até que algo aconteça?

— Não. Esperança é um sentimento. É aquele sentimento de que é possível a realização daquilo que desejamos muito. Esperança é se animar e ter a certeza de que é possível reverter o sentimento ruim de uma situação difícil seja por qual meio for. Esperança não significa ficar parado. Isso é inércia, falta de ação, de atitude, falta de atividade e preguiça. Quando desejamos algo novo, algo diferente e melhor, precisamos correr atrás ou girar as rodas da cadeira de rodas e ir à frente, no meu caso — riu com gosto e ele sorriu.

Daniel nunca a tinha visto tão à vontade, sem rigorosidade e até divertida como naquele momento.

— Por isso, foi parar lá no interior? Quis algo novo e melhor? — Apesar de ela já ter falado sobre isso, o rapaz não se contentou com sua resposta, na época. Dessa vez, quis retomar o assunto. Havia algo que o intrigava, ainda.

— Mais ou menos isso. Como já te contei, naquela época, eu estava muito... — calou-se. Ficou pensativa. — Foi lá que te conheci e decidi dar novo significado à minha vida, mudando minha visão sobre todas as tragédias que me causaram sofrimento, entendendo que, tudo o que me faz mal, todas as dificuldades, todos os desesperos, de alguma forma, me fortaleceram para eu ser melhor do que fui e do que sou. Sem esses desafios, sem essas dores, jamais seria quem sou e com a capacidade que tenho. Parar, sentar, reclamar e esperar que os outros me ajudem, porque têm pena de mim, só mostra o quanto me recuso a evoluir e crescer em todos os sentidos, só mostra o quão egoísta sou e exijo que me carreguem nas costas. — Um instante e comentou: — Sabe, Daniel, ter fé, ter esperança não é parar e esperar. É seguir em frente, dando o seu melhor naquilo que pode, sabendo e tendo a certeza de que Deus vai fazer algo para que novos caminhos se abram, pessoas boas surjam e situações novas e melhores aconteçam.

— É uma mulher inteligente e admiro isso. Mesmo assim, depois de tudo o que viveu e sofreu, acredita que Deus existe?

Lentamente, Eleonora tomou um gole de água, secou os lábios com o guardanapo e sorriu, antes de afirmar:

— Tenho certeza.

— Quais as provas de que Deus existe?

— Quais as provas de que Deus não existe? — viu-o esboçar um sorriso diferente, desconfiado talvez.

— Com tantas pessoas doentes, experimentando tragédias, preconceito, desespero, dor, perdas... Todas essas dificuldades não provam a inexistência de Deus?

— Não. Pense comigo: todas as mazelas, dores e desespero provam a inexistência de amor incondicional do ser humano. O amor é obra de Deus. — Observou-o remexendo-se. Não esperava essa reflexão. — Ainda não somos capazes de amar totalmente, por isso existem as dores.

— Não acha que o Deus em que você acredita foi injusto por confiná-la a uma condição que nem todo seu dinheiro pode ajudar a reverter? — foi duro com a pergunta, mas estava influenciado pelo espírito Faustus.

— Não. Deus não foi injusto comigo — afirmou com leveza.

— Não está nesta condição porque Deus quer?

— Não. Estou nesta condição pela razão de ter sido injusta com algo ou alguém, de alguma forma, em alguma época da humanidade. Esta vida, esta condição é, justamente, para eu harmonizar o que desarmonizei, comigo ou com outra pessoa. Não tenho dúvida disso.

— Está falando de reencarnação, agora? — ficou nitidamente inquieto, franzindo o semblante.

— Sim. Estou. A bondade e a justiça de Deus se manifestam nas infinitas possibilidades de vida que Ele nos permite para sermos uma criatura melhor, cada vez melhor. Também para corrigirmos nossos erros moldando nosso caráter, nos transformando, ou melhor, nos reformando em cada oportunidade, para amarmos incondicionalmente, perdoando, agindo com equilíbrio e respeito por tudo e todos.

— Como pode ter a certeza de que Deus existe e não é um Ser criado pela imaginação humana? — tornou sério.

Eleonora fixou-se em seus olhos claros, de cor indefinida. Reparou em seu rosto angular, bonito e cheio de vida. Com tranquilidade, respondeu:

— Você disse que sou uma mulher inteligente. Também acho que é um homem inteligente. Com toda sua inteligência e a minha ou de qualquer pessoa com inteligência acima da média... Crie uma planta natural, que faça fotossíntese, cresça, dê flores, frutos... Crie um átomo, sequer. Crie uma estrela! — enfatizou, quase como se declamasse. — Crie uma nebulosa! Crie o ar que respiramos e todas as coisas naturais e perfeitas da natureza! Crie! Quer saber o que foi criado por Deus? — sorriu de modo enigmático. — Crie algo que foi criado por uma Sabedoria Suprema com toda sua perfeição. Se não conseguir, foi criado por Ele. Podemos, em alguns casos, reproduzir, transformar algo existente, mas criar não. — Riu e completou: — E digo mais... Se a imaginação humana criou Deus, essa é mais uma prova de que Ele existe e de que nos criou. Todo aquele que cria, deixa sua marca em sua criatura. A marca do nosso Criador é tão forte que, em diferentes culturas e povos, em diferentes locais e épocas da humanidade, existem os mais evoluídos, espiritualmente, que manifestam a crença no Criador, de diferentes formas.

— Onde está Deus?

— Em nós. Entre nós. No espaço, em cada ser vivo, na natureza. Tudo o que não é criação humana, contém Deus. Por essa razão, Daniel, precisamos amar e respeitar a Natureza, o próximo, as experiências que vivemos, sejam elas boas ou más, devemos respeitar e agradecer.

— Agradecer algo ruim que nos acontece? — tornou o rapaz.

— Sim. São as dificuldades que nos fazem fortes e melhores. Deus é tão sábio que, em vez de nos enviar uma avalanche de coisas ruins, nossos desafios nos são enviados em doses homeopáticas, menores do que aquilo que, verdadeiramente, precisamos. Podemos não saber, mas somos nós quem atraímos para nós mesmos todos os desafios, problemas, dificuldades e até desgraças para aprendermos o que não fazer com os outros e conosco mesmo. É importante agradecer as coisas boas, pois, muitas delas, não são por merecimento, mas para termos uma trégua, para respirarmos e ganharmos força e ânimo. Acreditando em reencarnação, vamos entender que não fomos santos nas vidas passadas. Nesta encarnação, com a bênção do esquecimento, podemos refazer e harmonizar o que desarmonizamos.

— Desculpe-me, mas... Sendo sincero, toda essa conversa ainda não me convenceu sobre a existência de Deus.

— Talvez porque procure a ação de Deus na sua vida, algo que justifique a tragédia ocorrida com seus pais e o resultado doloroso disso na sua infância e adolescência. Só enxergou tudo de ruim e não se encontrou com Deus. Mas... Sabe, meu querido Daniel, às vezes, Deus ordena ao diabo para nos resgatar. O diabo obedece cegamente e vai buscar a gente em casa, em cima de uma cadeira de rodas e nos leva para uma casa de oração onde deveríamos estar. — Ele sorriu ao recordar. — Só te dou um conselho, se me permite. É melhor buscar Deus na paz do que na guerra. Pense nisso.

— Vou pensar — sorriu forçadamente.

— A propósito, Daniel, você está fazendo academia ainda?

— Ah... — relaxou e sorriu. — Estou. Comecei novamente. A Selena vai também.

— Vocês dois formam um casal bonito. Gosto de ver os dois juntos. Marcaremos um jantar para ela vir aqui em casa.

— Já nos viu juntos? — surpreendeu-se.

— Várias vezes! Não me viram? — riu com gosto.

— Não.

Continuaram conversando.

CAPÍTULO 21

O CIÚME

Era bem tarde quando Daniel chegou onde morava. Ao passar pelo primeiro andar, viu a senhora espiando através da porta, deixando-se notar.

— Boa noite, dona Dalva — falou baixinho e sorriu.
— Oi, filho. Boa noite. Estava preocupada com você.
— Tive uma reunião tarde — disse no mesmo tom, aproximando-se.
— Não quer comer alguma coisa?
— Não. Obrigado. — Olhou o relógio e comentou: — É tão tarde. A senhora já deveria estar na cama — sorriu.
— Fiquei preocupada com você — tornou a dizer, aparentando jeito meigo.

— Como é que sabe quando chego? Sempre vem me esperar à porta — sorriu de forma enigmática. Estava curioso.

— Escuto o barulho do seu carro. Sua vaga é bem embaixo da minha janela da sala. Aí, dou uma espiadinha e confirmo que é você e corro pra porta — riu.

— Agora, entendi. Pensei que a senhora fosse adivinha.

— Minha mediunidade não chega a tanto.

Os dois riram e ele decidiu:

— Preciso subir. Boa noite, dona Dalva.

— Boa noite, Daniel. Durma com Deus e... Ignore as minhas mensagens, viu?

— Está certo — disse, enquanto caminhava. Gostava de sentir que alguém se preocupava com ele.

Em seu apartamento, pegou o celular e enviou mensagem para Selena.

"Está dormindo?" — Algum tempo depois, escreveu: — "Deve estar. O jantar com a dona Eleonora foi demorado. Terminou tarde. Não consegui te avisar antes. Já estou em casa. Durma bem. Amanhã nos falamos. Beijos."

Em seguida, visualizou as mensagens de Dalva:

"Oi, Daniel. Você não chegou. Estou preocupada. Se quiser, janta aqui viu? Fico te esperando."

Decidiu responder:

"Boa noite, dona Dalva. Agradeço a preocupação. Durma bem."

Quando percebeu que a senhora visualizou, deixou o celular de lado. Não desejava conversar com mais ninguém.

Tomou banho e, secando os cabelos com a toalha, foi para a sala. Estava sem sono e intrigado com tudo o que conversaram durante o jantar. Foi estranho. Eleonora não falou absolutamente nada sobre a empresa ou mesmo a ideia sobre cargo de diretoria. Será que ela mudou a forma de pensar? Não o queria mais em cargos de alto nível?

Pareceu até que ela planejou que o assunto fosse sobre Deus, evolução humana e espiritualidade. Ele não saberia dizer o porquê aquele tipo de conversa não lhe agradava de forma alguma. Algumas vezes, até o irritava, embora a ideia trocada com a senhora tivesse sido inteligente. Detestava pessoas fanáticas, com filosofias baratas. Selena já tinha tentado atraí-lo para algo espiritualizado, mas ele rejeitou.

A única condição que pediu para que ficassem bem e o namoro prosseguisse sem problemas, era a de não o forçar a ter, seguir ou falar sobre religião alguma. Assim como ela exigiu respeito e fidelidade. Esse foi o acordo entre eles. Agora, Eleonora... Se não bastasse, Dalva falou em mediunidade, naquela noite, quando o viu chegar.

— Gente maluca! — murmurou em voz alta.

— Verdade, Daniel — orientou o espírito Faustus, impregnando-o com suas inspirações. — Se esse tal de Deus existisse, não haveria sofrimento. Deus deveria ter socorrido sua mãe, deveria ter detido seu pai e seu avô. Se Deus, essa Criatura Suprema, de quem todos falam, existisse mesmo, não permitiria que você sofresse pelos maus-tratos dos seus tios, colegas... Quanta humilhação! Quanta angústia! Quantas dúvidas!

Uma sensação estranha começou a invadir os sentimentos de Daniel, que não gostou do que experimentava.

— Droga! — murmurou em voz alta ao perceber que seus pensamentos passaram a ser tristes, estranhamente tristes, e uma angústia profunda o dominou.

Depois de colocar a toalha estendida sobre o vidro do box do chuveiro, voltou para o quarto e se jogou de costas na cama. Não sentia sono, ao contrário, estava bem desperto. Seus pensamentos não paravam. Acelerados, mudavam de cena, buscando soluções em assuntos diferentes.

Ao seu lado, o espírito Faustus transmitia-lhe diversas ideias, não lhe dando sossego nem paz.

Rolou na cama por horas. Cochilou só pouco tempo antes do celular despertá-lo e ter de levantar.

O dia estava lindo e a temperatura agradável.

Apesar de ser muito bem recebido, Daniel sentiu-se um pouco deslocado no almoço de boas-vindas ao amigo Yukio. Tudo foi realizado na parte externa da casa, em uma área coberta e próxima à churrasqueira e à piscina, não usadas. Mesas bem-postas foram espalhadas e um *buffet* bem-montado e servido, com decoração oriental típica, encantando o evento.

Ao contrário do namorado, Selena, que quase não conhecia ninguém, rapidamente, entrosou-se com Kaori, mãe de Yukio, Keiko, a irmã do rapaz, e outros parentes e convidados.

Selena pareceu roubar a cena. Todos gostavam de rodeá-la e se encantaram por ela, desde quando chegou.

Chamou a atenção pelo gracioso e leve vestido de tecido macio. Sua base era uma cor suave, um tom de salmão-claro que lembrava o céu do amanhecer. A saia rodada e esvoaçante, que ia até os joelhos, parecia dançar com a brisa que às vezes soprava. Na cintura, um delicado cinto marcava sua silhueta, realçando suas curvas sutis, com graça e elegância. Mas o verdadeiro encanto de sua vestimenta estava nos detalhes: pequenas florezinhas, quase transparentes, adornavam os barrados da saia, algo impressionável e atraente. O singelo babado ao longo do colo caía de modo tênue também sobre os ombros. Acinturado, realçava sua silhueta esbelta e alta. Seu andar parecia coreografado e, como sempre, naturalmente elegante. Apreciavam sua voz suave e marcante e seu jeitinho delicado de falar, conversando com harmonia e educação, mas também ouvindo com alegria contagiante. Seu riso melodioso era gostoso de ser escutado e todos pareciam querer estar perto dela. Selena tinha um brilho especial, uma aura inexplicável, que fazia a maioria das pessoas se imantarem nela.

Daniel a observava de longe. Ele a conhecia bem o suficiente para saber que Selena não percebia os olhares de admiração que recebia, especialmente, de Satoshi, primo de Yukio, por parte de pai, que veio junto com ele do Japão.

Satoshi era um japonês alto, cabelos pretos e cheios encostando na gola da camisa, com franja um pouco comprida, penteada para trás, com leve risca para o lado, que se abria naturalmente. Às vezes, teimosa, a franja voltava-se para a frente de seu rosto. Tinha olhos castanhos, profundos e misteriosos, que brilhavam ao contemplar Selena. Percebia-se isso, mesmo quando abaixava levemente a cabeça e a seguia com o olhar cintilante, disfarçado, quase escondido pelos cabelos lisos sobre a testa. Seu rosto masculino tinha uma combinação perfeita com traços suaves e harmoniosos na pele pálida, lisa e típica de sua etnia. Realmente, era um homem bonito, de presença magnética e muito chamativa, que sabia se comportar. O traje esporte fino caia-lhe muito bem. A camisa social branca de botões tinha as mangas dobradas de modo informal, até o meio do antebraço. Os dois primeiros botões abertos, assim como as mangas justas, exibiam os músculos do tórax bem modelados, resultado de exercícios de musculação e artes marciais praticados, que traçavam o contorno de sua força. A calça de sarja bege escuro e sapatos modernos de cor marrom completavam seu visual com perfeição. Um relógio bonito e de marca realçava seu pulso direito, sugerindo que fosse canhoto. Às vezes, em pé, parecia fazer poses, recostando-se em algum lugar e colocando as mãos nos bolsos como se fosse tirar uma foto, destacando sua elegância e sorriso simpático. Mas não desviou os olhos de Selena. Tentava disfarçar quando bebia algo, mas não conseguia. Era como se o mundo ao redor e todos os demais à sua volta não existissem.

Em dado momento, Satoshi se aproximou hesitante e escolheu a mesa colada à dela, sentando-se perto de sua prima Keiko e seu avô, senhor Sho, ficando de frente para ela. Com educação, intrometeu-se na conversa, cuidadosamente. Na verdade, estudava cada detalhe em Selena: seu rosto bonito e chamativo, seus lábios rosados com sorriso perfeito, seus olhos verdes, grandes e puxadinhos com delinear gracioso, que quase se escondiam atrás dos cílios longos. Encantava-se com o movimento de seus cabelos compridos, suaves e brilhosos. Reparou na maneira delicada de como se inclinava para ouvir melhor, quando o senhor Sho falava baixinho com ela, que sempre estampava suave sorriso. Até que Selena olhou em seus olhos, parecendo invadir sua alma, e sorriu para ele. Satoshi sentiu seu coração acelerar como nunca. Notou o quanto ela reparou na correntinha de ouro que ele tinha no pescoço, que aparecia levemente através dos botões abertos de sua camisa e gostou de ser observado. Desejaria conhecê-la melhor e iria se empenhar nisso. Era o que pensava.

Satoshi fez uma pergunta sobre leitura e Selena pareceu cair em sua armadilha. A partir daí, os dois passaram a conversar sobre literários, viagens, lugares interessantes, culturas diferentes, serviço e tecnologia, inclusive. Assunto perfeito, pois ambos trabalhavam em áreas semelhantes.

Como Keiko se levantou e o senhor Sho não tinha interesse sobre o tema, o bate-papo ficou somente entre os dois.

Mergulhado nos olhos da moça, o tempo desacelerou para o rapaz. Gostaria de conquistá-la, não apenas por sua beleza, mas pela ligação inexplicável que sentiu por ela, algo que o dominava e não saberia explicar.

De longe, Daniel experimentava um ciúme cruel arder em seu peito. Mesmo conversando com Eleonora e os demais, sério, não tirava os olhos da namorada e de Satoshi.

Como dizer à Selena o que acontecia? Como chamar sua atenção? Sabia que era naturalmente encantadora, sem se dar conta disso. Essa era ela. Entendia que não era somente sua e aquela sua forma de ser atraía pessoas.

Olhando para Satoshi e para ela, era como se a estivesse perdendo.

Daniel não se incomodava ao ver as brincadeiras dos outros com ela, mas não suportava o olhar intenso de Satoshi em sua namorada.

Observadora, Eleonora tirou Daniel dos próprios pensamentos quando perguntou:

— Que interessante a Selena, você não acha?
— Por quê? — o rapaz quis saber.
— Tem certeza de que é a primeira vez que ela vem aqui? Já não conhecia toda a família do Tadashi? — achou graça.
— Uma vez a senhora Kaori e o Tadashi nos viram em um restaurante. Se ela esteve aqui, foi sem mim — brincou para disfarçar. Admirando-a, concordou: — Realmente, ela se deu muito bem com todos. Até com o senhor Sho, que parece não me suportar.
— É uma boa moça. Bem agradável. Apesar de não ter conversado muito com Selena quando trabalhava na empresa... Não tive chance... Talvez por causa do Dimas, que ofuscava todos da sua equipe. Foi uma pena ela ter saído de lá, mas... — calou-se e sorriu.

Após o almoço, que foi bem demorado e apesar do cansaço, Yukio ficou conversando com Daniel, o seu melhor amigo. Era um moço parecido com o primo, mas muito mais descontraído, falante, alegre e comunicativo, além de bem sorridente. Ele ficou feliz em conhecer Selena pessoalmente. Só a tinha visto por fotos e vídeos.

Daniel quis saber tudo sobre a empresa onde trabalhou, os cursos que fez e os anos que passou no Japão, mesmo já tendo ciência quando conversavam pela internet.

Devido a chegada de Yukio ter sido tumultuada, pois formou-se muita bagunça quando ele e o primo apareceram, somente agora, com mais tranquilidade, ele pôde apresentar Selena a Satoshi, informando que ela era namorada de seu amigo.

O primo não poderia ter ficado mais surpreso e, com dificuldade, disfarçou a contrariedade, mas isso não o intimidou de forma alguma.

Já Daniel não dissimulou seu olhar insatisfeito com suas atitudes.

Ao se despedir, Satoshi não se inibiu ao cumprimentá-la:
— Gostei muito de você, Selena — afirmou com voz firme, grave e sotaque gostoso de se ouvir. — Seria muito bom se conversássemos mais, qualquer dia desse. Ficarei no Brasil por algum tempo. Quem sabe, poderemos nos encontrar.

Ela sorriu com graça, encolhendo os ombros de um jeito meigo e gracioso e disse, enquanto sua mão era segurada firmemente entre as duas mãos de Satoshi:
— Também gostei da nossa conversa. Você é muito gentil. Adorei saber algumas curiosidades sobre a cultura do seu país. Admiro muito o Japão. Quem sabe, um dia, eu possa conhecê-lo.
— Você também é gentil e agradável. Obrigado. Vou conversar com meus primos para marcarmos novo encontro.
— Sim. Claro.

No carro...
— O que foi aquilo? — Daniel perguntou, sentindo-se queimar pelo ciúme.
— Aquilo?... — havia entendido, mas quis ganhar tempo para pensar. Também se sentiu constrangida com a situação, no momento da despedida.
— Não tenho dúvida de que o Satoshi estava dando em cima de você e na minha cara! — parados no semáforo, olhou-a sério, enquanto falava em tom duro, com certo peso na voz grave.
— Eu achei estranho, mas... Fui surpreendida tanto quanto você. Sobre conversarmos bastante, não vi problema. Tudo foi bem tranquilo e agradável. Mas, no final, quando ele segurou minha mão, demoradamente, algo ficou estranho, só ali. Acho que foi o saquê — referiu-se à bebida. Porém, sentiu-se incomodada mais com o comportamento do namorado do que com o que Satoshi fez. Achou que não precisaria fazer

um relatório sobre seu comportamento. Se quisesse e se não tivesse gostado de vê-la conversando com o outro, Daniel deveria ter se aproximado, apresentado e participado do assunto. Suspirando fundo, ficou muito séria, insatisfeita.

Daniel continuou carrancudo e inquieto, com os pensamentos fervilhando, principalmente, por não saber que Satoshi trabalharia, por algum tempo, na empresa de Eleonora. Isso só lhe foi dito durante o almoço. Foi uma grande e desagradável surpresa.

Na espiritualidade, Faustus se colocava, praticamente, entre eles, inspirando discórdia, provocando discussões.

— Ela não serve para você. Não percebe isso? — inspirava o espírito. — Ela é uma mulher muito bonita e inteligente. Merece um homem melhor do que você. — Virando-se para ela: — Ele sempre vai questionar seu comportamento — insuflava. — Vai acabar com sua vida, sufocar sua competência, tirar seu brilho.

— Tem mais alguma coisa que queira me dizer ou perguntar? — Selena indagou e ficou esperando.

— Só quis dizer que não gostei — tornou a falar em tom duro.

— Do que, exatamente, você não gostou? Seja específico. — Ele respirou fundo e envergou a boca num gesto insatisfeito, olhando para o lado de fora do carro, enquanto dirigia. — O fato de eu ficar conversando com todos incomodou você, Daniel? — foi direta, fria.

— Olha, Selena... Nem sei o que de fato me incomodou.

— Sempre fui comunicativa, Daniel. Você me conheceu assim, principalmente, nas confraternizações ou reuniões sociais da empresa. Mas sempre me respeitei e respeitei você. Sempre me coloquei no meu lugar e respeitei as pessoas também. Nunca fui do tipo vulgar. Sabe disso. Se no final, no momento de nos despedirmos, o Satoshi foi... digamos... desagradável, não foi culpa minha. Se eu tivesse percebido qualquer atitude inconveniente, por parte dele, antes, teria me afastado. Julgo que ele fez aquilo por causa da bebida.

Portanto, se você quiser brigar comigo, encontre motivos, verdadeiramente, razoáveis. Não fique procurando o que não existe. Outra coisa: você deveria ter se aproximado e sentando junto de nós. Dessa forma, participaria da conversa também. Deveria ter ficado ao meu lado.

— O Yukio tinha falado comigo para sairmos ou comer *pizza* na casa dele, só a gente. Nem perguntei, mas, provavelmente, o primo estará junto. Já estou arrependido de ter aceitado.

Apesar das fortes inspirações do espírito Faustus, Selena não disse nada. Sabiamente, decidiu que não era o momento para conversarem sobre aquilo. Ele dirigia e estavam ambos cansados e não pensariam direito, podendo dizer coisas desagradáveis um para o outro.

— Que livro é esse? — o namorado quis saber, mudando de assunto, já que ela ficou quieta.

— Um romance que a Keiko me emprestou.

— Grande, hein! — admirou-se e sorriu.

— É um romance mediúnico. Assim como eu, ela também gosta desse tipo de leitura. Conversamos muito sobre isso, hoje.

— Não faz meu gênero.

Ela não disse nada a respeito. Tinham um acordo de não falarem sobre religião ou filosofia. Então, comentou:

— A dona Eleonora nos chamou para um jantar na casa dela — Selena lembrou.

— Teremos de ir. Não acha?

— Sim. Por mim, tudo bem.

CAPÍTULO 22

DEUS ESTÁ EM TUDO

Alguns dias se passaram...

Mesmo contrariado, Daniel foi à casa de Eleonora, conforme o convite da senhora.

Lá, reuniram-se Tadashi e toda a sua família e, logicamente, Satoshi, o sobrinho recém-chegado do Japão e outros convidados.

Enquanto Tadashi, sua esposa e Eleonora conversavam, um grupo de conhecidos ficou no jardim em um canto, alguns ficaram agrupados em uma mesa, bem animados, exceto Daniel.

Keiko, conversava com Selena sem parar. O assunto principal era sobre livros que já leram e autores preferidos.

— Trouxe seu livro. Está lá no carro. Quando formos embora, eu te entrego, se não me esquecer — riu com gosto.

— Não tinha pressa. Poderia ler devagar. Gostou? — Keiko quis saber.

— A-do-rei! — Selena respondeu, como se separasse as sílabas. — Sou apaixonada por obras assim. Além dos ensinamentos, a trama é fabulosa. Os acontecimentos me prenderam muito. Algumas situações parecem da nossa vida. Nós nos vemos dentro da história.

— Também gosto de livros assim, que nos mostram a importância de nos melhorarmos, de nos forçarmos a ser pessoas diferentes. Nunca vamos mudar o mundo e os outros sem mudarmos a nós mesmos — disse Keiko.

— Mas nunca conseguiremos mudar os outros — Daniel lembrou. Falou sem a intenção de participar da conversa.

— Você tem razão. Nunca mudamos ninguém com a nossa vontade, com a nossa imposição. Nós só mudamos os outros por meio do nosso comportamento, da nossa postura e respeito. Na maioria das vezes, o outro muda quando colocamos limites e silenciamos, pois os tolos falam demais e agem impensadamente — Keiko sorriu ao vê-lo achar graça.

— Tia falou sobre isso ontem — Satoshi comentou, com seu jeito peculiar e sotaque agradável. — Precisamos pôr limites e dizer não, sem ter medo, quando o assunto é respeito a nós. Tia comentou sobre espiritismo e gostei. — Olhando para a prima, decidiu: — Quero ler esse livro que está com Selena. Depois me empresta.

— Pensei que você, como japonês, fosse budista — Daniel comentou, mais para provocá-lo do que para obter informações.

— Sim. Fui criado no budismo, religião e filosofia orientais, fundada por Sidarta Gautama, o Buda — Satoshi respondeu sorrindo de modo agradável.

— Desculpe a minha ignorância, pois não sou religioso — tornou Daniel. — O Budismo acredita em Deus? — perguntou o que mais o incomodava.

— Depende muito a qual ramo do budismo você se refere — explicou Satoshi. — Existem diferentes vertentes e interpretações. O budismo clássico não possui Deus como indivíduo, ou melhor, o budismo clássico não é teísta. O budismo acredita que o Universo é um conjunto de elementos, forças ou energias que se interagem e se transformam em um ciclo eterno de equilíbrio. O ser humano é só uma parte desse ciclo. A única forma de se libertar desse ciclo é atingindo o estado nirvana, que é o estado em que a pessoa rompe laços com todas as ligações com o mundo material, com sentimentos e a identidade é apagada. Mas, há também alguns ramos do budismo que incorporam deuses de outras religiões, como a religião hindu. Existem outros que reconhecem a existência de um Adibuda, que seria o Primeiro Buda, que floresceu na Índia há milhares de anos. Porém, o ensinamento principal do budismo não trata a questão de Deus. O que realmente importa é o trabalho individual da pessoa durante sua vida inteira, seguindo as práticas e os princípios ensinados por Buda.

— Sendo japonês e morando no Japão, qual budismo você pratica? Essa linha acredita em reencarnação? — Daniel quis saber, agora, interessado.

— Predominantemente, o budismo praticado no Japão é da escola Zen. O Zen teve origem na China, por volta do século VI, durante a dinastia Tang. O budismo Zen era conhecido como Chan na China. Somente mais tarde, por volta do século XII, propagou-se para o Japão, Vietnã e Coreia. O budismo Zen tem diversas escolas e linhagens. As mais conhecidas, no Japão, são o Soto e o Rinzai. Na China, o Chan, na Coreia o Son. Lembrando que, no século XII, a Coreia não tinha sido dividida ainda. — Ofereceu breve pausa e explicou: — O budismo Zen tem expressiva ligação com a caligrafia, as artes, a poesia, a pintura, o chá, os jardins e as artes marciais.

— Você falou sobre a origem do budismo no século VI na China. Pensei que fosse mais antigo — tornou o outro.

— Não fui claro. Perdão... — curvou a cabeça levemente. — O budismo da escola Zen teve origem na China no século

VI. Mas, o budismo foi fundado por Sidarta Gautama também conhecido como Buda, que significa Iluminado ou Desperto por volta do ano de 563 a.C., no Nepal. Sidarta foi um príncipe que renunciou a tudo, dedicando-se à busca da erradicação das causas do sofrimento humano. Sidarta alcançou a iluminação só depois de rigorosa rotina de meditação sob uma árvore Bodhi. Ele tinha trinta e cinco anos e passou o restante de sua vida ensinando aos seus discípulos e seguidores o Dharma, a Lei Universal, em Kushinagar, na Índia. Mas... Respondendo à sua pergunta sobre budismo da escola Zen acreditar na reencarnação... A questão da reencarnação, no Zen, não é muito relevante, diferentemente de outras ramificações budistas, que incluem deuses de outras religiões como o que encontramos na Índia, por exemplo. O principal objetivo do budismo da escola Zen é enfatizar a meditação, a intuição e a experiência direta da realidade, não se apegando a conceitos e doutrinas. No Zen, acredita-se que despertando a verdadeira natureza da mente, nós nos livramos das ilusões e sofrimentos. O Zen não nega, mas também não afirma a existência de uma alma ou de ciclos de reencarnações. Considera que essas questões são irrelevantes, pois podem desviar a atenção do que é essencial. Por exemplo... — Pensou e concluiu: — Já encontrei muitos budistas reencarnacionistas, da Índia, que não se aperfeiçoam e dizem: vou deixar para melhorar ou para resolver isso na próxima vida.

— Então os budistas da escola Zen não se preocupam com reencarnação? — Daniel quis ter certeza.

— Não. Enfatizamos as práticas do bem, do caminho do Buda, sempre. Acreditamos que podemos criar e nos influenciar por energias mentais coletivas, que podem ou não serem positivas. Por essa razão, o budismo dá tanta importância para cultivarmos, na mente, pensamentos e ideias sábias, compassivas, de igualdade e constância, não se deixando afetar e influenciar por emoções e sentimentos perturbadores, ilusões que nos distraiam. Incentiva a prática da bondade, da compaixão, da generosidade e da alegria que são as qualidades que, verdadeiramente, beneficiam a si e aos outros. Dessa forma, e somente dessa forma, nós nos libertamos dos apegos, das ilusões, da ignorância e alcançamos a iluminação, sem necessidade do renascimento.

— Então... Deixe-me ver se entendi... — Keiko quis ter certeza e tomou a frente de Daniel para perguntar. — No budismo, não existe o termo reencarnação, mas sim renascimento. É isso?

— É difícil explicar por causa dos termos. No budismo da escola Zen é mais ou menos isso. Para nós, o termo tem diferença — o primo tentou responder. — Reencarnação é a ideia de uma alma ou espírito nunca mudar e ocupar corpos humanos diferentes. Aprendemos, no Zen, que há uma continuidade, uma interdependência entre ações e reações em um ciclo contínuo de renascimentos, que chamamos de Samsara. Deixe-me tentar explicar... — Pensou um pouco e prosseguiu: — Tudo o que fazemos intencionalmente, ou seja, de propósito para o bem ou para o mal, gera consequências. No contexto budista, o renascimento significa a transmissão das ações intencionais nos seus frutos, ou melhor, a ação renasce nos seus frutos, é a influência causal entre vidas. Libertar-se desse ciclo de renascimento é o objetivo do budismo Zen, alcançando o Nirvana, ou seja, a iluminação, que é um estado de paz, sabedoria e compaixão. Nós nos libertamos com a prática do bem, da bondade, da compaixão, da alegria, do desapego dos sentimentos e emoções negativas.

— Para mim, só muda a palavra, mas o significado entre reencarnação e renascimento é o mesmo — Keiko comentou e sorriu com jeitinho.

— Não. Não é — tornou o primo achando graça do jeito dela.

— Lembra a passagem onde Jesus diz a Nicodemos que é preciso nascer de novo da água e do espírito para entrar no reino de Deus? — Selena não esperou resposta e refletiu: — Isso nos mostra que, independentemente da religião ou filosofia, de época mais antiga ou nem tanto, os grandes espíritos, os espíritos de luz, sempre nos trazem mensagens sobre a importância de sermos melhores, bons, justos e prudentes.

— Como aprendemos na Codificação Espírita, o mais importante é nós nos entendermos. Nossa linguagem é incompleta para as coisas que não nos toca os sentidos. — lembrou Keiko animada. — Como as coisas se ligam, não é?

— Eu acredito que existem diversas religiões ou filosofias boas para ajudarem os seres humanos que têm diferentes níveis evolutivos — Selena opinou.

— Concordo com você, Selena! — Satoshi comentou, ressaltando. — Caminhamos para a perfeição. Você falou em espírito de luz, agora mesmo. Nós, budistas, falamos em alcançar a iluminação. Acredito que esses espíritos de luz de que fala, para nós, sejam os que já alcançaram a iluminação.

— Os mesmos que os católicos chamam de santos, talvez — Keiko opinou.

— Sim. Pode ser — Selena considerou.

O assunto chegou a um ponto em que Daniel não conseguia opinar e isso o aborreceu, mais ainda, quando Satoshi perguntou:

— E você, Daniel? É espírita? Católico?...

— Como já disse, não tenho religião — praticamente murmurou.

— Acredita em Deus? — Keiko se interessou, encarando-o com olhos brilhantes, esperando a resposta.

— Não sei... — sussurrou sem graça.

— Então podemos dizer que você é agnóstico? — Satoshi perguntou, ficando na expectativa.

— Existem diferentes tipos de agnosticismo, você sabia? — Keiko indagou.

— Não — o primo admitiu.

— Tem o agnosticismo teísta, agnosticismo ateísta, agnosticismo forte e o agnosticismo fraco, pois tudo depende do seu grau de ceticismo ou dúvida de que se tem sobre a existência de Deus. De uma forma geral, os agnósticos não negam nem afirmam a existência de Deus. Consideram que não existem provas suficientes para sustentar a crença sobre Ele. O agnóstico teísta crê na existência de Deus, porém afirma que não pode provar essa existência. Ele se baseia na fé para sustentar essa crença. O agnóstico ateísta não acredita em Deus, pois diz que não podem provar Sua existência, baseando-se na razão ou ciência que nada pode provar. O agnóstico forte afirma que é impossível saber se Deus existe, independentemente, de qualquer argumento ou evidência. Para ele, a existência de Deus é sem sentido e incoerente. O agnóstico fraco não sabe afirmar se Deus existe ou não, mas admite que alguém possa saber.

— Para mim, parece que o agnosticismo é uma maneira de lidar com a incerteza sobre Deus — Selena considerou.

— Ele não quer se comprometer com nenhuma crença ou descrença. Na verdade, creio que o agnóstico quer preservar ou posicionar sua honestidade intelectual e limite de conhecimentos — Keiko completou.

— Onde prima aprendeu isso? — Satoshi quis saber.

— Quando comecei a trabalhar no pronto atendimento do hospital, via as enfermeiras da internação fazendo as fichas onde havia a pergunta sobre a religião ou filosofia dos pacientes. Acabei me interessando pelo assunto e estudei um pouquinho — riu de modo mimoso e os outros acharam graça no seu jeito de falar.

— Você se enquadra em um desses agnósticos, Daniel? — Satoshi perguntou sorridente.

— Não sei afirmar. Como a Keiko, preciso estudar um pouco sobre o assunto — não gostou de ser questionado. Suspirou fundo, demonstrando insatisfação.

— De uma coisa tenho certeza — tornou o outro. — Quando passamos por situações difíceis e experiências problemáticas, deve ser triste, muito triste, talvez desesperador não ter fé em uma crença, filosofia, religião ou Criador. Quando não cremos em nada, inconscientemente, sentimos insegurança, medo do futuro, do amanhã.

— Sabe, lá no hospital, vejo muito isso. As pessoas com fé, com religiosidade, com espiritualidade são mais equilibradas e resistentes, consequentemente, recuperam-se muito mais rápido. Aliás, esse assunto já serviu de pesquisa científica — Keiko comentou.

— O que prima entende como religiosidade?

— É o relacionamento, a ligação com o sagrado. É a disposição para se ligar ao Alto, independentemente da religião ou filosofia. Sem contar com a experiência pessoal, cultural, história de vida, crença ou fé, a religiosidade, a ligação com o Alto oferece um conforto emocional. Ela também influencia e molda valores e comportamentos, proporciona orientação moral, valor à vida. Já, a espiritualidade, para mim, é buscar uma conexão com algo transcendente, mais sublime.

— A espiritualidade pode ser expressada pela meditação, contemplação, pela natureza e autoconhecimento — disse Satoshi. — Por isso, acredito que religiosidade e espiritualidade podem se completar, mesmo que vivenciadas de formas diferentes.

— Não existe uma maneira certa ou errada de se ligar, de se conectar com o Sagrado, com Deus, essa Energia Universal, Força Divina ou Natureza. O importante é respeitar a diversidade e a liberdade de cada um, em todos os sentidos. Cuidando de si, sendo melhor, bom, prudente... — Selena completou.

— Libertando-se das ilusões, dos desejos, da ignorância, da imperfeição... — Satoshi sorriu ao olhar para ela. — Como é ensinado no budismo.

— Amar ao próximo como a ti mesmo, ensinado por Jesus — Keiko acrescentou.

Daniel, chegando ao auge da insatisfação, pediu licença, levantou-se e se afastou à procura de Yukio, deixando-os conversando.

Aproveitando sua saída, Satoshi virou-se para Selena e perguntou:

— Lembro que me disse que trabalhou na empresa da dona Eleonora e contou que gostava de tecnologia? Foi isso? —

expressou-se como se não houvesse ficado atento, quando ela falou.

— Sim. Eu era gerente de operações. Fui gerente da área tecnológica, que adorava. Amava aquilo tudo, mas fui transferida para operações. Depois que me demiti, encontrei emprego, novamente, em tecnologia. Gosto do que faço.

— Sim. Foi isso mesmo que me falou. Que pena ter saído de lá. Existe a possibilidade de voltar? — ele quis saber, fixando o olhar nela, quase sorrindo, esperando uma resposta positiva.

— Acredito que não. Não pensei nisso...

— Com licença... — Keiko se levantou e saiu, deixando-os a sós.

— Essa semana, conversei muito com dona Eleonora e falamos sobre você — ele revelou.

— Sobre mim? — surpreendeu-se e ficou curiosa.

— Sim. A empresa que represento, além de negociações como fornecedor, está fazendo um acordo de passagem de tecnologia e troca de informações. Nós compramos produtos da indústria alimentícia da dona Eleonora e ela nossa tecnologia. O Yukio trabalhou conosco, no Japão, e podemos dizer que ele foi o mentor dessa negociação. Agora, vim para cá para, junto com a equipe de analistas, passar a tecnologia de funcionamento para utilização. Eu não viria, mas... Percebi que não seria nada simples nem fácil a transferência de todo o conhecimento. Os analistas podem ter muito trabalho e dificuldades. A princípio, não gostei muito da ideia de vir junto, mas... Estando aqui, conhecendo pessoas diferentes, está sendo uma experiência gratificante.

— Não é sua primeira vez no Brasil, é?

— Ora!... — riu. — Não. Meu avô, tios e primos vivem aqui. Venho para cá com muita frequência.

— Por isso domina tão bem o português — ela sorriu.

— Sim. Aprendi com meu pai. Depois estudei esse que é considerado um dos idiomas mais admiráveis e difíceis do mundo. Sabia que existem livros de autores brasileiros que são, praticamente, impossíveis de serem traduzidos para outro idioma devido à riqueza e à sensibilidade que somente existem na língua portuguesa?

— Está falando de Guimarães Rosa! — ela respondeu sorrindo, gabando-se de seu conhecimento.

— Esse é um deles! Por isso, admiro muito essa língua e gosto de falá-la o mais corretamente possível. É um idioma lindo! Dominei o português antes do inglês. Também falo um pouco de espanhol, italiano e alemão. Pelo fato de trabalhar com tecnologia e viajar muito, idiomas são importantes para mim. Vim para cá, agora, principalmente, por causa disso. Sei que muitos aqui da empresa falam inglês e minha equipe também fala inglês, mas quando você os virem se comunicando... — riu e esfregou as mãos no rosto, em um gesto aflitivo e brincou: — Chega a ser quase desesperador! — riu e ela achou graça. — Preciso interferir e intermediar sempre.

— Deve ser engraçado — ela considerou.

— Mas... Selena — esperou que olhasse —, tenho algo para dizer — falou, agora, bem sério, em tom grave e baixo.

— Dizer, para mim? — ficou curiosa.

— Desculpe-me — encarou-a e mergulhou em seus lindos olhos verdes. — Não fui educado nem respeitoso quando nos despedimos no nosso primeiro encontro e na frente do seu namorado. Desculpe-me — curvou a cabeça, levemente, sentindo-se envergonhado. Estavam sentados frente a frente. — Não sei o que aconteceu comigo. Agi muito errado.

— Não tem problema — ela disse baixinho. Não sabia o que responder. — Esquece isso.

— Se esquecer, esqueço o aprendizado que o incômodo me provocou pelo que fiz ou pelo que me fizeram — sorriu com leveza. — Não podemos esquecer as coisas ou não ficaremos atentos à nossa capacidade de maltratar ou de abusar de alguém e deixamos isso acontecer de novo. Também não podemos esquecer de quando alguém foi desrespeitoso conosco ou deixaremos isso se repetir com a mesma pessoa ou com outra. Esquecendo, nunca aprendemos a lição. — Ofereceu uma pausa e sorriu. — O problema foi a má impressão que deixei. Não vai acontecer mais. Tem a minha palavra.

— Acho que foi a bebida.

— Tem um ditado que diz: "Onde a bebida entra, a verdade sai." Por isso, devemos nos conhecer e ter autocontrole.

— Gostei desse ditado — Selena sorriu lindamente. Sentiu-se constrangida por estar sozinha conversando com ele. Teve receio de Daniel implicar com isso, mais uma vez. Porém, percebeu Satoshi diferente de quando o conheceu. Estava mais contido.

— Espero que eu tenha sido claro. Isso não vai mais acontecer. Peço perdão.

— Está perdoado — Selena tornou a sorrir, mais descontraidamente.

— Mas... Como estava falando... Conversei muito com dona Eleonora sobre você. Por acaso, não consideraria voltar para a empresa? — sorriu, aguardando.

— Não sei. Isso me pegou de surpresa. Precisaria pensar e... Agora, não sei dizer. Estou bem onde trabalho.

— Então, prepare-se. Pense com carinho. Acho que tio Tadashi vai conversar com você.

— Obrigada por me dizer. Dessa forma, vou me preparar.

Satoshi olhou para o canto ocupado por um grupo de pessoas que riam e brincavam, divertindo-se. Em meio a todos, Daniel, o único que estava sério, espiando-os sempre. Não desejando causar má impressão, perguntou:

— Vamos para perto dos outros?

— Sim. Claro — respondeu, levantando-se. Entendeu o que ele desejava.

Algum tempo depois, Satoshi se afastou e ficou de longe observando Selena o mais discretamente possível. Não conseguia tirar os olhos dela nem parar de admirá-la e chegou a se incomodar com isso. Pensou nos princípios e valores que havia acabado de defender e não se achou digno pelo que aprendeu no budismo. Ficou surpreso consigo mesmo. Não despertava sua mente para as práticas do bem. Ao contrário, desejava ter Selena para si, tirando-a de Daniel. Era algo mais forte do que ele. Quase insuportável.

Onde estavam as ideias compassivas de generosidade e práticas do bem que deveria cultivar para alcançar a iluminação, como aprendeu no budismo?

Onde estavam as ações benéficas e qualidades que deveriam favorecer e melhorar a si e aos outros?

Como libertar-se das ilusões, dos desejos, da ignorância e da imperfeição, como aprendeu no budismo, represando sentimentos tão intensos e verdadeiros, jamais experimentados antes?

Cobiçava algo do próximo e tinha total consciência disso. Como colocar em prática todo o aprendizado que possuía?

Seria difícil. Uma prova bem difícil. Entendia que não devia nada para Daniel, nem fidelidade ou honestidade, estava em débito com sua própria consciência.

Satoshi teria algo bem sério para meditar. Sentia-se envergonhado pelo que havia feito consigo mesmo.

CAPÍTULO 23

POR QUE SOFREMOS?

A cada dia, a insatisfação de Daniel corria em suas veias e circulava por todo o seu corpo, como uma energia que não controlava. Seus pensamentos eram corroídos, incessantemente, pelas diversas ideias de contrariedade inexplicáveis.

A implacável perseguição do espírito Faustus, de forma invisível, despertava em Daniel suas sombras inconscientes, hostis a tudo e todos em forma de críticas, sentimento de perseguição e revolta, fazendo-o se entregar a tormentosas meditações que o deixavam rodeados de substâncias fluídicas detestáveis. Tudo piorou ainda mais, quando cresceu sua dúvida sobre crer ou não em Deus. Isso atraía para junto dele espíritos semelhantes a delinquentes irresponsáveis, vulgares, ignorantes e, com eles, aquele que foi seu pai.

O espírito Valdir ainda remoía o ódio pelo que sofreu, quando seu corpo físico foi agredido brutalmente e levado à morte. Era como se tivesse esquecido de que usou os mesmos métodos para matar Beatriz, a mãe de seu filho. Para agravar a energia densa que os rodeava, Valdir culpava Daniel por ter causado toda aquela situação, a dúvida e a revolta. Achava que o filho não deveria ter nascido, sequer, concebido. Isso pouparia a todos de incontáveis sofrimentos.

A atração e influência do espírito Valdir, deu-se pela ausência de fé que ambos se valiam: a dúvida da Justiça Divina, a incredulidade de uma Força Maior que supre tudo e todos, organizando o infinito Universo da Criação.

O espírito Valdir estava com deplorável aparência em seu corpo espiritual, sem noção do que acontecia à sua volta, preso pelo ego absoluto na inconsciência adormecida de que o veículo mental o poderia libertar, se assim, verdadeiramente, desejasse. Junto a Daniel, passava-lhe suas impressões e o vampirizava, deixando-o sem forças e desanimado. Eram nesses momentos, de desânimo e fraqueza, que o espírito Faustus se valia para impregnar o encarnado com pensamentos confusos e acelerados, duvidosos e hostis, críticos e vitimistas, com o propósito de perturbar, iludir e fazê-lo cair por conta própria, desequilibrando-o.

A sós com Selena, Daniel confessou:

— Não estou gostando do Satoshi na empresa.

— Não se preocupe com o Satoshi como pessoa. Ele deve voltar logo para o país dele. Veja-o como profissional. Ele está trabalhando junto ao diretor técnico. Você sabe que a empresa tem ótimas condições de crescer ainda mais, de acordo com as tendências do mercado, as normas de qualidade e segurança. Toda área de desenvolvimento e inovações tecnológicas para o setor visam a melhorar a produtividade, a eficiência, a competitividade e a sustentabilidade das indústrias alimentícias, aperfeiçoando a tecnologia para o setor com equipamentos, processos, embalagens, métodos de análise. É importantíssimo gerir programas e mecanismos que garantam a qualidade dos alimentos que envolve, desde o controle da matéria-prima até as condições ambientais, as legislações vigentes, os padrões internacionais de qualidade, principalmente, para quem deseja industrializar para exportar. Gerenciamento do laboratório da indústria que abrange a realização de análises físico-químicas e microbióticas. A atuação nessa área é abrangente. Tecnologia em alimentos, tecnologia de alimentos, ciência, engenharia de alimentos... Isso, e muito mais, demanda investimento tecnológico e o aprimoramento da tecnologia, que é o que o Satoshi e sua equipe vieram aqui para passar, é fundamentalmente importante, hoje, se a empresa alimentícia quiser se manter no mercado com nível de primeiro mundo. Em termos aplicativos, não é fácil fazer tudo isso funcionar. Não sei por que você está implicando com ele. Você é da diretoria de finanças e... — não completou. Foi interrompida.

— Sei que sou um mero gerente de finanças. Sei que a área de tecnologia exige tudo isso e muito mais — irritou-se. Acreditou que ela o estava inferiorizando em termos de colocação na empresa e seu nível de conhecimento. — Sempre que o vejo, parece passear pela empresa, fazendo *tour*, rindo, brincando e a Eleonora junto.

— É o jeito dele. O Satoshi é uma pessoa agradável. Aliás... Você era mais agradável, Daniel, porém, nos últimos tempos... Não sei o que aconteceu. Tenho a impressão de que, depois que se mudou, começou a ficar diferente — falou com jeitinho, fazendo-lhe um carinho.

— Estou sobrecarregado. É isso — suspirou profundamente.

— Tira férias. Viaja um pouco... — sugeriu com voz doce.

Insatisfeito, comentou, aparentando informar a contragosto:

— O Tadashi me disse que vai falar com você para ver se existe a possibilidade de voltar a trabalhar na empresa. Sabia disso? — buscou seu olhar.

— Sabia. O Satoshi me contou.

O namorado ficou totalmente insatisfeito por ela confirmar que o sobrinho do CEO já teria contado a ela sobre o convite de ir trabalhar na empresa. Mas, Daniel não falou nada.

Com o passar dos dias, Selena aceitou o convite para voltar a trabalhar na indústria alimentícia. Para a surpresa de todos, inclusive dela, o convite era para que assumisse como diretora da área de tecnologia, ou CTO, como alguns chamavam esse cargo.

— Diante das mudanças iminentes, percebemos que o diretor de tecnologia não acompanhava mais as necessidades da empresa e o aconselhamos a se aposentar. Ele prestará serviço a nós como consultor, recebendo pelos seus préstimos, claro — Tadashi contou a Daniel que, mesmo surpreso, não demonstrou seu descontentamento. — Uma vez que você e Selena namoram, têm um relacionamento, não seria viável que trabalhassem juntos na mesma diretoria.

— Sim. Claro — sorriu com leveza.

— Além do que, embora Selena não fale japonês — Tadashi riu, divertindo-se —, ela e Satoshi falam a mesma linguagem tecnológica para o desenvolvimento de projetos e instalações na companhia. Nesse momento, isso é o que mais valorizamos.

Insatisfeito, Daniel não comentou nada a respeito, mudando de assunto:

— A propósito, o COO, senhor Dimas, marcou uma reunião com fornecedores para licitações. A contragosto, ele convidou a mim e ao Tarso, o gerente de produtos, para participarmos.

— Sabe o que fazer, Daniel. Confiamos totalmente em você — o senhor olhou-o de modo firme.

— Certo — ficou satisfeito.

Sem demora, o esperado aconteceu. Durante negociações para candidatos a fornecedores de produtos para a indústria alimentícia, Dimas ofereceu parte do valor recebido a Tarso e Daniel para que, junto com ele, aprovassem a referida empresa fornecedora como cliente.

Tudo foi filmado e registrado. A polícia foi acionada e o diretor preso em flagrante. Outras auditorias foram feitas e diversas irregularidades descobertas nessas apurações, incriminando ainda mais Dimas, em outros atos ilícitos, dentro da companhia. Com isso, alguns funcionários foram convidados a prestarem depoimentos, principalmente, Marceline, assistente pessoal do COO.

Após adquirir e decorar seu novo apartamento, Yukio convidou um grupo de amigos para celebrar e comemorar a conquista.

Daniel e Selena o ajudaram na organização da recepção.

Marceline, assistente do COO demitido por justa causa, foi convidada. Ela foi peça importante entre as testemunhas. Tarso e sua noiva também estavam presentes. A família de Yukio: Tadashi, Kaori, Keiko não poderiam faltar. Logicamente, Eleonora com sua acompanhante Cíntia estavam lá.

Satoshi, seu primo, foi o último a chegar. Contou que se atrapalhou no caminho, quando parou para comprar flores.

— O apartamento é grande e muito bonito. Parabéns! — Satoshi o cumprimentou, oferecendo um belo arranjo de orquídeas brancas, junto com outro presente que estava em uma caixa fechada, com embalagem que chamava atenção.

O primo agradeceu, abriu e mostrou um kit oriental para servir comida japonesa. O conjunto era um jogo de cerâmicas quadradas e redondas, composto de pratos, tigelas, molheiras e hashis feitos de cerâmica. O material era nobre e delicado, bem sofisticado e na cor preta e dourada, lindamente, elegante.

Cada um dos convidados levou um presente, mas somente quando Satoshi chegou e entregou o que havia comprado, foi que Daniel entendeu que ele próprio não tinha dado nada ao amigo.

Sussurrando, perguntou à Selena:

— Na recepção com objetivo de apresentar a casa, os convidados trazem presentes?

— Normalmente sim. Por quê?

— Não sabia — mostrou-se descontente.

— Relaxa... Não esquenta. O presente que eu trouxe tem um cartão com nosso nome — sorriu e beliscou levemente seu rosto em forma de brincadeira.

Apesar disso, Daniel não gostou. Ficou envergonhado. Em pensamento, vitimizou-se por ter nascido e sido criado no interior, ignorando essas coisas.

Apesar de ter ajudado o amigo, acompanhando-o quando estava à procura de um imóvel e também opinando na decoração, Daniel sentiu-se incomodado por nunca ter feito algo semelhante.

Observando Yukio, desde a época da faculdade, via-o sempre animado e sorridente, bem disposto e feliz e julgava que isso era por ter uma família estabilizada, que o apoiava. Diferente dele, sempre quieto, calado, sem ter muita coisa para contar.

Também, falar do quê?

Contar sobre as histórias de tragédias de sua família não era uma opção. Mentir, também não.

Yukio sempre cercado da família, tinha pai exigente e até severo, mas na medida certa e que o guiou e orientou para que fosse alguém na vida. E ele correspondia, esforçando-se, assim como sua irmã Keiko, tão jovem e médica, que se preparava para prestar prova de residência com especialização em cardiologia.

Para Daniel, a família do amigo era perfeita. Os laços familiares fortes e isso ajudou os jovens.

Em contato mais direto com o amigo, depois que retornou do Japão, percebeu o seu desenvolvimento e potencial. Trabalhar e se aperfeiçoar em outro país, agregou muito à carreira.

Por terem estudado juntos na faculdade, formando-se com o mesmo grau de conhecimento, agora, Yukio parecia melhor e ele se sentia diminuído por isso.

Se talvez tivesse tido pais que o apoiassem, sua vida seria diferente. Julgava a vida de Yukio e Keiko perfeita.

Olhou para Satoshi e também acreditou que a segurança que ele apresentava, seu sucesso, sua postura, a forma de se portar e agir tinham sido devido à educação recebida dos pais e o apoio da família.

Até Selena chegou ao cargo de diretoria. Embora merecesse, por ser dedicada, inteligente e apaixonada pelo trabalho que realizava, tinha o apoio de sua mãe, mulher forte e dedicada à filha e que sempre torcia por ela.

Uma soma de sentimentos começou incomodá-lo. Não era inveja, era o desejo forte de ser e ter igual. Sentia vergonha só de pensar em levar alguém onde morava, principalmente, agora, depois de ver montada a residência do amigo.

A conversa seguia animada e muitos não ligavam para ele, quieto num canto.

Alguns conversavam próximos, outros faziam rodinhas e havia os que preferiam o sofá.

Eleonora, ao lado de Selena, estava animada e contava algumas experiências curiosas e engraçadas que vivenciou na empresa. Algo raro. Tadashi, perto de ambas, também ria ao confirmar o que a senhora dizia.

Afastando-se, Daniel pegou um copo de bebida e foi para a varanda. Com os braços apoiados no peitoril, fitou ao longe com olhar e pensamentos perdidos.

Um emaranhado de luzes e sombras se estendiam junto com a cidade à sua frente. Os edifícios majestosos ao longe, como sentinelas, poderiam contar histórias de inúmeras vidas e guardar segredos inimagináveis.

Daniel não estava ali para apreciar a vista, mas para fugir dos conhecidos que poderiam invadi-lo com perguntas e conversas que não desejaria compartilhar.

O uísque queimava e ardia em sua garganta, porém nem tanto quanto as lembranças de sua vida e assombros que destruíam sua alma.

Ninguém o entenderia.

A vista era ampla e bela, com as luzes da cidade que não dormia com sua agitação incessante. Era o reflexo da sua própria turbulência interior.

Olhou para baixo e percebeu a grande altura daquele apartamento e ficou olhando...

Sem ser percebido, o mentor de Daniel se fez presente, envolvendo seu pupilo com energias que mais pareciam uma barreira protetora. O espírito Faustus foi repelido com um choque devido à frequência elevada que não estava ajustada ao seu nível inferiorizado e se sentiria atordoado, quase que adormecido, por longo tempo. Situação bem-vinda ao mentor que desejava ver seu protegido aprender e evoluir, preparando-se para a tarefa futura que o aguardava.

Na espiritualidade, tudo foi preparado minuciosamente.

Keiko se aproximou com passos inaudíveis, ficando quase ao lado de Daniel sem dizer nada, também observando a cidade ao mesmo tempo em que fixava seus olhos nele. Conheciam-se de longa data e sempre tinham conversas não concluídas, interrompidas, mas nunca se deram conta disso.

Aquele era o momento.

Alguns minutos se passaram, Daniel a olhou e sorriu com leveza ao encará-la.

Com voz suave, ela observou:

— Você parece triste.

Seus olhos se encontraram e o rapaz pôde ver a solidão nos olhos dela. Sabia reconhecer, pois era a mesma que carregava.

— Estou apenas pensando na vida... Procurando respostas... — Ele sorriu, novamente.

— Dan, às vezes, tudo parece desmoronar e não obtemos resposta alguma, não é mesmo? Ainda assim, nós sorrimos e prosseguimos. Olhamos para a cidade — estendeu o braço com o copo vazio na mão e apontou para fora — e ela continua como se nem mesmo existíssemos. Nossa vida, nossa existência, tanto faz para o mundo. Por isso, precisamos dar propósito à nossa vida. E só conseguimos esse propósito quando temos esperança e fé.

— E você? Por que está aqui?

— Talvez eu esteja procurando meu propósito de vida também, junto com minhas respostas — sorriu com jeitinho e o viu sorrir.

Daniel sentiu que Keiko tinha o coração pesado, talvez guardasse algum segredo ou dor que não saberia dizer, não desejaria compartilhar. Não com ele. Provavelmente, estivesse errado e a vida dela não seria tão perfeita assim como imaginava.

— Gostou do apartamento do seu irmão?

— Achei lindo! — admirou-se, exibindo felicidade. — A localização, as comodidades do condomínio, a decoração... Tudo ficou perfeito!

— Dá vontade de ter um igual, não é? — ele indagou sorrindo e tomou um gole da bebida.

— Não sei... — ficou pensativa e manteve a fisionomia serena. — Até teria um apartamento assim, mas... Tenho outros planos, outras batalhas — riu. Não pensou no que falava.

— Batalhas? — interessou-se.

— Não sei se seria bom me mudar... Eu me dou muito bem com minha mãe, fazemos muitas coisas juntas, apesar dos meus horários malucos. Acredito que ainda não incomodo meus pais — seu sorriso se fechou. — Meu irmão está certo por decidir sair de casa, mas... ainda não sei... Não sinto segurança...

— Creio que isso depende de pessoa para pessoa, não é mesmo?

— Sim. Cada família tem dinâmica e necessidades diferentes, assim como cada pessoa. Minha hora vai chegar — sorriu tristemente e ele notou. Um instante e perguntou: — E você? E sua família? Nunca me falou sobre isso — o que sabia tinha sido dito por seu irmão, mas não falou nada para ele.

— Meus pais morreram quando eu era pequeno. Não me lembro deles. Meu avô paterno, que era viúvo, foi quem me criou — não se importou em contar. Não para ela.

Mesmo sabendo daquela parte da vida do amigo, não disse nada nem pediu detalhes.

— Onde está seu avô, hoje?

— Ele não gosta de São Paulo. Vive no interior. Tem um mercadinho e muitos amigos à volta.

— Vocês se dão bem? — Keiko se interessou, sempre com fisionomia agradável.

— Sim — sorriu largamente e ficou sem jeito, olhando-a com o canto dos olhos.

— O que foi? — achou graça e desconfiou daquele sorriso. Curiosa para saber o porquê.

— Nada... É porque nos conhecemos há tanto tempo e nunca falamos sobre isso. Pensei que seu irmão já tivesse te contado.

— O Yukio nunca me falou muito sobre você. Quando ia lá em casa para estudarem ou assistirem a filmes, nós nunca conversávamos direito. Meu irmão me expulsava, excomungava, atirava almofadas, tênis e outras coisas em mim... — fez um bico ao brincar de sentir-se vítima.

— É verdade — ele riu. — Coitadinha de você! — contribuiu com a brincadeira e a empurrou de leve, vendo-a se balançar, ainda se vitimando. Riram. — Então, vai saber mais sobre mim... — animou-se. — Desde que vim para São Paulo, sinto falta do meu avô. Não vou para lá com a frequência que gostaria, mas conversamos muito por telefone. Preciso telefonar mesmo! — enfatizou e riu. — Ele não se dá muito bem com mensagens.

— É normal — achou graça. — Quem sabe, um dia, ele aceita vir para cá e morar com você.

— Estou pensando seriamente nisso. Onde moro hoje não tem muito espaço e... Estou cuidando disso.

— Vai morar em um lugar maior?

— Sim e espero que seja em breve.

— Dan!... O meu irmão disse que tem um apartamento a venda neste prédio — ergueu o olhar e a sobrancelha como se oferecesse o imóvel. — Seria ótimo pra vocês dois!

— Prefiro casa — ele sorriu.

— Eu também! Gosto muito mais de morar em casa. Adoro quintal, ficar descalça, sentar no chão... E um dia vou ter um cachorro! Também gosto de roupas secas ao sol — falou com jeitinho.

— Não sei o que é isso há anos! — ele admirou-se e riu. Estava mais descontraído.

Após alguns segundos, Keiko foi inspirada a perguntar:

— Dan... — esperou que a olhasse e o viu sorrindo. — O que te falta para que acredite em Deus? — nem ela entendeu de onde surgiu essa ideia. Não havia planejado esse assunto. Parece que a pergunta saltou de sua boca.

Dessa vez, diferente de outras, o rapaz continuou descontraído, não se incomodando com a pergunta. Sorriu pensativo e comentou com singularidade:

— O que falta para eu acreditar em Deus?... — pensou. — Creio que seja entender a razão das problemáticas da vida, a razão das dores humanas, das dores da alma, principalmente — deixou seus olhos claros serem penetrados pelos dela, com tranquilidade, como se se desarmasse, permitindo a invasão.

— Isso é bem mais fácil de entender do que imagina. Mas... Logo de cara, se entender Deus como amor, vai encontrá-lo em tudo. Veja você, por exemplo. Quando falou do seu avô, seu rosto se iluminou, sorriu com leveza, ficou à vontade, se desarmou e pelo que vejo, quer ver seu avô bem. Isso é gratidão. Isso é amor. É nobreza... — e completou com voz suave: — É Deus agindo por meio de você.

— Para mim, isso é pouco para provar a existência desse ser — falou com bondade, sem querer ser grosseiro.

— Se Deus está em tudo e em todos, Ele seria um ser? — sorriu lindamente, fazendo-o pensar.

— Não é o que todos dizem?

— Cada um entende Deus de uma forma. Acredito que, para Deus, isso pouco importa. Algumas religiões e filosofias acreditam sim que Deus é um ser, semelhante ao ser humano, e que está sentado em um trono, observando e até julgando todos nós.

— Minha cabeça não aceita essa ideia — explicou-se no mesmo tom brando.

— Ainda bem. Isso é porque você tem a mente desenvolvida ou evoluída o suficiente para compreender que Deus, com poder ilimitado, não se prenderia a um corpo. — Aquilo fez sentido para Daniel, que ficou sério e prestou mais atenção ao que ela dizia. Keiko continuou: — A primeira pergunta de *O Livro dos Espíritos*, feita pelo codificador Allan Kardec, é: O que é Deus? A resposta foi: Deus é a Inteligência Suprema, causa primária de todas as coisas. — Nova pausa e Keiko prosseguiu falando bem devagar: — Repare, a pergunta foi: O que é Deus, e não: Quem é Deus ou onde está Deus ou qual a aparência de Deus? E a resposta, muito sábia por sinal, foi: Deus é a Inteligência Suprema, causa primária de todas as coisas. Sendo Inteligência Suprema e ao mesmo tempo a causa primária de todas as coisas, podemos afirmar, com segurança, que essa Inteligência Suprema foi e é criadora de tudo e de todos.

— Entendi isso, mas... Ainda não conseguiu me responder onde podemos encontrar a prova da existência de Deus?

— Essa é a quarta pergunta de *O Livro dos Espíritos* — sorriu lindamente, parecia que já esperava por aquilo. — E a resposta é:

"Num axioma[1] que se aplica às vossas ciências. Não há efeito sem causa. Procurai a causa de tudo o que não é obra do homem, e vossa razão vos responderá." — Keiko o observou reflexivo. Sabia que Daniel era muito inteligente e pensaria naquilo. — Você concorda que todo efeito inteligente possui uma causa inteligente. — Frase de Allan Kardec que se encontra em *O Livro dos Espíritos*. — Essa frase resume o princípio da causalidade inteligente. Não existe acaso, Daniel. O acaso é pseudônimo de Deus. — Ele a olhou espantado. Já tinha ouvido Eleonora falar isso. — Todo fenômeno que revela uma inteligência por trás dele, certamente, tem uma origem inteligente. Há mais de quatro bilhões e meio de anos o nosso sistema solar existe. Nem vou mencionar o Universo! — enfatizou. — E o ser humano ou qualquer ser com inteligência não existia, pelo menos, não aqui na Terra. Por quem o Sol foi criado? Quem criou a Terra? A Lua? Todo o nosso sistema? Quem criou vida na Terra? Quem, inteligentemente, organizou, com perfeição, a força da gravidade, a atmosfera, o clima, o dia, a noite?... Quem fez tudo isso, antes mesmo da espécie humana existir?

— Uma Inteligência Suprema? — respondeu timidamente, com voz quase inaudível.

— Bravo! — Keiko sorriu largamente, espremendo os olhinhos puxados mais ainda, que pareciam dois risquinhos em seu rosto iluminado, enquanto batia palminhas leves e tímidas na frente do copo que segurava. — Somente uma Inteligência Suprema seria capaz de criar tudo. E essa mesma Inteligência Suprema é a causa primária de todas as coisas, ou seja, essa Inteligência Suprema causou, criou todas as coisas, todos nós, tudo o que existe na Terra, no céu, no Universo e além dele. Somos obras dessa Inteligência Suprema, que chamamos de Deus. — Viu os olhos claros de Daniel bem atentos, fixos nela e prosseguiu com a tranquilidade que lhe

---
[1] Nota da médium: Axioma: enunciado considerado verdadeiro, sem necessidade de demonstração.

era própria: — Dessa forma, podemos acreditar que a Inteligência Suprema que nos criou está contida em cada uma de Suas criaturas. Essa Inteligência, que chamamos de Deus, é a Lei de harmonia desde o átomo que vibra até as galáxias que giram. É fonte de vida que expressa em milhões de formas, desde o grão de areia até a mais distante estrela que cintila. É Lei de equilíbrio que rege o Universo inteiro. É o amor que ilumina quando se serve com gesto de bondade. É sabedoria que ensina por meio de lições. É inspiração que orienta os caminhos e nos dá força. É intuição que inspira e até a razão que explica. É paz que tranquiliza, que acalma as aflições. É silêncio que medita e a música que traz paz. É a beleza que encanta, quando enchemos nossos olhos de cores, desde o arco-íris que encanta até o sorriso que cativa. É essência que anima, que dá sentido à existência, desde o espírito que cria na matéria que ele transforma. — Longo silêncio e o viu reflexivo, como se bebesse aquelas palavras. — Inteligência Suprema, que resumidamente chamamos de Deus, está em tudo e em todos até no ar que respiramos, na água que nos sacia, uma mente elevada, uma consciência expandida. Está no bichinho abandonado e no animalzinho no colo de alguém... Está no ser isolado, nas pessoas aglomeradas, em mim, em você... Não vai acreditar que Deus está limitado a um ser, preso a uma forma humana, sentado em um trono julgando e punindo. Deus é eterno, é imutável, é imaterial, é único, é todo poderoso, é soberanamente justo e bom.

— Entendi seu ponto de vista... Entendi! — Quando Daniel disse isso, a espiritualidade que o apoiava e protegia vibrou de alegria e contentamento. Não podiam ver, mas um brilho multicolor iluminou, ainda mais, em torno deles, expandindo-se. E seu mentor sorriu largamente e o abraçou com carinho, como aquele que envolve o filho querido que retorna, depois de longa ausência e difícil jornada. O rapaz sentiu algo que não sabia explicar. Uma emoção cintilou em seus olhos curiosos e enigmáticos. Ficou ávido para saber mais.

— Mas... Então, Keiko, quem nos pune? Quem nos castiga? Por que sofremos?

— Deus não nos pune. Deus não nos castiga. O sofrimento que experimentamos é causado por nós mesmos, para que possamos aprender o que é certo e errado. O sofrimento que vivemos é o mesmo que causamos a outra ou outras pessoas, senão nesta, certamente, em outra vida passada. Somente isso explica a bondade e a justiça de Deus. Por ser soberanamente justo e bom, essa Inteligência Suprema criou leis de harmonia para a nossa evolução. Para te explicar melhor... Como aprendi na Doutrina Espírita, Deus criou os espíritos. Por ser soberanamente justo e bom, Deus não tem prediletos. Se tivesse um predileto ou favorito ou algum que fosse rejeitado, Deus não seria justo. Aqueles que muitos chamam de santos ou espíritos iluminados, são espíritos que já evoluíram, já passaram por muitas etapas da existência e aprendizados e hoje estão aí para nos ajudar. Então, podemos afirmar que todos os espíritos foram criados iguais, sem distinção, simples e ignorantes, mas com inteligência, com poder de decisão, com o poder de escolher o que fazer de certo ou de errado. A inteligência é um atributo que Deus deu ao espírito.

— Entendi, mas... — foi interrompido.

— Espere. Se eu não concluir, não poderei esclarecer sobre punição, castigo e sofrimento. — Keiko pediu com jeitinho e prosseguiu: — Vou te explicar de uma forma bem grosseira e rápida, pulando etapas evolutivas para fazer com que entenda as causas atuais do sofrimento.

— Certo — sorriu e concordou. Apreciava a forma como a amiga explicava.

— Existem outros mundos, outros orbes, outras moradas na casa do Pai, como Jesus falou, mas vamos resumir a evolução de um espírito, usando só o nosso planetinha maravilhoso — sorriram. — Suponhamos que, em tempos remotos, na Idade da Pedra, reencarnou um espírito, que é um ser dotado de inteligência, embora essa inteligência fosse, digamos... rudimentar, nessa época. Não havia moral, princípios ou valores explícitos, claros, formulados em palavras, como existem hoje. Esse espírito reencarnou no meio de outros tão ignorantes quanto ele. Aconteceu que ele fez outros sofrerem, agrediu, matou... Em uma próxima existência, esse espírito reencarna e experimenta o que fez o outro sofrer. Essa experiência vai se repetir quantas vezes forem necessárias para que esse ser, esse espírito aprenda. Então, se em uma encarnação ele mata alguém esquartejado, na próxima, provavelmente, receberá como filho aquele a quem ele matou esquartejado, sofrendo com a ira desse filho, com seu ódio inconsciente, com a incompatibilidade e precisará fazer de tudo para se reconciliarem — percebeu quando Daniel ficou atento, arregalando os olhos. Mesmo assim, ela continuou: — E para aprender a não esquartejar mais ninguém, esse espírito que esquartejou, provavelmente, será esquartejado para sentir, na pele, o quanto é sofrida essa experiência e nunca mais fazer isso com ninguém. — Fez breve pausa. — Aí, em outra vida, ele aprende a não ser violento, mas ainda rouba, comete crimes, tortura alguém psicologicamente, isso por não ter moral, valores e princípios. Então, em uma nova encarnação, será vítima de roubo, de crimes semelhantes aos que cometeu, será torturado psicologicamente, exatamente, como torturou outra pessoa, até que aprenda a resignar, a superar, não fazer nada errado e ensinar aos outros a não fazer também. Essa experiência é punição? É castigo? É uma experiência punitiva? — Não esperou que ele respondesse. — Não. Isso é uma experiência educativa, para aprender a não fazer mais aquilo. É algo que a sua consciência atraiu para que registre e não erre mais. Quando ele passa, quando vive o que fez de mal ao outro, aprende e se educa. E o contrário também acontece. Se fizer o bem, o bem é o que vai receber de volta. Às vezes, pode demorar, porque se realizou tanta coisa ruim e errada, é preciso saldar esses débitos primeiro, em alguns casos, mas a lei do retorno é certa. Somente a reencarnação explica isso. Então, Dan, as diversas reencarnações servem para nós adquirirmos e conquistarmos a evolução moral e também intelectual. Dessa forma, vamos nos aperfeiçoando, evoluindo, deixando de fazer o outro sofrer e deixando de sofrer também. Isso é merecimento. O sofrimento não é obra de Deus, é a ausência do nosso amor. — Contemplou seu semblante leve e sereno. Aquilo pareceu fazer sentido para o amigo. — Dan, não existe injustiça. As Leis de Deus, as Leis da Inteligência Suprema estão registradas na consciência de cada espírito. É por isso que cada consciência atrai para si o refazimento, as experiências de aprendizado, as dores que a levam a buscar alívio, harmonizar o que desarmonizou, ser prudente, bom e justo em pensamentos, palavras e ações.

Muitas vezes, nós nos esquecemos de que Deus é soberanamente justo e bom. Então, se nosso celular é roubado, reclamamos e exigimos justiça. Achando-nos injustiçados, queremos a punição de quem o roubou. Mas, Deus é soberanamente justo, ou seja, não existe margem de erro na justiça Divina e, dessa forma, a justiça Dele já se fez quando o celular foi roubado, a justiça já foi aplicada — falou com jeitinho e sorriu. — Em alguma época, em algum lugar, roubamos algo importante e valioso de alguém e merecemos, por justiça, ficar sem o celular para sentirmos o que é ser lesado e prejudicado. É a justiça sendo aplicada. — Fez breve pausa. — A violência física ou emocional que sofremos, as dores que experimentamos é a justiça que veio pedir contas. Dessa forma, vamos aprendendo. Tudo o que nos acontece tem em sua base uma inteligência ordenando o que é melhor e mais importante para o nosso crescimento espiritual e moral ou a vida não faria sentido. Entendeu?

— Nossa, Keiko... Você deu um nó na minha mente — sentiu um alívio inexplicável.

— Que nada!... Soltei foi o nó da sua mente — ela riu com gosto ao contradizer.

— Tenho muita coisa para te perguntar, a partir de agora, mas... Não é o lugar... — observou a bela vista da cidade que, naquele momento, pareceu mais clara, mais bela.

— Entendo. É lógico. Não é um bom momento. Podemos conversar na hora que você quiser. Adoro esse assunto.

Quando se viraram, depararam-se com Satoshi que estava parado à porta de vidro, ouvindo. E ele falou:

— Também gostei muito desse papo e quero participar da próxima conversa, se me permitirem.

— Por mim, tudo bem! — a prima concordou.

— Vamos conversar sim! — Daniel se alegrou. Vamos marcar um dia só para falarmos sobre isso. Da forma como me apresentou a Deus, eu... Não sei explicar, mas tudo passou a fazer sentido.

— Combinado — Keiko aceitou, animada.

CAPÍTULO 24

FALTA DE POSICIONAMENTO

A recepção feita por Yukio causou ótima impressão. Todos apreciaram o novo apartamento e como foram recebidos: a atenção, a educação, a música calma e baixa que permitia conversarem, criando uma energia harmoniosa.

Na hora de irem embora, Marceline deixou claro que precisaria da carona de Daniel, afinal, moravam no mesmo prédio. Isso não deixou Selena satisfeita. Mesmo a distância, Satoshi percebeu seu sorriso se fechar e uma névoa densa e invisível pairar sobre ela.

No carro, Marceline estava animada. Ficou muito feliz por ser convidada por Yukio que, generoso, reconheceu sua importância para o caso do diretor Dimas.

Ela ficou radiante por ter conversado com Eleonora por tanto tempo, oferecendo e dando atenção à senhora que, dificilmente, era vista na empresa dialogando, demoradamente, com funcionários que não fossem da diretoria.

Durante o caminho inteiro, não parou de falar, até perguntar:

— E você, Selena? Está adorando ser diretora de tecnologia, não é?

— Claro. É gratificante quando temos nosso trabalho reconhecido. Foi uma grande surpresa. Não esperava — respondeu, virando-se de leve para a outra que sentava no banco de trás.

— E você, Daniel? Não achou estranho continuar gerente tendo a namorada como diretora?

A pergunta inapropriada pegou o rapaz de surpresa. Isso o incomodou. Não era assunto para ser tratado ali e com ela.

— Estranho por quê? Selena tem experiência e capacidade. Foi merecido — ele dissimulou.

— Achei interessante como a dona Eleonora deu atenção para você, Daniel. Fez questão de pedir para que se sentasse ao lado dela. — Silêncio. — Vocês se conhecem de outro lugar?

— Acho que a dona Eleonora ficou grata por eu ter descoberto as falcatruas do diretor Dimas — o rapaz disfarçou, novamente.

— Ela também ficou conversando muito tempo com você, não foi, Selena?

— Isso pareceu incomodá-la, Marceline — Selena disse sem se virar. — Não vi nada demais.

— Ah... Desculpa... — ficou envergonhada, magoada, com um toque de raiva. Acreditou que a outra não precisava falar daquele jeito. — Daniel, pode deixar a Selena na casa dela, depois vamos para a nossa. A casa dela é caminho e... Fica mais fácil — sorriu. Não viu o olhar fuzilante de Selena se espremer, sem encarar ninguém.

O rapaz nada disse. Foi direto para onde morava e deixou Marceline no portão.

— Ai... Quanto trabalho. Poderia ter se poupado. Depois de levá-la terá de voltar para cá. E se prepara!... Minha mãe estará te esperando como sempre! — riu alto. Depois, olhando para a namorada do rapaz, contou: — Minha mãe espera o Daniel todos os dias para ele passar lá em casa e comer alguma coisa, antes de subir — explicou. Ninguém disse nada e Marceline não se importou em ser inconveniente. Em seguida, despediu-se, entrando.

— Às vezes, a Marceline consegue ser bem desagradável — ele pareceu muito insatisfeito ao falar. Olhando para a namorada, perguntou: — Quer subir? Quer dormir aqui?

— Não. Estou exausta. Você sabe que, hoje cedo, fui para a empresa e fiquei a manhã inteirinha com a equipe de tecnologia, acompanhando detalhes da implantação do sistema. Hoje é sábado! Sábado! — exagerou e riu. — Está sendo tenso. Sou nova na equipe. Sou diretora dessa área! Estão mudando tudo! — enfatizou, mas sem falar alto. — O antigo diretor, que está me passando o serviço e prestando consultoria, olha para a situação, para os analistas técnicos, fica sem entender e fica apavorado. Imagine eu! — suspirou fundo. — Hoje foi tenso. Desculpa... — fez-lhe um carinho, passando a mão em seu rosto. — Preciso descansar. Adoro dormir. Necessito, urgentemente, da minha cama, do meu quarto totalmente escuro e de silêncio. Quero descansar!

Ele achou graça, riu ao ver aquele seu jeito e concordou:

— Tudo bem. Amanhã a gente se vê — ligou o carro e a levou.

Ao deixá-la em frente de casa, Selena comentou:

— Amanhã, quero dormir até meio-dia, se conseguir. Vamos combinar assim... Quando eu estiver pronta, mando mensagem e te pego na sua casa.

— Eu venho te buscar! — sorriu.

— Não — iluminou-se com lindo sorriso. — Eu passo lá. Esta semana você me trouxe todos os dias. Eu passo lá.

— Aonde vamos, amanhã?

— Também não sei... — sorriu e curvou-se para beijá-lo com carinho. — Amanhã a gente vê.

Trocaram um abraço demorado, beijaram-se novamente e ele se foi.

Ao retornar para onde morava, Daniel começou a se incomodar com o fato de dona Dalva esperá-lo.

Aquilo se tornou inconveniente e a senhora não percebia isso ou não queria perceber.

Gostava dela, mas a situação era estranha. Ela perguntava de sua vida e ele não tinha como não responder. Era algo invasivo. Além do que, agora, Marceline parecia não o respeitar, hierarquicamente, dentro e fora da empresa. Ela o tratava com muita liberdade, falando e fazendo perguntas que não eram de sua conta. Ainda bem que tinha planos de se mudar dali sem que ninguém soubesse e estava perto disso. Nem mesmo Selena, para quem desejava fazer a maior surpresa, sabia de seus projetos.

Após deixar o carro na garagem, subiu as escadas e, de novo, viu Dalva com a cabeça para fora da porta, olhando para o corredor. Sorridente, fez-lhe um sinal com a mão, chamando-o para perto.

— Boa noite. Tudo bem com a senhora?

— Tudo. E você?

— Estou bem.

— A Marceline estava contando da festa. Disse que só tinha gente importante da empresa. Até a presidente estava lá. Venha!... Entre!

— Não. Obrigado. Estou muito cansado e com dor de cabeça — inventou.

— Ah... Que pena — lamentou a mulher. — Vou fazer um chá e daqui a pouco levo pra você.

— De jeito nenhum. Vou tomar banho e deitar. Já tomei um remédio que a Selena me deu — mentiu novamente.

— Então, vai. Durma com Deus.

— Obrigado, dona Dalva.

Não gostou da necessidade de inventar desculpas para se livrar daquela situação. Sentia-se mal, mas não conseguia pensar em outra saída, pois não desejaria magoar a senhora que o ajudou tanto. Se soubesse que aquela ajuda teria esse preço, daria um jeito de evitá-la.

Em seu apartamento, Daniel não parava de pensar em como estava se sentindo quando chegou ao apartamento do amigo e depois de conversar com Keiko. O que ela disse fazia sentido. Aliás, fazia muito sentido. Aquelas foram as explicações mais lógicas a respeito de Deus ou Inteligência Suprema que já havia recebido.

Agora, tinha muitos questionamentos razoáveis que gostaria de conversar com ela. Foi interessante como aquela conversa o prendeu. Pena que estavam, ali, junto de muitas pessoas. Selena já tentou falar sobre isso, mas ele não quis ouvir, não deu importância. Enquanto pensava em tudo, o espírito Faustus acercou-se dele, dominado pelo ódio.

— O que foi aquilo?!!! — esbravejava. — Estou tentando tirar a Selena da sua vida, para não lhe falar mais aquelas coisas sem fundamento e me vem essa japonesa infeliz, que saiu das profundezas dos infernos, para atrapalhar!!! Quem foi que o envolveu daquele jeito?!!! Não pude chegar perto de você!!! Fiquei atordoado!!! Amarrado!!! Quem é aquela japonesa para interferir nos meus planos?!!! Acreditar em Deus não resolve nada na vida!!! Sou prova disso!!! O desespero continua! As dores não param! Somos infelizes do mesmo jeito! E você?! Acaso acha que essa conversinha barata foi suficiente?! Olha seu pai aí para provar isso! Cadê Deus?!!!

Imediatamente, Daniel se sentiu angustiado. Passou a pensar no que aconteceu à sua mãe, ao seu pai e avô materno. Não deveriam ser boas pessoas em vidas passadas para se perseguirem daquela forma. Isso baixou sua vibração. De que adiantaria saber tudo aquilo e não poder mudar nada?

— Daniel, pare de se torturar com o que passou. Não aprendemos sobre Deus, Sua justiça soberana e bondade infinita para mudar o passado, mas para mudar o nosso futuro — disse Isidoro, seu mentor, tentando inspirá-lo.

O rapaz não conseguia reagir e, novamente, deu espaço a uma série de pensamentos que lhe desagradavam. Por influência de Faustus, lembrou-se de Satoshi que, sem ser visto, estava ouvindo tudo o que conversava com Keiko. Detestou isso e ainda mais quando interferiu, querendo participar de novo encontro para conversarem sobre aquele assunto. Aliás, ficou irritado ao vê-lo ali, naquela recepção, às vezes, intrometendo-se em alguma conversa em que Selena participava.

Como seria quando estavam os dois juntos, na empresa, tratando de trabalho?

Acreditava que Satoshi não se separava dela e ele não tinha controle algum sobre isso.

Ruminando esses e outros pensamentos inquietantes e desnecessários, passou a maior parte da madrugada sem dormir.

Na manhã seguinte, Daniel acordou com Marceline batendo à sua porta, chamando-o pelo nome.

Levantou-se rápido e foi atendê-la.

No primeiro momento, pensou que algo tivesse acontecido com Dalva, por vê-la chorando daquele jeito.

Ao abrir a porta, Marceline entrou apressada. Passando por ele, foi direto para o sofá.

— Desculpa eu vir aqui... Por favor, me desculpa... — pediu, secando o rosto com as mãos.

— O que aconteceu? — ele quis saber, mas já ficou insatisfeito.

— Ontem, depois que você subiu, o Aguinaldo me mandou mensagem, chamando para conversar lá embaixo. Eu desci e ficamos no banco do jardim. Ele me pediu desculpas pela forma como tem me tratado, por não ter me falado do filho que a outra teve... Ele foi carinhoso e até chorou! Pediu pra gente voltar. Sempre ouvimos que precisamos perdoar, não é? Ele falou que não tem mais nada com a outra, que só vai assumir os encargos com o filho. Disse que não quer vê-la nem pintada de ouro. Então, resolvi perdoar. Mas não falei isso pra ele. Aliás, não falei nada. Gostei de ver o Aguinaldo se desculpando, sendo agradável. Me mantive durona, sabe? Então ele me pediu para pensar. Subi, já era tarde. Quando foi agora cedo, recebi mensagem da irmã dele. Ela me mandou um monte de fotos do Aguinaldo com a mãe do filho dele, abraçados! Com a criança entre eles! — alterou-se, admirada. — Várias fotos! Todas elas na casa dele com a outra! — chorou.

— E por que ela te mandou tudo isso? — perguntou mais para fazê-la pensar do que por interesse próprio.

— Ela foi me falar que o irmão não tem responsabilidade. Estava falando dele — chorou. — O assunto surgiu...

Daniel pensou em pedir para que fosse embora, mas o espírito Faustus acercou-se dele e o fez lembrar da ajuda que recebeu dela e de sua mãe. Fez com que sentisse pena e ficasse confuso entre a ingratidão e o abuso que ele sofria. Sim, aquilo era um abuso por parte de Marceline, pois ele já havia pedido para que não fosse mais ao apartamento dele, por causa de sua namorada.

Em conflito, Daniel foi até a pia e ligou a cafeteira. Sem demora, serviu um café para ela e se serviu também.

— Nem contei para a minha mãe! — ela disse chorando.

— Mas o que está te deixando assim tão desesperada? Não estou entendendo.

— Ele me pediu para voltar! Fez promessas! Planos para nós dois e depois eu soube, pela irmã dele, que tirou fotos com a outra!

— Acho que deveria estar feliz por ter descoberto tudo antes de dizer a ele que lhe perdoava.

— Não é tão fácil assim, Daniel. Vocês homens são diferentes. São racionais e frios. Nós temos sentimentos.

— Não é frieza, é praticidade. Na vida, muitas vezes, é preciso ser prático. Se não serve, descarta. Se a situação está tão ruim para te deixar desse jeito, para que esperar?

— Entrei em crise emocional. Conflito de sentimentos — olhou-o como se exigisse piedade. — Precisava desabafar com alguém. Por isso te procurei. — Colocou a xícara sobre a mesinha de centro e se levantou, secando o rosto com as mãos. — Desculpa te incomodar. Só queria um ombro amigo.

— Converse com sua mãe. Ela saberá te orientar melhor do que eu — ficou satisfeito ao perceber que ela ia à direção da porta.

— Vou indo... Depois nos falamos e... Mais uma vez, me desculpa.

— Tudo bem. Esfria a cabeça e conversa com sua mãe.

— Pode deixar. Tchau.

Ao vê-la partir, suspirou fundo, sentindo-se aliviado.

Eram quase cinco horas da tarde.

Daniel desceu para esperar a namorada. Havia trocado mensagens e ela passaria lá para pegá-lo.

Estava fechando o portão para aguardá-la na calçada, quando Marceline apareceu e começou, novamente, a contar sua situação com Aguinaldo.

Na calçada e na sua frente, ela falava, chorava e gesticulava, mesmo que timidamente. Por sua vez, sério, Daniel ouvia.

Em dado momento, decidiu aconselhar, para tentar se livrar dela o quanto antes:

— Já falei, Marceline, tira esse sujeito da sua vida. Esquece tudo isso. Vida nova.

— Não é tão simples assim. Tudo o que vivemos, todo o tempo que tivemos juntos...
— Mas vocês nem foram casados — ele lembrou.
— Mesmo assim. Temos uma história.

De repente, Daniel se deu conta e viu Selena com o carro estacionado do outro lado da rua, só olhando para eles.
— Com licença, Marceline. Preciso ir. A Selena chegou.
— Vai... Vai, lá.

Ligeiro, o rapaz atravessou a rua, entrando no carro da namorada.

Beijaram-se rapidamente, porém ele notou a feição séria de Selena, que pareceu não ter gostado do que tinha visto. Não sabia dizer quanto tempo ela estava lá parada. Talvez há muitos minutos. Havia se distraído com Marceline e não se deu conta de olhar e saber quando chegou.

Ela ligou o carro e saiu dirigindo.
— Aonde vamos? — perguntou para puxar assunto, pois a viu chateada.
— Ao *shopping*. Preciso comprar meias de compressão para minha mãe — continuou séria.

A tarde e o início da noite foram marcados pelo silêncio da namorada e falta de explicação dele.

Caminharam pelo *shopping*, tomaram café e ela convidou para irem embora, alegando que precisaria levantar bem cedo no dia seguinte.

A caminho de casa, aceitando as inspirações do espírito Faustus, Daniel concluiu em pensamento:

"Selena não colabora. Não é nenhum pouco compreensiva. Não houve nada demais entre mim e a Marceline. Só estávamos conversando. Ela pode ficar conversando longamente com o Satoshi. Eu não posso falar com ninguém."

Ao deixá-lo em frente de onde morava, despediram-se e ela se foi.

CAPÍTULO 25

ENTRE O DESESPERO E O SOCORRO

Era quarta-feira.
Tentando disfarçar, Selena se demonstrou inquieta e preocupada com o serviço. Sentia que não conseguia assimilar toda a nova tecnologia implantada e passada pela equipe de analistas que acompanhava o diretor Satoshi.
Notando sua discreta aflição, ele sorriu, colocou a mão espalmada em seu ombro de forma pesada e pediu com tranquilidade:
— Calma — sua voz soou forte, assim como seu sotaque. Sorriu com serenidade.
O susto a fez soltar o ar ao mesmo tempo que sorriu, mais por estar tensa do que de felicidade.

— Não estou nervosa — sorriu mais largamente ao mentir.

— Não? — ele duvidou e deu-lhe um bombom, que foi aceito e agradecido com um sorriso e suave aceno positivo com a cabeça.

— Não estou nervosa não. Estou apavorada — falou rindo com delicadeza e exibindo-se graciosa, enquanto demonstrava extrema discrição.

Ambos riram e ele chamou:

— Vamos tomar um café? Eu também preciso de um café.

Ela aceitou e o conduziu para uma pequena sala de reuniões, perto de onde estavam, solicitando a uma assistente que trouxesse café, água e alguns acompanhamentos.

Gentil, típico de sua educação, o rapaz puxou a cadeira e esperou que Selena se sentasse. A moça estranhou. Não estava acostumada a isso, mas aceitou.

No instante seguinte, acomodou-se ao seu lado, deixando sua cadeira de frente para ela e apoiando o cotovelo sobre a mesa, enquanto a observava.

— Você disfarça muito bem. Apesar disso, percebo que está tensa.

— Há momentos em que vejo os analistas conversando e implantando o sistema e me perco — Selena confessou, virando sua cadeira, ficando ainda mais de frente para ele. — Não entendo direito o que está acontecendo. A dificuldade talvez seja pelo idioma de alguns e... — sorriu de modo gracioso.

— Foi por isso que vim para o Brasil, junto com eles. O inglês que eles falam e o inglês dos analistas daqui não seria suficiente para se entenderem tão bem quanto necessário. Você não tem com o que se preocupar — explicou de um modo tranquilo, passando segurança, com a voz pausada e tom agradável.

— Como não tenho com o que me preocupar? — achou graça. Mesmo assim mostrava-se calma.

— Você é diretora, Selena. Não tem de saber de nada sobre implantação. Tem que saber o que pedir, o que solicitar. Você não é um analista técnico — sorriu. Encarou-a com olhar cintilante e magnético.

Ela imantou-se nele, ficando reflexiva, desejava aprender como agir. Nunca teve aquele cargo antes e gostaria de que nada saísse de seu controle.

O café e os acompanhamentos foram servidos e a colaboradora da empresa logo se foi.

Selena foi servi-lo, mas ele recusou, gentilmente, estendendo a mão e tomando à frente.

— Café ou água? — o rapaz perguntou, sendo simpático.

— Água, por favor.

Satoshi colocou água em um copo e entregou para ela, servindo-se com café até a metade da xícara, mas algo chamou a atenção de Selena. Ele pegou água gelada e completou a xícara onde havia colocado café.

— Mas o que é isso? — ela começou a rir.

— Para mim, café tem que ser mais fraco, morno e sem açúcar. Não ligue para isso — riu. Sabia que ela iria criticar.

— Nunca vi uma coisa dessas!

— Muita gente nunca viu — Satoshi riu alto, com gosto. A tensão foi quebrada e ela não acreditou quando o viu tomando o café daquele jeito. Poucos minutos e disse: — Selena, acho que você não está só inquieta com o trabalho. Em pouco tempo, percebi que é uma mulher inteligente. Inteligente demais — sorriu, iluminando o rosto ao encará-la. — Sempre domina sua função e procura aprender a função, o trabalho dos outros à sua volta. O que não a está deixando prestar atenção ao serviço é algo particular. Estou errado? — observou-a com olhar sereno.

— Pensei que eu pudesse disfarçar bem — a diretora de tecnologia falou.

— Sim. Disfarça bem. Mas sou ótimo observador. Sei ler pessoas.

— Não costumo trazer desafios e conflitos pessoais para o serviço nem faço o contrário. Sempre procuro separar as coisas, principalmente, em momentos como o que estamos vivendo aqui na empresa.

— Entendo. Também faço o mesmo — tomou mais café e ela observou, quase incrédula. Selena suspirou fundo e pegou um biscoito. Inesperadamente, o rapaz disse: — Serei direto. O Daniel está implicando com você por minha causa?

— Esse é o menor problema. Ele até se incomodou, mas... Sou eu que estou implicando com ele por causa de uma funcionária daqui da empresa, que mora no mesmo prédio que ele. Aliás... — sorriu com ironia, típico dela. — Não estou implicando. Não disse nada. Só olhei os dois conversando e fiz o tratamento de silêncio.

— Ooouuuhhh... — expressou-se enigmático e puxou o ar através dos dentes cerrados. — Isso é pior do que falar muito e dizer coisas que não poderá retirar — Satoshi considerou, falando bem sério e atento. — Mas pode ser só conversa. Daniel não me parece o tipo de homem que brinca com sentimentos dos outros. Ele sempre é honesto e diz o que pensa. Vejo isso quando olha para mim e nas poucas vezes em que conversamos.

— A história é bem longa. Não se trata somente de eu ter visto os dois conversando. É que... Aconteceu uma situação que não me sai da cabeça.

— Quer contar? — pediu com sinceridade e interessado, fixando o olhar nela.

— Não sei se é conveniente... — titubeou e olhou para o chão.

— Fala. Confia em mim — o rapaz disse e viu seus olhos verdes marejados.

No minuto seguinte, Selena ergueu a cabeça e o encarou. Sem entender o porquê, decidiu contar sobre o brinco que encontrou e desfechou:

— Se eu não achasse o maldito brinco, nunca saberia que ela dormiu lá.

Alguns segundos e Satoshi opinou:

— Não houve nada entre eles.

— Como você pode garantir?! — enervou-se. — Vocês, homens, sempre se protegem. Não importa o idioma! — expressou-se zangada e Satoshi achou graça.

— Selena — chamou-a com extrema tranquilidade e viu-a olhar —, busque a paz. Os pensamentos e as emoções têm um poder inimagináveis sobre nós. Quando acalmamos o pensamento e suavizamos as emoções, alcançamos a paz. Na paz, encontramos respostas e soluções. Existem causas e condições para tudo surgir e cessar, pois nada é eterno. Tudo muda. Tudo se transforma. Os pensamentos frenéticos e as emoções intensas, mesmo que sejam sobre questões boas, tiram a nossa paz, o nosso equilíbrio. Com isso, não encontramos respostas, tudo fica tumultuado. Quando uma situação desagradável não depender de você, não se desespere, não reaja, busque a paz, acalme os pensamentos. Você atrairá respostas e soluções.

— E se não atrair respostas e soluções? E se a solução ou a resposta não for favorável àquilo que eu quero?

— Aceite. Aceite o que vier e o que não puder mudar. Mude o que for de sua responsabilidade. O resto, aceite simplesmente. Não se importe. Quanto menos se importar, mais feliz você será. Quando nos mantemos positivos em situações negativas, já vencemos — aconselhou com voz grave e suave, com típica tranquilidade.

— É que não quero ser feita de idiota. Não quero ser traída. Não vou admitir isso — falou baixinho, deixando escapar sofrimento e um toque de dor de sua alma.

— Então... quer terminar um relacionamento onde nunca foi traída, antes de ser traída, por acreditar que será traída? — Indagou sério. Não houve resposta. — Dessa forma, passará a vida sofrendo por aquilo que não aconteceu e talvez não acontecerá. Isso é trauma de experiência passada?

— É. É sim — admitiu séria e ele não esperava aquilo. Viu seus olhos cintilarem nas lágrimas que quase rolaram. Firme, sem deixar a voz embargar, contou: — Meu pai traiu minha mãe. Vê-la sofrer, ver sua dor foi muito difícil. Você não imagina. Aquele que trai não tem ideia da dor que causa aos outros. Eles não se separaram, o que me deixou furiosa. Na época, não entendia a razão. Só mais tarde... Minha mãe deixou de trabalhar para cuidar da casa e dos filhos. Depois de quinze anos de casada, quinze anos fora do mercado de trabalho, quinze anos desatualizada... foi traída e não podia deixá-lo. Teve medo do futuro. Tinha três filhos menores. Eu com dez anos, a caçula. Vi minha mãe em depressão, desenvolvendo ansiedade, chorando escondida dias e noites, sendo maltratada, convivendo sob o mesmo teto do homem que desejava abandonar, mas não podia. Faltava dinheiro em casa porque ele gastava com outras. Por isso, minha mãe precisou fazer faxinas. Em vez de cuidar de si, ela passou a estimular os filhos a estudarem, terem uma vida decente e próspera. Mas não foi só isso. Era um pai abusivo, que me humilhava, agredia, me torturava psicologicamente, dizendo o quanto tinha vergonha de mim, que eu parecia uma bruxa, para não olhar para ele... Vivia dizendo que eu não seria nada na vida, que não significaria nada para ninguém... Que ninguém nunca gostaria de mim... — calou-se por um momento. — Meu pai morreu quando eu tinha vinte anos. Meu segundo namorado me traiu também. Embora fosse um namorado, pude ter a ideia da dor que minha mãe passou. O bom foi eu ser solteira e não ter filhos. Sempre fui exigente com meus relacionamentos. Ou temos um compromisso sério, de respeito em que um não traia o outro ou não temos nada. Hoje, tenho trinta anos e estou muito bem assim. Então... Sim, ter medo de ser traída se tornou um trauma. Já fiz psicoterapia que me fez chegar à conclusão de que para mim está bom desse jeito. Não consigo e não quero mudar. Quem quiser ficar comigo, precisará me aceitar desse jeito. Não é uma exigência absurda. Posso abrir mão de muitas coisas, mas não abro mão de fidelidade. — Respirou fundo e falou: — Não sei por que estou te contando essas coisas. Que droga... — Virou o rosto sério, triste e se remexeu.

Em total silêncio, Satoshi abriu outra garrafa de água, colocou no copo e ofereceu a ela, que aceitou. Algum tempo se passou e se manifestou:

— Contou para mim porque seu coração ainda dói, transborda e enche sua mente. Que tal pensar que nunca, jamais poderá controlar alguém, mas, com toda a certeza, poderá controlar suas decisões diante de fatos? E se acontecer, se for traída, sua decisão já está tomada. Não aceitará ficar com a pessoa. Com isso, deixará de sofrer por antecedência. — Não houve resposta. — Outra coisa... Parabéns por ter uma decisão. Muita gente é indecisa quanto a isso. A pessoa desconfia ou sabe que é traída, não tem posicionamento, vive sofrendo e sofrendo, tornando-se dependente emocional. Sei que não me pediu, mas... Meu conselho é se desapegar da possibilidade. O que acontecer chegará até você. De alguma forma, tomará conhecimento. Se acontecer, já sabe o que fazer.

— Não queria te incomodar com esse assunto. Nem sei como começou e...

— Selena, você não me incomodou. Fica tranquila. — Sorriu e falou: — Estamos trabalhando juntos há um tempo e esse tipo de amizade e confiança acabam surgindo. Está tudo bem. Tomara que eu tenha ajudado. Gosto de ajudar pessoas — foi sincero. Desejava ajudá-la sem outros interesses. Apesar de que, estar perto dela, fazia crescer ainda mais seus sentimentos mais secretos, aqueles que gostaria de não ter. Havia prometido a si mesmo não interferir na vida dos dois, por mais que a desejasse e quisesses para si. Seria prudente e digno do que aprendeu no budismo, embora aquilo o torturasse.

— Ajudou sim. Obrigada. Você me ajudou muito. Se precisar de mim... — sorriu lindamente. Pareceu mais aliviada. Olhando no celular, viu a hora e o convidou: — Agora, vamos?

— Mas gostaria de lembrá-la — brincou, falando rindo —, um dia, posso precisar de ajuda e vou chamar você!

— Estarei pronta para ajudar! — correspondeu a brincadeira.

Era quase final da tarde quando Daniel enviou mensagem de texto para Selena falando sobre lhe dar carona para casa no término do expediente. Ela respondeu que ficaria mais tempo no serviço e não saberia dizer a que horas sairia. Pediu para o namorado não se preocupar e não a esperar. Ele achou que ainda estivesse chateada e que aquilo era uma desculpa e decidiu ir embora. Faria como ela pediu.

Aconteceu que a equipe de tecnologia decidiu deixar determinado trabalho para o outro dia. Então, todos sairiam no horário.

Selena ficou satisfeita quando a notícia veio no término do expediente. Rapidamente, enviou mensagem para o namorado, pedindo que ele a esperasse na garagem.

Ficou contente por poder ir embora com ele. Desejava fazer as pazes. A conversa com Satoshi a animou a se reconciliar.

Também enviou mensagem para sua mãe, pedindo que arrumasse um jantar leve, pois Daniel iria levá-la e o chamaria para entrar.

Sorria sem perceber.

Pegando sua bolsa, despediu-se rapidamente de todos e correu para a garagem a fim de alcançar Daniel o quanto antes. Tinha planos para aquela noite, desejava reequilibrar o relacionamento deles e acabar com aquela briga infantil.

Apesar do clima frio lá fora, a garagem do subsolo estava abafada e quente. Ela caminhava na direção do veículo do namorado, para o lugar onde ele sempre estacionava, quando viu Marceline entrando no carro de Daniel, que já estava sentado ao volante. A outra ria, conversando sobre algum assunto alegre. Selena jamais imaginaria o que estava prestes a desenrolar.

Parando perto de uma pilastra, praticamente, escondeu-se, incrédula, observando a cena, sentindo seu coração acelerar.

Viu Marceline dentro do veículo, inclinando-se na direção dele como se aproximasse e o beijasse.

O brilho de uma lâmpada acesa, naquele exato instante, refletia no vidro dianteiro do carro. Contudo, teve certeza do que viu. Não se enganou. Foi o que pensou na hora.

Selena sentiu-se mal, entorpecida, aquilo a fez paralisar. Seu coração se despedaçou e não suportava aquela dor. Apoiando-se na pilastra, ainda ficou observando, talvez para ter certeza, e não se deixou ver por eles. Algo a prendeu ali. Estava travada, como que congelada.

Ficou inconformada ao ver o carro passar quase perto dela e prendeu a respiração. Teve vontade de chorar, reagir, gritar, mas não conseguia. Sentiu o desespero tomar conta de seu corpo quase imóvel.

Vagarosamente, agachou-se e ficou de cócoras, tremendo e sem conseguir respirar direito.

Alguns minutos depois, um funcionário da recepção viu-a e se aproximou:

— Dona Selena, tudo bem? — chamou baixinho e observou-a dobrar os joelhos no chão, sentando-se e recostando na pilastra, com a respiração descompassada. — Dona Selena?... — ela pareceu não o enxergar. Em sua mente, via somente o momento da traição.

O rapaz saiu correndo e pegou o elevador, com intuito de descer no andar onde Daniel trabalhava. Ignorava que ele já tinha ido embora. Desejava procurá-lo, pois sabia que namoravam e deveria informá-lo de que ela estava passando mal.

Ao sair do elevador, afoito, perguntou aleatoriamente para alguém que o pudesse ouvir:

— O senhor Daniel? O senhor Daniel? Alguém o viu?...

Satoshi encontrava-se no corredor, a caminho da sala do primo, que trabalhava junto com Daniel. Achando estranho o comportamento do funcionário, decidiu perguntar:

— Aconteceu alguma coisa?

— A dona Selena está lá no chão da garagem. Acho que está passando mal — contou assustado.
— Leve-me até onde ela está — pediu preocupado.
O rapaz voltou para o elevador e o outro o acompanhou.
Chegando à garagem, apontou para onde ela estava e ficou alguns metros de distância, olhando com olhos arregalados.
Satoshi correu até Selena, cheio de preocupação. Abaixou-se ao seu lado, tocou em seu rosto com a mão, percebendo-a gelada.
— O que foi? O que está sentindo? — calmo, perguntou baixinho, segurando em seus ombros. Desejava socorrê-la, mas ainda não sabia como.
Ao encará-lo, Selena não segurou as lágrimas. Ele colocou um joelho no chão ao seu lado, ficando bem mais perto. Enlaçou seu braço na cintura dela e, cuidadosamente, ajudou-a a se levantar, apoiando-se nele. Ela parecia sob o efeito de um choque e, baixinho, Satoshi perguntou:
— O que foi? O que aconteceu? — colocou a mão em suas costas, pois temia que caísse ou se desequilibrasse.
— Ele me traiu... — sua voz saiu como um sussurro e olhou-o com olhos suplicantes.
Satoshi, contrariado, apertou os lábios e, em seguida, puxou o ar entre os dentes. Fechou o punho de raiva e seus olhos brilharam, sem que ela visse. Nunca se sentiu assim por ver alguém sofrer.
— Quer que eu chame alguém? — o funcionário perguntou, inquieto e a certa distância.
— Não. Está tudo bem — ele assegurou. — Posso ajudá-la. Pode ir — pediu, praticamente, ordenando.
— O senhor tem certeza que não quer ajuda? — tornou o moço.
— Já falei. Pode ir. Ela está bem — determinou, firme ao encará-lo.
Mesmo inseguro, o rapaz virou as costas e se foi.

Selena quase cambaleou, sentiu-se tonta e frágil. Destruída por dentro, apoiou-se nele sem perceber e ele a segurou firme.

Satoshi a viu trêmula, de cabeça baixa. Rápido, tirando o blêizer que vestia, colocou-o sobre seus ombros. Voltou a segurá-la. Buscou olhar seus olhos e falou com voz grave e calma:

— Fica tranquila, Selena. Estou com você. Está tudo bem — viu-a acenar positivamente com a cabeça, enquanto ainda olhava para o chão e lágrimas deslizavam em sua face pálida. — Tem outra saída daqui para a rua, que não seja pelo elevador e passando pela recepção da empresa?

Selena apontou para a direção e eles seguiram pela rampa de acesso dos carros.

Ninguém os viu.

Na calçada, Satoshi deu sinal para um táxi que passava e entraram. Ofereceu um cartão ao motorista, pedindo:

— Por favor, vamos para esse endereço.

CAPÍTULO 26

UM AMOR PROIBIDO

Ao estacionar o veículo na garagem do condomínio, Daniel sentiu-se aliviado. Não suportava mais as histórias, os queixumes e as indecisões de Marceline, que não parou de falar sobre si e de sua situação com Aguinaldo, por um minuto sequer, desde quando saíram da empresa até chegarem onde moravam.

Foi uma surpresa desagradável encontrá-la no elevador e, ao se ver sozinha com ele, pediu carona para voltarem juntos. Afinal, moravam no mesmo prédio.

O rapaz não sabia o que falar nem o que havia acontecido para ele não se posicionar, dizendo não ou dando uma desculpa qualquer sobre não ir para casa e não a levar junto.

Seria estranho não lhe dar carona e depois, chegar ao condomínio onde morava e estacionar o carro na garagem, que ficava sob a janela onde a vizinha morava. Certamente, Dalva e a filha saberiam que estava ali. Saberiam que não quis dar carona. Seria complicado.

Daniel não entendia a influência que os espíritos poderiam exercer em nossas vidas e ignorava as inspirações e interferências de Faustus, que deixava seus pensamentos confusos e raciocínio lento em muitos aspectos.

Ao subirem, o rapaz estava em silêncio até chegarem ao primeiro andar. Dalva já os esperava.

— Ah!... Mas que bom que vieram juntos! — ela se alegrou.

— Boa noite, dona Dalva.

— Oi, mãe!

— Boa noite. Oi, filha — beijou-a no rosto. — Vem, Daniel, entra aqui. O jantar já está pronto. Depois você sobe.

— Obrigado, mas tenho algumas coisas para fazer.

— Olha... — sorriu com jeitinho. — Tomei a liberdade de ir no seu apartamento e pegar suas roupas para lavar.

— Como assim?! — franziu a testa. Não gostou. Esqueceu que tinha deixado uma cópia da chave de seu apartamento com a senhora, para qualquer emergência. Mas, nos últimos tempos, a situação havia mudado. Começou a perceber o quanto Dalva e a filha estavam passando dos limites, sendo invasivas demais, não respeitando sua privacidade. Não era a primeira vez que a senhora pegava suas roupas para lavar ou passar sem lhe dizer nada. — Não deveria ter feito isso, dona Dalva — falou com voz mansa. Não teve coragem de ser firme.

— Não é trabalho nenhum. Você é um filho para mim — sorriu amavelmente e passou a mão em suas costas.

— Vou pedir que não faça mais isso.

— Que nada! Deixa de ser bobo! — riu, reagindo de modo indiferente ao seu pedido. Antes de vê-lo falar qualquer coisa, pediu: — Preciso de um favor seu. A lâmpada da cozinha queimou. É daquelas compridas e não sei trocar e a Marceline também não. Poderia nos ajudar? Não dá para esperar muito, porque ela está piscando e irrita a gente. Se apago, não enxergo direito.

Daniel forçou o sorriso e entrou no apartamento para trocar a lâmpada. Quando terminou, ouviu:

— Agora você janta aqui.

— Não, dona Dalva. Agradeço muito, mas tenho coisas do serviço para fazer. Preciso ler alguns relatórios com muita atenção.

— Que pena... Só um momento, então. Vou preparar uma marmitinha para você levar.

— Ela é bondosa, muito bondosa — inspirou o espírito Faustus. — Você deveria ser mais grato com quem o ajudou tanto.

No mesmo instante, Daniel se sentiu ingrato por tentar dispensar as gentilezas da senhora. Afinal, ela sempre foi muito prestativa.

Após pegar o que lhe foi oferecido, o rapaz despediu-se e subiu.

Depois de tomar banho e jantar, pegou seu *notebook*, ligou e procurou os relatórios que precisava analisar.

Após algumas horas, ouviu o tilintar do celular e foi ver. Era Nádia, mãe de Selena. Leu a mensagem e se preocupou. Sentou-se direito e, no mesmo momento, viu a mensagem que a namorada havia enviado no final do expediente.

"Espere na garagem. Estou descendo. Vou com você."

Daniel sentiu-se assombrado. Como foi que não viu essa mensagem? Como foi que não escutou o celular? Por que se esqueceu, totalmente, de olhar o aparelho, desde que havia chegado, para conferir se não tinha qualquer recado importante?

Imediatamente, ligou para a mulher.

— Dona Nádia? A Selena não chegou? — sua voz exibia extrema preocupação.

— Não! A Lua não está com você? — referiu-se à filha, com o apelido familiar.

— Não — respondeu com voz baixa, tentando parecer calmo.

— Como não? Ela me mandou mensagem dizendo que estava saindo no horário, que estava voltando com você. Pediu para eu preparar um jantarzinho leve, porque você ia trazê-la e ela ia pedir para que entrasse. Vou te repassar a mensagem para que veja. Como estavam demorando, mandei mensagem para ela, mas a Lua não viu. Por isso, mandei para você.

— Lá na empresa, quando chamei a Selena para voltar comigo, ela disse que precisaria ficar até mais tarde, pois iam rodar alguns programas. Então fui embora. Somente agora, vi que ela enviou uma mensagem dizendo que iria para a garagem para voltar comigo. Mas, só vi essa mensagem agora! Não nos encontramos. Depois disso, ela não me mandou mais nada e... — olhou a hora. — A Selena já deveria ter chegado em casa faz tempo.

— Ai, Daniel... — falou preocupada. — O que será que aconteceu?

— Calma, dona Nádia. Vou ligar para ela e ver o que aconteceu. Talvez tenha voltado para a seção e ficado lá. De tão ocupada nem olhou o celular ou se esqueceu. Fica tranquila. Vou encontrar a Selena e ligo para a senhora.

— Vou esperar, Daniel. Por favor, não demora. Estou aflita. A Lua sempre avisa onde está e me manda notícias. Agora, nem leu minhas mensagens. Estou angustiada, meu filho.

— Vou encontrá-la. Preciso desligar para telefonar para ela.

Bem antes disso...

O táxi que Satoshi e Selena entraram parou não muito longe da empresa, em frente a um apart-hotel luxuoso, em uma avenida próxima ao grande centro financeiro da cidade de São Paulo.

Enquanto o porteiro abria a porta do veículo, Satoshi ajudou-a a descer.

Com a mão em suas costas, conduziu-a até o *hall* da recepção. Gentilmente, pediu a ela:

— Empresta um documento seu. É exigência do apart. Ele permite que o hóspede receba visita no apartamento, mas é necessário que o visitante se registre na recepção.

— Nem sei o que estou fazendo aqui... — falou tão baixinho que sua voz pareceu ser soprada. — Só preciso de um tempo... Podemos ficar aqui embaixo.

— Onde? Ali, no sofá perto da recepção? No *coworking*, um ambiente compartilhado? — indagou sério, fazendo-a pensar. — Aqui embaixo, todos os olhares estarão voltados para nós. Vamos subir. Empresta um documento — Satoshi decidiu.

Após o registro de Selena na recepção, eles subiram.

Abrindo a porta do apartamento, Satoshi a conduziu para a sala de estar, fazendo-a se acomodar no sofá.

Observando-a bem, percebeu o quanto ela tentava dominar o nervosismo com o silêncio, mas alguns leves tremores involuntários, às vezes, eram percebidos em suas mãos ou queixo. Ficou preocupado, mas não demonstrou.

Foi até o armário e voltou com uma blusa de lã. Pegou o blêizer de seus ombros e colocou uma blusa de lã. Achou que seria mais aconchegante. Tirou-lhe a bolsa do colo, cuja alça era apertada fortemente com as duas mãos, sem que ela percebesse o que fazia.

Com controle remoto, ele abriu as cortinas que cobriam as grandes portas de vidro que separavam a sala da varanda.

Selena não dizia nada.

O apartamento era em conceito aberto, com exceção do banheiro e do quarto. Havia bastante conforto e privacidade para quem fosse ficar por muitos dias. Ideal para viajantes de negócios, que buscavam boa acomodação com serviços de hotel, que incluísse limpeza, bar, restaurante e até piscina e sala de ginástica, além de ambiente para trabalho, salas de reuniões, etc...

Satoshi esperou que ela dissesse algo, mas os minutos foram passando e nada.

Sem saber o que fazer, pegou uma bebida e ofereceu:

— Este vinho é muito bom. Toma um pouco. Está frio... — Vendo-a com a taça na mão, pediu: — Procura relaxar...

Deixou-a sozinha.

Apanhou uma muda de roupa e foi para o banheiro tomar banho.

Alguns minutos depois, retornou, encontrando-a no mesmo lugar.

Usando uma calça de moletom larga e uma camiseta branca e folgada, ele estava mais à vontade.

Passando a mão pelos cabelos molhados, espalhando-os para que secassem melhor, sentou-se no sofá ao lado dela.

A única mudança que observou foi a taça vazia sobre a mesinha a frente deles. Segurando a garrafa, encheu as duas taças e entregou uma nas mãos dela. Tomou um gole e perguntou:

— Estou preocupado com você — falou baixinho, com a voz grave e mansa. — O que aconteceu na garagem? O que você viu?

— Vi a Marceline entrando no carro dele... — tinha o olhar perdido, como se olhasse para dentro de si e pudesse rever a cena que tanto a atormentava.

— Não estou invalidando sua dor, mas não acha que é uma cena simples? Por que não se aproximou? Por que não se deixou ver por ele? — indagou, sempre tranquilo.

Silêncio.

Satoshi tomou outro gole de vinho e esperou. Diante da demora, perguntou detalhes:

— Como foi que tudo aconteceu?

— Ele me chamou para me levar para casa... — contava com olhar perdido na borda da taça, enquanto a rodeava nas mãos. — Falei que ficaria até mais tarde. Passou um tempo... Quando voltei para a seção, os analistas decidiram deixar a instalação do projeto B54 para amanhã. Mandei mensagem pedindo para o Daniel me esperar na garagem, pois estava descendo. Ele não visualizou, por isso desci correndo para alcançá-lo. Eu passava entre os veículos estacionados e vi quando ela, toda alegre, entrou no carro. Ele já estava na direção e se inclinou para frente e ela se inclinou para o lado dele e... Se beijaram. Vi um brilho no vidro do carro, mas, sim, eles se beijaram.

— Ooouuuhhhh... — peculiarmente, murmurou baixinho, remexendo-se e tomando outro gole de vinho. Em seguida, colocou a taça sobre a mesinha. Fez uma expressão preocupante e perguntou: — Tem certeza?

— Não sei. Acho que sim. Mas... Talvez...

— Talvez não?

— Como ter certeza, Satoshi? Como afirmar? O ângulo, o brilho da luz da garagem no vidro dianteiro do carro, a posição dos dois!... Como posso garantir? — Sentia-se destruída, amargurada e seu tom de voz, embora calmo, refletia isso. Selena tomou um gole do vinho e colocou a taça sobre a mesinha. — O que eu poderia fazer? Perguntar para eles? Perguntar para o Daniel e ouvir, infinitas vezes, que não houve nada, que me enganei, que foi ilusão minha, até eu desacreditar de mim mesma? — Lágrimas escorreram em sua face pálida. — Não me esqueci do brinco que encontrei no sofá. Por que ele deu carona para ela? Por que tinha certeza de que eu ficaria até mais tarde no serviço? — olhou para o amigo e secou o rosto com as mãos.

— Talvez ela tenha pedido carona e ele ficou sem jeito de negar. Talvez... o ângulo que você estava favorecia ver uma perspectiva enganosa que...

— Até você está desconstruindo o que contei. Por que ele deu carona para ela? Por quê? Por que não me respeitou? — encarou-o. — Fiquei em pânico! Agora, não sei mais... Não sei o que vi. Não sei o que posso perguntar... Mas tenho a certeza de que vou ouvir que não houve nada ou que me enganei, quando quiser saber alguma coisa dele a respeito disso. — Engoliu seco e desabafou: — Desde os dez anos, vi minha mãe fazendo perguntas semelhantes para o meu pai e ele negando, dizendo que ela se enganou, que era louca e muitas vezes essas conversas terminavam em agressões. Eu a escutei chorando escondido pelo perfume barato que ele trazia nas roupas, pelas suas demoras em chegar do serviço ou até noites passadas fora... Cansei de ver a tristeza no rosto, nos olhos da minha mãe, mesmo quando tentava disfarçar e sorrir para os filhos, dizendo que estava tudo bem, que seus olhos vermelhos estavam daquele jeito por causa de uma dor de cabeça. Ouvi minha mãe chorando no quarto, sufocando a respiração por ter pegado alguma coisa do meu pai com outras mulheres... — começou a tremer e chorar mais, sentindo as lembranças vivas dentro de si. — Uma vez, ela foi me levar ao dentista. Na volta, vimos meu pai passando de carro com outra mulher ao lado, sentada no banco que era dela, lugar dela no carro... Pararam no semáforo e se beijaram... Em casa, quando confrontado, ele bateu na gente. Aquela imagem, do meu pai beijando outra mulher, não sai da minha cabeça até hoje.

— Sua mãe poderia ter se separado?

— Sim, poderia. Mas, como fazer isso quando se é dominada pela insegurança? Pela falta de apoio? Como fazer isso quando não se tem uma profissão ou está há anos fora do mercado de trabalho? Como fazer isso quando se tem idade acima da média que o mercado de trabalho exige? Como fazer isso com três filhos pequenos? — um soluço a interrompeu. Algum tempo se passou e prosseguiu: — No começo eu a culpei... — chorou e se curvou como se sentisse uma grande dor. — Como me arrependo disso... Eu a culpei por algo que não era culpa dela. Nunca disse isso, mas a culpei... — falou entre lágrimas. — Ela não se vestia bem, não se arrumava... E eu pensava: por que ela não se arruma? Quem sabe isso não vai fazê-lo parar de procurar outras? Depois, quando cresci, entendi que ela dependia do dinheiro dele e era ele quem gastava com outras. Ela não se arrumava, não gastava consigo para não faltar nada para nós... Às vezes, mal tínhamos arroz para comer, porque ela comprava com o dinheiro de diarista... Porque não havia mais dinheiro porque ele gastava com outras... Percebi que o único canalha era ele! — chorou mais ainda. — Mas eu gostava dele. Era uma mistura de amor e ódio. Não tínhamos cadernos, materiais escolares porque o carro dele precisava estar intacto, perfeito, limpo e cheiroso para sair com as outras.... Minha mãe deixava de comprar sapatos para ela para nos calçar... Conforme crescia, percebia tudo isso. Além das agressões que não paravam... Quando ele morreu, prometi a mim mesma que nunca seria traída — chorou, curvando-se e cobrindo o rosto com as mãos.

Satoshi remoía-se por dentro. Não queria vê-la sofrer, mas sentia que Selena precisava desabafar. Aquilo não era drama, era dor verdadeira. Ele afagou suas costas com leveza para que se acalmasse.

— Não ser traída não depende de você — quis conscientizá-la.

— Eu sei, mas só de pensar nessa possibilidade, depois de anos que vi minha mãe sofrer... Aí, hoje, naquela garagem, senti uma coisa estranha. Comecei a passar mal. Não conseguia respirar, senti uma dor no peito e na garganta... Quis gritar, mas... Precisei me segurar... O mundo rodou. Fiquei com a visão turva, não escutava direito, não conseguia pensar direito. Achei que fosse desmaiar, quando senti o sangue fugir do meu rosto. Não podia me mexer e um medo, um terror tomou conta de mim... Um medo tenebroso... Foi pavoroso... — Olhou em seus olhos como se pudesse ver sua alma e confessou: — Satoshi... Até agora estou com medo. Alguma coisa está acontecendo comigo, com meu corpo, mas não sei explicar.

Ao seu lado, o rapaz estendeu as mãos e ela, instintivamente, pegou-as. Colocando-as entre as dele, olhou em seus belos olhos verdes e disse com extrema calma:

— Selena, acredito que teve uma crise de estresse muito grande. Mudou de emprego, assumiu cargo maior do que qualquer outro em sua vida, sua diretoria está passando por gigantesca mudança e você se exigindo muito. Não quer decepcionar, quer corresponder a todas as expectativas que depositam em você... Não quer falhar. Sem dúvida, toda essa situação gerou grande ansiedade, grande estresse. Ao mesmo tempo, a vida amorosa ficou problemática, não por seus sentimentos, mas pela invasão, digamos assim, de uma terceira pessoa. Um grande acréscimo de pontos ao estresse que já vivia. Não bastasse, você traz uma bagagem de uma infância e uma adolescência sofrida, triste. Inconscientemente, talvez, ainda se culpe pela tristeza que via sua mãe sofrer, acreditando que, se você e seus irmãos não existissem, ela não fosse obrigada a aturar os maus-tratos que suportou. — Breve pausa e a viu prestando atenção. — Toda essa bagagem da infância, que podemos chamar de trauma, emergiu e ganhou vida quando sentiu a possibilidade de passar pela mesma experiência dolorosa de sua mãe e até a experiência infeliz que foi a de ser traída pelo segundo namorado. — Um instante para fazê-la pensar e prosseguiu: — A pressão no serviço, a problemática no namoro, o trauma da infância, tudo isso ferveu dentro de você, como um vulcão em erupção. Mexeu com sua pressão, provocou reações hormonais, alterou seu fluxo sanguíneo cerebral ocasionando tremores, medo, problema de visão, audição, sensação de desmaio, confusão mental, dificuldade de organizar os pensamentos e você, simplesmente, travou. Essa paralisação foi um mecanismo de defesa do seu organismo ou teria um colapso. — Breve momento e contou: — Lá na garagem, eu a vi pálida, gelada, enrijecida, confusa... Sua voz quase não saiu quando disse que ele a traiu. De imediato, até por causa da nossa conversa de um pouco antes, tive certeza de que estava com uma crise de estresse muito grande. Sei, perfeitamente, o que é isso. Assim como você, já disfarcei e não quis que ninguém percebesse o que eu sentia — sorriu levemente. — Pensava que seria melhor que eu morresse logo para ninguém perceber que eu tremia e sentia uma avalanche de sensações. — Nova pausa. — Sabe, Selena, cada um vive o fruto de suas escolhas e de suas decisões e, absolutamente, ninguém é obrigado a carregar sua bagagem, assim como, absolutamente, ninguém tem o direito de usufruir os resultados satisfatórios de seus esforços e vitórias. A escolha de sua mãe foi dela. Você não é culpada. A experiência que ela viveu foi dela, não sua. É importante a gente se desapegar do passado e se forçar a entender que nada pode ser mudado, a não ser sua opinião pelo ocorrido e saber escolher bem, se aquilo acontecer na sua vida novamente. Feito isso, mude de pensamento quando o mesmo assunto acontecer, treinando sua mente a se desapegar dele. No trabalho... Como já falei, você é diretora e não analista ou gerente. Por isso, não tem de aprender a fazer o trabalho deles, mas, sem dúvida, precisa dominar o seu. Saber o que é necessário, saber perguntar, mandar, exigir, sempre lembrando que sua equipe precisa de respeito para trabalhar com boa vontade e ser prestativa. Com o Daniel... Veja bem... Na verdade, até você tem dúvida sobre o que viu. Não creio que ele seja do tipo desonesto a tal ponto de beijar uma assistente, lá na empresa, onde todos sabem que vocês namoram. Qualquer um ali poderia ver e sair contando para os outros. Seria uma fofoca imensa e, se tem uma coisa no Daniel que ninguém pode negar, é que ele é extremamente compromissado com o trabalho dele, com a imagem dele, com o respeito que exige por meio do seu comportamento, pela sua postura, pelo jeito de falar e se vestir. Ele se cobra e se controla muito. Se não fosse por você, por serem namorados, ele não beijaria ninguém ali para preservar a própria imagem. Seria por ele mesmo. Posso afirmar isso, porque também sou assim e sou capaz de reconhecer esse comportamento nos outros. O Daniel é ambicioso, mas sua ambição é saudável, sem trapaças, sem enganações, sem puxar tapete... Ele quer conquistar posição, mas por merecimento, por sua competência. Se ele achar que não merece, abre mão. Ele é honesto.

Apertou suas mãos entre as dele, balançou-as levemente e as soltou.

Selena ficou pensativa e abaixou o olhar. Ele pegou a taça de vinho e ofereceu. Depois de um gole, ela perguntou com voz amena:

— Como deixei acontecer isso comigo? Estou com medo de que ocorra novamente. Não sei o que falar com o Daniel. — Encarou-o e admitiu: — Estou com vergonha de você... — viu-o sorrir com leveza. Nesse momento, o celular tocou dentro de sua bolsa. Selena olhou e disse: — É ele.

— Atende, posso sair para que fique à vontade.

— Não! — reagiu rápido. — Não é um bom momento para conversarmos.

Colocando a mão aberta em seu ombro, deixando-a pesada, ele perguntou:

— Como você está? — buscou seus olhos doces e fixou-se neles.

— Melhor, mas me sinto trêmula por dentro. É esquisito. Não estou normal — respondeu demonstrando tranquilidade, embora não fosse o que realmente sentia.

— Sei como é, mas garanto que vai passar. Organize os pensamentos, crie novas ideias e alternativas, que isso ajuda essas sensações a passarem mais rápido.

— Desculpe-me por tudo. Isso nunca aconteceu nem deveria ter acontecido.

— Ainda bem que eu estava por perto — sorriu e a olhou, longamente, transmitindo generosidade indefinida, uma satisfação discreta por poder ajudar.

Levando a mão para as costas de Selena, esfregou-a leve e rapidamente. Em seguida, levantou-se ligeiro.

Satoshi sentiu o próprio coração acelerar, assim como sua respiração. Disfarçou e virou-se para a grande porta de vidro que dava para a sacada. Fechou os olhos e respirou fundo. Nesse momento, teve a certeza de que tinha fortes sentimentos por Selena.

Isso seria amor? Um amor proibido?

Desejou abraçá-la, apertá-la em seu peito envolvendo-a em seus braços fortes. Sentia vontade de protegê-la. Ele a admirava, incansavelmente, e não poderia dizer nada. Isso seria contrário a tudo o que aprendeu em sua cultura, princípios, valores e religiosidade.

Selena tinha um compromisso que ele precisava respeitar. Não era como se fosse livre, desimpedida e isso fazia um desconforto crescer dentro dele.

Estaria agindo errado? Estaria empurrando-a para os braços de outro com aqueles conselhos? Estava fazendo, realmente, a coisa certa?

Com muitas dúvidas, o rapaz foi até a cozinha e pegou um copo com água, bebeu-o, talvez para disfarçar.

— Quer água? — perguntou de longe.

— Sim. Por favor — sua voz soou fraca.

Retornou para a sala de estar e ofereceu-lhe o copo, que ela pegou e, sem notar, tocou sua mão como um carinho. Outra vez, ele sentiu seu coração bater rápido.

— Obrigada.

Enquanto Selena bebia a água, ele a observou mais longamente. Novamente, o anseio por envolvê-la em um abraço forte e guardá-la dentro de si.

Desejou que ela se interessasse por ele, mas achou isso impossível de acontecer.

O celular tocou mais uma vez e ela disse:

— É minha mãe. — Atendeu: — Oi, mãe... — ficou escutando. Depois disse: — Não se preocupe. Estou bem. Estou na casa de um amigo. A bolsa estava longe e não ouvi as mensagens chegando nem o celular tocar. Daqui a pouco vou embora. — Ouviu-a mais um pouco. Em seguida, falou: — Eu me desencontrei do Daniel e encontrei um amigo. Estamos conversando. — Nova pausa. Afirmou: — Sim, mãe. É tarde e não vi a hora passar. Não se preocupe, já jantei. Vai dormir. Não me espere. — Silenciou, depois finalizou: — Estou bem. O papo está agradável e esqueci da hora, mãe... Sei que nunca fiz isso antes, mas... Depois a gente conversa. Vai dormir. Não precisa me esperar. Tchau. Beijos...

Desligou. Olhou para Satoshi e forçou um sorriso que se fechou rapidamente, dando ao seu rosto expressão de dor e começou chorar compulsivamente.

— Ooouuuhhh... — murmurou e foi para junto dela.

— Desculpa, Satoshi... — cobriu o rosto com as mãos.

— Chora... Pode chorar — ele disse. Não resistindo, puxou-a para si e a abraçou forte. Para ele o tempo parou com um misto de apreensão e contentamento. Fechou os olhos desejando que aqueles minutos fossem infinitos. Ele a tinha em seus braços, tão perto e tão longe. Encostou a boca em sua cabeça, sentindo a agradável fragrância que exalava de seus cabelos. Beijou, demoradamente, sua cabeça sem que percebesse, enquanto fazia suave carícia em suas costas.

Com a face recostada em seu ombro, Selena foi se deixando acalmar.

CAPÍTULO 27

A PRECE

Após falar com a filha, mais calma, Nádia ligou para Daniel e contou o que conversaram.

— Mas ela não me atendeu! — ficou contrariado. — Acabei de ligar.

— Não ouviu o celular, que estava dentro da bolsa, conforme disse. Mas telefonei pra você ficar tranquilo. Está tudo bem com a Lua.

— A Selena não disse o nome desse amigo?

— Não... Esqueci de perguntar. Ela pareceu muito bem. Disse que já tinha jantado.

— Está certo, dona Nádia. Obrigado por me avisar. Depois ligo para ela.

Despediram-se.

Daniel ficou inquieto e agitado.

Selena teria ido até a garagem e viu Marceline em seu carro? Que amigo era esse? Não sabia de nenhum amigo que ela tivesse.

Imediatamente, ligou para ela e, de novo, não foi atendido.

Com influência de Faustus, começou a entrar em desespero. Não sabia por onde começar a procurá-la. Olhou o celular e viu que a namorada ignorou todas as suas mensagens.

Já passava da meia-noite. Onde ela estaria?

Desorientado, decidiu pegar o carro e ir até a empresa que, logicamente, estava fechada.

O segurança o reconheceu, mas não permitiu que entrasse além da recepção.

— Sabe me dizer se a diretora Selena está na seção dela? Ou se tem algum analista lá, acompanhando algum programa sendo instalado de madrugada?

— Não tem ninguém no setor de tecnologia, senhor Daniel. A dona Selena já foi embora. Ela não passou bem.

— Como assim? — estranhou e ficou com grande expectativa, aguardando a resposta.

— Eu vi o rapaz da recepção comentando com a outra moça que viu a dona Selena passando mal na garagem. Ele subiu para procurar pelo senhor, mas não te encontrou. Então o senhor Tashiro foi com ele até a garagem e deve ter socorrido ela, que tava no chão.

Surpreso e confuso, somente agradeceu ao mesmo tempo em que pensava no que fazer:

— Certo. Obrigado. — Sabia que Tashiro era o sobrenome do Tadashi e do amigo Yukio, que era gerente no seu setor. Mas era estranho, Yukio o teria avisado de uma situação como aquela. Indo para o canto, pegou o celular e ligou para o amigo.

— Não! Não vi a Selena nem fiquei sabendo de nada — disse Yukio tão surpreso quanto ele.

— O segurança disse que foi o Tashiro quem a socorreu. Será que seu pai...

— Espera! — interrompeu-o. — O Satoshi é meu primo. Temos o mesmo sobrenome. Nossos pais são irmãos.

— Manda o celular dele para mim por mensagem — praticamente exigiu, furioso.

Selena já havia se recomposto um pouco da crise de choro e Satoshi ainda estava ao seu lado quando escutou seu celular tocar. Ele se levantou e atendeu o número desconhecido. Para sua surpresa, era Daniel que não disse seu nome nem o cumprimentou, perguntando direto:

— A Selena está com você?

— Vou te mandar o endereço — disse e desligou imediatamente, tratando-o sem cortesia, da mesma forma como foi tratado.

Não demorou muito tempo e a recepção do apart-hotel interfonou, avisando que Daniel o aguardava no *hall*. Satoshi agradeceu, pediu licença para Selena, dizendo que iria resolver algo na recepção. Falou para que o aguardasse ali e desceu em seguida.

Satoshi estava descalço quando chegou ao *hall* da recepção, bem à vontade com aquelas roupas largas e diferentes, nada parecido com o homem que costumava ser visto na empresa.

Daniel o olhou de cima a baixo, voltando a encará-lo nos olhos. Estava sério, carrancudo.

— Boa noite, Satoshi — lembrou de cumprimentá-lo, disfarçando seu nervosismo.

— Boa noite, Daniel. Como você está? — estendeu a mão, que foi apertada com firmeza e olharam um nos olhos do outro, com intensidade.

— Muito preocupado — respondeu em tom apreensivo, com voz grave e pausada. — A Selena está com você?

— Está lá em cima — falou com tranquilidade, mas de modo duro.

— Soube que ela não passou bem e você a socorreu.

Satoshi olhou em volta, procurou a saleta da recepção e apontou com a mão, para que se dirigissem para lá. Daniel aceitou. Sentaram-se frente a frente e Satoshi contou, exatamente, tudo o que aconteceu.

— Eu não poderia deixá-la lá. Não achei conveniente outros saberem o que ela viu sobre você e a Marceline. Ela estava em choque. — Fez breve pausa, sem tirar os olhos do outro. — Percebo que você tem um nome a zelar, pois é muito compromissado com a empresa. Não achei que fosse o caso de um médico ou hospital e nem saberia para onde socorrê-la, pois não sou daqui e precisaria de ajuda. Não tinha seu telefone e... Ela não queria vê-lo. Enfim, achei melhor trazê-la para cá, um lugar seguro e discreto, que ninguém da empresa conhece. Não pedi seu número para o meu primo porque ele faria perguntas. Percebi, logo de cara, que a Selena teve uma crise nervosa, provocada pelo estresse. Ela sabe disfarçar muito bem a ansiedade devido ao novo cargo, por toda movimentação que acontece no seu setor. Ter visto você e a outra se beijando, foi a gota de água para o copo transbordar.

— Não houve beijo! Não houve nada! — sussurrou com raiva, bastante nervoso e espiou para a recepcionista que os observava de longe, preocupando-se em ter sido ouvido.

— Mas ela acreditou ver. Isso é entre você e ela — mantinha a serenidade e modo austero.

— Mandei mensagem, liguei e ela não atendeu — Daniel o encarou, franzindo os olhos.

— A decisão de não atender foi dela. Achei prudente para não discutirem por telefone.

— Por que ela não desceu com você? — perguntou no mesmo tom duro, olhando com fúria ao espremer o olhar.

— Não falei que me ligou, muito menos que estava aqui. Decidi conversar com você para deixá-lo calmo e prevenido, para pensar no que vai dizer a ela.

— Não tenho nada para esconder. Muito menos mentir.
— Que bom — pendeu com a cabeça positivamente e suspirou fundo.
— Não gostei do fato de você trazê-la para o apart-hotel onde está hospedado.
— Foi no que pude pensar. Para onde queria que eu a tivesse levado? — ergueu a cabeça e o tronco como se quisesse enfrentá-lo e viu Daniel com a mesma postura. — Se eu tivesse algo para esconder de você, teria mentido sobre o fato de ela estar comigo e jamais daria este endereço.
— Você é ousado, Satoshi — falou em tom grave e muito sério, tentando dominá-lo com seu olhar. Sabia que tinha esse dom.
— E você corajoso. Creio que somos muito parecidos — não se deixou dominar pelo jeito do outro. Daniel não tinha esse poder sobre ele. Ofereceu um sorriso cínico e passou a mão pelos cabelos, tirando-os da testa para trás.
— Não gostei de você desde o nosso primeiro encontro. Você não disfarçou seu interesse pela Selena.
— Já pedi desculpas a ela pela minha atitude naquele dia. Agora, peço a você que me perdoe. Eu não sabia que a Selena era comprometida. Não vai acontecer mais. Tem minha palavra — curvou-se, levemente, diante do outro. Em seguida, atreveu-se a completar em tom mais grave e pausado: — Não vai mais acontecer, enquanto vocês tiverem um compromisso, porque eu respeito a Selena e gosto tanto dela a ponto de aceitar a escolha que ela fez de ficar com você.
Daniel sentiu-se confuso por um instante e percebeu-se esquentar. Controlado, perguntou com voz tensa:
— O que quer dizer? Defina isso que acabou de falar. Explique-se.
— Foi o que ouviu — tornou a encará-lo firme e acrescentou: — Gostei da Selena e passei a gostar mais ainda depois de trabalhar com ela e conhecê-la de perto — falou pausadamente. — Aprecio sua inteligência, seu comportamento, sua

maneira discreta, sua elegância e sua classe. Além de tudo, ela é muito bonita. Como já disse, por gostar dela e respeitá-la, imensamente, aceito a escolha que ela fez de ficar com você. Mas, se ela decidir deixá-lo, não pense que não vou fazer de tudo para conquistá-la.

— Está me desafiando?

— Não. Estou sendo sincero. — Encarou-o com o mesmo nível de intensidade no olhar e ainda perguntou: — Daniel, ainda não consegue perceber que eu a respeito a ponto de facilitar as coisas para você? Não chegou notar que meu carinho, que meus sentimentos por ela chegaram a ponto de querer vê-la feliz, reconciliando vocês dois? — não houve resposta. — Se está aqui, é por minha causa. É porque não a quero triste ou infeliz e chorando. Por isso, peço que suba agora e converse com a Selena. Explique o que aconteceu e a deixe feliz. Do contrário... — não completou e o outro não se atreveu a perguntar. O olhar profundo e impenetrável oferecia poder.

A aura de autoridade de um e do outro se impactaram.

Daniel se levantou e Satoshi fez o mesmo.

Enfiando a mão no bolso, tirou o cartão-chave e estendeu para ele, dizendo:

— Tome. — Viu-o pegar e falou, vagarosamente, com o semblante sisudo: — Suba e conversem. Vou esperar quinze minutos aqui embaixo. Depois vou subir para saber como ela está. Se a Selena não estiver bem, ela não sairá daqui com você.

— Você não ousaria! — falou baixo, quase entre os dentes, sem deixar de encará-lo.

— Não me teste, Daniel! — desafiou-o. Olhou para o relógio na recepção e tornou a dizer: — Quinze minutos! Mas, antes, empresta um documento seu. Vai precisar registrar sua visita.

Após registrarem a entrada de Daniel e vê-lo subir, Satoshi permaneceu no *hall*.

A moça da recepção ficou olhando para seus pés descalços e ele sorriu, fazendo um gesto singular com as mãos, como quem diz: paciência, aconteceu.

Sem demora, a recepcionista falou baixinho:

— O senhor sabe que ele não deve subir sem a sua companhia, não é?

Lendo o nome no crachá, falou com modos educados, pedindo entendimento:

— Sério, Elaine? — indagou com jeito manhoso. — Mas... Deixa passar, só dessa vez, por favor — olhou-a de forma constrangida, rogando piedade. Depois, concluiu: — Ele precisa conversar com a namorada. Brigaram feio! — sussurrou, expressou-se de maneira engraçada. — Só estamos nós dois aqui, né? — sorriu. — Ninguém viu nem vai saber — agora, murmurou.

— Se outro funcionário notar, o senhor terá de subir.

— Combinado — sorriu largamente para ela. Voltou a caminhar descalço pelo *hall*, olhando sempre no relógio, enquanto mexia no pingente de uma correntinha de ouro que tinha no pescoço.

Quando os quinze minutos passaram, Satoshi foi para o apartamento. Daniel abriu a porta e ele entrou.

— E então?... — perguntou com brandura. — Entenderam-se?

— Expliquei a ela o que aconteceu. Devo muitos favores para a Marceline e sua mãe. Quando ela me pediu carona, fiquei sem jeito. Tive um dia tenso e estava com muita coisa na cabeça e não consegui pensar direito. Não houve nada dentro do carro. O que a Selena viu, com certeza, foi reflexo.

A moça estava com a cara fechada, olhos inchados e calada.

Sentando-se no sofá, frente a ela, Satoshi curvou-se, procurou olhar em seus olhos e perguntou:

— Você está bem? — falou com suavidade.

— Estou. — Encarando-o, disse firme: — Não precisava deixar nós dois conversando aqui. Eu já ia embora.

— O Daniel me ligou — contou calmamente. — Não minto e não quis deixar qualquer dúvida sobre você estar aqui. Achei melhor que ele soubesse e a visse — olhou para o outro. — Agora, sei que vocês estão bem e fico mais tranquilo.

Selena se levantou e pegou sua bolsa, agradecendo:

— Obrigada por tudo, Satoshi. Você me ajudou muito.

Em pé, ele sorriu sem mostrar os dentes e se curvou a ela, levemente.

— Obrigado, Satoshi — Daniel estendeu a mão, oferecendo um sorriso fraco, mas amigável. Todo o rancor pareceu sumir.

Satoshi apertou sua mão, colocando-a entre as dele e se curvou levemente ao dizer:

— Fico feliz por estarem bem. Vão em segurança.

— Pode deixar. — Daniel colocou a mão nas costas de Selena, conduzindo-a para saírem.

Satoshi os acompanhou até a portaria e os viu partir.

A recepcionista, novamente, olhou para seus pés descalços e achou graça, sorrindo largamente.

Ele sorriu de volta, fez-lhe um aceno e desejou, enquanto ia à direção dos elevadores:

— Boa noite, Elaine!

— Boa noite, senhor Satoshi — riu outra vez.

No carro...

— Quer ficar lá em casa? Amanhã vamos juntos e...

— Não. Amanhã, quer dizer, daqui a pouco, devo levantar. Preciso chegar bem cedo à empresa.

— Seria bom conversarmos mais sobre o que aconteceu.

— Verdade, mas, agora, não é um bom momento.

— Estou preocupado com você, Selena — olhou para ela por alguns segundos, enquanto parados no semáforo e notou a blusa de lã que a namorada usava. Era grande demais para ela e, imediatamente, deduziu que seria de Satoshi. Achou melhor não dizer nada. Respirou fundo, insatisfeito.

Ela continuou em total silêncio até que o carro parou em frente à sua residência, onde disse:

— Tchau — simplesmente falou e desceu do veículo. Entrou em casa sem olhar para trás.

A mãe de Selena esperava inquieta para saber o que havia acontecido.

Sentada à mesa da cozinha, a filha chorou muito enquanto contava sobre o que viu na garagem e sobre Satoshi a ter levado para o apart-hotel onde se hospedava.

Estava repleta de dúvidas e muito angustiada, relembrando também do brinco que encontrou no sofá.

— Calma, Lua... — chamou Selena pelo apelido familiar, escondendo sua preocupação. — Pode ser que ele esteja falando a verdade. Esse seu amigo, o... — tentou falar o nome, mas teve dificuldade.

— Satoshi, mãe...

— Isso. Acho que ele tem razão. Fica calma e espera. A verdade vai aparecer.

— É difícil esperar pela verdade em situações como essa. Estou sobrecarregada no trabalho, estressada. Tudo é novo! — enfatizou. — Preciso me adaptar com o cargo, pensar na minha postura, cuidar da aparência, medir palavras e me empenhar para que a implantação da nova tecnologia dê certo. — Começou a chorar novamente ao dizer: — Preciso arrumar meus cabelos, fazer as sobrancelhas, preciso urgente de uma manicure... — chorou.

— Luuua... — agora, Nádia sorriu. Achou graça sem que ela visse. — Lembre-se de uma coisa, filha — viu-a olhar. — É só uma fase. Aguenta firme, Lua, pois tudo isso vai passar. Lembra o que seu amigo falou.

— Ele não é meu amigo, mãe... O Satoshi é diretor de tecnologia de uma empresa internacional! Japonesa! Está no Brasil só por causa das negociações entre as duas companhias... Ele é prestativo e... Ai, mãe... Quando dei por mim, fiquei com tanta, mas com tanta vergonha dele... Nem sei como vou olhar para ele de novo — desmoronou em choro.

— Então ele é uma boa pessoa e pode considerar seu amigo.

— O Satoshi me levantou do chão! Do chão da garagem, mãe! — ressaltou. — Fiquei travada. Nem conseguia respirar direito. Ai, mãe... O que me deu? — implorava por resposta, choramingando, sentida.

— Deu esse tal de estresse que seu amigo falou. Mas, se ficar pensando repetidamente em tudo isso, essa coisa não vai passar. — Pegando as mãos de Selena, colocando-as entre as suas, disse: — Filha, vamos orar. Vamos fazer uma prece — viu-a acenando com a cabeça, concordando.

Fechando os olhos, Nádia suspirou lenta e profundamente. Inspirada, orou com voz doce e tranquila:

— *Senhor Deus, agradecemos pelo dom da vida e por tudo o que nela nos encanta e fortalece. Agradecemos, Pai, pelo ar que respiramos, pela água que nos sacia, pelo sol que nos aquece e gera vida, pela lua e pelas estrelas que nos fascinam, pela Terra que nos sustenta, pelo pão que nos alimenta, pelas flores que nos alegram e pelos animais que nos acompanham.*

Agradecemos, Senhor da Vida, pela família que promove nosso crescimento, pelos amigos que nos apoiam, pelos mestres que nos ensinam, pelos amigos espirituais que nos inspiram e protegem. Agradecemos, ainda mais, pelos ensinamentos do Cristo que nos guiam para sermos melhores.

Senhor Deus, reconhecendo as nossas imperfeições, rogamos por Tua misericórdia e compaixão para harmonizarmos as nossas falhas, com resignação e bom ânimo, sem nos vitimizarmos diante das provações, sem esmorecermos diante das expiações.

Então, Pai da Vida, rogamos por Teu envolvimento de Luz, para que sejamos dignos das Tuas bênçãos e das Tuas graças. Suplicamos que nos ampare e fortaleça, oriente-nos e nos inspire. Pedimos também o discernimento para não cairmos em tentações e nos livremos do mau caminho e de todas as aflições.

Imploramos sustentação nas dores físicas e emocionais, a cura das doenças, a alegria da nossa alma.

A Ti, Senhor, Pai da Vida, oferecemos o nosso coração e a bondade em nossos pensamentos, oferecemos as nossas práticas no bem e auxílio aos nossos irmãos mais necessitados, a verdade em nossas palavras e o afeto em nossas ações.

Consagramos ao Senhor o nosso trabalho, o nosso serviço e as mínimas tarefas que haveremos de realizar em Teu nome. Também consagramos a Ti o nosso estudo e busca por iluminação e verdade, além do nosso propósito de vida. Dedicamos ao Senhor a nossa paz, o nosso amor e a nossa alegria.

Bendizemos e louvamos a Tua bondade, a Tua justiça, a Tua sabedoria e o Teu amor.

Que nossa fé seja fortalecida e possamos sempre enxergar o Teu amor e justiça em tudo o que acontece.

Que assim seja.

Nádia encerrou, mesmo assim ainda se sentiu envolvida.

Luzes do alto iluminavam o ambiente e tranquilizavam suas almas e elas sorriram uma para a outra.

A prece ressoou com significado profundo, tocando os corações de mãe e filha, referindo-se à luz espiritual e à inspiração que haveria de envolvê-las, protegê-las e guiá-las com ternas forças sublimes, para seguirem firmes e confiantes na jornada da vida.

Elas não conseguiam ver, mas, na espiritualidade, vigorosas energias eram direcionadas aos seus centros de forças, enquanto halos radiosos cobriam suas cabeças. Todo o ambiente era preenchido por luzes cintilantes e sublimes, de diversas cores suaves.

O amor extremo na voz humilde atraía bênçãos santificantes, trazidas por benfeitores amigos que as protegiam.

Refeitas das emoções e mais fortalecidas, mãe e filha sentiam-se calmas.

— Obrigada, mãe — Selena sussurrou com ternura no tom da voz macia.

— Filha, o conselho que dou a você é para seguir firme, sem abalos, aceitando o que não puder mudar. Se suportar tudo aquilo que te magoa e entristece, quando não puder mudar, vai fazer você uma pessoa inabalável e destemida, Lua!

— Tá bom, mãe — sorriu e a abraçou.

— Lua, agora, vai, toma um banho e dorme.

— Vou ter de levantar daqui a pouco.

— Tem duas, talvez, três horas para dormir. Deite e deixe o despertador fazer o serviço dele. Mas, quando levantar!... — sorriu e aumentou a voz para animá-la: — Erga-se, Selena! Com coragem e alegria! Erga-se! Torne-se poderosa! Só você tem nas mãos o poder da sua vida! — falou com firmeza e incentivo. — Sempre tive orgulho da sua capacidade, disposição, empenho e atitude equilibrada. Então, não se diminua. Não se faça de vítima, pois a vítima não recebe valor, só compaixão e compaixão não dá crédito. Seja você. Entendeu?

Ela sorriu e acenou positivamente com a cabeça.

CAPÍTULO 28

SATOSHI, INIMIGO DO SEU TIO

Na manhã seguinte, antes do início do expediente, Selena já estava na empresa.

Muito bem-vestida, usava um terninho preto de alfaiataria. O blêizer de poliéster era de um tecido macio e caimento perfeito, acinturado, com botões escuros. A calça reta tinha cintura alta. A camisa de algodão era branca e lhe caia muito bem. Um cinto preto de couro, relógio dourado e delicada pulseira combinava com o anel, brinco e gargantilha. Tudo bem discreto.

Sua forma de andar clássico sobre o *scarpin* preto de salto alto, chamava muito a atenção. Definitivamente, era uma mulher refinada, com um comportamento à altura, que transmitia e exigia respeito.

Maquiada bem e proporcionalmente, cabelos presos em um coque clássico, baixo e fofo, com delicadas mechas puxadas, propositadamente, oferecendo elegância e delicadeza.

Enquanto caminhava de modo confiante, chamava a atenção, como sempre, mas não percebia.

Não se demonstrou surpresa ao entrar na sala de reunião e ver o diretor Satoshi conversando em japonês com toda sua equipe.

Ele parou e seus olhos cresceram à medida que a viu entrar e se aproximar daquele jeito tão peculiar. Seu rosto foi se iluminando com um sorriso que quase não pôde ser notado ao apreciá-la com olhar discreto, que percorreu seu corpo.

Não imaginou que Selena pudesse se apresentar tão nobre e superior, após uma noite derrotada.

Naquele dia, em especial, ela estava ainda mais linda.

— Bom dia — ela falou em inglês a fim de ser entendida por todos, sorrindo levemente.

A equipe se levantou, retribuiu o cumprimento e se curvou, educadamente, em um gesto cultural de respeito e cortesia.

— Perdoe-me por usar a sala antes do expediente e também por conversar em língua estrangeira, que a maioria, aqui na empresa, não fala.

— Fiquem à vontade. Não vejo problema. Por favor, continuem — expressou-se com voz suave e tranquila.

— Já terminamos. — Voltando-se para o gerente e os analistas, disse mais alguma coisa, encerrando a reunião. Eles se levantaram, pediram licença e saíram, silenciosamente.

Satoshi reparou, novamente, a elegância da diretora e sorriu levemente sem perceber. Em seguida, decidiu perguntar:

— Você está bem? — Nesse momento, reparou suas pálpebras levemente inchadas, algo que a maquiagem disfarçava bem.

— Sim. Estou. E quanto a ontem... — respirou fundo e sorriu, mas ele não a deixou terminar.

— Sim. Fiquei devendo um jantar a você. Talvez um almoço — sorriu, fixando seus olhos nela.

— Não... — sorriu lindamente, achando graça.

— Perdão. Fiquei com os pensamentos envolvidos no que acontecia e me esqueci, completamente, do jantar. Mas prometo recompensá-la. Marcaremos uma refeição.

— Obrigada. Muito obrigada pelo apoio.

— Não agradeça. Foi bom me sentir útil. Se precisar de novo deste amigo... — sorriu. Observando seu rosto iluminado pelo sorriso, confessou com jeito alegre: — Gostei de ser chamado de amigo. Isso significa que, quando eu me for, poderei manter contato para saber como minha amiga está.

Ela sorria o tempo todo, enquanto mexia na pasta cheia de documentos.

— Sim. Pode e... Já estou com saudade... — expressou-se gentil. — Não gosto de lembrar que você e sua equipe vão embora daqui a pouco.

— Diga a verdade! — brincou. — Acho que todos vocês não veem a hora de se livrarem de mim e desses invasores que trouxe comigo — riu com gosto.

— A propósito... Sua blusa de lã ficou comigo. Não me dei conta e levei para casa. Prometo lavá-la e entregá-la em perfeito estado.

— No dia do nosso almoço ou jantar! — ele propôs.

— Combinado! — ela sorriu.

Dois diretores chegaram e a conversa encerrou-se.

Aos poucos, outros diretores e gerentes, que participariam da reunião, fizeram-se presentes. Satoshi ficou contrariado com os olhares que alguns homens endereçavam para ela. Havia um toque de malícia e desejo, que quase não disfarçavam. Para ele, isso era de um desrespeito imensurável. Respirou fundo e precisou se conter para não se manifestar.

Daniel não demorou e, sem exaltação, cumprimentou Selena e Satoshi a distância.

Quando a reunião acabou, o CEO, senhor Tadashi, pediu para Daniel ir até sua sala. O rapaz não soube explicar, mas o convite, feito tão friamente, deixou-o preocupado, ansioso.

Discretamente, aproximou-se de Selena e perguntou baixinho:

— Tudo bem?

— Sim. Tudo — sorriu moderadamente ao encará-lo. Quando seus olhares se fixaram, embora nada tenha sido falado, tudo foi, presumidamente, dito naquele silêncio. Havia um clima pesado entre eles.

— Vai almoçar a que horas? — Daniel tornou com voz grave e suave.

— Vou para a seção agora. Não tenho certeza do horário.

— Tudo bem, Daniel? — Satoshi se aproximou e o cumprimentou estendendo a mão. Seu caminho era aquele onde os dois estavam. Precisava sair.

— Tudo bem. E você? — apertou a mão com firmeza.

— Ótimo! — sorriu. — Com licença... — pediu, passando entre eles.

Na sala do CEO, foi indicado a Daniel que ocupasse a cadeira frente à mesa.

O diretor se acomodou, esperou a assistente se retirar e, sem rodeios, foi direto ao assunto:

— Daniel, você conhece, na prática, muitos departamentos e diretorias desta companhia. Já está conosco há bastante tempo. O que você acha de ser, interinamente, o novo diretor de operações? — Tadashi não sorriu, mas, em seu íntimo, achou graça por vê-lo paralisado com o efeito do choque. Sem esperar, justificou: — Depois que o COO Dimas foi demitido por justa causa, o cargo ainda está vago. Como diretor executivo, preciso, urgentemente, de novo braço direito. O cargo está sendo oferecido interinamente, pois caso não se adapte ou não corresponda às expectativas, outro ocupará o lugar e você remanejado para outra diretoria. Você é jovem, mas consideramos seus esforços, mente aberta, compromisso com a empresa e tudo mais. Eu e a presidente já estamos refletindo sobre isso há tempo. O que me diz? Quer um tempo para pensar?

— Senhor Tadashi... — falou grave e pausadamente, encarando-o com seriedade. — Não vou negar que sempre desejei ascender posições, aqui, nesta empresa. Almejo, sim, ser diretor, mas nunca pensei que, depois de gerente, eu seria indicado para COO, sendo responsável por todos os setores executivos e estratégicos, o terceiro na linha de comando da indústria e... — não completou. Media cada palavra. Tinha medo de dizer algo errado.

— Não se sente capaz? — Tadashi olhou em seus olhos.

— Acredito ter capacidade e competência para o cargo, mas... — não sabia o que dizer.

— Contávamos com essa insegurança que demonstra agora, por isso a oferta é de diretor interino. Caso não se adapte ou não corresponda, será locado em outra diretoria. Caso contrário, efetivado.

— Eu aceito — falou firme e sério, escondendo a ansiedade que corria em suas veias.

Tadashi sorriu largamente. Levantando-se, estendeu a mão para Daniel, que se ergueu e aceitou o cumprimento.

— Parabéns, novo COO. Vou comunicar sua resposta à Eleonora e propor uma reunião para anunciarmos a nova chefia da diretoria de operações. A presidente ficará muito feliz.

Apesar de sua satisfação não caber dentro dele, Daniel sorriu levemente. Estava feliz e temeroso, mas, sem dúvida, orgulhoso de si.

Conversaram um pouco mais...

Era sábado.

Selena quase lamentou por ter de acordar cedo a pedido do namorado. Haviam feito as pazes e o relacionamento estava leve, tranquilo.

Ao entrar no carro, cumprimentou Daniel com um beijinho. Em seguida, jogou as costas no encosto do banco e, com olhos fechados, falou com voz mole, pausada e rouca:

— Espero... Espero mesmo que você tenha uma justificativa excepcionalmente boa para me fazer levantar cedo em um sábado, depois da semana alucinada que tive no trabalho.

— Tenho! — bastante animado, sorriu largamente. — E você vai gostar muito! Põe o cinto!

Obedeceu. Fazendo uma cara desconfiada, olhou-o com o canto dos olhos, cobrindo a cabeça com o capuz do moletom num gesto engraçado.

Algum tempo depois, sem ser questionado ou impedido, Daniel entrou com o veículo no condomínio onde Eleonora morava e ela sabia disso. Selena achou aquilo estranho, mas não disse nada. Sabia que ele tinha bom senso e decidiu aguardar.

Após algumas ruas, parou o carro em frente a uma belíssima casa, acionou o controle remoto do portão e entrou com o automóvel.

— O que é isso? Onde estamos? — ela não resistiu e perguntou.

— Comprei — invadiu sua alma com seus olhos claros, cor de âmbar que cintilavam com o brilho de sua felicidade. Daniel sorriu largamente ao vê-la séria.

— Comprou? Como assim?! — endireitou-se no banco do carro, soltando o cinto de segurança que a prendia e tirando o capuz do moletom da cabeça.

— Bem... Faltam alguns detalhes na decoração e eu gostaria que você opinasse. Sei que tem bom gosto e... Quero que moremos em uma casa à sua altura.

— Daniel... — sussurrou com voz macia, incrédula.

— Não agora, não de imediato porque tem muita coisa acontecendo no trabalho. Mas, o quanto antes, vamos nos casar e morar aqui? — sorriu generoso, exibindo carinho.

O rosto lindo da namorada se iluminou e ela sorriu, mordendo a ponta do lábio emocionada ao indagar:

— É um pedido?

— Lógico — murmurou romântico quando se inclinou e a puxou para si, beijando-a com amor.

Em seguida, desceram do carro e Selena sorriu ao reparar cada detalhe do lindo jardim da frente.

Daniel abriu a porta principal e fez um gesto cortês para que ela entrasse.

Sorrindo, a namorada deu passos lentos para dentro da sala enorme e vazia.

— É bem grande... — sua voz doce ecoou no ambiente. — De verdade, não espere muito de mim. Não tenho a menor ideia de como mobiliar e decorar esse espaço enorme — disse, girando bem lentamente em torno de si, apreciando tudo.

— Se você gostar, pensei em decorarmos em estilo *clean*, semelhante a casa da Eleonora. Devemos chamar um decorador, claro.

— A casa dela é maravilhosa. Gostei muito.

— No dia da minha formatura, no final do baile, a Eleonora levou a mim e meu avô para a casa dela. Dormimos lá.

— Como assim? Que história é essa? — estranhou a revelação. Desconhecia, totalmente, essa parte da vida de Daniel.

— Eu morava no interior quando uma mulher cadeirante se mudou para lá, para uma casa perto do mercadinho do meu avô. Eu... Bem... Eu não tinha bons amigos. Vivia entre más companhias e, de vez em quando, junto com uma turma, fazia arruaças. Uma noite, esse grupo pegou a cadeirante que estava na varanda da casa dela e... Não gostei, mas não pude fazer nada. Eles a levaram pela rua... — contou tudo em detalhes.

— Eu não imaginaria isso nem em sonho — Selena comentou, achando aquilo muito estranho. Nem sabia dizer se tinha apreciado a história ou ficado chateada de ele não ter lhe contado nada antes. Mas o namorado não percebeu.

— A única conclusão que chego é de que a tristeza e a carência dela pela perda do filho e do marido fizeram com que se apegasse a mim. Mesmo assim, ela era durona, não facilitava minha vida e eu decidi retribuir.

— A dona Eleonora não é uma pessoa fácil. Para vencer tudo isso e enfrentar o mundo corporativo sendo mulher e na condição de cadeirante... É muito complicado. Eu ouvi dizer que o único filho dela se matou depois do divórcio.

— Perdeu o filho, depois o marido. Ela não tem nenhum parente vivo. O Tadashi, que estudou com o filho dela, foi o único que a apoiou e apoia. Ele é muito fiel a ela.

— Essa história me surpreendeu. Eu não sabia que o cunhado dela é o nosso maior concorrente.

— Tudo envolto na vida dela parece um mistério. Durante a faculdade, frequentei a casa do Yukio sem nunca conhecer seu pai. Conheci a Keiko, a dona Kaori, o senhor Sho, mas nunca me encontrei com o Tadashi. Não imagina a minha surpresa no dia da formatura. Então, naquela noite, a Eleonora levou a mim e meu avô para a casa dela. Quando entrei, fiquei fascinado com cada detalhe. Nunca tinha visto uma residência tão luxuosa como aquela. Embora a casa do meu amigo fosse muito boa, rica, mas... A da Eleonora me fascinou. Banheiro nos quartos, água quente em todas as torneiras e chuveiros, hidromassagem... Não tinha tábuas rangendo no chão quando andávamos nem goteiras no teto. As luzes, a iluminação... Nunca tinha visto aquilo. A grama bem aparada, o jardim impecável... Naquele dia, jurei a mim mesmo que teria uma casa igual. Planejei, economizei cada centavo que pude. Não fiz grandes viagens, passeios dispendiosos em nenhuma das minhas férias. Agora, consegui! Valeu a pena — suspirou fundo e sorriu ao olhar para ela.

— Estou feliz por você — foi até ele e o abraçou forte, dando-lhe um beijinho nos lábios.

Daniel a segurou pela cintura e a balançou de um lado para outro.

— Você não deveria estar feliz por nós dois? — falou com um jeito manhoso na voz grave e sedutora ao lhe fazer um carinho. — Esta casa é nossa. Já vou deixar uma cópia da chave com você e precisamos registrar a placa do seu carro na portaria.

— A conquista foi sua. Os esforços foram seus. Realizou um sonho lindo! — beijou-o. — E fez isso no momento certo, porque, agora, com o cargo de diretor não é tão conveniente continuar naquele apartamento, né?

— Não. Lógico que não. Estava pensando nisso. Peguei as chaves essa semana e quis te fazer surpresa. Acho que em dez ou quinze dias me mudo para cá. Os quartos estão completos, não precisam de nenhuma mobília, os banheiros, os closets... Tudo está perfeito. Faltam roupas de cama, mesa, banho... Talvez cortinas. O único lugar que o antigo proprietário deixou totalmente vazio foi esta sala. Também preciso de eletrodomésticos para a cozinha, geladeira...

— O piso é lindo! Amei esta sala. Grande, clara e bem arejada.

— Vai adorar o resto! Vem ver — chamou-a. Pegou em sua mão, guiou-a enquanto falava: — Tem três suítes e mais dois quartos. Um escritório, salas de estar e jantar, jardim de inverno... Cozinha e mais dois banheiros. Tem um anexo nos fundos. Depois vamos lá ver.

— Quem vai limpar todos esses banheiros? — olhou desconfiada e riu.

— Precisaremos de uma funcionária — respondeu animado.

Quando olhavam uma das suítes, ela observou:

— A vista é linda! Todas as suítes têm janelas voltadas para esta área verde.

— Admirei isso também, porque é área de reserva florestal. Ninguém pode cortar nenhuma árvore.

— Que ótimo! — ficou feliz. Em seguida, observou: — De fato, as suítes estão prontas e bem-pintadas. É só comprar roupas de cama, tapetes, cortinas... Está tudo pronto para morar.

— Sim. Pretendo vir para cá o quanto antes. Nem vou me importar se a sala não estiver terminada até lá.

— O antigo proprietário deixou até os lustres! — ela reparou. — E são lindos!

— Deixou muita coisa. Colchões em ótimo estado, lava-louças na cozinha, fogão embutido... Só não tem geladeira. — Percebendo-a olhar tudo, chamou-a: — Selena, tem uma coisa que espero que não seja um problema ou incômodo para você. Meu avô virá morar conosco.

— Não vejo problema algum — admirou sua decisão. — Não o conheço, mas farei de tudo para me dar bem com ele. Pelo que me conta dele, isso será muito fácil.

— Quanto à sua mãe... — sorriu. — Vocês duas são muito próximas, se dão muito bem e eu admiro isso demais. Eu me dou bem com ela também e quero que a dona Nádia venha para cá depois que casarmos. Esta casa é enorme e... Teremos uma grande família.

— Fico tão feliz em saber disso, mas... Conheço bem a dona Nádia. De imediato, acho que ela não vai aceitar — falou com jeitinho.

— Deixa comigo — ele sorriu enigmático. — Sei como chantageá-la e vou convencê-la. — Sem demora, convidou: — Vem! Vou te mostrar o resto!

Sem que soubessem, perto dali, Tadashi e Eleonora se reuniam na casa da senhora.

— O Daniel é jovem, sem experiência em diretoria, mas acredito que vá se adaptar bem rápido como diretor de operações. Ele tem perfil para isso. É esperto e equilibrado. Gosto de gente assim — a mulher considerou pensativa e com olhar perdido sem perceber que␣sorria.

— E quando pretende contar a ele, minha amiga? — Tadashi perguntou, parecendo preocupado.

— Creio que precisarei revelar toda a verdade logo, antes que ele descubra por si mesmo. — Eleonora fechou o sorriso e respirou fundo. Havia um peso em seu coração. Depois, prosseguiu: — Além do mais, se algo acontecer a mim, ele levará um grande susto. Por força das circunstâncias, descobrirá que é meu único herdeiro e pode se sentir perdido, como um dia eu me senti quando me vi sozinha no meio desses patrimônios. Sei que a Selena vai ajudá-lo e apoiá-lo no que for preciso. É uma mulher forte e determinada, eu a aprecio demais. É a pessoa ideal para estar ao lado dele. Fizemos bem em trazê-la de volta à empresa. Temo que, quando o Daniel souber, fique bem abalado e me faça cobranças. Acredito que isso será inevitável e... Selena será a pessoa certa para eu pedir ajuda. — Um momento e considerou: — Formam um lindo casal... Não vejo a hora que se casem.

— Não gosto de me meter na conversa de vocês dois — disse Kaori, esposa de Tadashi —, mas... Não perceberam nada? — perguntou com jeitinho.

— Sobre o quê? — a senhora quis saber.

— O Daniel e a Selena estão namorando firme, mas... — tornou Kaori, mas foi interrompida.

— Isso não é segredo, Kaori. A empresa inteira sabe — o marido afirmou, olhando para ela. — Isso não é um problema para a companhia, desde que o relacionamento não interfira no trabalho de nenhum dos dois. Nunca percebi qualquer situação em que ambos compliquem o bom andamento do... — não completou. Foi interrompido.

— Não é sobre isso, Tadashi. Estou falando do Satoshi.

— Não estou entendendo nada. Pode explicar, minha amiga? — Eleonora pediu.

— Eu vi a postura e o jeito do Satoshi desde que chegou. Ele gosta da Selena. E gosta mesmo.

— Do que você está falando, mulher?! — o marido perguntou, bastante surpreso.

— Aaaaahhhh... Eu vi! Desde quando se conheceram, lá em casa, o nosso sobrinho se encantou pela Selena. Ficou o tempo inteiro conversando com ela com aquele olhar. Aquele! Sabe qual é?! — Não esperou que respondessem. — Nosso sobrinho não quis ficar esse tempo na nossa casa, preferiu o apart-hotel, mas vai lá em casa com frequência e, foi por ele, que soube que estão trabalhando juntos, com tecnologia. O Satoshi não para de falar da Selena e seus olhos brilham, quando faz isso. Não notaram nada na empresa?

Eleonora e Tadashi se entreolharam. Nunca perceberam nada.

— Vocês dois são ingênuos mesmo! Não foi o Satoshi que insistiu para que a Selena voltasse a trabalhar na empresa? — Kaori se admirou e viu os olhos dos dois crescerem assombrados. Não tinham se dado conta disso. — Não sei ela, mas... Está estampado na cara dele uma grande paixão! Sabe, Eleonora, nosso sobrinho não é como nós, recatado e contido. Apesar de ser japonês, Satoshi é diferente. É a ovelha negra da família — sussurrou, preconceituosa. — Parece gaijin, estrangeiro, sabe? Tem temperamento e pensamentos diferentes dos nossos. Não parece japonês mesmo. Olha a postura dele! É igual a de um americano! — falou de modo a não se saber se era um elogio ou uma crítica. — Ele segue nossa cultura, mas sempre a desafia e quer mudar as coisas. Já deu muito trabalho para o pai dele, quando mais novo. Nossa!... Quanto trabalho!... Até Tadashi teve de ir pro Japão para ajudar o irmão, Kaito, a resolver as coisas por lá, de tanto trabalho que esse menino deu. Satoshi é educado, mas afronta e desafia. Se é amigo, é fiel. Se é inimigo, é declarado e combatente. Luta pelo que quer. Não tem meio termo com ele. Satoshi pode ser ótimo no que faz e, nos últimos tempos, tem dado orgulho aos pais, mas... É bom ficarem de olho nele.

— Então, Satoshi deve voltar para o Japão o quanto antes! Isso precisa acabar! — Tadashi falou sério, zangado com a situação, fechando os punhos pela contrariedade que experimentava.

— Marido, conhecemos bem Satoshi. Conhecemos muito bem o nosso sobrinho — tornou a mulher. — Se ele quiser ficar, se tiver algum interesse aqui, não será você quem vai mandar Satoshi embora.

— Não acho que ele seja uma má pessoa ou um cafajeste — Eleonora opinou, sem entender direito o que o casal desejava.

— Não mesmo. Ao contrário. É ótima pessoa. Mas, quando Satoshi se determina a conseguir uma coisa, nada nem ninguém o detém. Céus e terras vão se mover para o que ele quiser conquistar. Se enfiar uma coisa na cabeça!... Só tem algo que faz meu sobrinho parar: honestidade. Se vir que não é honesto, não aceita, não faz. Budista, ele é muito fiel aos princípios Zen. Mas... Será um problema para Daniel se o nosso sobrinho se determinar a conquistar a Selena. Vai atrapalhar todos os planos que vocês dois estão fazendo aí para a vida do Daniel e da Selena. Vai dar tudo errado, só por causa do Satoshi.

— Eu me lembro bem do pai dele. Na época do meu marido, ele veio para o Brasil para fazermos negócios — comentou Eleonora, pensativa. — Se não me engano, ele trouxe o Satoshi, que era um rapazinho... Foi aí que o conheci, mas nem me lembrava mais disso. Ele mudou muito.

— Ele ficou lá em casa, dessa vez. Aliás, todas as vezes que veio pro Brasil, ficou lá em casa, quando menino. Gosta muito daqui. É igual ao meu cunhado.

— Satoshi é muito parecido com o pai, exceto em se preservar e preservar nossa cultura. No demais, é determinado, comprometido e capacitado. É o único filho e já deveria ser o presidente da empresa do pai, mas não quer. Quer continuar brincando com tecnologia! — o senhor se demonstrou zangado.

— Qual a idade dele? — quis saber Eleonora.

— Fez trinta e cinco anos um mês antes de vir para o Brasil — Kaori respondeu.

A senhora respirou fundo e comentou:

— Bem... Nossa missão é guiar o Daniel para presidir a minha empresa, a empresa que será dele. E sei que vocês entendem o porquê. Por isso, exigi que ele começasse por baixo, conhecendo cada setor, departamento e diretoria. A vida pessoal deve ser decidida por ele mesmo e pelos desígnios de Deus. Gosto muito da Selena. É competente, esforçada e muito dinâmica. Será a pessoa ideal para estar ao lado de um grande homem de negócios, por ser firme e valorosa. Mas, se não for o destino ficarem juntos... Nada posso fazer.

— Você precisava tê-la visto na última reunião! Dois diretores atacaram Selena como leões. Ela se manteve fria, firme, dominou determinados momentos só com olhar. Quando abriu a boca, com tranquilidade e segurança no que falava, acabou com os dois! — Tadashi contou, admirado.

— É o perfil dela. Vejo muito de mim na Selena. Provavelmente, as dores da vida pessoal fizeram dela uma pessoa forte, prudente e equilibrada. Aprecio até sua imagem pessoal, sempre impecável. Imagem é poder — considerou Eleonora.

— Então, não vão fazer nada contra Satoshi, não é? — Kaori se preocupou.

— Não. É a vida particular de cada um. Não podemos nos intrometer — respondeu a senhora.

— Não se preocupe. Satoshi vai embora o quanto antes. Vou providenciar isso — Tadashi pareceu determinado em mandar o sobrinho de volta para o Japão.

— Hoje, eles vão se reunir lá em casa — lembrou a esposa.

— E eu nem fui convidada?! — Eleonora falou de um jeito engraçado, sentindo-se excluída.

— Você sempre é nossa convidada, amiga! — disse Kaori com jeitinho meigo, rindo. — Foi Keiko que convidou e organizou tudo sozinha, mas aquela casa ainda é minha — riram.

A caminho de casa, Tadashi, extremamente preocupado, perguntou à esposa:

— Por que não me contou sobre Satoshi e Selena antes?

— Não achei importante. Só me dei conta, hoje, quando vi Eleonora torcendo para essa moça e o Daniel ficarem juntos, casarem.

— Daniel precisa se casar com Selena. Se o Satoshi interferir, não vai atrapalhar só os planos de Eleonora e Daniel. Vai atrapalhar meus planos também. Sabe disso.

— Ora! Como é que eu preciso saber isso? Por que isso seria importante para mim? — Kaori expressou-se zangada.

— O Daniel é excelente pessoa. Ótimo profissional, mas... Precisa se casar logo. — Fez breve pausa e comentou: — Depois de conversar com Selena, quando o Satoshi deu a ideia de trazê-la de volta à empresa, enxerguei a oportunidade de ela e Daniel ficarem mais próximos e se acertarem logo. Não vi que, o manipulador do meu sobrinho, tinha outras intenções. Aquele moleque!!! Continuando assim, Satoshi será meu inimigo. Inimigo! — esbravejou. — O Daniel e a Selena precisam ficar juntos logo!

— Mas por que isso, Tadashi? Não estou entendendo.

— Estou me preservando. Preservando a minha família — olhou-a de lado.

— Tadashi... É o que estou pensando?

— Não me censure, Kaori! — pediu em tom firme. — Tenho orgulho de carregar a história de gerações passadas e incutidas na minha alma por meu pai. Fazem parte da cultura e tradição de meus ancestrais. Ninguém mudará isso em mim.

— Você não pode controlar tudo, marido.

— No que depender de mim, nunca carregarei a vergonha de quebrar tradições de sucessões de descendentes. E não vamos mais falar sobre isso.

A esposa silenciou.

CAPÍTULO 29

AMOR IMPOSSÍVEL

Na casa de Tadashi e Kaori, todos se reuniam na sala de estar.

Keiko, sentada no chão, perto do primo, que se acomodou no sofá, passava-lhe o prato com salgadinhos que, em seguida, era devolvido para ela, e isso foi notado.

— Minha irmã sempre adorou ficar no chão, perto da mesinha com comida pra comer tudo sozinha. Mas, hoje, encontrou com quem dividir. Seus egoístas, gulosos, comilões! — Yukio brincou, exclamando e os outros riram.

Keiko atirou-lhe uma almofada, porém quando foi responder verbalmente, engasgou-se com amendoins que mastigava e começou a tossir.

Satoshi bateu levemente em suas costas. Contudo, foi Daniel que a percebeu muito vermelha, com a crise de tosse demorada demais. Ele se levantou e, rapidamente, ergueu os braços da moça para que pudesse respirar.

Nesse exato momento, os demais ficaram preocupados e sem saber o que fazer. Daniel a ajudou a levantar e percebeu seu desespero, desejando mais ar. Satoshi se ergueu e ficou ao lado. Yukio se aproximou e lhe deu água e, mesmo depois de alguns goles, ela ainda tossia e não se sentia totalmente recuperada. Estava vermelha e com olhos lacrimejando, porém pareceu conseguir respirar.

— Tudo bem? Está melhor? — o irmão se preocupou, inclinando-se para ver seu rosto.

Keiko o olhou com raiva e, com toda a força que tinha, empurrou-o, fazendo Yukio, cair sentado em cima do primo, que estava atrás dele e se desequilibrou também, sentando-se no sofá.

Ela não disse nada e saiu da sala, pisando firme, como se marchasse.

A situação se tornou engraçada, quando Satoshi olhou para o primo em seu colo e perguntou:

— Vai demorar muito aí?

Yukio tentou se levantar, mas Daniel empurrou o amigo, novamente, fazendo-o cair sentado em cima do outro.

— Hei!!! — Yukio reclamou.

Ao tentar ficar em pé, de novo, foi a vez de Selena que o puxou pela camisa e o fez cair sobre Satoshi que, agora, ergueu-se rápido fazendo-o cair ao chão.

— Qual é a de vocês, hein?! Isso é perseguição!

Duas amigas de Keiko começaram a rir.

Daniel notou que ninguém mais se preocupou com Keiko. Esticando o pescoço para olhar a cozinha, que era longe da sala, não a viu e decidiu ir atrás dela, seguindo pelo corredor.

Selena o acompanhou com os olhos, sem nenhum pensamento a respeito, e saiu da sala, indo para outra direção. Algo incomodava seu íntimo. Não se sentia animada, tinha muitas coisas em seus pensamentos.

Talia, uma das amigas de Keiko, ainda ria e dava a mão para Yukio, enquanto ele se levantava, reclamando da irmã.

No ambiente, a música suave continuava agradável e, com o olhar, Satoshi acompanhou Selena se afastar. Mesmo com ela longe da sala, do lado de fora da casa, conseguia observá-la através das grandes portas de vidro abertas.

Para ele, Selena era uma visão de beleza e graça. Aquele vestido de tecido suave, cor clara, rodado e gracioso contornava seu corpo bonito, realçava suas curvas perfeitas e ele não conseguia desviar o olhar. Desejava-a com intensidade.

Às vezes, olhando em volta de si, o rapaz procurava saber se não estava sendo observado pelos demais. Não gostaria de ser pego contemplando-a. Certamente, seria criticado e malvisto. Amava-a em silêncio e escondia seus sentimentos atrás de seu sorriso e educação, pois sabia que era um amor impossível.

Naquele momento, não conseguiria ficar longe dela, sabendo que, em breve, voltaria para sua terra natal e, provavelmente, nunca mais a veria. Pensar nisso, fazia brotar um sentimento quase desesperador em sua alma. Gostaria de tê-la perto de si, envolvê-la em seus braços fortes, tocar sua pele e sentir seu perfume. Nunca se esqueceu da noite em que conseguiu, por míseros minutos, fazer isso. Algo que, acreditava ele, jamais se repetiria.

Como que atraída por seus pensamentos e desejos, Selena olhou para dentro da casa e, mesmo de longe, seus olhos se encontraram, repentinamente, e sorriram um para o outro.

Satoshi foi para perto dela e com o copo de refrigerante entre os dedos, bateu no copo que a moça segurava, fazendo um brinde para o que não foi mencionado, algo secreto e misterioso, que somente ele saberia dizer.

Ela sorriu docemente e observou-o tomar um gole da bebida sem imaginar, nem de longe, o que ele pensava.

— Vai ficar só no refrigerante? Não vai de *shochu* hoje? — referiu-se ao nome de uma bebida japonesa destilada.

— Hoje, só refrigerante e água — respondeu calmo, com voz grave. Sorriu. No instante seguinte, lembrou-se: — Gostei muito da sua postura durante a reunião. Fiquei admirado com a forma como tratou os dois diretores que tentaram diminuir seu trabalho.

— Estou descobrindo que não é fácil ser mulher no mundo corporativo. O bom é que tenho alguém em quem me espelhar.

— Dona Eleonora? — adivinhou.

— Sem dúvida! Eu a admiro muito.

— Ela é um grande exemplo — Satoshi concordou. — Sabe... Por um momento, durante a reunião, eu quase interferi. Até porque o assunto se referia à lerdeza do trabalho da minha equipe, o que não é verdade. Olhei para você e entendi sua estratégia de deixá-los falar tudo, esgotando o que tinham para dizer. Depois, quando você se expressou, sua defesa e explanações foram impecáveis. Eu não faria melhor. Mesmo como diretora dessa área, há pouco tempo, deu um *show* de conhecimento, competência e domínio do que faz. Parabéns — sorriu e inclinou a cabeça. Ele a admirava como profissional, além de mulher.

— Obrigada — sorriu, mas com uma ponta de constrangimento.

— Também admirei a postura do Daniel — ele reconheceu e admitiu. — Em nenhum momento ele perdeu o controle para tentar defender você, apesar de vê-lo exalar contrariedade no olhar, quando tudo aquilo foi dito.

— Nem eu gostaria que fizesse qualquer interferência. Isso não pode acontecer. Não é certo.

Satoshi fixou seus olhos intensos nos dela ao contar:

— Conversei com meu pessoal ontem e, talvez, em duas semanas tudo estará resolvido. Vamos embora. Daremos paz a vocês. Sua equipe é ótima e já está dominando bem tudo o que foi implantado.

— Mas já? Já vão embora?... — Sentiu-se triste e não percebeu seu sorriso se fechar.

Satoshi sorriu tão somente, olhando-a de forma mais doce, contemplativa e tomou um gole do refrigerante.

— Ah... Mas, antes de eu voltar para o Japão, vou pagar um almoço ou jantar! — falou rindo. — Estou em débito com você.

— Combinado! — concordou brincando e sorriu.

— A propósito, minha amiga, você e o Daniel se entenderam?

— De certa forma sim. Dei crédito a ele, sobre a história do brinco e da carona, mas... — abaixou o olhar e ficou séria.

— Mas?... — interessou-se, inclinando-se um pouco ao se aproximar.

— Mas não tenho amnésia. As duas histórias não saem da minha cabeça — olhou para ele como se esperasse opinião, que não houve. — O Daniel é uma ótima pessoa. Você foi só mais um que o elogiou por reconhecer seus talentos, mas ele é péssimo em se posicionar quando o assunto é dizer não.

— No trabalho não é assim. Daniel é do tipo que corta cabeças. Não se engane com ele. Soube o que fez com o antigo COO.

— Estou me referindo à vida pessoal. Se uma pessoa o ajuda como foi no caso da dona Dalva e da Marceline, que foram muitíssimo prestativas quando ele se mudou, o Daniel nunca esquecerá. Vai se prejudicar, mas vai retribuir e ser grato eternamente. Só que isso... — calou-se.

— Incomoda você?

— Sem dúvida. Posso estar enganada, mas minha intuição diz que existe interesses nessas aproximações que mãe e filha fazem com o Daniel. Ele me conta tudo ou quase tudo, mas...

— Não entendi — Satoshi ficou curioso.

— O Daniel não conheceu sua mãe. É óbvio que tem carência afetiva. Tem de ver como ele trata bem a minha mãe! — ressaltou. — Muitas vezes, compra coisinhas para ela e se esquece de mim! — riu. — Faz o mesmo com a dona Dalva, que o trata bem até demais. Eu acho que tanto a mãe quanto a filha estão querendo que o Daniel termine o namoro comigo para a Marceline ter o caminho livre. Entendeu?

— Você é esperta — ele sorriu.

— Não é questão de ser esperta. É lógica — falou séria, encarando-o.

— E você? O que vai fazer diante disso? — continuou curioso.

— Eu?... — riu alto, mas com compostura. — Eu não tenho de fazer, absolutamente, nada, meu amigo! — tinha um toque de ironia com misto de amargura em sua voz e sorriu. — Quem precisa ter caráter e ser fiel é ele. Não faz o menor sentido o homem ser fiel só quando a mulher está ao lado e de olho nele. Comigo não funciona assim. Por isso, eu disse que deixei passar a história do brinco e da carona. Dei crédito a ele, por enquanto. Mas, depois disso... Espero que o Daniel fique esperto, que tenha aprendido com as duas experiências porque deixei bem claro que não gostei e não vou tolerar mais nada. Nada!

— Responda uma coisa... A Marceline continuará como assistente do COO? — puxou o ar pela boca com os dentes cerrados, fazendo um ruído baixinho e espremeu os olhos ao ficar na expectativa.

— Não sei — encarou-o bem séria, com algo enigmático no olhar, algo que a perturbava, mas não falou.

— Ela será assistente pessoal dele e... Não seria viável ser transferida de setor, pelo menos? Por que não sugere isso?

— Jamais pedirei isso a ele, Satoshi! É algo que o Daniel terá de resolver sozinho, já que está muito claro para ele que eu não gosto dela.

— Mas, essa proximidade... Não vejo isso com bons olhos. Se ela tem alguma intenção, vai fazer algo para que você se incomode, irrite-se com ele.

— Só estou esperando para ver. Não vou dizer nada. Não pedirei nada, pois ele já está mais do que ciente. Se o Daniel não aprendeu com as experiências, vai cair em tentação, não vai se livrar do mal e amém! — falou quase zangada.

— Desculpe... Não entendi. Você está tranquila com isso? Vai deixar acontecer? — Satoshi não se conformou.

— O que acha que devo fazer? — falou como se sussurrasse. — Pegar meu namorado pela mãozinha, guiá-lo e orientá-lo sobre relacionamentos como se fosse um adolescente imaturo? — Não esperou resposta. — É um homem adulto e eu não me presto a esse tipo de coisa e ele me conhece bem. Se acontecer algo, mesmo que provocado por ela, ele é o responsável e ponto. Fim. Tenho minha decisão tomada. — Olhou para ele e perguntou: — Não se lembra quando me ensinou a ter uma decisão tomada para aquilo que não devo admitir na minha vida? — ele não respondeu.

Satoshi estremecia por dentro, mas precisava perguntar. Achou bem estranha a forma como Selena falava de sua relação com o namorado. Era como se ela estivesse pronta para colocar um fim em tudo.

— O Daniel gosta de você, mas... Você gosta dele? — prendeu a respiração. Temia a resposta.

— Gostar não é suficiente, quando vemos que o outro não tem caráter, dignidade e maturidade. Amor é admiração pela outra pessoa e se fragmenta, totalmente, quando existe a insegurança e a expectativa de algo negativo, de algo dar errado.

— Não entendi, minha amiga... — ficou confuso e desejava uma resposta.

— Não vou aceitar sofrimento que não mereço. Isso está decidido — encarou-o. — Gosto muito de mim para me permitir ser ridicularizada em um relacionamento.

Selena ainda não tinha respondido o que ele queria ouvir. Ávido, de raciocínio rápido, resolveu perguntar de outra forma:

— Ele fala sobre algo mais sério como?... Como se diz?... — ficou buscando a palavra certa. — Vocês ainda são só namorados, mas... Você é a prometida dele para casar? — teve dificuldade de se expressar devido à cultura e tradições diferentes.

— Noivado? Se sou noiva dele?

— Isso! Fala sobre noivado e casamento?

— Não estamos noivos. Falou em casamento, mas... — disse em tom triste. — Ele está fazendo planos. Não são promessas, são planos mesmo. O Daniel comprou uma casa no mesmo condomínio da dona Eleonora. A casa é linda — contou sem empolgação. Não percebeu quando o rosto dele mudou, quando respirou fundo e tomou postura mais firme ao mesmo tempo em que olhou para o lado, por um momento, disfarçando sua contrariedade. — Ele fez uma surpresa ao me levar até lá e fez o pedido. Não oficializou o noivado, não trocamos alianças, não comunicamos as nossas famílias, como deveríamos fazer... Mas, me pediu para ajudar na decoração, para que fique do meu gosto... — falou sem ânimo. Selena não comentou sobre sua frustração de não ter sido convidada para escolher a casa junto com o namorado, embora tivesse gostado da residência. Achou que Daniel não considerou sua opinião importante para decidirem e escolherem juntos onde iriam morar, já que não tinham casa ainda.

Ainda pensativo, Satoshi sorriu para disfarçar a decepção. Apesar disso, notou a insatisfação dela em alguns detalhes não mencionados. Ela não pareceu nada satisfeita. Percebeu que as coisas não aconteciam como Selena sonhava.

— Gostei de saber, minha amiga, que está feliz com isso. Desejo sua felicidade — ofereceu um sorriso cansado, triste e o brilho de seus olhos se apagou, mas disfarçou bem.

Séria, fria, ela não disse nada e ficou olhando-o.

A chegada de Eleonora chamou a atenção de todos e a conversa mudou.

Daniel, que conversava com Keiko e se aproveitava de seus conhecimentos, também foi para a sala assim que a senhora apareceu.

Após a refeição, Satoshi estava na cozinha, quando sua tia perguntou:

— Vai dormir aqui hoje?

— Se tia deixar... — sorriu satisfeito e se sentou. Estava cansado da frieza de um hotel.

Ela deu alguns tapas em suas costas, abaixo do ombro que ele enrijeceu junto com a dorsal, fazendo-se forte para aguentar a suposta agressão, enquanto ria para deixá-la brava, mostrando que não sentia nada.

— Devia estar aqui em casa e não no hotel! Não sei de quem você puxou tanta teimosia!

— Não quis dar trabalho para tia. Além disso, todo o meu pessoal está no hotel.

— Conversei com sua mãe ontem! — Kaori lembrou de falar.

— Já sei... Mãe está zangada porque não falo com ela faz... Uma semana?... — riu, divertindo-se. — Acertei?!

Karori bateu no sobrinho, novamente, quando Tadashi chegou e viu a cena.

O senhor estava sério ao perguntar:

— Quando você volta para o Japão?

O rapaz sentiu seu tom de voz áspero. Havia algo errado que não sabia explicar. Ficando sério, respondeu firme:

— Assim que o último sistema funcionar perfeitamente.

— Quando?! — o tio foi duro, encarando-o.

— Talvez, em duas semanas.

— Em menos de uma semana eu quero ver você embarcando para o Japão! Sua equipe é capaz de terminar o serviço sozinha. Entendeu?

— Não. Não entendi — levantou-se e ficou olhando para ele. — Por quê?

— Porque eu quero! — falou no mesmo tom rígido.

— Se tio ou CEO da empresa não me der um motivo plausível, não tenho razão para obedecer — encarou-o firme, como se o desafiasse.

— Satoshi!!! Seu moleque!!! Não pense que não estou percebendo o que está fazendo, Satoshi! Quer envergonhar a mim e seu pai?! — falou no idioma japonês. Desejava que os outros não entendessem.

— Não sei do que tio está falando — respondeu em tom grave, no mesmo idioma. Compreendeu que outros não deveriam saber sobre o que conversavam. Sentiu que o clima poderia piorar.

— Suas atitudes e intenções com a diretora de tecnologia são vergonhosas! — Tadashi estava muito zangado. Não gritava, mas falava duramente.

— Mais uma vez, não sei do que o senhor está falando! — tornou no mesmo tom e idioma estrangeiro.

— Não queria tomar nenhuma atitude contra você nem falar com o meu irmão o que está acontecendo! Isso é vergonhoso! Quero que vá embora em menos de uma semana! — exigiu, nervoso, ainda falando no idioma japonês.

— Se é o que estou pensando, o senhor não sabe de nada nem tem provas! — foi mais enérgico. — Pergunte sobre mim para ela e veja se tem qualquer queixa pessoal ou profissional a respeito do meu comportamento! Ela não tem! Na verdade, o CEO da empresa deveria conter e inibir os assédios que ela sofre calada dos outros dali de dentro! As discriminações com ataques ofensivos por ser mulher! Os olhares de cobiça por sua beleza! Entre outras coisas que o CEO busca não enxergar! O CEO não deveria se preocupar comigo, um prestador de serviço nem com a vida particular de qualquer outro diretor, protegido da presidência, sabe-se lá por quê!!! — Estava muito irritado. — Além do mais, desde que minha vida privada não interfira no meu trabalho, nenhuma empresa, nenhum parente tem nada a ver com isso! — foi duro, no mesmo idioma. Sabia que os demais não deveriam saber do que se tratava.

— Satoshi!!! Exijo respeito!!! — Tadashi repreendeu-o firme.

— O senhor e o meu pai não vão fazer comigo o que já fizeram!!! Ninguém tem direito de interferir na minha vida!!! Não aprenderam com a lição do passado?!! Não sentem nenhuma culpa ou remorso pelo que já aconteceu?!!

Tadashi deu um passo, aproximando-se dele como se fosse agredi-lo com um tapa e Satoshi ficou esperando. Kaori, rapidamente, entrou entre eles.

— Parem! Parem com isso!

Tadashi relaxou a postura e recuou. O sobrinho ficou firme, observando-o. Depois disse:

— Desculpe, tia — pediu com voz baixa, no idioma japonês. Curvou-se mais demoradamente. Em seguida, foi para a sala.

Daniel percebeu Satoshi alterado, ao vê-lo caminhar pelo corredor chegando à sala. Estava sisudo. Tinha escutado algo, mas não entendeu. Nem poderia dizer se houve alguma discussão por causa da distância. Curioso, tentou conversar com ele:

— Tudo bem com você? — Daniel quis saber.

— Não — foi sincero.

— Escutei uma conversa alta, vindo lá da cozinha, mas não entendi nada, claro — sorriu para tentar descontrair o outro. — Foi conversa ou discussão?

— Foi briga mesmo. — Virando-se de frente para Daniel, Satoshi se curvou e pediu: — Não estou bem. Desculpe-me. Preciso ir. Preciso mudar de propósitos.

— Tudo bem. Vai lá... — estapeou suas costas como se desse apoio, mesmo sem entender sua última frase. Nunca o tinha percebido tão alterado, nervoso daquela forma.

Viu-o sair, imediatamente, sem se despedir de ninguém.

Daniel ficou pensativo. No começo, por conta do ciúme, sentiu muita raiva de Satoshi, entretanto depois que pensou em tudo o que ouviu dele, no dia em que foi buscar Selena no apart-hotel, entendeu que Satoshi tinha caráter, embora fosse firme em seus propósitos. Ficou surpreso e temeroso, mas admirado com seu posicionamento. Isso mudou sua opinião sobre ele. Porém, não teria muito com o que se preocupar, em breve, o outro deveria retornar para sua terra. As coisas entre ele e Selena estavam indo bem, tinham planos e até uma casa para cuidarem juntos. Sentia-se satisfeito com tudo.

Aliás, sua conversa com Keiko, um pouco antes, tinha sido mais ou menos sobre isso. Ela explicou a razão de simpatizarmos imediatamente com uma pessoa, mas não com outra. Certamente, algum acontecimento, no passado, criava ligações e vínculos que não se desfizeram em outras vidas, coisas simples, contudo, difíceis de explicar.

Daniel estava gostando do que Keiko explicava e a forma como o fazia. Até pegou com ela dois livros que a amiga disse que o ajudariam muito a entender melhor a dinâmica e o propósito da vida.

CAPÍTULO 30

CAMINHOS INESPERADOS

Selena havia percebido quando Daniel e Satoshi conversaram e notou algo diferente com o amigo. Observou a forma estranha e a reação hostil ao vê-lo ir embora sem se despedir. Isso não era do seu feitio.

Procurando pelo namorado, interessou-se:

— O que deu no Satoshi? — indagou com a voz de um sopro para não ser ouvida pelos demais.

— Escutei o que acho ter sido uma discussão, vinda da cozinha, entre ele e o tio. Falavam de modo duro, mas não tão alto e em japonês. Quer dizer... Não entendi nada. Perguntei e o Satoshi disse que brigaram. Não detalhou nada e foi embora. Justo ele que adora conversar.

— O que será que discutiram? Será que foi por causa do trabalho dele na empresa?

— Não faço ideia. Não falo japonês.

— Acho que o CEO o está pressionando para que termine logo. Você viu aqueles dois diretores reclamando disso.

— Mas o Tadashi sabe que é um trabalho demorado mesmo. Afinal, toda a tecnologia está sendo mudada e atualizada! Era de se esperar essa demora, o atraso...

— Vamos deixar quieto. Depois pergunto para ele — Selena decidiu.

— Perguntará para o Tadashi?! — Daniel se surpreendeu, falando baixinho. — Vai perguntar sobre uma briga dele, na casa dele?

— Não! Não sou louca! — sussurrou. — Vou perguntar pro Satoshi. Vou dizer que você me contou. Afinal, se discutiram por serviço, estão falando da minha diretoria.

Daniel ficou olhando-a com estranheza. Não sabia dizer se aquilo estava certo.

Bem mais tarde, após deixar Selena em sua casa, Daniel chegou onde morava.

Marceline o esperava, espiando pela porta, o que ele não estranhou. Sorriu, mas não estava satisfeito.

— Você pode vir aqui um pouquinho? — ela pediu com um jeito estranho.

— Eu preciso subir...

— Minha mãe não está bem... — chorou.

Ao se aproximar, notou seus olhos vermelhos.

— O que houve? — inquietou-se, preocupado.

Na cozinha...

— Ela passou mal, caiu e desmaiou. Chamei uma ambulância e a socorri. Por sorte, ela é minha dependente no plano de saúde da empresa e a levei para um hospital bom... — chorou mais ainda. — Teve de ficar internada...

— O que disseram? — ficou chateado e preocupado.

— Acham que é o coração. O eletro deu alteração e a pressão estava bem alta — chorou compulsivamente.

— Calma... — pediu, colocando a mão em seu ombro.

Marceline se aproximou mais e o abraçou, chorando ao envolvê-lo.

Com o rosto escondido em seu peito, contou com voz abafada:

— Vão fazer exames mais específicos... No momento, precisam estabilizá-la... — continuou chorando.

Daniel ficou chateado. Gostava da senhora que sempre foi prestativa com ele.

Respirando fundo, olhou para ela chorando compulsivamente e afagou suas costas, tentando confortá-la.

— Não fique assim... Senta aqui — levou-a até o sofá e a fez sentar. Pegou um copo com água e deu para ela.

— Por favor, me ajuda... Preciso voltar para o hospital, levar roupas, saber como ela está... e estou sem forças...

Em sua casa, Selena não se aguentava de curiosidade e enviou uma mensagem para Satoshi, perguntando como estava, pois não se despediu ao ir embora.

A mensagem não foi visualizada e se preocupou, mas não poderia fazer mais nada. Deveria aguardar até o dia seguinte.

Orou, deitou e dormiu.

Algum tempo depois, quando já havia pegado no sono, seu celular tocou. Apesar do número desconhecido e quase sem conseguir pensar, atendeu com voz de sono.

— É a Selena? — perguntou uma voz estranha.

— Sim. Sou eu... — sentou-se.

— Um minuto... — Ela ficou escutando uma conversação de fundo, algo muito estranho, até ouvir a voz de Satoshi e seu sotaque forte: — Selena?

— Satoshi?!

— Minha amiga, desculpa pelo horário. Preciso de ajuda.

— O que aconteceu? Onde você está? — tentou ficar calma e transmitir confiança.

— Não conta para ninguém, certo? Não quero que meu tio saiba. Estou no hospital.

— Hospital? — prendeu a respiração sem perceber.

— E vão me levar para a delegacia.

— Delegacia?! — ela sentiu o coração disparar.

— Estou sem qualquer documento, sou estrangeiro e preciso de ajuda.

— Me passa o endereço. Estou indo para aí, agora! — disse decidida.

— Não sei onde estou. Vou passar para a moça. Fale com ela.

Selena sabia onde era. Trocou-se o mais rápido possível.

Foi até o quarto de sua mãe e a viu dormindo.

Na sala, deixou um bilhete. Sabia que a mãe não olharia o celular de imediato. No recado, disse que foi ajudar um amigo e pediu para que ela não contasse para ninguém nem mesmo para Daniel. Avisou que os próximos contatos seriam por mensagens que enviaria para o seu celular.

Chegando ao hospital, encontrou Satoshi com sangue no cabelo e nas roupas. Ele já havia sido atendido e aguardava ao lado de um investigador da Polícia Civil.

— Oi... — ela sussurrou perto dele, colocando a mão em seu ombro.

— Selena... — levantou-se, mas espremeu o rosto, sinal de que sentia alguma dor e sentou-se novamente.

— O que foi que aconteceu?

— Mais uma vítima de roubo na nossa cidade. Ele diz ser estrangeiro e isso é vergonhoso para nós e nosso país — disse o investigador.

— Sim. Ele é estrangeiro. Diretor de uma empresa japonesa que presta serviço para a empresa onde sou diretora. Quais as providências que precisamos tomar?

— Ele estava inconsciente quando foi trazido para cá. Acordou sem saber onde estava e falando japonês. Ninguém daqui conseguiu entender nada. Ficou bem confuso. Depois de algum tempo, pareceu mais consciente, mas não tinha documentos nem celular. No bolso, tinha só um cartão do hotel onde está hospedado. Contou que está no Brasil a serviço e não sabia de cor qualquer telefone de alguém daqui. Sem o celular, ficou difícil... Então ele se lembrou de ligar para o hotel. Uma recepcionista deu a ele o celular de uma visitante que ele recebeu como hóspede no apartamento. — Nesse momento, o investigador ofereceu um sorriso malicioso, olhando Selena de cima a baixo. — Essa visita precisou se registrar e deixou o número do celular na ficha do hotel. Foi assim que fizemos contato — sorriu, ainda malicioso.

Selena franziu a testa. Não gostou da ironia nem daquele olhar.

— O que faremos agora? Vamos à delegacia? — ela quis saber.

— Sim. É preciso fazer um Boletim de Ocorrência, registrando queixa. Como ele não tem documentos, a senhora tem de ir junto para ser testemunha de que ele está aqui a serviço e... Esse boletim, além de outras utilidades, deve ser levado ao Consulado Geral do país dele para providenciar segunda via de passaporte e, talvez, outros documentos ou ele nem consegue sair do país. Ele contou que está prestes a ir embora, não é?

— Aqui no hospital, ele está liberado? — ela indagou.

— Acho que sim. Mas é melhor perguntar para a enfermeira.

Selena conversou com a enfermeira e se encarregou de levar Satoshi para a delegacia e tomar todas as providências necessárias.

Em seguida, foram para o apart-hotel, onde estava hospedado.

— Vamos. Tome um banho — disse ela, já dentro do quarto. — Espero aqui — ficou olhando-o.

Ele levou a mão ao pescoço, puxou a correntinha de ouro que tinha e murmurou, apertando-a com força:

— Ainda bem que não roubaram isso... — Um instante e quis saber, sempre falando devagar: — O que você tem em mente? — Não conseguia erguer os olhos. A luz o incomodava. Era difícil encarar a claridade e sua cabeça doía muito.

— Vou te levar a um outro hospital. Você levou uma pancada na cabeça. Levou pontos. Não fizeram nem um raio-X! — indignou-se. — Vamos cuidar de você como se deve. Mas acho que se sentirá melhor depois de um banho. Está muito sujo, com sangue na roupa e machucado. — Viu-o indeciso por longo tempo e falou duramente: — Vamos, Satoshi!

— Tá... Não grita. Minha cabeça está doendo... Me ajuda a encontrar uma roupa. Não consigo pensar direito. Estou confuso... — Depois disso, falou algo em japonês, que ela não conseguiu entender.

— Ai! Pelo amor de Deus! Fala direito! — ficou aflita. — Deveria ter te levado direto para outro hospital! Onde eu estava com a cabeça?...

Satoshi não se importou com sua preocupação. Tomou banho e Selena o levou para um hospital particular, onde ele foi atendido e examinado, de novo.

Sua principal reclamação era a dor de cabeça.

— A pancada que o senhor Satoshi levou na cabeça foi muito forte, por isso a confusão mental e até fala aleatória em sua língua natal. Vamos fazer alguns exames, incluindo uma tomografia, para saber se não houve uma hemorragia interna que possa comprometer sua saúde — explicou o médico.

— Se houver essa hemorragia?...

— Precisaremos estabilizá-lo e, possivelmente, operá-lo.

— Operar? — sentiu-se gelar.
— Sim. Se for o caso. Mas não podemos adiantar nada. Falaremos, depois dos exames.
— Caso esteja bem e não precise de cirurgia?...
— Ele ficará em observação por algumas horas. Ficará em um quarto e a senhora será a responsável por ele, já que não tem documentos...
— Doutor, ele é diretor de uma empresa japonesa que presta serviço para uma empresa daqui, onde sou diretora. Estamos na madrugada de domingo. Não tenho a mínima ideia de como são os procedimentos, seguro viagem, aviso ao Consulado Geral do Japão ou qualquer outra coisa em um caso como este. Somente na segunda-feira poderei ver tudo isso. Mas, por favor, não meça esforços. Eu assino tudo, assumo tudo! — falou decidida.
— Fique tranquila. Faremos o melhor.
— Obrigada. Já conversei com a recepção e a empresa vai se responsabilizar pelo pagamento.

Enquanto aguardava Satoshi terminar os exames, Selena viu a claridade aumentando, até o amanhecer.

Estava muito preocupada. Não sabia o que fazer. Pensou em avisar o tio do rapaz, mas seria complicado esclarecer que o seu sobrinho ficou sem o celular e só ligou para ela, porque o apart-hotel tinha o seu número registrado por causa de uma visita que ela fez ao seu apartamento. Como explicar isso?

Ela esfregou o rosto e ficou nervosa.

Como sair dessa situação?

À medida que o tempo passava, Selena se apavorava cada vez mais.

Satoshi foi levado para o quarto e, devido à medicação para dor, dormiu.

Aflita, ficou ao seu lado, observando e aguardando.

Ele recebia soro. Um hematoma no rosto, outro no olho, a boca cortada e inchada. Ao seu lado, pegou sua mão gelada e observou que ambas estavam com os punhos também machucados. Um dos braços e o ombro ganharam imobilização. Seu cabelo foi raspado na região onde levou pontos na cabeça. De vez em quando, ela percebia que seu rosto se contraía, por alguma dor mais intensa.

Sentiu quando a mão forte e gelada do amigo apertou a sua, mas seus olhos continuavam fechados. Estava dormindo.

Pensou em ligar para Daniel e saber a sua opinião. Ele a ajudaria. Não tinha nada a esconder do namorado. Afinal, ele a buscou no apart-hotel naquele dia. Mas era bem cedo e, por ser domingo, estaria dormindo.

Embora a ideia não lhe agradasse, Daniel poderia ajudá-la a mentir dizendo que Satoshi conseguiu o telefone dele na recepção e os dois foram juntos socorrê-lo. Satoshi ajudaria a confirmar isso, certamente. Mas, a história ficaria sem pé e sem cabeça. O que Daniel teria ido fazer naquele apart-hotel?

Selena começou a ficar ainda mais desesperada. Por mais que pensasse, não encontrava saída para aquela situação.

Ao perceber que ele soltou sua mão, afastou-se e foi para a poltrona confortável, perto da cama e se sentou. Inclinou-a e não sentiu quando pegou no sono. Acordou com a voz de Satoshi sussurrando algo em japonês e depois seu nome:

— Oi... — correndo para junto dele, respondeu com voz baixa e suave.

— Onde estamos? — ele quis saber.

— Você não se lembra? — indagou, escondendo a aflição. Temia que algo mais sério tivesse acontecido.

— Eu não estava na polícia?

— Já saímos da delegacia faz tempo. Fomos para o hotel, você tomou banho e depois viemos para outro hospital. Não se lembra?

— Você me deu banho?! — franziu o rosto. Não gostou da ideia.

— Não! Lógico que não! — reagiu. — Só peguei suas roupas. Você tomou banho sozinho e depois viemos para cá.

— Aaah... Não lembro... — relaxou e suspirou fundo, fechando os olhos.

— Como está se sentindo? — Ele respondeu em seu idioma nativo e ela ficou aflita. — Ai... Por favor, não faz isso comigo. Tenho a impressão de que você vai ter um troço e não vou conseguir fazer nada! — falou em tom quase dengoso, mas desesperado.

— Desculpa... Estou confuso ainda...

— Sente dor?

— Incômodos. Se me mexer, dói tudo.

— O motorista de táxi, que te socorreu, disse que, quando chegou, tinham dois caras te chutando e que estava no chão. Um tinha uma barra de ferro na mão. Um terceiro cara caído e se remexendo no chão, perto de você. Quando o táxi parou, os caras saíram correndo. O motorista viu quando um deles precisou ser carregado e outro mancava. Entraram no carro e foram embora... Sabe contar o que aconteceu? Você não conseguiu falar direito na delegacia. Soubemos mais coisas por meio do taxista do que de você, por isso fiquei preocupada e resolvi te trazer para outro hospital. Estava confuso e não foi bem atendido, lá no outro.

Satoshi ficou um pouco pensativo, tentando se lembrar. Bem devagar, com voz pausada, em alguns momentos, contou:

— Saí da casa do tio, caminhei... Estava de cabeça quente e resolvi andar. Quando estava um pouco longe, chamei um táxi. — franziu o rosto. — Fiquei olhando no celular para ver se estava perto... Um outro carro parou e três sujeitos desceram. Um estava armado com revólver e outro com uma barra de ferro. Lutei com o que estava armado com revólver e... É, foi isso...

— Você é louco!...

— Ele veio pra cima de mim de um jeito... Iria atirar... Tinha certeza... Quando colocou o revólver no meu peito, tirei a arma dele e joguei longe. Contei isso para aquele policial no hospital. Aí... — ficou pensativo, com olhar perdido. — Continuei batendo nesse cara... Aí... o outro me acertou. Era um cara muito grande... Entrei em luta corporal com eles e... Tudo ficou confuso. Foi muito para mim. Tenho somente imagens curtas como lembranças. Vi o motorista falando comigo e me ajudando a levantar... Dentro do carro, não vi mais nada. Acordei no hospital com um monte de gente falando comigo ao mesmo tempo. Fiquei sem entender nada, confuso, atordoado... Roubaram meu passaporte, meu celular, carteira com cartões, relógio... Não sou daqui, não tinha documentos. Senti-me em situação de rua... Ainda estava muito desorientado e queria alguém que me conhecesse, no mínimo. — Respirou fundo. — Por sorte, sempre carrego, solto no bolso do paletó ou jaqueta, um cartão de onde fico hospedado para saber para onde preciso voltar ou telefonar, em caso de emergência. Isso é costume que tenho em viagens e orientação que dou para o pessoal da empresa que viaja... Então tinha um cartão do hotel no bolso da jaqueta e... A enfermeira ligou para lá.

— E eles deram meu telefone.

— Não. Não queriam dar — olhou-a e forçou-se a lembrar. Era como se nem tudo estivesse claro, ainda. — Pedi para falar com a recepcionista da noite. A Elaine... Ela falou que não poderia dar nenhuma informação sobre os hóspedes, mas... Falei meu nome, contei que sou estrangeiro, que fui assaltado... Falei que estava sem documentos e... Por sorte, consegui provar para ela que eu era eu mesmo por telefone.

— Como? — ficou curiosa.

— No dia em que você esteve lá, eu desci descalço, as duas vezes, e ela achou graça — esboçou um sorriso ao lembrar. — Foi motivo de ela não conseguir segurar o riso na minha frente e ficou, direto, olhando para meus pés no chão. Acho que não costuma ver isso com frequência no hotel. Só estávamos nós dois, ali, na recepção, naquele dia... e ela falou que eu deveria subir junto com o Daniel. Aí... Contei isso e a Elaine teve certeza de que era eu e passou seu número. Foi assim que aconteceu — fitou a amiga. Sério, tinha o olhar perdido. Ainda parecia desorientado.

— O importante é você estar bem. Estou aliviada — tocou seu braço e forçou um sorriso, que não iluminou seu rosto.

— Vou ficar bem... — expressou-se de modo incerto. — Mas, por favor, não conte para o meu tio — pediu com firmeza.

— Ele vai precisar saber. Olha para você! Como vai aparecer assim? Como vai explicar o que aconteceu? Precisará de seus documentos e talvez nem fiquem prontos em duas semanas, que é o tempo que disse que vai voltar!

— Por enquanto... Não fale nada. Deixa que eu mesmo conto.

— Satoshi... — chamou-o com voz doce. Esperou que olhasse e falou com olhos suplicantes: — Tem outro problema... Quando disser que ligou para o hotel para pegar meu número de celular, porque eu me registrei lá como visitante em seu apartamento... Seu tio, todos os outros vão querer saber o que fui fazer lá, visitando você. — Seus olhos marejaram em lágrimas que não caíram. — Ficarei em uma situação tão difícil. Como vou explicar isso? O que vão pensar? Não posso contar a verdade, mas... Não sei o que fazer.

Sério, Satoshi fechou os olhos e suspirou fundo e ela, sem demonstrar seu desespero, não disse mais nada.

Ele ficou assim por longos minutos, em total silêncio. Depois, enigmático, sorriu com um misto de dor e perguntou:

— Você tem um cartão seu, aí na sua bolsa? Um cartão empresarial?

— Tenho — respondeu com simplicidade.

— Me dê um, por favor. — Selena se levantou, foi até a bolsa e voltou com o cartão na mão. Ele a viu trêmula e insegura. Sorriu novamente e pediu: — Coloca esse cartão no bolso da minha jaqueta. — Viu-a obedecer, ainda sem entender e disse: — Esse cartão estava no bolso da minha jaqueta. Roubaram meu celular, meu passaporte, minha carteira, relógio... Mas o cartão do hotel e o seu ficaram soltos no meu bolso. — Sorriu satisfeito, fechou os olhos e falou, gabando-se: — Eu sou um gênio!

— Ah!... Meu amigo! Você é um gênio mesmo! — ficou toda feliz. Inclinou-se e lhe deu um beijinho no rosto, tamanha sua alegria, tamanho alívio que sentiu.

Satoshi sorriu, mais feliz com aquela atitude dela do que com sua ideia.

Quando saiu da casa de seu tio, estava contrariado. Sentiu-se humilhado ao ser chamado atenção daquele jeito.

Tadashi não sabia de seus sentimentos nem do respeito que tinha por Selena. Por seus princípios, já havia decidido não forçar nenhuma situação, devido ao compromisso que ela tinha com Daniel.

Desistiu de seu amor por ela, não pelos costumes e culturas ou tradições de sua família. Abriu mão por seus princípios e valores religiosos, espirituais e estava convencido disso. Abriu mão por respeito às decisões dela.

Em poucos dias, iria voltar para sua terra e, provavelmente, nunca mais se veriam. Estava disposto a continuar seu caminho e não olhar para trás. Foi o que decidiu. Foi o que escolheu.

Mas, agora, estava ali, no hospital, e seguiria por caminhos inesperados, que não imaginou nem decidiu.

CAPÍTULO 31

MUDANÇA DE PLANOS

Satoshi recebeu os resultados dos exames e a alta hospitalar estava garantida. Apesar disso, ainda se sentia tonto, com muita dor de cabeça e no corpo inteiro.

Selena o ajudou a calçar os tênis, pois seu braço continuava imobilizado.

— Será melhor levá-lo para a casa do seu tio. Precisará de cuidados e repouso.

— De jeito nenhum! — decidiu firme.

— Não poderá ficar no hotel assim e sozinho! Não desse jeito. — Zangou-se. — Olha pra você! Ainda precisa de cuidados e atenção. E se passar mal? E se desmaiar? Já viu o tamanho dos hematomas que tem espalhado pelo corpo? Não vou te levar para o hotel não! — expressou-se firme. Estava um tanto nervosa por sua teimosia e também insegura. Não sabia o que fazer.

Ao vê-la tentar se afastar, Satoshi segurou o braço dela, com a mão que tinha livre. Olhando-a firme, falou determinado e em tom grave:

— Não vou para a casa do meu tio. Tivemos sérios problemas ontem. Agora, tenho outros planos e ir para a casa dele não é uma opção.

— O que aconteceu? — perguntou séria, mas com tranquilidade.

— Conto para você em outra ocasião. Não agora. Se você puder, leve-me para o hotel. Se não, vou pegar um táxi. — Pensou. — Droga! Estou sem dinheiro e sem cartões! — falou baixo, mas irritado. No instante seguinte, lembrou: — Ah!... Tenho dólares no cofre do hotel. O táxi espera e subo para buscar — sorriu, satisfeito pela ideia.

— Ai, que droga, Satoshi!!! Você é teimoso!!! — ela se enervou mesmo. Falou sussurrando, entre os dentes, como se gritasse.

Ele tomou um susto. Nunca a viu daquele jeito. Porém reagiu calmo e firme:

— E você também não quer entender, não é? Não vou para a casa do meu tio!

— Vai para o apartamento do Yukio! — sorriu, feliz pela ideia.

— Também não. Tia e tio iriam para lá. Quero sossego. Vou para o hotel. Ninguém sobe para o apartamento se eu não permitir.

Ela ficou inquieta e preocupada. Pensou um pouco e resolveu:

— Vamos para a minha casa.

O rapaz não disse nada, mas seu rosto ficou iluminado, quase sorrindo e toda tensão se evaporou. Adorou aquela ideia e para ter certeza de que era isso o que ela queria, comentou:

— Não sei se é o certo a fazer.

— Já decidi. Vamos para a minha casa. Passaremos no apart, pegamos algumas roupas suas e vamos pra minha casa — foi firme. — Eu estava conversando com minha mãe por mensagens e falei que meu amigo foi assaltado. Contei todo o seu caso e avisei que estava com você no hospital e que não tinha ninguém... Ela tinha cogitado a possibilidade de ir para lá, mas falei que tinha o seu tio... Só vou ligar para ela e conversar para que saiba que estou te levando para a nossa casa, para que fique lá por alguns dias, até se recuperar. Tenho certeza de que ela concordará comigo. Isso não será um problema. Também quero falar com o Daniel. Ele não sabe de nada e... Preciso ligar para os dois. Fique aqui. Está bem? — Viu-o acenar positiva e rapidamente com a cabeça, mas não percebeu que segurava o sorriso. — Só me dá um tempinho. Espere aqui. Preciso de privacidade.

Na sala de espera do hospital, ela telefonou para sua mãe e explicou a situação. Nádia aceitou a ideia com bondade, apiedando-se do rapaz. Em seguida, Selena telefonou para Daniel, mesmo sabendo que, possivelmente, enfrentaria sua resistência e contrariedade.

Ao ouvi-lo atender, percebeu algo estranho em sua voz e no ambiente onde ele estava. Decidiu deixá-lo falar primeiro:

— Oi, tudo bem? — ela perguntou.

— Quase tudo. Estou no hospital — disse o namorado. — A dona Dalva passou mal. Descobriram um problema cardíaco. Estamos aguardando alguns exames.

— Estamos?... — indagou desconfiada.

— A Marceline está aqui, claro — sua voz soou constrangida.

— Entendi... — falou bem devagar. Sem demora, pediu: — Daniel, escuta com atenção, com muita atenção! E não comente nada com ninguém nem com a Marceline ou com o Yukio. Entendeu?!

— Fala — ficou ansioso. Nunca a tinha ouvido falar naquele tom.

— A Marceline está do seu lado, agora?

— Não. Fala logo — ficou aflito.

— O Satoshi foi assaltado, depois que saiu da casa do tio. Foi muito agredido. Roubaram seu passaporte... — Selena contou tudo, mas, devido à situação do namorado com a vizinha, no hospital, decidiu mentir, dizendo que ligaram para ela por um cartão empresarial, em nome dela, que estava no bolso do rapaz. — Estou aqui com ele no hospital. Já recebeu alta. Como falei, o Satoshi não quer ir para a casa do tio nem do primo. Quer ficar no hotel, mas não acho conveniente e vou levá-lo para a minha casa. Já falei com a minha mãe. — Selena escutou a respiração de Daniel e longo silêncio. — Está me ouvindo?

— Estou — murmurou.

— Não posso deixá-lo sozinho. Você entende? Se o seu apartamento tivesse acomodações, até poderia levá-lo para lá, mas...

— Tem aquele quartinho, que...

— Tenha dó, né! Aquele apartamento não tem espaço nem para você. E outra coisa... não podemos deixá-lo lá sem ninguém para tomar conta dele. Se ao menos a dona Dalva estivesse bem pra cuidar dele... — foi irônica, mas ele não percebeu. — Vou falar com o médico ainda. Creio que ele ficará alguns dias sem trabalhar. E aí, vai ficar sozinho. Não sei o que fazer e... Tenho uma série de documentação para ver nesse caso... Estou preocupada também.

— Não gostei da sua ideia — foi sincero.

— Também não gostei de saber que está aí no hospital com a sua vizinha.

Longo silêncio.

— Faça como quiser, Selena! — falou duramente, insatisfeito.

— Não farei como eu quero. Farei o que devo, pois não vejo alternativa.

— Eu também não estou fazendo o que quero, mas o que devo. Você não entende isso?

— São situações diferentes. Muito diferentes! — salientou. Ficou zangada. Desejava que o namorado largasse o que estava fazendo e fosse para junto dela, ajudando-a. Não gostaria de estar sozinha naquela situação.

— Deixe o Satoshi se virar e fazer do jeito dele! Quer ir pro apart, que vá!

— Você também poderia deixar a sua assistente se virar e fazer o que cabe a ela, pois a responsabilidade é toda dela e dos irmãos! Você não tem nada com isso!

— Selena, não vamos brigar por telefone! — falou bravo.

— Estamos brigando, Daniel? — não houve resposta. — Bom... Então, é o seguinte: estou levando o Satoshi para a minha casa. Minha mãe pode cuidar dele por uns dias.

— Faça como quiser.

— Tchau!

Daniel levou um susto ao perceber que ela desligou. Ficou olhando, incrédulo, para o aparelho celular.

Algum tempo depois...

— Esta é minha mãe, dona Nádia — sorriu satisfeita em poder apresentá-los e não percebeu isso. — Mãe, este é o Satoshi, diretor de uma empresa japonesa que está... — foi interrompida quando ia falar a frase decorada.

— Não! Eu sou o amigo. O amigo dela — tentou se curvar, por força do hábito, mas parou, sentindo fortes dores que não quis dizer e se endireitou. — Prazer conhecer a senhora, dona Nádia — apertou a mão que a senhora ofereceu. — Antecipadamente, peço perdão pelo incômodo. A situação ficou complicada. Eu gostaria de ficar no hotel, mas a Selena não deixou.

— Prazer, Satoshi... — sorriu, segurando entre as suas, a mão esquerda do rapaz. A outra estava imobilizada e em uma tipoia. — Ah... Olha como você está... — apiedou-se. — Venha. Já arrumei o quarto para você.

Satoshi mancava de uma perna e a seguiu devagar, com dificuldade. Sentia muitas dores, mas não reclamava.

Ao entrar no quarto, humilde e sem jeito, perguntou:

— A senhora já arrumou até a cama?

— Lógico! Era o quarto dos meus filhos. Eles se casaram e moram longe. Só é usado quando vêm pra cá. Pode ficar à vontade, por favor — viu-o se sentar com dificuldade e o segurou pelo braço, tentando ajudá-lo.

— Mãe, aqui estão os remédios dele. Vou anotar direitinho como deve tomar e os horários. Aqui, também tem os exames que fez. Guarda aí, caso precise retornar, levaremos os exames. Nessa mala, tem as roupas dele. O médico deu um atestado de quinze dias. Então...

— Não ficarei aqui quinze dias, dona Nádia. Não darei todo esse trabalho para a senhora. Assim que me sentir melhor...

— Olha para você! — Selena expressou-se, outra vez, nervosa e zangada, como ele ainda não tinha visto. — Luxou o ombro, o braço e o pulso! Estão imobilizados, claro! — falou com ironia ao dar uma risadinha. — Como vai se mover, se trocar, tomar banho?! Está todo roxo! A perna cheia de hematomas, joelho inchado e galos na cabeça! Além de oito! Oito pontos para serem retirados daqui a sete dias! Manco e com olho quase fechando por causa do machucado no rosto e a boca estourada!... Será que me esqueci de listar mais alguma coisa? — demonstrou-se insatisfeita, olhando para ele.

— As minhas mãos... — ele riu, mostrando os punhos.

— Ah!... Sim. As mãos com escoriações e inchadas! E ainda se acha bem para se cuidar sozinho?! Tenha dó! — mostrou-se zangada, principalmente, por vê-lo achar graça do seu jeito de falar.

Nádia ficou observando a cena e achando graça. Havia algo, naquilo tudo, que ela não conseguia decifrar. Algo interessante entre os dois. O olhar do rapaz para sua filha chamava sua atenção. E Selena agia de uma forma diferenciada com ele.

— Meu olho já é fechado mesmo. Não estou assim por causa do machucado — riu alto e colocou a mão na altura da costela, onde sentiu dor.

— Tenho vontade de bater em você, Satoshi! — murmurou com raiva, falando entre os dentes, sem sorrir.

— O importante é que descanse, Satoshi — disse Nádia em tom agradável. — Vamos cuidar bem de você. Temos vergonha quando estrangeiros experimentam situações como essa, mas, se nos permitir, cuidaremos de você e vamos tirar essa má impressão. Esses agressores e ladrões não representam o nosso povo.

— Obrigado, dona Nádia. Eu compreendo — sorriu levemente, olhando para a senhora com olhar terno.

Olhando em seus pés, viu-o descalço.

— Mas você tirou os sapatos? — a senhora ficou intrigada.

— Lá na porta. É costume meu — ninguém viu quando fez isso.

Selena respirou fundo, insatisfeita novamente. Virou-se e colocou a mala sobre banqueta e falou ao abrir:

— Trouxe os chinelos dele. Estão aqui — disse ao colocá-los perto de seus pés.

— Obrigado — murmurou, franzindo o rosto ao tentar olhar para baixo.

— Deita, Satoshi. Descansa um pouco. Vou trazer água e deixar aqui para não precisar levantar. Também farei um chá e vou preparar algo para você comer — tornou a senhora.

— Ele não toma café nem chá com açúcar, mãe. E o café é bem fraco e morno. Morno ou frio! — falou como se estivesse indignada. — Isso é uma ofensa para nós, brasileiros, e para quem aprecia a nossa principal bebida. Que desaforo! — agora, ela riu ao brincar. — É igualmente ofensivo como, para vocês japoneses, nos verem cortar uma rodelinha de sushi com garfo e uma faca!

O rapaz sorriu levemente ao continuar sentado e olhando-a. Ficou feliz ao saber que ela prestou atenção em seus gostos.

— Vou fazer uma canja. — Virando-se para ele, a mulher falou: — Desculpa por não saber cozinhar nada da sua cultura. Desculpa mesmo. Mas, vou procurar fazer coisa que te agrade. Precisa se recuperar logo.

— Não se preocupe comigo. Não tenho problema com alimentação. Como qualquer coisa, dona Nádia. Já viajei muito e... — foi interrompido.

— Qualquer coisa?! Quem coloca água gelada no café quente e o toma sem açúcar, já perdeu o amor pela vida! — Selena riu, debochando. Estava ficando cada vez mais à vontade e ele gostou disso.

— Ignore a Selena, dona Nádia, por favor. Vou comer o que me der. Serei grato por sua ajuda e acolhimento. Farei qualquer coisa para me recuperar logo e retribuir. Quando a vida muda nossos planos e não temos alternativas, devemos aceitar e ser gratos. Sinal de que, algo muito bom, o futuro nos reserva, se aceitarmos com gratidão. Algum aprendizado existe nisso.

— Você falou bonito — sorriu para ele. — Eu conheço minha filha. A Lua sempre exagera quando está nervosa. Acho que ainda está preocupada com o que aconteceu.

— Lua? — achou graça e ficou desconfiado.

— Sim. Lua é o apelido da Selena — riu. — Vou preparar algo para você.

Ao ver sua mãe sair, Selena sorriu e brincou:

— Como você é cínico, Satoshi! — falou admirada ao rir.

— Eu?! — tentou rir, mas sua boca doeu.

— "Como qualquer coisa, dona Nádia." — arremedou-o com jeito engraçado, balançando o corpo para debochar. — Lá na empresa, vive escolhendo o que pegar no bandejão! Enjoado!... — Levantou o braço como se fosse lhe dar um tapa e segurou a mão tremendo no ar, ameaçando ao brincar. — Se não estivesse estropiado!... — fingiu-se irritada, mas riu.

— O que é estropiado mesmo?

— Arrebentado, machucado. Se olha no espelho para ver o que é.

— Tudo bem... — fechou os olhos e sentiu dor ao levantar as pernas para deitar-se na cama.

Rapidamente, ela foi ajudar. Pegou em seus joelhos e o auxiliou. Ajeitou seu travesseiro e o cobriu com extremo cuidado. Nesse instante, Satoshi fechou os olhos e parou. Ela percebeu que estava com muita dor ao vê-lo imediatamente pálido com suor frio gotejando em seu rosto.

— Daqui a pouco tem de tomar seus remédios — lembrou com compaixão, lamentando seu estado.

— Vai ser bom — sussurrou, de olhos fechados. — Estou com muita dor.

— Sério? — indagou calma, mas bem preocupada. Percebeu que o amigo não estava bem.

— Dói tudo, Selena. Tem hora que não consigo respirar direito... — sua voz saiu como um sopro ao se ajeitar melhor nos travesseiros, como se procurasse uma posição confortável, o que não existia. Estava com um semblante abatido. Ela nunca poderia imaginar vê-lo daquela forma. — Preciso de um favor, mais um...

— Qual? — indagou, prestativa.

— De um telefone celular.

— Um aparelho novo?

— Sim... — ele sussurrou, de olhos fechados.

— Mas se eu comprar, vai ficar no meu nome e... Tudo bem?

— Depois vou ressarcir...

— O problema não é me pagar, é...

— Preciso fazer contato com minha equipe amanhã, sem falta. Você compra o celular e deixa comigo. Pega o telefone do gerente da minha equipe e me manda, para eu adicionar aos contatos... Tendo internet, deixa o resto comigo... — falou com voz fraca. Não parecia bem.

— Não vai ter problemas com os dados e informações contidas no aparelho roubado?

— Não. Estão todas em japonês e tem senhas... Nem você saberia mexer naquilo... — esboçou um sorriso, ainda com olhos fechados. — Só preciso bloquear meus cartões. Com o celular faço isso fácil, fácil...

— Certo. Então... Descansa e dorme um pouco — aconselhou penalizada.

— Estou preocupado com você, Selena — ergueu o olhar para ela. — Não dormiu nada.

— Estou bem — sorriu generosa. — Descansa. Precisa se recuperar logo.

Satoshi não disse mais nada. Ficou quieto.

Algum tempo depois, Selena entrou no quarto e o viu de olhos fechados. Achou que estivesse dormindo e saiu sem dizer nada.

Na hora da medicação, Nádia chegou perto do rapaz e falou bondosa ao tocar seu braço com leveza, para não o assustar:

— Satoshi — sussurrou. Ao vê-lo abrir os olhos, disse: — Precisa tomar dois dos seus remédios. — Observando-o, a senhora percebeu que ele tinha a respiração curta e bem frequente, como se sentisse com dificuldade. — Quer que eu te ajude a se sentar direito?

Satoshi ofereceu a mão esquerda para ser ajudado e franziu o rosto com uma expressão de dor.

— Dona Nádia... — falou com voz fraca, quase inaudível, num sopro. — Cadê a Selena?

— A Lua saiu. Disse que volta logo. Foi comprar o celular. Você precisa de alguma coisa, meu filho? — ficou preocupada. Notou que havia algo muito errado.

— Preciso levantar... Preciso ir ao banheiro.

Mostrando extrema dificuldade, muito mais do que quando chegou, Satoshi se levantou com a ajuda da senhora.

Ao envolvê-lo para acompanhá-lo, ela percebeu:

— Satoshi, você está quente. Está tudo bem?

— Vou ficar bem... Não se preocupe...

Andando vagarosamente, sempre apoiado na mulher, nas paredes e nos móveis, ele foi e voltou.

Ao se sentar na cama, com os comprimidos e a água nas mãos na frente dele, Nádia falou:

— Toma e me deixa colocar esse termômetro debaixo do seu braço. Quero ter certeza se tem febre.

Ele obedeceu. Estava pálido, com os lábios brancos e parecia tonto. Cambaleava, mesmo sentado. Em alguns momentos, fechava os olhos.

Enquanto aguardava, com gesto maternal, Nádia passou a mão em seus cabelos caídos na testa, que quase cobriam seus olhos, e os alinhou para trás.

— Satoshi, o que está sentindo?

— Muita dor... — respondeu num sopro, novamente.

Ela olhou o termômetro que retirou e ficou assombrada.

— Quarenta graus! — murmurou surpresa.

— Estou com muita dor — tornou a dizer, sussurrando.

— Onde, meu filho? — a mulher quis saber.

— Aqui... No peito... — levou a mão esquerda onde doía. — Não consigo mais respirar...

Nesse momento, Satoshi tossiu e, para o espanto dos dois, viram respingos de sangue na mão que ele levou à boca.

O rapaz deixou o corpo cair para trás, caindo sobre os travesseiros e respirando com dificuldade.

Assustada, Nádia ligou para a filha e contou tudo.

— Mãe, liga para o Daniel! Ele deve estar em casa e chegará aí mais rápido do que eu! Me mantenha informada. Estou voltando agora!

Daniel havia acabado de chegar ao seu apartamento, quando recebeu o pedido de socorro de Nádia. Imediatamente, foi para à casa dela.

Ao chegar, encontrou a senhora sentada na cama, abraçada a Satoshi que debruçou a cabeça em seu ombro.

Percebeu-o muito pálido e lábios esbranquiçados.

— Daniel! Que bom que chegou! Ele não consegue respirar direito. Disse que está com muita dor no peito, respira com dificuldade e tosse sangue. Está com febre e... Disse que é pior quando deita ou estica o corpo para trás. Falou outras coisas em japonês, mas não traduziu quando eu pedi. Parece delirar, às vezes... Precisamos ir para o hospital.

— Hei, Satoshi... — tocou-o, mas não houve resposta. Percebeu que tinha consciência ao vê-lo abrir e fechar os olhos, lentamente. — Não sei se é melhor chamar uma ambulância ou levá-lo no meu carro... — ficou inseguro.

— A ambulância pode demorar. Vamos no seu carro mesmo. Você aguenta com ele? — perguntou a senhora, muito preocupada.

— Sim. Vamos lá! O carro está na garagem. Abre a porta pra mim... Depois a senhora traz tudo o que for dele, remédios, exames... — tinha visto as medicações e envelopes com exames sobre um móvel.

— Tá bom — ela concordou.

Daniel se impressionou com o sangue que havia na toalha que Satoshi segurava e, olhando bem seu estado, ficou extremamente apiedado. Não imaginava que estivesse tão ferido, mas não disse nada. Calmo, pediu ao segurá-lo e erguê-lo:

— Levanta, cara... Vamos lá... — falou com bondade. Cuidadoso, auxiliou Satoshi que quase não parava em pé.

Olhando para Daniel, sentindo o sangue fugir do rosto, disse sussurrando, de modo quase inaudível:

— Vai devagar... Nunca senti tanta dor... — soprou as palavras, com respiração curta.

Nesse momento, tendo a certeza de que estava consciente, Daniel passou o braço do rapaz sobre seu ombro e o envolveu pela cintura. Usando de sua força, sustentou grande parte do seu corpo ao ajudá-lo a andar.

— Vamos lá, cara... Bem devagar... Vamos lá... — pediu calmo e benevolente, conduzindo-o.

A senhora fez o que o namorado de sua filha pediu e os acompanhou no carro, sentada atrás junto com Satoshi, que apoiou a cabeça em seu ombro.

CAPÍTULO 32

REVELAÇÕES

Satoshi deu entrada na emergência do mesmo hospital particular onde Selena o levou da última vez. Ao ver, no envelope, que continha os exames e o nome do hospital, Daniel decidiu levá-lo para lá.

O rapaz e Nádia faziam a ficha quando Selena chegou. A mãe havia mandado mensagem para a filha, dizendo onde estavam.

— E o Satoshi? — quis saber, estava bem nervosa.

— Ele não está bem — Daniel contou. — Teve fratura de costela nas agressões que sofreu e isso não foi investigado, quando foi socorrido. Fizeram exames radiológicos da perna, braço, cabeça, mas ninguém fez um raio-X de tórax — falou com um toque de contrariedade pela situação. — A costela da parte anterior do tórax sofreu um trauma, quebrou, mas não se deslocou, ficando no lugar por algum tempo. Só depois se deslocou. O médico falou que isso raramente acontece. No caso dele, essa costela fraturada, quando se separou, provocou perfuração no pulmão. Foi sorte não ter perfurado o coração.

— O quê?! — assombrou-se ao sussurrar.

— A vida dele corre risco — prosseguiu Daniel, muito preocupado. — Essa perfuração chama-se pneumotórax e o quadro clínico é bastante sério. Ele já está passando por cirurgia de emergência para reparar a fratura e o pulmão perfurado.

— Ele reclamou de sentir muita dor, mas... — não completou. Selena se lembrou da queixa e sentiu-se culpada por não ter dado mais atenção e socorro.

— Ele estava muito machucado. Eu vi e... — Daniel falou impressionado. — É óbvio que reclamaria de dor, porém... Quem imaginaria que quebrou uma costela que perfuraria um pulmão?

— Só fui ver que ele não estava bem quando fui dar remédio. O Satoshi falava com dificuldade, levantou com a minha ajuda e se segurou nas paredes e nos móveis para ir ao banheiro. Senti que estava muito quente... — Nádia contou, muito abalada. — Perguntou de você, reclamou de dor... Coitado... Acho que estava sofrendo muito.

— Os dois atendimentos médicos falharam! Como isso é possível? Ainda bem que o levei para casa — Selena falou preocupada, olhando para sua mãe. — Se estivesse sozinho no apart... Sem celular, sem ninguém para ver como estava... Ai, meu Deus... — Olhando para Daniel, falou zangada: — Não teria como ele se virar sozinho! — Falou, propositadamente, para provocá-lo. O namorado não disse nada. Aguardou um momento e decidiu: — Acho que é hora de ligar para o senhor Tadashi, o tio dele — olhou para a mãe, explicando a ela de quem se tratava. Em seguida, afastou-se para um lugar tranquilo para fazer a ligação.

Tadashi, sua esposa Kaori e os filhos chegaram ao hospital.

Selena contou, detalhadamente, o que havia acontecido. Pelo semblante do senhor, notava-se que, além de preocupado, estava bem insatisfeito.

Como médica, Keiko entrou para conversar com algum colega que lhe desse mais informações.

— Como foi que Satoshi ligou para você, se roubaram o celular dele? — Tadashi quis saber. Ficou desconfiado.

— No bolso da jaqueta, havia um cartão corporativo da nossa empresa com meu celular e também um cartão do hotel onde está hospedado — Selena mentiu e se sentiu mal por isso.

— Por que não me ligou para eu vir buscá-lo, em vez de levá-lo para sua casa? — tornou o homem, parecendo interrogá-la.

— Desculpe-me, senhor... O Satoshi se recusou, terminantemente, a ir para sua casa ou para o apartamento do primo — Selena disse séria, parecendo enfrentá-lo. — Ainda bem que não achei conveniente deixá-lo sozinho no apart-hotel, para onde ele queria ir. Por isso, tive a ideia de levá-lo para a minha casa.

— Você não tem qualquer obrigação de levar funcionários ou prestadores de serviço para sua casa, Selena — olhando em seus olhos, o diretor falou, duramente, para quem estivesse perto ouvir. — Você é...

— Com licença, senhor — Nádia pediu, interrompendo a conversa. — Sou a mãe da Selena. Minha filha é uma pessoa muito responsável, por isso... — foi interrompida.

— Eu sei disso, senhora, é que...

— Eu não terminei, senhor. Não me interrompa, por favor — foi firme, encarando-o. Assustada, Selena arregalou os olhos. Não esperava isso de sua mãe. — Se sabe que ela é uma pessoa responsável, sabe que foi por isso que o acompanhou a um hospital, depois para a delegacia e depois o trouxe para este hospital, para ajudar o seu sobrinho e não deixar dúvidas sobre o socorro. A Selena respeitou o pedido, talvez, até a exigência dele, em não querer avisar o senhor nem os parentes pelo que aconteceu. Minha filha foi responsável e ligou para mim, pedindo a minha opinião sobre levar o seu sobrinho para a nossa casa, para não deixar o rapaz sozinho em um hotel. Foi responsável e comprou as medicações e pediu para que eu tomasse conta dele. O senhor não tem o direito de chamar a atenção da minha filha por ajudar um ser humano que, por acaso, está prestando serviço onde trabalha, na seção que ela é responsável. Esse moço foi assaltado, estava muito machucado e ainda teve dificuldade por ser estrangeiro sem documentos. Na minha casa, quando chegou, o seu sobrinho foi muito grato pelo acolhimento. Cuidei dele como se fosse um dos meus filhos! — salientou com voz forte.

— A senhora...

— Eu não terminei, senhor! — foi dura, mas não aumentou o volume da voz. Não lhe deu chance e continuou: — Muito me admira o seu sobrinho ferido, bastante machucado, precisando de ajuda, preferir ficar sozinho em um hotel a ir para a casa do tio! Muito me admira o seu sobrinho aceitar ser acolhido na casa de estranhos a ir para a casa do tio! Que tipo de pessoa é o senhor?! — não esperou resposta. — Por isso, o senhor não tem nenhum direito de chamar a atenção da minha filha por ter, fora da empresa, socorrido um ser humano que precisava de ajuda. O senhor não tem esse direito nem como pessoa nem como um conhecido e muito menos como chefe dela! Deveria ter é vergonha por não ter sido lembrado ou querido por um parente muito necessitado e num país estrangeiro. No seu lugar, no mínimo, eu seria grata em vez de ficar questionando a Selena como o senhor está fazendo! Então, não chame a sua atenção, porque ela não merece!

O tempo todo de cabeça baixa ao lado da mãe, a moça ficou muda. Sabia que, se tentasse fazê-la parar de falar, seria pior.

Tadashi curvou-se e pediu:
— Desculpe-me, senhora. Perdoe-me. A senhora tem razão.
— Muito obrigada, dona Nádia — Kaori sorriu, enternecida. Curvou-se também. Gostou do que ouviu. Achou que o marido merecia. — A senhora nos ajudou duas vezes. Primeiro, cuidando do meu sobrinho. Segundo, com a lição que nos deixou. Obrigada.
— Obrigada por me compreender — tornou Nádia. — O melhor a fazermos, agora, é orarmos para ele e a equipe que está fazendo a cirurgia.
— Sim, senhora — Kaori concordou.
— Vem, mãe... — Selena sussurrou, enlaçando seu braço e a levando para mais longe.
Daniel não ousou dizer nada e trocou olhares com Yukio, que também ficou em silêncio. Entenderam a quem Selena puxou.
Em seguida, viram-na sussurrar:
— Já me sinto demitida... Ai, mãe...
— Ai, o que, Selena?! — ficou zangada, falando alto.
— Quieta, mãe. Por favor... — murmurou, novamente.
— Quero sentar em algum lugar para fazer uma prece para o Satoshi — disse Nádia, que foi procurar um lugar para se sentar.

As horas foram passando...
Quando Keiko retornou, todos a olharam com expectativa e correram para junto dela.
— A cirurgia terminou agora e o Satoshi está estabilizado.
— Graças a Deus... — Selena murmurou, sem perceber. — Como é que isso foi acontecer? Ele foi examinado em dois hospitais! Dois!
— Era pra ser, Selena — tornou Keiko. — Não sabemos o motivo disso. Vamos agradecer e ficar tranquilos por ele estar

bem, agora. Daqui a pouco, vão levá-lo para o CTI, para ser monitorado de perto. Quando estiver sem qualquer risco, vai para o quarto.

— Irresponsável... — Tadashi sussurrou.

— Por que, pai? Por acaso ele é o culpado por ter sido assaltado e agredido? — Yukio não gostou do comentário de seu pai.

— Não deveria ter reagido! — tornou o senhor.

— O Satoshi é faixa preta e tem muito autocontrole. Não é impulsivo e não reagiria se tivesse outra opção! Decerto viu que seria atacado de qualquer maneira e se defendeu como pôde. Ninguém estava lá para saber como foi — disse o rapaz, indignado.

Transtornado, Tadashi reagiu:

— Quem você pensa que é para...

— Vamos parar os dois! — Kaori exigiu, zangada, falando no idioma japonês. — Aqui, não é lugar para isso! — Parecendo tranquila, virou-se para a filha, falando em português, e perguntou: — Keiko, vamos conseguir ver o Satoshi?

— Não, mãe. Hoje, não. É melhor vocês irem embora e amanhã, no horário de visitas, devemos ter mais informações sobre o estado dele. Não vai adiantar nada ficarmos aqui. Só vou ficar mais um pouco para conversar com outro colega do CTI, depois vou embora.

Virando-se para Selena, Daniel e Nádia, Kaori agradeceu várias vezes pela ajuda ao seu sobrinho. Depois, ela e o marido se foram.

Daniel foi embora em seu carro e Selena levou sua mãe para casa.

Yukio decidiu esperar a irmã.

No caminho, enquanto dirigia, Yukio disse:

— Não sei como você ainda aguenta conviver naquela casa.

— Quase não vejo o pai e me dou muito bem com a mãe — ela se expressou com tranquilidade natural.

— Ele chamou a atenção da Selena na frente de todos! Um absurdo! A dona Nádia interrompeu e... — o irmão contou tudo. — Bem feito! Passou vergonha! Foi merecido!

— E sobre a Talia? Quando é que vai contar que namora uma gaijin, uma estrangeira que não é da nossa raça? — Keiko perguntou e sorriu, entristecida.

— Não preciso dar satisfações ao pai. Sabe disso. Vou só informar. Meu principal propósito, ao sair de casa, foi para assumir minha vida e o namoro com ela. Cansei de dizer que é sua amiga de faculdade, que trabalha no mesmo hospital, que você é quem a convida para ir lá... Saco! Nem creio que, em pleno século XXI ainda existem pessoas retrógradas e preconceituosas como o pai — Yukio respirou fundo. Olhando para a irmã, falou: — Lembra quando o pai pegou nós dois conversando sobre o Daniel? Quando ainda estávamos na faculdade e você veio perguntar dele, queria detalhes sobre meu amigo... — sorriu com leveza. — Falou que gostava dele... A gente tava no quarto conversando e o pai ouviu. Ele entrou furioso, bateu em você... — Viu-a abaixar a cabeça. — Desculpa, Keiko — murmurou, falou arrependido.

— Por que se desculpar?

— Por não ter te defendido, por ter deixado o pai te inibir e te afastar do Daniel — percebeu-a triste. — Até hoje, me sinto mal por aquilo.

— Era pra ser... — murmurou.

— Não. Talvez não. Eu via os olhos dele quando olhava para você. Era um cara quieto. Ainda é meio caladão... Acho que ficou com medo do pai, principalmente, quando soube quem ele era: o todo poderoso CEO, braço direito da dona Eleonora!

— Esquece isso, Yukio — a irmã pediu baixinho.

— Não. Não consigo. Me sinto culpado pelo que o pai sempre fez com você e... Às vezes, quando vejo ou sinto o Daniel e a Selena com problemas... Fico pensando se os dois foram feitos um para o outro mesmo. Principalmente, nos últimos tempos, que...

— O que você quer dizer? Ele é apaixonado pela Selena!

— Será que é amor ou paixão? — sorriu, enigmático. — Quem não se apaixonaria pela Selena? Quem não se atrairia por ela? Uma mulher inteligente, bonita demais, encantadora, magnética, recatada e elegante que chama a atenção de qualquer homem. Ah, cara!... Até eu... — riu e não completou. — Mas, é muito... Dura, competitiva, estratégica, desconfiada. Tudo tem de funcionar certinho e do jeito que ela quer! Não é qualquer um que muda sua ideia. Entende? Acho que a Selena precisa de um homem determinado, firme, que mande nela, mas que seja maleável na forma de mandar. O tipo carinhoso, afetuoso, mas que a domine. Que tome decisões sem que ela perceba. Alguém fiel, honesto, que a faça se sentir segura o suficiente para que confie plenamente nele. Se encontrar esse homem, vai segui-lo cegamente até o fim do mundo, até o inferno. Vai abandonar tudo e atravessar o oceano por ele. — Fez breve pausa. — Mas... Não acho que ela faria isso pelo Daniel. Ele não tem esse poder sobre ela. Tem medo de perdê-la, é inseguro... O Daniel... Creio que precisa de alguém que o conduza, que sempre fale com jeito... É um sujeito racional, gosta de ser convencido e não mandado. Detesta receber ordens. Gosta de quem tem paciência, coisa que a Selena não tem muito não.

— Se estão juntos, nada está errado. Ele é apaixonado por ela.

— Duvido. Acho que aprecia a posição que ela o coloca — Yukio acreditou e sorriu.

— Como assim? — Keiko não entendeu.

— Qualquer homem teria orgulho de tê-la ao lado. Mas a Selena é uma mulher difícil de ceder e muito desejada. Sempre foi. É uma mina que tem orgulho do que é e se valoriza demais. Sabe que tem o poder. Não dá bola pra ninguém. E não está errada nisso que faz! Não mesmo! — Ofereceu breve pausa. — Tem uns caras que dão cantadas rasgadas, mas ela ignora totalmente. Não tá nem aí. É durona. O Daniel se atraiu pela beleza e depois por conseguir o que nenhum outro, dentro daquela empresa, conseguiu: ficar com ela, namorá-la! — sorriu. — Talvez seja como um troféu para ele.

— E por que você está me falando tudo isso? — perguntou com um toque de raiva.

— Por que estou vendo o jeito que ele voltou a olhar para você, sua i-di-o-ta! — falou como se soletrasse.

— Vai se ferrar, Yukio! — deu-lhe um tapa.

— Vai você, sua burra! Ele está olhando pra você, de novo, como olhava na época em que a gente fazia faculdade! Imbecil!

— Para de falar! Para com isso!

— Acorda, Keiko! Abre o olho, japonesa! — caiu na risada. — Não sei se esse namoro com a Selena vai muito longe. Tem muita coisa acontecendo e você nem sabe. Fica esperta!

— Cala a boca.

— Sai da casa do pai, Keiko! Escuta o que tô te falando! O pai se impõe contigo, te humilha, só não bate mais em você por causa da mãe. Você, como muitas outras mulheres, independente da etnia, foi criada para não ter voz. Para obedecer. Segue a sua vida! Presta prova de residência na área que você quer e não no que ele exige! — Viu-a pensativa. — Sabe por que o pai não é pior com a gente?

— Por quê? — perguntou branda.

— Quando éramos adolescentes, ele te bateu por algo e eu ouvi uma conversa, ou melhor... Ouvi a mãe ameaçando o pai. Falou que iria deixá-lo e levar nós dois embora com ela, se ele continuasse batendo na gente.

— Você me contou isso, mas nem lembrava... Ele morre de medo de escândalo — ficou pensativa. — Sabe, seria interessante que contasse pra mãe que está namorando uma gaijin, uma mulher estrangeira que não tem, nem de longe, traços orientais.

— Deixa essa situação do Satoshi se resolver. Depois falo com a mãe. Se ela quiser contar para o pai... Tanto faz.

— Se prepara... A vida do nosso primo já foi um inferno por causa de uma gaijin. É por isso que o vô nem fala direito com ele, até hoje — tornou a irmã. — Acabaram com a vida do Satoshi e do irmão. Acabaram com a vida dos dois!... — Keiko lamentou. Além dos pais de Satoshi, ela e seu pai eram os únicos que sabiam da existência da outra carta em que Hiro confessou que usava as ideias do irmão. Mas, Keiko não contaria para ninguém nem mesmo para o primo ou para Yukio. Não saberia sua reação e temia por isso. — O Satoshi desmoronou por causa do que aconteceu a ele e ao irmão e... Pensei que ia fazer o mesmo de tão descontrolado que ficou. Passou a se culpar por tudo e... Reagiu, brigou, saiu de casa, acusou os pais e também nosso pai... E foi tratado como se ele fosse o errado! Era o rebelde, aquele com personalidade diferente, única na família. Sempre o ressaltaram assim! Naquela época, quando fui pro Japão e o vi daquele jeito... Achei que ele não fosse suportar.

— Foi você quem o fez retornar pro budismo, não foi? — o irmão lembrou.

— Só indiquei. Era algo que ele gostava e tinha deixado de lado. Foi a única coisa em que pensei para ajudá-lo. Religiosidade nos fortalece em um momento difícil. Nosso primo precisava se apegar a algo ou faria besteira.

— O budismo fez muito bem pra ele. Que bom. Quanto ao nossos pais... Quanta ignorância... Hoje, nem o tio, o pai ou o vô tocam no assunto. É como se nada, nunca, tivesse acontecido. — A lembrança trouxe dor. Imediatamente, Yukio quis mudar de assunto: — Mas, vem cá! Fica de olho no Daniel, no jeito dele com você, entendeu?

— Estou focada em passar na prova da residência. Já fui reprovada duas vezes. Não quero saber de ninguém na minha vida, no momento. Ele está bem com a Selena. O pai já tá me olhando torto, de novo, só por nos ver conversar. Ah, Yukio...

Tô tão cansada... — recostou no banco do carro e fechou os olhos. — Estou com muitas responsabilidades, muitas pressões...

— Sai de lá! Quer morar comigo? — alegrou-se.

— Deus me livre! — Keiko riu. — Pra virar sua empregada não remunerada? Tô fora!

— Deixa de ser chata. Posso até te ajudar no período em que estiver fazendo residência — sorriu.

— Você precisa cuidar da sua vida. Está pensando em se casar com a Talia, como me contaram, e vão ter muitos gastos. Onde vai arrumar dinheiro para me sustentar por anos, enquanto faço uma residência? Não dá. Não é justo. Tenho consciência disso.

Subitamente, o irmão perguntou:

— Você gosta do Daniel, não é?

— Como um grande amigo, gosto sim.

— Mentira!

— Pare com isso, Yukio — pediu séria.

— Vou te contar mais uma coisa, mas finja que não sabe, tá? — Não esperou e revelou de uma vez: — O Satoshi gosta da Selena.

— Ele te disse isso?! — Keiko se surpreendeu.

— Não. Em uma conversa, o Daniel deixou escapar umas coisas e...

— Como assim?

— Por duas ou três vezes, comentou que não estava satisfeito de ver os dois trabalhando juntos. Que discutiu com a Selena e como se não bastasse, eles brigaram por causa da Marceline, aquela que, agora, virou assistente dele. Até eu notei que essa mulher está dando em cima dele. Mas não foi só isso, tem muita coisa acontecendo... Fica até difícil de contar. Resumindo... creio que o relacionamento deles está abalado.

— E onde nosso primo entra nessa história? Como sabe que ele gosta dela?

— Sábado, o pai brigou com o Satoshi, lá na cozinha. Brigaram feio! Agora há pouco, lá no hospital, a mãe me contou tudo. O pai deu uma dura nele, por causa da Selena, e exigiu que voltasse para o Japão em menos de uma semana. Por isso, nosso primo foi embora sem se despedir. De cabeça quente, foi caminhando e só depois chamou um táxi. Aí, apareceram os caras que o assaltaram.

— Senti falta dele, perguntei e a mãe disse que os dois discutiram, mas não me falou o motivo. Achei que fosse por algum trabalho na empresa.

— Abre o olho, japonesa! O motivo é você!

— Como é que eu posso ser o motivo da briga do pai com o Satoshi? Como assim, espertão?! Do que você está falando, agora? Não estou entendendo nada!

— No dia em que chegamos do Japão e vocês fizeram aquela recepção... Teve aquela bagunça e quase ninguém foi apresentado direito. Depois de um tempo, eu vi o nosso primo de olho na Selena. Fez que fez que a monopolizou. Tornou-a exclusivamente dele. Quando está interessado, o Satoshi é bom de papo. Eu queria apresentá-la como namorada do meu amigo, mas não conseguia e entrei em pânico. Somente no final, falei que era a namorada do Daniel. Não sei o que deu nele que ficou segurando a mão dela tempo demais ao se despedirem.

— Eu vi isso! — Keiko lembrou. — Foi estranho.

— O Daniel ficou uma fera! Naquela conversa, o Satoshi descobriu tudo sobre a Selena e deu um jeito de fazê-la voltar para a empresa como diretora de tecnologia. Justamente, onde ele estava prestando serviço. Sem pensar, o pai achou bom porque, além dela ser ótima profissional, isso a aproximaria do Daniel. Segundo a mãe, nem de longe o pai percebeu que o Satoshi armou para ficar perto da Selena. Trabalhando juntos, os dois começaram a se conhecer, ter mais amizade, passar mais tempo próximos, almoços, reuniões, horas lado a lado após o expediente... Quando o pai percebeu o interesse e as intenções dele por ela, ficou alucinado! Mandou o Satoshi embora para o Japão.

— Sou burra mesmo. Ainda não entendi. Continua.

— Keiko... Acorda! O Satoshi é o cara que pode separar a Selena do Daniel. Nosso primo tá muito, muito a fim dela. E vamos admitir! Ele é um cara cabeça. Inteligente, firme, determinado, honesto, equilibrado e muito maduro... — sorriu. — E quando enfia uma coisa na cabeça... Ninguém tira. Ele é o cara maleável e decidido, que pode mandar na Selena sem que ela perceba. Vai oferecer segurança por ser corajoso, dedicado e delicado... Se ela acordar para isso, se gostar dele, acabou tudo pro Daniel. Entendeu? — Um instante, Yukio ainda disse: — Se ela perceber o quanto o Satoshi é parceiro, fiel e honesto, vai se sentir segura com ele. A Selena não teve um pai legal. Por isso é tão durona com todos e consigo mesma. Se encontrar segurança em alguém... O Daniel tá fora. O Satoshi é um cara afetuoso, carinhoso...

— É sim. Todos dizem que ele não tem personalidade de japonês. Acho que é uma alma ocidental presa a um corpo oriental — falou, achando graça.

— Concordo. É um homem diferente. Ninguém manda nele. É respeitoso, mas não se deixa escravizar por cultura ou tradições. Faz do jeito dele e tá tudo bem para ele. E... Ele gosta mesmo dela.

— Como pode ter certeza disso? — Keiko se interessou.

— Pelo jeito como a olha... Mas não só isso. Gosta tanto que não deu em cima dela, porque acha que a Selena está feliz ao lado do Daniel. Respeita a opinião dela.

— Será que é isso?

— Não tenho dúvida. Todos esses anos que eu morei com ele, na casa dele, lá no Japão, vi o quanto é solitário, quieto... A casa dele é um espetáculo! Fiquei apaixonado pelo lugar! — ressaltou. — Você precisa ver! Mas ele é um cara simples e bem sozinho mesmo! Ficou assim desde quando aconteceu tudo aquilo com ele e o irmão. Senti que ficou feliz comigo lá.

Eu ia ficar em um hotel, mas ele não deixou. Insistiu para morar lá... Era meio fechado quando eu cheguei. Depois, conversávamos mais e fazíamos tudo juntos e vi que o Satoshi passou a ficar diferente, mais alegre talvez... Começou a arrumar lugares para sairmos... Reparei que não tinha amigos. Muitos conhecidos, mas nenhum amigo. É um cara tranquilão, fácil de lidar, mas tem posicionamento. Tinha muita mulher dando em cima dele, mas... o cara ficava na dele. Não tava nem aí! Não se metia em encrenca. Aí, viemos para o Brasil e... Fiquei surpreso! Nunca o vi olhar para alguém como olha para a Selena, como se dedica a ela... Isso me deixou intrigado. Várias vezes, quando voltamos do almoço e ela não foi com a gente, ele traz uma coisinha pra ela. Algo que compra na rua, algo bobo. Acho que o Daniel nunca viu isso. A Selena fica feliz, mas não se tocou dessa atitude dele... Os dois são bonitos juntos. Existe uma harmonia entre eles... Uma paz... — sorriu. — Se a Selena der uma única chance, Satoshi vai fazer tudo para ficarem juntos. Vai enfrentar o mundo, a cultura, os pais, as tradições e o diabo! Vai manipular céus e terras para ficar com ela. Tá na cara! E é isso o que o pai não quer. Ele não quer que o Satoshi separe o Daniel e a Selena.

— Mas... Yukio, o que tem a ver o Satoshi separar a Selena do Daniel? Por que o pai não quer que os dois se separem e onde eu entro nessa história?

— Se o Satoshi ficar com a Selena, o Daniel fica livre! Abre o olho japonesa! Acorda! — gritou. — Lógico que ele vai se decepcionar e ficar triste, mas não por muito tempo. — Encarou-a por alguns segundos. — Sem dúvida, não vai demorar para olhar para você de modo diferente, como já está fazendo, Keiko. Os sentimentos adormecidos vão despertar. Acorda! É isso o que o pai não quer: um gaijin na família. Hoje, o Daniel não é mais aquele cara tímido que fazia faculdade comigo. É diferente. Ele vai lutar por você. Vai enfrentar o pai e não vai abrir mão de você. Por isso, o pai quer mandar o nosso primo embora. Ele acha que o Satoshi vai aprontar algo.

— Você acha que o Daniel gosta de mim? Acha que existe essa possibilidade?

— Gosta sim e mais do que você pensa ou ele mesmo sabe. A paixão é pela Selena, mas paixão acaba. O Satoshi gosta dela, o Daniel não. — Viu-a confusa. — A cabeça de um homem funciona diferente, minha irmã. Nosso primo se identificou com ela e a ama, o Daniel, por ser inseguro e se sentir inferior, a vê como prêmio. Paixão passa. Amor não. O Daniel gosta de tudo calmo, como você — sorriu para ela. — Quando descobrir que você é a paz que ele procura... — sorriu largamente.

— A Selena sabe disso tudo? Sabe que o Satoshi gosta dela?

— Parece que nem desconfia. Você conhece o nosso primo. O Satoshi é... Ah... você sabe. Ele tem classe, é respeitoso e estratégico também. O Daniel está uma fera com isso, mas também está com problemas com a assistente dele e é tão idiota que isso vai dar problema logo, logo! Aliás, acho que o abalo do namoro dos dois pode ficar pior por causa da Marceline e não do Satoshi. Acho que nosso primo já está prevendo isso e só está aguardando acontecer — sorriu.

— O que impede o Daniel de trocar de secretária? Por acaso ele gosta da situação?

— Primeiro, que precisa da Marceline. Ele é novo no cargo e ela trabalha como assistente do COO há anos! Segundo, ele não se posiciona com a assistente. A Marceline e sua mãe ajudaram muito quando ele se mudou. — Contou um pouco da história, deixando a irmã atualizada. — Ele vai transferi-la, já falou isso comigo, mas está com dó... Não sabe quando...

— O Daniel é muito devagar — Keiko considerou. — A Selena é ótima pessoa e não merece isso.

— Muita água vai rolar embaixo dessa ponte, minha irmãzinha querida. Se prepara!

— Yukio, você não acha que o Daniel é muito protegido pela dona Eleonora e pelo pai também?

— Tenho certeza! — afirmou, categoricamente. — Sempre achei isso. Tem uma trama por trás dessa situação que ainda não entendi. E a mãe sabe de tudo, viu! — silêncio. — Tenho até medo... É muita manipulação em cima dele e ele é um cara muito legal! — ressaltou. — Agora, como COO... Huuuummm... Ele tem bagagem pra isso, mas... Estão forçando muito.

— Se ele é manipulável, estão fazendo isso de forma tão bem-feita que não vai nem desconfiar — Keiko ficou preocupada. — O problema são as consequências disso tudo para ele.

— Chegamos! — o irmão sorriu.

— Obrigada por me trazer — inclinou-se e o beijou no rosto, sorrindo com carinho.

— Assim que tiver notícias daquele maluco, me avisa, tá? — referiu-se ao primo.

— Aviso sim — sorriu lindamente. — Tchau...

— Keiko! — chamou-a e a viu olhar. — Gosto muito de você, irmãzinha. Se cuida e pensa mais em si mesma. Merece isso. A vida é sua.

— Tá bom... — beijou a própria mão, jogou o beijo no ar e o viu agarrar como se pegasse uma bola e levasse ao peito.

Em seu quarto, Keiko ficou pensando em tudo o que ouviu. Toda aquela história não saía de sua cabeça. Não parava de lembrar cada palavra do irmão.

Aquilo seria possível? Haveria alguma possibilidade de Daniel gostar dela? Não acreditava.

Rolou de um lado para o outro na cama, sem conseguir dormir.

Na espiritualidade...

— Sua japonesa dos infernos!!! Vou acabar com você! Vou destruir você! Como teve a ousadia de falar aquilo tudo para o Daniel? Agora ele está lendo o que deu pra ele! E eu pensando que aquela Selena seria um problema! Olha pra você, sua medíocre! Infeliz! Não tem capacidade nem para enfrentar seu pai! — Faustus se expressava, extremamente irritado. — Está pensando que aquele rejeitado, bastardo vai olhar para você?! — gargalhou. — Não é mulher para ele! É uma medrosa! Covarde que só obedece ao pai! Não tem iniciativa nem poder! Como ele ia olhar para tão pouca coisa? Você não é nada! Nada!!!

Keiko começou a se achar inferior. Uma mulher que ninguém notaria. Sentiu que seu pai a dominava, porém não havia como mudar isso. Tinha planos, mas ainda dependia dele. Por enquanto, seria difícil ter conquistas sem o apoio dele.

Uma tristeza começou a dominá-la. Rápida, decidiu se sentar na cama.

Respirando fundo, pediu ao seu mentor que a ajudasse e que estivesse com ela naquele instante.

Sem que pudesse ver, naquele momento, seu mentor e o mentor de Daniel estavam presentes.

— Minha protegida pede minha ajuda — sorriu o espírito Josué.

— Vamos ampará-la. Eu o auxilio — decidiu Isidoro, o mentor de Daniel.

Ambos se aproximaram, juntos com outros amigos espirituais, benfeitores atraídos pela prece que ela iniciou.

Uma luz radiosa chegou ao ambiente, iluminando-o de modo indescritível. Vinda do Alto, carregada de energias salutares, envolveu Keiko e resplandeceu.

Faustus, como se tivesse sido repelido por um choque, foi atirado longe.

Miasmas, adquiridos no ambiente hospitalar, que a rodeavam como que se derreteram e sua aura brilhou ainda mais.

Alguns minutos depois, sentindo o coração leve, ela agradeceu a quem não poderia ver. Sabia que havia sido amparada, auxiliada e envolvida.

Em seu quarto, havia um silêncio confortável.

Novamente, deitou-se e, sem demora, dormiu muito bem.

Virando-se para o amigo, o espírito Josué comentou:

— Sempre fico admirado e feliz com os resultados de uma prece verdadeira.
— Daniel também orou hoje — o mentor Isidoro sorriu. — Nunca havia feito isso antes. Preces serão importantes para ele. Está chegando perto de conhecer sua missão terrena, suas incumbências, seu propósito de vida.
— Isso me deixa apreensivo, meu irmão — tornou Josué.
— Confesso que a mim também — disse Isidoro. — Somente ele mesmo pode atrapalhar e descumprir o planejamento reencarnatório.
O espírito Beatriz, que foi até ali junto com Geraldo, indagou:
— Nesta encarnação, o Daniel vai descobrir o porquê de não ter pais?
— Descobrir, ter a certeza, possivelmente, não. Talvez, desconfie — tornou Isidoro.
— Às vezes, acredito que quando descobrimos sobre nossos débitos passados, aceitamos mais as expiações vividas.
— Quando encarnada, você gostaria de saber que assassinou Valdir da mesma forma que ele fez com você na última experiência terrena? — Isidoro a viu pensativa e sem responder. — Nem sempre, saber do passado é benéfico. A ansiedade nos destrói antes de viver a expiação. Da mesma forma que agrediu Valdir, ele lhe retribuiu a agressão. Mesmo experimentando, exatamente, o que a fez sofrer, ele se acha vítima e injustiçado. É muito provável que necessite de algumas encarnações só para entender que não existe injustiça.

CAPÍTULO 33

A VISITA

Tudo estava muito movimentado na empresa de Eleonora.
Sem conversar com o CEO a respeito, Selena reuniu a equipe de Satoshi e informou sobre a situação, sem alongar detalhes. Em particular, chamou o gerente da equipe e pediu que lhe fornecesse o número do celular dele e de todos os demais, passando o novo contato do diretor de tecnologia da empresa japonesa. Na primeira oportunidade, desejava deixar o novo aparelho com ele, no hospital. Também adicionou outros números que poderiam ser interessantes e, quando foi a vez do telefone de Keiko, lembrou-se de pedir notícias e saber como seria a visita.

"Oi, Selena. Melhor visitá-lo amanhã, pois irá para o quarto. Acabei de ver meu primo e, apesar de tudo, ele está bem.

Com dores, o que é normal. Perguntou de você e da sua mãe. Nem tinha falado com você, mas avisei que amanhã vem vê-lo. No CTI, só permitem duas pessoas e hoje já esgotou o número de pessoas permitidas."

Selena sorriu ao ler a mensagem. Agradeceu e confirmou que o veria no dia seguinte.

Ainda estava apreensiva com o CEO. Não saberia como encará-lo, depois de tudo o que sua mãe falou para ele. Nem descartava a possibilidade de uma retaliação.

A presidente ficou surpresa ao saber do ocorrido e chamou Selena em sua sala, para ter detalhes.

— Foi isso, dona Eleonora — havia contado tudo. — Amanhã, vou visitá-lo.

— Vamos juntas. Esse acontecimento foi, no mínimo, vergonhoso para nós. O Satoshi não deveria ter reagido.

— Pelo que me contou, os três bandidos chegaram com o propósito de agredir mesmo. Não só de roubar, levar o que tinha... Chegaram ameaçando, empunhando a arma no peito dele e tudo começou rápido. Ele preferiu focar no que estava com o revólver. Disse que tinha certeza de que fariam algo.

— Lamentável... O Tadashi me falou que o sobrinho é faixa preta de karatê.

— Mas um outro estava com uma barra de ferro! — Selena justificou.

— Claro... Não tinha como se defender totalmente. — Esperta e curiosa, a senhora comentou para tentar encontrar algum outro detalhe que pudesse escapar daquela história: — É interessante terem levado tudo... Passaporte, carteira, relógio, celular... E ele ainda ter ficado com o seu cartão — observou-a com atenção.

— Ele contou que estava no bolso da jaqueta. Talvez o tenha esquecido lá — ficou séria, mas sentiu seu rosto corar.

— Amanhã, venha para a empresa. Daqui, vamos juntas ao hospital — sorriu largamente.

— Sim, senhora. Mais alguma coisa?

— Fiquei sabendo que sua mãe colocou o Tadashi no lugar dele — riu e a olhou, esperando que falasse algo.

— Ahhhh... — sussurrou e fechou os olhos por alguns segundos. Havia se esquecido daquilo. — Desculpe-me por isso. Minha mãe é impulsiva e quando o viu falar comigo...

— Ela fez muito bem! Também fico pensando que tipo de assunto surgiu entre tio e sobrinho para fazer o rapaz preferir a casa de estranho? — observou a outra e notou, por sua simplicidade, que ela não sabia de nada. — Não se preocupe, Selena. Já está tudo resolvido.

No dia seguinte, em companhia de Eleonora, Selena foi para o hospital. Lá, surpreendeu-se com a presença de sua mãe, que já estava no quarto, conversando com Satoshi.

— Mãe!... — murmurou antes de cumprimentá-los. — O que a senhora faz aqui?! — indagou, quase aflita.

— Você me falou que ele já poderia receber visitas no quarto, a partir de hoje. Ontem foi a tia e o primo. Só dois no CTI. No quarto permitem mais pessoas. Então eu vim — falou alegremente. Olhando para Eleonora, que manobrava a cadeira de rodas, perguntou com simplicidade: — Quer ajuda?

— Ah... Não precisa. Obrigada — sorriu com gratidão.

Selena as apresentou com nítido constrangimento. Estava com medo de sua mãe falar qualquer coisa que não fosse conveniente.

Indo para perto do leito, notou Satoshi sorridente ao vê-la.

— Oi... Como você está?

— Péssimo... Parece que um tanque de guerra me atropelou.

— E esses drenos? — reparou e franziu o rosto de modo aflitivo.

— Está reparando o calibre dos drenos, porque você não viu o cano que tiraram da minha garganta quando acordei. Se não estivesse amarrado a tantos fios, tinha batido naquele médico e no enfermeiro.

— Satoshi! — Eleonora o chamou.

— Senhora... — procurou-a com o olhar.

— Quer dizer que veio para o Brasil para treinar karatê também? — quis brincar.

— Parece que armaram um kumite e não me avisaram — referiu-se a uma luta de karatê. — Perdi! Estou decepcionado. Não gosto de perder — brincou.

— O médico esteve aqui e saiu pouco antes de vocês chegarem — disse Nádia. — Falou que ele está progredindo bem. Em dois dias, tiram os drenos. Hoje mesmo vai começar a reabilitação com fisioterapia respiratória. Se reagir bem, vai pra casa logo.

— Quando? Ele disse? — Eleonora se interessou.

— Uns quinze dias — tornou a outra.

— Não vou aguentar ficar quinze dias aqui. Detesto ficar preso — murmurou, contrariado.

Satoshi estava bem pálido, ainda com a lateral do rosto inchada. Um braço imobilizado e o outro preso ao soro e equipamento para aferir a pressão. No peito, tinha fios ligados para monitoração.

— Assim que receber alta, você vai lá pra casa — Eleonora decidiu categórica.

— Não senhora. Ele vai para a minha casa — Nádia afirmou.

— Adoro quando vejo mulheres brigando por minha causa — murmurou e só Selena ouviu. Ele riu quando percebeu-a franzir o rosto, fingindo-se zangada.

— Desculpa, mas ele está a serviço da minha empresa. É um dever meu prestar toda assistência — sorriu para a outra.

— A senhora é quem vai me desculpar, dona Eleonora, mas não é o meu dever prestar assistência nenhuma. Vou cuidar dele não por dever, mas por bondade, amizade e satisfação. Gostei desse menino! — olhou para ele e passou a mão em seu braço e o viu sorrir, apreciando aquilo.

— Mãe... — Selena sussurrou, repreendendo-a.

— Fica quieta, Lua e me deixa explicar. — Virou-se para a outra e disse: — Veja bem, a senhora pode colocar enfermeiras para cuidar dele como paciente, mas sou mãe. Tenho outros dois filhos da mesma idade dele, por isso vou cuidar do Satoshi como um dos meus filhos. Duvido que qualquer enfermeira faça isso. Outra coisa, a senhora tem uma empresa para tomar conta e não terá tempo de ficar com ele. Está decidido: o Satoshi vai lá pra minha casa.

Eleonora riu alto ao se virar para Selena e vê-la de olhos fechados como se, sem enxergar, sentisse menos vergonha.

— Selena! Sua mãe é advogada?! — a mulher perguntou rindo.

— Não que eu saiba.

— Ela defende bem uma causa. Sei a quem você puxou — riu novamente. — Está bem, Nádia. Você ganhou! O Satoshi, se quiser, fica na sua casa, mas mandarei uma enfermeira para ajudar.

— Aceito o Satoshi, recuso a enfermeira. Ela só vai me atrapalhar. Dou conta de tudo. Pode deixar — olhou para ele e sorriu.

— Viu? — o amigo falou baixinho para Selena. — Saí ganhando de qualquer forma. Vou comer, beber, dormir o dia inteiro e ser bem cuidado.

— Além de cínico, você é atrevido, sabia? — ela sussurrou e riu.

— O que foi? — Nádia perguntou.

— Ah... Nada, mãe. Nada importante.

Uma enfermeira entrou e Selena perguntou se poderia deixar um celular com Satoshi e ela permitiu.

Sem demora, deu o aparelho, um carregador e fones em sua mão.

Eleonora ficou observando sua prestatividade e nada disse.

— Vai conseguir manipular tudo? — Selena perguntou.

— Vou. Fica tranquila. Se não der, peço ajuda.

Conversaram um pouco mais, depois, as três se foram.

A presidente da empresa fez questão de que o motorista deixasse Nádia em casa, antes de voltarem para a companhia.

Aquela semana foi agitada. Satoshi fazia falta à sua equipe e Selena procurava ajudar de todas as formas. Sobrecarregando-se, ficando até mais tarde e intermediando situações.

Dalva recebeu alta após a colocação de um *stent*, um expansível para restaurar o fluxo sanguíneo na artéria coronária. O médico achou conveniente, mesmo concluindo que não havia cardiopatia grave.

Junto com Marceline, Daniel acompanhou todo o procedimento. Sua internação para o procedimento foi de vinte e quatro horas, tempo suficiente para o médico verificar se não haveria qualquer complicação.

Daniel fazia de tudo para convencer seu avô, por telefone, para se mudar para São Paulo e morar com ele. O senhor Rufino resistia, mas depois de ter seu mercadinho furtado, em uma madrugada, decidiu aceitar.

O neto gostou da decisão e não via a hora de trazê-lo, mas não encontrava tempo para ir buscá-lo. Aconteciam muitas coisas e Daniel não conseguia mobiliar e arrumar a casa nova e fazer sua mudança como planejado.

Atarefada na empresa, principalmente, pela falta de Satoshi, Selena não tinha tempo de ajudá-lo. A ausência do diretor, internado no hospital, gerou um pouco de atraso na entrega dos projetos.

E o tempo foi passando...
Certo dia, Eleonora chamou Daniel em sua sala e disse:
— Embora tenha passado pouco tempo que está na diretoria de operações e estejamos passando por um momento bem turbulento, estou gostando de vê-lo na liderança.
— Obrigado — ficou satisfeito. Seus olhos ficaram iluminados e seu rosto inteiro pareceu sorrir.
— Ainda está assustado? — a senhora sorriu ao perguntar.
— Um pouco apreensivo, devo confessar.
— Soube que comprou uma casa no condomínio onde moro — ela se alegrou.
— Eu ia contar... — falou mais relaxado. — Pensei em levá-la lá, quando estivesse tudo arrumado. Aliás, já era para eu ter me mudado, mas... Não deu tempo de me programar.
— E você e a Selena? — sorriu agradavelmente.
— Por mim, já teríamos nos casado — sorriu, com um toque de constrangimento. Não costumava falar com ela sobre sua vida. — Penso em marcar a data logo que a casa estiver organizada.
— Gosto muito da Selena como pessoa e como profissional. Espero que se casem logo — considerou a senhora.
— Obrigado — sorriu.
— É o seguinte, Daniel... — respirou fundo ao encará-lo. — Preciso conversar com você seriamente sobre nossas vidas.
— Nossas vidas? Não entendi — falou com simplicidade, mas, no momento seguinte, sentiu a ansiedade crescer.
— Sim... Precisamos conversar sobre nossas vidas. Porém, antes, quero que conheça um outro trabalho que desenvolvo e quero que você o assuma — ficou séria.
— Outro trabalho? ...que eu assuma?...
— Sim, Daniel. Desmarque qualquer outro compromisso que tenha hoje. Vamos sair.
Seu rosto bonito se nublou e ele franziu a testa. Sentiu-se gelar. Não desejava qualquer outra surpresa.

CAPÍTULO 34

A VERDADE SOBRE ELEONORA

Eleonora e Daniel entraram no carro e o motorista seguiu dirigindo, já sabendo para onde levá-los.

Apreensivo, ele conversou sobre os assuntos que ela puxava, tentando esconder seu nervosismo.

A senhora perguntou sobre seu avô Rufino e quando viria para São Paulo, talvez, para distraí-lo e relaxá-lo, mas não conseguia. Via-o atento e alerta.

Pararam em frente a uma grande instituição, onde havia uma vaga especialmente preparada para ela.

Desceram e a senhora manobrou a cadeira de rodas até entrarem.

Na recepção, foi cumprimentada e, gentilmente, apresentou Daniel como diretor da empresa.

— Paula — Eleonora falou para a diretora da instituição —, preciso da sua sala, um minutinho, por favor.

— Lógico, dona Eleonora. Venham!

Seguiram por um corredor largo e a mulher abriu uma porta, por onde passaram.

Era uma sala agradável, com vaso de flores sobre a mesa e plantas ornamentais naturais que alegravam o ambiente. As janelas largas, que davam para um pátio interno, deixavam muita luz entrar.

— Fiquem à vontade. Vou pedir para que sirvam um café.

— Água para mim, por favor — a senhora pediu.

— Que lugar é esse? — perguntou sério, após ver Paula sair.

— Daqui a pouco vou levá-lo para conhecer todo esse lugar. Está em uma instituição filantrópica. Atualmente, temos cento e dez crianças internas e cinquenta assistidas diariamente como uma creche. Os pais as deixam de manhã para irem trabalhar e as pegam no início da noite. Essas cento e dez foram abandonadas. Todas são excepcionais e exigem muitos cuidados, assistência médica e hospitalar. São crianças com paralisia cerebral e suas sequelas. Todas necessitam de cuidados prolongados na área pediátrica, fisioterápica, neurológica... Precisam também de fonoaudiologia, psicologia, nutrição, assistência social para as famílias carentes... Possuem deficiência intelectual irreversível, a maioria em grau mais grave. Nós buscamos promover a todas elas qualidade de vida. Não existem fins lucrativos e é a nossa empresa que mantém, exatamente, tudo. É aquela conta da empresa para onde o dinheiro vai e ninguém sabe para o que é. Soube que esteve muito curioso sobre ela.

— Eu não tinha ideia... — murmurou.

— É o Tadashi quem cuida de tudo e sabe para onde vai cada centavo gasto aqui. É uma instituição beneficente que, a partir de agora, quero que você cuide.

— Eu?!
— Não sozinho, claro. Digamos... Quero que seja o novo presidente e dê continuidade ao trabalho, principalmente, depois que eu partir.
— Como assim?! Por que eu?! — enervou-se.
— Será sua missão.
— Missão?
— Pare de repetir tudo o que eu falo, Daniel! — sorriu ao brincar.
— É que não estou entendendo! Se é a empresa que mantém a instituição, é a empresa que deverá dispor de colaboradores para isso e também a prestação de contas. O que eu tenho a ver com isso?
— Eu sou a colaboradora, presidente daqui e esse cargo passará a ser seu. O que você não entendeu?
— Eu não sei se quero essa responsabilidade — foi verdadeiro.
— Primeiro, vamos conhecer todo o lugar. Cada setor, cada trabalho. Depois, vou te contar a segunda parte dessa história.
Enquanto caminhavam pela instituição, Paula apresentava e contava a história sobre cada um dos internos.
Daniel ficou impressionado. Jamais tinha se deparado com algo semelhante.
Algumas crianças o abraçaram e ele correspondeu e se emocionou.
Eleonora percebeu, mas não disse nada.
Quando chegaram a um setor repleto de bercinhos, Eleonora parou perto de um deles e disse:
— Este aqui é o nosso mais novo bebê, o Teodoro! — Olhando-o, sorriu e disse: — Oi, meu amor! — falou com voz mimosa e docemente maternal, que Daniel nunca tinha ouvido. A criancinha conheceu sua voz e se mexeu, exibindo uma feição diferente, alegre. — Faz tempo que a tia não vem te ver, não é meu bebezinho? — Viram-no sorrir. — Eu também estava com saudade. Mas, olha... Esse é o tio Daniel... — O

garotinho fez barulho balbuciando. — É!... O tio Daniel virá aqui para visitar você junto com a tia, a partir de agora... — continuava falando com voz doce, infantil.

A espiritualidade envolveu o rapaz que se deixou enternecer. Sensibilizado, Daniel pegou na mãozinha do garotinho e ele segurou firme em seus dedos. Vendo aquilo, Paula contou:

— Acreditamos que o Teodoro tenha cerca de quatro anos. Ele tem hidrocefalia, por isso a cabecinha tão grande. Foi abandonado em nosso portão dentro de uma caixa fechada, que foi posta perto da lixeira. Um gatinho sentou em cima dela e ficou miando. Uma funcionária foi ver o que era e percebeu que a caixa tinha furos e abriu. Nós o socorremos, chamamos o médico... Ele ficou bem. Levei o gatinho para minha casa e está lá até hoje — sorriu. — Entre as roupinhas, havia um bilhete: "Cuidem do Teodoro para mim. Estou doente demais." — Breve pausa. — E passamos a cuidar dele. Ele é um doce de criança e estamos admirados com sua resistência.

— Oi, bebê... Quer dizer que você é sortudo, né? Encontrou um lar e quem te ama... — disse Daniel, sorrindo, afagando seu rostinho com a outra mão. — E ainda encontrou um lar para o gatinho...

— Ele é muito apegado à dona Eleonora. Sempre que escuta sua voz, mostra-se alegre e faz esses barulhinhos.

— Claro! É o filho dela! É o seu tio! — Essa foi a frase que só Daniel escutou nitidamente. Ficou alerta e olhando em volta procurando quem a tivesse dito.

— Como?... — ele murmurou ao se assustar, procurando o homem que falou aquilo.

— O que foi, Daniel? — Eleonora quis saber.

— Acho que escutei algo... — disfarçou, mas ficou atento. Tinha certeza de ter ouvido a frase com muita nitidez.

— Vamos para o outro setor? — Paula convidou.

O garotinho não largava os dedos de Daniel, segurando-o com força. E o rapaz não conseguia se afastar. A diretora e a senhora ficaram olhando. Quando Paula ia se aproximar para interferir, a outra segurou seu braço e pediu, sussurrando:

— Deixa...

Daniel interagiu mais um pouco com Teodoro e começou a se emocionar. Seus olhos se encheram de lágrimas, que não demoraram a escorrer por sua face.

Uma crise de choro o dominou e não se conteve nem se preocupou com quem pudesse ver.

Ajoelhando-se ao lado do berço, passou a mão por entre as grades e continuou interagindo e afagando Teodoro por longo tempo. Forçando-se a se recompor, murmurou para ele:

— O tio virá te ver de novo, viu?... — sorriu em meio ao choro. — Gostei muito de você, Teodoro... — O garotinho parecia entender. — Vou te trazer um brinquedinho, quando voltar, tá bom? — Ergueu-se, curvou-se e o beijou na cabecinha.

Teodoro chorou.

Paula se aproximou e explicou:

— Não podemos pegá-los no colo com frequência ou eles vão querer colo a todo momento e não daremos conta. Temos muitas crianças para cuidar, mas... Quer segurá-lo um pouquinho? Está quase na hora do banho e, depois, vou levá-lo para a outra tia.

— Claro. Quero sim — os olhos claros e expressivos de Daniel brilharam. Ficou feliz sem saber explicar aquele momento. Cuidadoso, envolveu o garotinho em seus braços e o embalou, brincou, sorriu, conversou e recebeu seus grunhidinhos em retribuição. Teodoro segurou firme em sua mão e não tirava seus olhos dos dele. Ficaram assim por algum tempo. Novamente, lágrimas escorreram no rosto do rapaz, quando precisou entregá-lo a uma pajem. — Agora o tio precisa ir, tá certo? — Como se entendesse, o menininho soltou sua mão. Daniel ainda o afagou por uma última vez e se afastou, olhando para trás.

Teodoro chorou.

Ninguém disse nada, mas a frase: "É o filho dela! É o seu tio!" não saía da sua cabeça.

Retornaram para a sala da diretora e a senhora perguntou:
— Você está bem?
— Sim — afirmou, sem esconder os olhos vermelhos. Inspirou e soltou o ar rapidamente como um sopro, relaxando a tensão.

Recostado na cadeira, discretamente, Daniel olhou para si. Era um homem alto, bonito, corpo atlético e se orgulhava disso. O contorno de seus braços fortes podia ser visto sob a camisa apertada que costumava usar, o que fazia de propósito. Achava-se inteligente, astucioso, capaz. Passou privações, algumas necessidades, dores emocionais, dúvidas, transtornos... Já tinha sentido medo, frustrações, raiva, experimentado humilhações... Mas nada comparado ao que aquelas crianças viviam. Agora, sua vida era abastada, boa, saudável. Precisou dar duro para que tudo isso acontecesse, mas teve capacidade para fazer dar certo. Ficou reflexivo, percebendo que somente a proposta reencarnacionista, apresentada pelo espiritismo, poderia explicar a diferença entre ele e aquelas crianças que viviam ali naquela instituição.

Os olhos de Teodoro, de cor tão indefinida como os dele, invadiram sua alma e mexeram com seus sentimentos. Era como se o conhecesse, como se o quisesse ao lado, mas de outra forma, com outro intelecto, com outra aparência... Sentiu imenso desejo de ajudá-lo, apoiá-lo, de fazer algo por ele. Não entendia de onde vinha essa vontade, esse desejo. Jamais passou por sua ideia que um lugar daquele existisse. Nunca se perguntou sobre isso. Nunca pensou em visitar semelhante instituição.

Daniel ignorava, totalmente, que, no planejamento reencarnatório, Teodoro, ele e Eleonora idealizaram abraçar como missão terrena, cuidados com crianças como aquelas. Para aliviarem seus corações e consciências, decidiram que, nesta presente vida, ergueriam uma instituição para cuidar dos mais necessitados com carinho e atenção. Tanto Teodoro quanto

Daniel, em outras existências terrenas, abandonaram filhos que passaram por dificuldades. Daniel já havia harmonizado boa parte de seus débitos, com exceção de Faustus, que nunca lhe perdoou devido às necessidades enfrentadas pela ausência do pai. A razão de Theo, ou Teodoro, experimentar a esterilidade foi por não cuidar daqueles que lhes foram confiados, no passado. Sua harmonização, conforme rogou para a última vida, seria a de, como pai, cuidar de outros filhos do mundo. Mas, por outras razões, Theo não suportou dores da existência e desistiu. Voltava agora como Teodoro, um interno na instituição, recebendo os cuidados que deveria oferecer, junto daquela que foi sua mãe.

Daniel olhou-se mais uma vez... Se era daquele jeito, se tinha inteligência, braços, pernas e condições, deveria fazer algo. Não poderia ficar parado, cuidando somente da própria vida, mesquinhamente. Começou a entender que Keiko tinha razão. Nada é por acaso. Deus ou a Inteligência Suprema não era injusto ou cruel ou sádico. Se havia dores no mundo, era a consciência humana que cobrava, pedindo harmonização, pedindo correção, pedindo evolução para não errar mais.

Alguém necessitava fazer algo por aquelas crianças e se ele tinha disposição, por que não?

— Toma um pouco de água... — Eleonora o surpreendeu, tirando-o daquelas reflexões, com um copo na frente de seu rosto. Viu-o aceitar e beber. Em seguida, mesmo observando seu absoluto silêncio, perguntou: — Podemos ir?

— Se essa foi a primeira parte do que precisava me contar... Qual é a segunda? — perguntou sério, com voz grave.

— Antes de dizer qualquer coisa sobre a segunda parte... Preciso saber se você aceita dar continuidade a este trabalho. Estou velha, Daniel. Sei que, por causa das minhas condições físicas, provavelmente, não tenha saúde nem muitos anos de vida. Este trabalho da instituição foi iniciado logo que meu filho faleceu. Ele cresceu de modo que nem sei explicar. Agora, preciso de alguém sensível e firme que dê continuidade a ele. Você aceita? — perguntou generosa.

— Claro... Como não? Só não sei nada sobre o que fazer nem por onde dar continuidade... — mergulhado em sua aparente tranquilidade, olhou-a de modo indefinido.

— Vai aprender rápido. É mais fácil do que ser COO de uma indústria de alimentos — riu com gosto. — Obrigada... — aproximou-se e pegou em sua mão. — Não sabe o quanto fico aliviada por você aceitar. Quero te passar todo o meu conhecimento e...

— Você está doente e não sabemos? — perguntou friamente, mas preocupado.

— Gosto de me precaver. Não quero que tarefa tão importante, como a desta instituição, seja interrompida. Posso estar com problemas renais. Não sei onde isso vai culminar. Sabe como é...

— E diz isso com tanta serenidade? — indagou gravemente, encarando-a.

— Calma, Daniel. Não vou morrer amanhã não. É só um probleminha. Estou fazendo exames ainda. Desejava que viesse aqui logo e me desse uma resposta, porque, caso eu não possa vir mais aqui com tanta frequência, ficarei tranquila por ter alguém responsável para cuidar de tudo ou delegar cuidados à instituição. Não posso passar mais este encargo para o Tadashi. Por isso, quis que aceitasse esta missão. Você é jovem e muito responsável.

— Claro que aceito. Desculpe-me lá dentro... Fiquei emocionado. Não sou assim e não sei o que me deu.

— Não se preocupe com isso. Sei, perfeitamente, como é.

— E a segunda parte? Não vai me contar?

— Na minha casa. Conversaremos lá.

Durante o caminho de volta, pararam em um restaurante onde almoçaram. Eleonora deu várias informações sobre a instituição ao rapaz, que ouviu atento. Avisou que seu assistente o ajudaria com todo os detalhes.

Ao chegar à sua casa, foram para o escritório e ela solicitou para que não fossem interrompidos.

— Sente-se, Daniel — pediu e ocupou o lugar atrás da mesa. Viu-o tranquilo, sem saber o que o aguardava e sentiu medo. Um medo que nunca experimentou antes, não igual àquele. Medo da reação que ele teria. Respirou fundo e, sem demora, começou falar: — Precisamos conversar sobre nossas vidas, Daniel. — Viu os olhos do rapaz crescerem, brilhosos, com extrema expectativa. — Eu queria ter te contado tudo isso antes e espero, de coração, que me entenda e perdoe.

— Perdoe? Por que eu deveria perdoá-la?

— Vai entender... — falou com brandura e não desviou o olhar, contando: — Minha mãe tinha uma vida complicada. Ela nem sabia quem era o meu pai. Morávamos na chácara dos meus avós e eles morreram quando eu era bem pequena. Ela levava homens para casa e, quando isso acontecia, eu fugia. Sumia — contou friamente, sem emoção ou vitimismo. — Meu alívio era ir para a escola. Não me importava em andar descalça nem passar frio para chegar até lá. Só queria ficar na escola aprendendo e conversando com a minha professora. Como eu gostava dela. Na cidade, muitos sabiam o que minha mãe fazia e isso me dava vergonha. Aos treze anos, minha mãe me vendeu para um homem que deveria ter idade para ser meu pai ou mais. — Observou-o franzir o rosto, indignado. Mas, friamente, Eleonora prosseguiu: — Fui arrastada para outra cidade que nem sabia onde era. Talvez nem conseguisse voltar. Fui maltratada de todas as formas. Aos quatorze anos, nasceu minha filha. Eu não sabia como cuidar de uma criança, pois eu era uma criança. Uma empregada do sítio fez o parto. Sofri muito. Os maus-tratos não acabavam nunca. Perdi meu segundo filho antes dos quinze anos, depois de apanhar muito e outras violências... Fiquei transtornada. Na semana seguinte, peguei minha certidão de nascimento, meu boletim escolar, que ele guardou em uma gaveta, e fugi. Abandonei minha filha lá e fui embora. Não queria mais apanhar, ser espancada, violentada... Fugi para longe. Sem saber onde estava, mendiguei em uma estação de trem até o dia em que uma senhora, com quatro crianças pequenas, me chamou para ir para a casa dela. Essa mulher ficou com pena de me ver ali, no chão da estação. Trabalhei em troca de casa e comida. Ela e o marido não tinham condições de me pagar. Eram pobres. Foi essa mulher que me matriculou de novo na escola, dizendo que era minha madrinha. Naquele tempo, ninguém ligava para saber quem, realmente, era o responsável por uma criança matriculada. Era comum padrinhos tomarem conta de afilhados. Enfim... Estudei e trabalhei para ela. Foi com dona Norma que conheci a Doutrina Espírita. Fazíamos o Evangelho no Lar, íamos à casa espírita. Era uma mulher muito bondosa e a pessoa que me ensinou princípios e valores. Comentei com ela o que minha mãe fez comigo e também falei sobre a filha que deixei para trás. Ela conversou sobre Lei de Causa e Efeito e me confortou.

Um dia — Eleonora prosseguiu: —, dona Norma recebeu uma carta. Houve um problema sério com sua mãe, no Norte do país, e ela precisou ir para lá. O ônibus que ela estava sofreu um acidente. Ela e dois dos filhos morreram. Seu marido ficou desesperado e decidiu ir para o Norte também. Ele me chamou para ir, mas eu estudava e não quis. Tive medo e... Não sei responder, mas não quis ir. Ele pegou os outros dois filhos e levou. Foi a última vez que os vi. No mês seguinte, precisei desocupar a casa que era de aluguel e não tinha sido pago. Saí de lá e arrumei emprego em uma venda, um tipo de mercadinho. A mulher do dono permitiu que eu dormisse no chão nos fundos. Continuei estudando e terminei o curso de datilografia — esboçou um sorriso e precisou explicar o que era. Depois, continuou: — Juntei dinheiro, vim para São Paulo e arrumei emprego em uma imobiliária. Não foi difícil, pois eu era uma jovem de boa aparência, bonita e sabia me comportar. Morei em uma pensão. Um dia, passando em frente da empresa do meu sogro, a indústria de alimentos, vi a placa que precisavam de recepcionista. Fiquei feliz e falei: "Essa vaga é minha!" — sorriu com leveza. — Peguei roupa emprestada de uma amiga para fazer a entrevista. Queria ser a mais bem-arrumada. Fui contratada. Então, conheci o Olavo. No começo, não sabia que era o filho do dono. Namoramos, enfrentamos muito preconceito, desafios e... Nunca desanimei. Fiz faculdade, nós nos casamos e abrimos a nossa própria empresa. Tivemos um filho... Mas nunca esqueci a filha que abandonei.

— Seu marido sabia dessa filha?

— Não, Daniel... — sentiu-se constrangida. Emocionou-se e fugiu ao seu olhar. — Se cometi um erro, foi o de não contar. Tive medo de que ele me abandonasse... Você não sabe como são os pensamentos de quem tem medo. Naquele tempo, havia muito preconceito sobre mulher solteira com filho. Como eu contaria para ele que fui vendida? Que fui maltratada? Que tive uma filha aos quatorze anos? Que perdi outro filho e depois fugi de casa, largando tudo para trás? Como? Na época, achei que o Olavo não tinha condições emocionais de suportar e superar tudo isso para ficarmos juntos. Eu gostava tanto dele que não queria perdê-lo. Então, omiti. Quando o Theo faleceu, quase enlouqueci. A maneira trágica como ele se foi... Meu filho se matou... Por mais que a gente tenha conhecimento sobre o plano espiritual, sobre as Leis de Deus, que Ele não condena ninguém ao inferno eternamente... Dói muito, Daniel. Dói absurdamente. Eu e o Theo nos dávamos muito bem. Não notei nada, não percebi nada e me culpo por isso. Acho que poderia ter feito alguma coisa... Eu era uma mãe dedicada, atenciosa, mas não notei nada... — lágrimas escorreram em seu rosto e ela secou com as mãos. — O Olavo também estava muito destruído. Nós dois queríamos morrer... A vida não tinha mais sentido e... Foi aí, sem ter nada a perder, que contei ao meu marido a minha verdadeira história, como estou te contando agora.

— O que tinha dito a ele antes? Como explicou seu passado vazio?

— Que era filha única e meus pais haviam morrido. Que saí de lá para morar com minha madrinha... Que ela foi para o Norte e morreu em um acidente... Que continuei estudando e trabalhei, mas quando voltei para a minha cidade de origem, ninguém mais sabia sobre outro parente meu. Ele aceitou.

— E quando contou a verdade? Como ele reagiu?

— O Olavo não disse nada. Ouviu e foi para a empresa. Fiquei com medo, apavorada. À noite, ele chegou e falou: "Vamos atrás da sua filha." Num final de semana, pegamos o carro e fomos para o interior. Fiquei nervosa, ansiosa... Então... Descobrimos que ela havia morrido de uma forma violenta. Fiquei, mais uma vez, atormentada. Entrei em desespero quando soube detalhes e quis voltar o quanto antes para São Paulo. Aqui, contamos tudo para o Tadashi e ele resolveu mandar fazer uma investigação para ter certeza ou saber algo mais. Nesse período, aconteceu o acidente que matou meu marido e me deixou paraplégica. — Fez longa pausa e ele ficou em silêncio. — Mais uma vez, quis morrer. Minha vida perdeu, totalmente, o sentido. Proibi qualquer pessoa de falar do Theo, do Olavo e proibi o Tadashi de falar da minha filha e seguir com aquelas investigações... Senti como se estivesse enlouquecendo. De que adiantaria, se ela estava morta? Ele pagou o investigador, que encerrou o caso. Mesmo destruída, precisava encontrar como ser útil para minha vida fazer sentido. Precisava de um propósito para viver e fundei a instituição.

Cinco anos depois — ela ainda contou —, o Tadashi disse que ia incinerar documentações antigas e pegou os relatórios do investigador que ainda estavam fechados em um envelope e que eu não quis ver. Antes de destruir, ele abriu, leu e correu até mim. Não imagina como lamentei não ter aberto aquele envelope antes. Ganhei esperança. Foi um presente de Deus.

— Sua filha estava viva?! — interessou-se, quase expressando um sorriso.

— Não. Mas o meu neto estava. Minha filha teve um filho que estava vivo. Esse filho é você. Você é o meu neto, Daniel. É filho da Beatriz, minha filha. — Lágrimas abundantes escorreram em seu rosto que se franziu em choro.

Viu-o empalidecer e se soltar na cadeira, largando-se no encosto e fechando os olhos.

CAPÍTULO 35

A REAÇÃO DE DANIEL

Os longos minutos de espera não foram suficientes para o rapaz se recuperar.

Pálido, com lábios sem cor, Daniel se levantou e pediu licença, falando baixinho:

— Preciso ir ao banheiro.

Depois de vomitar o almoço, lavou o rosto e voltou para o escritório, onde ela o aguardava.

Em pé, frente à mesa que a senhora ocupava, o rapaz falou em tom grave:

— Estou muito confuso... Não consigo processar nada na minha cabeça agora e... Preciso de um tempo.

— Não vá embora agora, Daniel! Não desse jeito! — exclamou aflita.

— Desculpe, mas...

— Daniel, fique!

— Não estou me sentindo bem! — ele falou de modo mais rude.

— Por isso mesmo é melhor que fique. Precisamos terminar nossa conversa.

— Essa conversa deveria ter acontecido há doze anos! Não acha?! — reagiu furioso.

— Não. Não acho! — falou tão duramente quanto ele. — Você precisa saber o que me levou a não te contar nada, quando o conheci com dezessete anos.

— Por que não me contou?!

— Contei para o seu avô. O Rufino sabe de tudo!

— Quando contou para ele?

— Quando pedi para que fosse estudar na minha casa e dei mais detalhes quando trouxe você para estudar em São Paulo. Seu avô foi esperto. Ele pegou sua certidão de nascimento para conferir o nome de solteira da sua avó materna, queria ter certeza de que era eu.

— Eu nem sabia que certidão de nascimento tem nome de avó! Nunca soube o nome da minha avó! — Encarou-a, com expressão de raiva e perguntou: — O que quer que eu faça? Que corra até você e a abrace?! Pro inferno, Eleonora!!! Minha mãe precisou muito de você! Poderia tê-la ajudado! Ter ido buscá-la antes! Ela não teria sofrido como sofreu! Não teria sido esquartejada viva a golpes de machado!!! — Mais brando, porém furioso, ironizou: — Mas não, você quis conservar seu casamento perfeito e sua vida de luxo! Não quis revelar ao seu marido quem realmente era e correr o risco de perder a riqueza que conquistou!

— Daniel... — falou calma e bem devagar, com lágrimas escorrendo em sua face. — Cuidado com as palavras. Não sabe o que passei, o que vivi, o que senti... Não me julgue pelo meu passado. Eu tinha quatorze anos e ninguém para me proteger ou orientar. Agi por instinto de sobrevivência.

— Mas e depois, Eleonora?! — esbravejou. — Quando adulta?! Quando teve o seu filho?! Quando ficou mais velha?! Por que não a procurou?!

— Por medo! Por vergonha do que fiz! Como aparecer na vida de alguém e dizer: "Sou sua mãe. Abandonei você com quatro ou cinco meses. Agora voltei!" — respirou fundo e pediu: — Não me julgue pelo que fiz a ela e sim pelo que fiz por você.

— O que fez por mim foi pelo quê?! Ah!... Foi por remorso!

— Talvez sim. Talvez não... Mas, certamente, foi para não ter de visitá-lo na cadeia, depois de adulto — falou com firmeza, olhando em seus olhos. — Porque esse seria o seu fim, se eu não o tivesse tirado do meio daqueles moleques! — reagiu. — Onde eles estão hoje?! — silêncio. — Vai! Me diz, onde estão os seus amigos?! Aqueles caras irresponsáveis e inconsequentes capazes de praticar aquela violência com uma cadeirante! — Ela era capaz de sentir seu olhar tocar sua pele, tamanha raiva que Daniel exalava, mas não se deteve: — Qual seria o seu futuro, Daniel, se eu não o tivesse incentivado?! Estaria, por acaso, feliz, trabalhando no mercadinho do seu avô? Estaria feliz fazendo entregas? Carregando caixas?! Sem estudo, sem propósito de vida! Um comércio que seus tios não veem a hora de herdar! O que sobraria para você, rapaz?! O que estaria fazendo na vida, agora, com vinte e nove anos, se não tivesse me ouvido e aceitado minhas sugestões e ofertas?! — O silêncio reinou e ele continuou encarando-a da mesma forma. Tinha a respiração ofegante e o rosto sisudo. — Presta atenção! — Ofereceu breve instante e tornou a falar com mais calma. — Eu sei que pessoas podem ser treinadas, preparadas, incentivadas e, se elas colaborarem, se quiserem mesmo, depois disso, poderão ser grandes pessoas, grandes líderes, profissionais prósperos em qualquer área. O que te ofereci, você aceitou de bom grado. Aproveitou e se tornou quem é hoje. Os méritos não são só meus. São seus, acima de tudo. Olha para você, Daniel... — expressou-se com brandura. — Por muitos anos me culpei. Achei que tudo o que aconteceu com meu filho, meu marido e o acidente foi por castigo de ter abandonado a Beatriz...

— Não teria me procurado se o Theo não tivesse morrido, não é mesmo? — indagou duramente.

— Teria sim! — expressou-se em voz alta e firme. — Aliás, eu e meu filho éramos tão amigos que contei a ele sobre a irmã... — chorou, nesse momento. — O Theo sabia e me prometeu que iríamos procurá-la, sem o Olavo saber. Mas veio o problema da infertilidade, do divórcio e a morte dele. Não tivemos tempo. Nem sabíamos da sua existência e... Não conheci sua mãe, mas você!... Você é parecido com o seu tio! Olhe por si mesmo! — Pegou o porta-retrato que estava de frente para ela e o virou, esticando o braço para que o neto o pegasse.

Assustado, Daniel pegou e ficou olhando a foto. Lembrou-se da voz que ouviu na instituição: "Ele é filho dela! É o seu tio!"

Segurou a foto com ambas as mãos que começaram a tremer. Era assombroso como se parecia com Theo, seu tio, filho de Eleonora. Nesse exato instante, recordou-se de quando a conheceu e entrou em sua casa, após ouvir seus gritos e se aproximou dela. Eleonora, passou as mãos em seu rosto e o chamou de filho. Foi por isso, pela semelhança.

Ainda tremendo, colocou o porta-retrato sobre a mesa e murmurou:

— Preciso ir... Não estou me sentindo bem. Com licença — disse, virou as costas e foi à direção da porta.

— Daniel!... Daniel! — chamou-o, mas não adiantou.

Eleonora não conseguiu detê-lo e chorou muito após a saída do neto, ficando com infinitos pensamentos que a perturbaram.

Em sua casa, Selena perguntou para sua mãe algo que ainda a intrigava:

— Por que a senhora fez tanta questão de que o Satoshi voltasse para cá, para cuidar dele quando saísse do hospital? Não entendi nem me senti confortável com isso.

— Por que não se sentiu confortável, Lua? — perguntou com simplicidade e demonstrando não se importar.

— Ah, mãe... — titubeou. — O Daniel não vai gostar. Ele tem ciúme do Satoshi. Já implicou muito com ele, já discutimos por isso... A senhora sabe disso.

— Por que ciúme? — riu com gosto. — Só porque é um japonês bem diferente? Alto, bonito, carismático e muito educado? — tornou a rir. — Viu como é magnético? A gente olha pra ele e não consegue desviar o olhar. Engraçado isso. E que cabelo bonito! — achou graça do que falou.

— Mãe!... — advertiu-a, abrindo mais ainda seus olhos verdes, mostrando espanto.

— Ora, Lua... Vai me dizer que não percebeu que esse moço é bonito? — Não houve resposta. Em tom mais ameno e séria, Nádia comentou: — O Daniel precisa ter mais confiança em si mesmo. Ele também é muito bonito, mas é inseguro. É um homem que impressiona, de características marcantes. Adoro o Daniel. É como um filho para mim. E me trata tão bem como se fosse. Só não gosto muito quando usa barba. Qualquer hora, vou pedir para ele tirar e ficar com carinha de bebê — achou graça.

— Barba é moda. Além de deixá-lo bonito, porque é muito bem-tratada e o deixa com uma beleza rústica... Eu gosto... — sorriu de modo malicioso, murmurou e não ligou quando a mãe a olhou com estranheza, com o canto dos olhos. Imediatamente, retomou o assunto: — Mas a senhora não respondeu. Por que fez questão de que o Satoshi voltasse para cá, para cuidar dele? — encarou-a, agora.

Nádia colocou-se à sua frente e séria, respondeu:

— Porque quando a minha filha passou mal, sentou no chão frio da garagem da empresa, ele a protegeu, amparou e socorreu. Minha filha estava passando mal e era um momento delicado no seu trabalho: emprego novo, cargo novo, gente nova implantando tecnologia de não sei quê... Todos os olhos daquela indústria alimentícia estavam voltados para ela, para o setor dela! — ressaltou, falando com brandura. — Ela também estava com problema com o namorado, que trabalha na mesma companhia!... E o Satoshi sabia de tudo isso, lembrou-se de tudo isso. A minha filha teve uma crise nervosa e surtou, travou, ficou paralisada. E ele a amparou. Protegeu seu nome, seu cargo, seu emprego, sua dignidade e seu namorado. Já imaginou se esse rapaz não a tivesse tirado dali e deixado todos saberem que ela surtou?! Pensou nisso? Colocariam em dúvida a competência dela, a capacidade! Fariam chacotas! Provavelmente, não teriam mais respeito por ela! Aaaah!... Não teriam não!... Principalmente os preconceituosos, que não admitem uma mulher naquele cargo — falou olhando em seus olhos. — Eu, mais do que ninguém, sei o quanto ela é honesta, esforçada e lutou para chegar aonde está. Mas tudo o que fez, perderia o valor. Iria para o ralo, já que chegou ali, naquela colocação por empenho e não por ter dormido com ninguém! — silêncio. — Acho que somente eu a protegeria assim como esse rapaz fez, porque sou sua mãe. O Satoshi ainda preservou sua integridade, quando a levou para um lugar seguro, longe de perigos e de olhares. Esperou que se acalmasse, conversou e até chamou o namorado dela para se entenderem e se acertarem, sem que qualquer outra pessoa soubesse disso. Esse moço protegeu minha filha de tanta coisa e eu serei eternamente grata por isso. Mas... Não esperava que a vida me fosse pedir demonstração de gratidão tão cedo. Quando olhei para ele, aqui, nesta casa, todo arrebentado, naquele quarto — apontou na direção —, pensei: Ah! Ele tem uma mãe, ele é filho de alguém. Vou cuidar dele como gostaria que a mãe dele cuidasse do meu filho, se ele estivesse sozinho num país estrangeiro. — Fez breve pausa e comentou, ainda: — Seu irmão, Lua, mora no Canadá. Todos os dias eu oro para que o Roberto esteja bem ao lado de pessoas que gostem dele e o ajudem, se for preciso. O Satoshi não tem ninguém aqui em quem possa confiar, pelo que percebi. Não quis ficar nem na casa do próprio tio! — salientou em tom ameno. — Lá no hospital, o pouco que conversei com aquele senhor, o tio dele, entendi o porquê. Satoshi é um bom moço. Só retribuí, de coração, o que ele fez pela minha filha e vou fazer o que gostaria que fizessem pelos meus filhos. — Observou-a pensativa. Após longos minutos, lembrou: — Lua, eu sei, exatamente, como fica paralisada quando fica extremamente estressada, triste, sem saber o que fazer. Eu a vi ficar assim muitas vezes. Quando seu pai cortou seu cabelo, quando o vimos com outra mulher no carro. Você travou, não conseguia atravessar a rua. Quando ele chegou em casa, foi tirar satisfações, gritou... Seu pai falou que você era feia, tinha olhos de bruxa, era magrela... Você ficou paradinha, sem reação... De outras vezes, fez o mesmo quando me viu apanhar dele... Quando o via gritar comigo... Em diversas situações, Lua, você paralisou. Quando seu pai morreu, ninguém conseguiu tirar você do seu quarto. Não foi ao velório nem ao enterro dele. Fomos ao médico, lembra? — Viu-a pender com a cabeça negativamente.

— Mãe... Não me lembro de tudo isso... — mencionou, quase assombrada. — Achei que só não me recordava do velório, mas... Eu não fui ao enterro do pai?

— Não. — Suspirou e contou: — Você não saía do quarto nem daquela casa por nada. Não ia para a faculdade... Fomos ao médico que falou ser crise de estresse muito grande, com a qual não conseguia lidar e seu organismo agia assim para se proteger. Era como conseguia lidar com a situação. Depois da morte dele, passou um tempo e não teve mais nada. Mas virou outra pessoa. Deixou de se intimidar... Dizem que puxou a mim, mas foi o contrário. Aprendi com você a dizer o que penso e o que é preciso. Fiquei feliz quando vi que não perdeu a voz pra nada nem ninguém. Tornou-se tão forte que achei que nunca encontraria alguém para ficar ao seu lado, não permitiria um homem na sua vida por causa das impressões que seu pai deixou... Jamais permitiu nenhum homem se aproveitar de você, sempre achava que estaria sendo usada. Eu só achava estranho nunca se considerar bonita. Levantou escudos à sua volta, que acreditei nunca se romperem. Até o Daniel aparecer. Manso, prudente, sério e bonito... Ele te conquistou aos poucos, bem aos poucos e fiquei tão feliz, quando vi que abaixou a guarda, filha — sorriu. — Foi uma pena toda essa história com a Marceline. A insegurança dele, a falta de posicionamento... Isso fez com que você se decepcionasse novamente e perdesse a confiança. — Um momento e Nádia ainda disse: — Chego a pensar que o Satoshi, de alguma forma, entendeu tudo isso e, por essa razão, te protegeu, acolheu, cuidou de você... Talvez tenha passado por alguma experiência onde tenha ficado só, abandonado, sem proteção e paralisado de alguma forma. Gente assim, que já sofreu, geralmente, quer proteger, ajudar, amparar, socorrer... Ingratos nunca oferecem nada. Precisamos ajudar esse moço, Lua. Ele não se sentiria bem na casa da Eleonora. Esse japonês é tão parecido com a gente e eu acho isso uma graça — sorriu. — Se o Daniel achar ruim, pode deixar. Vamos conversar e vai ficar tudo bem.

    Selena estava de cabeça baixa e pensativa. Deixou-se levar pelos próprios desafios e não pensou na importância de ajudar e retribuir o que recebeu.

    — Verdade, mãe... Só pensei na minha situação com o Daniel. Obrigada por ajudar esse amigo — sorriu.

    — Você é amiga dele, mas ele não é seu amigo, Lua. Não como você pensa.

    — O quê? — ficou confusa.

    — Desconfio que o Satoshi gosta de você. Isso vai além da amizade.

— Aí também não, né, mãe. Que exagero! — reagiu contra a ideia.

— Gosta sim. E gosta de verdade... E gosta muito... Quer tanto ver você feliz que fez o Daniel se reconciliar, se explicar. Seu amigo acha que é o que você mais quer. — Viu-a em choque, petrificada. — Agora, vamos dormir. Quero levantar cedo, para visitar meu mais novo filho adotivo — riu alto.

— Não! Espera! Como pode dizer isso? De onde tirou essa ideia?

— Da forma gentil como ele olha para você, de como mergulha em seus olhos e fica atento a tudo o que faz e diz. Ele te admira. E não estou falando de beleza. É admiração de alma. Notei isso aqui em casa, mas, no hospital, não tive dúvidas. — Um instante e decidiu: — Preciso dormir. Fica com Deus, filha.

Selena ficou pensativa, paralisada e incrédula. Nunca percebeu nada. Nunca. Aquilo não era verdade. Sua mãe estava vendo coisa que não existia.

Em seu quarto, mandou mensagem para o namorado, porém não foi visualizada. Achou estranho. Ele sempre a atendia de imediato, à noite. Ligou para ele, mas não foi atendida. Ficou preocupada e imaginando onde ele estaria ou com quem.

— Deve ter dormido... — murmurou, olhando as horas.

Nesse momento, recebeu mensagem de Satoshi e sorriu com leveza.

Ele contou as novidades e brincou dizendo que estava sendo maltratado no hospital. Que pensava, seriamente, em fazer o fisioterapeuta engolir o equipamento que o mandava fazer exercícios respiratórios. Ela riu e falou que iria mandar duas defensoras para protegê-lo. As mesmas que brigaram, disputando sua companhia.

Após despedirem-se, foram dormir.

Na manhã seguinte, Selena observou que Daniel não tinha visualizado suas mensagens e achou isso bem estranho.

No trabalho, não o encontrou.

Logo na primeira hora de serviço, recebeu o convite para ir até a sala do CEO.

Lá, encontrou a presidente e Tadashi que, sérios, aguardavam-na.

Após cumprimentá-la, pediram que se sentasse.

— Nós a chamamos aqui para saber do Daniel — disse a senhora.

— Daniel? — estranhou. — Bem, eu... Não falo com ele desde ontem de manhã e também não respondeu minhas mensagens — foi verdadeira e pareceu preocupada.

— Ontem eu o levei para conhecer a instituição que temos. Precisei ter uma conversa séria para que aceitasse presidir esse lar de crianças com deficiência intelectual — Eleonora contou.

— Eu não sabia — a moça reagiu com voz branda.

— Depois fomos para a minha casa. Precisava muito esclarecer e revelar algo sobre nossas vidas — tornou a mulher, olhando-a com seriedade. — Sei que vocês namoram e tem um compromisso sólido. O Daniel me disse que, por ele, já teriam se casado e... Gosto muito de você, Selena. Estou torcendo para que dê certo. Terão todo o meu apoio e minhas bênçãos.

Mesmo sem entender nada, a moça decidiu não interromper e Tadashi indagou, diante da pausa:

— O Daniel não falou nada com você?

— Não, mas... — respondeu baixinho. — O que ele deveria ter me contado? Sobre a instituição, sobre seu apoio e suas bênçãos, sobre o desejo de já ter nos casado?...

— Toda história é bem longa, Selena. Vou contar o essencial, superficialmente. Desde ontem, este assunto não é mais segredo e, em breve, toda a companhia estará sabendo e...

Creio que pelo relacionamento de vocês, deverá ser a primeira a saber de tudo — Eleonora silenciou repentinamente e ficou observando a moça.

Selena sentia-se tremer por dentro, mas aguentava firme. Não se demonstrava nervosa e a senhora revelou subitamente:

— O Daniel é meu neto.

— Como... assim?... — murmurou lentamente, inclinando o corpo para frente da cadeira.

— A mãe do Daniel era minha filha. Minha mãe me vendeu para um homem, que me levou embora. Engravidei. Sofri nas mãos dele. Não suportei e a abandonei com ele. Eu tinha quatorze anos. Muitos anos depois, quando retornei para procurá-la, descobri que havia morrido e deixado um filho: o Daniel, que foi criado pelo avô paterno.

Selena colocou o cotovelo no braço da cadeira onde estava sentada, apoiou a testa na mão e deixou os cabelos caírem, cobrindo as laterais do seu rosto. Conhecia boa parte daquela história. Sabia que o pai do namorado havia matado sua mãe de forma violenta e que o avô materno assassinou seu pai da mesma forma. Tinha ciência de que Daniel nunca se recuperou da dor de saber e imaginar o quanto sua mãe sofreu, sem ajuda, sem amparo, sem alguém para orientar. A fama de seu avô materno ser violento, era grande, naquela cidade. Ao descobrir que Eleonora era sua avó, certamente, fez cobranças de sua presença na vida da filha, que poderia não ter passado pelo que passou, se a mãe tivesse voltado e a protegido.

Ela se sentiu mal e imaginou como Daniel estaria. Deveria se sentir traído, enganado, depois de todos aqueles anos trabalhando ao lado da própria avó, sem saber.

Selena se recompôs, forçadamente, respirou fundo, ergueu-se, encarou a presidente e argumentou:

— O Daniel me contou a história trágica que aconteceu com sua mãe, depois que ele nasceu. Mas... Contou que a mãe de sua mãe morreu, quando foi visitar a mãe dela, em outra cidade.

— Essa foi a história que aquele maldito inventou para não ter de explicar meu sumiço. Afinal, eu tinha quatorze anos e ele me comprou da minha própria mãe. Uma mulher... — não completou. Eleonora demonstrou-se nervosa, algo raro. Em seguida, explicou: — Depois que contei meus motivos e que era sua avó, nós dois discutimos muito. Discutimos por tudo o que você está imaginando, Selena, e muito mais. Nunca vi o Daniel reagir daquela forma e estava longe de imaginar que o fizesse com tanta raiva e contrariedade. Depois que foi embora, tentei ligar para ele, mas não me atendeu.

— Hoje não veio trabalhar — Tadashi falou. — Ele não voltou para o apartamento onde mora e seu carro continua aqui, na garagem da empresa, pois foram à instituição com o carro da presidência.

— Saber que você não o viu nem falou com ele... Estou muito preocupada. Não sei onde procurá-lo.

— Na casa. Na casa nova que comprou, que fica no mesmo condomínio onde a senhora mora. Se saiu a pé, só pode ter ido pra lá.

Eleonora e Tadashi se entreolharam assombrados. Não tinham pensado naquilo.

— Ele contou que comprou uma casa, mas... Sabe exatamente onde é? — indagou a senhora.

— Sei.

Olhando para Tadashi, Eleonora disse quase ordenando:

— Vamos até lá, agora.

— Dona Eleonora — Selena a chamou com tranquilidade. — Não faça isso. Será melhor dar um tempo para ele.

— Estou aflita, Selena!

— Ele também deve estar. O Daniel teve uma vida muito sofrida pela ausência da mãe. Acredita que é o culpado pela tragédia e se não existisse, nada daquilo aconteceria para ela. Sempre que fala dela, demonstra culpa. Talvez isso tenha sido implantado pelas acusações, *bullyings* de conhecidos e outras crianças... Só sei que isso é e sempre foi algo de muita dor para ele. O Daniel é muito fechado, não se abre para falar dele com facilidade. No fundo, se acha amaldiçoado, porque toda a tragédia com a mãe, o pai e o avô materno foi culpa dele ter nascido. Acredita que o vô Rufino sofre quando olha para ele e lembra que o filho morreu por causa dele... — Breve instante em que a viu pensativa e contou: — O Daniel me falou que a vida dele mudou depois que a senhora apareceu. Aliás, isso foi bem recentemente quando comprou a casa e me levou para conhecer. Demonstrou carinho ao falar do que fez por ele e mencionou o quanto é grato. Ele gosta muito da senhora, dona Eleonora. Toda essa revelação foi um susto. A mente dele ainda está processando tudo isso de forma assombrosa, principalmente, por se sentir enganado. Mas vai passar.

— Ele me culpou pela morte da Beatriz. Disse que, se eu tivesse aparecido antes, ela não teria morrido.

— Disse isso sem pensar, porque está sofrendo muito e queria que alguém sofresse igual para saber como é sua dor. Creio que possa entender isso. Mas... Tenho certeza de que vai processar tudo o que ouviu e considerar. Por isso, dê um tempo a ele. Dê o tempo que precisar. Não o force.

— Meu neto nunca vai me perdoar por ter abandonado a mãe dele, motivo que a fez experimentar uma morte tão horrível — ela lamentou e lágrimas escorreram em sua face.

— Não sei o que aconteceu para a senhora deixar sua filha com o pai e desaparecer, mas... Com quatorze anos! Quem poderá julgá-la? Deve ter um bom motivo para não ter voltado, mas ninguém tem o direito de julgá-la. Nem ele! — ressaltou. — O Daniel precisa pôr a cabeça no lugar. Vamos dar um tempo para ele.

— Selena, depois do que me disse agora, vou te contar porque sei que vai me entender... Tive um filho, o Theo, e nós nos dávamos muito bem. Éramos confidentes, viajávamos juntos, íamos ao cinema!... Ainda jovem, ele se casou e isso diminuiu. O que foi perfeitamente normal, claro. Mas sempre estávamos juntos, quando o tempo permitia. Depois ele descobriu que era estéril e veio o divórcio. Mesmo morando no apartamento dele, voltamos a nos ver com frequência e ele dormia lá em casa... Ao meu lado, o Theo ria, brincava e me provocava... Fazia planos, pensava em casar de novo e adotar filhos... Sempre muito otimista e positivo... Nunca vi nada errado com o emocional dele... Até o dia em que meu filho se suicidou — chorou. — Tenho medo que meu neto faça uma loucura. Então... Ou você fala onde é essa casa ou eu vou lá agora, mover céus e terras, dentro daquele condomínio até descobrir. Estou desesperada! — falava com tranquilidade, apesar da ênfase.

— Entendo perfeitamente, dona Eleonora. Vou dizer onde é, mas...

— Seria melhor que ela fosse em seu lugar, Eleonora — interrompendo-a, Tadashi considerou.

— Então vai lá agora, Selena! Por favor. Assim que o vir, me dê notícias.

— Sim. Claro.

— Meu motorista vai levá-la. Vou pedir que a aguarde na garagem.

— Sim. Só vou passar na minha sala, dar orientações e pegar minha bolsa. — Levantou-se. — Com licença.

— Selena! — Eleonora a chamou quando ia saindo. Ao vê-la se virar, disse: — Obrigada por não me julgar. E, por favor, tenha paciência com ele.

A moça pendeu com a cabeça positivamente e se foi.

Ela possuía a cópia da chave e chegando à casa nova que Daniel havia comprado, entrou, deixando o motorista aguardando lá fora.

De imediato, viu o paletó do terno jogado num canto da sala e seguiu pelo corredor. Olhou um quarto, depois outro e nada. Passou pelo jardim de inverno e chegou a uma das suítes.

Lá estava Daniel, largado sobre a cama, de bruços com os braços abertos.

Aproximando-se dele, tocou-lhe o rosto e o viu se remexer. Ao lado da cama, na mesinha de cabeceira, uma garrafa de uísque quase vazia.

— Que droga, Daniel... — ela murmurou, reclamando.

— Hummm... — ele se remexeu.

No mesmo momento, pegou o celular e avisou Eleonora por mensagem:

"Ele está aqui. Está bêbado. Fique tranquila. Vou pedir para o motorista me ajudar a levá-lo para o apartamento dele, o quanto antes. Ele está bem."

Ao subirem as escadas do condomínio onde Daniel morava, para levá-lo ao quarto andar, Dalva os viu e foi até as escadas, preocupada:

— O que aconteceu?

— Nada sério, dona Dalva. Ele só bebeu demais.

— Mas, como?

— Tivemos uma recepção, ontem, depois do trabalho e ele estava feliz — Selena disse, sem se importar com ela.

— Ai, Daniel... Não faz isso com a gente. Ficamos preocupados. Ontem te mandei mensagem e nem respondeu.

— Está tudo bem, dona Dalva... — ele murmurou e não a olhou.

— Precisamos subir. Com licença — Selena decidiu e virou as costas, olhando o motorista guiar Daniel pelo braço.

No apartamento, Selena agradeceu e pediu ao motorista que a esperasse no carro. Precisava conversar com o namorado.

Ao vê-lo sair, virou-se para Daniel e exigiu firme:

— Toma um banho! Vou ver o que tem aqui para fazer pra você. — Estava contrariada, mesmo assim, aquela revelação não saía de sua cabeça. Vendo-o parado, sentado no sofá, deu um grito firme, ordenando: — Vamos, Daniel! Já pro banho!

— Tá... Não precisa gritar... — balbuciou.

Quando ele retornou, ainda sisuda, Selena disse:

— Toma. Este é pro estômago, este pra dor de cabeça e este pro fígado. — Olhando os medicamentos em sua mão, falou com deboche: — O que não falta nesta casa é medicação pra ressaca, não é? — Em seguida, apagou o fogo e contou: — Fiz uma sopa daquelas de saquinho, que achei no armário. Quando estiver melhor, toma um pouco para se recompor logo.

— Selena... — estava sentado à mesa e segurou seu braço. — Preciso conversar com você. Aconteceu tanta coisa... — murmurou sem encará-la.

— Não agora. Não tenho o dia livre.

— Mas... — encarou-a.

— Não sou irresponsável, Daniel! — foi dura, mas falou sem gritar. — Hoje é sexta-feira, meio-dia! Você não deu as caras no trabalho e, por causa disso, me mandaram ir atrás de você! Isso tem cabimento?!

— Você não sabe o que aconteceu! — reagiu e a encarou.

— Sei! Sei sim! A sua avó me contou tudo — viu-o surpreso. — Sua avó, a dona Eleonora, exigiu que eu fosse atrás de você!

— Ela me enganou! Mentiu! Fugiu! Não ajudou minha mãe!

— E por causa disso fez isso com você mesmo?! Olha pra você, Daniel! Não é homem suficiente para encarar essa realidade sóbrio?! Precisou encher a cara?! — foi dura.

— Como vou perdoar à Eleonora?! Minha avó! Se ela tivesse sido presente, minha mãe não teria morrido daquela forma!

— Quem garante isso?! Você é Deus, por acaso?! — gritou. — Fala sobre perdão como se nunca tivesse errado e fosse um espírito elevado o suficiente para ter certeza de que jamais precisará ser perdoado. Espero mesmo que nunca precise de perdão, Daniel. Espero que seja tão elevado a ponto de nunca errar! Mas espero também que seja grato pelo que a sua avó fez na sua vida e também que seja responsável e não falhe com o seu trabalho na empresa. Agora, vou embora e você se vira!

— Por que não mandou o Satoshi se virar?!! — ele gritou.

Selena voltou, ficou frente a ele e, em tom grave, parecendo calma, foi firme:

— Nunca mais fale assim comigo! Nunca mais duvide da minha fidelidade! Nunca mais grite comigo! Nunca mais! Você sabe o que fiz e porque o fiz.

— Sei sim! Você foi para o apart-hotel do Satoshi e tive de ir te buscar!

— Ele me levou pra lá sim, porque fiquei em choque por ver você beijar outra mulher, que por acaso se tornou sua assistente!

— Não houve beijo!!!

— Ah, não?! Quem garante?! E o brinco que encontrei aqui neste sofá?! — apontou. — Depois descobri que ela dormiu aqui com você, que jura que não aconteceu nada! E ainda te dei crédito!

— Você levou o Satoshi para a sua casa!

— Levei! Levei sim! E falei com a minha mãe, pedindo permissão. Levei sim, porque tinha que retribuir, ter gratidão pela ajuda que ele me deu. O Satoshi ficou ao meu lado, protegeu meu nome na empresa, quando não deixou ninguém ficar sabendo que eu, diretora de tecnologia, paralisei, surtei! E surtei daquele jeito porque peguei meu namorado com outra, no carro dele, naquela maldita garagem! E essa outra é a assistente dele, a mesma infeliz que perdeu o brinco neste sofá! O Satoshi protegeu você também, quando não deixou que ninguém soubesse! Seria um escândalo, na empresa, saberem que você e a Marceline se beijaram na garagem! Ele protegeu seu nome! Sua posição! Ainda mandou você subir pra gente se entender! Até hoje não conseguiu explicar por que deu carona pra ela!!! O que mais você tem para me acusar, hein?! O que mais tem para falar dele?! — não houve resposta. — Quanto à sua avó!... A Eleonora tem uma bagagem pesada demais para carregar sozinha! Ela foi vendida pela própria mãe para um homem nojento que, sabe-se lá o que fez com ela! E para fugir de casa, aos quatorze anos, deixando uma filha!... Para, Daniel! Pensa! Que tipo de homem é você para não entender isso?! E olha que nem sei de tudo, pois ela não me contou. Não tivemos tempo! Mas que tipo de homem é você, Daniel, para não imaginar as agressões que ela sofreu, o medo, o desespero, a insegurança e, apesar disso, teve a iniciativa de fugir para sobreviver?! Ela é sua avó! Foi algo tão traumatizante, que demorou anos para criar coragem e voltar para tentar fazer algo pela filha, mas era tarde. — Deu-lhe pouco tempo para pensar. — E ainda disse que não a perdoa! — Em seguida, riu com ironia. — E olha quem a julga pela falta de coragem, por não ter voltado antes para buscar a filha! Justo você que não tem coragem de transferir a sua assistente! Tenho medo de precisar de você, um dia, e ficar na mão! Você acha que foi a única pessoa no mundo que teve uma vida difícil!

Daniel virou as costas para ela e olhou para a janela. Quando escutou um barulho, virou-se. Selena tinha saído e batido a porta.

Na espiritualidade, Faustus ria e se divertia com satisfação. Enquanto outros espíritos zombavam e se colocavam como torcedores, pelo duelo de palavras.

Confuso, transtornado, Daniel pegou o celular e enviou mensagem para Keiko:

"Você tem um tempo? Preciso muito conversar com alguém, o quanto antes."

Alguns minutos passaram e recebeu a resposta:

"Você não está na empresa?"

"Estou no meu apartamento."

"Daqui uma hora, saio do plantão. Quer se encontrar onde?"

"Não estou bem para sair e o assunto é delicado. Algum problema você vir até aqui?"

Ela visualizou e demorou para responder:

"Passo aí. Pode aguardar."

CAPÍTULO 36

AMIGOS INSPIRADOS

De volta à empresa, Selena contou a Eleonora tudo o que aconteceu, omitindo a briga que tiveram.

— Se ele está em casa, fico mais tranquila — pareceu mais calma.

— Senhora — esperou que olhasse. — Deveria advertir o Daniel por ter faltado ao trabalho, desnecessariamente, sem avisar, deixando compromissos consideráveis em aberto. Ele tinha uma reunião bem importante hoje.

— Acha mesmo? — ficou interessada.

— Uma advertência verbal cairia bem por parte do CEO da empresa, claro. Vejo que a senhora quer treiná-lo. Não perca nenhuma oportunidade.

— Verdade. Vou falar com o Tadashi. — Olhou para a moça e achou que Selena poderia ajudá-la. — Gostaria de conversar com você. Tem um tempinho?

— Claro — não conseguiu negar, apesar de saber que seu trabalho a aguardava.

— O Daniel te contou tudo? — a senhora perguntou.

— Não tivemos tempo para conversar.

— Eu conto. — Respirou fundo e contou tudo. A moça ouviu silenciosa, com muita atenção. Depois, desfechou: — Foi por isso que ele ficou revoltado.

O silêncio pairou no ambiente até Selena considerar:

— Dona Eleonora, dê um tempo para ele. O Daniel tem um coração enorme e gosta muito da senhora. Quando essa revolta passar, vocês vão se dar muito bem — sorriu.

— Será?

— Não tenha dúvidas — sorriu lindamente.

— Ah... Vem cá, Selena... — pediu e abriu os braços. — Me dá um abraço...

A moça se levantou, foi até ela e a abraçou.

— Obrigada por me ajudar, menina... Obrigada por não me julgar... Eu mesma já faço isso demais. Não é fácil viver com culpa. Não... Não é.

— Não tenho absolutamente nada a dizer sobre seu passado. Não tenho ideia do que faria no seu lugar e no que minhas decisões resultariam. Mas, conhecendo as lutas que travou, só posso dizer que a senhora serve de exemplo para mim. Uma mulher que nunca desiste e deu o seu melhor com tudo o que tinha, seguindo sempre em frente. É como diz o ditado: "É melhor o feito realizado do que o perfeito que vive só nas ideias."

— Obrigada por essas palavras. Não tem noção do quanto isso me conforta. E... Bem, Selena... Daqui a pouco, na empresa, surgirão conversas e fofocas a respeito do Daniel ser meu neto. Provavelmente, isso vai envolver você.

— Imagino que sim — ficou séria.

— Não ligue. Não se importe. Vai passar. Enfrentei situações semelhantes, quando eu e o Olavo nos casamos. É só aguentar firme, sem revidar, que vai passar.

— Sim. Sei o que é aguentar firme sem revidar — sorriu. — Obrigada, dona Eleonora.

— Eleonora. Por favor, pode me chamar de Eleonora e me tratar por você.

— Está bem. Mas... Se me permite, agora, preciso ir. Hoje o Satoshi recebe alta. Preciso passar na seção para ver como estão as coisas por lá e, depois, vou para o hospital.

— Vou pedir ao motorista que...

— Não, não... — rejeitou com voz macia. — Meu carro está na garagem do prédio e me daria trabalho vir buscá-lo depois.

— Certo. Como quiser.

―――⁂―――

No apartamento...

— Foi isso o que aconteceu, Keiko — Daniel contou tudo.

— UaIII, meu amigo... Que coisa... — ela respirou fundo. Passou as mãos pelos cabelos, trazendo-os para a frente e os torceu, passando para trás do ombro. Ela entendeu o motivo de ele ser tão protegido por seu pai e pela senhora. Pensou um pouco antes de dizer: — Dan... Nada está errado, meu amigo. — falou com jeitinho e sorriso meigo. — Imagino como isso está sendo difícil para você. Tenho ideia do quanto está sofrendo, confuso, atordoado, triste... Sua cabeça está um turbilhão! Mas, escuta... — viu-o atento. — Isso vai passar, tá?

— Keiko... Quando a Eleonora me contou, tive de sair correndo e vomitar... Sabe o que é isso? Sabe o que é passar mal por causa de uma revelação desse tipo?

— Sei. Sei sim. Toda vez que não passo em uma prova, como foi o caso das duas provas de residência que não passei, eu vomito antes de dar a notícia para o meu pai.

— Como assim? — ele se interessou. Ficou surpreso.

— Meu pai é exigente. Você não tem ideia. Não sei lidar com ele e passo mal...

— Keiko!...

— Esquece meu caso. Outra hora conversamos sobre mim. Só quis que soubesse que sei como é passar mal. Tá? — sorriu e seus olhos se fecharam, graciosamente, e o viu sorrir. — Dan... Sei que está conhecendo os conceitos do Espiritismo há pouco tempo, mas você é bem inteligente. Não existe acaso e a Inteligência Suprema não erra. Deus não erra. Talvez sua mãe precisasse passar por aquela experiência. Talvez ela e seu pai fossem inimigos do passado.

— Mas minha avó, a Eleonora, abandonou minha mãe, a filha dela. Ela não teve chance! Não tinha orientação, ninguém para ampará-la. Minha mãe não teve chance!

— Já parou para pensar que a Eleonora também não teve chance, que ela precisou fazer essa chance?

— Como assim?

— Dan, presta atenção. A Eleonora era mais jovem do que sua mãe quando teve uma filha em condições que... Não podemos questionar. Ela teve uma vida abominável.

— Certo. Concordo, mas...

— Deixa eu terminar Só um minutinho... — deu uma piscadinha ao pedir com jeitinho. — A Eleonora também não teve orientação. Ela foi vendida, foi maltratada... Por isso, fugiu e largou a filha. Sua mãe era um pouco mais velha do que a Eleonora quando engravidou. Ela teve um pai, uma casa, morava em uma cidadezinha, mas... Por mais que o pai fosse malvado, ela poderia ter estudado, se empenhado, em vez de arrumar um namorado e engravidar.

— Tá julgando a minha mãe?

— Na verdade estou comparando — respondeu com tranquilidade peculiar. — Você está julgando a Eleonora — deixou-o pensativo. — Dan... Veja bem, ela não teve uma filha porque quis, por ter arrumado um namorado. A Eleonora fugiu para sobreviver. Coitada, Dan... Ela deve ter vivido tantos traumas, tanta dor que não tinha forças para voltar. Depois, encontrou um cara legal, que gostava dela e ela dele. Ela foi muito esforçada e junto com o marido construíram um verdadeiro império. Acha mesmo que a Eleonora nunca se torturou por não ter contado ao seu Olavo que tinha uma filha? Acha que não estava assombrada e morrendo de medo de perdê-lo, se contasse a verdade? Imagina como deveria se torturar ao olhar o Theo e lembrar da filha que abandonou.

— Você conheceu o Theo?

— Conheci sim. Ele era muito legal. Eu era pequena, mas me lembro dele. Aliás, como não percebi antes... — olhou-o atentamente. — Vocês dois são bem parecidos...

— Eu vi foto dele. Também achei. Me deu uma coisa...

— Dan... Não vai conseguir mudar esses sentimentos de surpresa, revolta, raiva e sei lá mais o que dentro de si do dia para a noite. Mas... Pensa bem, meu amigo... Tente ver o lado da Eleonora. Considere que, o que ela fez por você foi tudo o que não conseguiu fazer pela filha. O amor que ela deveria ter pela filha, ela transferiu para você. Não foi por mal que omitiu toda essa história desde que te conheceu.

— Keiko... Estou nervoso, estou sob muita pressão... O que você acha que fiz, no passado, para merecer tudo isso, nesta vida? Tem alguma noção?

A moça riu com gosto e falou:

— Os planejamentos reencarnatórios são tão bem-feitos, mas impossível não sofrerem alterações devido às nossas escolhas, ao nosso livre-arbítrio. Veja bem... Muita coisa pode ter acontecido. Uma das suas queixas é a de não ter tido uma mãe viva ao lado, um pai presente. Em vez disso, ainda soube que ele a matou de forma cruel e se sente, além de abandonado, culpado. — Pensou um pouco e supôs: — Sem pais, abandonado, rejeitado... Será que não abandonou filhos? Não os deixou passando dificuldades?

— Será?

— Tudo pode ser. Veja... Tem o fato de ter a instituição de crianças com deficiência intelectual, que está prestes a assumir e... Não estaria cuidando dos filhos do mundo como prova ou expiação por ter abandonado outros filhos? — viu-o se remexer, inquieto. — O interessante é que o Theo não podia ter filhos e... Se estivesse vivo, talvez estivesse, junto com você, cuidando dessa instituição. Não é mesmo?

— Você deu outro nó na minha cabeça.

— Foi você quem pediu. Aliás, não dei nó, eu o desatei. Faça o que quiser com as pontas soltas, mas faça algo bonito — riu graciosa.

O rapaz esticou as mãos sobre a mesa como que pedindo para que ela as pegasse. Ao entrelaçarem os dedos, ele apertou firme e comentou:

— Keiko... Estou tão abalado ainda. Confuso.

— Eu entendo, mas garanto que vai passar — sorriu, frente a ele.

Daniel experimentou uma sensação diferente invadir sua alma. Como um gelo por dentro e mergulhou nos olhos de Keiko sem perceber. Ao sentir algo estranho, naquela situação, ela puxou as mãos e se constrangeu e ele ficou sem entender.

Lembrou-se da conversa que teve com seu irmão e ficou constrangida, sem saber o que fazer. Yukio havia dito para prestar atenção na forma como o amigo olhava para ela, porém isso a deixou estremecida.

Keiko era bondosa por índole e muito espiritualizada. Daniel gostava de sua companhia, de sua voz, do seu jeito meigo e doce, calmo e tranquilo, entretanto aquela situação foi diferente. Não saberia explicar.

— Dan... Pra mim, é um pouco tarde... Saí de um plantão longo, preciso ir pra casa e descansar.

— Desculpe ter pedido para que viesse aqui. É que você sempre encontra palavras e explicações para me fazer entender certas coisas. Estava com raiva da Eleonora, mas... — calou-se e ofereceu meio sorriso.

— Pense na situação, procurando ver tudo pelo ângulo dela e o que sofreu, veja pelo ângulo espiritual também. Não se coloque como vítima. Não coloque sua mãe como vítima — sorriu. — Tá bem? — levantou-se.

— Você não está de carro, está?

— Não eu...

— Vou com você. Vamos pegar um táxi até a empresa, porque meu carro está lá. Depois te deixo em casa.

— Não precisa. Imagina.

— Não tem problema, Keiko. Vou ter de ir lá pegar meu carro de qualquer jeito. Não esquenta — sorriu. — Depois, te levo até a sua casa.

— Está certo — concordou. Ficou feliz, mas não parava de pensar no que seu irmão havia falado e se preocupou. Não sabia como se comportar. Estaria fazendo o certo?

Em sua casa, Selena observava sua mãe ajudar Satoshi a se acomodar. Achou graça de como eles se davam bem. Aliás, os dois tinham algo em comum: davam-se bem com a maioria das pessoas.

Nesse momento, escutou o barulho do carro de Daniel na garagem.

Indo para a cozinha, encontrou-o. Ele a cumprimentou com um beijinho, como se nada tivesse acontecido.

— E aí, tudo bem? — o namorado quis saber.

— Tudo — respondeu.

Ele notou que havia uma movimentação e conversa no quarto e Selena se aborreceu, saiu de perto acreditando que brigariam por causa disso.

— Quem está aí? — Daniel quis ter certeza, embora já soubesse.

— Minha mãe brigou com a dona Eleonora e ganhou, por isso trouxe o Satoshi aqui pra casa, já que ele não quer ir para a casa do tio e não pode ficar sozinho no apart-hotel.

Surpreendentemente, Daniel pareceu não se importar. Foi para o quarto e Selena ficou surpresa com a entrada de Keiko.

— Oi... — disse atrapalhada, guardando o celular na bolsa.

— Oi! — Selena sorriu, não entendeu e ficou na expectativa. De onde Keiko surgiu?

— Desculpe... — pediu a outra ainda sem jeito. — O Daniel me deu uma carona e colocou o carro na garagem, fiquei lá fora porque recebi uma ligação do hospital, sobre um paciente e não quis entrar conversando.

— Bem-vinda à nossa casa, Keiko! — disse Nádia, chegando à cozinha.

— Oi, dona Nádia... — beijou-a, sempre demonstrando alegria.

— Que bom que veio. Assim você dá uma olhada no seu primo — Selena sorriu ao comentar e a beijou, cumprimentando. Curiosa, quis saber: — Onde se encontraram?

— O Dan me chamou para conversar sobre a avó — ergueu as sobrancelhas.

— Ah!... Que bom. Nós discutimos feio por causa disso. Sei que foi um choque, mas a reação dele foi muito imatura — Selena considerou, falando baixinho. — Brigamos e... — não completou.

— Ele não me falou sobre a briga de vocês, mas me contou tudo sobre a dona Eleonora. Conversamos e acho que ficou bem. Parou para pensar.

— Você é boa com palavras, Keiko. Tem paciência, o que me falta com o Daniel. Ele bebeu, encheu a cara por não saber lidar com essa situação sóbrio. Isso me irritou tanto! — exclamou baixinho. — Em vez de tomar todas, deveria ter chamado alguém para conversar, mas não. Foi imaturo, agiu como criança. — Olhou em direção ao quarto, com ar insatisfeito e ainda disse: — Agora, chegou como se nada tivesse acontecido.

— O Dan vai pensar em tudo e, decerto, vai se equilibrar de novo. Ficará tudo bem. Depois que conversamos, já estava diferente. Aí, eu ia embora, mas ele falou que precisava pegar o carro que ficou na empresa. Fomos lá de táxi e ele me daria uma carona até em casa. No caminho pra minha casa, um amigo me ligou e na conversa, acabou falando que o Satoshi recebeu alta e você foi buscá-lo. Então, decidimos vir pra cá. — Sorriu lindamente, espremendo os olhos, gesto gracioso que a deixava mais delicada ainda. — Tem os exames dele aí? Não tive acesso aos últimos que ele fez.

— Estão aqui... — a senhora mostrou e ficaram conversando.

No quarto, Daniel cumprimentou o outro, perguntando como estava:

— E aí, cara? Já está pronto pra outra? — riu.

— Que nada — murmurou Satoshi com voz forte e seu sotaque peculiar, parecendo incomodado com alguma dor. — Não tá fácil.

— Ainda dói, né? — indagou o visitante.

— Muito. Recebi alta porque tinha melhorado o suficiente para ameaçar de morte o fisioterapeuta e os enfermeiros — viu Daniel rir. Depois contou: — Não via a hora de sair de lá. Nunca desejei tanto a minha casa, como agora — confessou de modo mais tranquilo, mas com um toque melancólico na voz.

— Imagino que sim. — Procurando outro assunto para distrai-lo, falou: — Soube que sua equipe está terminando tudo por lá. Acho que, semana que vem, todos vão embora, menos você.

— Que inveja... Estou me comunicando com eles e a par de tudo. Meu gerente afirmou que, na próxima semana, vão dar sossego para vocês — sorriu, um sorriso cansado.

— De quanto tempo é a viagem de avião para o Japão? — interessou-se Daniel, talvez para puxar mais assunto.

— O tempo de São Paulo para Tóquio, depende muito da rota, da companhia aérea e das escalas. Um voo de São Paulo-Guarulhos para Tóquio-Haneda — Aeroporto Internacional de Tóquio — leva cerca de vinte e quatro ou vinte e cinco horas, dependendo da escala até mais. Existem outras opções. Com escala em Dubai, tem voo de São Paulo para Chūbu — região do Japão — e depois um trem de Nagoya para Tóquio, o que pode levar umas trinta horas, considerando as escalas.

— De fato, a viagem é longa. Muito arriscado para o seu estado, após a cirurgia... Se algo acontecer a bordo do avião... Já viu!

— Não só a viagem, mas também preciso ir ao Consulado Geral do Japão que, por sorte, fica em São Paulo e, pessoalmente, para ter a segunda via do meu passaporte. Ainda não estou em condições de me locomover com facilidade. Acho que nova documentação demore um pouco. Terei de provar que eu sou eu e japonês é tudo igual — riu com gosto e viu o outro rir.

— A emissão de segunda via do passaporte brasileiro leva dez dias. Não sei se, no seu caso, é diferente.

— No meu caso, pode demorar de duas a três semanas a partir de todos os documentos e requisitos reunidos. Tudo meu foi levado no assalto. Já estou providenciando o Koseki Tohon no meu país. Vou precisar de original e cópia.

— O que é Koseki Tohon? — Daniel se interessou.

— Koseki Tohon é o documento mais importante no Japão. Usado há milhares de anos. Nele, são registrados todos os dados de uma família, como nascimentos, casamentos, divórcios e óbitos. Toda solicitação de Koseki Tohon é uma renovação, pois o documento já existe na prefeitura onde a família ou o cidadão tem seu registro de nascimento. Nesse registro, estão todas as gerações de japoneses da família. O Koseki é o primeiro passo para comprovar seu vínculo familiar com o Japão e que eu sou eu. A sua solicitação exige alguns documentos. Por sorte, a internet me ajuda nisso. Ele só pode ser solicitado pelo cidadão ou seus descendentes. Já estou em contato com meu pai para me ajudar nisso.

— E você precisa desse documento, o Koseki Tohon, para tirar a segunda via do passaporte no Consulado Geral do Japão?

— Sim — pendeu com a cabeça, positivamente, com fisionomia aborrecida. — E tenho de ir pessoalmente ao Consulado.

— Entendo. No que eu puder ajudar...
— Obrigado — curvou a cabeça levemente. — Você precisa conhecer Tóquio, Daniel. Vai gostar muito de lá.
— Por que acha isso? — sorriu, apreciou a ideia.
— Você é organizado. Se tenho certeza de algo na minha cidade, é da organização.
— Ouvi dizer que tem a estação de metrô mais movimentada do mundo.
— Verdade — Satoshi admitiu, parecendo orgulhoso. — A estação de metrô de Shinjuku, onde cerca de 3,7 milhões de pessoas passam ali por dia. Essa estação tem trinta e cinco plataformas e duzentas saídas. É um labirinto! — sorriu. — Sempre é bom usar um aplicativo ou mapa para ajudar. Mesmo os moradores se confundem.
— Uaaalll! Difícil imaginar.
— Podemos recebê-lo quando quiser. Nossas empresas fazem negócio há anos e vocês sempre são bem-vindos. Deixe-me retornar e vamos agendar uma visita e talvez negociações importantes.
— Eu soube que o marido da dona Eleonora já negociou muito com sua empresa. E foi onde o Yukio trabalhou quando ficou lá no Japão.
— Meu pai sempre foi muito amigo do senhor Olavo.
— Seu pai?... — perguntou desconfiado. Ignorava, totalmente.
— Meu pai, o senhor Kaito Tashiro, é o presidente da empresa — falou de modo simples, entendendo que o outro não sabia e não quis envergonhá-lo. Depois contou: — Meu avô começou com uma indústria semelhante, há anos. Mas cometeu alguns erros e foi envergonhado no mercado. Meu pai, filho mais velho, montou seu próprio negócio, igual ao do meu avô. Por sorte, o nome do meu avô não interferiu e a companhia vingou. Arrasado, meu vô deprimiu e veio para o Brasil, com o filho mais novo, tio Tadashi. Meu avô prestou serviço para o pai do senhor Olavo e depois para a empresa dele e

da esposa, onde meu tio começou trabalhar e fez faculdade com o Theo, filho do senhor Olavo e da dona Eleonora. Por um tempo, tio Tadashi voltou para o Japão, casou e retornou para o Brasil. Depois, quando tia Kaori ficou grávida, as duas vezes, ela ficou no Japão até os filhos nascerem, porque o tio e o vô queriam que nascessem lá. Após o Theo falecer, o tio assumiu tudo por aqui. Tio Tadashi sempre foi grato pela ajuda e apoio que dona Eleonora deu para ele e ao pai. Por isso, tanta fidelidade. A ligação entre as empresas é antiga.

— Eu ignorava que seu pai era o dono da empresa. Pensei que fosse um diretor...

— Algumas coisas não precisamos comentar — Satoshi sorriu forçadamente.

— Por que seu tio foi para o Japão para se casar e para os filhos nascerem?

— Primeiro, que o casamento foi arranjado. Segundo, que... — dissimulou. Não sabia como falar. Pensou e tentou explicar: — Não somos todos assim. Não mesmo. Mas... Os mais antigos, os mais arcaicos com a nossa cultura, ainda tentam realizar casamento arranjado ou, no mínimo, dentro da mesma etnia. Também fazem questão de os filhos nascerem no Japão.

— Mesmo nos dias de hoje?! — Daniel ficou admirado.

— É raro. Mas pode acontecer. Veja bem, Daniel... Esse tipo de preconceito existe dentro de qualquer cultura, mesmo que seja velado, que não falem ou demonstrem abertamente.

— Então... Vocês são obrigados a se casarem com japoneses?

— Não. Nem todos são assim, mas... Na minha família, mesmo recentemente, existem casos. Eu não me submeteria a essa obrigação. Acho que, depois de tanta coisa que já aconteceu, meu pai deve pensar diferente também. Mas não é o caso do meu avô nem do tio Tadashi. Por que você acha que o Yukio saiu de casa tão logo voltou do Japão? — Satoshi comentou e Daniel ficou pensativo. Lembrou que o amigo pediu para não comentar nada sobre seu namoro com Talia.

— O senhor Sho não gosta muito de mim. Agora entendo o porquê. Não tenho origem, pais, família... Só tenho um avô. Será por isso? — achou graça ao descobrir a razão.

— Típico dele. Mas não se preocupe, não dê importância. Sabe, Daniel, podemos afirmar, com segurança, que em todas as culturas existe o preconceito. Se você for a uma tribo aborígene, na Austrália, não vão querer que uma mulher de lá se case com um inglês. Se for a uma tribo indígena brasileira, vai ver que não vão querer a união de um membro dessa tribo com alguém de outra etnia. O mesmo acontece com o norte-americano, japonês, coreano, alemão... A forma de combater o preconceito é não se importar. Se ficarmos brigando, impondo, creio que será pior. Essa é a minha opinião. Sabe... Não vivemos nada que não seja importante para alcançarmos a iluminação.

— Não conheci minha mãe, que morreu de forma trágica, quando eu era bebê. Não bastasse o sofrimento, por não ter tido mãe, carreguei o peso de ser chamado de amaldiçoado. Será que isso me fez forte?

— Como não? Olha onde está — Satoshi sorriu. — Isso existe em outras culturas. O filho de uma mulher que morreu no parto, não é bem aceito por ser culpado pela morte da mãe. É algo muito comum, viu? Com isso, percebemos que existem experiências semelhantes pela qual esses filhos precisam viver. Creio que é pelo fato de necessitarem criar em si mesmos uma força, uma superioridade de aceitar e conviver com isso. O imperador de Roma, Marco Aurélio, tido como filósofo, tem uma frase interessante em que devemos meditar: "Nada acontece ao homem, que não seja próprio do homem."
— Ofereceu breve pausa e pediu: — Reflita. Vim ao mundo como ser humano. Pertenço a um grupo, a uma família... Tenho uma etnia, raça, cor, crença, princípios e valores únicos. Se para crescer, se para alcançar a iluminação, como eu entendo dentro da minha religião e filosofia, eu preciso passar por determinada situação, todas as forças do Universo vão

contribuir para isso. Não adianta nada nem ninguém querer me poupar daquela experiência. Se eu tenho de passar por determinada situação, vou passar. Se não for por causa de uma coisa, passarei por outra. Se não for por causa de uma pessoa, será por causa de outra, porque preciso dessa experiência para o meu crescimento, para alcançar a minha iluminação. — Percebeu-o atento e pensativo. — Não é porque alguém me fez alguma coisa que eu sofro. Sofro porque preciso passar por aquilo, para aprender e crescer. Eu vim ao mundo com uma bagagem chamada destino, o que a Keiko me falou que chama de planejamento reencarnatório, na doutrina espírita — sorriram. — Com esse destino atraio situações que provoquem experiências para eu me iluminar. — Breve pausa. — Dessa maneira, com essa reflexão, o budismo não coloca a culpa nas costas de um ser chamado Deus. Entendi também que o espiritismo não faz isso. A minha prima me emprestou alguns livros com conteúdo da Filosofia Espírita e eu gostei muito quando o livro apontou que os espíritas devem entender Deus como Inteligência Suprema, causa primária de todas as coisas, que Deus é Eterno, Imutável, Infinito, Imaterial, Único, Todo-Poderoso, Soberanamente justo e bom. Filosofando, pensando em cima disso, começo entender a simplicidade da mecânica da vida. A vida, Deus, a Inteligência Suprema, o Universo vai me dar aquilo que me faz crescer. Vai me deixar atrair aquilo que ajuda a me iluminar. Pensando assim, vejo que necessito aceitar as experiências que atraio, pois somente elas vão me ajudar no crescimento. Sendo revoltado, agressivo, irritado, contrariado com o que me aconteceu, não resolverei meus problemas. Precisarei parar, meditar, pensar em alternativas que me tragam saídas boas, que me levem paz. Agindo assim, praguejando irritado, jamais vou me libertar do problema, pois não aprendi com ele. Ficarei preso a um ciclo de cometer os mesmos erros, atraindo as mesmas consequências difíceis até que eu desperte, despenda forças próprias e que me façam crescer. E digo que precisamos gravar a lição, não podemos esquecê-la, para não cometer os mesmos erros. Sabe, Daniel, precisamos parar de colocar a culpa no Universo, em Deus e nos outros e começar a entender que tudo o que nos acontece é para nós nos mudarmos, começando pela aceitação do que não podemos mudar.

— Bravo, meu primo — Keiko estava parada à porta e bateu palminhas.

— Oi... — Satoshi se iluminou ao vê-la. Gostou de sua presença. Estendeu a mão esquerda para que pegasse e ela se aproximou. — Estou conversando com o nosso amigo sobre espiritualidade e Deus.

— Você também passou a acreditar em Deus, primo?

— Calma, você entendeu errado. O budismo não é teísta, mas que fique bem claro: nem todo não teísta é ateu, mas todo ateu é não teísta. Budista acredita em algo mais, além da vida. Não damos foco ao nome do Ser Maior, ou Deus, como muitas religiões, mas acreditamos nessa Força Suprema, na mesma Inteligência Suprema que você acredita. Essa força Onipotente, Onipresente e Onisciente, que os espíritas chamam de Deus.

— Está certo — ela sorriu. — Ouvi o que estavam conversando e gostei.

— Li os livros que me emprestou. Trouxe todos do hospital. Estão com a dona Nádia. Pede pra ela, depois.

— Gostou?

— Muito. Muito mesmo. Ampliou meu leque de conhecimento.

— Que bom... — Keiko apreciou. — Dei uns livros também para o Daniel.

— Li alguns e adorei. Fez todo sentido. Vou ler os outros assim que tiver tempo. Afinal, não estive dias sem fazer nada como algumas pessoas — riram.

— Eu ouvi falar em *pizza*? — Selena perguntou, sorrindo ao surgir à porta.

— Estou morto de fome de qualquer coisa que não seja aquela comida de hospital! — Satoshi pareceu desesperado. — Adoro *pizza* brasileira! Eu topo!

De alguma forma, todos que rodeavam Daniel eram inspirados a reforçar sua religiosidade.

As palavras de Satoshi fizeram sentido, assim como as de Keiko, que o ajudou imensamente.

Naquela noite, teria muito o que meditar.

CAPÍTULO 37

ENTRE SORRISOS E CONVERSAS

Em casa, Dalva e a filha conversavam.

— Agora, posso te contar com mais calma.

— Ah, é! A senhora disse que precisava me contar uma coisa. O que é?

— A Selena chegou aqui com o motorista da empresa. Sei disso porque perguntei para o homem quando ele desceu as escadas depois de deixar o Daniel lá em cima. Estava bêbado, mal se aguentava em pé.

— Ele não apareceu no serviço. Nem avisou ou mandou mensagem. Liguei, mas não atendeu. À tarde, perguntei para a Selena que falou que ele não passou bem. Mas conta!... O que aconteceu? — Marceline quis saber, curiosa.

— Assim que o motorista desceu, fui lá em cima para levar um chá pra ele, quando ia chamar, escutei os dois brigando aos gritos! — exclamou com feição admirada.

— Aos gritos?! — surpreendeu-se a filha. — Mas ela é tão polida, elegante! Quem diria que gritasse! — divertiu-se com a situação, como se isso diminuísse a postura de Selena.

— Você nem imagina! Ela berrou com ele, várias vezes, e o motivo vai fazer você cair dessa cadeira. Se segura! — Dalva pediu, fazendo ainda mais suspense.

— Conta logo, mãe!

— O Daniel é neto da Eleonora!

— Não!!!

— Sim! Sim, Marceline!

— Como é possível isso?! — levantou-se incrédula, caminhando alguns passos no ambiente.

— Escutei a Selena gritar, com todas as forças dos pulmões, várias vezes: "Sua avó me contou! A dona Eleonora exigiu que eu fosse atrás de você. Seja grato pelo que a sua avó fez na sua vida!" — ficou olhando-a e aguardando.

— Pode contar tudo! A senhora tem de se lembrar exatamente de tudo!

Dalva contou a maior parte do que ouviu e a filha parecia mais surpresa a cada detalhe que ficava sabendo.

— Ela falou um monte de coisa pra ele. — Mesmo já havendo contado, repetiu: — Mas quando disse que ele não era homem para encarar a realidade sóbrio... Ah! Pensei que ele fosse levantar e descer a mão na cara dela. Mas não. Depois ela perguntou que tipo de homem ele era! Nossa, Marceline!... Você não imagina o barraco que foi. Como te falei, o Daniel reagiu algumas vezes, mas ela dominava a briga.

— Como é a história de que ele foi buscar a Selena no hotel? Conta isso direito — perguntou com malícia e astúcia.

— Ele falou assim... — pensou. — Falou o nome de um cara japonês. Acho que é japonês.

— Satoshi?!

— Isso mesmo! Satoshi! — Dalva confirmou.

— O Satoshi é um diretor japonês que veio com uma equipe do Japão para instalar novos sistemas de tecnologia inovadora, que funcionou muito bem em uma empresa semelhante à nossa. É um cara posudo, simpático, bonitão e que vive na companhia da Selena. Mas nunca desconfiei de nada. Achei que sempre estavam juntos porque são diretores de tecnologia, mas... Que história é essa dela com o Satoshi no hotel dele?! Preciso de detalhes! De tudo o que puder lembrar! Conta tudo!

— Foi assim... O Daniel falou: "Ela me enganou, mentiu, fugiu, não ajudou minha mãe... Como vou perdoar à Eleonora? Minha avó! Se ela tivesse aparecido minha mãe não morreria daquela forma" Aí, a Selena falou alguma coisa e disse: "Vou embora. Se vira." Foi onde o Daniel gritou: "Por que você não mandou o Satoshi se virar?" Então ela deu uns berros, falando para nunca mais ele gritar com ela e foi aí que ele gritou assim: "Você foi para o apartamento do Satoshi e tive de ir te buscar!" — Viu os olhos de Marceline arregalados e continuou: — E a Selena gritou: "Ele me levou lá porque surtei, quando vi você beijar aquela mulher que é sua assistente!" Ele gritou que não houve beijo e falou que ela levou o Satoshi pra casa dela. Ela reagiu e falou mais ou menos assim: "Levei! Levei sim. O Satoshi ficou do meu lado, protegeu meu nome na empresa porque não deixou ninguém ficar sabendo que a diretora surtou. Surtei porque vi você beijando sua assistente, a que perdeu o brinco aqui no sofá. O Satoshi também protegeu seu nome, porque seria um escândalo saberem de você e sua assistente." Ela falou com mais detalhes, mas não sei repetir. Depois, falou que ele estava julgando a falta de coragem da avó, mas ele não tinha coragem de transferir a própria assistente. Falou ainda que tinha medo de precisar dele e ficar na mão.

— Desgraçada! Quer dizer que aquela vaca quer que eu seja transferida?! — Marceline se enfureceu.

— Então ela viu tudo mesmo. Não só achou o brinco, viu você no carro dele.

— O Daniel foi ajeitar o banco do carro, porque os manobristas sempre mexem na regulagem. Quando se curvou e abaixou a cabeça, eu me inclinei pro lado dele e simulei que a gente se beijou. Eu sabia que a Selena estava olhando, porque a vi se aproximando, mas não tive certeza de que viu o que fiz, porque, dentro do carro, tive de ficar de costas pra ela. — Gargalhou. — Então ela viu e funcionou! Mas essa história dela no apartamento do Satoshi... Isso é muito estranho.

— E ela levou esse cara para a casa dela também! O Daniel estava furioso.

— Não entendi isso direito, mãe. Vou precisar saber mais. Esse diretor foi assaltado, precisou de cirurgia e acho que ainda está num hospital. Todos foram lá visitá-lo e estão preocupados, mas não falam muito no assunto. Ele é estrangeiro, é japonês, e isso soou mal para a empresa. Roubaram o passaporte dele e isso tá dando um rolo danado. O CEO está tentando cuidar disso, mas o Satoshi precisa sair do hospital para resolver essas coisas pessoalmente.

— Por que o passaporte é tão importante?

— O passaporte é o único documento oficial aceito fora do país de origem. Não adianta eu apresentar minha identidade brasileira na França, por exemplo. Lá, minha identidade não tem valor nenhum. Preciso apresentar meu passaporte. É um documento reconhecido internacionalmente e serve como identificação quando se está fora do país de origem. Sem ele, a pessoa estrangeira terá muitas dificuldades para provar sua origem, seu período de permanência permitido no país e a que veio. O passaporte recebe um visto, que é um documento oficial emitido por um país para autorizar que um estrangeiro entre e permaneça temporariamente em seu território. Cada tipo de visto tem um requisito específico. No caso dele, certamente, é visto de trabalho. E para conseguir a segunda via desse passaporte... Vai ser complicado. Por essa razão, o CEO está agitado. Mas isso não importa. Que se danem! Quero saber o que está acontecendo entre a Selena e ele e que está deixando o Daniel irritado.

— Tudo o que ouvi, te contei. Ela ainda está furiosa com o brinco e com o beijo. Mas não falou nada das outras coisas.

— Deixei marcas na roupa dele, perfume. Até roupas minhas, a senhora deixou no apartamento dele, mas parece que ela mesma não encontrou nada. Vaca! Idiota!

— Com a maior inocência, o Daniel sempre me devolvia as roupas que eu colocava lá. Achava que iam parar nas gavetas dele, porque me enganei e iam junto quando eu passava as roupas dele. Selena nunca encontrou nada. Ela não é do tipo que fica fuçando nas coisas do namorado. Só enxerga o que tá bem na cara.

— Mãe, preciso saber mais sobre a Selena e o Satoshi.

— Também acho. Agora, que descobriu que o Daniel é neto da Eleonora!... A Selena não vai abrir mão dele, de jeito nenhum!!! A única solução é que ele dê um pé nela!

— Também acho... — Marceline ficou pensativa. — Aquela velha não tem nenhum outro parente. Ele será herdeiro de tudo!

— Eu te falei que ele era um bom partido! Mas você não deu importância e ficou correndo atrás do palhaço do Aguinaldo!

— Ah!... Não começa, mãe!

— Tirando a Selena do caminho, fica fácil pra você.

— Tenho de pensar num jeito... Preciso saber mais sobre esse diretor japonês... O que tá rolando entre eles que deixou o Daniel tão furioso?!

— Arrume alguma coisa bem comprometedora entre a Selena e o Satoshi ou até entre o Daniel e você. Um dos dois vai reagir e a Selena estará fora. — Sorriu e ainda disse: — Agora as coisas ficaram mais interessantes ainda! Já pensou?! O Daniel é herdeiro de tudo! Tudo o que aquela velha aleijada tem!

— Preciso fazer algo bem depressa, mãe... Eu ouvi o Daniel conversando com o pessoal de uma imobiliária. Saiu algumas vezes... Teve um dia que saiu por meio período e foi ao cartório de registro de imóveis. Vi anotado na agenda do celular dele. Ele também fez contato com decorador... Ai, mãe! Acho que ele comprou algum apartamento ou casa! Acho que pode se mudar daqui logo! — ficou assustada. — Como é ruim quando a pessoa não conta nada da própria vida. Ele não fala!

— Suas chances têm dias contados, Marceline!

Nádia gostava, cada vez mais, de ter visitas em sua casa, embora fossem para Satoshi. Todos se reuniam no quarto onde Satoshi estava sentado na cama, Keiko se acomodava no chão, Daniel em uma cadeira e Selena em pé.

Junto com a sua namorada, Yukio chegou para ver o primo.

Algum tempo ali, riam em conversa animada, cada um contando suas histórias e fatos interessantes.

Sem motivo aparente, alguns saíram do quarto e Yukio teve a oportunidade de ficar a sós com o primo.

Olhando para ele, Satoshi perguntou:

— Tio já sabe? — referiu-se ao namoro do outro com Talia.

— Não. Estou esperando que ele se recupere do seu golpe. Depois eu conto — Yukio riu.

— Golpe? Que golpe?

— Para ele foi um golpe tudo o que te aconteceu. Meu pai ia preparar um documento, pedindo à empresa, no Japão, para retirar você do projeto e chamá-lo de volta, imediatamente. O que você fez para impedi-lo, se estropiando todo, foi um golpe — riu alto e com gosto. Ao vê-lo sério e se recompôs. Em seguida, comentou: — Fiquei sabendo o motivo de vocês discutirem, lá na casa dele, e que o deixou tão furioso. Minha mãe me contou — olhou-o intrigado.

Sério, o primo o encarou e disse firme:

— Se sabe de algo sobre a vida alheia, guarda para você. Silêncio é sabedoria e poder. Sabedoria e poder sobre si mesmo pelo autodomínio de silenciar.

— Então é verdade mesmo, sobre seu interesse por ela?... — Yukio viu o primo ficar bem mais sério e sisudo, fuzilando-o com o olhar e respondendo com o silêncio. — Desculpe... Não quis ser ofensivo nem deixar você desconfortável — curvou a cabeça, como pedido de perdão.

— Quero ir embora o quanto antes... Só desejo estar na minha casa... Na minha casa, no meu refúgio, longe de tudo isso... — Satoshi confessou com sua voz grave e baixa, falando no idioma japonês e fechando os olhos por um instante. Em seguida, prosseguiu, na mesma língua: — Não era meu objetivo ficar por aqui mais tempo. Já tinha decidido ir embora antes do tio falar tudo aquilo, só estava esperando a implantação do último sistema e... Agora, tento entender o que a vida quer de mim para eu estar assim e desse jeito preso, mas... Tenho de preparar tanta documentação para a emissão da segunda via do meu passaporte. O Koseki Tohon vai demorar. O pai já me disse que pode até levar algumas semanas. Preciso do original aqui e... Depois... Parece que ainda preciso ir à Polícia Federal. Talvez tenha de ter identidade de estrangeiro, de um documento de identidade oficial expedido pelo governo japonês como certidão de nascimento... Não tenho certeza. As informações pela internet são confusas. Isso me preocupa mais ainda. Preciso verificar tudo pessoalmente. É tanta dor de cabeça, tanta burocracia... Preciso comparecer pessoalmente ao Consulado com todos os requisitos preenchidos e os documentos exigidos. E ainda devo esperar de duas a três semanas o passaporte... — Silenciou por alguns instantes, mas ainda confessou: — Estou esgotado... Não tenho mais nada para fazer neste país. Estou paralisado e dependente. Nem posso ir ao Consulado para resolver minha situação — pareceu, extremamente, chateado. — Estou sendo um incômodo por muito tempo, dando trabalho para pessoas que não têm nada com isso. Por mais que pense, não encontro uma maneira de sair dessas condições e me cuidar sozinho.

— Dona Nádia é um doce! Duelou com Eleonora por sua causa. Tenho certeza de que não é um transtorno para ela — argumentou no mesmo idioma e achou graça.

— Mesmo assim... Está errado. Não posso ficar aqui por muito tempo.

— É mais por causa dela, não é mesmo? Não quer ficar tão perto dela — Yukio sussurrou, em japonês, referindo-se à Selena. Sério, Satoshi ergueu o olhar lentamente e, novamente, repreendeu-o com seu silêncio. — Desculpe de novo... — pediu no idioma natal. Ficou triste consigo mesmo.

— Meu tempo no Brasil acabou. O que precisava fazer, foi feito. Quero voltar. Quero ir embora... Quero estar na minha casa... — Satoshi murmurou em japonês e fechou os olhos.

— Calma. Talvez ainda precise trabalhar a calma e o autocontrole junto de alguém que signifique muito para você — Yukio considerou. — Ninguém sabe o que está por vir.

— É difícil... É uma luta constante entre a moral e os desejos, chegando a doer mais do que esses ferimentos — olhou para si ao confessar, sempre em seu idioma natal. — Tocar com os olhos, quando a vontade é de envolver, abraçar... Não suporto mais. Quero ir embora. Só a distância trará o remédio para esse tipo de dor.

— Não agora, de imediato, porque precisa de ajuda de alguém e não pode ficar sozinho, mas, daqui alguns dias, quando estiver melhor, fique no meu apartamento. Será bem-vindo, lógico.

— Gostei da ideia e do convite — sorriu levemente. — Obrigado, Yukio. Aceito. Assim que conseguir me locomover sozinho, ficarei na sua casa.

— Quando quiser! Quando sentir que pode.

— Obrigado — curvou-se levemente, muito sério. Aquela situação o incomodava demais.

Daniel retornou ao trabalho como se nada tivesse acontecido e Eleonora esperou que a procurasse, entretanto, não aconteceu. Mas soube que o neto foi conversar com Tadashi para orientá-lo mais a respeito da instituição, o que a deixou satisfeita.

Dias depois...
Daniel planejava trazer o avô para morar com ele. Conversando com o senhor, sentiu-o temeroso, mas garantiu que seria tranquilo. Falou que logo que a sala de estar estivesse decorada, arrumaria uma empregada e o traria para São Paulo. Porém, o decorador contratado encontrou problemas e as coisas não andavam tão rapidamente como se imaginava.

Alguns dias depois...
A equipe da empresa japonesa, que estava no Brasil, retornou para o Japão, pois todo o projeto foi perfeitamente instalado e estava funcionando como previsto.
O diretor de tecnologia não pôde acompanhá-la, devido às suas dificuldades com a saúde e documentações.
Satoshi se dava muito bem com Nádia, que cuidava dele como um filho. Além disso, faziam muitas coisas juntos.
Ele ficou impressionado quando Selena foi ao apart-hotel e pegou a pequena estátua do Buda, que ele sempre carregava em viagens. Levando-a para casa, explicou para à sua mãe sobre a religião do amigo. Nádia preparou um singelo altar budista, típico do Budismo Zen: com flor, vela e incensário e colocou-o no quarto onde o rapaz estava para que fizesse suas orações. Satoshi achou aquilo de imenso respeito à sua fé e religião. Feliz, nunca saberia como agradecer.

Para passar o tempo, Nádia o ensinou a fazer crochê. Tiravam fotos do que confeccionavam, rindo muito. Aliás, os dois tinham muitas fotos e vídeos juntos, pois era algo em comum e que gostavam de fazer: registrar momentos.

Quando falava com sua mãe, Satoshi colocava Nádia para conversar com a senhora Kimiko. Embora, algumas vezes, tivesse de ser o intérprete da conversa, porque sua mãe falava mal o idioma português e as duas se davam muito bem. Falavam dos filhos e contavam algumas histórias. Para ele, era divertido e ajudava o tempo passar. Selena sempre achava graça de vê-los alegres com coisas simples, animados e juntos daquele jeito.

Selena e ele sempre conversavam sobre assuntos leves, agradáveis e animadores. Pouco falavam de serviço e quase nunca sobre o relacionamento dela com Daniel. Satoshi evitava isso ao máximo. Experimentava uma angústia torturante e o coração apertado, quando os via sair nos finais de semana, enquanto ficava ali. Quando soube que a casa nova que Daniel havia comprado estava sendo decorada e que em breve o avô do rapaz chegaria, sentiu-se ainda mais derrotado e sem total esperança. Selena deveria se casar logo e não havia nada que pudesse fazer. Tentava se convencer de que era o que tinha de ser. Os dois tinham uma história sólida e duradoura.

Quanto a ele... Desejava voltar para sua terra e procurar esquecer seus sentimentos e sua dor. Não tinha escolha e isso o torturava.

Quanto a ela, calava suas dúvidas e não tinha coragem de se manifestar. Embora o que sua mãe disse sobre o amigo gostar dela, nunca saía de seus pensamentos.

Situações empresariais estavam sendo difíceis de lidar, o que estressava Daniel demasiadamente. Foi preciso conversar com Eleonora, pessoalmente, pedindo seus aconselhamentos devido à experiência profissional e maturidade da senhora.

Ela apreciou muito essa postura do neto, pois isso os aproximava, novamente, a cada encontro. Mesmo assim, ele não comentava nada sobre sua história, sobre a história de suas vidas.

O fato de Satoshi se recuperar sob os cuidados de Nádia, incomodava imensamente Daniel. Era torturante saber que Selena voltava para casa e o tinha para conversar e cuidar. Com os dias, deixou de ir lá, para não ver alguma cena que servisse de motivação para mais raiva e contrariedade. Sentimentos intensificados pelo espírito Faustus, muitas vezes.

As semanas foram passando...

Assim que se sentiu recuperado, Satoshi decidiu sair da casa de Selena. Ele e Nádia se despediram sob lágrimas e a filha chorou junto, ao vê-los emocionados. O rapaz prometeu voltar para visitá-la, sempre que possível, antes de retornar para o Japão.

Satoshi não quis ir para o apartamento do primo, conforme combinaram. Decidiu voltar para o apart-hotel e ficar sozinho, até que toda a documentação e seu passaporte ficassem prontos, garantindo seu retorno à sua terra natal.

Naquele fim de tarde, da janela do apartamento onde estava hospedado, sentindo-se derrotado com toda aquela situação, olhava o céu de tons dourados e o sol se pondo lentamente. Sabia que, por mais que tentasse, não havia tempo para conquistar Selena.

A lembrança de seu jeito, seu riso, sua ternura e até seu dinamismo permaneceriam com ele como uma canção triste em sua mente, em sua alma. Enquanto via o sol se pôr, perguntou-se em pensamento:

"O amor é menor com a distância? A saudade o faria continuar intenso como o sinto neste momento?" — Não houve resposta.

Desejava tê-la consigo de uma forma que não conseguia entender. Ainda se questionava: — "Que estranha força é essa que me domina? Seria de alguma vida passada? Promessas feitas? Propósitos não cumpridos? Outras experiências terrenas explicariam este sentimento, este amor que rasga meu peito?" — Ouviu sua prima falar tanto sobre aquilo tudo e, agora, era a única coisa que fazia sentido.

— Força Suprema da Criação... Deus... Ajude-me... Estou angustiado e não sei o que fazer. Preciso que me guie... — Satoshi murmurou com olhar preso naquele horizonte indefinido pelo mar de edifícios.

Lágrimas deslizavam em seu rosto.

Nos dias que se seguiram, recebeu avaliação médica positiva para viajar e também pegou o seu tão esperado documento no Consulado Geral do Japão.

Experimentou um tipo de alívio e angústia.

Sabia que precisava ir, mas desejava ficar.

Encontrava-se nas proximidades da empresa, quando enviou mensagem para Selena e a convidou para almoçar. Um almoço de despedida. Precisava encontrá-la. Não se veriam mais.

Ela aceitou. Avisou seu assistente que almoçaria fora, naquele dia, e não sabia a hora que voltaria. Disse que seria ali perto, em um restaurante conhecido, com o diretor Satoshi, da empresa japonesa, que prestou serviço a eles. Não tinha nada a esconder. Entendeu que seria um almoço de despedida, pois, por mensagens trocadas em dias anteriores, ele havia falado que sua situação estava se resolvendo.

Chegando ao restaurante, lugar elegante e que não havia muita gente, ela reparou as mesas disposta com toalhas brancas e buscou, com o olhar, encontrar Satoshi.

Uma recepcionista a abordou e, educadamente, Selena avisou que já havia localizado sua companhia.

Sorrindo lindamente, olhou para a mesa no canto, junto à janela, e lá estava ele, sentado e sorrindo, timidamente, esperando por ela.

Observando-a caminhar, mais uma vez, admirou-a em silêncio. Era apaixonado por sua graça, força e inteligência, mas nunca se declarou, temendo que suas palavras não pudessem ser compreendidas nem conquistassem o seu coração.

Seu andar era a visão da beleza e da elegância. Alta e esbelta, usava um vestido azul-petróleo que abraçava suas formas com graça e distinção, chegando até os joelhos, um estilo discreto e ao mesmo tempo chamativo. Seu magnetismo acentuava sua feminilidade. Seus cabelos aloirados, presos levemente de um lado, transmitiam harmonia e sedução conforme o movimento dos fios mais claros ainda, que pareciam beijados pelo sol. Não percebeu que os olhares dos presentes se voltaram para ela e acompanhavam sua delicadeza, modos elegantes e seu andar clássico sobre o salto alto.

Como todas as outras vezes, definitivamente, era uma mulher elegante, com comportamento à altura, que transmitia e exigia respeito.

Satoshi, com sua presença marcante, muito bem arrumado e sorridente, levantou-se e a cumprimentou com um beijo no rosto, o que nunca havia acontecido, e ela se surpreendeu, mas nada disse.

O rapaz foi para junto dela e puxou a cadeira, esperando que se acomodasse. Enquanto isso, seus olhos percorreram cada detalhe de seu corpo, seus cabelos e até os lábios levemente rosados que pareciam convidá-lo para um beijo. Também sentiu a fragrância suave e fraca de seu perfume gostoso.

— Desculpe a demora... Obrigada por me aguardar — pediu sorrindo com leveza.

— Imagina... Só de você estar aqui, eu já sou feliz — confessou. Aquelas palavras tinham grande significado para ele. O que ela ignorava.

Seus olhares se encontraram e Selena se intrigou por um instante. Aquela fala, aquele jeito tinham muito de especial. Havia algo diferente na maneira como Satoshi a olhava, não sabia dizer se era cobiça ou simples admiração. Nunca o percebeu assim. Tinha algo diferente naquele dia, naquele olhar.

— Eu precisava pagar a refeição que fiquei devendo a você, pois minha blusa já foi devolvida.

— Para com isso... — invadiu seus olhos e agradeceu. — Você me protegeu de diversas formas. Não deixou que vários escândalos tomassem conta da minha vida na empresa. Obrigada. Nunca vou esquecer.

— Acredito que já me retribuiu mais do que o necessário. — Sorriu e contou: — Estou sentindo muita falta da dona Nádia. Até minha mãe pergunta por ela com frequência.

— Soube que fez vídeo chamada, várias vezes, e colocou as duas para conversarem! — Selena riu com gosto.

O garçom chegou, fizeram o pedido e voltaram a conversar.

— Minha mãe ficou muito grata e emocionada pelo que sua mãe fez por mim. Soube que dona Kimiko está preparando um presente para mandar para a dona Nádia.

— Não faça isso... Ficaremos constrangidas.

— Queremos que a dona Nádia se lembre de nossa gratidão. — Suspirou fundo e sorriu, encarando-a com olhos emocionados. — Não estou indo lá com tanta frequência, agora, à casa de vocês, porque não quero vê-la chorar quando for embora.

— Estou sabendo disso. Eu vi e ela me contou que você chora também a cada vez que vai lá — abaixou o olhar e se sentiu emocionada. Acreditou que pudesse chorar.

— Fiquei apegado a ela... Quanto a nós dois... Nós nos tornamos grandes amigos e até confidentes... — esticou a mão e colocou sobre a dela, depois a segurou e entrelaçou seus dedos aos de Selena, apertando-os de leve por alguns segundos, invadindo sua alma com o olhar. Sentiram algo indefinido, novamente. — Continuaremos grandes amigos! — enfatizou e soltou sua mão. — Estarei sempre à sua disposição.

— Obrigada... — murmurou, quase chorando.

— Fiz um convite, até então, empresarial, para o Daniel ir para Tóquio, mas não só ele. O convite se estende a você também e faço questão que levem a dona Nádia! — salientou. — Gosto tanto da sua mãe e devo muito... Não, devo a minha vida a ela. Se dona Nádia não estivesse comigo, se não se importasse com meu estado e não tivesse chamado ajuda...

— Hei! Seu ingrato!... — expressou-se com jeito engraçado, falando baixinho. — Quem não te deixou ficar sozinho, no apart-hotel, fui eu! Lembra?

— Quando eu passei mal foi a dona Nádia quem estava ao meu lado! — franziu a testa, brincando. Depois, relaxou, riu e disse: — Brincadeira... Devo a vocês duas... Ou melhor, a vocês três. O Daniel também me ajudou.

O almoço foi servido e, entre sorrisos e conversas, falaram sobre muitas outras coisas.

Assim que terminaram, Satoshi comentou:

— Estou de partida... — seu sorriso fechou e ficou encarando-a sério.

— Ah... Não gosto de despedidas — respirou fundo e olhou para baixo.

— É um até logo — falou sentido.

— Quando viaja? Quando retorna para o Japão? — indagou, agora, triste.

— No final da próxima semana — seus olhos se imantaram nela, por longos segundos.

Selena se sentiu tocada por aquela energia estranha e fugiu ao olhar.

Em seguida, comentou para quebrar aquele clima:

— Você e seus primos são japoneses diferentes — sorriu.

— Como assim? — achou graça e ficou curioso.

— Até minha mãe falou que você parece com a gente. Beija, abraça, pega na mão igual a brasileiro.

Ele riu alto.

— Ainda bem que sou diferente. Todos da minha família dizem isso. Sigo costumes, tradições, mas dou minhas escapadinhas — falou com graça e deu uma piscadinha. — Acho que nunca fiquei muito preso à minha terra. Estudei no Japão e fora dele. Conheci outras culturas e isso me fez diferente. Morei alguns anos na Inglaterra e Estados Unidos... Já viajei muito. O Brasil é o país que mais me cativa. O calor, o sol, o povo e tantas outras coisas. Se eu fosse mudar para outro país, certamente, o escolhido seria o Brasil.

— Existe essa possibilidade de se mudar para cá? — Selena ficou na expectativa.

Satoshi entristeceu e fechou o sorriso ao responder:

— Creio que não.

— É uma pena... — murmurou e ficou triste.

— Meu pai é bem mais velho do que tio Tadashi. Meu irmão mais velho faleceu e meus pais só tem a mim. Assim como o Daniel — já sabia do fato de ser neto de Eleonora, o primo Yukio havia contado —, em breve, devo assumir a empresa da família. São centenas de funcionários e a história de muitas vidas. Não posso ser irresponsável e abandonar tudo. Terei de assumir os negócios e isso me limita, impedindo que viva em outro país. A não ser que a vida mude e me impeça de fazer isso, terá de ser assim. Mas... Tudo pode acontecer. Eu já deveria estar em Tóquio, porém tudo conspirou para eu ficar mais um pouco aqui e não entendi a razão, até agora — sorriu, achando graça.

— Apesar de me conhecer bem, saber muito sobre mim... Nunca falou de você, Satoshi.

Cruzando as mãos, apoiou-as na beirada da mesa. Inclinou-se para frente, sorrindo e perguntando:

— O que quer saber sobre mim? — gostou do seu interesse.

— Ah... — fez um jeito delicado ao encolher os ombros e sorrir. — Qualquer coisa como: mora com seus pais? É casado ou já foi? Tem filhos? Sei lá... Conte qualquer coisa que tenha feito de você a pessoa que é — ficou séria, olhando em seus olhos.

— Não tenho filhos, nunca fui casado, não moro com meus pais. Caçula do casal, tenho trinta e cinco anos — sorriu de um jeito agradável. — Fui o filho rebelde, desobediente, com quem os pais sempre brigavam. Fazia tudo o que me dava na cabeça... Depois do curso superior, fui trabalhar, efetivamente, na indústria alimentícia do meu pai, onde meu irmão, o filho exemplar, já era diretor. Sempre adorei a área de informática e tecnologia. Estudei fora e aprendi muito. Fui para os Estados Unidos e fiz nova graduação. Voltei. Estudei um tempo na Alemanha... Tudo o que aprendi, implantei na empresa do meu pai. Eu e meu irmão sempre nos demos muito bem, apesar da diferença de idade. Sempre fomos muito ligados e nunca me importei por ele ser o predileto. O Hiro, meu irmão, sempre apoiou meus projetos, deu crédito ao que eu fazia... Acreditava em mim, depositava confiança nos meus ideais e vibrava com minhas conquistas. Treinávamos musculação e Karatê juntos, tirávamos kumite... — luta, combate. — E ele nunca pegou leve comigo — esboçou um sorriso, mas se calou por um instante. — Fui fazer um curso na Inglaterra e o levei junto. Seriam poucos meses. Enchi a paciência dele para que fosse... Lá, nós conhecemos duas irmãs. — Olhou demoradamente para Selena, talvez decidindo se deveria contar aquilo ou não. — Gaijin, estrangeiro, forasteiro, não japonês... Nossa família não aceitaria isso. A distância era um problema, mas venceríamos. Estávamos confiantes e meu irmão adorava a namorada dele, a Rose. Adorava mesmo aquela garota... Hiro deu um jeito e a levou para trabalhar na empresa, no Japão, e ela levou a irmã junto. Quando meu pai descobriu... — fez breve pausa. — Talvez você não entenda e não faça ideia, mas, para alguns do nosso povo, por causa da nossa cultura, isso ainda é vergonhoso e um grande tabu. Nos dias de hoje, talvez minha família seja uma das últimas que se prendam muito a isso. Para se ter uma ideia, tio Tadashi saiu daqui do Brasil e foi para o Japão para nos dar uma lição de moral, naquela época. — Silenciou por algum tempo, ficando sério e com o olhar perdido. Respirou fundo e continuou: — Foi um escândalo na família. Percebi que minha namorada não estava suportando a pressão. Fiquei revoltado pela interferência deles na minha vida e na vida do meu irmão. Ela terminou comigo e voltou para Londres. Fiquei ainda mais furioso. Saí da empresa, afastei-me dos meus pais e parentes... Meu irmão me dava apoio, ia me visitar com frequência, conversávamos bastante. Tive dificuldade com trabalho, por causa do meu pai, que arruinava as coisas e dificultava que eu arrumasse outro emprego bom. Hiro me deu muita força, financeira inclusive. Até que descobriu que, pela sugestão do tio Tadashi, nosso pai deu uma quantidade enorme em dinheiro para a minha namorada me deixar. A irmã dela contou. Nosso pai fez o mesmo com a namorada do Hiro, mas Rose não aceitou e a vida dela virou um terror. Vivemos um inferno por causa disso. Era muita pressão. Perdi dois ótimos empregos por causa do meu pai, porque meu irmão não largava a moça... Pai achou que eu deveria convencê-lo, pois éramos bem ligados. Minha família preferia me ver passando necessidade a ver um dos dois com uma gaijin. Até o dia em que encontraram o meu irmão e a namorada mortos. Ele a matou e se matou em seguida — viu Selena perplexa, mas sem se manifestar. — Os dois deixaram uma carta explicando tudo, que foi vontade dela e dele... Que... — sua voz grave embargou. Satoshi passou a mão no rosto e respirou fundo, como se aquilo tudo ainda doesse demais. Depois, prosseguiu: — No dia do cerimonial, funeral... Fui lá. Não acreditava, não achava lógico o meu irmão perder a vida por tamanha bobagem e ter tirado a vida daquela moça. Não fazia sentido para mim. Fiquei desesperado. Perdi o chão. Amava tanto meu irmão... — Esperou um instante e indagou, com voz grave e triste: — O que se deve sentir, quando a única pessoa que sempre o compreendeu, apoiou, ajudou e servia de exemplo, perde a luta contra seus demônios internos e tira a própria vida? O que fazer quando a única pessoa em quem você confia, morre? O que fazer quando não se tem mais ninguém em quem confiar neste mundo? — silêncio. — Eu gostaria de que ele tivesse falado comigo sobre o que sentia. Eu diria que existe solução para tudo, que não estava sozinho, que poderíamos enfrentar as coisas juntos... Diria que não é fraqueza procurar ajuda... — Ofereceu uma pausa, olhando par ela. — Comecei a me sentir culpado, a ideia de fazer aquele maldito curso na Inglaterra foi minha. Eu o arrastei para lá e se não fosse isso, nunca teria conhecido aquela moça... A dor de quem fica tem um peso enorme de culpa pelas infinitas perguntas que surgem. É uma dor irremediável, assombrosa, infinitamente triste... Talvez você não imagina como é — encarou-a, bem sério. — Mas eu não podia fazer mais nada. Falei muitas coisas para toda a minha família, para os meus pais e os culpei. Fiquei desesperado, louco... Minha vida perdeu o sentido. Não tinha mais propósito de viver. Bebi, enchi a cara, dormi na rua umas duas ou três noites... Fui preso pela polícia por agressão aos seguranças que meu pai mandou atrás de mim... Cada um dos parentes que me procurava, ouvia tudo o que eu tinha para falar e eu tinha muito para falar. Sou um oriental diferente. Gostaria de sumir... Fiz alguns contatos e arrumei emprego nos Estados Unidos. Minha intenção era desaparecer, largar tudo e todos, com a pretensão de nunca mais ver ninguém. Não desejaria ser encontrado, jamais. Estava me ajeitando para ir embora quando meu pai descobriu onde eu morava e me procurou. Implorou para que eu voltasse para casa, redimiu-se, pediu desculpas por tudo, chorou... Disse que minha mãe ameaçava tirar a própria vida se ele não me levasse de volta. Não ficaria sem mais um filho... Ele se ajoelhou aos meus pés e implorou. Fiquei penalizado e o abracei... Uma das raras vezes em que o abracei. Mas troquei tantos abraços com o meu irmão, que não fazia falta... Porém, com o Hiro nunca mais teria aqueles abraços... Nessas alturas, eu estava bem depressivo, sem qualquer energia. Mesmo assim, voltei. Mais por causa da minha mãe. Voltei para a casa deles. As coisas ficaram brandas e meu pai pediu para eu trabalhar na empresa, novamente. Desejaria que eu assumisse o lugar do meu irmão, que era o cargo de CEO da empresa, mas eu não quis. Só voltaria se fosse na área de tecnologia, que eu amava e dominava. Ele aceitou. Retomei minha vida e vi minha mãe se recuperando aos poucos. Em determinado momento, creio que uns três anos depois, pedi autorização para a minha mãe para sair de casa — sorriu. Sabia que ela estranharia aquela atitude de pedir permissão. — A partir daí, moro sozinho. Esse é um resumo da minha vida. É a história que fez de mim a pessoa que sou.

Ela esperou alguns minutos e, sem querer, lembrou-se de como foi difícil Daniel contar sobre sua vida, enquanto Satoshi pareceu desejar que ela o conhecesse. Então, disse:

— Acho que as experiências difíceis nos marcam com cicatrizes profundas. Principalmente, em se tratando de família.

— Selena, não existe família perfeita. Só quando amadurecemos é que entendemos isso. A família em que nascemos é aquela única, capaz de nos ajudar a crescer como ser humano.

— Concordo.

Conversaram um pouco mais e decidiram ir embora.

Na porta do restaurante, afastaram-se um pouco da entrada e ficaram na calçada conversando sob uma árvore.

— Não vou mais ver você? — Selena perguntou sem querer ouvir a resposta.

— Talvez não... Não sei dizer — sussurrou e imantou seus olhos aos dela. — Mas pode conversar comigo, ligar, mandar mensagem. Lembre-se de que sou o amigo e fico feliz só de falar com você — sorriu angustiado.

— Sim. Você é meu amigo, meu primeiro amigo.

Aquela frase tocou o coração do rapaz. Gostou de ouvi-la. Sentiu-se importante na vida dela.

Selena ficou olhando para Satoshi com carinho, sustentando um sorriso luminoso e triste. Algo indefinido.

Não se sabe se foi o brilho nos olhos verdes dela ou a tensão que pairou no ar que fez Satoshi aproveitar aquele como o último momento juntos. Talvez ainda tivesse a esperança de que o destino traçasse um novo rumo para a sua vida, de forma diferente da que ele mesmo enxergava.

Ele sentia que tinha de tomar uma iniciativa, mas que não a chocasse.

Então, num impulso, Satoshi se aproximou, abraçou-a forte como se aquela fosse a última vez e mesmo assim quisesse abrigá-la em seu peito, como se pudesse levá-la junto quando partisse. Nunca mais poderia fazer isso. Envolveu-a em seus braços e ela recostou em seu peito. Ele beijou sua cabeça sem que visse ou sentisse.

Selena correspondeu ao abraço apertado e não segurou as lágrimas que deslizaram em seu rosto, que não estava mais sorridente.

O abraço foi demorado, de alguns segundos eternos.

Ao se afastarem um pouco, ele lamentou com seu jeito típico:

— Ooouuuuhhhh... Que é isso?... — murmurou num sopro e sorriu com carinho. Segurou seu rosto com as duas mãos, passando os polegares delicadamente em sua pele para secar suas lágrimas.

Ficou envergonhada.

Afastaram-se.

Ela respirou fundo, recompôs-se e ergueu-se.

Ficando na ponta dos pés, rapidamente, deu-lhe um beijo no rosto.

No mesmo instante, ele retribuiu o beijo no rosto.

— Obrigada — murmurou.

— Obrigado, você também. Até breve... — sua voz grave sussurrou.

— Até... — seus olhos marejaram, novamente, cintilando entre lágrimas que não rolaram.

Satoshi sorria levemente. Pegando suas mãos, afastou-se de costas até a ponta de seus dedos se soltarem.

Selena não queria ir embora, mas precisava.

Deu alguns passos e ainda olhou para trás e ele estava lá, esperando-a sumir. Acompanhou-a com o olhar desejando registrar aquele momento, sem fotos, somente na alma.

CAPÍTULO 38

LÁGRIMAS SILENCIOSAS

Quando Selena chegou à sua casa, sua mãe estava muito satisfeita com as lindas orquídeas que Satoshi enviou.

— Semana passada mandou uma cesta de café da manhã. Hoje, recebi orquídeas — Nádia dizia, toda alegre.

— Almocei com ele hoje e soube que a mãe dele, lá no Japão, está preparando um presente para mandar para a senhora, por gratidão por ter cuidado dele — sorriu um sorriso triste e não quis ser notada.

— Isso é típico de mãe mesmo. Ela não precisava ter essa preocupação. Nem ele. Fiz de coração. Saber que vai embora e nunca mais a gente vai se ver de novo é tão triste — quase chorou, mas sorriu.

— O Satoshi tem um comportamento diferente de qualquer um da equipe dele. Sabe influenciar pessoas, mexer com o ambiente e deixá-lo positivo. Todos ganhamos ânimo e energia com a presença dele. Vai fazer falta. É uma pena — falou em tom triste e a mãe percebeu. Em seguida, decidiu: — Vou tomar banho. Estou bem cansada.

— E o Daniel? — Nádia quis saber.

— Não o vi hoje. Sei que está conversando bastante com a dona Eleonora, por conta de trabalho. Isso é muito bom, né? Aproxima os dois — ofereceu um sorriso cansado e se foi.

Selena já havia jantado e estava sentada à mesa, de frente para sua mãe. Mexia no celular e a senhora perguntou:

— O que aconteceu? — sua voz soou suave e com um tom de piedade.

A resposta demorou.

— Ah, não sei, mãe... — fez fisionomia de choro.

— Lua... Eu te conheço bem... Sabe sim.

Demorou um tempo para a filha comentar:

— Hoje, quando a gente se despediu... Eu e o Satoshi... Ai, sei lá, mãe... Senti uma coisa... Uma tristeza sem fim. Não queria... — não terminou de falar e caiu no choro.

— Aconteceu alguma coisa entre você e o Satoshi? — perguntou com delicadeza.

— Não! Claro que não!

— Vocês conversaram sobre esses seus sentimentos?

— Não sou louca, né, mãe? O que o Satoshi vai pensar de mim? — encarou-a, mesmo tendo lágrimas deslizando em sua face, que secou com as mãos.

— O Satoshi gosta de você. E se ele estiver esperando uma chance para dizer isso? Você é compromissada. Ele sabe que o Daniel comprou uma casa e está falando em casamento. O Satoshi é respeitoso e não seria louco de dizer algo que o comprometa ou complique sua vida. Acho que ele espera uma atitude sua. Se você não der o primeiro passo...

— Não fala isso, mãe. Não posso estar confusa. E não percebi nada. Ele não dá em cima de mim, nunca deu. Foi somente hoje, no almoço, que senti um olhar diferente, um jeito diferente... — respirou fundo, soltando o ar ruidosamente pela boca.

— E se você conversar com o Satoshi sobre estar confusa. Decerto, ele vai se abrir também e vão tirar todas as dúvidas.

— Para, mãe... Não posso fazer isso. Acho que fiquei influenciada pelo que a senhora me falou sobre ele gostar de mim, um tempo atrás.

— Lua, você ama o Daniel ou se acostumou a ele? — indagou em tom bondoso.

Selena parou e pensou um pouco antes de responder:

— A verdade é... Já fui muito apaixonada pelo Daniel, mas a falta de posicionamento dele, as dúvidas que deixou por causa de algumas coisas... Dei crédito, mas isso me decepcionou e não sei se confio mais nele e... Acho que os sentimentos estão se dissolvendo e não conversamos sobre isso. Ele não fala, nunca sei o que está pensando... Gostaria de não ter dúvidas sobre o que faz longe de mim. Mas ele não melhora, não cresce nem amadurece. A assistente dele ainda está lá, toda plena, mesmo ele sabendo que não gosto dela! Não sei se me sinto segura com o Daniel, por falta de posicionamento dele. Fico imaginando o que está fazendo longe de mim... Se eu precisar, não sei se posso contar com ele... — quase chorou.

— Você gosta do Satoshi a ponto de acreditar nele porque ele te transmite confiança? Acaso olha para ele e sente segurança? É o tipo de pessoa com a qual pode contar quando mais precisar? Aquela para quem ligará a qualquer hora e ela estará disposta a ir aonde você estiver? Aquela pessoa que está disposta a te ouvir e ajudar, que se preocupa com o que sente?

A filha a encarou e respirou fundo, não sabia responder.

— Mãe... A família dele é tão diferente. Os costumes deles são tão complicados. A cultura é tão exigente. Existem tantas barreiras, que acho impossível um relacionamento entre a gente, e o Satoshi sabe disso. Mesmo gostando de mim, não poderá abrir mão das tradições, da cultura, dos pais e até do país, por isso está indo embora sem falar nada para mim sobre os seus sentimentos. É uma cultura onde não serei aceita. Acho que, se ele gosta, não poderá ficar comigo. Entende?

— Mas ele é um homem maduro e de atitude. Tenho pra mim que ele gosta de você, Lua. Ele é capaz de muita coisa e não vai esperar aprovação de ninguém, caso tenha certeza de que você gosta dele. Ele está esperando você se manifestar. É isso.

— O Satoshi está de partida e não há nada que eu ou ele possamos fazer. O que me angustia, mais ainda, é que... — encarou sua mãe e perguntou: — Como posso ficar com alguém, pensando em outra pessoa? Como?! Estou fazendo o que mais repudio? Estou traindo o Daniel? Será mesmo que estou confusa ou somente agora enxergo quem é o Daniel e... — não completou.

Nesse momento, Selena escutou o tilintar do celular, que fez o aparelho vibrar várias vezes. Ela o pegou e viu que eram mensagens de Daniel. Abriu e olhou as várias fotos que o namorado enviou, todas de uma vez. As fotos eram dela e Satoshi. Não expressavam a realidade, insinuavam situações e muita proximidade. O exato momento em que suas mãos estavam entrelaçadas sobre a mesa, foi uma das primeiras. Abraçados fortemente na calçada, Satoshi acariciando seu rosto, mas não aparecia a lágrima, ela na ponta dos pés beijando seu rosto.

Aquilo existiu, mas não daquela maneira e também outras que foram montadas, manipuladas, sem nenhuma veracidade.

Daniel só enviou as fotos. Não escreveu, absolutamente, nada.

— O que foi, Lua? Você está pálida!

— Mãe... Alguém armou pra mim... — murmurou com lágrimas escorrendo em seu rosto.

— Do que está falando? — preocupou-se.

— Disso... — mostrou.

— Meu Deus, Selena! Isso foi verdade? Você e o Satoshi?!...

— Não, mãe! Dei um beijo no rosto dele, mas ele não beijou minha boca não, mãe! Não ficamos assim desse jeito não! Algumas são verdadeiras, mas as outras... E agora?! Como separar a mentira da verdade?! Como explicar que as fotos verdadeiras não significam o que mostram? A gente não se beijou na boca, mãe!

— Calma. Precisa esclarecer isso. É melhor chamar o Daniel aqui.

— Ele nem vai olhar minhas mensagens nem atender a ligação. Veja, só enviou as fotos, não escreveu nada! Ele deveria ter vindo aqui, olhar nos meus olhos, mostrar e querer saber o que foi isso, mas não! Enviou por mensagem! É imaturo! Esqueceu? Vou até lá!

— Não, filha. Pensa direito... Nem é bom você dirigir nervosa assim.

— Vou lá sim, mãe. Preciso me trocar — estava de pijama. — Vou conversar com o Daniel e chamar o Satoshi pra desmentir tudo isso!

Muito nervosa, Selena se trocou. Tremia enquanto as imagens e o silêncio de Daniel não saíam de sua cabeça.

Abalada, pegou seu carro e foi para o apartamento de Daniel.

— Eu não queria te mostrar isso — dizia Marceline sentada no sofá ao lado de Daniel. — Mas achei que precisava saber. — Colocou mais uísque no copo e ofereceu a ele. — Faz tempo que o pessoal da empresa comenta sobre os dois. Eles têm almoçado juntos, saem e se divertem em horário de expediente. Só pararam depois que ele sofreu aquele assalto e foi para a casa dela. Acho que, morando sob o mesmo teto, ficou mais fácil... — Passou a mão em sua nuca e perguntou: — Você está bem? — não houve resposta. — Daniel?

— Quem mais sabe sobre essas fotos? — ele indagou com voz lenta.

— Somente eu — murmurou com voz doce. — Não seria capaz de mostrar a ninguém.

Ele olhou o celular e viu que Selena não lhe respondeu e Marceline percebeu isso.

— Ela não tem como se defender disso. Está pensando em algo para justificar, mas... Esquece isso. Vem cá... — tentou puxá-lo, mas o rapaz resistiu.

Devido ao efeito da bebida e os pensamentos presos nas fotos, não percebia a manipulação de Marceline. A intensa energia negativa espiritual, que recebia de Faustus, perturbava Daniel ainda mais, deixando sua mente bem confusa.

Jamais gostou de Satoshi ao lado de Selena, mas nunca conseguiu provar nada que comprometesse a sua namorada.

Começou acreditar que aquilo foi uma trama dele para que Selena caísse e aconteceu.

Selena tremia aflita ao descer do carro. Não parava de ensaiar, mentalmente, sobre o que dizer para desmentir tudo aquilo.

No condomínio onde o namorado morava, subiu as escadas sem saber como chegou tão rápido ao quarto andar.

Na frente do apartamento, respirou fundo e, de imediato, viu a porta aberta, só encostada e achou estranho.

Empurrou-a lenta e silenciosamente, deu dois passos inaudíveis, sem ser vista.

O ambiente era pequeno e de conceito aberto. Da porta de entrada, tinha total visão da cozinha e, na sequência, da sala de estar.

Não tinha como não ver Daniel sentado com os cotovelos nos joelhos e as mãos cruzadas na frente do corpo. Ao mesmo tempo, sentada ao seu lado, Marceline acariciava sua nuca e o seu rosto. Passando a mão por seus cabelos, fazia-lhe carinhos.

— Vem cá... — Marceline falou com voz meiga, puxando-o para si.

Ao se inclinar, Daniel cedeu ao beijo, mas, imediatamente, afastou-se ao ver a namorada parada, observando tudo.

Uma onda fora do comum percorreu o corpo de Selena e o choque a paralisou por um momento, até que ele se levantou rápido e a chamou:

— Selena?!

Ela se virou e correu sem parar, até chegar ao carro. Uma energia estranha, ruim a dominava. Tremia e sentia algo esquisito acontecer consigo. Não sabia dizer como ligou o veículo e saiu às pressas, dirigindo mecanicamente, sem saber para onde ir.

Estava em choque. Só pensava em não voltar para casa daquele jeito nervosa e deixar sua mãe preocupada.

A cena que presenciou não saía da sua cabeça. Lembrou-se de seu pai beijando outra mulher dentro do carro, enquanto ela e sua mãe assistiam da calçada.

Ver Daniel permitir-se ser acariciado, puxado para os braços da outra e ainda beijar Marceline na boca, destruía sua alma.

Quantas vezes aquilo aconteceu sem que ela soubesse? Ele deveria tê-la respeitado. Por que dizia que a amava e fazia planos para se casarem? Até falou em levar sua mãe para morar com eles, pois sabia que se davam bem.

Uma viatura da Polícia Militar percebeu algo errado, quando viu que seu veículo permaneceu parado em um semáforo aberto para o trânsito fluir e todos os outros carros buzinando atrás.

Uma policial desceu da viatura que parou atrás. Aproximando-se da porta, bateu no vidro e pediu para ela abaixá-lo.

— Boa noite — a policial notou algo errado. — A senhora está bem?

— Não sei... — ergueu a cabeça que estava debruçada no volante. — Não sei o que tenho... — forçou-se responder, murmurando.

— Está passando mal?

— Acho que sim... — tornou, sem olhar direito para ela.

— Desliga o carro — pediu. Abriu a porta e a observou. — Vamos chamar a emergência.

— Não, por favor... — disse com a voz trêmula. Com dificuldade, desceu do automóvel.

Outro policial estacionou o veículo de Selena, devidamente, tirando-o do meio da rua e também a viatura, liberando o trânsito. A policial a levou para a frente da viatura, depois de pedir e olhar seus documentos. Em seguida, avisou:

— Vamos chamar uma ambulância para levá-la ao pronto socorro.

— Não, por favor. Acho que é uma crise nervosa e vai passar — esfregou as mãos no rosto. — Eu vi... — chorou. — Eu vi... — não conseguia completar.

— O que a senhora viu? — a policial perguntou com jeitinho, sem imaginar a resposta.

— Eu vi meu namorado com outra no apartamento dele... Estamos decorando a casa para casar e ele estava com a outra...

— Entendo... — disfarçou a indignação. — Tem alguém para quem possa ligar? Um parente? Amigo?...

— O Satoshi... O amigo... — murmurou e chorou.

— Aqui está o celular dela — o outro policial entregou o aparelho que estava no banco do carro.

Selena não conseguia mexer no aparelho. A outra moça pegou o celular de suas mãos e falou enquanto procurava o nome na lista de contatos:

— Satoshi... Satoshi... Onde você está?... — encontrou o nome, ligou e passou o telefone para ela.

Ao ser atendida, Selena começou chorar e não conseguia falar nada, deixando Satoshi desesperado.

A policial pegou o aparelho e explicou a situação para o amigo, dando-lhe o endereço.

Algum tempo depois, um táxi parou no local. Ele e outro homem desceram.

Satoshi se apresentou como amigo e foi até Selena, que estava em choque.

Embora a noite estivesse quente, ela tremia.

— O que foi? — o rapaz perguntou baixinho, colocando a mão em seus ombros. — Hein?... — Curvou-se para ver seus olhos.

— É melhor levá-la para um lugar tranquilo e seguro. Ela viu algo que a deixou em choque e talvez não conte nada agora — recomendou a policial. — Esses homens!... — murmurou baixinho, de modo quase inaudível.

— Selena, eu não posso dirigir no Brasil. Não sou habilitado aqui, por isso trouxe comigo um dos manobristas do hotel. Falei que era uma emergência. Então, vamos. Ele precisa voltar logo.

Selena olhou para Satoshi, indefinidamente, e se lembrou das perguntas de sua mãe: "Acaso olha para ele e sente segurança? É o tipo de pessoa com a qual pode contar quando mais precisar? Aquela para quem ligará a qualquer hora e ela estará disposta a ir aonde você estiver?" Agora, sabia responder.

Sem dizer nada, deixou-se conduzir por ele. Satoshi agradeceu aos policiais e se foram.

No apart-hotel, levou-a para o apartamento e a fez se sentar no sofá.

— Toma um pouco de água — ofereceu e a amiga aceitou. Quando retirou o copo de suas mãos, perguntou: — Quer conversar? — não houve resposta. — O que aconteceu? — silêncio.

Observou-a longamente. Já a tinha visto daquela forma. Sabia que precisava de tempo.

O telefone dela tocou, várias vezes dentro da bolsa, mas não se interessou em atender.

De repente, Selena se inclinou, deitando-se no sofá e encolheu as pernas. Assim, ficou com o olhar perdido, com lágrimas escorrendo pelos cantos dos olhos.

Dessa vez, Satoshi acreditou ser algo bem mais sério para ficar tanto tempo em silêncio.

Pegando uma mantilha, delicadamente, cobriu-a. Sentou-se no chão, frente a seu rosto e a viu fechar os olhos, que continuaram derramar lágrimas silenciosas. Com leve carinho, afagou seus cabelos tirando alguns fios de sua face pálida.

Era madrugada quando Selena se remexeu e o amigo acordou assustado. Ele estava sentado no chão, com a cabeça encostada no sofá, onde ela deitava.

— Selena?... — chamou-a baixinho.

Viu-a se sentar vagarosamente. Olhando-o, teve uma crise de choro. Acomodando-se ao seu lado, puxou-a para si. Experiente, sabia que cada um reage muito diferente diante de situações estressantes.

O choro forte a dominou por bastante tempo e ela o abraçou com força. Quando acalmou, o amigo insistiu:

— Preciso saber o que aconteceu. Estou ficando nervoso — falou muito calmo.

— Perdoe-me por te ligar tão tarde... Mas não tinha para quem recorrer e você é meu único amigo...

Pegando sua bolsa, buscou o celular e mostrou as fotos.

— O que é isso?! — assustou-se. — Tem muita montagem! E o que não é, não representa a verdade! — levantou-se e olhou novamente as imagens, nervoso e incrédulo.

— Foi ele que me mandou. Não tive chance de responder.

— Por isso está assim?! Não! Vamos conversar com o Daniel, agora! Vou com você e vamos resolver essa situação!

— Não... Nada mais importa.

— Isso não é verdade, Selena. Essas fotos vão complicar a vida de vocês, se eu não fizer nada. Vamos lá agora na casa dele!

— Foi o que fiz, logo depois de receber tudo isso. Entrei no apartamento e encontrei o Daniel e a Marceline. Ela o acariciava com jeito sedutor... Ele aceitando... De repente, ela o puxou e se beijaram na boca.

— O quê?! — perguntou com voz baixa, quase incrédulo.

— Não consigo deixar de ver a cena. Não sai da minha cabeça. E não adianta me dizer que estou enganada, que havia reflexo no vidro... Não... — dizia pausadamente, como que anestesiada. — Eu vi, Satoshi... Os dois se beijaram na boca — encarou-o. — Ele fez planos, comprou uma casa linda, que está sendo decorada, pediu minha ajuda, minha opinião para ficar do meu gosto... Mas... Por que fez isso?... Por que me destruiu dessa forma?... Ele sabia que eu não iria aceitar... — ficou com o olhar perdido.

Satoshi sentou-se do seu lado, novamente. Muitos pensamentos percorreram sua mente. Não sabia o que dizer ou fazer e arriscou a falar:

— Sinto muito. Sinto muito mesmo. — Longo tempo e perguntou: — Ele viu você? Sabe que o viu com a Marceline no apartamento?

— Viu... Ele me viu sim e gritou meu nome quando me viu... Saí correndo, peguei meu carro e não sei para onde fui... Só me dei conta quando os policiais me pararam... Nem sei como aconteceu. Depois você chegou. — Contava em tom pausado, calmo e angustioso. — Ai, Satoshi... O Daniel não deveria ter feito isso comigo... Tá doendo tanto... — chorou, sentida.

— Calma... — abraçou-a, agasalhando-a em seu peito e lhe fez carinho. Desejava que aquela dor passasse.

— Se ele tivesse terminado comigo, estaria tudo bem. As coisas já não estavam boas entre a gente... Deveria ter terminado e nem me falado o motivo... Estaria tudo bem... Mas ele me traiu...

— Não fica assim... Essa dor vai passar.

O celular tornou a tocar, porém Selena ignorou. Deixou-se envolver por ele por longo tempo. Precisava de um abraço, precisava se sentir acolhida, precisava daquela proteção. Era como se estivesse cansada de ser forte.

Quando se separou do abraço, ele a fez se recostar em almofadas. Afastou-se e retornou com uma caneca de chá, entregando nas mãos dela.

Acomodou-se ao seu lado e respeitou seu silêncio.

O celular tocou e a moça se lembrou:

— Pode ser minha mãe... — pegou o aparelho. — Mãe?...

— Selena! Onde você está a essa hora?! Filha!...

— No apart-hotel com o Satoshi, mãe... — chorou, não conseguiu conter as emoções.

O rapaz pôde ouvir a voz de Nádia e sabia que senhora estava desesperada, porque Selena não falava nada e só chorava.

— Dá aqui... — pegou o celular de suas mãos. — Dona Nádia, sou eu.

— Satoshi, pelo amor de Deus! O que aconteceu?!

— Fica calma. Ela está aqui comigo. Está segura. Acabou de brigar com o Daniel e ficou nervosa e eu a trouxe para cá. Escutando a Selena chorar é difícil acreditar, mas confia em mim. Está tudo bem.

— O Daniel ligou para mim. Ele também não sabe onde ela está e não contou o que aconteceu.

— Ele ligou, mas ela não atendeu. Certamente, não ligou para mim, porque troquei de número. Não deve ter. Por favor, não conte nada sobre a Selena estar aqui, dona Nádia. Não é um bom momento para eles conversarem.

— Posso falar com ela? Não estou gostando dessa situação. Quero ouvir minha filha.

— Claro... — Virando-se para a amiga, pediu com bondade: — Fala com a sua mãe. Fala alguma coisa. Ela está preocupada. Precisa ouvir sua voz.

— Mãe... — murmurou chorando ao pegar o celular. — Eu tô bem, mãe... — chorou.

— O que aconteceu, Lua? — perguntou em tom bondoso, tentando parecer calma.

— Ai, mãe... No apartamento, eu peguei o Daniel e a Marceline se beijando, mãe... Agora não me enganei... — chorou. — Tenho certeza do que vi...

— Ooooh, Selena... Não é melhor você vir pra casa, filha?

— Não tô bem pra dirigir e o Satoshi não é habilitado pra dirigir no Brasil... Tá de madrugada...

— É verdade... Filha, não fica assim. Você é forte e capaz. Já superou tanta coisa! Vai superar tudo isso também. Não se deve viver de migalhas nem aceitar sofrimentos desse tipo. Tome distância de qualquer pessoa que te diminua. Fique longe de quem não te valoriza. Não é errado ir embora e seguir em frente. Erga sua cabeça, Selena! Chora tudo o que tiver de chorar agora. Aproveita o ombro amigo. Chore hoje, mas erga sua cabeça amanhã. Você não pode paralisar, precisa enfrentar e tomar o que é seu, seja: sua paz, sua dignidade, sua honra, sua autoridade. Isso sim é tudo seu, porque conquistou, se empenhou para conseguir. O resto... São pessoas ou situações que não cabem mais na sua vida.

— Tá bom, mãe...

— Selena, tenho muito orgulho de você, minha filha! A vida não vai esperar você ficar bem, então, erga a cabeça, o quanto antes! Você não fez nada errado. Se alguém errou, não foi você.

— Tá bom, mãe... — falou sentida, tentando parecer forte.

— Fica com Deus. Que Ele te abençoe. Agora, deixa eu falar com o Satoshi — Nádia pediu.

Selena passou o telefone.

— Dona Nádia?...

— Só não estou mais preocupada de ouvir minha filha assim, porque sei que está aí. Meu filho, confio em você, Satoshi. Cuida da minha filha, por favor.

— Nem precisava pedir. Dou minha palavra que cuidarei bem dela e agradeço a confiança que a senhora tem em mim.

— Me dê notícias, assim que puder.

— Está certo. Dou sim.

— Boa noite, Satoshi. Que Deus te abençoe.

— Obrigado. E a senhora também.

Desligaram.

Virando-se para ela, perguntou:

— Quer deitar na cama? Eu fico no sofá.

— Não — murmurou. — Eu fico aqui... — seus olhos pareciam suplicar companhia.

— Eu fico aqui também — o rapaz sorriu levemente e continuou ao seu lado. Sobrepôs o braço em seu ombro e a puxou para si.

Sabia que Selena escondia sua insegurança atrás de uma fachada de força, mas, naquele momento, aquela era ela, mostrando-se como realmente era: uma mulher sensível, que desejava abrigo e acolhimento.

Para Satoshi, essa vulnerabilidade oculta a tornava ainda mais cativante. Desejava protegê-la, cuidar dela.

Nesse momento, envolvendo-a com um abraço, sentiu uma esperança indefinida e não sabia o que pensar.

Quando a claridade invadiu a sala, Satoshi estava dormindo, recostado no braço do sofá. Na mesma posição, Selena inclinada sobre ele.

Abrindo os olhos, pareceu ter esquecido o lugar em que se encontrava. Demorou alguns segundos para recordar a realidade e o motivo de estar ali, na sala do apart-hotel onde o amigo se hospedava.

Sentiu o corpo totalmente dolorido ao se remexer. Talvez o nervoso a deixasse rígida.

Sentou-se esticando as pernas. Olhou para ele, que dormia, e o cobriu com a mesma mantilha que tirou de cima de si.

Foi ao banheiro e ao retornar, viu-o despertar.

— Bom dia — falou com voz baixa.

— Bom dia. Você está melhor? — ele quis saber.

— Estou.

— Mentirosa — falou como se brincasse, querendo quebrar a tensão.

— Tenho de enfrentar essa situação e o quanto antes melhor.

— O que vai fazer?

— A coisa certa. Terminar com ele. Por mim, já está tudo acabado. Só vou oficializar, para que não reste dúvida alguma.

— Não vai dar uma chance para ele se defender?

— Se defender do quê?! Explicar o quê?! — enervou-se e quase chorou. — Eu vi! E não tenho a menor dúvida do que vi.

— Calma... Eu sei — foi até ela e a envolveu. Sentiu que poderia fazer isso, agora.

— Só quero parar de chorar, primeiro — abraçou-o e chorou. Depois de se afastar, disse: — Quero ir pra casa e conversar com a minha mãe. Ela sempre me dá muita força e ânimo quando estou pra baixo. Ela me dá tanta coragem e energia...

— Lembre-se de que pode encontrar o Daniel lá na sua casa.

— Ele não se atreveria! — ficou zangada.

— Eu vou com você, Selena. — Pensou e decidiu: — Vamos fazer assim: vou tomar um banho, porque preciso acordar. Tomamos café aqui no hotel e depois vamos para sua casa. Se ele estiver lá, eu tento controlar a situação e até explicar sobre as fotos.

— Não tenho nada para explicar sobre foto nenhuma! Terminamos! Não devo nenhuma satisfação. Se falar em foto, ficaremos com uma conversa sem fim. Não tenho mais nada para conversar com ele. Só vou dizer que acabou.

— Selena, preciso que me prometa uma coisa — olhou-a firme.

— O quê?

— Não briga. Não discuta. Mantenha a classe que sempre vi em você e admiro muito — ele pediu pensando que, se a situação entre ela e Daniel ficasse acalorada e uma discussão surgisse, ele interferiria para defendê-la. Isso não seria conveniente. Não naquele momento.

— Não pretendo brigar. Só vou dizer que terminamos. Ninguém deve explicações para ninguém. Eu sei o que vi. Ele sabe o que fez.

— Certo. Confio em você.

CAPÍTULO 39

A PROTEÇÃO DE UM AMIGO

Em companhia de Satoshi, Selena foi para casa. Entraram e ela estranhou ao sentir o cheiro de algo queimando.

Correram para a cozinha. Ela desligou o fogo da panela e saiu à procura de Nádia. Embora preocupada, chamou-a com voz macia:

— Mãe?... Mãe?...

Assombrou-se ao vê-la caída no quarto.

Satoshi pegou a senhora nos braços, colocou-a no carro e foram para o hospital.

Horas depois, o médico foi conversar com Selena:

— Foi um aneurisma.

— Não... — sussurrou. Satoshi, atrás dela, segurou-a pelos ombros ao senti-la balançar.

— Sinto muito. Ela ficará monitorada. Está sedada neste primeiro momento. Outros exames serão realizados para sabermos e estudarmos a possibilidade de tratamento ou cirurgia.

Algumas perguntas foram respondidas, mas nenhuma delas aliviou a dor de Selena.

A orientação foi de que não adiantaria ficarem no hospital e Satoshi, vendo-a abatida, decidiu que deveriam ir para casa.

No caminho, o amigo imaginou que a casa de Nádia seria visitada por Daniel, certamente. Querendo evitar qualquer confronto, naquele momento, resolveu:

— Vamos passar na sua casa. Você pega algumas roupas e vamos para o apart-hotel. Faremos seu registro como hóspede e não como visitante, e ficará comigo o tempo que precisar.

— Não estou conseguindo pensar... — seus singelos olhos verdes e tristes suplicaram abrigo e ela confessou: — Não quero ficar sozinha.

— Eu penso por nós dois. Confia em mim. Não ficará sozinha. Prometi para a sua mãe que cuidaria de você.

Passaram na casa de Selena, que arrumou uma bolsa com roupas e foram para o hotel.

Havia momento em que a amiga permanecia calada, olhar distante, sempre com expressão triste, abatida.

Seu brilho havia se apagado e uma nuvem de dor a envolvia em silêncio profundo. Em raros momentos, chorava como se precisasse extravasar a energia cruel da dor.

Satoshi só ficou ao seu lado.

Era tarde da noite, quando o amigo perguntou:

— Sinto que preciso contar ao Yukio o que está acontecendo. Você me permite?

— Faça como quiser. Vou tomar banho... — levantou-se e foi para o banheiro.

O rapaz ligou para o primo e contou sobre toda a situação, inclusive a respeito de Nádia estar internada e Selena no hotel, junto com ele.

— O que você acha? Devo ir aí? — o outro perguntou.

— Ela está extremamente sensível. Melhor não. Talvez fique constrangida. Mas é bom que você saiba sobre a dona Nádia. Era mais sobre isso que queria avisar.

— Devo ligar para o Daniel? — Yukio indagou, preocupado.

— Ele que começou toda essa confusão. Está procurando pela Selena desde ontem. Se ele quisesse a sua opinião ou falar com você, creio que já teria ligado. Como seu amigo, deveria ter pedido a sua opinião de como proceder depois de receber as fotos e não aceitar conselho daquela... — não completou.

— Tá certo. Mas... Amanhã encontro vocês no hospital. Vou lá. Concorda?

— Vou falar com a Selena. Depois aviso por mensagem.

Despediram-se.

Quando ela retornou à sala, disse com voz abafada:

— Esqueci de ligar para os meus irmãos... Como foi acontecer isso?

— Liga agora! — incentivou-a com voz branda. — Vou tomar banho e você fica à vontade.

— Não me importo que você ouça. Só achei estranho eu esquecer... — estava atordoada.

— Selena... — ficou à sua frente e a fez encará-lo. — Não se cobre tanto. O que vivenciou, nas últimas horas, foi e está sendo tenso. Ligue para eles e não fale que esqueceu. Não precisa. Diga que estava no hospital e só teve tempo e lugar tranquilo agora.

— Tá bom... Mas não vou contar sobre eu ter terminado com o Daniel. Podem me fazer perguntas...

— Respeite a sua vontade. Não quer, não conta.

Selena conversou com seus irmãos e os deixou a par da situação da mãe.

Era madrugada...

Satoshi, no quarto, em frente ao seu altar budista, fazia suas orações.

Insone e preocupada com a saúde de sua mãe, Selena também orava, sentada no sofá da sala.

Inesperadamente, o celular tocou e ela se sentiu gelar. Rapidamente, atendeu:

— É Selena? Filha da senhora Nádia?

— Sim... — estremeceu.

— Precisamos da presença da senhora, aqui no hospital, dona Selena.

— Minha mãe?... — não teve coragem de perguntar, mas deduziu.

— Sentimos muito, dona Selena — disse a voz comovida, do outro lado.

Ela não conseguiu ouvir mais nada. Dando um gemido de dor, curvou-se sobre as próprias pernas e chorou.

Satoshi chegou apressado e entendeu o que havia acontecido. Foi para junto dela e pegou o aparelho. Falou com a pessoa e desligou.

Sentando-se ao seu lado, afagou-lhe as costas e ouviu seu choro.

Algum tempo depois, em pranto, ela ligou para os irmãos e avisou-os.

Roberto morava no Canadá e estava com dificuldade para conseguir um voo. Lá era inverno e já fazia dois dias que os aeroportos estavam fechados e todos os voos cancelados devido a neve.

Renato morava em Araraquara. Sua esposa encontrava-se nas últimas semanas de gravidez. Mesmo assim, avisou que estava vindo para São Paulo de carro.

Satoshi achou melhor ela não dirigir e foram para o hospital de táxi.

Por desconhecer os procedimentos, o amigo chamou Keiko e Yukio para ajudar Selena.

Os primos auxiliaram em tudo e avisaram outras pessoas.

Durante o velório, o irmão de Selena chegou com a esposa. Eles se abraçaram forte e choraram muito. Em dado momento, Renato fez vídeo com o outro irmão no Canadá, para que visse a mãe pela última vez.

Choraram muito.

Daniel foi avisado e compareceu. Estava verdadeiramente triste. Quando foi até Selena, ela se virou e saiu de perto. Não quis conversar com ele.

Eleonora, Tadashi e sua esposa estiveram presentes e lamentaram o fato.

Mesmo a distância, o tio observava o sobrinho com contrariedade.

Já era noite e o silêncio reinava na cozinha da casa onde Nádia e a filha residiam. Após o enterro, reuniam-se em torno da mesa: Yukio e a namorada, Keiko, Renato e sua esposa.

No quarto, Satoshi levava chá para a amiga.

— Onde está o Daniel? — o irmão de Selena perguntou. Achou estranho o namorado da irmã não estar ali, apoiando-a.

— Parece que brigaram — Yukio respondeu.

— Mas num momento como este, ele deveria estar aqui.

— Brigaram feio — tornou o rapaz, tentando não dar detalhes.

— Desculpa eu perguntar, mas... Vocês são?... — estava atordoado quando foram apresentados no velório e não se lembrava.

— Eu trabalho com a Selena e o Daniel na mesma empresa. Além disso, somos muito amigos. Esta é minha namorada Talia e esta é Keiko, minha irmã.

— E aquele lá?... — apontou para o quarto sem se virar e não viu Satoshi, que estava voltando, quase atrás dele.

— Sou o amigo — respondeu e se curvou levemente.

— Ele é nosso primo — Yukio contou. — É diretor em uma empresa japonesa, que prestou serviço para a nossa, aqui no Brasil. O Satoshi foi assaltado. Ficou todo arrebentado. Precisou de cuidados e a Selena o trouxe para cá. Foi a dona Nádia quem cuidou dele. Ele já tinha passado por dois hospitais, mas não ficou bem. A sua mãe percebeu que tinha algo errado e o socorreu. Se não fosse a dona Nádia, ele teria morrido por causa da costela quebrada que perfurou seu pulmão e nenhum médico percebeu. Precisou de cirurgia de emergência e passou muito mal. Como ele tinha brigado com nosso pai, mesmo precisando, não quis ficar na casa do tio e a dona Nádia se prontificou a cuidar dele, aqui na casa dela.

— Bem típico da minha mãe — falou entristecido. — Por telefone ela me contou, mas... — não completou, dizendo que não se lembrava.

— Sou muito grato a ela e sua família. Se não fosse por sua mãe, provavelmente, eu teria morrido — Satoshi se curvou mais demoradamente, como uma reverência de gratidão.

Renato se emocionou. Não sabia o que dizer. Respirou fundo e olhou para a esposa. Depois avisou:

— Não vou poder ficar aqui. Devemos ir logo que o dia clarear. O bebê está para nascer. Ela nem deveria ter vindo, mas é teimosa. Em Araraquara, já temos hospital, o médico que fez o pré-natal e tudo pronto para o parto. Aqui, não temos nada. Deixa amanhecer e a Lua acordar, que vou falar com ela pra ir com a gente. Não será bom minha irmã ficar sozinha.

— Lua? — Talia perguntou.

— É o apelido da Selena — Renato contou, sem se alongar.

Quando clareou, Selena não aceitou o convite do irmão para ir com ele, mas prometeu visitá-los assim que o bebê nascesse.

Keiko, o irmão e sua namorada se despediram, decidindo ir.

No decorrer da manhã, amigos e vizinhos chegaram e se foram. Mas, foi Satoshi quem ficou ali com ela o tempo inteiro.

Eleonora e Tadashi também a visitaram.

O senhor olhou para o sobrinho com ar de reprovação, por sua presença ali sozinho com ela, mas não disse nada e se foi sem conversarem. Ele, assim como todos, com exceção de Yukio, ignorava o que havia acontecido entre Selena e Daniel.

Era noite, quando o amigo decidiu:

— Vamos para o hotel. Lá você terá tranquilidade e teremos comodidades. Poderá se alimentar sem se preocupar em preparar nada. Aqui, ainda terá muita movimentação, amanhã e depois.

— Não sei se devo... — titubeou, atordoada.

— Selena — esperou que olhasse. — Serei franco. É complicado eu ficar aqui sozinho com você. No apart-hotel, não receberemos visitas. Entende? Outras pessoas da empresa podem vir visitá-la e vão falar se eu continuar aqui, sem meus primos ou tio. O problema não sou eu, o problema é a forma como vão olhar para você depois, principalmente, o Daniel. Se vocês terminarem, dirão que foi por minha causa, por estar tão próximo de você.

— Já terminamos. Não existe o se.

Nesse momento, escutaram um barulho. Daniel tinha a chave do portão social, assim como o controle remoto do portão da garagem e ela se lembrou disso.

Permaneceu sentada à mesa da cozinha, esperando-o entrar.

A porta estava aberta e mesmo assim, ele bateu levemente no batente para se anunciar.

Selena o encarou, friamente, sem expressão alguma.

— Boa noite — Daniel murmurou.

— Boa noite — Satoshi respondeu. Ela não.

— Sinto muito por sua mãe, Selena — a voz de Daniel embargou. — Sabe que gostava muito dela e... Tentei prestar meus sentimentos no velório, mas não quis falar comigo. —

Silêncio. Estava sem jeito e envergonhado. Talvez a presença do outro o incomodasse. Temendo alguma discussão, que a deixasse mais estressada, tentou falar com jeitinho: — Selena... Precisamos conversar — Daniel pareceu implorar.

— Não temos nada para conversar. Está tudo acabado entre nós — ela falou em tom brando e claro, olhando em seus olhos.

— Não é assim... Me deixa explicar. Eu também preciso de explicações suas. — Silêncio. Incomodado, virou-se para Satoshi e pediu firme: — Você pode nos dar licença?!

— Não! — negou no mesmo tom e continuou com os braços cruzados, em pé e encostado à pia, encarando-o.

— Preciso conversar com ela. Você está me atrapalhando!

— Isso não é um problema meu — tornou Satoshi olhando-o do mesmo modo.

— Lógico que é! Depois que vi as fotos de vocês juntos, trocando carinhos e beijos, o que queria que eu pensasse?! Fiquei nervoso! Maluco! Perdi o controle!

— Sempre achei você inteligente e esperto, Daniel. Só agora estou vendo o quanto é imaturo. Como conseguiu cair no golpe daquelas fotos? Como se permitiu ficar em companhia de pessoas desse nível? Como conseguiu descer tanto?! — Satoshi perguntou com ironia. — Quem deu aquelas fotos a você é gente da pior espécie! Nada daquilo condiz com a realidade! — foi firme.

— E o que condiz com a realidade?! Encontrar você aqui, agora, sozinho com ela pode explicar muito, não acha?!

Calmo, controlando as emoções, Satoshi perguntou:

— Se eu não ficasse, quem mais ficaria? Está vendo mais alguém aqui?! Esse deveria ser o seu lugar, mas não. Preferiu acreditar em quem lhe deu aquelas fotos a ouvir as explicações de quem já conhece o caráter e já lhe perdoou outras vezes. Estou aqui com a minha amiga, retribuindo um pouco do que recebi da senhora, mãe dela. E não vou sair de perto dela, até que esteja melhor.

— Satoshi! Se eu pudesse, eu... — foi interrompido.
— E por que não pode?! — enfrentou-o, erguendo-se. Descruzando os braços, foi à sua direção.
— Parem vocês dois!!! — Selena gritou, surpreendendo-os. — Vão embora! Quero ficar sozinha! — estava chorando.
— Eu não vou sair daqui — tornou o amigo, com extrema calma. — A última vez que falei com sua mãe, ela me pediu para cuidar de você. Cumprirei minha promessa até eu partir. Não vai se livrar de mim.
— Selena! Precisamos conversar! — Daniel exigiu, perdendo o controle.
— Não temos nada para conversar. Entenda que tudo terminou entre nós. Agora, por favor, vá embora, mas, antes, deixa a chave do portão social e o controle remoto do portão da garagem.
Daniel enfiou a mão no bolso e jogou a chave sobre a mesa. Virou as costas e saiu.
— Por favor, Satoshi... Leva a chave e abre o maldito portão para ele sair e pega o controle remoto, que deve estar no carro dele.
O amigo obedeceu.
No portão, Satoshi viu Daniel entrar no carro e pegar o controle. Com raiva, não entregou na mão do outro, mas o jogou no chão, dentro da garagem.
Aproximando-se, falou com rancor:
— Aconteceu o que você mais queria, não é mesmo?!
— Minha consciência está tranquila. Não movi um único dedo para separar vocês — continuou firme, encarando-o sério.
— Vou conquistar a Selena de volta. Aguarde!
Entrou no carro e não esperou qualquer argumentação.

CAPÍTULO 40

A FÚRIA DE SELENA

Ao entrar, Satoshi decidiu:
— Não pode mais ficar recebendo visitas indesejáveis. Se seu irmão estivesse aqui, eu ficaria tranquilo. Também não posso ficar para não complicar a sua vida. De forma alguma vou deixá-la aqui sozinha. Pegue mais roupas e vamos para o apart-hotel.

Sem pensar, Selena obedeceu.

Lá, ela ficou apática, sentada e encolhida no sofá, com uma mantilha que ele a cobriu.

Ao seu lado, Satoshi estava inquieto, pensando no que fazer.

Provavelmente, depois de um ou dois dias ela iria querer voltar para sua casa e ele não poderia ficar com ela. Precisava fazer alguma coisa para não se distanciar e não a comprometer.

Pegando o celular, pesquisou e planejou algo que não comentou.

Na manhã seguinte, avisou:

— Vamos para Campos do Jordão — município na Serra da Mantiqueira, no estado de São Paulo.

— O quê? — confusa, estranhou.

— Vamos para Campos do Jordão. Não é tão longe e me pareceu um lugar bonito. Não conheço, mas acho que fará bem a você.

— Minha mãe morreu, Satoshi. Respeite o meu luto — pareceu zangada.

— O luto não está à sua volta. Está em seu coração. A sua casa não é um lugar bom para ficar. Aqui, muito menos. Por quantos dias ficaremos trancados nesses míseros metros quadrados? — não houve resposta. — Tem uma semana de licença e eu uma semana para partir. Agora, entendo por que a vida me fez ficar aqui no Brasil. Foi para ficar ao seu lado. Vamos para essa cidade. Já reservei um hotel na serra com linda vista. Prometem silêncio e tranquilidade. É ideal para você, neste momento. — Vendo-a titubear, pediu antes que pensasse muito: — Vai! Vamos fazer as malas.

Selena obedeceu.

Satoshi ligou para Yukio, avisando sobre sua viagem com Selena e pediu segredo. Ninguém deveria saber onde ela estava.

Assustado, o primo reclamou:

— Se não quer que ninguém saiba, por que contou pra mim?!

— Se algo acontecer, alguém precisa saber onde estamos. Esse alguém é você.

— Você e suas doideiras, cara! Você e suas inovações, sempre. Poderia sossegar!

— Yukio, agora entendi o porquê da vida me querer aqui, do porquê precisei ficar. Ela precisa de ajuda, de alguém ao lado.

— E sentindo o que sente por ela, é incapaz de se negar, né? — Não houve resposta. — Tá bom... O Daniel é meu amigo, mas tudo bem... Não contarei nada pra ele nem pra ninguém. Mas, manda notícias.

Chegaram ao hotel na região serrana. Selena percebeu que o quarto era conjugado e ficou olhando.

— Achei que seria melhor quartos com portas conectadas, tendo entre eles a saleta e o banheiro. Pode travar a porta do seu lado, quando preferir. Mas... Se não concordar, posso pedir que nos mude para dois quartos comuns — o amigo falou em tom bondoso.

— Está tudo bem... Vamos ficar aqui — ela murmurou, abatida e abalada.

— É que não quero deixar você sozinha — explicou-se, comovido, ao seu lado.

— Obrigada.

Ela quase não falava e ele respeitava isso. Estava muito triste e Satoshi entendia seus momentos de silêncio ou choro.

O ar fresco da região enchia os pulmões de novas vibrações, mas não acabava com a aura melancólica que envolvia Selena como uma nuvem pesada.

Satoshi a envolveu em alguns poucos instantes, porém não demonstrou seus sentimentos verdadeiros nem o desejo de tê-la mais próximo.

No quinto dia, longe dela, o rapaz fez vídeo chamada para seu pai, explicando, parcialmente, o que acontecia, conversando no idioma japonês.

— Não posso voltar agora. Estou viajando, em outra cidade. Não estou em São Paulo.

— O que aconteceu? — com serenidade, o senhor Kaito quis saber.

— A senhora que cuidou de mim, a dona Nádia, faleceu. Selena, sua filha, não está bem e não tem quem cuide dela — contou outras coisas.

— Sentimos muito — o senhor falou respeitoso e bem sério.

— Faleceu? Oooouuuhhh... Que dor... — disse a mãe, muito triste. — E a filha dela?

— A Selena está péssima, muito abatida e deprimida. Ela e a mãe eram muito próximas, muito amigas. Pretendo ficar aqui mais um tempo, até ela se recompor um pouco. Um irmão mora em outra cidade bem longe e o outro no Canadá. Não tem parentes próximos. Quero retribuir o que dona Nádia fez por mim.

— Precisa voltar logo, sabe disso. Você tem uma semana a mais para ficar aí — decidiu o pai.

— Dez dias, por favor — tornou o filho, como se pedisse.

— Sim, Satoshi. Você tem os dez dias que nos pede — a mãe afirmou, olhando feio para o marido. — Diga a Selena que lamentamos. Fale sobre nosso pesar.

— Falarei, mãe — abaixou a cabeça.

— Ela está com você, aí? — o pai quis saber.

— Está — não deu detalhes e esperou alguma reação negativa, mas não houve.

— Pedirei à assistente que remarque sua passagem para daqui a dez dias. Ela fará contato com você — disse o senhor.

— Está certo, pai. Em dez dias estarei embarcando de volta.

— E seu tio? — o senhor perguntou.

— Eu o vi no funeral e quando fez a visita de condolências à Selena.

— Se precisar de algo, fale com ele ou me ligue.

— Certo, pai — abaixou a cabeça.

A mãe conversou um pouco mais com o filho, depois se despediram.

Selena chegou ao quarto e ouviu o final da conversa, mas não entendeu nada. Surgindo, vagarosamente, indagou com voz fraca:

— Eram seus pais?
— Sim — ele sorriu. — Ficarei no Brasil por mais dez dias.
— Por quê? Não está com passagem comprada?
— Preciso ficar — falou sério, encarando-a sem expressão. — A assistente vai remarcar minha viagem.
— Por que está fazendo isso? — sua voz soou desanimada.
— Não sei qual a extensão do problema se aquelas fotos se espalharem e não quero que fique em situação complicada sem mim por perto. Só eu posso desmentir tudo aquilo e para isso preciso ficar.
— Como se fossem acreditar em você... — tornou com grande desalento. — As pessoas acreditam no que elas querem e são capazes de acrescentarem mais coisas que não existem, só para ver o outro em situação mais difícil ainda.
— A dona Eleonora vai acreditar em mim — sentiu-se seguro.
— Provavelmente, estou com os dias contados naquela empresa — seus olhos marejaram. — É uma pena... Gosto do que faço e não é um bom momento para eu mudar de emprego.
— Tadashi não é injusto. Ele é duro, mas não injusto. Vai separar as coisas, vai mandar investigar e descobrir quem fez aquilo, se eu o pressionar.
— De que forma você o pressionaria? Além disso, esqueceu-se do Daniel? — deu leve sorriso de deboche. — Ele ficará com raiva de mim e aquela sem-vergonha vai fazer a cabeça dele.
— Calma... — levantou-se de onde estava e foi até ela.
— Calma nada. A fofoca será sem fim, se aquelas fotos se espalharem. De qualquer forma, vou ter de sair de lá.
— Por isso, vou ficar. Vamos ver o que acontece. Vou pensar em alguma coisa — colocou a mão em seu ombro e a olhou com carinho e piedade. Depois, perguntou: — E quando a vida voltar ao normal? Ficará sozinha naquela casa?

— Não pensei sobre isso. Ainda dói... — Seus lindos olhos verdes se afundaram em lágrimas e sua voz diminuiu de volume: — Preciso falar com os meus irmãos. Aquela casa foi um presente nosso para a nossa mãe. Ela se esforçou tanto para dar aos filhos profissões decentes, estabilidade, confiança... Sempre nos apoiou e nos incentivou. Tirou de si para dar para nós e... Quando começamos a trabalhar e nos estabilizamos, o Renato teve a ideia de comprarmos uma casa boa e encontramos aquela, que ela gostou tanto... — lágrimas silenciosas deslizaram em seu rosto. — Temos tantas lembranças ali de nós quatro... Depois, de nós duas...

— Ooouuuuhhhh... Vem cá — falou mansamente e a abraçou. — Não quis fazer você chorar. Só queria saber como e onde vai ficar.

— A culpa não é sua... Vou chorar de qualquer jeito, sempre que me lembrar da minha mãe... Se as lágrimas não escorrerem no rosto, certamente, vão escorrer no coração...

Ao retornarem para São Paulo, Selena voltou ao trabalho.

A expectativa do primeiro dia na empresa foi grande.

Embora bem arrumada e elegante, percebia-se um grande abatimento em seu olhar, em suas expressões e em seu esforço em se demonstrar bem.

A recepção de sua equipe e de outros colegas foi muito afetuosa. Apesar de sorrir com o carinho que recebia, não quis dar muita atenção, pois sentia vontade de chorar e expressar sua dor.

Daniel a chamou em sua sala e conversaram sobre trabalho. O tempo inteiro, viu-a séria, sempre com olhar baixo, para não o encarar.

Após expor o que precisava, ele perguntou com voz terna:

— Como você está?

— Bem, na medida do possível.

— Selena... Precisamos conversar sobre nós.
— Se não há mais nada sobre a nova plataforma... Tenho de ir agora.
— Por favor, Selena... Não foi o que você entendeu.
Levantando-se, pediu com voz fraca:
— Com licença — virou-se e se foi.
Selena percebeu que a assistente de Daniel não era mais Marceline. Havia outra mulher em seu lugar. Não ficou curiosa para saber se ela tinha sido demitida ou transferida. Estava triste demais pela morte de sua mãe e nada mais importava. Também se sentia muito magoada com ele. O ex-namorado sabia que ela não admitia ser traída, enganada. Se não a queria, poderia ter dito. A lembrança do brinco encontrado, do ocorrido na garagem e do beijo que viu no apartamento dele ainda visitavam sua memória.

Aquele primeiro dia foi sem novidades. Todos pareciam poupá-la de desafios.

À noite, Satoshi a chamou para jantar, mas ela não aceitou. Preferiu voltar para casa e ficar sozinha.

No dia seguinte, o rapaz, que era seu assistente, bem aflito, procurou-a para conversar:
— Dona Selena...
— Sim, Douglas — olhou-o e ficou esperando.
— Desculpe-me, mas... Tem uma coisa que precisa ver. — Ela não entendeu aquele nervosismo e ele contou: — Tem fotos circulando na rede interna e diz respeito à senhora. São estas — mostrou-lhe um tablet que a diretora pegou, já com as mãos trêmulas.

Eram as fotografias dela e Satoshi, que Selena já conhecia.

Sentiu seu corpo tremer inteiro. Ficou paralisada por um instante, mas, em pensamento, deu ordens a si mesma para enfrentar aquela situação. Não poderia ficar parada sentindo-se vítima. Precisaria se defender, defender a posição e imagem que tanto preservou. Lembrou-se do que sua mãe falava, recordou as últimas palavras que ouviu dela: "Erga a cabeça, Selena!... Você não pode paralisar, precisa enfrentar e tomar o que é seu, seja: sua paz, sua dignidade, sua honra, sua autoridade. Isso sim é tudo seu, porque conquistou, se empenhou para conseguir. O resto... São pessoas ou situações que não cabem mais na sua vida." ...e aquilo a encheu de energia. Não se permitiria paralisar. Não naquele momento em que precisava se defender.

Nervosa, com o tablet nas mãos, levantou-se sem dizer nada e foi para a sala de Daniel.

A nova assistente tentou detê-la, mas não adiantou e Selena entrou sem se anunciar.

Tadashi e Daniel se surpreenderam e a olharam com estranheza, devido ao grau de sua alteração.

— O que pode me dizer sobre isso?! — entrou falando duramente. Andando em sua direção, estendeu o tablet para o diretor de operações e ficou aguardando.

— O que é isso?... — Atrás de sua mesa, ele perguntou, timidamente, olhando as fotos com estranheza.

— Estão na rede de intranet da empresa — ela respondeu secamente.

— Querem conversar a sós? — Tadashi perguntou, preparando-se para se retirar.

— Não, senhor! Preciso que o senhor fique, por favor! — tornou ela quase chorando, com seus lindos olhos verdes afundados em poças de lágrimas. Respirando fundo, decidiu contar: — Não existe mais nada entre mim e o Daniel. Desde antes da morte da minha mãe, terminamos. Por isso, não precisamos conversar em particular. Até porque o que está se espalhando pela rede interna de empresa, além de ser mentira, é de responsabilidade dele e da empresa também!

O CEO estendeu a mão para pegar o tablet para ver e entender o que estava acontecendo. Com sentimento indefinido, Daniel entregou.

Tadashi olhou as fotos uma por uma. Respirou fundo e ficou sem expressão. Insatisfeito por ver seu sobrinho Satoshi em todas elas. Controlado, pediu pausadamente:

— Um de vocês dois pode explicar o que é isto, exatamente?
Firme, controlando sua raiva, Selena decidiu explicar:
— Desculpe, diretor Tadashi, por eu precisar expor a minha vida pessoal para explicar algo que aconteceu e que envolve a empresa e outros funcionários. Como o senhor sabe, eu e o Daniel namoramos sério. Aconteceu de ele ir morar no mesmo prédio da assistente Marceline. Acho que o senhor sabe. Depois disso, nosso relacionamento começou a ter problemas.
— Que problemas? — Tadashi perguntou sério.
— Encontrei um brinco da Marceline no sofá do apartamento dele e os vi dentro do carro dele, na garagem da empresa e... Juro por Deus, que os vi se beijando.
— Isso não aconteceu! — Daniel reagiu.
— Não posso afirmar, mas tive essa impressão. Nesse dia, passei muito mal na garagem e o diretor Satoshi me socorreu. Alguém o chamou para me ajudar... Nem sei como ele foi parar lá. Aconteceu do Daniel passar a ter ciúme, mas posso garantir ao senhor que o diretor Satoshi nunca, nunca passou dos limites profissionais. Sempre foi extremamente educado e decente comigo! — ressaltou. — Por motivos que o senhor sabe, o diretor Satoshi recuperou-se da cirurgia na minha casa. Minha mãe cuidou dele. Antes mesmo de se recuperar, totalmente, ele retornou para o apart-hotel, cuidando de sua saúde e documentos, com a intenção de ir embora o quanto antes. Alguns dias atrás, o diretor Satoshi estava aqui perto, por conta de suas documentações, e me convidou para almoçar. Aceitei e almoçamos em um restaurante aqui perto da empresa, um lugar bem conhecido e não escondi isso de ninguém! Antes de ir, contei para o meu assistente e dei detalhes. Não tinha nada a esconder! — ressaltou firme. — Fomos a um local público! Ele veio se despedir, pois iria embora na próxima semana. E foi só o que aconteceu. Naquela noite, essas fotos foram mandadas pelo Daniel, para o meu celular. Elas não representam a verdade! Isso não aconteceu! Boa parte delas é montagem! — expressava-se duramente. — Após receber as fotos, não achei que mensagem

seria um bom meio de conversar e fui até o apartamento do Daniel para conversarmos cara a cara. Lá, no apartamento, entrei e vi a Marceline e o Daniel sentados no sofá. Ela fazia carinhos nele e o puxou e se beijaram. — Respirou fundo e controlou o nervosismo. — Pelo fato do diretor Satoshi ter ficado na minha casa, sob os cuidados da minha mãe, ele se tornou um amigo da família. Depois de ver o Daniel beijando outra mulher, eu mostrei essas fotos para o Satoshi. Somente ele poderia desmentir tudo isso. Ele quis falar com o Daniel, afirmar que era mentira, mas minha mãe passou mal na manhã seguinte e morreu — lágrimas deslizaram em seu rosto e sua voz embargou. Respirou fundo e prosseguiu com a mesma firmeza: — O senhor pode se perguntar: "O que isso tem a ver com a empresa?" E eu vou explicar. Após o enterro da minha mãe, deixei claro para o Daniel que rompemos definitivamente. Retornei para o trabalho e meu assistente me entregou essas fotos. Percebi que a dona Marceline não está no lugar dela. Então é óbvio que, se não foi o diretor Daniel, foi a assistente Marceline quem expôs essas fotos na rede. — Viu-o franzir a testa, indignado. — Tudo isso é mentira! Embora tenha ótima qualidade, existem montagens! Pode mandar averiguar! Agora, alguém pode dizer como eu fico?! — exigiu duramente. — Como devo me comportar?! Esta empresa, e nenhuma outra em que trabalhei, não pode dizer nada sobre meu comportamento nem minha moral! Mas, e agora?! Eu exijo que a companhia tome alguma providência! Isso é assédio moral! É violência caracterizada por meio de situações vexatórias de perseguição, que causam humilhação, constrangimento e ofensa à dignidade do trabalhador, inclusive, diante da equipe. Ninguém tem o direito de me diminuir ou de me desestabilizar no ambiente de trabalho, causando abalos emocionais ou físicos. Seja de quem for, isso é conduta abusiva que não vou tolerar dentro ou fora desta empresa! Se o senhor não fizer nada, vou recorrer à Justiça!

Tadashi olhou para Daniel, cobrando uma explicação.

— Lógico que não fui eu que expus essas fotos na rede da empresa! — falou em tom grave. — Sempre respeitei a Selena e não seria agora, por termos rompido, que faria uma coisa dessa!

— Onde está a assistente Marceline? — o CEO quis saber.

— Foi ela quem me passou essas fotos — Daniel confessou nervoso. — Quando se deu conta da confusão que causou, pediu férias. Não veio trabalhar desde então... Sua demissão já está pronta para quando voltar. Ela se aproveitou da situação...

— Ela se aproveitou?! — interrompendo-o, Selena forçou um riso irônico. — Eu engoli a história do brinco, do suposto beijo no carro, que você enfiou na minha cabeça que foi reflexo do vidro! Mas eu vi, diante dos meus olhos, ela se aproveitar da situação e você beijá-la no sofá do seu apartamento! Vi você recebendo carinho, se recostando nela! Vi tudo, Daniel! E quer saber?... Eu já estava farta da sua imaturidade! As coisas já não estavam boas entre nós... Você só me deu um motivo para terminar logo — falou mais baixo.

— Ela estava ali porque foi me mostrar as suas fotos com o Satoshi! Acredite! Fiquei nervoso! Insano! Eu já estava muito furioso com o Satoshi porque ele gosta de você, Selena!

— Mentira sua! Ele sempre me tratou com muita educação e muito respeito!

— Não é mentira! Ele afirmou isso na minha cara, naquele dia em que fui buscar você no quarto dele no apart-hotel! Você nem imagina o que conversamos no *hall* desse hotel! Ele falou na minha cara!

— Mentira sua, Daniel! E mesmo se fosse verdade, o fato de ele gostar de mim não te dava o direito de me trair com a Marceline.

Tadashi, assombrado, acompanhava a briga olhando para um e para outro, sem dizer nada.

— Não te traí com ninguém!!! — berrou. — Eu estava furioso com as fotos! Comecei a beber! Caí na armadilha dela!

Não dei importância ao que ela fazia! Só pensava em como você fez aquilo! Justo você que me pediu fidelidade! Só agora me dei conta de que ela armou essas fotos! Mas você não quis me ouvir, tentei conversar, mas...

— No dia do enterro da minha mãe, você queria conversar sobre isso?!!! Você não tem noção?!

— Selena! Isso tudo foi trama da Marceline! Ela pegou férias antes mesmo de conversarmos! Não podemos nem informar a demissão! — Daniel saiu de trás da mesa e foi para o lado onde estava Tadashi em pé. Estava ofegante e descontrolado. — Selena! Presta atenção!... — Nesse instante, o rapaz parou de falar. Empalideceu e levou uma mão ao peito. Olhou para os lados e procurou uma cadeira, sentou-se e deixou o corpo cair para trás. Seu rosto ficou pálido e seus lábios sem cor.

Selena e Tadashi se surpreenderam. Alguma coisa estava acontecendo.

— Daniel... — ela chamou, preocupada, com voz baixa.

— Daniel? — Tadashi se aproximou e o segurou pelo braço. Virando-se para ela, pediu: — Chame ajuda.

Assustada, saiu à procura de alguém.

Daniel foi socorrido no hospital.

Keiko foi chamada pelo pai para acompanhar o que ocorria.

Nervosa, Selena se encontrou com Satoshi, no horário de almoço, e contou o que aconteceu.

Encarando-o, agora, não sentia que o rapaz pudesse ter qualquer outro interesse nela. A forma como a tratava era totalmente amigável e até profissional. Não viu interesse em seu olhar ou atitudes. Por essa razão, decidiu não contar que Daniel afirmou que o amigo gostava dela. Talvez aquilo fosse mentira. O ex-namorado desejava encontrar algo ou alguém para transferir a culpa e tirar a atenção do que fez de errado.

Não seria conveniente dizer nada disso ao Satoshi e estragar a amizade.

— Depois disso, teve alguma notícia dele?

— Não. Pedi ao Yukio para avisar sobre qualquer novidade — ela falou.

— Ainda bem que ele se deu conta de que a assistente foi manipuladora e armou tudo. Acreditou nele quando contou que bebeu e não deu atenção ao que ela fazia?

— Acho que isso não importa mais, Satoshi — invadiu seus olhos.

— Por quê? — interessou-se, queria ter certeza do que ela falava.

— Ele não foi fiel a mim desde quando percebeu os problemas que surgiram entre nós por causa da Marceline e não se afastou dela. Não soube dizer não a ela e a mãe. Continuou ignorando meu incômodo com a situação e não fez nada. Só pensou nele. Que homem é esse? Poderei contar com seu apoio quando eu precisar? — encarou-o. Não houve resposta. — Agora, quer culpar a bebida? — Esperou um instante e lembrou: — Uma vez, uma pessoa me disse: "Onde a bebida entra, a verdade sai." — viu-o esboçar um sorriso e abaixar o olhar. — Se formos culpar a bebida alcoólica por tudo, muitos não irão para a cadeia, afirmando que matou e a culpa é do álcool que bebeu e o embriagou. Mas quem levou o copo à boca foi ele mesmo.

— Mas... Você não gosta dele?

— Gosto como pessoa conhecida, não além disso. Não desejo seu mal. Como parceiro, só no trabalho e... — não completou. Ficou com o olhar perdido. Depois, com um brilho no olhar, explicou tranquilamente: — Não conseguiria viver com um homem indeciso e imaturo ao lado. Não suporto a ideia de desconfiança, de ter de ficar de olho para ver se tem outra mulher na nossa vida... Não, não... Não aceito isso. Não tenho tempo para isso. — Longo silêncio. — Sabe, Satoshi... Não existe amor quando conhecemos uma pessoa. No primeiro instante, nós nos encantamos por alguém, nós nos apaixonamos. À medida que vamos convivendo e conhecendo quem temos ao lado esse sentimento muda. É puramente normal que a paixão termine um dia. Quando a paixão chega ao fim ou se transforma em amor ou ela acaba mesmo, evapora e a pessoa se afasta. Amor é respeito. Amor é querer estar junto independente da alegria ou da tristeza que possam viver, independente da aparência física, que muda com os anos. Amor é algo leve, é rir juntos de coisas bobas, é conversar bastante e contar sonhos, alegrias, tristezas e fazer planos em qualquer idade... E mais, é querer ouvir tudo o que o outro tem para dizer com atenção e carinho. A paixão não tem nada disso, ela só é exigente. O amor é bobo, é alegre, é divertido, é tedioso e monótono, mas também tranquilo e gostoso pela paz que proporciona, pela segurança garantida... Podemos brigar ou discutir, mas, com bom senso, chegamos a um ponto em comum, algo bom para os dois. Quando um não entende o outro, quando um invalida a dor do outro, invalida os sentimentos, não dá créditos à alegria ou aos sonhos... É egoísmo, é desrespeito, é a paixão dizendo que não me importo com você. Só te quero junto para minha satisfação, alegria, contentamento pessoal...

Com as mãos cruzadas e apoiadas na beirada da mesa, ele ouvia com atenção cada palavra e refletia sobre a mensagem que ela lhe passava. Resolveu não dizer mais nada sobre aquilo. Havia planejado sondá-la, averiguar a possibilidade de falar sobre o que sentia, mas decidiu calar. Percebeu-a ainda sentida. O rompimento com Daniel, a morte de sua mãe, o escândalo com as fotos... Ainda estava abalada. Tudo aquilo a machucava e era bem recente. Não desejava pressioná-la ou deixá-la ainda mais confusa.

Precisava esperar, embora não lhe restasse muito tempo.
Sentiu-se inseguro, coisa rara.
Qual seria o melhor momento para dizer o que sentia por ela?
Selena parou de falar e o silêncio pairou por longos minutos.

— E quanto às fotos? Como ficam? — preocupado, indagou com sua voz baixa e grave, com seu sotaque gostoso de ouvir.

— Não sei... Por onde eu ando, lá na empresa, todos me olham... — seus belos olhos verdes ficaram nublados. Estava magoada. — Sei que estão falando de mim. Isso me tortura, machuca e... Justo eu que sempre procurei preservar minha imagem — riu com ironia.

— Eu vou à empresa conversar com meu tio e com dona Eleonora.

— Melhor não... Deixa quieto — havia uma tristeza indefinida em seu tom de voz.

Nesse momento, o telefone de Satoshi tocou. Ele pediu licença. Atendeu, ouviu e só respondeu:

— Sim, senhor — desligou. Voltando-se para ela, sorriu e falou: — Vai ficar tudo bem.

CAPÍTULO 41

A CHEGADA DO SENHOR RUFINO

No hospital, ao lado do leito, Keiko explicava:

— Os exames estão normais, Daniel.

— Como assim? O que é isso que estou sentindo? É algo estranho — estava preocupado. — Parece que vou morrer. Tem uma coisa no meu peito e tenho a impressão de que meu coração vai explodir a qualquer momento. Tem um negócio na minha garganta. Estou apavorado — falou baixinho, controlando o desespero.

— Você está vivendo uma crise de pânico. É isso.

— Como faz para isso parar? É desesperador! — murmurou, constrangido.

— Devido ao estresse, à ansiedade, o seu corpo liberou vários hormônios que provocam esse tipo de sintomas.

Daniel se sentou e ficou olhando para o próprio corpo coberto por um lençol.

O espírito Faustus gargalhava e se divertia com a situação:

— Você vai morrer, desgraçado! Vai se desesperar! — influenciava, colocando a mão em suas costas, impregnando-o de energias incompatíveis.

— Eu vou morrer! — Daniel murmurou aflito, levando a mão ao peito.

Keiko ficou mais próxima, tocou suavemente em seu braço, esfregando-o como se mostrasse apoio e disse:

— Calma... Não vai morrer não. — O rapaz a olhou e viu seu sorriso bondoso. — Vai ficar tudo bem.

— Sai daqui!!! Japonesa dos infernos!!! Suma!!! Vou acabar com você!!!

Mas Keiko não o ouvia nem sentia. A aura que a rodeava, conquistada por suas vibrações e preces elevadas, não deixava as impregnações inferiores atingi-la. Era uma mulher superior, de espiritualidade sublime. Quando sentiu que as energias de Faustus pudessem importunar o momento, o mentor dela se aproximou e intensificou as vibrações superiores que a circundavam.

Assustado com aquele brilho que não sabia de onde vinha, o espírito Faustus se afastou.

— Daqui a pouco tudo isso vai passar. Estou aqui com você, Dan. Olha para mim — pediu. Temeroso, ele desviou o olhar. — Vamos respirar juntos, tá bom? Agora, inspire profundamente — encheu os pulmões, mostrando a ele como fazer. — Expire bem devagar. Faça novamente... Estou aqui com você e vamos enfrentar isso juntos. Respire bem fundo e bem devagar... Agora, solta o ar lentamente... — Repetiu as respirações algumas vezes. Depois, perguntou com voz tranquila: — Está sentindo um alívio?

— Acho que sim... — encarou-a sério, mas envergonhado. — Por que isso? O que causou isso?

— As causas da crise de pânico são uma combinação de fatores físicos, psicológicos e ambientais, variando de pessoa para pessoa. É raro, mas pode haver uma predisposição genética pela alteração nos neurotransmissores. A crise de pânico, geralmente, está associada a distúrbio de ansiedade, estresse, trauma... Situações de vida difíceis, eventos estressantes, traumas do passado podem desencadear o pânico, quando a pessoa não consegue ou não sabe lidar com a situação. Algumas são mais sensíveis que outras. O uso de algumas substâncias como cafeína, álcool ou outras drogas ilícitas pode contribuir, e muito, para o desenvolvimento da crise de pânico. Existem muitas outras informações, mas, no momento, não tenho tempo para explicar, pois o mais importante agora é tirá-lo da crise.

— Tem remédio para isso? — Daniel indagou.

— Antidepressivos e/ou ansiolíticos são as medicações mais comuns. Eles tentam ajudar a corrigir desequilíbrios bioquímicos associados aos sintomas físicos. Mas... Dan... Serei bem sincera — encarou-o. — No momento da crise, até acho justo o uso de medicação. Mas nunca vi ou estudei ou ouvi falar que alguém se curou da crise de pânico, da depressão ou da ansiedade usando remédio. Nunca! — salientou.

— O que fazer, então?

— Sempre indico terapia cognitiva comportamental com um bom psicólogo para trabalhar a ansiedade, o medo, o comportamento que o levou a isso. A mudança de atitude, a aceitação dos fatos, ajudam imensamente a se trabalhar psicologicamente. Mas é muitíssimo importante praticar a meditação. Existem estudos incríveis positivos apontando a prática da meditação como uma das ferramentas responsáveis e mais importantes para o equilíbrio e até a cura de muitos transtornos emocionais. A meditação é algo tão simples, que quase ninguém acredita em seus mais diversos efeitos positivos. Outra coisa é a mudança de hábito e extinção de vícios. Esse último é o mais difícil, pois requer empenho.

Tudo o que fez, praticou como hábito ou vício, fez você experimentar as consequências que está sofrendo hoje. Se não trocar, não extinguir esses vícios, a tendência é aumentar o que experimenta. Outra coisa é a religiosidade, que sempre ajuda incrivelmente a reforma interior. — Ofereceu breve pausa e ainda comentou: — Para melhorar, para se curar, precisa mudar definitivamente. Não são dez sessões de terapia que vão resolver seus problemas emocionais, psicológicos prejudicados e feridos há anos. Não são dez sessões de passes na casa espírita que vão tirar de perto de você os obsessores que atrai diariamente com seus vícios e comportamentos mentais, verbais e físicos. A água que bebe hoje, não mata sua sede de amanhã. Tudo tem que ter constância.

— Meu avô está chegando hoje e preciso levá-lo para a casa nova. Eu e a Selena rompemos. Tem o problema das fotos, a instituição, a empresa... e eu aqui no hospital.

— Dan!... — fez com que olhasse para ela. Com sorriso amigável e voz macia, lembrou: — Agora é hora de cuidar de você. Deixa de ser orgulhoso e peça ajuda. Não queira fazer tudo sozinho e, se não der para fazer... Paciência. Reconheça o que é prioridade. Viu como está pensando? Olha para isso! A empresa, o rompimento, o avô!... Não mencionou seu reequilíbrio, sua paz, sua saúde... O que é mais importante agora? — ele não soube responder. — Um motorista da empresa ou um amigo pode levar seu avô para a casa. Até a Eleonora pode ajudar. Tenho certeza de que ela não se negaria. O resto pode esperar. São comportamentos como esse que precisam ser trabalhados com a ajuda de um psicólogo, meu amigo! — sorriu. — Você se cobra e se sobrecarrega demais.

— É que... — não completou e esboçou um sorriso leve.

— Fica tranquilo. Vai ficar tudo bem. Hoje, ficará internado só para repousar e se recuperar — Keiko não informou que seu pai havia pedido para ela que solicitasse ao médico responsável do hospital para que Daniel ficasse ali.

— Não! De jeito nenhum! — tornou a ficar nervoso.

— Calma... — pediu com voz doce e gentil.

— É que... — olhou-a com semblante suplicante, bem constrangido. — Não quero ficar sozinho. Essa ideia me apavora — falou baixinho.

— Vamos dar um jeito de alguém ficar aqui com você.

— Você não pode ficar, Keiko? — pareceu implorar.

— Eu ia levar o seu avô até sua casa. Alguém precisa mostrar onde ele irá ficar. Me dá um tempinho, Dan — sorriu. — Vou te ajudar. Vamos resolver isso.

— Estou envergonhado por isso. Mas é que...

— Fica tranquilo. Posso te entender perfeitamente. Tá bom? — sorriu. — Agora, deita — forçou-o a se deitar e deu tapinhas suaves em seu ombro. — Vou conversar com um colega, chefe desse setor e pedir uma medicação sedativa.

— Estou com medo de que aconteça de novo.

— Eu entendo. É o medo de ter medo. Se acontecer de novo, você vai respirar como te ensinei. Combinado?

— Certo.

— Daqui a pouco, vou te enviar alguns áudios de meditação e relaxamento profundo para você. Comece a ouvir. E quando se sentir com medo do medo, ouça.

— Combinado — viu-o sorrir.

— Fica tranquilo, Dan. Tudo vai ficar bem. Vou receber seu avô, apresentar a casa para ele e, à noite, pode ligar para ele e dizer que está na empresa, para não o assustar.

— Estou sem empregada! — falou preocupado.

— Isso é fácil resolver. Deixa comigo — expressou-se tranquila, como sempre.

Keiko recebeu o senhor Rufino, que foi trazido do interior por um motorista da empresa. Ela decidiu não contar sobre

Daniel estar internado. Falou que passaria a noite em um trabalho muito importante na empresa, por isso pediu que ela o ajudasse a recebê-lo.

O senhor não gostou, mas aceitou.

Keiko também pediu ajuda para Cíntia, funcionária de Eleonora, para auxiliá-la a encontrar uma empregada para a casa de Daniel.

Eleonora ficou sabendo e foi até lá, na residência onde o senhor se encontrava.

Antes que a senhora visse o avô do rapaz, Keiko lhe informou que não seria bom que o homem soubesse que o neto estava internado e a senhora concordou.

— Então ele vai passar a noite trabalhando? — perguntou o senhor Rufino.

— Vai. Mais tarde, deve ligar para o senhor — Keiko disse.

— Gostei de vê-lo aqui, Rufino — disse a senhora.

— Isso tudo é do meu neto mesmo, Eleonora? — murmurou admirado, enquanto passava o olhar por todo o ambiente.

— Nosso neto, senhor Rufino. Nosso neto — sorriu com bondade. — Garanto que o Daniel se esforçou muito para conquistar tudo o que tem. Tudo licitamente. Devemos ter orgulho dele.

— Quase não acredito... — confessou emocionado. — Aquele menino tímido, quieto demais, que todos xingavam, ralhavam, diziam que era amaldiçoado...

— Esta casa é onde vai morar, a partir de agora. Foi esforço dele. E ainda existe a empresa que vai herdar. Acho que, em breve, ele vai levá-lo para conhecer tudo. O quanto antes, quero que o Daniel assuma a presidência e ficarei ao lado dele como conselheira.

O senhor secou os olhos com as mãos ásperas e abaixou a cabeça.

— Eu queria ver o Daniel. Estou com saudade do meu neto. Tô com vergonha por esconder a verdade dele.

— Escondeu porque eu pedi. Precisávamos educar o Daniel para a vida que o aguardava. Não poderíamos chegar para aquele garoto e dizer: você é herdeiro de tudo aquilo! Não sabíamos o que aconteceria com a cabeça dele. Era preciso fazê-lo crescer e entender que era merecedor e responsável pelo que teria. Tudo isso foi para o bem dele. Soldado sem treinamento é o primeiro a morrer na guerra. E, às vezes, a vida é uma guerra — observou o senhor sorrir. Voltando-se para a moça, a senhora perguntou: — Keiko, o Daniel não arrumou nenhuma funcionária ainda?

— Parece que nunca pede ajuda e faz tudo sozinho, dona Eleonora — sorriu graciosa. — Eu ia pedir ajuda para a minha mãe, mas ela foi para a chácara.

— Senhor Rufino, a Keiko é filha do Tadashi, irmã do Yukio.

— Eu me lembro dela na formatura do Daniel. Como está diferente! Muito bonita, menina! — elogiou satisfeito.

— Obrigada — ficou sem jeito, não sabia receber elogios. — Bem... Se me derem licença, preciso voltar para o hospital.

— Vai, lá, Keiko. Fico aqui com o Rufino. Vou pedir para a Cíntia ajudar a desfazer as malas dele. Fica tranquila.

Keiko retornou para o hospital e os deixou lá.

No dia seguinte...

Daniel estava bem abatido quando chegou à sua casa. Abraçou-se ao avô e o apertou como nunca. Emocionado, chorou.

O senhor Rufino estranhou, mas considerou ser saudade e o abraçou forte também, como jamais fez antes.

— Desculpa não ter recebido o senhor, vô. É que muita coisa aconteceu — sorriu ao encará-lo. Estava feliz com sua chegada, por vê-lo ali e saber que seria bem cuidado perto dele. — Sente... — pediu, indicando o sofá confortável. Acomodou-se ao seu lado.

— Ora... Seu serviço é bem importante. Ontem, conversei com sua avó, a Eleonora — viu-o abaixar o olhar. — Ela me explicou um pouco do que você faz.

— O quanto antes, quero levar o senhor para conhecer a empresa.

— Tenho orgulho de você, Daniel.

— Obrigado, vô... — abaixou a cabeça para esconder as lágrimas que deslizaram.

— Onde está a Selena, sua namorada? Ela é bem bonita pelas fotos. Gostaria de conhecer essa moça pessoalmente.

Daniel sentiu-se mal ao ouvir aquilo. Um tremor vibrou dentro dele e teve medo de nova crise de pânico. Conforme Keiko ensinou, respirou fundo, acalmou os pensamentos e lembrou que era uma situação simples, que iria passar. Em seguida, com voz firme, revelou:

— Aconteceu algo bem desagradável, vô e... A Selena rompeu comigo.

— Ah... Mas que pena. Gostei dela quando colocava na tela do celular para falar comigo.

— É... Estou bem triste ainda.

— Foi recente? — quis saber o senhor.

— Foi. A mãe dela faleceu recentemente, faz poucos dias. Então... A situação é bem delicada. Se não fosse isso, acho que poderia pedir para que ela o conhecesse.

— Não se preocupe com isso, Daniel. Vai passar. Você já foi apaixonado por outras moças. Lembra a Irani? — riu. — Pra você, foi o fim do mundo não poder namorar com ela. Lembra?

— Não. Não quero lembrar. Pare com isso, vô — riu de si mesmo.

— Então... Vai passar. Vai encontrar a moça certa pra você.

Ao lado, Keiko, que havia acompanhado Daniel até em casa, comentou:

— Bem... Já que está tudo certo, preciso ir.

O rapaz a acompanhou até a saída.

— O motorista da empresa vai te levar — comentou, enquanto caminhavam pelo jardim.

— Eu aceito. Obrigada.

— Desculpe-me por te dar todo esse trabalho — ele sorriu constrangido.

— Trabalho nenhum, Dan! — retribuiu o sorriso. — Gosto de ajudar. Se precisar, é só me ligar ou mandar mensagem. Se eu não atender de imediato, é por causa do trabalho, mas retornarei o quanto antes.

— Keiko... Não seria melhor eu voltar para a empresa? Como médica e amiga, o que me diz?

— Como médica e amiga... Oriento que fique em casa esses dois dias e também o final de semana.

— É ridículo que vou dizer, mas... — demorou falar.

— O quê?

— Estou com medo de ter aquilo de novo.

Keiko mergulhou em seus olhos de cor indefinida, imaginando o quanto era difícil, para ele, confessar aquilo. Conhecia Daniel há longa data e sabia o quanto era calado, nunca falava de si nem de seus pensamentos. Tranquila, sorriu com bondade e falou:

— A primeira coisa é lembrar que vai passar. A respiração com técnica ajuda muito! Sei disso por experiência própria. Já que vai ficar em casa, procura, na internet, sobre prática de meditação, relaxamento profundo e respiração. Ocupe sua mente com essas coisas. Leitura também ajuda muito! E como! E... Se nada disso funcionar, me liga... — sorriu. — Conversar com pessoa amiga, ajuda demais.

Ele passou as mãos pelos cabelos e esfregou o rosto. Olhou para o céu e depois de respirar fundo, contou:

— Tem muita coisa acontecendo, Keiko.

— Dan... — esperou que olhasse. — Aprenda a orar quando não puder fazer nada. Busque Deus de alguma forma.

— Nossa conversa a respeito de Deus me fez bem.

— E ficou só naquilo? Não procurou mais nada? Não foi a uma casa de oração?

— Não tive tempo — olhou para o lado.
— Daniel! — riu.
— Muita coisa aconteceu. A Selena rompeu comigo por culpa de uma armação. Agora, na empresa, ela enfrenta um escândalo e eu me sinto culpado. Não pude fazer nada e nem sei se posso. Mas... Lá atrás, quando a Marceline e a mãe começaram a grudar em mim... Eu poderia ter agido diferente e as coisas não seriam como são hoje. Entende?
— Entendo. Estou sabendo de tudo. O Yukio me contou. — Ofereceu uma pausa, depois perguntou: — Posso ser sincera?
— Claro — esperou ser repreendido.
— Faltou posicionamento da sua parte, desde o início. Faltou tomada de decisão. Sabe, quando queremos agradar e não colocamos limites, sempre nos prejudicamos. Foi uma dura lição. Espero que tenha aprendido.
— Sem dúvida. Aprendi sim. Estou bem triste, mas me sinto conformado. É até estranho — o rapaz falou triste.
— Se aprendeu, ótimo! Fica esperto para não cair em outra armação. A partir de agora, acabe com os vícios e melhore seus hábitos. Não tente acabar com os vícios. Acabe! Tome atitude! Sempre achei você muito inteligente, esperto e empenhado — viu-o sorrir. — Use esses seus dons para seu próprio benefício. Se quiser melhorar, se curar dessas dores da alma, não existe alternativa, se não mudar. O caminho é só esse mesmo. — Olhou para o carro que a aguardava na rua e falou: — Agora tenho de ir. Outra hora conversamos. — Sorriu, aproximou-se e beijou seu rosto.
— Obrigado — falou, verdadeiramente, agradecido.

Um pouco mais tarde, Eleonora chegou. Quis saber como Daniel estava, mas não mencionou a Rufino sobre ele ter ido para o hospital.

Sentado no sofá, Daniel sentia-se diferente. Sensível. Olhou para os avós, que conversavam, animadamente, e refletiu sobre a vida. De onde veio e onde se encontrava.

Aquilo tudo mexia com suas emoções. Sentiu vontade de chorar. Levantou-se e foi para seu quarto, pegou o celular e enviou mensagem para Keiko.

Rufino percebeu algo diferente no neto ao vê-lo se retirar e perguntou:

— Ele está bem?

— Acho que está bem cansado mentalmente. Tem bastante coisa acontecendo na empresa. São coisas boas, muitas mudanças positivas, mas exige excessiva atenção, nesse primeiro momento. Logo vai passar — não quis preocupá-lo.

— Mas acho que é por causa de ter terminado com a namorada.

— Ah... Sem dúvida! — a senhora confirmou.

— Ele gostava muito dela. Toda vez que a gente conversava, falava nela.

— Mas já vimos isso antes, não é mesmo, Rufino?

— É... Vai passar. Ele vai se dar conta de que vai passar. Aliás, e essa menina, japonesinha, a Keiko... Ela tem namorado? — o senhor falou baixinho e sorriu.

De imediato, Eleonora se surpreendeu. Depois, caiu na risada e respondeu:

— Não. Ainda não!

Na empresa, na sala de Tadashi, após o sobrinho ser anunciado e entrar...

— Satoshi!!! Seu moleque!!! — disse o tio sem cumprimentá-lo, falando em japonês.

— Quando o senhor me ligou, estava muito ocupado e só pude vir hoje. Desculpe-me — falou cinicamente, sempre no idioma japonês, e curvou-se. Sabia que deixá-lo esperar era a parte mais irritante da conversa.

— O que deu em você?! Olha a vergonha para a nossa família!
— O que foi que fiz? — indagou sério e calmo, mesmo sabendo do que se tratava.
— As fotos!!! Viu aquelas fotos?!! — Tadashi berrou.
— Vi as fotos e tenho certeza de que são montagens — respondeu tranquilo.
— Você estragou a imagem da Selena e do Daniel!
— Eu não! — foi firme. — Não tive nada com isso. Não movi um dedo para que se separassem. Aliás, eu já estava quase indo embora, quando uma movimentação da vida se deu a minha volta. Até me perguntei, após ser operado, a razão da vida, do Universo, da Natureza ou de Deus ter me feito ficar aqui. Passei por tudo aquilo, fui assaltado, fiquei sem documentos, precisei de cirurgia e continuar aqui por tanto tempo, contra a minha vontade, quando o que mais desejava era estar na minha casa! Na minha casa! — Em tom grave, baixo e firme, encarando-o nos olhos, confessou: — Eu gosto da Selena sim, mas nunca interferi no namoro deles. Quando soube que ele comprou a casa e a vi feliz... Quando vi o Daniel planejando casamento, eu me dei por vencido. Já ia embora e a convidei para almoçar como diretores, por trabalharmos juntos tanto tempo e pela acolhida que ela e sua mãe ofereceram. A culpa daquelas fotos não é minha. Se existe alguém responsável é o próprio Daniel por não ter colocado limite em uma *baishunpu*!
— Satoshi!!!
— Estou errado?!! — gritou no idioma japonês. — O que ela fez não foi prostituição?!! Quis conquistar um homem comprometido, seduzi-lo por sua colocação, cargo ou sei lá mais o quê. Quis se vender! Armou situações! Quis se vender em troca de posição e dinheiro, logicamente. — Fez breve pausa. — Não sei a razão do senhor querer proteger tanto o Daniel. Talvez, por obrigação, por favores que deve à dona Eleonora — continuou falando no idioma nativo. — Mas precisa admitir que eu não

tive nada com isso! Sempre respeitei a Selena e ela sabe disso! Sempre a respeitei, apesar do que sinto por ela!

E continuaram falando no idioma natal.

— Como a levou para o apart-hotel?! Por que fez isso?! — o tio enervou-se.

— Foi preciso para evitar um escândalo aqui na empresa com o nome dos dois. Eu protegi os dois!!!

— Você contou para o Daniel que gostava dela!

— Foi preciso! Contei porque estava reaproximando os dois! Queria que se entendessem o quanto antes! Foi um meio de pressioná-lo! Gosto tanto dela a ponto de querer vê-la feliz!

— Meu irmão disse que você quis ficar mais tempo aqui! Seu prazo termina na próxima semana!

— Voltarei para Tóquio porque prometi ao meu pai e não pelo senhor! Saiba que não tem qualquer domínio ou autoridade sobre mim! — Aumentou o volume da voz e falou mais enérgico: — Quanto às fotos!... Como responsável, como CEO desta companhia, tem a obrigação de averiguar e punir os culpados!!! Tem a obrigação de descobrir quem fez as montagens!!! Tem a obrigação de limpar a imagem e o nome da diretora de tecnologia!!! Tem muitas obrigações a fazer, logo não deveria perder tempo comigo!!!

— Não me venha ensinar o que fazer, Satoshi!!!

— Devo ensinar sim!!! Por acaso, o que fez a respeito dos assédios que ela vem recebendo?! Nada!!! Nada!!! Um líder que não defende seus subalternos, não merece essa colocação!!!

— Satoshi!!! — Tadashi berrou.

— Se eu ficar mais algum tempo aqui, sou capaz de tirá-lo desse trono em que se colocou!!! Então, cumpra os seus deveres!!! E se não tem mais nada a dizer ou me responsabilizar, estou indo! Mas, saiba de uma coisa... — Agora, falou mais brandamente, porém em tom ameaçador, com voz grave e encarando-o: — Mesmo longe, vou saber o que está acontecendo aqui. Ficarei de olho e... De verdade... Se não fizer o que é certo para ela, vou tomar alguma providência. E será o seu fim.

— Não poderá fazer nada!!!

— Não me teste — disse tranquilo, com voz grave encarando-o firme. — Eu sei sim o que fazer. Sabe do que já sou capaz. Não tente me provocar. Mesmo a distância.

Virou-se e se foi.

Tadashi deu um murro na mesa, irritado com o comportamento do sobrinho, que não abaixava a cabeça para ele.

Nervoso, ficou imaginando o que Satoshi faria, caso ele não tomasse alguma providência no caso de Selena. O rapaz o pressionou com muita convicção.

O que seria? O que tinha em mente?

Não soube responder.

No primeiro momento, chegou a pensar que seria um blefe, que ele disse aquilo para manipulá-lo. Duvidou das palavras do sobrinho. Mas depois, ficou temeroso.

E se Satoshi pudesse fazer algo que prejudicasse sua imagem naquela empresa e abalasse a confiança que a presidente tinha nele?

Não havia nada que o desabonasse. Não que ele próprio soubesse.

Apesar disso, não arriscaria. O quanto antes, deveria fazer algo para esclarecer a situação de Selena.

CAPÍTULO 42

A DESPEDIDA

Após enviar mensagem para Selena, Satoshi encontrou-a em um restaurante longe da empresa. Desejava preservar a imagem dela.

— Oi... — ela o cumprimentou, quase sem sorrir, quando ele lhe deu um beijo no rosto.

— Como você está? — preocupou-se. Percebeu-a bem abatida.

— Estou bem.

— Mentira — afundou-se em seus olhos verdes, agora, sem brilho.

— Ah... Estou me sentindo mal. Por onde passo, sinto olhares nas minhas costas, escuto piadas e rumores. Com a ida do Daniel para o hospital e os dias que está dispensado, as fofocas aumentaram de tamanho e intensidade — respirou fundo.

— Selena, tenho uma proposta para você. — Viu seu rosto triste encará-lo e falou: — Vamos comigo para o Japão. Largue tudo aqui. Eu garanto a você uma colocação similar à sua, lá na empresa.

— A colocação similar à minha, na empresa onde você trabalha, é o seu cargo. Esqueceu? — riu com ironia, sem vontade.

— Não — falou firme. Com sua voz grave e baixa, expressou-se seguro: — Minha diretoria e meu cargo são seus. Venha comigo.

Selena sorriu de nervoso ao perguntar:
— Vai se demitir?
— Não. Vou ocupar o cargo que meu pai quer e vem insistindo para eu assumir. — Um instante e completou: — O cargo dele. O da presidência.

— Ficou louco, Satoshi? — sussurrou. — Não posso largar a empresa, minha vida inteira aqui e despencar no Japão, assumindo uma diretoria num lugar que não conheço e onde não sei falar uma única palavra do idioma.

— Você aprende rápido. Fará um curso e aprenderá comigo. Eu ensino a você.

— Não. Isso está fora de cogitação. Até porque nem conseguiria um visto tão rápido para ir junto com você.

— Posso dar um jeito e ficar até seu visto sair.

— Não... — murmurou, franzindo a testa, parecendo aflita.

— E o que vai fazer? Esperar sentada até essa situação se resolver?

— Tenho em mente esperar a safada da Marceline voltar de férias e tirar a verdade dela. Quero que fale para todos que foi ela quem aprontou tudo aquilo.

— Vem comigo, Selena. Não existe mais nada que a prenda aqui.

— Satoshi... Essa situação mal resolvida está me prendendo. Nem penso em mudar de empresa, não agora, enquanto meu nome e minha imagem não estiverem limpos. — Respirou fundo, procurou ficar tranquila ao dizer: — Obrigada, meu amigo — sorriu, com vontade de chorar. — Mas... Por que quer tanto me ajudar? — esperou que ele confessasse alguma coisa, falasse de seus sentimentos. — Chegou a ponto de abrir mão do cargo de que tanto gosta.

Satoshi a encarou por longos minutos em silêncio. Seus olhos se imantaram. Nenhuma palavra, mas muitos sentimentos. Depois, abaixou a cabeça e ajeitou-se. Tomou um gole de água antes de dizer:

— Meu pai já me fez esse pedido, diversas vezes, para eu assumir a presidência. Ele acha que vivo brincando na diretoria que ocupo, que não levo a empresa a sério, mas é que... Gosto do que faço. E por ter de abrir mão da diretoria a qualquer momento, ficaria feliz se fosse para você — sorriu levemente. — Você trabalha muito bem. É dedicada, responsável...

— Estou passando por uma turbulência muito grande. Devo confessar que me sinto bem confusa. Com problemas no serviço, conversando com meus irmãos sobre a venda da casa onde moro, estou sem minha mãe que me dava tanta força... Não estou conseguindo pensar. Conheço você há pouco tempo e... — olhou-o longamente. — Não sei se isso é suficiente para eu me convencer e me atirar nessa aventura.

— Não é aventura! — exclamou baixinho.

— Agora, nesse momento, não parece aventura, mas... Quando eu for para lá, se eu for para lá, o seu pai vai pensar o que de mim? Sei que existe uma certa resistência com estrangeiros na sua família e talvez na empresa dele também.

— Prometo a você que ficará tudo bem — encarou-a com brandura.

— Obrigada. Talvez... Um dia, quem sabe, posso viajar para lá e conhecer tudo...

— Terça-feira, volto. Meu voo sai às 14h — avisou subitamente. Sentiu-se angustiado e olhou em sua alma ao se fixar em seus olhos. Selena sentiu que pudesse chorar. Abaixou a cabeça e fugiu o olhar. Não desejava chorar ali. — Você me leva ao aeroporto? — tornou sério e triste.

— Claro... — murmurou e forçou um sorriso para disfarçar.
— Vamos manter contato, certo? — Satoshi pareceu implorar.
— Certo — tornou ela em tom triste, desalentada.
— Apesar do fuso horário, vamos manter contato! — ele lembrou, sorriu e disfarçou a angústia.
— Apesar disso! — Tentando ser positiva, Selena levantou o copo de água e propôs um brinde: — À nossa amizade!

No primeiro horário de expediente da segunda-feira, o CEO propôs uma reunião com todos os diretores. Eleonora ocupava a cabeceira da mesa de reunião.

Após jogar várias fotos que se espalharam sobre a mesa, Tadashi anunciou, bem direto, parecendo zangado:

— Esta reunião é para que acabem, definitivamente, com os rumores e as mentiras sobre a diretora Selena e o diretor Satoshi, que prestou serviço, junto com sua equipe, em nossa empresa. Já conversei com o senhor Satoshi e pedi desculpa em nome da companhia pelo ocorrido. Algo vergonhoso para a nossa empresa. O diretor Satoshi convidou a diretora para almoçar em um restaurante público, em espaço aberto, aqui perto. O almoço visava a tratar assuntos corporativos. Aconteceu que a assistente, senhora Marceline, fez as fotos sem a devida autorização e com a ajuda de outra assistente da empresa efetuaram alterações das imagens, fazendo com que as cenas parecessem uma troca de intimidade, o que não houve.

— Como souberam disso? Qual a razão da assistente fazer uma coisa dessas? — um diretor perguntou.

— Tudo leva a crer que a assistente Marceline desejava que o diretor Daniel e a diretora Selena rompessem o compromisso que tinham, já que ela enviou as fotos diretamente para ele, desejando promover discórdia e separação. Ao perceber as intenções da secretária, o diretor Daniel propôs sua demissão, mas a assistente havia entrado com pedido de férias. Nesse ínterim, junto com a outra assistente, colocaram as fotos na intranet da empresa com intuito de retaliação, provavelmente. Fizemos uma investigação interna. Solicitamos ao administrador da intranet a averiguação para descobrir quem postou tais fotos adulteradas. Tudo levou à assistente Marceline e à assistente Carmem. Por se tratar de mentira, de uma situação vexatória que causou humilhação, constrangimento e ofensa à dignidade da diretora Selena, a empresa é responsável e deve esclarecer e punir os envolvidos. Isso causou abalos emocionais, psicológicos e desestabilizou o ambiente de trabalho da diretora. Não podemos tolerar a conduta abusiva. Isso é assédio moral e não vamos admitir.

— Se é assédio moral, a demissão deve ser por justa causa — disse outro diretor.

— Sim. Será — tornou Tadashi — E o motivo desta reunião é o pedido formal de desculpas à diretora Selena pelo constrangimento que enfrentou, não só com o diretor Satoshi, com o diretor Daniel, mas também com os demais funcionários e com os rumores que correram na empresa. Peço aos senhores que reúnam seus gerentes de departamentos e repassem a mensagem que ouviram hoje aqui. Devemos desculpas à Selena.

— Mas é verdade que o namoro deles terminou por causa dessas fotos? — alguém não suportou e perguntou.

— A vida particular dos dois não nos diz respeito — tornou Tadashi firme. — O que diz respeito à empresa é o pedido de desculpas e a tomada das devidas providências pelo importuno a ela.

— Com licença, diretor Tadashi — Selena pediu educada e ele consentiu que falasse: — Sei que a vida dos funcionários não diz respeito à empresa, mas quero responder à pergunta. — Todos olharam para ela e Eleonora ficou na expectativa. — O compromisso de namoro entre mim e o Daniel foi rompido, mas não por consequência dessas fotos.

— É verdade — Daniel se manifestou firme. — As fotos são montagens e nada têm a ver com o rompimento, sendo esse um assunto nosso. E exijo que a Selena não viva qualquer constrangimento nesta empresa por causa disso.

Silêncio.

Ela o encarou de longe e fez um sinal, abaixando, positivamente, a cabeça como se agradecesse pelo que complementou.

Embora alguns meneassem com a cabeça ou fizessem expressões estranhas, ninguém disse mais nada.

No final, ficaram na sala Eleonora, o CEO, Daniel e Selena que agradeceu:

— Obrigada, diretor Tadashi, pelo apoio e esclarecimento.

— É nosso dever. É responsabilidade da empresa prezar pelo bem-estar dos funcionários. Fofocas não podem ser admitidas. Mais uma vez, peço desculpas por nossa falha. As fotos deveriam ter sido bloqueadas na rede e não se espalhado, como aconteceu. Soubemos que seu assistente, por ingenuidade, falou para a Marceline onde você tinha ido almoçar e com quem, naquele dia, depois que ela perguntou. Vimos que o rapaz não teve culpa nem percebeu que ela tinha algum plano para prejudicá-la.

— A Marceline sabia que seria demitida, por isso postou as fotos — Eleonora considerou.

— Existe o administrador de intranet, responsável pelo cadastramento e autorização de nível de acesso. Com o acesso ao LOG da intranet, onde se consegue ver as entradas e saídas de dados, inclusive a movimentação de arquivos, é possível ver o número do usuário que fez as atividades na rede. Foi assim que tivemos certeza — tornou o CEO, explicando o que Selena já sabia de cor. — Ela e a outra funcionária que a ajudou serão demitidas. Cabe, ainda, a Selena fazer um boletim de ocorrência por danos morais contra as duas. Os advogados da empresa podem ajudá-la nisso — olhou para ela.

— Não sei... — titubeou.

— Como não sabe, Selena?! — a presidente estranhou, exclamando.

— Dona Eleonora, estou passando por uma fase tão delicada, na minha vida, que preciso de paz — seus belos olhos verdes cintilaram em lágrimas que não caíram.

— Você está bem? — Daniel quis saber, indagando com um tom piedoso.

Ela o encarou e respondeu:

— Sabe o quanto eu e minha mãe éramos próximas e nos dávamos bem, não é? — não suportou e lágrimas deslizaram por sua face pálida. — Ainda dói muito. — Secou o rosto com as mãos e pediu: — Com licença.

— Selena! — Eleonora a chamou. Viu-a se virar e propôs: — Precisa de férias. Tire alguns dias.

— Obrigada, mas o foco no trabalho me ajuda muito — forçou um sorriso que se fechou tão rápido quanto se abriu. Depois disse: — Com licença.

Ao ficarem a sós, a presidente se preocupou:

— Ela tem alguém perto dela? Algum irmão ou parente para dar suporte?

— Não — respondeu Daniel preocupado. — Selena nem tem amigos. — Respirou fundo, com um sentimento de culpa.

Na terça-feira, Selena avisou que só iria trabalhar na parte da tarde, pois teria assuntos particulares para resolver. Ninguém questionou.

Após pegar Satoshi e suas malas no apart-hotel, foram para o aeroporto.

No caminho, ela contou sobre a reunião, o pedido formal de desculpas e a punição das culpadas. Depois, não falaram mais da empresa, conversaram e brincaram. Ficaram bastante tempo no terminal. Sempre falando sobre assuntos corriqueiros, supérfluos.

O aeroporto estava repleto de pessoas. Cada uma com seu destino e propósito. Partidas e chegadas... Mas, para Satoshi e Selena, o mundo se reduzia àquele único e último momento.

No meio da multidão, destacavam-se. Ela com sua beleza inegável e radiante. Ele, um homem de presença forte e magnética, de traços orientais marcantes e bonitos, cabelos brilhosos, levemente compridos na franja que, jogada para trás, teimava em voltar para frente.

Prestes a se separarem, repentinamente, ficaram imersos em um silêncio carregado de emoções e sentimentos não ditos.

De repente, um lembrete cruel: a chamada para o voo dele ressoou pelo terminal. Agora, restava pouco tempo. O silêncio entre eles foi fragmentado.

Satoshi partiria para longe, muito longe e Selena não iria acompanhá-lo.

Seus sorrisos se fecharam e tiveram a impressão de que tudo ao redor desapareceu.

Ao se olharem, todas as palavras não ditas se acumularam em suas mentes, em seus corações. Algo acontecia e não sabiam explicar.

Com a voz trêmula e seus lindos olhos cintilados em lágrimas, Selena arriscou encará-lo e dizer sem chorar:

— Satoshi... Obrigada... — num impulso, abraçou-se a ele com um soluço de choro que deteve suas palavras.

Ele a apertou forte contra si, envolvendo-a em um abraço que falava mais do que qualquer palavra poderia.

— Selena... — murmurou com sua voz grave e sotaque que ela tanto gostava de ouvir.

Permaneceram assim por longo tempo. Seus corações batiam forte, acelerado, no mesmo ritmo.

O último chamado para o voo foi anunciado, arrancando-os daquele mundo. Um mundo criado em um segundo.

A partida era irreversível.

Afastando-a de si, pegou seu rosto entre suas mãos fortes e secou suas lágrimas com os polegares, continuando a segurar firme e carinhosamente sua face, enquanto a olhava com ternura.

— Olha... Presta atenção... — ficou emocionado e engoliu seco. Respirou fundo para poder falar: — A proposta de emprego para você, lá, está de pé, quando quiser... — Ela não disse nada e ele deixou seu olhar invadir sua alma, sentindo suas mais fortes emoções. — Fica bem e se cuida. Eu volto. Volto o quanto antes para perto de você e... — não completou.

Foi então que ela se lembrou das palavras de sua mãe: "Acho que ele espera uma atitude sua. Se você não der o primeiro passo..."

— Satoshi, eu... Não sei o que está acontecendo... — murmurou, segurando-o firme, sem querer se afastar. Suas palavras quase se perderam no barulho do terminal, mas ele conseguiu ouvi-las. — Satoshi, eu... eu... Não sei o que está acontecendo comigo.

— Eu sei. Eu sei... — sorriu, apreensivo e quase ofegante. — Sei o que está acontecendo. Eu sinto o mesmo. Eu gosto de você... — olhou-a com paixão e olhos brilhantes.

— Eu também gosto de você, Satoshi. Gosto muito de você e não quero que vá — chorou.

Ele segurou firme o seu rosto e beijou-a nos lábios com muito amor. Um beijo longo, carregado de promessas e desejos.

Depois, abraçou-a forte, agasalhando-a em seu peito como se tentasse unir suas almas em uma só. Com a respiração forte, afastou-se, olhou em seus olhos e afirmou como um compromisso, uma promessa que jurava cumprir:

— Eu gosto muito, muito de você, Selena. Ninguém vai nos separar, eu prometo. Prometo isso! Mas... Lamento... Agora, preciso ir.

Beijou-a novamente com amor. O aeroporto era a única testemunha daquela despedida triste.

Mesmo vendo-a em lágrimas, que deslizavam na face pálida de Selena, precisou soltá-la e se afastar, sentindo a maior dor que já experimentou.

Relutante, caminhou em direção ao portão de embarque.

Satoshi se virou pela última vez, com lágrimas em sua face, mas a distância não a deixou ver. Ele sorriu, um sorriso angustiado e acenou para ela.

Selena ficou ali, parada, assistindo-o desaparecer na multidão, sentindo seu coração doer de forma infinita.

Atordoada, foi para o carro e chorou muito. Chorou como nunca.

Não se sentia bem. Estava confusa e com o coração em pedaços.

Ao se recompor, enviou mensagem para o seu assistente, avisando que não retornaria mais para a empresa naquele dia.

Em casa, sentiu-se perdida e confusa.

Passou a olhar por todo o ambiente. Nunca se viu tão solitária.

Era uma residência boa, grande, mas com a saída dos irmãos, que se mudaram para longe, a casa ficou enorme. Somente ela e a mãe, ficou tolerável. Mas, agora, estava vazia. Vazia demais.

Foi em cada cômodo e olhou. Tudo limpo e arrumado, mas em cada canto uma lembrança de sua mãe.

Voltou para a sala e se sentiu ainda mais triste.

Abaixou-se e se sentou no chão, no início de ter uma crise de choro.

— Mãe!... Cadê a senhora?! — chorou alto. — Eu preciso da senhora, mãe! Quero conversar... A senhora sempre sabia o que falar e como me deixar forte... Mãe!... Não tenho mais ninguém, mãe... Tô sozinha... Não tenho mais o Daniel... O Satoshi foi embora e talvez nunca mais volte!... Ai!... — deu um grito que abafou com as mãos. — Mãe, até a senhora foi embora... Mãe... — lágrimas copiosas desciam em seu rosto. — Quero ouvir a sua voz, mãe... Quero ouvir as suas preces...

Na espiritualidade, sua mentora a envolveu com carinho e energias calmantes.

Aos poucos, Selena sentiu vontade de orar como aprendeu com sua mãe.

Luzes cintilantes encheram o ambiente. Cores radiosas a circundavam e amigos espirituais se fizeram presentes. Cada um lhe trouxe palavras edificantes, de afeto, que não puderam ser ouvidas, mas se transformaram em sublimes vibrações.

Selena não pôde escutar, mas sentiu algo diferente e energias tranquilizantes a envolveram.

— Mãe... A senhora está aqui? — perguntou baixinho.

— Ela ainda não pode visitá-la, minha querida — respondeu sua mentora, mesmo sabendo que ela não a ouviria, porém perceberia. — Assim que possível, vamos promover esse encontro.

Respirando fundo, levantou-se do chão e se sentou no sofá, secando o rosto com as mãos.

Olhou sobre a mesinha da sala e viu o celular que pertencia a sua mãe. Alguém o teria desligado e colocado ali, porém não sabia quem.

Ligou. Viu as mensagens e abriu a galeria onde se impressionou com tantas fotos de sua mãe com Satoshi.

Selena riu e chorou. Nem ela mesma se lembrou de tirar uma única foto de Satoshi. Depois, encontrou vídeos onde ele ensinava Nádia algumas palavras em japonês. Achou graça e, mesmo chorando, sorriu um pouco.

Após se recompor, passou as fotos várias e várias vezes até quase decorar a ordem.

Também viu as fotos dos presentes que o amigo mandou para Nádia em sinal de gratidão. A senhora havia registrado tudo.

Um pouco refeita, levantou-se e tomou um banho.

Não quis comer nada. Estava sem fome.

Olhou seu celular na esperança de alguma mensagem de Satoshi, mas não. Naquela hora, seria impossível qualquer mensagem.

Ainda estava com o aparelho nas mãos, quando ele tocou. Era Daniel.
— Alô...
— Estou aqui no portão. Podemos conversar? — sua voz forte soou leve, piedosa.
— Já vou...

CAPÍTULO 43

RECONCILIAÇÃO

Após entrar na cozinha, ela perguntou:
— Aceita um café?
— Estou evitando cafeína. Obrigado. Aceito água.
Ela o serviu e se serviu também. A casa tinha um silêncio confortável e calmo.
Daniel percebeu seu rosto inchado pelo choro e Selena não tentou esconder.
— Você não foi trabalhar. Está tudo bem? — indagou sereno.
— Estou sentindo muita falta da minha mãe — não quis contar que foi levar Satoshi ao aeroporto. Ele sabia que o outro retornou para o Japão, naquele dia, e não quis comentar.
— Imagino que sim — conversava tranquilamente.

— Tá sendo difícil... — ela respirou fundo para não chorar.
— Talvez não seja o momento, mas... — calou-se.
— Fala. Pode falar. Talvez tire meus pensamentos de onde estão.
— A última vez que nos falamos, nossa conversa não terminou.
— Desculpe meu jeito. Estava muito nervosa e indignada com aquelas fotos na intranet da empresa. Não medi palavras e você passou mal por minha causa. Não me senti bem com isso também.
— Não foi culpa sua. Nos últimos tempos, vivi estressado, sobrecarregado. Temo não ser bom o suficiente para a posição em que estou e tudo piorou quando eu soube que sou neto da Eleonora. É muita bagagem, muita responsabilidade.
— Pense assim: se essa mulher perdeu um filho da forma como foi, descobriu que a filha morreu de maneira trágica, carregou um sentimento de culpa infinito, perdeu o marido num acidente que a deixou cadeirante e ainda assim conseguiu!... Para você, sendo neto dela, tendo o mesmo sangue nas veias, o apoio e a orientação... Vai ser moleza. — Sorriu levemente. — Creio que só agora consegui entender a razão de ela não ter te contado antes.
— Então... Tudo isso e muito mais me estressou. Não soube lidar e a nossa separação... Sei que sou culpado por tudo, Selena. Marquei bobeira com a Marceline e a mãe dela. Não dei importância e tudo aconteceu. A culpa é minha. E eu gostaria que você entendesse e me perdoasse. Afinal, temos uma história.
— Daniel, eu entendo e te perdoo. Mas também quero que me perdoe por não conseguir seguir em frente com você. Eu não conseguiria, não viveria em paz ao seu lado.
— Sei que me deu créditos, chances e... Desculpe, Selena. Eu vim aqui, na verdade... — parou de falar. Respirou fundo e explicou: — Vim aqui com um fio de esperança de conversarmos como pessoas adultas.

— Estamos conversando como dois adultos — falava sempre séria demais.

— É verdade, mas não quero que as coisas fiquem difíceis entre nós. — Abaixou o olhar, parecendo triste. Depois, afirmou: — Aceito que rompemos, aceito o término e não vamos mais falar nisso. Continuaremos trabalhando juntos. Respeito e gosto do seu profissionalismo e espero que continuemos amigos — seus olhos embaçaram. Ficou emocionado.

— Também espero que haja amizade e respeito entre nós — murmurou e forçou um sorriso. — Obrigada por tudo.

— Também agradeço a você por tudo... Sinto muito pelo que te fiz sofrer. Aprendi da pior maneira. Não tive posicionamento, não sabia dizer não... Você me alertou, mas eu não aceitava, achava que não era importante. No fim... Não sei como aquelas duas conseguiram me envolver tanto.

— Carência sua, talvez.

— Provavelmente. Não sei se eu era idiota ou ingênuo. Cheguei a encontrar peças de roupas dela entre as minhas coisas, algumas vezes, e até quando fui me mudar. Acredito que era para você ter achado talvez. Eram pessoas que falavam em Deus, em religiosidade... Como pode isso?

— A religião não faz do homem um grande espírito. O que define uma pessoa de bem é o caráter, a moral que são demonstrados por meio do comportamento.

— Verdade — Olhou-a de modo indefinido e viu a tristeza em seus olhos. Selena não parecia bem. Tinha certeza disso. Ela se fazia forte, mas não havia nada que ele pudesse fazer. Sentiu-se triste por ter destruído a confiança que havia entre eles. Estava conformado por ela ainda o aceitar como amigo, embora sentisse uma grande barreira, agora, entre eles. Daniel sorriu e perguntou: — Como amigo, quero saber se já jantou?

— Não consigo... — ela quase chorou. — E vou pedir que não me force.

— Quer sair e jantar fora? Quem sabe...

— Não, obrigada.

— Quer conversar? — ele perguntou com ternura.

— Só se for sobre o seu avô. Soube que ele chegou.

— Sim. Está surpreso com a casa — riu. — A Eleonora, quero dizer... Minha vó já arrumou uma funcionária para cuidar da casa e dele... E as coisas estão se encaixando.

Continuaram conversando sobre coisas leves, mas nada a animava.

Na tarde do dia seguinte, a aflição tomava conta de Selena. Ela olhava seu celular a todo momento. Não havia nenhuma mensagem. Até que...

"Oi! Cheguei! Tivemos um atraso na escala. O avião acabou de pousar."

"Oi! Que alívio! Você chegou bem?" — ela quis saber.

"Bem cansado. Não se incomode se eu ficar fora do ar por algumas horas. O fuso horário e viagem longa me cansam muito. Para me recuperar logo, costumo dormir, depois de voos longos. Farei isso ao chegar à minha casa."

"Avisou seus pais que chegou? — esperou longo tempo até receber resposta.

"Ainda não. Preferi você a eles. Espera... — nova demora.

"Cuide-se bem. Mande notícias." — ela escreveu após longa pausa.

"Estou pegando as minhas malas. Está me dispensando?!"

"Estou no trabalho e você ocupado e cansado."

"Verdade... Quando eu sair da hibernação — brincou —, ligo para você, dependendo do horário... Agora são 4h30... Aí 16h30... Vou ver meus pais. Depois vou para casa. Devo dormir até as 22h aqui e..." — pareceu confuso com os horários.

"Me liga a hora que você puder. Não se preocupe."

"Está bem. Tchau, Selena."

"Tchau."

"Estou entrando no táxi. Aqui está frio. 5°C. Tchau."

"Tchau."

Selena sentiu-se aliviada ao saber que ele chegou bem. Ainda tinha receio de algum problema por causa da cirurgia.

Ao mesmo tempo, ficou apreensiva. Recordou o último instante no aeroporto, o beijo que trocaram.

O que foi aquilo?

O tempo foi passando...

Convencido pelas constantes orientações de Keiko, Daniel buscou ajuda profissional e procurou mudar sua rotina agitada e cortar vícios.

Os livros o ajudavam a ficar mais tranquilo e acalmar a ansiedade. A prática da meditação tornou-se a ferramenta mais incrível que pôde encontrar e Keiko o ajudava nisso também.

Era um domingo de manhã. O sol brilhava timidamente quando Eleonora chegou onde o neto morava.

Foi bem recebida por uma funcionária e ficou aguardando na sala.

— Bom dia... — Daniel sorriu ao cumprimentá-la.

— Bom dia! — ela ficou alegre. — Combinei fazer uma caminhada com o Rufino — riu. O neto não aguentou e riu junto. — Você entendeu! Deixa de ser tolo!... — riu da situação, fazendo piada de si mesma e manobrou sua cadeira de rodas. — Mas acho que ele perdeu a hora.

— Acho que sim — sorriu de modo gentil.

— Quer vir com a gente?

— Hoje não vai dar. Já tenho compromisso.

— Num domingo cedo?

— Um orador considerável fará uma palestra na casa espírita e quero assistir.

— A Keiko vai?

— Hoje não. Ela não falou o porquê, só disse que não poderia e não quis insistir.

Eleonora aguardou um momento e perguntou em tom brando:
— E você, Daniel? Como está?
— Eu?... — sorriu. — Estou me reeducando.
— Gostei dessa frase! Se reeducando! Acho que precisamos fazer isso com frequência.
— Estou entendendo que preciso ser diferente.
— Você é um ótimo homem e profissional. Só precisa equilibrar as emoções, o que faz... — Um momento e quis saber: — Para você, é um problema trabalhar com a Selena?
— Não. De jeito nenhum — respondeu com tranquilidade.
— Resta alguma esperança? — a senhora ficou desconfiada.
— Nenhuma — respondeu confiante, encarando-a com serenidade. — Faz um tempo, nós conversamos e ficou tudo bem. Posso dizer que não somos inimigos.
— São amigos.
— Não sei dizer se a Selena tem amigos. Ela conhece muita gente, mas vive só. Sei que sabe se virar bem. Ela é dinâmica e inovadora.
— Ainda bem.
O silêncio imperou por longos minutos até ele dizer:
— Quero te pedir perdão — Daniel falou em tom brando e sentido, olhando em seus olhos. Eleonora ficou paralisada, sem saber o que dizer. Algo raro. — Desculpe-me por tudo o que te falei sobre não ter procurado minha mãe, não ter dito a verdade quando me conheceu, quando a acusei pelo seu silêncio de todos esses anos que me enganou... Falei tanta coisa que nem lembro e... Preciso que me desculpe. Pensei muito e, somente hoje, vejo o quanto sua vida foi difícil, dolorosa desde criança, depois viver na companhia de um homem que te comprou e... Sei o quanto precisou ser forte para tomar atitude sem ter orientação e vencer um obstáculo atrás do outro. Imagino sua dor pela filha que deixou para trás, que não pôde nem conhecer direito e... Deve ter sido muito difícil e eu não tenho o direito de julgar você — abaixou o olhar. Ao erguer a cabeça, viu-a chorando em silêncio.

Lágrimas copiosas deslizavam na face cansada de Eleonora. Aceitou aquela reconciliação como uma bênção.

Daniel, tomado por um impulso, foi para junto dela e a abraçou forte, chorando junto.

Depois de longo abraço apertado, a senhora passou as mãos no rosto dele, secando suas lágrimas e admirando o homem que tinha se tornado.

— Desculpa, vó — ele murmurou chorando. Era a primeira vez que a chamava assim. — Desculpa... Não queria te magoar... Não queria te ver triste... Justo você que foi a única que me fez ter forças para vencer, que me ajudou a ser alguém... Justo você que acreditou em mim e fez de tudo para eu dar certo...

— Daniel... — afagava seu rosto. O rapaz estava ajoelhado ao seu lado, recostado nela, deixou-se acariciar. Fechando os olhos, entregou-se. — Sou capaz de entender sua reação e não tenho pelo que te desculpar. Quero tanto o seu bem...

— Obrigado — recompôs-se e a encarou com seus olhos claros, de cor indefinida, que ficaram ainda mais bonitos cintilados em lágrimas. — Acho que nunca te agradeci direito. Obrigado — sorriu. — Vou precisar muito de você — viu-a sorrir largamente. — Por isso, não se atreva nem a ficar doente. E quando for ao médico, quero saber, quero ir junto ou quero ser bem-informado! — reagiu brincando estar bravo ao mesmo tempo que sorria. Passou a mão por seu rosto, entendendo que não existe bênção maior do que ter ao lado aquele que o ama.

— Quero implicar muito com você ainda. Se está pensando que vou abandonar a minha empresa, totalmente, nas suas mãos, está enganado! — falou firme, como se desse ordens e riu, em seguida.

— Aliás, continue na presidência. Não a quero como conselheira. Você é muito exigente, dá muito palpite, além de ser chata. Se faz isso na minha diretoria, imagina se, um dia, eu estiver na presidência e você como conselheira. Vamos lutar naquela sala! Vou mandar te prender! — o rapaz brincou como nunca se viu.

— Isso mesmo! Vou morrer ali naquela mesa! Jamais abandonarei meu trono! — riu alto.

— Vó! — ela gostou de ser chamada assim e se emocionou, novamente, mas permaneceu firme, com os olhos afundados em lágrimas que não rolaram, esperando que prosseguisse: — Quer vir morar aqui? — ele sorriu ao convidar.

— Não, Daniel. Por enquanto não, meu neto. Gosto tanto de mim, mas tanto que adoro ficar sozinha comigo mesma — viu-o rir com gosto. — Se daqui um tempo eu sentir que preciso de companhia... Lógico que será o primeiro a saber. Moramos tão pertinho e o lugar é seguro... Posso fazer um passeio de cadeira de rodas até aqui, sem problemas.

— Está certo — sorriu e a olhou com generosidade.

Nesse instante, a empregada se aproximou e disse:

— Com licença... — Daniel se levantou e ficou esperando-a falar: — O seu Rufino não está se sentindo bem.

Ligeiro, ele correu até o quarto e Eleonora foi atrás.

— Vô? O que foi, vô? — perguntou, abaixando-se em sua cama.

— Não sei. Estou esquisito.

Colocando a mão em sua testa, sentiu sua temperatura quente.

— O senhor está com febre. Vamos pro hospital.

— Não vou não! — ficou irritado.

— Só me faltava essa! — o rapaz falou contrariado, olhando para Eleonora.

— Por que não quer ir ao hospital, Rufino? — ela perguntou.

— Isso é um resfriado. Vão me dar injeção e eu não tomo injeção.

— Vô, o senhor não sabe o que é. Levanta, vamos ao médico agora.

— Não vou! — tossiu. — Ninguém me tira daqui.

Daniel saiu do quarto e, sem pensar, ligou para Keiko, explicando o caso e pediu:

— Você pode vir aqui?
— Agora?...
— Se possível.
— Tá. Já vou.
Algum tempo e ela chegou à casa dele.
Na frente de Eleonora, a médica examinou o senhor e recomendou:
— Os pulmões estão limpos, mas a garganta está bem irritada. Vou deixar esse antibiótico e o analgésico. Se ele tomar direitinho, deve melhorar logo. Não é nada sério. — Isso deixou Daniel mais calmo. Virando-se para o senhor, ainda disse: — Vai tomar esses remédios direitinho, não é, senhor Rufino? Se não tomar, não vai melhorar e, se não melhorar, eu mesma vou levar o senhor para o hospital.
— Vou tomar sim. Você tem a mão santa, menina. Se fosse outro médico, estaria me furando.
Ela riu com gosto. Levantando-se, despediu-se dele e de Eleonora com um beijo e foi saindo.
Acompanhando-a até o portão, Daniel agradeceu:
— Mais uma vez, obrigado e desculpa te incomodar. A próxima visita não será como médica. Você sempre sai daqui correndo.
— Mas sempre nos vemos no centro espírita! — ela riu com graça.
— Não é a mesma coisa! Sabe disso.
— Dan, me desculpa, mas preciso ir.
— Vai para o hospital?
— Não. Tenho prova de residência. Tô indo pra lá agora e estou atrasada.
— Está de carro?
— Não. Não queria perder tempo com estacionamento. Vim de táxi e já estou chamando um, agora.
— Cancela! Eu te deixo na porta, assim não perde tempo.
— Vou aceitar. Obrigada — sorriu, satisfeita.
— Vou pegar a chave do carro, mas... Por que não me falou?

— Adoro muito o senhor Rufino. Sei que ele não gosta de injeção e fiquei com pena de ele ser furado. Tadinho...

— Keiko!... — falou, correndo para pegar a chave.

Ao deixá-la no local da prova, viu os portões se fecharem nas costas de Keiko que correu para dentro do prédio. Seus cabelos compridos, pesados e pretos balançavam com um brilho especial e ele sorriu sem perceber, achando a cena bonita.

Sem pensar, decidiu que iria esperá-la. Procurou um estacionamento e ficou pela região. Depois de algumas horas, mandou mensagem para ela, dizendo que a esperava por ali.

Dias depois, Daniel chamou Keiko e Yukio com a namorada para comerem *pizza* em sua casa. Convidou Eleonora também. Sabia que ela adorava aquele tipo de encontro.

Percebendo Keiko muito quieta, perguntou ao amigo:

— O que sua irmã tem? — Daniel se preocupou.

— Meu pai, né, cara! — contrariado, Yukio fez um gesto evasivo. — Tá enchendo a paciência dela.

— Por quê?

— Ela não te contou? Não foi aprovada no exame de residência, de novo. E... Quer saber? Ela não vai passar nunca com a pressão que ele faz e por ser na área que ela não quer. — Viu o amigo pensativo e contou: — Se você tivesse visto a cara dele por causa de meu namoro com a Talia, não o reconheceria. Tentou me pressionar, me inibir... Virei as costas e fui embora. Não dependo dele. Só não nos casamos ainda, porque ela quer terminar a especialização, primeiro.

— Ele ainda implica com isso? Pelo seu namoro não ser com uma japonesa?

— E como implica! Não tem ideia. Por fora, nossa família parece perfeita. Para ele, só devemos obedecer a ordens. Pra mim, não dá. Por isso, saí de casa e levo a minha vida. Ainda bem que a empresa não é dele.

— Por que a Keiko não faz o mesmo e sai de casa?

— Pra ela é complicado, Dan... Em primeiro lugar, minha irmã se dá muito bem com nossa mãe. Em segundo, se passar na residência médica, o salário é baixo para se manter durante o curso. Terá muitos gastos. Precisará de ajuda para se sustentar. Residência é um período de três ou quatro anos de especialização, dependendo da área que o médico escolhe. O tempo é totalmente voltado à especialização e não consegue trabalhar em outro lugar, para aumentar a renda. Gasta muito com livros. Dependendo da área, gasta com equipamentos. Precisa de tempo integral voltado aos estudos para manter notas e muito mais. Como residente, a Keiko precisará de uma rede de apoio financeiro, psicológico, material... Psicológico, porque precisará de paz à sua volta. — Fez breve pausa. — Mas sei que isso não vai dar certo, cara! Ele quer que ela faça cardiologia. Não é o que ela quer, Dan! Entendeu? Ele quer!

Aquela conversa deixou Daniel indignado e não saía da sua cabeça. Disfarçou e tentou conversar com ela para ver se se abria e contava aquilo para ele. Mas não teve sucesso.

Falaram sobre várias coisas, até comentar sobre a instituição, o que a interessou imensamente. Contou sobre suas visitas e o quanto estava animado com novos projetos que visava a ampliar os auxílios.

Ela se iluminou e se interessou em conhecer.

Em outro canto, Eleonora e Rufino conversavam e observavam o neto.

— Até que formam um casal bonito, não acha? — a senhora sussurrou e riu.

— Tenho certeza — o senhor sorriu. Depois contou: — No dia em que fui conhecer a empresa, conheci também a Selena. Uma moça muito bonita, simpática, educada e elegante.

— Não só isso. A Selena é humilde, atenciosa, esforçada e ótima profissional.

— Eu vi isso nela... — tornou o homem. — Mas... Acho que foi bom não ter dado certo.

— Por que acha isso, Rufino? — Eleonora estranhou, considerando, em seguida: — Selena não tem culpa por ser bonita, elegante e ter bom gosto, embora seja responsável pela aparência que representa sua moral, principalmente, no ambiente de trabalho. Nunca pudemos falar, absolutamente, nada sobre o seu comportamento.

— Não é disso que estou falando, Eleonora. Acho que os dois não dariam certo. A Selena precisa de um homem forte, muito decidido, que a proteja, não lhe traga problemas, não a deixe em dúvidas e a deixe brilhar. Porque ela nasceu para brilhar. Um homem provedor também quer uma mulher provedora, isso é certo, mas... Algo entre os dois não combina — falou sorrindo, lembrando-se da moça. — Até onde sei, é ativa, enérgica e dinâmica em tudo o que faz. Isso é o que todos falam dela. — Riu ao comentar: — Se você colocar uma roupa de chita nela e sujar seu rosto, ainda assim, Selena brilha. Me pareceu uma ótima moça, mas não para o Daniel. Ele iria se incomodar muito com o brilho dela, porque ela mesma não vê o quanto brilha, mas os outros sim. Nosso neto precisa de alguém com mais calma, que não o ofusque, que o entenda. Alguém que se destaque, mas em outra área, não na mesma área dele. Ele precisa de tranquilidade, o que não teria ao lado de Selena, não por ela, mas por ele, por seu ciúme em querer controlar o que não consegue.

Eleonora ficou reflexiva. Nunca havia pensado nisso. Olhando para o neto e Keiko conversando, percebeu o quanto ele estava interessado nela e sorriu.

O dia estava frio quando chegaram à instituição.

Com a ajuda de Paula, Keiko conheceu todo o lugar e ficou encantada com o trabalho.

Como sempre fazia, Teodoro segurou as mãos de Daniel, que se emocionou e ficou feliz ao ser reconhecido.

Aproveitando que Paula se afastou, o rapaz contou:

— Keiko, agora, estudando a doutrina espírita, consigo compreender melhor a experiência que tive aqui.

— Qual? — interessou-se.

— Claramente, escutei alguém dizer: "Ele é filho dela. É seu tio."

— Como assim? — admirou-se.

Ele contou toda a história.

— E você ainda não sabia que era neto dela!... — surpreendeu-se. — Contou para ela? A dona Eleonora sabe disso?

— Não contei. Fiquei em dúvida... ela pode ficar muito triste. Será que devo?

— É algo forte e... Se fosse para ela saber, também teria ouvido. — Keiko brincou com Teodoro, que correspondeu aos seus carinhos. Sem se dar conta do que falava, confessou: — Eu gostaria tanto de fazer Pediatria... Gosto muito de crianças...

— Por que não faz Pediatria? — perguntou sério, com voz grave, invadindo sua alma com o olhar.

Ela abaixou a cabeça, colocou uma mecha do cabelo para trás da orelha e respondeu:

— Por causa do meu pai. Ele não me dará apoio se não fizer Cardio — ficou triste.

Aquilo deixou Daniel contrariado.

Na espiritualidade...

— Estou satisfeita por ver meu filho assim — comentou o espírito Beatriz, radiante.

— Tenho orgulho do meu protegido — afirmou Isidoro, mentor de Daniel. — Ele é esforçado. Não espera que os outros o ajudem. Luta pelo que quer. Daniel terá um grande trabalho, tarefa divina, nesta instituição, principalmente, agora, que os dois vão se unir. — Sorriu. — A missão ficará perfeita.

— Demorei para entender que ele e Selena não ficariam juntos — tornou Beatriz.

— A interferência no livre-arbítrio dos outros pode causar situações como as que eles enfrentaram. Apesar de bom homem, Tadashi é responsável pelo atraso na tarefa de Keiko e Daniel. Se não tivesse inibido a filha de se aproximar do rapaz, quando estudava com Yukio, os dois já estariam juntos. Daniel não teria se aproximado de Selena e ela estaria livre quando se encontrasse com Satoshi. Mas nada é desperdiçado, minha amiga... As experiências trouxeram lições e aprendizados a Daniel, que amadureceu, aprendeu a dizer não, colocar limites.

— Foi uma experiência dolorosa também para Selena. A dor que viveu e, como não bastasse, a calúnia que sofreu... — considerou Beatriz.

— A dor dessa experiência, a fez mais forte e também a aprender a não caluniar. Tinha esse débito de outra vida.

— E quanto a Satoshi? O que ele faz lá do outro lado do mundo? — ela se interessou.

— Satoshi foi um espírito rebelde, por muitas experiências terrenas. No planejamento reencarnatório, pediu para aprender equilíbrio e respeito, para não abrir mão de responsabilidades importantes e nada melhor do que uma cultura que exige isso, uma religiosidade que lhe cobra moral — Isidoro comentou e sorriu, ainda olhando a cena de Daniel e Keiko conversando. — Além disso, Satoshi tem outra tarefa terrena, que surgirá daqui um tempo.

— Acompanhei, mas não conheço a história de vidas passadas de todos eles. Poderia me contar? — pediu o espírito Beatriz.

— Daniel... — disse Isidoro, reflexivo. — Em algumas experiências terrenas, abandonou filhos, deixou-os viver necessidades por falta de amparo, orientação e proteção. Saiu pelo mundo e não olhou para trás. Com alguns desses espíritos, Daniel já se harmonizou, menos com Faustus, que não admite reconciliação e quer que ele sofra pelo que fez, mais do que já expiou.

Em certa vida terrena, Nádia foi mãe de Daniel e Satoshi — prosseguiu Isidoro. — Junto com seu marido, na época, organizou um casamento arranjado e vantajoso entre Daniel e Selena, mesmo sabendo que o filho caçula, Satoshi, e a jovem moça se amavam, tinham muitas promessas e belos sonhos de ficarem juntos. Satoshi e Selena não se largavam. Era um amor antigo, de outras vidas. Naquela época, de tempos sofridos, os dois não eram egoístas e tinham esperança de fazer algo para ajudar pessoas. Idealizavam propósitos de levarem felicidade e conforto aos outros, de alguma forma. Apesar de saber dos sentimentos e sonhos do irmão, Daniel aceitou se casar com a moça e mostrar quem mandava, quem controlava tudo e tinha o domínio da situação. Não era um marido que a agredia, muito comum naqueles tempos, mas torturava suas emoções, humilhando-a de diversas formas. Orgulhoso, colocava-se em postura autoritária com ela e também com o irmão mais novo, impondo-se sempre. Selena e Satoshi planejaram fugir, mas foram descobertos. Eleonora, uma empregada de Nádia, aceitou interromper a fuga em troca de dinheiro. Seus esforços ocasionaram um acidente que deixou Selena paraplégica. Satoshi ficou desorientado, rebelde, revoltado. Ainda assim, desejava cuidar e proteger aquela que amava, mas não pôde. Devolvida aos seus pais, Selena foi vendida para fins sexuais em lugar de baixíssimo nível e levada de um lugar para outro, sem ninguém saber para onde. Os irmãos brigaram e digladiaram. Daniel, ferido com uma espada no pulmão, morreu. Satoshi, sem se arrepender, seguiu loucamente à procura de Selena sem nunca a encontrar. Cometeu atrocidades. Matou os pais dela, mas nunca a encontrou. Perdeu a fé em tudo e todos. Perdeu a fé em Deus. Demorou-se em repetidas reencarnações para se harmonizar nesse sentido. Por essa razão, nesta vida presente, ele é tão fiel à religiosidade. Quanto à Selena, ele é sempre tomado pelo desespero de não a querer perder e necessidade de ajudá-la de todas as formas, de querê-la junto de si, por não ter tido a oportunidade de ficarem juntos. Tudo o que fez afastou-os em outras vidas. Hoje, já evoluído nessa parte, domina os sentimentos apesar do sofrimento inconsciente, busca equilíbrio e aceitação, quando é algo que não pode controlar e não sabe o que o destino reserva. Aprendeu bem. Satoshi também aprendeu a se impor com Daniel, não se deixando mais intimidar ou se inferiorizar por ele.

Em outros tempos, na espiritualidade, foram planejados alguns acordos. Satoshi já foi pai desses que são seus pais, nesta vida, para harmonizar o passado, porém restaram resquícios de mágoa. Satoshi também foi pai de Daniel, mas não deu muito certo, brigaram e nunca se uniram ou se perdoaram, como deveriam. Por já ter sido seu pai, dando-lhe oportunidade de vida terrena, cuidado bem dele quando criança, nesta encarnação, Satoshi não precisou experimentar o desencarne quando sua costela perfurou seu pulmão, da mesma forma que sua espada atingiu Daniel, em outra vida. Bastou a experiência de angústia e dor. Keiko, por sua vez, é uma alma querida de Daniel e sempre decide apoiá-lo. Eles já se encontraram em outras vidas e se ajudaram em muitos processos evolutivos. Certa vez, como sua esposa, Keiko deu à luz o Faustus que, ainda pequeno, tornou-se o filho rebelde que, quando cresceu, matou o próprio pai. Inconscientemente, não suporta a proximidade de Daniel e quis vingar-se, vê-lo sofrer e ficar com a fortuna que o pai conquistou. Para dizer a verdade, depois de tudo o que já foi feito para se harmonizar com Faustus, meu protegido não tem mais débitos com ele.

— Então, por que é permitido que ele o perturbe tanto, que o obsedie dessa forma? — o espírito Beatriz quis saber.

— Porque, tudo e todos, têm utilidade em nossa evolução. Se não fosse a obsessão sofrida, Daniel não precisaria da ajuda de Keiko, que o está aproximando da espiritualidade. Nesta vida, não teve pais e passou por humilhações e dores de culpa, para aprender a importância de ter pais ao lado e a não abandonar os filhos. É mais uma prova do que expiação. Não acreditava em Deus por ter sofrido tanto, em outras vidas, que deseja entender melhor a razão do sofrimento. E é ela quem o está ajudando a compreender tudo isso. Keiko e Daniel são tão próximos que somente ela consegue fazê-lo parar, pensar e aceitar a existência de um Criador e muitas outras coisas — explicou o mentor.

— É verdade... Selena, com o mesmo conhecimento, não teve sucesso para fazê-lo se aproximar de Deus.

— Daniel só teve paixão por ela. Uma paixão que aumentou com a aproximação de Satoshi, o irmão e rival do passado. Satoshi a ama de verdade e ela, apesar da dúvida, reconhecerá isso em breve. — Um instante e comentou: — Veja, ao longo das encarnações, as pessoas vão se reconciliando, aprendendo com as expiações e provas... Perceba que Nádia, depois de expiar, em outras existências, os débitos do passado, nesta vida, harmonizou-se com Selena de forma que o amor incondicional entre elas é exemplar. Selena e Eleonora também já harmonizaram entre si, dissolvendo o ódio que as dominou, depois daquela vida. Eleonora, pela missão que iniciou, conquistou fortuna honestamente, mas todo seu dinheiro não pode tirá-la da paraplegia e da cadeira de rodas, os abusos e as necessidades que sofreu, foram expiações pelo que proporcionou indiretamente à Selena, e também outras práticas. Essas condições mostraram que é possível seguir firme, apesar da dor, do desespero. Não estava no planejamento perder o filho e Eleonora sofre até hoje por isso. Os três: ela, Daniel e Theo deveriam seguir com a tarefa iniciada por ela com a instituição, que Daniel deve assumir, agora, e Keiko deve ajudá-lo.

— Mas, e Faustus?!

— Olhe para ele, Beatriz... — Isidoro pediu com bondade.

O espírito Faustus, que tentava atormentar Daniel, ali na instituição, demonstrava-se raivoso, imensamente irado, principalmente, porque o encarnado parecia não o perceber nem aceitar mais suas inspirações. De repente, sentiu-se fraco, sem energia. Não percebeu espíritos superiores e instruídos ao seu redor, mas sentiu uma energia diferente que o abalava. Luzes surgiram e o envolveram. Quanto mais resistia, mais forte era a vibração que o circundava. Quando pôde ver espíritos luzentes à sua volta, foi dominado por uma espécie de sono. Envolvido com segurança, foi levado.

— O que aconteceu? — o espírito Beatriz quis saber.

— A falta de perdão destrói a mente, abala o ser e é preciso recomeçar. Recomeçar esquecendo o passado, refazendo-se com o recebimento de amor e bondade. Faustus foi envolvido e irá preparar-se para reencarnar.

— É possível ele ser filho de Daniel e Keiko?! — assustou-se Beatriz.

— Não mais. Essa oportunidade já foi perdida. Para Faustus nada, nunca, foi suficiente. É um ser que jamais se contentou. Perdeu suas chances. Os dois não o merecem como filho, mas irão cuidar de Faustus quando ele chegar aqui na instituição, como assistido e com as necessidades de uma alma endurecida. A deficiência intelectual também é ferramenta de instrução e evolução para os que não aceitam os meios abençoados de se redimirem com o perdão. É possível seu reencarne em breve. Na espiritualidade, ele atrapalharia esse trabalho. Faustus ocupará um leito neste instituto. Recebendo cuidados e amor, é possível que nasça, em seu coração, a gratidão pelos bons tratos que conseguirá desses dois. — Ofereceu breve pausa. Depois, comentou: — Daniel detém um dos mais perigosos poderes para o equilíbrio moral: o dinheiro. Mas, vendo as experiências sofridas nos últimos tempos e seu empenho em aprender, acredito que se sairá bem. Foi útil o que viveu com Marceline. Aprendeu a duras penas. A começar, por afastar-se da bebida alcoólica. Terá responsabilidade e sabedoria para entender como usar e para que usar o dinheiro, entendendo que vidas dependem dele. Com Keiko ao lado, tudo ficará bem. Ela é sensata.

— E quanto a Satoshi e Selena? O que acontecerá com eles?

— Não há como prever — informou Isidoro. — O livre-arbítrio é o poder que cada um tem sobre sua própria vida, cabendo lembrar que as consequências são de responsabilidade de cada um. De acordo com a decisão de Selena, ela vai se deparar com aqueles que foram seus pais no passado, que não a aceitaram e a venderam. Eles já expiaram e harmonizaram grande parte do que causaram a ela, mas ainda resta o perdão e a aceitação. Será grande prova para eles aceitá-la, assim como importante prova de aceitação para ela. Precisará amá-los, entendê-los, respeitá-los e conviver com eles com harmonia e consideração, apesar das dificuldades. Eles deverão acolhê-la, protegê-la, apoiá-la e orientá-la sem se importarem com as diferenças. Se ela aceitar tudo isso, junto com Satoshi, conseguirão o objetivo dessa encarnação e muito mais. Há um trabalho grandioso que poderão desenvolver. Como falei, o poder de escolha, tanto daqueles que foram os pais de Selena quanto dela, é algo que não conseguimos prever. Na espiritualidade, o planejamento, o juramento é um. Aqui, com a bênção do esquecimento, tudo pode mudar. Ela deseja tanto essa reconciliação que pediu um pai biológico difícil, omisso e abusivo para que, quando encontrasse os pais com quem necessita se harmonizar, colocasse-se maleável, disposta e flexível às diferenças. Na espiritualidade, Nádia comprometeu-se a ajudá-la. Por isso, tudo o que aconteceu estava certo.

— Então... Deixe-me ver se entendi: nesta vida, os que são pais de Satoshi foram os pais de Selena, que a venderam quando ela ficou paraplégica, em uma vida passada?

— Sim. Hoje, são os pais dele — Isidoro sorriu. — Satoshi deve fazer essa reaproximação entre eles. Ele é o elo, nesta encarnação, para que todos se perdoem e se ajudem. E se isso acontecer, Satoshi também vai amá-los mais e perdoá-los pelo que fizeram a ela no passado. Assim como os pais devem perdoá-lo pelo que Satoshi fez a eles.

— Tenho tanto a aprender... — disse o espírito Beatriz. — Demorei para entender todo o entrelaçamento dessas vidas. Soube que, no meu último planejamento reencarnatório, Eleonora precisava passar por essa experiência de ter um companheiro que a maltratasse e precisaria deixar para trás uma filha. Nós nos conhecíamos de outras épocas, mas nunca fomos muito próximas. Por eu ter matado Valdir daquela forma horrenda, necessitava viver essa experiência. Então, nasceria como filha de Eleonora, mais pela experiência que necessitava viver do que por ligação forte com ela, que me deu vida e seguiu sua existência, deixando-me com meu pai. Logo que desencarnei, confesso que fiquei com raiva dela. Achava que deveria ter voltado para me buscar. Mas, ao entender que deveria me apaixonar por Valdir e me colocar naquela expiação, fiquei conformada. Ao ver tudo o que Eleonora fez por meu filho, passei a respeitá-la e lhe querer muito bem.

— Na espiritualidade, muitas vezes, demoramos para conhecer as ligações que temos com almas queridas e as necessidades de cada um. Mas, certamente, sempre nos unimos e nos ajudamos nos caminhos evolutivos — Isidoro sorriu. — As insistências de Keiko para que Daniel frequentasse a casa espírita, levou Valdir ao socorro. Acompanhando o filho, recebeu conforto e auxílio espiritual de benfeitores espirituais que o envolveram na casa de oração. Tudo vai se harmonizando. Essa é a ordem das coisas.

Embora tivesse acordado cedo, decidiu ficar na cama, triste e pensativa, por mais algum tempo. Não tinha vontade de fazer nada. Estava sem energia e sem ânimo.

Levantou-se por obrigação. Tinha alguns serviços de casa para fazer e cuidar da sua roupa era um deles. Sua mãe nunca quis ter uma empregada e agora ela sentia falta disso.

Estava descalça na cozinha quando a campainha tocou. Colocou a cabeça para fora e reconheceu sua prima no portão. A outra a viu e não teria como não atender.

De pés ao chão, foi abrir o portão.

— Oi, Selena! Bom dia! — Cleonilde disse.

— Oi. Bom dia — falou sem vontade. — Vem. Entra.

— Com esse frio e você descalça! — criticou quando estava na cozinha.

— É...

— Selena — sentou-se sem a outra convidar. —, a tia morreu e você não nos avisou?! A minha mãe está em prantos! Magoada com você! Quanto descaso! Que falta de consideração! Só ficamos sabendo porque uma conhecida nossa viu seu irmão postar homenagem nas redes sociais e nos contou. Se não fosse isso... — Selena sentou-se de frente a ela e ouviu toda a sua longa e desagradável reclamação, em silêncio. Cleonilde falou e falou, até que perguntou irritada: — Você não me diz nada?!

— Dizer o quê?... Não tenho nada para dizer. Eu nem tinha o telefone da tia ou o seu. Não uso redes sociais. Não tenho tempo.

— Sua mãe tinha nosso contato! Você é ingrata, Selena! E agora? O que vai fazer?

— Sobre o que está falando? Se não avisei e tudo já aconteceu... Sinto muito. Não consigo fazer nada — dizia sem vontade de falar.

— E você? Vai continuar aqui, nesta casona, sozinha?

— Não. A casa já está à venda e com possível comprador... — falou em tom quase inaudível.

— Poderia ter oferecido para a gente vir morar aqui, né, Selena?! Você e seus irmãos não pensam na família nem nos parentes. Sempre me espantei com o egoísmo de vocês! Eu moro com meus três filhos, minha mãe, meus dois irmãos com as esposas e mais quatro crianças em uma casa que não tem nem a metade do tamanho desta! E você aqui, neste casarão! Isso é falta de consideração! Sempre acompanhamos a vida de vocês e sabemos que têm dinheiro, estão bem, mas o egoísmo não deixa vocês ajudarem a gente.

Selena estava estonteada e, num relampejo de força, disse:

— Cleonilde, sabe quando minha vida começou a dar certo e progredi? — não esperou resposta. — Quando parei de acompanhar a vida dos outros, quando parei de observar quem acompanhava a minha vida, quando parei de prestar atenção nas conversinhas e fofocas de conhecidos e parentes, quando parei de dar atenção àqueles que não me valorizavam. Estudei e dei foco para me profissionalizar e ser melhor do que qualquer um no que eu faço. Quando a gente mostra que é possível, os medíocres atiram pedras e não param de falar. Agora, não tenho tempo para te ouvir. Admiro você, com três filhos, ter tempo de vir aqui para falar coisas tão insignificantes. — Levantou-se. — Vou ter de pedir que vá embora. Hoje, não estou muito bem. Estou com cólica, enjoada e muito triste... Por favor...

— Mas eu saí de Taboão da Serra para vir aqui! — Referiu-se a um município de São Paulo. — É longe!!!

— Você não avisou que viria. Com licença. Preciso que se vá. Não estou bem.

Cleonilde ofendeu e xingou Selena que foi abrir o portão, saindo na frente.

Ao retornar para dentro de casa, sentiu-se mais exausta ainda. Fez um café e se lembrou de Satoshi que tomava café morno, quase frio e sem açúcar. Sorriu quase sem vontade. Tomou uma xícara bem doce e foi para a sala. Largou-se no sofá e ali ficou a maior parte do dia.

Bem mais tarde, olhou o celular. Satoshi havia ligado e não ouviu. O aparelho estava com o volume totalmente baixo e ela deve ter cochilado. Viu sua mensagem, mas não quis responder. Seus pensamentos estavam confusos, repleto de dúvidas.

Achou estranho o contato que tinham. Ele não falava de seus sentimentos por ela.

Refletiu e se lembrou de que ele sempre a chamou de amiga. Provavelmente, aquele beijo nunca significou mais do que uma despedida. Estava enganada. Ele nunca gostou dela e até deveria ter outra. Ou, então, ao chegar à sua terra natal, seus costumes, culturas e valores falaram mais alto e ele a esqueceu.

Não sabia o que pensar. Não encontrava jeito de dizer isso a ele. Temia que, se falasse alguma coisa, Satoshi se afastasse. Gostava tanto dele, de suas conversas, de seu jeito... Não tinha mais ninguém. Sentia sua falta.

Reparou o quanto Satoshi era prestativo e presente, enquanto trabalhavam juntos no Brasil. Preocupava-se com seu horário de almoço, café e, com frequência, trazia para ela um mimo qualquer, ao voltar da rua, quando não iam almoçar juntos. Um doce japonês ou qualquer coisa que encontrasse na padaria onde passou. Uma caneta, um enfeite para a mesa como peso de papel, suporte de celular... Eram coisinhas que faziam se lembrar dele na sua ausência. Às vezes, pegou-se esperando por um de seus mimos, ao vê-lo retornar de algum lugar.

No aniversário dela, enviou flores, um ursinho e uma delicada pulseira de ouro para sua casa. Ela não ousou contar para Daniel, pensando em evitar brigas.

Após a morte de sua mãe, ao percebê-la triste, Satoshi teve a iniciativa de viajar, de tirá-la das circunstâncias deprimentes. E a acompanhou. Dividiram um quarto compartilhado no hotel na serra. Mesmo com os quartos interligados, ele se comportou, extremamente, respeitoso como amigo fiel e, apesar de estarem a sós, indo a lugares e restaurantes, nunca tentou nada nem qualquer aproximação romântica.

Satoshi a respeitava de uma forma única. Não precisava se afastar dele nem impor limites, como precisou fazer com outros homens.

Por isso, agora, pensava que eram apenas amigos. Ele não devia ter tanto interesse por ela. Qualquer outro homem provocaria uma aproximação, mas não ele.

Ou talvez se gostasse, por causa da sua cultura, seus costumes e família, não pudesse se aproximar. Era isso.

Sua mãe estava errada. Ele não era tão decidido e não gostava dela. Não para um romance ou compromisso mais sério.

Em seguida, lembrava-se de que, quando foram almoçar juntos, no dia em que tiraram aquelas fotos, sentiu algo único, diferente. Um sentimento que brotou de sua alma com muita força. Ficou triste por ele ter de ir embora. Mas, ao mesmo tempo, desejava que fosse logo para se livrar do que experimentava, afinal tinha um compromisso sério com Daniel, naquela época.

Só que, depois, o beijo no aeroporto, aquelas palavras...

O que significava aquilo? Tão de repente, tão forte... Achou que foi sincero da parte dele, mas...

Satoshi estaria brincando? Foi um desejo e um sentimento dele que passou tão rápido quanto sua viagem?

Não saberia dizer.

Porém, não passou para ela. Isso não. Ao contrário, aumentou de intensidade e tamanho.

Contudo, quando conversavam, não mencionavam sobre o beijo, os dois beijos que trocaram. Não falaram sobre suas últimas palavras, sobre a relação.

Ele a convidou para trabalhar no Japão. Gostaria de que ela ocupasse o seu lugar como diretor.

Precisava falar com ele. Aquilo a deixava apreensiva e quase desesperada. Desejaria conversar, mas não por uma mera chamada em vídeo.

Forçou-se a se movimentar.

Seria mais uma tarde difícil, sem saber o que fazer, no meio de tantos afazeres.

Levantou-se e sentiu sensação de desmaio. Sabia que era por não ter se alimentado nada àquele dia nem no dia anterior e ter tomado remédios.

CAPÍTULO 44

TÓQUIO

Durante o caminho de volta, Daniel e Keiko conversaram sobre algumas ideias para a instituição. Falaram sobre abrir um centro de estudos espíritas, que poderia ajudar muita gente com estudo e palestras doutrinárias, além de outras tarefas assistenciais.

Mas a história de Keiko não fazer a residência médica que desejava, por causa de seu pai, não saía da cabeça do rapaz.

Decidiram parar em um café. Lugar agradável e reservado, onde a música ambiente ressoava tranquila e as mesas afastadas garantiam privacidade moderada.

Não suportando, ele perguntou:

— Se você não dependesse do seu pai, prestaria residência em Pediatria?
— Sim — respondeu séria e sem titubear.
Parecendo apreensivo, revelou, olhando em seus olhos:
— Tenho uma proposta para te fazer.
— Qual?
— Não aqui. Vamos até minha casa e conversaremos com tranquilidade — disse, sobrepondo a mão à dela e Keiko ficou olhando, surpresa.
Erguendo o olhar, viu-o sorrir e correspondeu ao sorriso ao mesmo tempo que puxava sua mão.
Quando foram para o carro, ela estranhou que Daniel, com leveza, colocou a mão em suas costas, conduzindo-a até o veículo e ajudando-a a entrar nele.
No escritório de sua casa, o rapaz fechou a porta e propôs:
— Keiko, eu... Ou melhor... — sentiu-se nervoso e não conseguia deixar de demonstrar. Algo raro. — Bem...
— Fala logo, Dan... Estou ficando nervosa — expressou-se calma, diferente do que afirmava.
Em vez de ocupar a cadeira atrás da mesa, ele acomodou-se na cadeira ao seu lado, virando-a para ela.
— Bem... A empresa se propõe a te dar apoio financeiro para que faça sua residência médica em Pediatria.
O susto foi inevitável e a moça paralisou. Seus olhos se fixaram uns nos outros. Ela levou as mãos nos cabelos, trazendo-os para a frente e torcendo-os. Como sinal de apreensão, remexeu-se na cadeira e demorou para responder:
— Em troca do quê? — indagou com voz quase inaudível.
— Em troca de seu apoio aos internos da instituição. Nunca vou te cobrar nada, mas gostaria de que atendesse às crianças da instituição, quando puder, e será remunerada por isso, claro. Poderá ter sua vida, trabalhar em hospitais, montar sua clínica... Sei lá... Mas me ajudaria com as crianças.
Ela se levantou e foi até a janela, ficando de costas para ele.

— Keiko?... — disse, aproximando-se.

— Isso não está certo — murmurou com voz doce.

— Calma... — ao seu lado, esboçou um sorriso e segurou seu braço. Curvou-se, procurando ver seus olhos e perguntou: — Você está bem?

— Estou confusa... Não sei se entendi o que você quer.

Segurando-a com as duas mãos em seus ombros, fez com que ficasse de frente. Tocando com carinho em seu rosto, inclinou-se.

— Não faz isso... — ela sussurrou e tentou se afastar.

Daniel a segurou e a envolveu num impulso, apertando-a contra si. Abraçá-la, trouxe paz ao seu coração e tranquilidade aos seus pensamentos.

O mundo parou.

Keiko o envolveu com carinho, recostando o rosto em seu peito. Sentiu medo ao mesmo tempo que uma felicidade branda invadiu sua alma.

— Dan... — sussurrou.

Tendo-a em seus braços, ele pegou seu rosto com uma mão e a beijou com amor e Keiko correspondeu. Um amor antigo, suave, terno, amigo, que ressurgiu com força e desejo, coragem e determinação.

Agora, era um homem mais seguro e resoluto. Sabia o que queria. Abraçaram-se novamente e ficaram assim, juntos, por longos minutos.

Em seguida, Daniel a levou para onde estava sentada, acomodou-se à sua frente e pegou em suas mãos ao afirmar:

— Não vai enfrentar isso sozinha. Estarei com você. Eu... Eu gosto de você, Keiko. Gosto muito...

— Eu também... — falou baixinho.

Estando bem perto dela, Daniel tirou seus cabelos do rosto e os colocou atrás das orelhas.

Sempre sorrindo, demonstrando uma satisfação indescritível. Segurou seu rosto com as mãos e disse, com voz terna:

— Eu falei em nome da empresa, mas... Dane-se a empresa. Eu quero ajudar e vou fazer isso, se me permitir e...

— E o meu pai? Esqueceu?

— Não. Não mesmo. Vamos enfrentá-lo, se for preciso — falou com voz tranquila. — Ele não poderá fazer nada.

— Dependo dele ainda.

— Keiko... — ela o encarou. Seu rosto bonito e calmo parecia revelar grande preocupação. — Estou gostando muito de você — viu-a paralisada. — Muito mesmo e sinto que sente o mesmo por mim. Vejo isso no seu olhar, no jeito que fala comigo, no modo como é prestativa, na forma como foge quando eu a toco... quase por acaso. Todas as vezes que precisei, sempre esteve ao meu lado me ajudando de diversas formas. E eu? Eu adorei tudo o que fez. Se isso não significa uma forma de amor, de fortes sentimentos, então não sei o que é.

— Dan... E meu pai? Você sabe como ele preserva nossos costumes.

— Se vamos enfrentá-lo, começaremos assumindo nosso compromisso e você fazendo residência em Pediatria, que é sua paixão. Se vamos confrontá-lo, que seja pelo que mais desejamos: algo que é honesto e justo.

— Estou com medo. Nunca fiz isso antes. Nunca o enfrentei — encarou-o com olhar aflito.

— Estarei ao seu lado — tocou-lhe o rosto com carinho

— Ele pode até me pôr pra fora de casa — lembrou e ficou assustada. — Posso me sustentar, claro, mas vai ser estressante ter de pensar onde morar. Vou falar com o Yukio antes.

— Você vem morar aqui!

— Ficou louco?! Lógico que não!

— Seu irmão está arrumando o apartamento para se casar e não seria conveniente você lá.

— Não vou morar com você. Será outro escândalo! Eu sou tímida e conservadora. — Daniel riu alto, achou graça em ouvir aquilo. — Está caçoando de mim, Dan? — ficou brava.

— Não — foi até ela e beijou-lhe os lábios. Depois sussurrou: — Não estou caçoando. Achei lindo o seu jeitinho de falar. Gosto quando faz esse biquinho.

— Para... — fugiu ao olhar.

— Já sei como resolver! — seu rosto se iluminou. — Vamos falar com a minha avó!

— Não!

— Sim! — Vamos até a casa dela, agora! — ele disse, levantando-se e puxando-a pela mão.

Ao saírem do escritório, depararam-se com Eleonora e Rufino que ficaram curiosos, mas não surpresos, ao vê-los de mãos dadas.

— Que bom que estão aqui — Daniel sorriu largamente. — Ia à procura de vocês. Foi para o centro da sala onde os avós estavam e anunciou: — Eu e a Keiko vamos assumir nosso namoro. Sabemos que o Tadashi não vai aceitar e pode até colocá-la pra fora de casa. Lógico que ela consegue se prover sozinha, mas não admito a ideia de ela ter dificuldades, sentir-se sozinha ou... Não quero que ela fique sozinha. Falei sobre vir morar aqui, mas ela não quer. Disse que é tímida e conservadora — sorriu e olhou para ela, que fugiu ao olhar. — Bem... Ainda existe gente assim neste mundo. — Abraçou-a, puxou-a para junto de si e pediu: — Vó, a Keiko pode morar na sua casa?

— Lógico que vou comprar uma briga feia com um velho amigo... Mas, se é pelo meu neto... Sim, Keiko! — alegrou-se a senhora que sorriu.

— Gente... Espera... O Daniel está se precipitando...

— Lógico que não estou! Estou me precavendo.

— Keiko, minha casa é sua. Quando pretendem falar com o Tadashi? — tornou Eleonora.

— Agora! — Daniel decidiu. — Ela quer prestar prova de residência em Pediatria e o pai não quer. Exige que seja em Cardiologia. Então, teremos duas brigas com o senhor Tadashi.

Estou indo lá agora junto com ela e... Se as coisas ficarem feias, a Keiko vai para sua casa ainda hoje.

— Feito! Adorei a ideia! Faz tempo que não entro em uma briga!... — Eleonora riu e propôs: — Querem chamar o Tadashi na minha casa para dar a notícia? Dessa forma, ele não estará no território dele e a Keiko já pode ficar em casa. Até porque, se continuar na casa do pai, ele vai torturá-la, depois que sair de lá, Daniel.

— É verdade. Você pode chamá-lo para nós, vó?

— Meu Deus... Estou com frio na barriga e vou ter um troço... — Keiko murmurou respirando fundo e abaixando o olhar.

Na casa de Eleonora...

Daniel falou tudo o que precisava, sem ser desrespeitoso com o pai de Keiko.

— Então é isso que eu quis informar. Estamos namorando e ela vai prestar residência em Pediatria, área de que gosta.

Estavam sentados à mesa da sala de jantar e Tadashi, frente a ele, permaneceu sério, sem se manifestar, até ouvir:

— Ela virá morar aqui com a minha avó.

— Keiko não sai de casa — Tadashi falou com voz grave e baixa.

— Não é conveniente que continue lá, por várias razões, e o senhor sabe. Ela precisará de tranquilidade e... Não quero que enfrente conflitos familiares.

— Você está me afrontando, Daniel?

— Não senhor — olhava-o sempre firme, sério. — Nós nos gostamos muito. Minhas intenções são sérias. Não existe motivo para escondermos nosso relacionamento e gostaríamos das suas bênçãos, se possível.

Tadashi sentia um turbilhão de emoções. Sua educação, tradições, cultura e tudo o que aprendeu de como deveria ser estava sendo colocado à prova. Para viver bem, a partir de agora, precisaria romper laços com conceitos e costumes milenares.

Ele cruzou as mãos e colocou-as na beirada da mesa, abaixando o olhar.

— Meu amigo — Eleonora o chamou e esperou que olhasse —, existem coisas, na vida, que não podemos ou não conseguimos controlar. O coração, o destino e muitos imprevistos são a prova disso. Tadashi, eu sempre o admirei por sua fidelidade aos costumes e tradições milenares que preservou, na sua vida. Mas isso foi para a sua consciência, o seu dever. Algo honesto e justo. De forma alguma, poderá obrigar seus descendentes a fazerem isso. Sempre admirei por sua fidelidade à sua esposa e o coloquei no mais alto grau de confiança, quando se casou e eu ouvi você dizer algo assim: "Se eu souber que, aqui na empresa, tem algum líder que tem o comportamento e a disposição de trair seu cônjuge, ele não ficará na equipe por muito tempo. Traição é o maior testemunho contra alguém. Se é capaz de trair com quem dorme ao lado, é capaz de trair a empresa ou qualquer um. Não é digno de confiança." — Viu Kaori olhar para o marido e sorrir. — Meu neto e a sua filha estão sendo honestos e fiéis. Querem fazer a coisa certa. Eles são maiores e independentes. Podem fazer o que quiserem de suas vidas e nós não poderemos fazer, absolutamente, nada. E eles os respeitam tanto que pedem suas bênçãos e permissão. Onde já se viu isso nos dias de hoje?! — ressaltou. — Eles querem viver bem e desejam você e a Kaori na vida deles. Querem compartilhar a felicidade deles com vocês. Por isso, estão aqui conversando com você e sua esposa. Você, Tadashi, não está quebrando suas tradições e costumes. É sua filha e é preciso aceitar. — Fez longa pausa e ninguém disse nada. Então, ela ainda lembrou: — O Yukio é um rapaz maravilhoso e encontrou uma ótima moça. Vocês poderiam participar de mais coisas na vida deles se não fosse esse seu orgulho e desejo de preservar tradições. O que é mais importante para vocês: ter seus filhos felizes ao lado ou tradições?

— Sou mãe deles. Nossos filhos são responsáveis e não escolheram marginais como companheiros. São adultos e, até onde sei, tanto a Talia quanto o Daniel são ótimas pessoas, assumem seus deveres e são educados. Talia é médica e Yukio empresário. Keiko é médica e Daniel empresário. Homens provedores e mulheres provedoras. São criteriosos, ajuizados, disciplinados, equilibrados. O que você quer mais? — olhou para o marido. — Não ficarei fora da vida dos nossos filhos. Farei parte da felicidade deles. Se não os abençoar, eu o farei. — Daniel sorriu, levemente, tamanha satisfação e abaixou a cabeça ao mesmo tempo que apertava a mão de Keiko sob a mesa. — Keiko não precisa sair de casa por causa dessa tolice. Onde já se viu... E caso marido brigue com ela, sairei eu de casa levando minha filha junto.

Tadashi a olhou espantado. Não esperava aquela reação. Não na frente dos outros. Depois de respirar fundo, olhou para Daniel e falou:

— Se é assim que querem fazer... Vou colaborar com a felicidade de vocês. Keiko, filha, não saia de casa e preste a prova de residência na área que quiser. Daniel... — viu-o olhar. — Faça minha filha feliz. Vou cobrar isso de você.

— Pode deixar — colocou o braço sobre os ombros de Keiko, que estava ao seu lado e a puxou para perto.

Depois, no jardim da casa de Eleonora, a namorada falou:

— Dan... Estou tão, mas tão envergonhada. Fiquei me sentindo vivendo no século XVIII.

— Sabe que gostei da experiência — sorriu com leveza, balançando-a de um lado para o outro enquanto a abraçava. Olhou-a e disse: — Agora é com você! Arrasa na prova da residência! Acho que teremos muitas coisas para fazermos juntos. Aquela instituição precisa da gente.

— Considere feito — sorriu, ficou na ponta dos pés e o beijou com carinho.

O tempo foi passando...

Selena foi para Araraquara. Ainda não conhecia seu sobrinho. Após dois dias na casa do seu irmão, decidiu:

— Renato, amanhã eu volto para São Paulo.

— Você está bem, sozinha? — olhou em seus olhos, procurando a verdade.

— Depois que me mudei para o apartamento que aluguei, a rotina é diferente e estou melhor. Morando mais perto do serviço, durmo mais. Também é perto do centro espírita que frequento e isso ajudou.

— Lua... De verdade, como você está? Vivo preocupado com você.

— Não esquenta, Renato. Isso passa. É só uma angústia. Vai passar.

— Não acha melhor ir ao médico ou procurar um psicólogo?

— Ainda não. As coisas estão se ajeitando e...

— E no serviço? Como está lá?

— Não houve mais fofocas, como já te contei. Isso faz tempo. Depois daquela reunião que o CEO fez e da demissão das duas, que serviu de exemplo, as coisas ficaram muito melhores. Estou me dando bem com todos, como antigamente, inclusive com o Daniel. Não existe nada que nos incomode. Ah!... Ele está namorando a Keiko.

— Lembro-me dela. É irmã do Yukio, que conheci no dia do velório da mãe.

— Isso mesmo. Ela é um amor de pessoa. Doce, simpática... É filha do CEO. Até admirei quando soube que assumiram o namoro, porque o senhor Tadashi é tão preservador de sua cultura e não aceitava uma pessoa que não fosse japonesa para namorar os filhos.

— Acho que não é um problema da cultura, é um problema pessoal. A vizinha aqui é japonesa e os filhos se casaram com brasileiros. Não são todos que pensam como ele. Mas... Lua, quero saber de você! — ressaltou. — Não desvie o assunto.

— Ai, Renato... Sei lá... Nesses meses todos, que passaram, percebi uma coisa que me incomodou. Às vezes, eu me sinto deslocada. Conheço muita gente, todos me tratam bem, mas... Não tenho amigos, não tenho uma turma, vivo sozinha, deslocada... Sinto um vazio. Algo que não sei explicar.

— O vazio é falta de nós mesmos. É por não fazer realizações na vida. Isso acontece quando não usamos a nossa essência humana, que é a sabedoria, os valores que temos. Podemos ignorar e não dar importância para a nossa missão terrena e não dar atenção aos desejos de realizá-lo. Quando não fazemos isso, quando não cuidamos da nossa missão, algo se queixa dentro de nós e aparece o vazio. Geralmente, o vazio é porque não realizamos sonhos e tarefas que nos deem orgulho de nós mesmos e satisfação, principalmente, as voltadas para o bem. — Ofereceu uma pausa e perguntou: — O que está te faltando?

— Acho que é companhia e um propósito de vida.

— Mas não é qualquer companhia, não é mesmo? Você está rodeada de gente na empresa, na casa espírita. Está sempre acompanhada.

— Eu gosto do que faço. Adoro meu trabalho. Mas... Às vezes, tenho vontade de mudar de emprego, de cidade, de país... — observou-o.

— Está pensando no que o Satoshi te ofereceu? — ele sabia da oferta de emprego na empresa do Japão.

— Sim, mas... Renato... — expressou-se como um lamento.

— Qual sua dúvida, Lua? Não estou entendendo.

— A oferta do emprego é maravilhosa, mas... Estou com medo de ser só isso.

— Gosta dele? — a irmã não respondeu. — Entendi. Gosta dele, mas não sabe se ele gosta de você e tem medo de ir para lá e encontrar somente o emprego.

— Sim. É isso. Estou angustiada. — Respirou fundo e abaixou o olhar triste. — Por um momento, quando nos despedimos no aeroporto, achei que ele gostava de mim, mas depois... Não sei.

— Um homem sempre dá sinais de estar apaixonado. Não percebeu nada?

— Devo ser muito burra mesmo! Nunca o vi olhando para mim como mulher.

— Será?... — duvidou. Deu um tempo para ela refletir. — Eu o vi muito dedicado a você, quando a mãe morreu. Toda hora ia vê-la, fez chá, levou biscoitos... Sabia mais do que eu sobre onde estavam as coisas nos armários, na casa... Vocês não conversaram nada sobre sentimentos?

— Acho que não...

— Como acha que não? Lua!... Conversaram ou não? — sorriu.

— Renato, nós fomos viajar e... — contou. — Ele não encostou um dedo em mim! Dormimos em quartos compartilhados.

— Respeitou seus sentimentos, seu luto. Isso é um bom sinal.

— Será? — Um instante e comentou: — Parece ser do tipo de homem que faz tudo o que uma mulher deseja e aprecia, mas não fala. Entende?

— Não. Explica.

— Ah... Na maioria das vezes, em que ia almoçar sem mim, com outros diretores ou com o primo, o Satoshi me trazia alguma coisinha, um mimo, um chocolate... Alguma coisa que comprava na rua... Uma caneta diferente, um porta-celular... Um dia ele me trouxe uma flor de rua, que apanhou na calçada lá perto. Entregava, muito discretamente, na minha sala e dizia que tinha visto e se lembrado de mim. Sempre que eu não estava na minha sala, deixava bilhetinhos na minha agenda de mesa com assuntos sobre serviço, claro, mas percebi que eram bilhetinhos desnecessários, até porque, se precisasse mesmo me mandar recados, nada melhor do que mensagens pelo celular. Teve uma vez que deixou um recadinho escrito em japonês e, quando fui perguntar, caiu na risada e pediu para olhar atrás do papel, onde havia tradução. Essas coisas marcavam e eu até ficava esperando que acontecessem. Não sei se isso pode ser chamado de sinais por estar apaixonado. Não sei... No meu aniversário, mandou flores, um ursinho de pelúcia e essa pulseirinha de ouro — mostrou-a no braço.

— Vá conversar com ele — o irmão sorriu largamente. Entendeu tudo aquilo melhor do que ela. — O que tem a perder? Mas, seja precavida. Nosso irmão foi para o Canadá, porém deixou um pé aqui. O que encontrou lá o realizou. Ele se preparou, se empenhou e deu o seu melhor para conseguir a boa colocação que tem. Não se aventurou totalmente. Não fez nenhuma loucura. Tente, Lua! Faça o mesmo. Vá e o encontre. Conversem. Sinta o que está acontecendo. Conversem cara a cara. Se não der certo, volta pra cá que eu te darei apoio. Você é inteligente, esperta e vai encontrar outro emprego.

— Ai, Renato...

— Encare essa viagem como férias. Vai! — sorriu. — Ao menor sinal de insatisfação, volte! Entendeu? Volte! — animou-a. Contudo, alertou: — Terá meu apoio lá ou mesmo se retornar. Se planeje bem, vá com o dinheiro da passagem de volta. Com determinação de retornar se qualquer coisa parecer estranha. E me mantenha avisado, pelo amor de Deus!

— Sempre fui precavida. Tenho dinheiro guardado. Mas não tenho reserva de segurança emocional. Emocionalmente sou insegura. Tenho certo medo de fazer coisas novas. Antes, a mãe me dava forças.

— Então esse é o momento de começar a se planejar e conquistar essa segurança. Se não der certo, erga a cabeça e recomece, aqui, após retornar.

Selena o abraçou forte e o irmão correspondeu.

O tempo foi passando...

Quase todos os dias, Selena conversava com Satoshi, mas, estranhamente, nesse tempo todo, não tocaram no assunto sobre a forte emoção que os dominou no aeroporto, antes do embarque. Embora a tratasse com carinho, não falava de sentimentos. Isso a deixava em dúvida e desanimada.

— Quais as novidades? — ele perguntou em vídeo.

— Quase nenhuma — Selena comentou sem muito ânimo.

— Estou achando você triste — Satoshi considerou ao observá-la.

— Um pouco desanimada, eu diria — forçou um sorriso.

— Toma sol. Ouça música boa. Ah! Gostou dos incensos que mandei?

— São ótimos. Adorei. Estou me viciando nesses incensos — riu ao afirmar.

— São os que mais gosto quando medito. São muito usados no templo em que vou. Você tem ido à casa espírita?

— Sim — falou com simplicidade.

— Ótimo. Não deixe de ir lá. Isso vai ajudar a se recompor. — Olhou-a e quis saber: — Está com sono, não é? — sorriu.

— Ai... Você percebeu — ficou sem graça, constrangida. — É que estou levantando muito cedo para fazer caminhada em um parque aqui perto. É tão bom, mas dá sono no final do dia.

— Selena... Estou com saudade — Satoshi falou com um toque de carinho, num sopro de voz.

Ela se surpreendeu. Era a primeira vez que ele falava aquilo e ela sentia algo acontecer em seus sentimentos.

— Eu também estou com saudade.

— Não estou aguentando a distância — confessou e viu-a quieta, com olhar suplicante que ele pôde perceber. Era como se ela quisesse dizer algo, mas não conseguia. Então, prosseguiu: — Aqui, no momento, está bem movimentado. Estamos fazendo uma fusão, como contei, e precisamos harmonizar as empresas.

— Eu entendo.

— Sou feliz só em falar com você, mas não é suficiente. Quero ser feliz por estar com você... Em breve, assim que as coisas apaziguarem, vou para o Brasil, como prometi.
— Está bem... — sorriu quando quis chorar, sem entender o porquê.
— Você está bem emotiva e as razões são várias. Está muito sozinha e...
— Estou — respirou fundo e olhou para o alto, evitando as lágrimas caírem. Não era do tipo de pessoa que chorava com tanta facilidade, mas, nos últimos tempos, isso se tornou mais frequente.
— Me espera só mais um pouquinho. Prometi que voltaria e cumprirei minha promessa — falou em um tom carinhosamente triste. Desejava abraçá-la, tê-la consigo, porém não saberia como dizer. Talvez, se falasse, poderia deixá-la ainda mais triste. Estava emocionado também.
— Espero que sim, Satoshi. Fica tranquilo — fugiu ao olhar.
— Agora, preciso desligar. Estão me esperando para uma reunião. Quero que fique bem.
— Estarei bem. Vai lá. Tchau.
— Tchau.

Uma angústia tomou conta do coração de ambos.
O rapaz não parou de pensar nela e no quanto aquela situação o incomodava. Precisava fazer alguma coisa. Não poderiam continuar daquela forma tão distantes.
Naquela noite, Satoshi avisou aos seus pais que iria visitá-los e tinha um assunto importante para tratar com eles.
Na sala, sentado de frente a eles, falou sobre assuntos da empresa e depois contou:
— Tenho conversado sempre com Selena. Mantemos contato desde que voltei.
— Como ela está? — sua mãe perguntou, sorridente.

— Trabalhando firme. É profissional bem comprometida. Mas, percebo que está muito só e triste. Ela e a mãe eram bem unidas. Agora, sem a dona Nádia, está difícil. Está muito sozinha.

— E por que está nos contando isso? — sério, o pai indagou, desconfiado.

— Porque eu gosto da Selena. Estamos em um relacionamento, desde que voltei. Nós nos falamos todos os dias e meus sentimentos não diminuíram, nesse tempo todo. Ao contrário. Estou me programando para voltar para São Paulo e vê-la e... Quero convencê-la a vir para cá, junto comigo. — Bem sério, Satoshi ainda disse, com voz grave: — Isso não é um pedido de permissão. Estou informando.

— Satoshi! Perdeu o juízo?! — o pai exclamou com voz grave e baixa, ficou zangado. — O que ela virá fazer aqui?! Que aventura é essa?!

— Não é aventura. Quero me casar com ela — expressou-se com tranquilidade e sentiu os olhos de seu pai tocá-lo, tamanha intensidade de sua contrariedade. — Nunca tive compromisso sério com alguém, porque sei que isso demanda tempo e energia. Eu precisaria encontrar a pessoa certa, a mulher certa para assumir um relacionamento que valesse a pena. Por isso, sei que os meus sentimentos por ela precisariam ser com responsabilidade. Não teria mais de pensar só na minha religião, na minha carreira, no meu trabalho, no meu esporte. Passaria a pensar que tenho uma mulher para cuidar, respeitar, proteger e me importar. Deixaria de ser só eu para ser nós. Além disso, como sabe, ela é diretora na mesma área que atuo. E... — foi interrompido.

— Satoshi!... — com voz forte e abafada, exclamou entre os dentes.

Acreditando que a conversa chegou ao ponto que ele queria, o rapaz informou, quase estampando um sorriso:

— Eu assumo a presidência da empresa, como o senhor sempre quis, depois que a Selena vier para cá, aprender o nosso idioma e assumir minha diretoria. É uma troca justa. De resto... A vida é minha — expressou-se calmo e olhar firme.

— Senão, o quê?... — o senhor quis saber.

— Não pensei nisso ainda, porque desejo que pai aceite minha proposta — respeitosamente, curvou a cabeça frente a ele.

— Satoshi... — o senhor Kaito não sabia como lidar com o filho.

— Espere! — a mãe pediu firme. Sem olhar para o marido, Kimiko decidiu: — Traga a Selena. Quero conhecer a filha da mulher que salvou a vida do meu único filho.

— Obrigado, mãe — curvou-se, demoradamente, para ela. Sabia que sua mãe teria a última palavra.

―――※―――

Sem dizer nada a ninguém, surpreendendo a todos, Selena entregou sua carta com pedido de demissão.

— Qual razão, Selena? — Tadashi quis saber.

— Quero mudar de rotina, senhor. Desde que minha mãe morreu, eu me mudei de casa, de hábitos e só me resta mudar de emprego, para ver se me sinto melhor.

— Que tal férias? — perguntou com bondade.

— Agradeço, mas não é o caso.

— Tem algum trabalho em vista? — tornou o CEO.

— Ainda não — sorriu sem jeito.

— Sei que é uma pessoa e profissional responsável, mas... Se nada der certo aí fora, pode retornar para cá. Será bem-vinda de volta.

— Nossa! — iluminou-se com largo sorriso. — O senhor não imagina como é bom ouvir isso — ficou, verdadeiramente, feliz.

— Só uma pergunta... Se não for indiscrição minha... É por que o Daniel e a Keiko estão namorando?

— Não. Absolutamente! — ressaltou e sorriu. — Fiquei muito feliz por eles. Soube que ela está fazendo residência. O senhor deve estar orgulhoso, não é? — alegrou-se.

— Claro — sorriu de modo ameno. — Mas, quanto a você... Saiba que estamos de braços abertos.
— Obrigada. Vou me lembrar disso.
Estava trêmula quando saiu da empresa naquele dia. Tinha planos, mas arrastava grande insegurança junto com eles.

Keiko estava com Daniel quando receberam um telefonema da instituição, que os avisou sobre o falecimento de Teodoro.
Ela desabou num choro compulsivo, sem entender a razão. Daniel prontificou um velório e enterro diferenciado. Sentia que precisava fazer aquilo. Eleonora ficou muito sofrida, sem entender a razão, pois já havia acompanhado a partida de outras crianças, mas Teodoro era especial. Ele a reconhecia. Do seu jeito, interagia com ela e isso a comovia.
— Fizemos bem em não ter contado sobre o que ouvi, quando o conheci, sobre ele ser filho dela e meu tio — considerou Daniel, conversando com Keiko.
— Sim. Fizemos o melhor. Estou triste, mas, no íntimo, feliz por saber que ele se libertou, foi absolvido pela própria consciência do que fez a si mesmo e não mais sujeito à escravidão de tantas limitações. Continuarei orando por ele, para que receba minhas vibrações e incentivo, aonde quer que vá.
— Estaremos. Eu também vou orar — sorriu com leveza e a abraçou.

Semanas se passaram e Selena havia organizado a mudança de seus móveis para a casa de seu irmão Renato, depois de conversar com ele e explicar seus planos. Sabia que lá onde ele morava havia espaço para isso. Também vendeu seu carro e se desfez de muitas outras coisas, oferecendo-as para doação na casa espírita onde frequentava.

Ao se ver sozinha no apartamento, somente com duas malas, uma mochila e uma bolsa, sentiu-se temerosa, mais do que nunca.

Naquela noite dormiu no chão de assoalho. Em desdobramento, pelo estado de sono, encontrou-se com o espírito Nádia.

— Filha... — sorriu amorosa.
— Mãe!...
— Não se emocione ou pode acordar.
— Que saudade, mãe.
— Sempre a visito e te abençoo. Quero que seja corajosa. Tenho orgulho de você. Vá atrás do que já deveria ser seu.
— Estou com tanto medo, mãe.
— Que, todos os dias, sua coragem seja maior do que seu medo, Lua.
— Vai me visitar?
— Mas é claro, minha filha — riu. — Não existe limite para o espírito percorrer. Estarei sempre com você.
— Torce por mim, mãe.
— Sempre. Que Deus a abençoe. Ore sempre, pois vou me unir a você nos momentos de prece nem se for em pensamento.

Selena acordou num susto, recordando-se de uma fração do sonho com sua mãe. Não lembrava de detalhes.

Olhou o celular, era bem cedo. Madrugada. Decidiu que estava na hora. Deu uma olhada no apartamento para ver se não esqueceu de nada. Chamou um táxi e foi para o aeroporto.

Enviou mensagem para Satoshi e conversaram, normalmente, sem dizer onde estava nem o que faria em seguida.

Muitas horas depois...
No Japão...
— Meu Deus, me ajuda! — exclamou, murmurando baixinho. — Não acho o lugar. Não acho o endereço e ninguém

sabe explicar aonde quero ir — expressou-se aflita, perdida em uma rua de Tóquio, olhando em volta sem saber o que fazer.

— Brasileira?! — perguntou um rapaz sorridente que a viu falar sozinha.

— Siiiimmmm!... — correu em sua direção de braços abertos e ele retribuiu o abraço. Ambos deram pulinhos de alegria. Nunca ficou tão feliz em encontrar um total desconhecido. Não se importaram com os olhares estranhos endereçados a eles. — Meu amigo, estou perdida! — seus olhos verdes brilharam de emoção, por trás dos cílios longos, pareceu que iria chorar, embora sorrisse.

— O que a irmã precisa? — foi solícito.

— Estou tentando chegar a este endereço — mostrou um papel impresso. Depois contou: — Falo inglês e me comuniquei bem, mas ninguém consegue saber que endereço é este aqui. Os motoristas de táxi não aceitam a corrida e falam algo que não entendo. Tentei fazer um curso de japonês pela internet, mas não está me ajudando.

— Ah... Tem algo errado aqui — apontou.

— Foi o que uma moça, muito educada, me falou. Mas não sabe me dizer o que está errado nem qual é o certo.

— É assim... um risquinho em um *kanji* significa muita coisa.

— Ah, tá... Resumindo, aí não está escrito nada.

— Mais ou menos isso — riu, achando graça da fisionomia estranha que Selena fez. — Vamos lá! Se a irmã explicar aonde quer ir, posso ajudar.

— Preciso ir a esta empresa aqui — mostrou o celular.

— Vamos fazer uma busca aqui na internet... — pegou o próprio celular para pesquisar. — Vamos ver... Tem uma caneta? — Viu-a procurar. — Sou das antigas. Melhor ter o endereço por escrito. — Fez anotações corretas e disse: — Agora sim. Vamos ali que vou falar com o taxista pra facilitar pra irmã. — O rapaz conversou com o homem e a colocou no carro, ajudando-a com as malas. — Anotei meu telefone no verso. Se precisar, pode fazer contato! Vai com Deus, minha irmã! Foi um prazer!

— Obrigada! O prazer foi meu! — sorriu satisfeita e se foi.

Ao descer em frente à empresa da família de Satoshi, olhou para o grande edifício e se sentiu novamente perdida e com medo.

Desejava fazer uma surpresa, mas já tinha se arrependido dessa ideia, depois de tantas dificuldades ocorridas pelo caminho. Achou que precisaria telefonar e pedir que a encontrasse. Sentia-se trêmula por dentro.

E se ele não gostasse daquela surpresa? O que poderia fazer?

E se Satoshi a enganou e tivesse outra pessoa em sua vida?

Olhou de um lado para o outro perto da portaria.

O que diria? Como procurar por ele? Seria um atrevimento, para aquela cultura, o que ela estava fazendo?

Estava bem frio. Ficou nervosa e bastante preocupada.

Aguçando o olhar ao longe, reconheceu Satoshi que conversava com algumas pessoas. Estava de terno, um sobretudo longo, bem-vestido, alinhado e sorridente. Era ele. Teve certeza.

Entusiasmada, Selena sorriu e começou a acenar com as duas mãos e pulou algumas vezes, para chamar a atenção, fazendo seus cabelos longos esvoaçarem com o vento.

Como se fosse atraído por seus pensamentos, ele a olhou e fechou o sorriso. Aquela cena era bem estranha. Uma mulher pulando e acenando, parecia ser para ele.

Satoshi achou que delirava, quando acreditou que a reconheceu. Educado, com tranquilidade, pediu licença e se afastou do grupo.

Caminhou cada vez mais rápido à medida que se aproximava e, não suportando, começou a correr assim que teve a certeza de quem era. Estampando um sorriso largo e já bem perto, gritou:

— Selena?!... — Junto dela, pegou-a pela cintura e a levantou no alto. Apoiando-se em seus ombros, ela olhou para baixo e sorriu como nunca, não acreditando naquele momento. Ele a girou, desceu-a com cuidado, fazendo-a escorregar em seu corpo. Colocando-a no chão, abraçou-a forte e demoradamente, não se importando com quem os olhasse. Segurando seu rosto com carinho, deu-lhe um beijo demorado na testa e perguntou, com o coração aos saltos: — Como chegou aqui?!

— De avião — riu de nervoso e se jogou levemente para trás, confiante de que ele a seguraria.

— Sua louca — sussurrou. Ele passou a mão em seu rosto, tirando-lhe os cabelos que o vento espalhou em seus olhos. Sorrindo constantemente, ainda incrédulo. — Quase nos desencontramos, sua maluca! — riu com gosto e admirado.

— Por quê? — preocupou-se, ficando séria.

— Eu ia fazer uma surpresa e viajaria hoje para o Brasil! Hoje! Mas surgiu um imprevisto e... Não estou acreditando! Eu ia fazer uma surpresa para você e iríamos nos desencontrar.

— Eu morreria! Não diga uma coisa dessas. Tive tanta dificuldade para chegar aqui... Tantos imprevistos. Não dormi nada, a escala atrasou a viagem, demorei para encontrar minha mala, peguei uma saída errada, rodei no terminal feito uma louca, tive problema com endereço, não comi nada, estou com frio e estou morta de cansaço. Se não te encontrasse, não saberia o que fazer — estava ofegante e sorrindo o tempo inteiro. Seus lindos olhos verdes brilhavam em seu rosto delicado e feliz. — Agora, preciso ir para um hotel mais próximo.

— Jamais! Hotel está fora de questão. — Não conseguia parar de sorrir, enquanto pensava. Sem demora, decidiu: — Não é conveniente levar você para a minha casa. Não agora, porque não vai ficar bem para os nossos planos. Mas sei quem vai cuidar de você muito bem.

— Não quero dar trabalho nem ser sequestrada — brincou.

— Não estou acreditando... — ele murmurou e chamou um segurança, pedindo para levar as malas para o carro dele. Olhou para ela e repetiu: — Não estou acreditando! Que mulher

é essa que fui arrumar?! Tão maluca quanto eu! — falou em japonês.
— O que você disse? — indagou curiosa.
— Que você é incrível! — sorriu, colocou a mão em seus ombros e foram para o estacionamento. — Você mudou a cor do cabelo. Está um pouco mais claro. Adorei!
— Gostou mesmo?
— Lógico! Tudo combina com você. Você é linda! — beijou sua cabeça, rapidamente.
Durante o trajeto, ainda nervosa, Selena contou que pediu demissão, vendeu o carro e decidiu aceitar a oferta de emprego no Japão. Até comentou que não precisaria ser um cargo de diretoria. Desde que fosse na área de tecnologia, estaria ótimo.
Sorrindo o tempo inteiro, sem ainda acreditar, Satoshi só olhava para ela sem dizer nada.
Temerosa, sem saber o que ele pensava, ficou calada e o rapaz também.
Selena estremeceu. Não sabia o que a aguardava e ele percebeu sua ansiedade.
Parou o carro na garagem de um prédio luxuoso e subiram.
No elevador, notou que o nervosismo dela aumentou. Selena estava séria e em silêncio, os olhos crescidos, demonstrando grande expectativa e respiração sutilmente alterada.
O rapaz abriu a porta do apartamento e entrou chamando em japonês. Depois, falou baixinho para ela:
— Pode tirar os sapatos e colocar qualquer um daqueles chinelos ali — mostrou-lhe e fez o mesmo.
Selena obedeceu e passou o olhar por todo o ambiente.
Uma senhora surgiu, com olhar curioso. Ao mesmo tempo que sorria, perguntou algo que o filho, após cumprimentá-la, respondeu em japonês.
A moça não entendeu nada e sorriu levemente.
— Esta é a Selena. Selena, esta é minha mãe, dona Kimiko — falou em japonês e depois em português e ainda pediu com

jeitinho. — Não me leve a mal, depois te explico melhor, mas, se puder se curvar para cumprimentá-la... É um costume para mostrar respeito e educação.

— Ah... Sim. Claro — curvou-se e sorriu, timidamente.

Em japonês, virou-se para sua mãe e explicou:

— Mãe pediu para trazê-la e ela está aqui. Chegou agora. Está com fome, com frio e cansada. Ajude-a com um banho quente para relaxar e, já sabe, coloca Selena para dormir. Para mim, é a única coisa que me ajuda contra a confusão do fuso horário.

A senhora falou alguma coisa, que ele sorriu e concordou. Estava admirada com a beleza da moça.

Virando-se para Selena, comentou:

— Minha mãe entende razoavelmente bem o português, mas não fala muita coisa. Creio que vocês duas vão se dar bem. Vou ter de voltar para o trabalho. Você é esperta e pode usar o celular para traduzir o que quiser entre vocês — sorriu, tentando imaginar como seria aquele desafio para as duas.

— Estou nervosa, Satoshi... — murmurou, quase sem sorrir. — Meus planos eram de ir para um hotel.

A senhora Kimiko falou algo e ele traduziu:

— Ela disse que não. Que vai cuidar de você como sua mãe fez comigo. Que a pretendente do filho dela é mais do que bem-vinda. Agora, preciso ir. Volto mais tarde.

— Pretendente? — ela murmurou e ficou séria.

Viu-o rir e dizer:

— Mãe, o apelido da Selena é Tsuki!

— Ah! Tsuki, fácil falar, né? — a senhora sorriu de modo gracioso.

— Espera... — pediu falando baixinho, mas aflita. — Por que pretendente? Por que Tsu... Ts...? Ai, nem sei falar isso — ficou atrapalhada.

— Tsuki é Lua, em japonês. Seu apelido na sua família é Lua. Obviamente, é porque Selena é o nome da nossa Lua, o satélite natural da Terra. Vem do mito grego: Selena, Selene ou Selíni para a personificação da Lua. Se você é, carinhosamente, chamada de Lua lá, será, carinhosamente, chamada de Tsuki aqui entre nós. Gostamos de nomes com significado.

— Tsuki, Lua. Satoshi, inteligente, perspicaz, pensamento rápido, né? — a senhora explicou e riu, pois entendeu parte da conversa.

— Selena, mãe, preciso ir. Tenho um compromisso importante. A noite nós conversamos.

— Vou dar banho nela — falou em português para o filho que calçava os sapatos.

— Obrigada, mas posso tomar banho sozinha — expressou-se constrangida.

Satoshi riu alto e disse:

— Ela precisa dormir, mãe. Deixe-a dormir. Isso ajuda com o fuso horário.

— Cuido dela! — respondeu a senhora, puxando Selena pelo braço — Vem, Tsuki!

CAPÍTULO 45

O IMPACTO DE SUA BELEZA

    Era tarde da noite quando Satoshi chegou ao apartamento de seus pais. Sua mãe estava sorridente e animada ao vê-lo e o recebeu com alegria. Estava frio. De longe, o pai observou-o tirando o sobretudo pesado e comprido, depois o paletó, enquanto sorria ao ouvir as novidades contadas por Kimiko.

    Próximo do pai, reverenciou-o com cumprimento tradicional. Sério, esperou que o senhor falasse primeiro. E conversaram no idioma japonês:

— Ainda não a conheci. Está dormindo desde que chegou.

— É normal. A viagem foi longa e estressante. E que bom que esteja dormindo, sinal de que se sentiu bem e acolhida.

— Que mulher larga tudo para correr atrás de um homem?

— Eu a convidei — disse firme e sério. — Pedi que se demitisse e viesse para cá, que poderia ser diretora na nossa empresa. A oferta e o pedido foram meus. Isso me poupou viajar neste momento tão complexo que vivemos por causa da fusão.

— Conversei com seu tio. Tadashi ficou surpreso ao saber que ela está aqui. Falou bem do trabalho que desenvolvia na empresa no Brasil, mas ficou assustado com o pedido inesperado de demissão e em saber que está aqui.

— As referências são boas e eu já conheço o trabalho dela. Não temos com que nos preocupar. Meus planos já estão em andamento. Ela deve se adaptar, claro. Aprender idioma e costumes, interagir na empresa e... Além disso, é minha pretendente e vou oficializar nossa relação, o quanto antes. — Olhava-o com firmeza. — Ficaria feliz e grato se o senhor concordasse e a aceitasse aqui, na sua casa, pois quero que os outros a respeitem, e a respeitem muito! — ressaltou. — Sua aceitação e proteção a ela garantirão isso e sempre lhe serei grato.

— Eu soube do escândalo na empresa hoje. Quando a viu, você correu, pegou-a e a levantou no alto.

— Foi porque fiquei feliz ao vê-la. Não me contive. Não acontecerá novamente. Tem minha promessa — curvou a cabeça, sinal de que se admitia culpado e pedia desculpas.

Longo silêncio em que o senhor ficou olhando-o com seriedade. Era impossível prever os passos do filho e imaginar suas ideias. Era difícil ganhar dele em alguma negociação. O rapaz sabia negociar e conseguir o que desejava.

O senhor Kaito o amava, mas não sabia demonstrar. Havia aprendido assim.

— Preciso vê-la, com licença.

— Satoshi! — esperou que se virasse. Encarou-o e perguntou: — Vai assumir a presidência quando?

Satoshi sentiu-se feliz por dentro e seu rosto ficou iluminado, mesmo sem seu sorriso. Aquela pergunta significava a aceitação de Selena em sua vida e na empresa.

— Se isso for uma aprovação a tudo o que estou fazendo na minha vida... Assumo a presidência quando pai quiser.

— Então, primeiro, encarregue-se do cargo de CEO, que era do seu irmão, até o término das fusões. Após isso, assumirá a presidência e ficarei como seu conselheiro!

— Sim. Está certo — sorriu tranquilo e aliviado. — Quer dizer que ela pode continuar, aqui, na sua casa?

O senhor Kaito fechou os olhos e acenou uma única vez com a cabeça, positiva e demoradamente.

— Obrigado — o filho sorriu. — Preciso vê-la, agora. Com licença.

Satoshi entrou no quarto à meia luz e viu Selena se remexer e despertar.

Confusa, por alguns segundos, pareceu não saber onde estava, mas ao olhar para ele, sorriu e se sentou.

Acomodando-se ao seu lado, envolveu-a com força e murmurou:

— Agora posso abraçar você como eu quero... Como gostaria de guardá-la dentro de mim... — sussurrou, como um sopro, quase em seu ouvido.

Afastando-se, contemplou-a com olhar carinhoso, enquanto sorria. Dominado por seus sentimentos, beijou-a com amor, demoradamente. Depois, beijou-lhe várias vezes o rosto. Quando parou, segurou suas mãos entre as deles e as beijou também.

— Selena... — sussurrou seu nome sem ter nada a dizer.

— Sou louca... Olha o que eu fiz... Agora é que estou me dando conta. O que seus pais não estão pensando de mim?

— Eu disse a verdade: que o convite foi meu. Aliás, já tinha conversado com eles sobre ir ao Brasil para convencê-la a vir para cá, mas não foi preciso. A propósito, não foi louca. Foi corajosa — curvou-se e a beijou.

— Não quero que eles pensem mal de mim e...

— Seja você mesma. O tempo é sempre o responsável por criar afeições. É lógico que, se tiver disposta a entender e aprender sobre nossos costumes e respeitá-los, será mais fácil. Mas não se sinta obrigada a fazer nada.

— Quero que me dê dicas, fale o que fazer e me corrija sempre que eu errar. Nunca me importei quando me chamam a atenção para que eu aprenda. O Japão é conhecido como um dos países mais respeitosos do mundo e aprecio isso. Já sei que não se pode entrar de sapatos na casa de alguém — achou graça de si mesma.

— É verdade — ele riu. — Também não saímos abraçando as pessoas, tocando-as ou segurando em suas mãos. Os cumprimentos sempre são feitos com um aceno de cabeça. Em alguns casos, estende-se a mão e é sempre o mais velho ou a pessoa mais importante quem inicia esse cumprimento. Aprenderá facilmente. Outra coisa é beijar em público. Na boca, o beijo em público ainda é um tabu, principalmente, na frente dos mais velhos.

— Entendo e aceito. Também fico constrangida quando me deparo com beijos fervorosos na minha frente.

— Quando uma pessoa mais velha chamar a sua atenção, nunca a interrompa, não responda ou fale alto. Aceite, reflita e depois aprenda com a situação, porque toda situação traz aprendizado. Se ainda se achar injustiçada e desejar se explicar, peça permissão para conversar com essa pessoa a respeito do assunto a sós.

— No mundo corporativo, quem quer ser respeitado faz isso. Autocontrole é poder — Selena complementou.

— Viu como você é esperta! — sorriu. Puxou-a para se recostar nele e a agasalhou nos braços. Fechando os olhos, falou baixinho: — Vai ficar tudo bem. Mais tarde, teremos muitas histórias para contar para os nossos filhos...

Lentamente, Selena se afastou dele e procurou seus olhos.

— Satoshi — sussurrou, encarando-o com seriedade —, não está sendo precipitado?

— Não — respondeu sério e preocupado. — Não acha que já passamos da fase de namoro?

— Como assim? Namoro?...

— Sim. Desde aquele dia, no aeroporto, antes de embarcar confessei meus sentimentos a você e você a mim. Depois, nesses meses todos, namoramos pela internet, não foi?...

— Foi?! Eu não entendi que estávamos namorando, Satoshi — arregalou os olhos verdes, assustados. — Espera... Espera aí... — falou baixinho, em choque.

— Eu não tive ninguém nesse período, Selena. Você namorou ou está namorando alguém?! — ficou assombrado.

— Não! Ninguém! — estava confusa com o que não entendeu.

— Espera... Calma... — olhou-a, pensou e riu. — Estamos enfrentando o nosso primeiro desafio cultural — riu com gosto. Depois, explicou: — No aeroporto, tivemos o ato de confessar os nossos sentimentos, o ato de *kokuhaku* e nos beijamos — olhou-a e a viu atenta. — Isso oficializou nosso namoro. Quando confessei que gostava de você e você confessou que gostava de mim, é o *kokuhaku*, é declarar-se para a pessoa amada. É uma etapa importante que estabelecemos em um relacionamento. A partir daí, eu não estava livre nem você. Isso não ficou claro? — explicou delicadamente e ficou na expectativa.

— Satoshi, eu juro que não fiquei livre, que não tive ninguém na minha vida. Fui sincera em confessar que gostava de você e esse sentimento ficou mais forte a cada dia, mas... — expressou-se apreensiva.

— Mas não entendeu o *koibito*, que significa namorado/namorada, que somos um casal? — Ela balançou a cabeça negativamente e ele achou graça. Cuidadosamente, explicou: — *Koibito*, namorado ou namorada expressa vínculo romântico entre duas pessoas em um relacionamento amoroso, usada para se referir a parceiro ou parceira.

— Eu não sabia e... Namorei você sem saber? Foi isso? — encolheu os ombros e fez uma feição engraçada.

— Sim! Lógico que namoramos — o rapaz riu e afagou seu rosto. — Nós somos namorados. Temos um compromisso.

— Não falamos claramente a respeito e...

— Para você foi uma aventura, Selena? — fechou o sorriso, ficou na expectativa.

— Não. Nunca foi. Passei a gostar ainda mais de você e me via desesperada quando não nos falávamos — tocou seu rosto com carinho. Com voz suave e doce, completou: — Satoshi, ninguém nunca me fez cometer uma loucura na vida. Olha para mim agora. Literalmente, atravessei o oceano por sua causa. Por não falarmos claramente sobre isso até pensei que eu tivesse sido uma aventura para você. Quando terminávamos de conversar ou mandar mensagens, você nunca me mandou um beijo ou disse que me amava... Somente uma vez disse que estava com saudade e não aguentava a distância... — emocionou-se e segurou as lágrimas. — Isso acabava comigo...

— Ooouuuuhhhh... Vem cá... Fiz uma promessa, disse que voltaria... — Abraçou-a forte, depois explicou: — Japoneses são mais reservados para falar sobre sentimentos. Não expressamos emoções fortes verbalmente com tanta frequência ou em qualquer lugar. Preferimos demonstrar amor por meio de ações e comportamentos no dia a dia. Em situações cotidianas, não é comum dizermos eu te amo. Em vez disso, preferimos frases que transmitam amor e carinho de maneira sutil. Eu te amo é uma forma direta de expressar amor, usada com menos frequência e, geralmente, em situações muito íntimas e sérias. Usualmente, preferimos frases que expressam sentimentos profundos sem a palavra amor diretamente.

— Quais? — sorriu ao perguntar.

— Você é meu motivo para viver. Só de você estar aqui, eu já sou feliz. Só de falar com você sou feliz. Você é preciosa para mim... — sorriu ao observá-la.

— Ai... Que vergonha... Você dizia sempre que estava feliz em falar comigo e me enchia de mimos. Foi uma forma de dizer que me amava e eu não sabia... — encolheu-se e ele achou graça.

— Lógico que foi! Se eu pudesse, guardaria você dentro de mim. Vou aprender a dizer sempre meus sentimentos para você de forma mais clara e também finalizar nossas conversas com mais carinho — sorriu. Fitou seus olhos, segurando o seu rosto. — Selena, você é tudo para mim.

— Você também — sorriso com carinho. — Meu motivo para viver.

Beijaram-se com amor.

Ele a abraçou forte, esperou alguns minutos e perguntou, antes de revelar seus planos:

— Eu entendi que vivemos a parte do namoro, certo?

— Certo — sorriu com graça. — Embora eu não soubesse. Sou tola.

— Não é. Agora vou deixar tudo claro, principalmente, meus sentimentos. Quando eu disser algo que não entenda, pergunte.

— Combinado — ela concordou.

— Meus sentimentos por você só aumentaram e já que está aqui, já que foi capaz de atravessar o oceano por minha causa, já que nada mais a prende ao Brasil... Chegou a hora de partirmos para uma etapa mais formal do nosso relacionamento que é o *yui-no*, que você deve conhecer como noivado. É a fase em que envolve a aceitação oficial do casal, nós dois, e das nossas famílias, informando que, a partir disso, do *yui-no*, nós pretendemos nos casar. Essa cerimônia de noivado é onde as famílias se encontram e trocam presentes simbólicos. Muito comum na época em que os casamentos arranjados prevaleciam. Hoje é pouco comum, mas eu quero — sorriu. — Após esse período de noivado, vem a oficialização da união com o casamento, *kekkon*. Isso é perante a lei. Entendeu?

— Acho que sim. Quando as dúvidas aparecerem, eu te pergunto — ficou alegre, mais descontraída.

Olhando-a com carinho, pediu em tom romântico:

— Quer noivar comigo? — invadiu sua alma com o olhar.
Seu lindo rosto se iluminou com belo sorriso e, com voz suave, respondeu:
— Sim. Quero.
Satoshi segurou seu rosto e a beijou com amor. Depois popôs:
— Para o nosso noivado, por você não ter família aqui, vamos fazer um pouco diferente. Vou falar minha ideia e você pode aceitar ou não e dê sugestões. Combinado?
— Combinado.
— Aqui, no Japão, não é costume usarem alianças ou anel de compromisso no noivado, mas, na sua cultura sim. Que tal unir as duas coisas? Que tal envolver meu pai nisso?
— Como assim? — ficou curiosa e apreensiva.
— Faremos um vídeo com o seu irmão, o Renato, e obrigamos meu pai a fazer o pedido de oficialização do noivado — riu com gosto.
— Isso existe?
— Lógico que não! Acabei de inventar! — riu alto. — Estou envolvendo o pai para ele se sentir mais responsabilizado por você — deu uma piscadinha. — Ah!... Quase me esqueci... No casamento japonês, tanto a esposa quanto o marido passam a chamar a sogra de mãe e o sogro de pai. É uma tradição que reflete a importância da família e seus laços. Na nossa cultura, quando nos casamos, a mulher e o homem não apenas se unem, mas também se unem à sua família, e essa forma de tratamento exibe o respeito, a gratidão e a consideração pelos pais do cônjuge. É uma forma de estabelecer fortes ligações afetivas. — Ofereceu uma pausa e explicou: — Trazer você para a casa dos meus pais e pedir que minha mãe cuide de você, é algo sério. Mostra o quanto você é importante para mim e preciosa na minha vida. — Invadiu sua alma com o olhar. — Não teria cabimento nem seria respeitoso eu pedir aos meus pais para proteger alguém que não seja considerável na minha vida. Por outro lado, quem a vê sendo acolhida e

protegida por eles, entende seu valor e importância, mesmo sendo gaijin, ou seja, estrangeira.

— Nossa... — balançou a cabeça. — Tenho muita coisa para aprender.

— Seja flexível, principalmente, enquanto estiver aprendendo e ficará tudo bem.

— Satoshi... Estou com medo.

— E eu feliz — beijou-a com carinho. — Agora, vamos lá para a sala. Meu pai quer conhecê-la. Lembre-se, você é importante para mim e a proteção dos meus pais é importante para você. Sinal de que eles aceitam você e me apoiam. Confia em mim.

Levantando-se, puxou-a para a sala.

Selena ainda estava com o rosto inchado e amassado por ter dormido. Usava um moletom largo, blusa de mangas longas e um suéter de lã. Todo o conjunto mais parecia um pijama. Seus cabelos longos e desarrumados deixavam-na graciosa e seus olhos claros passavam emoções de preocupação.

De mãos dadas, Satoshi chegou à sala e apresentou, falando em português:

— Pai, esta é a Selena. — Virando-se para ela, falou: — Selena, este é meu pai, senhor Kaito.

— Prazer, senhor — ela se curvou, séria e temerosa. A ansiedade corria em seu corpo e um sentimento indefinido a dominava. Foi uma experiência estranha, carregada de emoções do passado, mas o esquecimento abençoado na presente encarnação não a deixava recordar.

— Tsuki — o senhor falou e deu meio sorriso e estendeu-lhe a mão que ela aceitou. — É assim que vamos apresentar você a partir de agora. Tsuki a pretendente do nosso filho — falou em português e Satoshi sorriu largamente. — Venha! Sente-se aqui na sala. — Ela obedeceu e o seguiu. — Como foi a viagem?

— Foi boa, senhor. Um pouco cansativa.

— Teve dificuldades, eu creio — tornou o senhor, falando sempre em português.

— Algumas. Mas todas resolvidas com sucesso — sorriu levemente. — Quando cheguei, descobri que havia um erro no endereço que imprimi e ninguém sabia dizer onde era. Mesmo em inglês, quem tentou me ajudar não conseguiu. Mas, um rapaz brasileiro, que percebeu que eu também sou brasileira, ajudou e deu tudo certo.

— O idioma não será um problema sério, para você, aqui. Aprenderá rápido. Se fala inglês, vai se comunicar sem dificuldade — considerou o senhor. — Conversando com a Kimiko, vocês duas podem treinar.

— Eu gostaria de não ser um incômodo — olhou para Satoshi. — Quando decidi aceitar a oportunidade na empresa, nunca pensei em ficar dependente. Um hotel... — não completou. Foi interrompida.

— A pretendente do nosso filho não é um incômodo. Estar aqui será bom para você, para ele e para todos nós.

— Já expliquei isso para ela — o filho sorriu. — Mas é teimosa.

— Não ficará em nenhum hotel, Tsuki. Está decidido — tornou o senhor.

— A propósito, pai, na cultura da Tsuki existe uso de alianças no período de noivado, *yui-no*. Para não haver conflito de cultura, peço ao pai que faça o pedido oficial para o Renato, irmão mais velho da Tsuki, por vídeo. Eu o conheço, é excelente pessoa. O pai dirá também que ela está sob sua guarda e cuidados, que preservará sua integridade. — Falou sério. — Ele ficará tranquilo e o outro irmão também. Dessa forma, oficializamos nosso compromisso e cuidamos dos preparativos para o casamento. — Viu-o sério e completou: — Tsuki não tem pais vivos. Não tem como reunir as famílias para a cerimônia. E eu faço questão desse noivado — firme, Satoshi fazia tudo de modo premeditado. Recordou-se de quando ela contou que Daniel havia comprado uma casa e a chamou para decorar, mas havia um toque de tristeza por não trocarem alianças, não comunicarem as famílias, não oficializarem o noivado. Aquilo pareceu uma queixa e desejava, imensamente, realizar seus sonhos, de qualquer forma.

— Certo. Providencie as alianças que ela escolher. Farei o pedido ao irmão dela e informarei que Tsuki está sob minha tutela — o senhor sorriu dessa vez. Em seguida, exigiu: — Após o noivado, ela continua morando aqui e passa a nos reconhecer como pais dela. Não esperarei até o casamento para que me chame de pai e a Kimiko de mãe. Explique melhor isso a ela.

Assustada, os olhos de Selena cresciam e Satoshi comentou, quase sorrindo:

— Já expliquei isso também, mas agora o senhor quer mudar. Está certo. Passará a chamá-los de pai e mãe, porém não a partir do casamento — olhou para ela e sorrindo completou: — Vai chamá-los de pai e mãe a partir do noivado — deu-lhe uma piscadinha que o pai não viu.

— E mais uma coisa! — o senhor falou com severidade. — Não quero que morem juntos antes do casamento! — O filho tentou segurar o sorriso e não conseguiu, mesmo mordendo o lábio inferior, abaixou a cabeça e seu pai viu. — Satoshi!!!

— Certo, pai — tentou ficar sério e Selena aflita.

Em pensamento, Selena se perguntou:

"Estamos mesmo no século XXI?!" — ficou apreensiva. Aquela cultura era completamente diferente e isso era só o começo.

Satoshi estranhou a postura maleável de seu pai, mas nada disse. Estava feliz com a situação. Sua namorada brasileira foi aceita por eles. Era sua maior vitória. Sabia que, com o tempo, seus pais estariam apaixonados por ela.

Afinal, quem não se apaixonaria por Selena?

O filho ignorava que, enquanto conversavam no quarto, sua mãe, já encantada pela moça, ameaçou o marido:

— Se não aceitar a pretendente do nosso filho, se não a tratar bem, farei um escândalo na sua vida, mesmo depois de velho. Contarei para todas as minhas irmãs, para o seu pai, para os seus irmãos e para o seu filho que você me engravidou antes de nos casarmos e que o Hiro não nasceu de sete meses. Que exige respeito, tradições, mas não respeitou a mim nem minha família.

— Ficou maluca?! — sussurrou, encarando-a sério.

— Fiquei! Você não vai interferir na vida do nosso filho e vai apoiá-los! Ou eu conto para todo o mundo, me separo de você e vou morar com eles! — exclamava ao sussurrar. — Gostei da Tsuki e tenho um compromisso de gratidão com a mãe dela, que salvou o meu filho. É educada, uma boa moça. Sei reconhecer pessoas e você sabe disso. Meu filho está feliz com ela. Há anos não vejo Satoshi brilhando como está. Imaginei a felicidade dele para chegar ao ponto de pegá-la no colo e abraçá-la, lá na empresa, sem se importar com ninguém. Os que criticaram, estavam com inveja. E escuta bem, marido!... Já perdi um filho por causa de preconceito. Não vou perder outro.

— Acontece que...

— Silêncio! — exigiu, sussurrando. — Não tenho mais nada para falar nem para ouvir.

— Acontece que eu vou aceitar a Tsuki. Você nem me deixa falar. Também não quero perder meu filho, não quero que ele se afaste e mim. Vamos fazer essa moça gostar da gente. Vou conhecê-la e também exigir a responsabilidade dele. Você conhece o Satoshi, sempre cheio de ideias e inovações. Ela tem de ficar aqui e ele lá na casa dele. E vamos apressar esse casamento. Você conhece o seu filho!

Kimiko sorriu como nunca e deu alguns pulinhos batendo palmas. Foi para junto dele e lhe deu um beijinho no rosto.

Dessa forma, Selena ficou morando na casa dos pais de seu noivo e ele na própria casa.

Ela sempre conversava com seus irmãos, atualizando-os sobre tudo o que acontecia.

— Lua, qualquer coisa, fala comigo. Vou aí te buscar!

— Fica tranquilo, Renato. Estou bem. Ah!... Meu nome agora é Tsuki. Precisa me chamar assim — riu com gosto, sabia que ele não conseguiria falar.

— Como? — a irmã repetiu algumas vezes, mas ele não foi capaz de pronunciar. — Quer dizer que mudaram seu nome? — ele riu.

— Não. Só me deram um novo apelido em japonês, que gostei muito. Estou até pensando em incorporá-lo ao meu nome em meus documentos — riu com gosto. — Lembra quando você me deu o apelido de Lua?

— Lembro — riu junto. — Foi depois de uma aula, quando a professora falou que o nome da nossa Lua é Selena ou Selene.

— Seu bobo! Pensou que eu iria achar ruim, mas não.

— Lua... Você está bem, mesmo?

— Estou ótima. Verdade. Estou ansiosa para conhecer a empresa.

— Ainda não foi lá?

— Não. Mas acho que tudo é estratégico. Talvez estejam esperando o escândalo da minha chegada abaixar.

— Que escândalo?

— Quando eu cheguei, o Satoshi me pegou pela cintura e me levantou no alto — riu com gosto. — Isso foi um escândalo! — exclamou baixinho.

— Não ria. Ele precisa se preservar. Afinal...

— Eu sei. Só que achei graça.

— Lua, tenho de ir trabalhar agora. Manda mensagem ou me liga, se precisar.

— Está certo. Beijos!

— Beijos! Te amo, minha irmã!

— Te amo, também.

Ficou um tempo pensativa. Quanta coisa nova em sua vida. Sentia-se ansiosa e mais animada.

Algumas batidas na porta do quarto...
— Tsuki? Posso entrar?
— Sim, senhor — levantou-se da cadeira perto da escrivaninha onde estava.
A porta foi aberta e o senhor Kaito perguntou:
— Você está bem?
— Sim. Estou — sorriu com leveza.
— Então, amanhã, vai para a empresa comigo. Haverá uma reunião onde todos os diretores estarão presentes. É o momento ideal para apresentá-la como noiva do meu filho, minha filha e futura diretora de tecnologia. Minha ideia é que já comece a se familiarizar com o trabalho e interagir com todos. Se bem que Satoshi fará questão de ajudá-la nisso, pelo que o conheço. Ele me falou que seu inglês é ótimo. Significa que conseguirá se comunicar bem com a maior parte da equipe. Mesmo assim, vamos encontrar um interprete que fale português para auxiliá-la até que se comunique, perfeitamente, no idioma japonês com todos.
— Sim, senhor — falou séria, disfarçando a tensão e a expectativa.
Observou-a vestida com outro moletom folgado, camiseta branca e cabelos presos no alto, escapando alguns fios e pediu em tom baixo, quase constrangedor:
— Arrume-se de acordo.
— Sim, senhor. Estou acostumada a me vestir bem para o trabalho no mundo corporativo. Não se preocupe — ofereceu leve sorriso.
— Boa noite, Tsuki.
— Boa noite, senhor Kaito.
— Pai! — imediatamente, falou enérgico. — É para ir treinando.
— Boa noite, pai — chamá-lo de pai foi um choque, mas, depois, maravilhoso. Sentia seu carinho e proteção como sempre imaginou que precisava receber de um pai. Sorriu largamente. Abriu os braços e correu em sua direção. Envolvendo-o com forte abraço apertado, que surpreendeu o

senhor. Em seguida, deu-lhe um beijo no rosto e murmurou: — Pai, obrigada. Terá orgulho de mim — afastou-se e curvou levemente a cabeça.

O senhor ficou atrapalhado. Não esperava tudo aquilo.

— E... E... Não avise Satoshi que vai lá amanhã — cumprimentou-a com um aceno de cabeça e se foi.

— Sim, pai.

Na manhã seguinte, Kimiko saiu do quarto de Selena e correu para a sala, ficando ao lado do marido, aguardando. A senhora não cabia em si, tamanha felicidade.

Quando a moça chegou à sala, o senhor Kaito, surpreso, examinou-a e sorriu enquanto a esposa deu alguns pulinhos e bateu palminhas.

— Estou bem, mãe, para o meu primeiro dia? — Selena perguntou, sorridente.

— Linda! Linda! Linda! — a mulher exclamou, radiante de felicidade.

Indo até ela, Selena se curvou e a beijou com carinho. Uma emoção forte invadiu seus sentimentos ao se lembrar de sua mãe, que sempre ficava feliz ao vê-la em seu primeiro dia em algum lugar, fosse escola ou trabalho. Tomada por intenso desejo, quis romper qualquer regra e envolveu a senhora com um abraço forte, demorado e a beijou novamente.

Na espiritualidade, Nádia se emocionou. Perto de Selena, beijou-a e disse:

— Não poderia deixar de vê-la no seu primeiro dia, filha. No planejamento reencarnatório tivemos medo, mas tudo deu certo. Os atuais pais de Satoshi não o aceitavam quando mais jovem, mas agora será diferente. Não tinham afinidade com o filho pela mágoa inconsciente do que Satoshi fez a eles, em vidas passadas, por sua causa. Embora muito do que aconteceu já tenha se resolvido, restaram resquícios que, a partir de agora, não existirão mais. Nesta presente vida, Satoshi candidatou-se a ser o elo para que todo rancor fosse dissipado entre você e os seus pais do passado, pais dele atualmente. Além disso, você o trouxe até mim, para que eu cuidasse do filho do passado e me harmonizasse com ele. Kimiko se preocupou tanto com o filho, enquanto ele estava se recuperando sob os meus cuidados que, de tão grata, em retribuição após minha partida, decidiu cuidar de você para mim. As coisas aconteceram como precisavam. Kimiko e Kaito também tinham receio de que não desse certo, mas deu. Você, com seu encanto e coragem e Satoshi, com seu empenho e determinação conseguiram cativá-los. Desculpe por ter de sair de cena e não poder participar da parte mais feliz de sua vida. Porém, se assim não fosse, você não estaria aqui. Tenho orgulho de você, Lua — beijou-a mais uma vez sem ser percebida. — Cuide dos seus novos pais. Ame-os como deve ser. Seja feliz ao lado do Satoshi. Isso sempre foi tudo o que vocês dois desejaram, desde tempos antigos. Que Deus te abençoe, Lua.

Pelo abraço e carinho que recebeu, Kimiko chorou. Disfarçando com sorriso, disse:

— Vão! Vão!

Virando-se para o senhor, perguntou:

— Podemos ir, pai?

O senhor Kaito sorriu e curvou a cabeça positivamente.

Sorridente, Selena pegou em seu braço ao saírem pela porta para esperarem o elevador.

Uma atmosfera carregada de expectativa pairava sobre os diretores, na elegante sala de reuniões.

Como CEO e já assumindo algumas funções da presidência, Satoshi ocupava a cabeceira da longa mesa repleta de *notebooks*, circundada de cadeiras altas e confortáveis, ocupadas pelos membros da diretoria. Seu terno elegante, seus cabelos pretos, impecavelmente, cortados e alinhados, mas teimosos, davam-lhe uma aura de autoridade. Sua seriedade exibia concentração e empenho.

A reunião, praticamente, já havia acabado.

Nesse momento, idealizado pelo senhor Kaito, que se demonstrava orgulhoso, a porta da sala foi aberta e o senhor entrou junto com a que seria a nova diretora de tecnologia.

Alta, esbelta e elegante, deslizou com seu andar confiante e clássico pelo limiar da sala. Usava um vestido de cor creme e bem acinturado, saia rodada que se estendia até abaixo dos joelhos. Um cinto largo de fivela igualmente destacada abraçava sua cintura, delineando sua sutileza. O decote quadrado, bem discreto e nada revelador, realçava sua feminilidade. Os saltos altos a elevavam ainda mais, conferindo-lhe uma postura confiante. O blêizer curto, alinhado com o cinto, sugeria poder e sofisticação. Os cabelos compridos aloirados, com reflexos suaves, levemente cacheados e presos em uma das laterais, ofereciam jovialidade e modernidade. Seus olhos verdes, grandes e puxadinhos, destacavam-se lindamente como pedras preciosas escondidas atrás dos longos cílios, que refletiam a luz do ambiente e brilhavam ainda mais.

Todos os olhares se voltaram para ela, que não tinha ideia do impacto que causou.

O CEO não foi diferente. A grande surpresa o paralisou, quando ergueu a cabeça para ver quem era. Satoshi a admirou em sua mente e coração e seu olhar a percorreu. Sentiu-se imantado, mas Selena não percebeu o turbilhão de emoções que, mais uma vez, despertou nele.

Agora, desconcentrado das estratégias de negócios que estavam traçando, perdeu-se entre planilhas e projetos, sentindo sua respiração falhar. Sorriu sem perceber ao pensar que seu pai não deveria ter feito aquilo com ele. Certamente, foi de propósito. Mas acreditou que disfarçou bem, pensou que sabia dissimular.

Ocupando o lugar indicado pelo senhor Kaito, Selena foi apresentada e cumprimentou os outros diretores com sorriso leve nos lábios rosados e explícita educação e cordialidade. Sabia se comportar formalmente, elegantemente.

Em inglês, respondia algumas perguntas sobre suas experiências profissionais. Satoshi interagiu poucas vezes, explicando o trabalho que desenvolveram juntos em empresa semelhante no Brasil.

Enquanto isso, o senhor Kaito observava seu filho, notando suave mudança em seu comportamento, a maneira como olhava para ela e em como sua voz mudava.

Homem experiente, o senhor Kaito sabia que o amor pode ser uma força poderosa ou uma grande fraqueza. Teria de esperar para ver.

Com o passar do tempo, a futura diretora de tecnologia, já conhecia a estrutura da empresa, além de todos. A princípio, pouco opinava nas reuniões. Até porque o idioma ainda era um desafio, mesmo com um intérprete. Muito do que era dito, Satoshi fazia questão de expor no idioma inglês, para facilitar seu entendimento.

Não demorou, com o novo CEO e sua visão diferenciada, a empresa começou a vibrar com energia diferente.

Mas havia alguns que sussurravam especulações, outros fofocas.

Muitos colaboradores sentiram a mudança e comentavam sobre a vida de Satoshi e Selena, apesar de não saberem, exatamente, o que estava acontecendo.

O CEO e Selena passaram a discutir relatórios e projetos na empresa, sonhos e aspirações fora dela.

As decisões estratégicas da indústria começaram a refletir uma nova dinâmica, deixando o senhor Kaito orgulhoso da futura nora e satisfeito com o filho, assim como a maioria.

Selena abriu horizontes e inovações com suas ideias e empenho. Ela era muito comprometida e dedicada.

O presidente percebeu que o CEO, junto com a futura diretora de tecnologia, formavam uma equipe formidável. Suas visões se complementavam, suas ideias se entrelaçavam. Juntos impulsionaram inovações e expandiram os negócios, conquistando e ampliando mercados. Foi então que ele teve a certeza de que, para Satoshi, o amor era uma força poderosa.

Mas, nem tudo poderia ser fácil.

Alguém da diretoria se preocupava com conflitos de interesse e acusou que a rejeição de seus projetos era por culpa de Selena, noiva do CEO.

O senhor Kaito, presidente da companhia, viu-se diante de um dilema. O sucesso da empresa e a felicidade do filho.

Seria verdade? Haveria algum problema?

Precisaria aguardar para ter certeza.

As ações sobem e todos estão satisfeitos. Nada está errado.

Subitamente, a diretora de finanças foi demitida pelo presidente que, em uma reunião, informou:

— Dispensamos os serviços e desserviços da diretora de finanças que, em vez de ser guardiã dos números e das finanças da companhia, tinha os olhos atentos para a vida pessoal de outros diretores. Em seu lugar, agora, teremos o senhor Nakamura, novo CFO desta empresa. Não vamos admitir que nossa empresa seja um campo minado de intrigas e fofocas.

— É que a situação ficou delicada — comentou o diretor de recursos humanos. — A política de escritório, conflitos de interesses, regulamentos...

— Que regulamentos?! Quais conflitos de interesses?! Defina política de escritório! — perguntou o presidente. Sobrancelhas arquearam e muitos baixaram a cabeça. — Conheço os altos e baixos da vida e o mundo dos negócios muito bem. Eu e minha esposa erguemos esta empresa e meu filho, o CEO Satoshi, ajudou a estabilizá-la e mantê-la, por essa razão ela está como está. Até agora, não vejo como sua noiva afetou negativamente os negócios desta companhia. Ao contrário! — ressaltou. — É só olharmos os números, que não mentem. Referente à vida particular dos dois, ambos agem com profissionalismo, suas vidas particulares são separadas dos negócios. As expansões e inovações só ampliaram e os negócios cresceram. A empresa está mais forte a cada dia. — Silêncio e a grande maioria pendeu com a cabeça positivamente. Tirando proveito do momento, o presidente ainda disse: — Aproveito para anunciar que a minha filha Tsuki passará, definitivamente, a ser a nova diretora de tecnologia.

Cabeças foram inclinadas e sorrisos se abriram, aprovando a decisão do presidente.

— Satoshi! — entrou na sala, chamando-o firme. — Soube que demitiu a minha assistente! Ela já trabalhava para nós há mais de quinze anos! — o presidente se incomodou com aquilo. — Por que fez isso?! — pareceu zangado.

O filho não queria falar perto da diretora de tecnologia nem do diretor de operações que estavam ali, mas sabia que o pai não conseguiria esperar por uma resposta e revelou:

— Foi preciso. Encontrei provas de que sua assistente estava falando sobre a vida da diretora de tecnologia.

— O que ela disse?! — preocupou-se o senhor.

— Podemos falar depois? — sério, Satoshi propôs. — A demissão servirá de exemplos para os outros.

— Não! Quero saber agora! — exigiu o senhor Kaito.

— Ela começou a insinuar que é possível que o senhor seja avô em breve e por isso toda essa sua pressa em integrar a Tsuki em nosso meio.

— Fez bem tê-la demitido... — concordou o senhor Kaito, que ficou constrangido, atrapalhado e saiu da sala junto com o diretor de operações, que também se sentiu impróprio ao ambiente.

Selena observou o noivo de cabeça baixa, continuando a olhar alguns projetos, sem se alterar, como se nada tivesse acontecido. Apreciou seu posicionamento. Viu que não precisou dizer o que necessitava ser feito no caso da assistente. Satoshi tinha postura, confiança no que fazia e isso a deixava segura.

— Não precisava falar desse jeito com o pai — disse Selena corada e envergonhada.

— O pai conseguiria esperar para eu responder em outro lugar? — com leve sorriso, perguntou sem a encarar.

— Fiquei constrangida — murmurou.

— Ah! Hoje à tarde, vou a uma reunião em uma empresa e quero que vá comigo — disse sem alongar o assunto.

— Está certo. É só me chamar — foi para sua sala.

CAPÍTULO 46

IKIGAI

    Após a reunião, Satoshi decidiu pegar outro caminho e não ir para a empresa.
— Para onde estamos indo? — ela perguntou e sorriu.
— Quero que conheça um lugar — olhou-a de modo indefinido, demonstrando um semblante alegre.
    Escondida a alguns quilômetros da empresa, erguia-se uma casa única, distinta e notável. A arquitetura era moderna, branca, linhas retas, limpas e naturais e as grandes árvores de bordo japonês, com mais de dez metros de altura, deslizavam seus galhos perto de algumas paredes, fazendo as folhas dançarem em harmonia com o vento.

— Eu moro aqui — disse com simplicidade e sorriu, esperando a reação dela.

Satoshi estacionou o carro fora da garagem, mas dentro dos muros altos da residência, que garantiam privacidade.

Selena desceu e observou o lindo jardim zen que se estendia à sua frente. Uma visão silenciosa de paz. A casa ficava longe, bem ao fundo, e precisaria atravessá-lo para chegar até ela. Cada passo uma pausa e uma respiração profunda ao passar por baixo do torii alto, vermelho, com um lintel superior preto e as bases das colunas da mesma cor. A presença do torii significava a passagem do mundano para o sagrado.

Era um santuário.

Adiante, precisou atravessar uma pequena ponte curva sobreposta ao lago que refletia o céu e carpas pretas, brancas, malhadas, douradas deslizavam como se desfilassem, algumas em círculos.

O som da água caindo da pequena cascata soava parecendo melodia suave, acalmando mentes e corações.

No final da ponte, no canto direito, um *yukimi-gata* ou pequena lanterna esculpida em pedra cinza, com seu telhado inclinado, graciosamente, que protegia sua luz interior. O musgo revelava sua idade, o tempo percorrido em que ficou ali como sentinela. Essa lanterna, que consiste em cinco partes, representava os cinco elementos da cosmologia budista: terra, água, luz, fogo e a parte superior, voltada para o céu: o ar/espírito. A alma.

Com as costas para uma parede de bambus secos, enfileirados verticalmente lado a lado, meditava um buda sentado em posição de lotus, esculpido em pedra cinza. Tinha o tamanho natural de uma pessoa e as mãos repousando em mudras. Estava sob o dossel de um galho de outro bordo japonês, cujas folhas verdes e alaranjadas, pela estação do ano, figurava beleza, simplicidade e sossego. Na sua frente, lindas pedras brancas, chamadas de seixo, proporcionavam contraste e beleza, dando um toque sofisticado, representando uma ilha de areia branca, calma e tranquila, com um bambu de folhas verdes de formato e aparência únicos postado na lateral.

Todo o lugar sussurrava segredos ancestrais, enquanto o vento soprava os galhos, deixando as últimas luzes dos raios de sol tremularem com seus toques dourados.

O rosto do buda pareceu recebê-los com sorriso e sabedoria, oferecendo bênçãos.

O cenário era mágico.

Não houve palavras e ela só observava tudo, atentamente.

O rapaz sorriu, fez um gesto para que o acompanhasse e chegaram à grande porta de madeira maciça que ele abriu, silenciosamente, revelando o que talvez fosse uma beleza ímpar, que desafia convenções. Um misto de elegância e simplicidade em material de madeira, vidro e concreto. Combinação ousada de elementos.

Tiraram os calçados ao entrarem.

A sala principal, com seus sofás em linhas retas sobrepostos com mantilhas que os cobriam, tinham aos pés tapetes de lã, sobre o piso de madeira nobre. Também havia uma parede de vidro, que dissolvia as fronteiras entre dentro e fora, unindo o interior ao exterior, permitindo que a luz natural adentrasse ao ambiente, criando uma dança de sombras com as folhas dos bordos quando as cortinas estavam abertas. Um jardim natural em uma das paredes, desdobrava-se como uma tela viva, tendo, aos seus pés, outro singelo jardim zen e uma estátua menor de outro buda, também esculpido em pedra cinza, que os encarava com um sorriso. Uma estante de madeira rústica, pesada e grossa exibia livros raros e jarros estilosos da cultura oriental, em alguns de seus nichos.

— Que lugar encantador — ela murmurou. — Bem a sua cara.
— Vou considerar como um elogio — Satoshi sorriu satisfeito.
— É um elogio — afirmou tranquilamente.

Satoshi mostrou todo o térreo e ela se encantou pelo escritório forrado de livros. Em seguida, foram para o segundo andar pelas escadas flutuantes em que se projetavam os últimos raios do sol filtrados pelo teto de vidro, por onde também era possível ver os galhos de um bordo japonês, que pintavam padrões dourados no piso de concreto polido.

Um corredor, com piso de madeira semelhante à da sala, exibia três quartos e um terraço com vista para o jardim externo, que ele mostrou.

Por fim, o seu quarto.

A porta pesada de madeira foi aberta e o rapaz ofereceu um sorriso ao dizer:

— Meu refúgio sagrado.

— Tudo é muito lindo. — Um quarto masculino, em que observou a cama grande e bem-arrumada, com travesseiros compondo a decoração singular. Tinha cabeceira de madeira rústica e escura, contrastando com o branco das paredes, assim como as mesas de cabeceira com o mesmo toque bucólico e os abajures elegantes, um de cada lado. Tapetes macios e grandes, nas laterais da cama, ofereciam aconchego e conforto. Novamente, Selena murmurou: — É como um sonho. Estou surpresa com a sua organização — disse ao ir até o closet, o banheiro e o viu rir.

— Embora eu seja organizado, tenho funcionários que cuidam da casa. E... Estava querendo muito que você gostasse daqui. Confesso que fiquei apreensivo. Desejo continuar morando aqui depois de nos casarmos, se você quiser, claro — olhou-a e ficou parado, um pouco nervoso. Algo raro.

— Estou sem fôlego! Tudo é lindo! Não tenho outra palavra para descrever — exclamou baixinho quando abriu as portas de vidro, passou pelas cortinas suaves e foi até a sacada, olhando a vista incrível para o pôr do sol e o belo jardim abaixo. Não demorou e entrou. Fechou as folhas de vidro e ainda espiou lá fora, dando uma última olhada.

— Creio que está faltando um toque feminino aqui. Não acha? — o noivo falou com graça.

— Algo fácil de resolver — respondeu, sempre sorrindo levemente. Foi até uma cômoda com gavetas, que ficava a alguma distância dos pés da cama e, sobre ela, pegou o livro que estava ali e o folheou.

Os últimos raios dourados deixavam a suíte em penumbra ao transpassar as cortinas de seda, criando encanto e paixão.

Ele a observou com o livro entre as mãos. Como sempre, era a visão da elegância, da graça e da beleza, com um vestido de tecido leve que a abraçava e realçava sua beleza natural. Mais uma vez, ela não percebia que era tão observada, desejada.

Uma diretora de sucesso, inteligente e perspicaz, mas, naquele momento, apenas a mulher linda que ele tanto amava. Mais do que sua posição ou riqueza, era um homem de princípios, com o coração que batia em compasso com o dela.

Contemplou-a com admiração, como se quisesse registrar cada detalhe em sua memória, por ser a primeira vez que a levava ali.

— Em breve vai conseguir lê-lo — disse sorrindo, aproximando-se dela.

Satoshi a envolveu pelas costas e a apertou em seu peito, respirando seu perfume suave e gostoso, quase imperceptível.

Sentiram suas respirações alteradas.

Devolvendo o livro à cômoda, ela segurou suas mãos em frente ao peito e fechou os olhos, sentindo o beijo em seu rosto. Delicadamente, afastando seus cabelos, deslizou o zíper do vestido e pôde ver uma cicatriz em suas costas, que tocou com cuidado. Beijou-lhe a nuca, viu-a se encolher. Ele sorriu, virou-a para si e mergulhou em seus olhos. Como um carinho, tirou os cabelos de seu rosto e a admirou.

— Eu te amo — declarou e encontrou seus lábios.

O mundo desapareceu, quando a envolveu em seus braços. Só existiam os dois.

Já era tarde quando Selena, envolvida por seu braço forte, estava com a cabeça em seu ombro, abraçando-o e mexendo em uma correntinha de ouro que ele tinha no pescoço, cujo pingente pequeno era a imagem de buda. Ao mesmo tempo em que sentia a mão que acariciava suas costas.

— Você gosta mesmo de buda — sorriu ao falar com doçura.

— Fui criado no budismo. Teve uma época, na minha vida, que posso afirmar que a religiosidade e os princípios de buda salvaram minha vida — olhou-a e sorriu.

— Religiosidade é algo muito importante, que deveria ser levada bem a sério.

— Concordo...

— Nossa! Olha a hora. Será melhor nós irmos — ela se incomodou.

— Ficaremos só mais um pouco. Levaremos bronca se chegarmos agora ou daqui a duas horas — ele riu.

— Não quero os pais preocupados.

— Selena, gostaria de saber que cicatriz é essa nas suas costas. Parece que foi um corte profundo. Tem uns dez centímetros. O que aconteceu? Algum acidente?

Viu-a pensativa e olhar entristecido ao contar:

— Quando eu era pequena... Meu pai nunca gostou de mim. Nunca... Não me lembro de um abraço, de um carinho ou presente. Vivia me chamando de feia, ridícula, coisa horrorosa, saracura... Eu era muito magra, esquelética mesmo. Não gostava de comer e... Sempre que podia, ele me humilhava e batia em mim. Meu pai odiava meus olhos e exigia que eu não olhasse para ele. Falava que sentia arrepios. — Lágrimas deslizaram em seu rosto e foram secas com a mão. — Não bastava agredir minha mãe, precisava me maltratar também. Acho que era uma forma de puni-la e fazê-la sofrer.

Satoshi respirou fundo, abraçou-a por um momento, beijou sua cabeça e a deixou continuar.

— Minha mãe deixava meu cabelo enorme. Tinha prazer em me pentear, fazia adornos de crochê para enfeitar minha cabeça com tiara ou florezinhas... — sorriu sem perceber. A lembrança era boa. — Ele odiava ver aquilo e, um dia, depois de brigar com ela, meu pai pegou uma faca, segurou meus cabelos na nuca e começou a cortá-los, com a faca... — sua voz embargou. Aquilo ainda doía. — Ao cortar meus cabelos e eu me mexendo e gritando... A faca cortou minhas costas.

Satoshi respirou fundo, soltando o ar pela boca de modo ruidoso, não suportando a contrariedade que sentia. Beijou-lhe novamente a cabeça.

— Fiquei tão horrível com a parte do cabelo cortado na nuca e minha mãe chorando. Eu me sentei no chão, peguei meu cabelo cortado e senti minha respiração alterada. O ar faltava nos meus pulmões e acho que foi aí que, pela primeira vez, fiquei paralisada, em choque... Eu não queria ir daquele jeito para a escola e minha mãe fez gorros de crochê, um diferente do outro, com lindas flores para eu usar, apesar de ser verão — respirou fundo e esboçou sorriso forçado. Encarou-o e ele pôde ver seus lindos olhos verdes cintilando em lágrimas.

— Não seria o caso de chamar a polícia?

— Uma vez, um vizinho fez isso. Mas, depois de voltar da delegacia, ele ficou ainda mais violento. Era um homem covarde, que nos ameaçava e nos inibia. Talvez você não tenha ideia do que o medo faz com a gente. Faz aceitar até as agressões para que elas não sejam piores da próxima vez.

— Desculpa pedir a você que me contasse isso. Fiquei curioso sobre a cicatriz — beijou-a com carinho.

— Também estou curiosa com uma coisa — sorriu com meiguice. — Tenho uma pergunta.

— Só uma? — achou graça. — Qual?

— Você tem uma tatuagem nas costas na altura do ombro. Reparei só essa.

— E é só essa mesmo. Primeira e última. É *kanji*. E em japonês está escrito *Ikigai*. Significa: razão de viver, propósito de vida. É o motivo que faz você acordar todos os dias. — Sorriu e a observou, dizendo: — Você não tem tatuagem.

— Tenho esta cicatriz que viu nas minhas costas. Já é o suficiente. Já estou marcada nesta vida — sorriu sem graça. —

Mas... Me conta a história dessa *tattoo*. Por que a fez e o que significa para você?

— Depois que o meu irmão, Hiro, morreu, como te contei, fiquei sem chão, desesperado, não tinha mais qualquer pessoa, no mínimo, que ouvisse minhas ideias, ficasse feliz com meus sonhos... Fiquei sem forças, sem energia para nada. A Keiko tinha vindo para o Japão com tio Tadashi para o funeral do Hiro. Não sei se te contei, mas, nesse dia, com todos reunidos, falei muita coisa, acusei todos eles, mas também me sentia culpado... Virei as costas e a minha prima correu atrás de mim, entrou no meu carro e nem sei como a levei para onde morava. Ela ficou conversando comigo, orientando... Falei um pouco do Hiro e do que ele significava para mim. Eu não tinha amigos. Nunca tive. Hiro era meu amigo, meu herói. Estava pensando muita besteira e a Keiko me acalmou. Ela me incentivou a retomar firme minhas crenças religiosas, o budismo. No começo não liguei para aqueles conselhos, mas... Um ou dois dias depois, acordei e lembrei que tive um sonho bem impactante com um senhor idoso, japonês, com roupas antigas de mestre, cabelos e barba brancos e longos, cajado na mão e... No sonho, esse homem me dizia para encontrar meu propósito de vida e conversamos bastante sobre coisas que não lembrava totalmente. Mas sei que ele insistia para eu achar meu *Ikigai* e descobrir minhas paixões, tudo o que me trouxesse alegria e satisfação sem ser prejudicial a mim, a outras pessoas ou à sociedade. Encontrar aquilo que me fizesse acordar todos os dias e me movimentar em busca de minha missão de vida. Acordei energizado e desisti de me matar — olhou-a e viu seu assombro. — É... Eu pensava isso. Era uma ideia fixa. Já que eu não tinha sido tão bom quanto meu irmão na minha vida inteira, deveria ter a coragem de fazer o que ele fez e acabar com tudo. Não sei o que aconteceu comigo depois desse sonho. Acordei diferente. Saí para beber com um conhecido e contei o sonho. Talvez por saber que estava mal, esse colega me disse que era um sonho bem significativo. Falou que eu deveria registrá-lo de alguma forma para que, todas as vezes que pensasse em desistir, encontrasse algum motivo que me fizesse levantar, todos os dias, e procurar o meu propósito de vida, a razão de viver, um motivo para viver. A conversa terminou, e procurei um profissional que pudesse registrar aquilo em mim. Pedi a tatuagem e ele perguntou: onde? Fiquei indeciso, mas me lembrei que meu irmão sempre me dava tapas fortes ou socos nas costas, abaixo do ombro, que eu enrijecia para que socasse mais. Eu era durão. Era uma brincadeira tola que tínhamos — sorriu. — Assim, decidi o local e falei: "*Ikigai*. A partir de agora vou encontrar meu propósito de vida e tentar não ser como meu irmão, mas encontrar minha razão de viver." — Fez breve pausa. — Foi o que fiz. O impressionante é como todos me batem aí, exatamente, em cima dessa tatuagem, reforçando a lembrança do que devo fazer, da minha promessa para mim mesmo. Essa tatuagem não foi feita em um bom momento, aliás, foi no pior momento da minha vida. Por isso, é a primeira e única. — Respirou fundo e prosseguiu: — Saí de lá, cheguei ao cubículo em que morava e fiz alguns contatos, já que estava sendo difícil encontrar emprego bom aqui por causa do meu pai. Liguei para conhecidos e um professor com quem estudei em Atlanta, nos Estados Unidos, fez uma proposta. Estava juntando meus últimos recursos financeiros para viajar quando meu pai descobriu onde eu morava. Lógico que a Keiko contou — riu. — Ele me convenceu a voltar para casa, implorou e... O resto você sabe.

— Passado difícil torna pessoas, que são do bem, interessantes.

— Meus pais não sabem dessa tatuagem — o rapaz riu alto.
— Você está brincando?! — Selena riu junto, admirando-se.
— Não. Não sabem. Tatuagem é um tabu aqui. Eles nunca viram — continuou rindo. — Talvez meu pai tenha um colapso se a vir. Melhor não contar, mas também não me preocupo

em esconder. — Esperou um momento e disse: — Tsuki, deixa-me perguntar uma coisa...

— Qualquer coisa.

— Reparei que não vê como as pessoas olham para você. Não sabe o quanto é admirada?

— Ninguém olha para mim. Ninguém me admira. Por que diz isso? — falou com muita naturalidade.

— Não se acha bonita? — franziu a testa, incrédulo.

— Não! Nunca fui — riu, achando estranho. — Gosto de me arrumar e me produzir porque... Quando eu me arrumava toda, minha mãe ficava feliz e me olhava diferente, com olhos brilhando de alegria e contentamento. Roupas bonitas deixavam minha mãe feliz. E eu queria proporcionar algum tipo de alegria para ela. Meu pai dizia que eu era feia, tinha olhos de bruxa, olhos de falsidade, dizia que nunca viu tanta feiura junta. Que eu era boba, sem graça. Não teria futuro, era burra e não seria nada na vida. Jamais encontraria quem gostasse de mim. Minha mãe me ajudava a estudar e, pelo menos, não fiquei burra como ele afirmava.

— Selena, você é linda! — expressou-se admirado. — Você é encantadora! E se parece muito com sua mãe! Seus olhos, os traços delicados... — Ela o encarou, ficou olhando como se não soubesse o que pensar. — Acredito que quando olha para uma roupa bonita, não se vê, acha que só a roupa é bonita.

— Sou chamativa porque me arrumo bem. Já vi homens me olhando, mas não me iludo com isso, não ligo. Não sinto nada. Sei que é pela roupa.

— Vou repetir: você é linda! Vestida com ou sem elegância. E tudo o que fez com você como: estudar, se cuidar foi por causa dele. Por tudo o que falou para inferiorizá-la. De tanto ouvir aquilo acreditou. Mas não é verdade. Se produz para ver se se enxerga bonita, pois foi tão massacrada com a ideia de ser feia que só olha sua roupa. Você é linda, chamativa, atraente, tem magnetismo.

— Por um bom tempo vivi sem chão, sem saber o que fazer da vida. Então, fui entendendo que para ter força para viver, precisava criar um propósito, um motivo para levantar todas as manhãs — sorriu levemente. — Nunca tive amigos. Vários conhecidos, mas amigos não. Comecei a focar nos estudos e percebia o quanto minhas notas altas deixavam minha mãe feliz. Passei em uma faculdade pública, assim como meus irmãos e segui... Consegui meu primeiro emprego e minha mãe ajudava a me arrumar. Nunca sabia o que usar e ela se esforçava para eu ficar bem apresentável. Aos poucos, aprendi e comecei a escolher roupas lindas, maravilhosas e representativas. Quer dizer que a vestimenta bonita e elegante me representava. Vejo a roupa dessa forma. Não me acho bonita, mas o que uso é um complemento que me ajuda a parecer melhor, eu acho... Esse foi assunto de muita psicoterapia. Também fiz natação para ganhar músculo e ter um corpo melhor e... Quando eu tinha a minha mãe ao lado, fazia muita coisa por ela. Acredito que, quando ela partiu, me deprimi muito porque perdi a pessoa que tinha ao lado para eu agradar e fazer feliz — sua voz embargou. Respirou fundo e continuou: — Precisei reaprender a fazer as coisas para mim, por mim.

— Fique atenta ao seu redor e observe o impacto que você, como pessoa, causa nos outros. Seu magnetismo atrai e encanta. Não é o que veste. Tsuki, somos tudo o que temos à nossa volta. Nosso corte de cabelo, a apresentação das unhas, o que vestimos, o que calçamos, nossa higiene. Tudo nos representa, principalmente, as roupas, mas a essência, o que falamos, a maneira como falamos e como nos apresentamos tem um peso enorme.

— Satoshi, você está falando tudo isso porque quer que eu diminua a forma de me apresentar? Acha que devo mudar de estilo? — ficou na expectativa.

— Não! Jamais! Seja você! — salientou, respondendo rápido. — Seja sempre a Selena que conheci e mude o que quiser só quando quiser, como fez com o cabelo que clareou um pouco e continuou linda... — sorriu e afagou seu rosto. —

Será sempre a mulher que admiro, amo, respeito... Você me complementa. Foi quem me inspirou a ser melhor. Sabia? Foi meu incentivo para enfrentar desafios com coragem.

— Por quê? O que fiz? — fez uma feição de dúvida.

— Sempre tive receio de ocupar o lugar de CEO, que era do meu irmão. Sempre desejei ficar longe do cargo de presidente, mas... — falava, sempre sorrindo. — Quando mais novo, tinha coragem de me aventurar, ia estudar longe, fazia contatos, voltava para casa e para a empresa com ideias inovadoras, fazia ligações entre empresas, ia buscar mais conhecimento... Passava meses longe — riu. — Meus pais ficavam malucos com minhas aventuras. Era assim que chamavam. Somente o Hiro entendia, apoiava e acho que até aproveitava um pouquinho do que eu trazia de novidade para a empresa. — Fez breve pausa, depois confessou: — Às vezes, eu chegava ao ponto de acreditar que os elogios que meu irmão recebia, o êxito que tinha eram pelo que eu agregava com minhas buscas, mas... Depois eu via que estava errado. Não poderia pensar mal da única pessoa que gostava de mim. Entente? Sentia-me culpado quando isso passava pela minha cabeça. — Ficou pensativo. Calou-se. — Talvez pelo preferencialismo dos nossos pais, eu nunca era notado, era o filho problema que só viajava. Meu pai, principalmente, não via o que eu associava, acrescentava à empresa, não enxergava como contribuía para as melhorias e ampliações. Por outro lado, eu tinha medo de aparecer e assumir posições... Mas... Com você ao lado, encontrei força e coragem. Hoje, lidero as reuniões com muito mais confiança. E estou tão feliz com o que faço — sorriu.

— Você sempre foi ótimo, Satoshi. Só não percebe o valor que tem. Sua concentração no que faz, seu foco, ideias e inovações... Não tem medo de mudanças... É ótimo em tudo o que faz e te admiro muito!

— Então somos parecidos — fez-lhe um carinho.

— Quero te falar uma coisa — Selena pediu e ficou séria.

— Fala — sorria levemente o tempo inteiro.

— Sobre religião. Admiro o budismo e até tenho curiosidade para conhecer um pouco mais, mas quero continuar sendo espírita.

— Ótimo! Para mim, está perfeito. Não vejo o menor problema. Também peço para que não desapareça com os meus budas, com o estilo do jardim zen que eu tanto gosto e... — Olhou-a com jeito dengoso, envergando a boca para baixo, mas com sorriso nos olhos.

— Claro que não! — riu do seu jeito. — Adorei esse estilo de decoração.

— Para mim não é só um estilo de decoração. Creio que para cada um, dentro de suas necessidades, cabe uma religião ou filosofia de vida para aprimorar-se, evoluir-se e iluminar-se, mas, acima de tudo, encontrar forças durante momentos e situações difíceis. Respeitarei suas crenças e religiosidade.

— Também respeitarei as suas — ela sorriu. — Fique tranquilo.

— Era por isso que estava tão apreensivo antes de trazer você para conhecer esta casa. Fiquei pensando: e se ela não gostar? E se quiser tirar meus budas? Mudar o jardim?...

— Adorei tudo! Só penso em decorar um pouquinho, só um pouquinho, este quarto e a sala com uns toques femininos — sorriu graciosamente. — Mas estou pensando só em algumas almofadas... Por enquanto... — riu com gosto.

— Quanto a isso, a casa é sua também. Precisará se sentir bem aqui.

— Outra coisa, Satoshi... Acho que já sabe o que vou te falar, mas preciso dizer. — Viu-o encará-la. Ele já imaginava o que ia dizer, mas aguardou. — Se um dia encontrar outra pessoa e tiver dúvida sobre o nosso relacionamento, por favor, termine comigo antes de se envolver com outra. Não sou de ficar fazendo cobranças.

— Tem a minha palavra — sério, olhou-a com seriedade. — Também peço o mesmo.

— Você é um homem adulto e não tem o menor cabimento eu precisar vigiá-lo, dizer o que precisa fazer sobre nós ou aceitar desrespeito da sua parte ou ter de chamar sua atenção pelo modo como age com outras mulheres. Enganar, invalidar, diminuir os sentimentos, subestimar as dores, repetir insistentemente situações que fazem o outro ficar desconfortável ou passar mal... Não vou conseguir tolerar nada disso. Vou sofrer, mas vou fechar o ciclo. É humanamente impossível não surtar e viver bem, sentir paz quando temos ao lado alguém que vive nos ferindo, nos magoando, nos desprezando. Se precisamos crescer, evoluir, prosperar, precisamos também aprender a fechar ciclos, dizer não, romper com pessoas. Não vou suportar nada disso. E para eu não sofrer tanto, se tem o mínimo de consideração e honestidade, melhor terminarmos antes. Eu gostei de ver o seu posicionamento com a assistente do seu pai. Lógico que não apreciei nada a mulher ser demitida, mas foi ela quem pediu, por meio do próprio comportamento. Gostei de que não precisei ficar te dando um toque, te mostrando a situação... Espero que continue me respeitando assim.

— Eu concordo com você. Tem a minha palavra e quero o mesmo da sua parte. Não tenho a menor intenção de me afastar de você depois de tudo. Nunca quis tanto alguém na minha vida como quero você — sorriu e lhe fez um carinho. — Não sabe como fiquei feliz por ter gostado desta casa, porque é nela que quero construir lembranças com você, tomar café juntos...

— Com água gelada para ficar morno e sem açúcar — riu.

— Sim. Para mim, claro — riu junto. — Devemos dar boas risadas juntos, compartilhar planos, sonhar... Quero dançar com você. Você dança?

— Posso aprender — fez um jeito gracioso.

Olhou-a nos olhos e afirmou:

— Não quero dividir minha vida com você. Quero que esteja totalmente nela, assim como quero estar na sua. Quero ver nós dois velhinhos, lembrando ou esquecendo as coisas — riu. — Possivelmente, algum dia, haja lágrimas, mas que em seguida, a gente converse, se abrace, sonhe e ria novamente. Vamos prometer uma coisa: vamos resolver tudo conversando. Pode abrir seu coração para mim.

— Peço o mesmo...
— Nossa paz será o meu novo *Ikigai*, o meu novo propósito de vida.
— Eu te amo, Satoshi... — sussurrou.
— Eu te amo, Selena.

Beijaram-se.

Selena o envolveu e recostou-se em seu peito e ele a abraçou.

Ficaram assim.

Selena despertou com a luz da manhã entrando no quarto.
— Meu Deus!... Satoshi! — acordou-o. — Amanheceu! — falou quase desesperada.
— Vai devagar — disse assonorentado. — Vamos levar bronca de qualquer jeito.

Chegaram ao apartamento onde o senhor Kaito e a esposa Kimiko, sentados no sofá, aguardavam-nos.

Os dois entraram pensando em não fazer barulho, mas, ao olharem para a sala, ouviram:

— Tsuki! Vai para o seu quarto!
— Bom dia, pai. Bom dia, mãe — murmurou de cabeça baixa e passou por eles sem olhar para trás.

De seu quarto, ela ouviu:
— Satoshi!!! Seu moleque!!!

— Não fiz nada, pai.

— Você é a vergonha desta família! Prometi ao irmão da Tsuki que cuidaria dela! Dei minha palavra! Você está comprometendo a minha imagem e meu nome! Suma daqui! — Acompanhou-o até a saleta de entrada. Ao vê-lo sair, ficou ainda mais furioso pois percebeu o filho rindo, por isso gritou: — Satoshi!!! — Após a porta se fechar e o rapaz ir embora, virou-se para a esposa e exigiu: — Vamos apressar esse casamento! Vai conversar com ela! Ou eu mato o Satoshi!

Alguns dias depois, enquanto conversavam sobe a preparação do casamento, Selena chamou o noivo para conversar. Não achava justo ele viver enganado, acreditando-se incapacitado e inferior ao irmão.

— Preciso te mostrar uma coisa, mas gostaria de que pensasse muito antes de reagir, antes de querer confrontar os pais. Sabe... Outro dia, quando conversamos sobre seu irmão e tudo o que ele representa para você... Achei tão bonito, mas não gostei da forma como pensa sobre si mesmo. Não se dando valor, achando-se incapacitado de assumir o cargo de CEO ou a presidência, pensando que fui eu quem o inspirou ou o incentivou a ocupar cargos de destaque na empresa.

— Você pode falar logo? Estou ficando apreensivo — pediu sério, parecendo inabalável.

— Eu estava no meu quarto e procurava um lugar no maleiro para guardar uma bolsa. Nele, tem algumas caixas onde a mãe guarda fotos e outras coisas. Enquanto eu arrumava, uma caixa caiu e se abriu no chão. Fui recolher para guardar, mas uma me chamou a atenção. O envelope estava amarrado com fio preto e prata, com um laço bem complicado... Desculpe, não sei por que a abri e li. Com dificuldade e a ajuda de um tradutor, entendi o que estava escrito. Eram cartas do seu irmão, do Hiro.

— Eu sei. Eu já li essa carta.
— As duas?
— Duas? — ficou intrigado, olhando-a sem entender.
— Sim. No envelope, havia duas cartas. Uma contendo aquilo que me falou sobre ele e a namorada quererem partir juntos. Mas, a outra... Na outra carta, Hiro confessava que usou você.
— Do que você está falando, Selena? — perguntou com voz grave, ficando atento.
— Eu guardei o envelope com as cartas no mesmo lugar, mas tirei fotos. Foi bem complicado fazer aquele nó, novamente, mas consegui. Creio que ninguém vai perceber. — Ela desconhecia que, para aquela cultura, envelopes são especiais, tanto as cores quanto os fios em que são amarrados e o tipo de laço dado. Pegando o celular, entregou-o nas mãos de Satoshi.

À medida que lia, suas emoções eram reavivadas e lágrimas escorriam de seu rosto sério. Incrédulo, leu novamente. Ficou paralisado por alguns minutos e, só depois, entregou o celular para a noiva.

Satoshi ficou pensativo. Já havia desconfiado que seu irmão usava tudo o que lhe falava e ficava com os créditos para si, mas não queria acreditar.

Amava Hiro, idolatrava o irmão e nunca o viu como aproveitador. Ficou triste. Ele o traiu, propositadamente, enganou-o, mentiu e se aproveitou de seu conhecimento e esforços sem lhe dar os créditos, mesmo sabendo que era duramente criticado, acusado e rejeitado, Hiro não teve qualquer consideração ou respeito por ele.

Decepcionou-se. Acreditava que o irmão fosse seu amigo, além de mais forte e verdadeiro.

— Só te contei porque acho que tem o direito de saber o seu valor, Satoshi — olhou-o com piedade. — Os pais devem ter escondido de você para que não odiasse seu irmão, mas acho que deve se valorizar.

— Eu entendo, perfeitamente, porque os pais esconderam isso de mim... Mas não impede meu choque. Selena... — Ela se aproximou e o abraçou com carinho. Entendia sua dor. — Acho que o Hiro se matou por que pensou que eu sairia da empresa e ele não conseguiria mais apresentar projetos e mostrar seu dinamismo sem mim... Será isso? Não somente seu amor pela Rose, a problemática da família que não aceitava sua união com ela... Ele temia passar vergonha por descobrirem que ele não era tão dinâmico quanto parecia.

— Talvez... Mas nunca vamos saber. Entenda que você não teve culpa. Ele não estava bem, não sabia lidar com pressão nem com a própria mentira. Foi muito para ele.

O noivo escondeu seu rosto em seu abraço e a apertou junto a si. Precisava ser acolhido. Depois de alguns minutos, perguntou:

— Acha que devo falar para o pai?

— Isso o magoaria e não adiantaria de nada. Ele quis te proteger. Não gostaria de que ficasse com raiva do seu irmão.

— Era por isso que insistia tanto que eu assumisse o cargo de CEO, que era do meu irmão. Era o pedido do Hiro naquela carta.

— Sim. Muito provavelmente foi isso — a noiva concordou.

Ele se afastou, passou a mão em seu rosto e disse:

— Obrigado por não me enganar e dizer a verdade. Não foi por acaso que encontrou isso.

— Pensei a mesma coisa.

— Não direi nada e peço que não fale também — ele sorriu de modo forçado.

— Combinado — abraçou-o com carinho.

CAPÍTULO 47

O CASAMENTO

No Brasil...
A vida de Eleonora seguia normalmente. Continuava na presidência conforme Daniel pediu. Sua amizade com Rufino aumentou e os dois se divertiam juntos com jogos, passeios e idas à casa espírita. Ia com frequência onde o neto morava e se sentia bem entre todos.

Certa noite, havia chegado tarde por conta de um evento. Cansada, dormiu assim que se deitou. Em desdobramento, pelo estado de sono, viu a aproximação de uma figura conhecida.

— Filho?... — emocionou-se. — Theo!...

Exatamente como se lembrava, viu o espírito Theo se apresentando para ela.

Abraçaram-se demoradamente. Depois Eleonora tocou seu rosto como se não acreditasse.

— Mãe, estou liberto do cativeiro no qual me coloquei. Preciso que me perdoe.

— Não tenho pelo que te perdoar. Eu que peço perdão por não te ajudar...

— Passei um tempo em terrível assombro pelo crime de suicídio. Mesmo sabendo que era errado, perdi o controle, a fé, não acreditei, pensei que poderia desaparecer, mas não. Vivi o terror do meu crime. Fiquei enlouquecido e... Na verdade, deveria ter ficado lá por mais tempo, no vale de terror em que estava, mas, ao longo do tempo, mesmo com os anos que passaram, sentia suas preces e recebia suas vibrações que me chegavam como remédio para a alma e aliviavam meu sofrimento. Fui recordando as lições do Cristo que lia para mim e suas vibrações me envolviam, diminuindo meu sofrimento, apesar do desespero e da dor. Quanta dor!... Vivi no turbilhão do que se pode chamar inferno, experimentando desespero e aflições. Mas as preces, mãe... Ah... Suas preces confortavam meu coração. Minha consciência se movimentou para o desejo verdadeiro de socorro e arrependimento, por causa das suas preces. E fui me desprendendo dos laços que me envolviam naquele manto cruel. Fui socorrido e me dei conta, ainda mais, do erro cometido. Retornei como Teodoro e fui acolhido na instituição. Seus braços se tornaram berço de amor quando me visitava. E o Daniel... Era para ser ao lado dele que desenvolveria minha tarefa. Vim agradecer sua ajuda, seu carinho e as milhares de vezes que, com suas preces, me ajudou. Realmente as preces das mães arrombam as portas do céu. Obrigado, mãe... Ainda, nesta vida, vai me envolver em seus braços. Quero sentir seu amor e afeto. Retornarei para os braços do Daniel e da Keiko. Pode me aguardar. Prometo ajudá-los e seguir com o projeto que você começou. Obrigado.

Beijou-a no rosto.

Sem palavras, Eleonora só chorava. Estava incapaz de reagir.

Theo também beijou suas mãos, sorriu e se afastou.

De súbito, a senhora acordou em pranto. Emocionada, lembrou-se vagamente do filho e da emoção indescritível que sentiu.

Chorou de novo, mas com sorriso nos lábios. Sabia que Theo estava liberto e sentiu-se feliz. Entendeu que, de alguma forma, encontrou-se com ele. Recordou-se de Teodoro e ficou pensativa.

Agradecida, orou.

Daniel e Keiko seguiram juntos, abraçando tarefas, construindo a vida.

— Vamos nos casar? — Daniel propôs.

— Estou fazendo residência médica em Pediatria. Esqueceu? Será um bom momento?

— Sempre será um bom momento — sorriu e a abraçou.

— Casamento não é brincadeira, Dan.

— E por acaso nosso namoro é brincadeira? Só estou cansado de termos de ficar longe, lutando com esses horários malucos. Não precisamos fazer uma coisa grande... Só uma recepção para a família e poucos amigos. Igual seu irmão fez.

— E não vamos viajar?

— Uma viagem curta, pode ser, para não atrapalhar seu estudo. Deixamos uma mais longa e do nosso gosto para quando terminar a residência.

— Então, está bem. Eu concordo.

Beijaram-se com carinho.

O casamento foi marcado.

Uma cerimônia simples e acolhedora para a família e amigos registrou o evento.

Tadashi e a esposa Kaori convidaram parentes próximos que vieram do Japão, mesmo esperando que não comparecessem, devido à distância.

O irmão Kaito e a esposa Kimiko assim como seu filho Satoshi e a esposa Selena ou Tsuki, como gostavam de chamá-la, estavam presentes.

Em dado momento da festa, os irmãos Tadashi e Kaito, de um lugar privilegiado, sobrepuseram um braço sobre o ombro um do outro e pararam para observar a celebração. Todos riam, brincando e comemorando.

— Bonita família nós temos — Kaito considerou.

— Perdemos tempo em sermos duros, exigentes e ignorantes com nossos filhos. Por que será que fizemos isso? Por que não os deixamos ser felizes?

— Fomos criados para acreditar nisso. Forçados a pensar como nossos pais, avós e ancestrais. Tudo nos foi imposto com dor, por isso não respeitamos a dor dos nossos filhos, quando contrariados. Só parei para pensar e entendi isso quando meu filho mais velho matou a namorada e tirou a própria vida. Quanta dor ele sentia para fazer isso. Quanto desespero. O Satoshi me mostrava, apontava, mas eu não queria ver. Precisei passar por grande dor para entender. Aprendi que, em se tratando de filhos, devemos guiar o voo e não cortar as asas.

— O Satoshi sabe todo o conteúdo das cartas deixadas pelo irmão?

— Não. Somente de uma. A outra... Não quero que se decepcione com o Hiro. O irmão era tudo para ele. Era seu herói, um ídolo. Não vou destruir a memória que Satoshi criou. Não sei o que significaria a descoberta disso, o desespero que ele pode sentir... O irmão o traiu, o enganou, mentia e se aproveitava do que ele fazia, mesmo sabendo do que Satoshi era acusado, rejeitado, criticado... Hiro não teve por ele a mesma consideração e respeito que recebia.

— Também acho que é melhor não contar. — Tadashi considerou. — Sobre as escolhas de nossos filhos, sobre os nossos costumes... Comecei a pensar nisso quando uma amiga me mostrou o que realmente importava. Vi a felicidade do Yukio e da Talia longe de mim quando os queria perto. Que se dane os padrões. O importante é ter os filhos ao lado, bem próximos.

— Satoshi tornou-se outro homem! — falou orgulhoso e sorriu, acompanhando-o com olhar a certa distância. — Assumiu a presidência e nem de longe parece aquele menino que me dava preocupações.

— E a Selena, está se saindo bem?

— Não poderíamos ter uma filha melhor. Mais uma vez, o Satoshi acertou e nos presenteou com uma bênção. Tsuki é filha amada que eu e Kimiko sempre quisemos ter. Atenciosa, educada, presente... mais que o Satoshi! — ressaltou. — Na empresa!... — riu alto. — Tem posicionamento, comprometimento e dinamismo. Adora o que faz. Se deixar, ela manda no presidente — riu com gosto. — Tem fibra!

— Pararam de ter problemas sobre falarem dela?

— Tsuki mostrou a todos os membros da diretoria a que veio. Sua competência ficou inquestionável. Ninguém pode dizer nada. Casados, a situação também mudou, embora a vida pessoal nunca seja levada para a empresa. Estou orgulhoso dela e também do Satoshi. — Riu e contou: — É engraçado quando, em uma reunião com algum cliente, digo que vão conhecer a minha filha, senhora Tsuki Tashiro, a diretora de tecnologia. Então, de repente, entra a Selena, sempre daquele jeito chamativo que só ela tem. — Riram alto. — Tem de ver a cara deles!!! E faço questão de chamá-la de filha. Fiquei feliz quando ela incorporou Tsuki e Tashiro ao nome. Fiquei ainda mais orgulhoso da minha filha — o senhor sorriu satisfeito. Ele e a esposa haviam acolhido a filha do passado, que nunca deveriam ter abandonado. Não importava sua aparência ou etnia, adoravam exibi-la, apresentando-a como filha.

— Também estou feliz com a Keiko e o Daniel. Não imagina como me achei tolo por forçar minha filha a fazer o que não queria. Daniel então... Não poderia ter um filho melhor do que ele. Mas ele ainda não me chama de pai — franziu a testa. — Vou exigir isso — riu. — Quando fui para o interior atrás desse rapaz, pensei que o fizesse para trazê-lo para a Eleonora. Longe de saber que o estava trazendo para a minha filha... — sorriu, observando o casal de longe. — Cada atitude nossa reverbera na vida de todos. Olhando para a trajetória de Satoshi e Selena, Daniel e Keiko aprendi lições inesquecíveis.

— Assim vamos aprendendo, irmão. Tadashi, não pense que os anos nos trouxeram entendimento de tudo. Sabedoria é aceitação do que não devemos nem conseguimos mudar.

— Olha nosso pai com a Selena — apontou e riu, observando. — Ele sempre gostou dela.

— Tsuki — corrigiu-o e riu.

— Tsuki! — riu junto. — O pai nunca aceitou gaijin na família e está todo bobo com ela. Até voltou a conversar com Satoshi. Olha lá!

— Tsuki é cativante! É sua natureza! Não tem quem não se apaixone por ela — Kaito pareceu orgulhoso.

— Para nós, agora, só faltam os netos. Quem de nós dois será avô primeiro, hein?

Riram alto.

No Japão...

Alguns dias após retornarem, Selena comentou:

— Adorei a instituição que a dona Eleonora nos levou para conhecer. Você viu que trabalho lindo?

— Vi! Também gostei da ideia.

— Estava pensando em fazer algo igual... — sorriu e olhou para ele.

— Pensei em algo semelhante... Igual, mas diferente. Já percebeu o problema que temos aqui com idosos abandonados?

— Você está falando em fazer uma instituição para acolher pessoas idosas e desabrigadas?

— Exatamente! — os olhos de Satoshi brilharam.

— Adorei a ideia. — Ela sorriu e o beijou. — Seria um sonho realizado, tocar um trabalho desse tipo.

Viu-a fechar o sorriso e se virar para o outro lado.

— O que foi? Ainda não melhorou?

— Não sei o que comi, que não tá dando certo. Estou enjoada.

Satoshi a beijou e disse:

— Vou dar uma saidinha.

— Onde vai?

— Comprar um remédio para você — beliscou seu rosto com carinho. — Amo você e quero vê-la bem — sorriu e a beijou.

Quando voltou, trouxe-lhe flores.

— Ai! Que lindas! Obrigada, meu amor... — falou com jeito mimoso e o beijou com carinho. — Este era o remédio? — perguntou com jeitinho.

— Não. É este.

— O que é isso?... — franziu o rosto ao abrir o saquinho da farmácia.

— É um teste de gravidez — mordeu o lábio inferior e franziu a testa. Queria rir.

— Será?! — seus lindos olhos verdes cresceram, surpresos.

— Tomara! — abraçou-a com carinho.

Alguns meses depois, nascia Emi, a primeira dos três filhos do casal. O novo propósito de vida.

Fim.

Schellida.

O amor é uma escolha

PSICOGRAFIA
ELIANA MACHADO COELHO
ROMANCE DO ESPÍRITO SCHELLIDA

Romance | Formato: 15,5x22,5cm | Páginas: 848

Em O Amor É uma Escolha, mais uma vez, o espírito Schellida, pela psicografia de Eliana Machado Coelho, passa-nos ensinamentos sobre a necessidade que temos de sermos amados, dependência emocional, pessoas que não amam, transtorno de personalidade narcisista, egoístas com dificuldade para amar.
Mostra também que o respeito a si, manter um posicionamento e saber dizer não são também formas de amar.

 www.boanova.net

 www.facebook.com/boanovaed

 www.instagram.com/boanovaed

 www.youtube.com/boanovaeditora

LÚMEN
EDITORIAL

Entre em contato com nossos consultores e confira as condições
Catanduva-SP 17 3531.4444 | boanova@boanova.net | www.boanova.net

UM NOVO CAPÍTULO

Eliana Machado Coelho/Schellida
Romance | 16x23 cm | 848 páginas

Neste romance, vamos conhecer Isabel e Carmem que, desde tempos remotos se odeiam e a cada reencarnação uma provoca a morte da outra. Sempre adversários, Ruan e Diego recaem nas mesmas desavenças. Egoístas e orgulhosos, não vencem as más tendências nem suas diferenças. Lea, muito à frente do seu tempo, reivindica direitos iguais, liberdade, independência, mas não consegue viver seu grande amor com Iago por ser obrigada a honrar um casamento arranjado por seu pai. Na espiritualidade, esses e outros personagens se deparam com seus equívocos e harmonizações a fazer. Novo planejamento reencarnatório é feito. Em tempos atuais, por meio do livre-arbítrio, suas escolhas poderão mudar seus destinos?
Podem fazê-los adquirir mais débitos ou livrá-los deles?

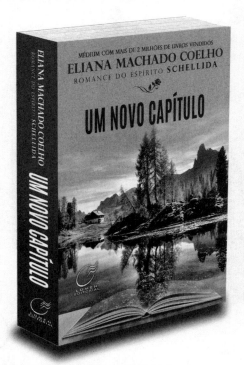

Eliana Machado Coelho & Schellida
...em romances que encantam, instruem, e emocionam...
e que podem mudar sua vida!

Entre em contato com nossos consultores e confira as condições
Catanduva-SP 17 3531.4444 | boanova@boanova.net | www.boanova.net

O BRILHO DA VERDADE

Psicografia de
Eliana Machado Coelho
Romance do espírito
Schellida

Pode o amor incondicional sobreviver às fronteiras da existência e ir mais além?

Romance | Formato: 15,5x22,5cm
Páginas: 288

LÚMEN EDITORIAL

Entre em contato com nossos consultores e confira as condições
Catanduva-SP 17 3531.4444 | boanova@boanova.net | www.boanova.net

Eliana Machado Coelho & Schellida

...em romances que encantam, instruem, e emocionam... e que podem mudar sua vida!

A CONQUISTA DA PAZ
Eliana Machado Coelho/Schellida
Romance | 16x23 cm | 512 páginas

Bárbara é uma jovem esforçada e inteligente. Realizada profissionalmente, aos poucos perde todas as suas conquistas, ao se tornar alvo da perseguição de Perceval, implacável obsessor. Bárbara e sua família são envolvidas em tramas para que percam a fé, uma vez que a vida só lhes apresenta perdas. Como superar? Como criar novamente vontade e ânimo para viver? Como não ceder aos desejos do obsessor e preservar a própria vida? Deus nunca nos abandona. Mas é preciso buscá-Lo.

Entre em contato com nossos consultores e confira as condições
Catanduva-SP 17 3531.4444 | boanova@boanova.net | www.boanova.net

Levamos o livro espírita cada vez mais longe!

Av. Porto Ferreira, 1031 | Parque Iracema
CEP 15809-020 | Catanduva-SP

www.lumeneditorial.com.br
www.boanova.net

atendimento@lumeneditorial.com.br
boanova@boanova.net

17 3531.4444

17 99257.5523

Siga-nos em nossas redes sociais.

@boanovaed   boanovaeditora

CURTA, COMENTE, COMPARTILHE E SALVE.
utilize #boanovaeditora

Conheça outros   Acesse nossa loja   Fale pelo whatsapp
livros da médium